吾 輩 は 猫 で あ る

我是猫

[日] 夏目漱石 著　金海曙 译

浙江文艺出版社
Zhejiang Literature & Art Publishing House

本书根据筑摩书房『吾輩は猫である』1964年版译出

反正这世上有些人就这副样子，别人给他个斜眼，他却自以为是被他的风采迷到了。

猫的脚步似有若无，不管在哪儿都不曾发出过笨拙的声响。有如踩踏于半空、云端，又如同击磬于水下，弄瑟于洞中，诚所谓"拈花微笑，冷暖自知"。

人类这种东西，为了消磨时间，强迫自己的嘴唇一张一合，为并不可笑之事欢笑，为毫无趣味之事愉悦，此外他们啥也不是。

在手握真理而权力却在对方手中的情况下，或委曲
求全、唯命是从，或躲过权力之眼、暗中继续追求
真理，倘若必须二选一，老夫当然选择后者。

看上去悠闲的人们，如果敲打他们的内心深处，都会发出悲凉的回声。

人诞生的时候，谁都没有经过深思熟虑，死的时候却谁都不肯走，还为了这事烦恼丛生。

观察此中之心理，可得出一个重要结论——无非
是自然世界忌讳真空，人类社会厌恶平等。

所以呀，贫困是贫困者的枷锁，富裕
是富裕者的牢笼，焦虑是焦虑者的锁
链，欢乐是欢乐者的墓地啊！

目 录

导 读

日本大变革时代俗世畸人

一、吾辈为何

一本书就像一道光，能够穿越百年岁月落在我们面前，有它的道理。读一本百年前的小说，就像是聆听百年前先知说话，对读者来说当然就是缘分。

一个作家的写作，体现着他对这个世界的感受，包含着他的智慧和激情。这能将一个动荡不安的世界固定下来，虽然主观性强烈，但非常生动，有时你甚至能感受到作者的写作环境和他呼出的气息。

此前译者翻译了夏目漱石先生的长篇小说《心》，受到作家榜的鼓励，再接再厉着手《我是猫》的翻译工作。日本文学浩如烟海，译者对夏目漱石先生虽仰慕已久，但一直与这部名作失之交臂。

《我是猫》是日本作家夏目漱石的小说处女作和成名作。小说以一只猫的视点展开，折射出了日本在大转型时代中形形色色的人物和社会思潮。它于1905年1月开始在《子规》杂志上连载，1958年首个中文全译本出版，后陆续出版了多种中文译本。

《我是猫》的翻译过程也是译者对这本书的一次阅读过程，很多地方需要停下来查阅典故出处。

首先遇到的难题就是如何翻译这部名作的书名。"我是猫"的日语原文直译过来应是"我辈是猫"。"我辈"一词在中文中也可意会。但"我辈"和"我"虽然语义相近，在语感上却大相径庭。且"我辈"在汉语的固有语义中，带有复数意味，照搬原文不妥。可若意译成"我"，在行文上却又未必契合原著的语境，也非佳译。在这部小说中，猫是作为叙述视角存在的。原作中"我辈"作为猫的自称，表达了它对人和这世界的立场和态度。

这只猫是夏目漱石笔下塑造得最为成功的角色之一。它被抛弃、被羞辱、被鄙夷，却仍然拥有一颗俯瞰人类的骄傲的心。它的哲学、视角、观察力，都生动表现出了一只猫的生存处境，以及它与人类相互依存又相互敌对的基本关系。都说狗是人类的好朋友，但猫又何尝不是另一种朋友呢？它的自恋、独立和傲视，未必是作者在写作上对猫进行的人格赋予，也许仅仅是一种白描式的勾勒；猫与人关系的底色，不是忠顺和依附，而是难解难分的相互鄙夷、敌对，同时又有着复杂的友好和善意。也许这就是猫的真实品格，也是很多人喜欢猫这种动物的基本理由。

小说是从这只猫的出生写起的，它年龄不大，但成长迅速，心智成熟，在全书中处于俯瞰的高度。这决定了它不是自卑的、怯懦的、谦恭的，而是一个相当骄傲的角色。在中文词汇中，和"我辈"语义相近的是"老子"一词。中文中自称"老子"，大江南北通用，也相当口语化，符合原著中这只猫的基本定位。但"老子"过于市井，满篇"老子"显然有悖于原著旁征博引、学贯欧亚的行文风格。故而译者尝试用"老夫"一词来翻译"我辈"，似乎文脉上更为熨帖通畅，也更贴近原作中这只猫臧否人物的基本调性。

谨慎起见，译者专门请教了本门师兄大西纪先生。大西纪先生现为日本神户学院大学、关西外国语大学、摄南大学、四天王寺大学的客座讲师，对汉语和日语都有相当深入的研究。他赞同译者观点，并指出"我辈"一词在明治时代更偏向于"俺様"（老子）之意。同时他还为译者找来了一张《我是猫》的初版木刻封面。该封面上，画着体形硕大的猫，端然而坐，小说中的诸人物则匍匐其下，作恭聆教诲状。这佐证了该小说叙事主体的俯瞰视角，由此译者确定了以"老夫"作为这部小说中该猫的自我称谓，这也是这本书开篇第一句"老夫是猫，尚未取名"的由来。鉴于《我是猫》的书名已约定俗成，且音节响亮，所指清晰，改动了反而观感不佳，且与正文阅读感受关系不大，故沿用了原译书名。

其次，夏目漱石先生是一位儒雅博学之士，全书行文用词是比较考究的，但对"屎尿屁"之类的俗语俗词也并不避忌，信手拈来。译者当然遵从作者原意，没有回避的道理。有些读者可能会因此感觉行文上有些突兀，但那也只不过是作者的有意为之。一吐为快，毫无疑问是作者的基本诉求之一，也是写作让写作者容易上瘾上头的原因。

二、漱石与猫

关于夏目漱石先生其人其事，此处从略。聊聊《我是猫》这本书的创作历程，可能会比较有意思。译者并非研究夏目漱石先生的专家，史料依据主要来自何乃英先生的《夏目漱石和他的一生》一书。

如前所言，《我是猫》是夏目漱石先生的小说处女作。其第一章创作于1904年末，作者原本打算将它作为短篇小说独立成篇。结果一经发表，好评如潮，作者受到激励，于是一发不可收，逐篇写来，一直写了十一章，连载到1906年夏季才算完成。整部小说的创作周期大约一年半。因此，《我是猫》这本书带有一种边走边唱式的写作风格，兴之所至，便着笔落墨，谈不上什么完整结构和谋篇布局。故而译者的翻译过程和读者的阅读进程，也和夏目漱石先生的创作进程保持了某种一致性。仅从阅读观感而言，也能感受到作者的写作笔触，由较为拘谨到汪洋恣肆，直至笔锋所向，万事皆可入书。这种写作状态暗合了创作的自由之境——小说的写作本来就是没什么规范和格式可言的。

夏目漱石先生写作《我是猫》第一章时已经三十七岁了，而其殁于四十九岁，人生已过去四分之三。此前夏目漱石先生虽非寂寂无名之辈，但其名声也仅局限于文人圈子。而且他不喜欢热闹扎堆，比较热衷的无非是俳句、连句之类，也曾立志于写俳句出道，但这种写作也只能算是文人间的文字游戏，谈不上什么了不得的创作。可以想象，一个热爱文学创作的人到三十七岁还没有弄出什么名堂，其心境之落寞无奈可见一斑。

所以他在写《我是猫》第一章时，对编辑的意见言听计从，做了大篇幅的删减修改。后来编辑高滨虚子写了篇文章《漱石与我》，谈到了当时的情况。据称，夏目漱石对虚子提出的意见有些不服气，但认为虚子较有写作经验，而他自己尚未建立强大的写作自信，于是将虚子指出的缺点全部涂抹修改掉了，甚至"直接删掉一两页纸的情况也有"。所以这本书第一章的风格和他后面发展起来的自由文风相比较，就更工整。此外，作者刚开始写这本书时，也没什么创作野心，似乎只是有了个偶发灵感，想要通过一只猫的视角做一些自我调侃，并讽刺一下当时日本知识分子的虚伪面貌。当时作者是一位教师，和小说中的"主人"苦沙弥先生有相当高的重合度。

但这种讥讽和调侃，写多了也就那样，甚至多少会令人感到无聊和厌倦。读者从文本中感受到的也无非是作者的聪明机智。但随着翻译工作的深入，译者认识到了自我见识之简陋肤浅。《我是猫》的第一章，乃是夏目漱石整个创作生涯的发动机。当时的日本文坛堪称一潭死水，且西风来袭，欧洲文学以压倒之姿强势入侵，日本的文学写作何以自立、突围？文学界一片惘然。夏目漱石凭其犀利快捷的文风就斩获无数仰慕者，这让作者本人激动莫名。在向读者复函的明信片中，他就直言不讳地说："有读小弟文章两三行的人，就感觉难得；有说有趣的人，就感到高兴；如果有人说一声佩服，那就非常之愉快。这种愉快，远比彩票中大奖、被尊为大学者、当教授和博士之类的要愉快得多。小弟因得贵函而获此种大愉快，故认为有向您致谢之必要。"

这段文字充分表达了夏目漱石先生一跃成名后的愉悦心境。在夏目漱石先生三十七岁这年，运气为他打开了一扇门，甚至可以说是为整个日本文学后来的狂飙突进打开了一扇门，并为此后日本文学的现实批判性、人文精神和精神层面的深入表达，奠定了扎实的基础。

当然，也由于成名甚晚，夏目漱石先生此前所有的积累、经验和见识，让他在写作道路上越走越远，远超同侪。所谓"成功从不眷顾没有准备的人"，夏目漱石先生准备得相当充分。所以阅读《我是猫》这本书，相当于走进了一条了解作家深入自我的隐秘通道。但愿读者的阅读也能够伴随作者的写作进程而终有所获。

三、猫眼看人

夏目漱石先生是日本文学中的开创者，但毕竟是一百年前的人物了。我们今天阅读他、了解他的意义究竟何在？

首先，当然是因为这本书具备阅读的乐趣。整部小说中洋溢着夏目漱石式的幽默和机智。这种幽默是理性的，它建立在作者对人、对世界的深思熟虑之上；同时它也是感性的，作者对写作语言的运用如臂使指，毫不费力地抵达了表达的自由之境。有时读着读着，行文似乎意有所指时，却不料笔锋一转，意趣陡变，另开局面，让人顿然耳目一新。这种无所顾忌、随心所欲的铺陈，让整部作品呈现出了与一般现当代小说截然不同的面貌。不需要什么完整的结构，也没有通常小说必备的故事线索；人物刻画夸张而犀利，对猫的描写有趣生动。当然，所长即所短。阅读此书的乐趣很大程度上与阅读传统小说的乐趣不同。对于养猫、爱猫的人来说，书架上放一本《我是猫》，毫无疑问能和日常生活相映成趣。夏目漱石把猫作为小说塑造的主要角色，对其心理及外在形态进行了充分的描绘：一只年纪不大的猫，拥有一个洞悉世事人心的老灵魂。为此他写下了将近30万字，这在世界文学范围内也是独一份。

其次，小说对人物的刻画夸张到具有漫画感，而且作者对人物精神状态的把握非常精准。夏目漱石先生写作的笔触展开之后，贩夫走卒、文人骚客、达官显贵、警察、学生、大款、流氓等世间众生，日本大变革时代的俗世畸人，无一不成为他调侃、嘲讽的对象。其笔锋之健，力透纸背，有时甚至让人产生过于刻薄之感。

夏目漱石先生后来写了篇《处女作追怀谈》，谈到他创作《我是猫》的初衷：

> 我只不过偶尔写了那样的作品，并没有想要对当时的文坛如何如何……仅仅是想写就写，想作就作，就是说我到达了那种时机。不过，开始写时和写到最后时，想法有很大的不同。文风之类也不愿模仿别人，只不过是想那么写写看。

自我区别于他人，并达到想写就写的程度，是一个成熟作家自我意识觉醒的标志。

小说中除了林林总总的俗世畸人外，还有猫的主人苦沙弥先生，以及苦沙弥的几个知识分子朋友。从某种程度上，苦沙弥可以看成是夏目漱石先生的自我投射、自我剖析。在作品中，作者对这些人的讽刺挖苦简直无所不用其极。这种自我否定和无情鞭答，并不是为了炫耀作者自我智力上的优越，而是深刻揭示了西方现代文明强力侵入日本后，知识分子普遍面临的思想困惑和精神迷惘。知识分子的庸碌、虚伪和自命清高，本质是这些人因找不到安身立命之所在而产生的焦虑。

在这点上，夏目漱石先生的看法可以说是极度悲观的。在他嬉笑怒骂的皮相下，有一颗苍老的悲凉之心。书中的苦沙弥是个老实人，努力表现得很有学问，翘盼高品位，竭力求进步，对世界上的丑恶现象深恶痛绝，但这种纸糊的自命清高在现实社会中却不堪一击。至于他的朋友，也都各有各的毛病，在滚滚红尘的裹挟下各自挣扎，丑态百出。全书结尾，这只猫喝醉后掉进水缸里淹死了，可能算是作者的一个比喻吧。所谓在劫难逃，无非如此。

再次，夏目漱石的批判性和预见性具有一种超越普通作家的高度。其时明治维新开局未久，军国主义急剧膨胀的日本，为争取其所谓的生存空间，向四邻大打出手，以至于日本全局失控，精英遭到打压。夏目漱石先生在书中，对其后整个民族精神上的迷狂早已有所警觉，并进行了无情嘲讽。

小说中的苦沙弥曾写过一篇文章，是以对话方式呈现的，我们可以尝试着将它连起来看看：

大和魂！叫喊着的日本人像得了肺病似的咳嗽起来。若有人问："何为大和魂？"答曰："就是大和魂啦！"言罢而去。

所有人口中都在叫喊着它，却没有一个人看见过它；所有人都曾听说过它，却没有一个人遇上过它。大和魂，莫非你是天狗之辈吗！

结合当时日本的国情，也许我们能略略体会到夏目漱石先生穿透百年历史的写作的力量，并感同身受。

这是一个写作者的天赋和本分，他来自四维时空，现实、历史和未来都摆在他的面前。但所谓作家，穷酸而已，根本无力改变历史的走向，这就是夏目漱石先生内心深处的一声叹息。百年后，这声沉重的叹息依然余音在耳。译者走笔至此，不胜感慨。

是为《我是猫》一书译文导读，以偏概全。愿夏目漱石先生在天之灵安息。

金海曙

2023 年 3 月 24 日

北京 阳光上东

第一章

老夫是猫，尚未取名。

老夫对自己生于何处完全没有印象。记忆所及，自己曾在一片阴暗潮湿的角落里嘤嘤啜泣，就在那儿，与一种叫人类的物种首次相遇，而且据说还是人类中最为残暴的一族。后来又听说，这一族的名字就叫学生。传说中这学生时常捕捉我辈，煮了吃掉。可当时老夫对这世界还没什么概念，并未感觉到特别恐怖。落在他掌中冷不丁被拎了起来，不知为何只感觉到自己的身体突然间变得很轻很柔软。我在他手掌上稍稍定住神，便看到了这个学生的脸，这应该就是我看到的所谓人类的第一眼吧。这东西太奇怪了，那瞬间的印象迄今难忘。本该由毛发装点的脸过于光溜，简直就是一把茶壶。此后见过的猫不在少数，这种程度残疾的脸却一次也没见过。

不单如此，那面孔正中的凸起部分还特别离谱，洞眼里噗噗向外冒着烟，熏得老夫够呛。后来我才总算明白了，那是人类在抽着一种叫香烟的东西。

老夫在学生掌心里愉快地趴了一会儿，不料很快就飞速旋转起来。不知是学生在转，还是只有我在旋转，只觉得眼前一片混乱，胸口发闷。完蛋了！我想。随即"咕咚"一声，眼前金星乱冒，之后发生了什么我再也想不起来，这段记忆也就到此为止。

当我忽地睁眼醒来，学生不在了，许多相伴左右的老哥们儿不在了，连最牵挂的妈妈竟也不见了踪影。而且此处和我原来待过的地方都不相同，阴暗的光线变得异常明亮，晃得我几乎睁不开眼睛。呀，一切都乱了套！我慢慢爬起来，只觉得浑身剧痛。原来，老夫是从草垛上被陡然扔进了竹丛。

我好不容易爬出竹丛，看见前面是个很大的池塘。在池塘前坐下，老夫思考着接下来该怎么办才好，没想出什么太好的主意。要是哭一会儿，那学生说不定就会循迹找来吧。我想到了这一点，试着喵喵叫了两声，依旧号呼靡及。其间天色渐暗，风在水面上嗖嗖掠过，肚子相当饿了，就算想哭也哭不出声来。没招了，不管是啥总得吃上点儿。我下了个决心，往有食物的地方去！然后蹑手蹑脚向池塘左侧开始缓缓迂回。

相当艰辛，我忍耐着坚持，终于来到了似乎有点人烟的地方。竹篱笆上有个破损的洞，我想如果钻进那儿总会有点办法。于是我通过了这个洞，进入一户住宅。缘分真是奇妙，要是这道竹篱笆未曾破损，老夫说不定早已饿毙路边了吧，这不就是"前生修来的今世缘"吗？这个篱笆脚的洞，迄今仍是老夫拜访邻家花子小妹的通道。

闲话休提。老夫虽然潜入了屋檐下，但对下一步如何继续却一无所知。说话间天就黑了下来，竟然还下起了雨，又冷又饿，已到了不能再有任何犹豫的关头。没办法了，不管怎样必须向着温暖明亮的方向前进，前进。如今想来，当时老夫已深入了这户人家的宅子里。就在此处，机会来临，老夫与那学生之外的人类再度相逢。最先遇到的是个女佣，却比那个学生更为粗暴，她一看到老夫就抓起我的脖颈扔了出去。这下真是完蛋了，我想。我紧闭双眼，听天由命啦。

可饥寒难耐呀，受不了，老夫瞅着女佣不备再次爬进了厨房。如此一来很快又被扔了出去，老夫再进，再扔，再进，再扔……记得如此这般重复了四五个回合，当时我咬牙切齿，恨透了女佣这种东西。近日偷了女佣的秋刀鱼作为报复，才出了心头的这口恶气。

当她最后一次揪住老夫将要扔出之际，这家宅子的主人出来问道："吵吵个啥呢？"女佣倒提着老夫转向主人说："这只流浪猫扔出去了几回，还往厨房里钻，烦死人啦。"主人捻着鼻下的黑须，端详了会儿老夫的脸。"要是这样就留这儿吧。"主人撂下这句话转身就回了里屋。主人看上去是个话不多的人，女佣很懊恼地将老夫扔进了厨房。如此这般，老夫做了决定，就把这座宅子当成是自己的家吧。

主人很少和老夫碰面，据说职业是教师，从学校回来就一头扎进书房里基本不出来。全家都把他看成是个刻苦钻研的人，他自己也摆出了一副非常刻苦的样子，实情却并非如家人想象。老夫不时轻手轻脚进入书房窥探，知道这家伙经常白天睡大觉，口水老是滴在翻开的书本上。此人带有脾胃虚弱症状，肤色暗黄，而且缺乏弹性，没有活力。就这副样子了他还喜欢暴饮暴食，大吃一顿后再喝上一罐由微生物米曲酶发酵而成的健胃药。然后他翻开书本读上个三两页，再然后他就睡着了，口水流下来滴在书上。这就是他每天要重复进行的日课。

老夫虽说是猫，可也时常有所思考。

教师这职业真是太舒服了，老夫若是生而为人，也一定要成为一名教师。教师这活儿要是睡着就能干，像老夫这样的猫不也是轻而易举就能做了吗？虽然如此，每当朋友来访，主人却总是做出愤愤然的样子抱怨道：这世上再没什么比当教师更辛苦的了！

刚住进这户人家时，除了主人，老夫是很不受其他人欢迎的，不管去哪儿，都会被一脚踹开，无人予以理睬。他们如此不把老夫当回事儿，只要看看他们至今未给老夫取名就明白了。我没办法，就尽可能争取待在收留老夫的主人身边吧。早晨主人读报时必定坐上他的膝头，主人午睡时必定趴上他的脊背。这当然绝非老夫对主人喜欢得不得了，而是因为除此之外别无办法，不得不如此啊。

此后总结各种经验，早晨就睡在饭桶盖上，夜晚睡在暖桌上，天气良好的白天则睡在檐廊上。可让我最愉快的，还是入夜后钻进孩子们床上跟她俩一起睡。孩子一个五岁一个三岁，晚上她们就到一间屋子里，睡在一张床上。经过窥探，发现她俩之间总是空着一块容身之地，老夫就想方设法挤了进去。可运气不好的话，弄醒了孩子就会惹出大事。这俩孩子，小的那个尤其品行不端，哪怕三更半夜也会放声大哭，号叫起来："猫来啦，猫来啦！"这样一来，那个神经性肠胃炎的主人就必定惊醒，从隔壁房间里飞奔过来。其实就在前两天，这家伙还用尺子将老夫的屁股毒打了一顿。

和人类同居一个屋檐下，老夫越观察越觉得，人类就是群随意任性的家伙。甚至，和老夫时时同眠的那两个孩子也都是言语荒唐，行径骇人听闻。她们高兴起来就会将老夫倒提着，或者用布袋套在老夫头上扔来扔去，有时甚至会将老夫塞进灶台里。老夫若要略微还手，全家人就会追着我加以迫害。前些天老夫只是在榻榻米上磨了磨爪子，主人的婆娘就大发雷霆，从此就不轻易让老夫进屋了。就算我在厨房的地板上冻得瑟瑟发抖，他们也和平常一样视而不见。

每当老夫和街对面尊敬的白君相遇，都会彼此感慨：像人类这样欠缺同情心的物种真是匪夷所思。白君前些天生了四只如花似玉的小猫，可她家的学生在第三天就把四只小猫拎到了屋后的池塘边，一只只地扔了下去。白君流着泪倾诉着，然后对我说："为了成全我辈猫咪的亲子之爱，为了美好的家族生活，必须和人类战斗到底并将其剿灭。"老夫觉得白君所言字字在理、掷地有声。

此外，隔壁的三毛君也怀着巨大的恨意愤然说："人类根本不明白什么叫所有权！原本在我们同族间存在着无形契约，不管是咸鱼头还是乌头鱼的肚肠，谁先发现谁就享有吃掉它的权利。如果有谁不守此约定，完全可以诉诸武力。然而人类看起来却丝毫没有这样的观念，我辈发现的美味必遭其掠夺，他们倚仗暴力将本应属于我们的食物当面抢走。"

白君住在一个军人家庭里，三毛君的主人则是个律师。只有我住在一个教师家里，和他们两位相比，老夫对于这些事还比较看得开。能对付着把一天天的日子打发过去就行啦，就算人类够牛吧，也不可能永远这么牛下去，是吧？把目光放长远，等待我辈猫族的时代来临不就行了吗？

既然话头是从人类的任性讲起，那就讲讲我家主人因为任性而丢人现眼的事吧。主人原本没什么比他人更优秀的地方，但他却喜欢什么都插上一手。写个俳句向《子规》杂志投稿啦，写首新诗寄给《明星》杂志啦，还写些狗屁不通的英语文章。有时甚至沉迷于射箭、练习吟诵，偶尔还会咕叽咕叽拉上一段小提琴。令人沮丧的是他样样都弄不出名堂，可兴头一上来，哪怕他肠胃不好也十分投入。因为他总是在茅房里唱歌，邻居就给他起了个"茅房先生"的绰号。他却对此毫不介意，颠来倒去唱着"吾乃平家将宗盛[1]也"。原来是宗盛将军呀，听的人全都笑喷了。

　　老夫定居此处一个月后，就在主人发薪水那天，不知他怎么想的，挎着个大包慌慌张张地回家。正想着他买了些啥玩意，原来是水彩套装、毛笔和华特曼牌子的绘画纸，看起来他决定要从今日起放弃吟诵和俳句创作，投身于绘画了。果不其然，第二天起，他每天都长时间把自己关在书房里，连觉也不睡了，一门心思埋头苦干。可看着他挂在墙上的那些玩意儿，谁也鉴定不出那画的究竟是个啥。也许他本人也觉得不够妙，于是有个搞美学的家伙来访时，就发生了下面这样一场对话。

　　"怎么弄也画不好。看别人的画好像也没什么，自己一拿起笔才感觉到了更上一层之难啊！"

　　这是主人的感悟。确实，这话说得不错。

　　朋友透过眼镜的金丝框盯着他的脸说："嗯，不可能一上

1　平宗盛：日本平安时代武将，官至内大臣。（本书注释如无特殊说明，均为为译者注）

手就画得好，首先单凭在室内的想象，就不可能画出画来。意大利名家安德烈亚就曾说过：'如欲作画，必刻画自然之物。'天有星辰，地有露华；飞者有鸟，走者有兽；池塘有金鱼，枯木有寒鸦。大自然不就是一幅生机勃勃的大画吗？如果你想要画出一幅像画的画，搞点写生怎么样？"

"啊，安德烈亚说过这样的话吗，我怎么一点儿都不知道？原来如此，说得太好了，就是这个道理！"

主人盲目地感佩着，朋友却在金丝眼镜后流露出了一丝讥讽的微笑。

次日，老夫和往常一样在檐廊上愉悦地睡了个午觉。主人破例出了书房，在老夫身后不知一个劲儿倒腾着什么。老夫蓦然醒来，为弄清他在搞些什么名堂，眼睛眯着微微张开一条细缝。原来他正忘我地投入到安德烈亚理论的实践中。见他这副样子，老夫不禁哑然失笑。他被朋友奚落一番的结果，就是先从对老夫的写生开始。老夫已经睡够了，一个呵欠卡着根本忍不住。念在主人难得如此热情地投入，动起来的话就太不够意思了，于是强忍着一动不动保持着姿势。他已完成了老夫的轮廓勾线，正在给面部上色。坦率地说，老夫作为猫肯定谈不上是上等美色。脊背也好，毛色也好，甚至脸型也好，绝没敢想过自己能胜过其他的猫咪。可老夫就算再怎么丑，也不至于像主人笔下画的这么奇形怪状吧，简直难以置信！首先毛色就不对。老夫拥有的是像波斯猫那样夹杂着淡黄的浅灰色，就此而言，这是谁见了都不容置疑的事实。可看看主人画的这色彩，非黄非黑，不能说是灰色，也不能说是褐色，甚至也谈不上是混合色。它仅仅就是一种无法定义的色彩。更不可思议的是，这猫没有眼睛。本来这就是一幅老夫的睡态写生，虽说可以理解，但连眼睛的位置都不存在，那么这是一只沉睡之猫还是无眼之猫？这就难以判断了。再怎么学习安德烈亚，这样搞下去也不行啊，老夫心中暗想。但是，你不得不佩服主人的这股热忱。尽量趴着不动让他画吧，可早就涌起的一股尿意催促着我，让老夫浑身筋肉都痒痒了起来，已到了刻不容缓的地步，不得不失礼了。老夫尽量将两只脚向前伸展，低着头打了一个大呵欠。这一来，再想老老实实待着也没用了。反正已经破坏了主人的构思，干脆就到屋后去方便一下吧。老夫这样想着，慢腾腾地爬了出去。这样一来，身后传来了主人夹杂着失望和愤怒的咆哮："蠢货！"

主人咒骂时必定要加上"蠢货"两字，这是他的习惯。除此之外他也不知道还有什么别的脏话，这不能怪他。可他完全不理会老夫的一片苦心，张口就骂"蠢货"，这就有点失礼了。要是平日里老夫趴在他背上，他带着微嗔表情骂出这句话，老夫也能欣然接受。可在我有迫切的排泄需求，而他自己又并无其他更重要的事——在这种情况下，仅仅因为老夫想站起来去尿个尿，他就骂"蠢货"，实在太过分了。人类这个物种啊，原本就过于高估了自己的力量，无不妄自尊大。要是没有比他们更强点的物种出来收拾他们，真不知人类将来会嚣张跋扈到何等地步。

如果人类的任性仅此而已，那也就忍了，可关于人类品性恶劣的传闻堪称数倍于此。我家后院有个十坪¹大小的茶园，虽然不大，却是个朝阳的清爽怡人之地。每当家里的孩子吵吵嚷嚷或午觉睡不成的时候，抑或百无聊赖、心情不佳时，老夫总是习惯性地溜达到那儿，养吾浩然之气。

那是个小阳春晴和之日的下午两点前后，老夫吃过午饭畅快地睡了个觉，起来后想要活动下筋骨，便信步来到了茶园。逐一嗅着茶树根，在靠近茶园西侧的杉木篱笆墙边，陡然看见一只大猫压在一片倒塌的枯菊上正睡得万事不省。他似乎对老夫走近毫无察觉，又好像察觉到了却不在意，横拖着长长的身子酣然而卧，打着响亮的鼾。擅闯他人院落，还能若无其事地睡得如此酣畅，对他心大的魄力老夫也不由得暗自心惊。他是一只纯种的黑猫。阳光刚刚移过正午，接近透明的光线洒落在他身上，闪闪发光的绒毛中似乎跳跃着肉眼看不见的火焰。他伟岸的躯体足足大了老夫一倍，堪称猫王。老夫怀着赞叹和好奇，忘记了四周的一切，驻足在他面前专心致志地打量着。小阳春静静的微风轻摇着从杉木篱笆

---

1 坪：日本传统面积计量单位，1 坪约等于 3.3 平方米。

上探出头来的梧桐，三两片叶子飘落在茂密的枯菊上，猫王忽地睁开了他那双滚圆的眼睛。如今老夫仍然记得，那双眼闪耀着的美的光辉，远比世人所珍爱的琥珀更为绚烂。他一动不动地趴着，双眸深处射出的光集中在老夫随之变得渺小的额头上。

"你小子到底是谁？"

作为猫王如此言语我觉得略显轻浮，可他的声音里蕴藏着连狗都能挫败的力量，老夫怀着巨大的恐惧。可要是不和他略作敷衍，估计会有危险，于是尽可能故作镇定地淡然回答道："老夫是猫，尚未取名。"说出这句话时，老夫的心脏剧烈地怦怦跳着。他以极度轻蔑的语调说："啥，你是猫？你说你是猫老子都呆住了。说实话，你住在哪儿？"那种腔调太旁若无人了。

"老夫就住在这位教师家里。"

"我想差不多也就这么回事儿吧。你这副样子，也太瘦了吧！"

猫王独有的气焰向我喷来，从他的遣词造句上看怎么也不像是出身于良家。不过就他这副满肚肠肥的样子估计吃得不错，似乎过着很优裕的日子。老夫情不自禁反问了一句："这么说起来，你又是谁呢？"

他昂然答道："老子是车夫家的大黑！"

车夫家的大黑家喻户晓，这一带无猫不知其凶残。可也正因为他是车夫家出身，所以光有一身力气，没有受过什么教育，也没谁和他来往，是个被群体孤立、敬而远之的家伙。老夫听到这名字就有点替他害臊，同时还起了几分轻蔑之意。老夫想要掂量下他究竟无知到什么程度，便和他展开了一次对话。

"车夫和教师，到底谁更了不起呢？"

"还用说？肯定是车夫呀！看看你家主人那副德行，简直就剩下皮包骨头了吧。"

"看起来你是在车夫家才长得这么壮实啊。车夫家里能吃到不少好东西，见到不少好东西吧？"

"少扯犊子！老子不管去哪儿，在吃喝上从不犯愁。你小子也别老在茶园里瞎转悠，跟老子来瞧瞧，不用一个月叫你胖得谁也认不出。"

"诚所愿也！不过说起来呢，我觉得从住的方面看，教师家还是比车夫家要宽敞得多。"

"傻子！房子再大，能吃饱肚子吗？"

他看上去大动肝火的样子——两只耳朵像紫竹削成的，笔直地贴在脑门上，毫不迟疑地站起来走了。老夫和车夫家的大黑就是从这时起成了一对知己。此后，老夫时不时和大黑邂逅。每次见面，他都大肆吹捧他的主人。先前提到的人类的失德事件，其实都是从大黑那儿听来的。

一天，老夫和大黑同往常一样躺在茶园温暖的土垄上闲聊，他把自己习惯性的吹牛当成一个新话题翻来覆去地说。然后，他转向我问道："你小子到今天一共抓到过几只老鼠？"

就智力而言，老夫当仁不让比大黑要高出许多，可说到勇气和力量，老夫自知和大黑无法匹敌。被他这么一问，还真有点招架不住。不过事实总归是事实，当然不应该撒谎。老夫答道："老实讲，总想着要抓啊，可目前还没有抓到过。"大黑放声大笑，他那从鼻尖上砰地放射出去的胡须扑簌簌震动着。

大黑沉溺于自傲，老夫总觉得他脑子里缺了点什么。只要对他的嚣张气焰摆出一副由衷钦佩的样子，喉咙里发出咕噜咕噜的声响表示自己在专心致志地倾听，此时的他通常就会成为一只极易被操控的猫。老夫自从和他结交以来，很快就掌握了这诀窍。现在这种场合就是如此，要是硬为自己辩护，情况只会越弄越糟，那就蠢透了。还不如让他吹嘘自己过往的功绩，茶汤搅浑了不吃亏。老夫主意已定，于是一副老老实实的样子诱导性地问道："大哥经验丰富，一定逮过不少吧？"

果不其然，他顺着杆子就爬了上来，得意扬扬地回答："不算多吧，也就三四十只。"接着他又补充说道："老鼠就算一两百只，老子单枪匹马也就对付了。但就是黄鼠狼不行，有次和黄鼠狼对上了，遭遇很惨啊。"

"啊？这样啊。"老夫捧了个哏。

大黑眨巴着他的大眼睛："去年大扫除的时候，我家主人扛着袋石灰去了廊下。好家伙，好大一只黄鼠狼出其不意地蹿了出来。"

"嗯哪。"老夫一副深有同感的样子。

"黄鼠狼这玩意儿，说起来也就比老鼠大一点儿。这畜生，哪里逃得掉！老子咬牙追了上去，最后终于把它赶到沟里去了。"

"干得漂亮！"此处必须有喝彩。

"可刚一追上去，它竟然放出最后那个屁！你问我臭不臭，那以后就算再饿再想吃，见到黄鼠狼也要吐！"

说到这里，好像去年的臭气仍在面前飘浮，大黑抬起前爪在鼻尖上揉了两三下。老夫也觉得他的确有点可怜，想给他鼓鼓劲儿："可要是老鼠遇上了黑哥，只要被你瞥上一眼，估计也全都吓得死翘翘了吧。黑哥可是捕鼠大名家呀。不就是因为吃的全都是老鼠，黑哥这才长得壮实又漂亮嘛！"

这话本是想捧捧他，不料效果适得其反。

大黑长吸了口气，喟然叹道："仔细一想，还真是没劲。再怎么劳神费力抓老鼠，能长得像人类那么肥头大耳的猫这世上有吗？人会把抓到的老鼠全收走，送到派出所去。派出所又不知道这些老鼠究竟是谁抓的，反正每送一只老鼠就给你五分钱，我家主人托了老子的福挣了一块五。就算这样，他也从来不曾犒赏过老子。人类这种东西，就是些人五人六的贼！"

一向不学无术的大黑竟能懂如此高深的哲理，此刻他看上去怒容满面，背上的毛都竖了起来。老夫见他心情变糟了，胡乱扯几句场面话打了个岔后就回去了。从那时起，老夫就下决心绝不捕捉老鼠；但也没成为大黑的小弟，跟着他去捕猎别的什么东西。吃得香不如睡得好。住在教师家里，习性也变得像个教师了。要不是老夫多了个心眼，说不定这会儿也已然患上了肠胃炎。

说到教师，主人直到近日才幡然醒悟，他在水彩画上没什么指望，并在 12 月 1 日的日记中记载了这事——

今天聚会和××初次见面。此人据说相当风流，一见面，果然有达人风采。这种气质的人颇投女人喜好，与其说××风流，不如说××在此情景下自然而然就焕发出其风流的一面。此人的妻子据说是个艺伎，真是一桩叫人歆羡不已之事。一般而言，贬损他人是风流专业户的，绝大部分自己并无风流的资格。而且那些自命风流之辈，缺乏风流资质的其实也有许多。此辈通常自顾不暇却又勉强出击，就同我在水彩上干的事完全一样，终究难以出道。然而此辈通常又并无自知之明，总觉得唯有自己才是真正的高手。小酒馆里抿上两口，或者逛逛妓院，这能算得上什么高手吗？此说如果成立，那我不成为水彩名家就肯定说不过去了。其实，这也和我搞画画一样，不如搁笔放弃。与其做一个愚蠢的达人，还不如做个从山里出来的乡巴佬儿要来得更高级呢。

这番"达人论"老夫不敢苟同。他作为一名教师，羡慕别人的妻子是艺伎云云，不言而喻，也属于拙劣的想法。唯独他对自己绘画水平的判断，是扎实地道的。正如他自己所述，主人确有自知之明。虽然如此，他仍然沉溺于自我忽悠中难以自拔。过了两天，到了 12 月 4 日他又在日记中写了如下文字——

　　昨夜做了个梦。一直把自己画的水彩扔在角落里，觉得画的啥也不是，可不知谁将它配上一只漂亮的镜框，挂在了楣窗上。真想不到那幅水彩一配上镜框，瞬间连我自己都认为那就是一幅杰作。我高兴坏了，这样的话那就太了不起了呀，我独自眺望着它，不知不觉天就亮了。睁眼看去，那幅画却一如既往地拙劣，这就像刚刚升起的太阳一样清楚明白。

主人就算在梦中，也似乎背负着对自己水彩画的依恋四处梦游。这种气质别说要成为一个画家了，就连他自己"达人论"中的风月老手也成不了。主人梦见水彩画的第二天，上次的那个戴金丝眼镜的美学家久别之后又来了。

他一落座劈头就问："画得怎样了？"

主人神色自若地回答："听了你的忠告正在努力写生。果不其然呀，只有搞了写生才会真正有感觉，平常根本就没注意到那些物体的形和色的精微变化。难怪西方很早以前就主张写生，这才有了今天的成就啊。安德烈亚确实了不起！"他对自己日记中提到的感受一句不提，只是表达了对安德烈亚的由衷敬意。

美学家笑着挠了挠头："不好意思啊，其实那天都是胡扯的。"

"啥？"主人还没意识到他被美学家给耍了。

"就是你推崇的安德烈亚的那些话呀，全是我瞎编的。没想到你还真信了……哈哈哈。"美学家捧腹大笑起来。老夫在廊下听了这段对话，真不知主人今天的日记里又将如何记载此事，想象一下都让我心痒难熬。美学家是个把胡说八道捉弄他人当成唯一乐趣的家伙。他毫不顾忌自己捏造的安德烈亚的轶事，对主人心境造成了怎样深远的影响！美学家很得意，又说了另一件事。

"我跟你说，常常几句玩笑话大家就会当真，这能极大地激发出滑稽的美感，有意思极了。前些天我对一个学生说，尼古拉斯·尼克尔贝[1]对吉本[2]有过忠告，劝他不要用法语去写

---

1 尼古拉斯·尼克尔贝：英国作家狄更斯同名小说中的人物。
2 吉本：英国历史学家，著有《罗马帝国衰亡史》。

作他的毕生巨著《法国革命史》[1]，而要用英文。那学生的记忆力好得不像话，在日本文学会的演讲中，认认真真地复述了一遍我跟他的扯淡，简直太滑稽了。更可笑的是，当时在座的大概有一百来人，所有人都严肃认真地听着。还有个更有意思的。不久前在一个文学聚会上，聊到了哈里森[2]的历史小说《西奥法诺》，我评价说这部作品是历史小说中的佳作，尤其那段对女主人公濒死的描述，真是写得鬼气逼人。坐在我对面的那位，天下就没什么事情是他不知道的，附和着说是啊是啊，那一段的确是堪称经典。他一开口我就知道，这家伙果不其然，和我一样，根本就没有读过这本书。"

患了神经性胃炎的主人不由得瞪大了眼睛问："你这样胡说八道，要是对方真的读过这本书，到那时你可怎么收拾？"言下之意似乎是说，你蒙蒙人倒也无妨，可要是被人扒下画皮那就麻烦大了。美学家完全不动声色。"什么到那时呀，到那时就一口咬定跟别的书搞混了呗，随便说点啥都行啊。"说着，他又嘻嘻哈哈笑了起来。这个美学家戴着一副金丝边框眼镜，品性却跟车夫家的大黑有得一拼。主人沉默地埋头抽着日出牌香烟。他喷吐着烟圈，沉着脸表示老子可没你这种气魄，别跟老子扯这些。而美学家的眼神里似

---

1 《法国革命史》：作者系 19 世纪英国历史学家卡莱尔。

2 哈里森：19 世纪英国历史小说家，著有《奥利佛·克伦威尔》等。

乎也流露出一种"你就算真去搞写生，也照样搞不出什么名堂"的意思。

美学家说："当然扯淡归扯淡，绘画的确是很难的啊。听说达·芬奇就教他学生临摹过寺院墙上的污渍。还别说，在茅房之类的地方，你专心致志盯着墙上漏雨的痕迹，慢慢就会很自然浮现出一幅相当不错的画哦。你留点儿心，试着画画看，肯定能搞出真有点儿意思的东西来。"

"又骗我？"

"没有，这次是真的。真实不就是出人意料吗？达·芬奇好像也这么说过呢！"

"的确，毫无疑问是出人意料的啊。"

主人已经投降了一半，但看起来还是一副不大愿意在茅房里写生的样子。

车夫家的大黑后来瘸了，他光泽的皮毛也渐渐褪色脱落。老夫曾评价过的他那比琥珀还美的眼睛里，也囤满了眼屎。尤其引起我注意的是，大黑变得意气消沉，体质羸弱。老夫和他在茶园里最后一次见面那天，问他怎么就弄成了这副样子，他说是被黄鼠狼最后的回马屁和鱼铺里的扁担给噼里啪啦地整坏啦。

红松林间铺陈着三两层红叶，就像是旧梦散开，石钵旁一度纷纷扬扬红白相间的山茶花也已飘零殆尽。朝南三间半长的走廊的一侧，冬日的阳光早早就黯淡了下来。枯木静止的无风之日变得越来越稀罕了，老夫美好的午睡时光变得日益短暂仓促。

主人每天去学校，一回来就把自己关进书房里。有客来访，依然总是抱怨当这教师真是够了、够了！水彩已经不怎么画了，治胃病的健胃药说是没啥功效，也停止了服用。孩子们天天上幼稚园令人欣慰，可回到家就又唱歌又踢松果，还时不时抓住老夫的尾巴将老夫倒着拎起来。因为没啥好吃的，老夫没怎么发胖，马马虎虎还算好吧，腿也没瘸，日子就这么一天天过了下来。老鼠是决心不抓的，女佣和过去一样讨厌，老夫仍然尚未取名。可要是说到欲望，那就永无止境了。老夫早已打算好了，就待在这教师的家里做一只无名的猫，了此余生吧。

第二章

新年以来老夫稍稍出了点儿名。虽说依然还是猫，但也由此体验到了荣耀，值得感谢。

元旦一早，主人收到一张手绘明信片，这是他一个画家好友寄来的贺年卡。画面上部是红色，下方涂着墨绿，画面正中用彩色粉笔画着一只蹲坐着的动物。主人一如既往坐在书房里，将明信片横看竖看，赞叹色彩真是漂亮啊。以为他赞叹一番也就完事了，没想到他还在那里横看看竖看看，身体也随之扭来扭去，还忽然伸长了手，活像个上了岁数的老头在让人相面算命。然后他又转向窗口，将明信片举到鼻尖上端详着。再不快点看完，膝盖老是这么瞎抖，老夫就要破口大骂了。好不容易等到他膝关节的抖动趋于平缓，才听到他小声咕哝了句："这究竟是画了个啥呀？"

主人赞叹手绘贺年卡的色彩极佳，却又搞不清楚画面重点描绘的动物是个什么，就一直在苦苦思索。一张明信片能有这么难懂吗？老夫闭着的眼微微眯开了一条缝，扫了眼就明白了，毫无疑问那就是老夫的肖像。也许这画家并不像主人那样服膺于安德烈亚的学说，但形体和色彩是确凿无疑的，无论谁看了都会认出那就是一只猫。要是眼神再好点儿，还能即刻辨别出那不是别的猫，正是老夫本尊，画得棒极了。想到主人连这点小事都搞不明白，居然还要苦苦思索，不禁为人类感到悲哀。要是可能的话，真想把画的真相告诉他，可惜人类这种动物终究不受天恩眷顾，不能理解我辈猫族的语言。虽然有点儿可惜，那也只能就此拉倒了吧。

　　老夫在此需要向读者略作声明。人类动不动就叫唤着猫咪猫咪的，还用毫无根据的轻蔑口吻谈论我辈，这确实很糟糕。人类的思考方式上存在着一种鄙视链——从人类舍弃的垃圾中创造出牛和马，又从牛和马的粪便中创造出了猫。他们对于自己的无知毫无感觉，还要摆出一副高傲面孔——对教师之流来说，这种思考方式也许是理所当然的吧。然而客观地看，这种想法当然是完全不靠谱的。就算是猫，也不是随随便便就能被创造出来的。乍一看，猫与猫之间似乎毫无差别，哪只猫都说不上有什么自己的特色。可要是真正进入到我辈猫族社会内部去瞧瞧，那就太复杂了，堪称千猫千面。人类社会中自我区别的各种概念，在我辈猫族中也完全适用。

我辈的眼神、鼻型、毛色、步态全不相同，从胡须的张力、耳朵竖立的角度，到尾巴下垂的分寸，根本就不存在一模一样的猫。漂亮与丑陋、喜欢与厌恶、通达与执拗，所有这一切都可以说是千差万别。虽然我辈猫族的差异存在是如此清楚明白，但人类的目光却从来只会向上投射，仰望星空；别说去了解我辈性格，就连对我们的外貌也终究难以辨别，真是太可怜了。

俗话说得好，物以类聚，果然就是这道理。卖面包的和卖面包的在一起，猫和猫在一起，猫的道理不是猫就搞不明白。无论人类进化到了何种程度，仅就这一点来说他们是不行的。说实话，人类并不像他们自以为的那样了不起，这一来要让他们认识到上述道理就更加困难。何况我家主人如此缺乏同理心，根本弄不懂彼此毫无保留的理解才是爱的第一要义，这没办法。他就像个坏掉的牡蛎一样把自己吸在书房里，从不对外面的世界开口说话，还要摆出一副世上只有我才看透了的面孔，这就有点怪了。他压根儿没看透的证据刚好在此，老夫的肖像就在他眼前，他连一点点悟性都没有，还在莫名其妙扯什么：哦，今年是讨伐俄罗斯的第二年，恐怕画的是只熊[1]吧。

老夫趴在主人的膝盖上闭着眼思考，不一会儿女佣又

---

1 熊：日俄战争时期日本人称俄国人为熊。

送来了第二张明信片。瞅了眼，明信片上是印刷的西洋猫，四五只整齐地排成一列。有的握着笔，有的翻开书在学习，其中一只离开座位在桌角跳着西洋的"喵喵"舞。上方用毛笔粗粗地写着"老夫是猫"，右侧写的则是一首俳句："读书呀，跳舞呀，喵咪春天里的一天。"明信片是主人过去的学生寄来的，不管谁见了都会马上明白是什么意思。主人却傻乎乎地还没明白，歪着脖子纳闷，自言自语地嘀咕道：今年莫非是猫年？他看起来完全没有意识到，老夫已经如此出名了。

就在这时，女佣又送来第三张明信片。这次明信片上没有彩绘，只写着"恭贺新年"，一侧写着小字："万分冒昧，恭请代向贵猫奉上由衷问候。"再怎么迟钝的主人看到如此直白的文字，也似乎终于醒悟了过来。他看着老夫的脸，哼了一声。那眼神和往日的不同，看上去多少带了点敬重之意。从来没有被社会承认过的主人，此刻突然被赋予了全新的形象，这完全是托了老夫的福。如此说来，他那带有敬重之意的一瞥，也算是理所应当的吧。

就在这当口，门铃丁零丁零地响了起来。估计是来客人了，要是有客来访都是女佣出去接待。除了卖鱼的梅公，老夫照例是不会出去的，所以仍和刚才一样泰然自若地坐在主人膝头。像放高利贷的闯进来了似的，主人神色不安地向玄关方向张望，不管什么样的客人上门拜年和他推杯换盏，都会让他感到难以忍受。一个人竟然自闭偏执到如此程度，那也真是让人无话可说。要是这么怕人上门，自己早早出门不就好了吗？可惜他连这点勇气都没有，这就进一步暴露出了他牡蛎的本性。

过了会儿，女佣进来说是寒月来了。这个叫寒月的据说过去也是主人的学生，现在已经毕业，似乎比主人混得好多了。不知为何他常到主人家来玩，每次一来就是海聊胡侃。什么有女人暗恋着他啦，一会儿这女人又没了；什么这世界真是太有趣啦，一会儿又真没劲；撂下了一堆香艳至极的八卦后他就开路走人。专程来向主人这种蔫了吧唧的货色聊这些八卦本就令人费解，主人听着他的絮絮叨叨，还时不时地敷衍迎合，那就更好笑了。

"久疏问候了。其实从去年年底就想着要来，各种活动太忙啦，两只脚终究还是没往这方向奔来。"他捻着和服的衣带，神神秘秘地说。

"那你的脚奔什么方向去了？"主人严肃认真地问道。他扯着印有族徽的黑棉夹袄袖口，夹衫里铺着一层棉絮，袖子很短，露出了下面穿旧了的绢织内衣，两边各有半寸长短。

"呃，呵呵呵。略有不同的方向。"寒月君笑着说。他一笑主人就发现他缺了颗门牙。

"你的牙怎么了？"主人调转了话题。

"唉，实话说，是在一个地方吃了点松茸菌啊。"

"吃了啥？"

"这个……吃了一点点松茸菌。正要用门牙咬断菌盖，吧嗒一下，门牙就掉下来了。"

"吃个松茸菌还能把门牙给磕掉，有一股老头儿的馊味了呀。说不定你的这层意思能弄出一首俳句，爱情怕是弄不成了。"主人说着，手掌在老夫头上轻轻拍打。

寒月君对老夫赞赏有加："啊，就是这只猫吧？真胖了不少呢，不输给车夫家的大黑了吧。了不起！"

"这段时间确实长大了不少。"主人很骄傲的样子，啪啪地敲打着我的头。

受到褒奖，老夫心中甚感舒爽，就是脑袋稍稍有点疼。

"前天晚上还搞了场演奏会呢。"寒月君又把话头扯了回来。

"在哪儿？"

"在哪儿您就别问了。三把小提琴加上钢琴伴奏，真的相当不错。只要有了三把小提琴，就算水平差点儿也还能听得过去吧。两个女的，我混在里头觉得自己也拉得挺棒。"

"嗯哼，两个女的是什么人？"主人不胜艳羡地问。别看主人平时摆出一张枯木寒岩的脸，内心深处绝不是个淡于女色之人。他读过一本西洋小说，书里某个人物一出场，对周边几乎所有女性都放电。作者讥讽道，屈指算来，他深深地爱上了至少七成的认识的女生。主人读到此处，不由得由衷感佩：这才是真理呀！

如此的好色之徒，为何竟然日复一日过着牡蛎的生活？老夫作为一只猫确实觉得费解。有人说他是由于失恋，有人说他是因为消化不良，也有人说他没钱只能臆想。众说纷纭。但不管怎样，他也算不上什么影响明治历史进程的大人物，怎么理解也都可以吧。但是，主人曾以艳羡的口吻探询寒月君的女友，这是确凿无疑的。寒月君提起筷子从拼盘里夹了一块鱼糕，有滋有味地用一个门牙将其咬成两半。老夫担心他剩下的这颗也会掉下来，但这次他的门牙相当结实。

"没什么，两个都是风尘女子，您不会认识的。"寒月冷淡地回答。

"原来……"主人拖长音调，省略了"这样啊"几个字。他陷入了沉思。

寒月君可能觉得火候差不多了，便试着怂恿道："天气太好啦。您要是闲着，一起出去散个步怎样？攻下了旅顺，街上大变样呢。"

主人的脸色似乎在说，比起旅顺的事，还不如讲讲那两个女朋友的故事呢。他思考了好一会儿，终于下了个决心："那就走吧！"说着他站了起来。

主人仍然穿着他那件袖口印有族徽的黑棉夹袄，据说这是他大哥留下的遗物。穿了二十多年的结城绢[1]的夹层里垫

---

1 结城绢：结城出产的绢织物，以结实耐用著称。

着棉絮。结城绢再怎么结实，这么一直穿着也受不了啊。许多地方都已经变得很薄了，透过阳光能看到衬里补丁上的针脚。主人在衣服穿着上没什么年底和新年之分，也没有日常穿着和出门行头的讲究。他把手往怀里一揣，摇摇摆摆就出门去了。不知是没有别的衣服，还是怕麻烦不愿更换，老夫搞不懂。不过就穿着邋遢这事来说，不能认为是主人失恋所导致的。

两人出门后，老夫就不客气地将寒月君吃剩的鱼糕一扫而光。如今老夫已然不是只普通的猫，起码大有资格和桃川如燕[1]及格雷[2]那只偷吃金鱼的猫比肩，老夫原本就没将什么车夫家的大黑放在眼里。就算老夫把盘底一扫而光，也不至于有谁说三道四吧。何况背着人吃点心这种毛病，并不仅仅局限于我辈猫族之所为。

家里的女佣之流就经常趁夫人不在家，将糕点果子偷了吃。不仅是女佣，现在连夫人所吹嘘的受过上等礼仪教育的孩子们也都有了这种倾向。

就在四五天前，两个小孩起了个大早，主人夫妇都还在睡，两姐妹在餐桌前相对而坐。这家人每天早上的习惯是将

---

1 桃川如燕：19世纪日本说书人，有《妖猫传》传世。
2 格雷：托马斯·格雷，18世纪英国抒情诗人，写有诗作《一只心爱的猫在金鱼缸内淹死有感》。

面包分成几份，蘸着糖吃。这天砂糖罐子正巧就在桌上，还多配了把勺子。这会儿没人像往常那样给她俩分配砂糖，老大就从糖罐里舀出了一勺，撒在了自己的盘子里。老二有样学样，也像姐姐那样将同等分量的砂糖舀进了自己的盘子。两人怒目相对了会儿，老大又舀了满满的一勺；老二也立刻抓过了勺子，加了同样的分量。这样一来，姐姐紧接着又舀了一大勺，妹妹不甘示弱再舀一大勺。姐姐把住了罐子，妹妹抢过了勺子。你一勺我一勺，转眼之间，两人盘子里的砂糖堆积如山，而罐子里却连一勺砂糖都没剩下。就在这时，主人睡眼惺忪地从卧室里出来，两姐妹好不容易交替舀出来的砂糖，又被原样倒回了罐子里。

由此可见，人类从利己主义出发所推导出的所谓公平理念，在逻辑上也许优于我辈，但从智慧角度上来说，则远比我辈低劣。完全可以在盘子里的砂糖堆积如山前，速速舔个干净，这一来岂不快哉？一如既往，老夫想要表达的心思她们无法理解，只能怀着遗憾趴在饭桶上默默地目睹了全过程。

不知主人跟着寒月君出门后去了哪儿，怎么去的，他回来得非常晚。第二天早饭时出现在饭桌前，已是九点前后了。老夫照例趴在饭桶上抬眼看去，主人正默默地吃着炒年糕——一口接一口。年糕切成小块，他吃了有六七块，最后剩下了一块，说声"饱了"就搁下了筷子。要是换了别人如此任性，主人是绝对不会答应的。得意的他浑身散发着主人的威光，平静地瞥了眼浑浊汤汁里年糕焦糊的尸骸。

夫人从壁柜深处取出了健胃药放在桌上。

"这药没用，不喝了。"主人说。

"可它对你很有效呀，还是喝了吧。"夫人劝他。

"淀粉也好，什么也好，通通不行！"主人犟上了。

"你这人真是一天一个主意呀。"夫人似乎在自言自语。

"不是我一天一个主意，是这药没有功效。"

"瞧你说的，前些天你不还在说这药有效，要天天吃顿顿吃的吗？"

"那些日子见效，这些日子就没效啦。"

这两人像联句写诗似的，你一句我一句往下说。

"这样吃吃停停的，再怎么好的药，也不会有啥效用。多少得耐着点性子吧。你这肠胃炎和别的病也不一样，不容易根治呢！"夫人说着，回头看向捧着茶盘待命的女佣。

"夫人说得太对了。要不再稍许喝上一点儿？不然这药是好是坏也说不清楚不是？"女佣无条件支持夫人。

"够了！不喝就是不喝。你们女人能懂什么？都闭嘴！"

"反正我就是个女人。"夫人将药瓶推到主人面前，强逼着他喝下去。

主人一言不发走进书房。夫人和女佣面面相觑，矜持地笑了。这会儿要是跟进书房爬上主人膝盖，必倒大霉。老夫悄悄绕到院子里，翻上书房的檐廊，从隔扇门的缝隙向书房里窥探。主人翻开了爱比克泰德[1]的书正在读着。要是这会儿他能跟平时一样把这本书读进去，那还真有点儿了不起呢。刚过五六分钟，他"啪"的一声将书合拢，扔到了桌上。果然这就读不下去了吧，老夫心里正这么想着，再一看，这回他又拿起了日记本，写了下面一段话：

　　和寒月君去了根津、上野、池端、神田一带散步。在池端的幽会茶馆前，一个穿着春装的艺伎在打羽毛球。春装的裙摆还带着花边，看起来相当漂亮，可人却太丑了，总觉得有点像我家的那只猫。

　　说人长得丑，有必要专门把老夫拿出来举例吗？老夫要是去理发铺子里刮把脸，也不比人差多少。人类自负到这种程度，真是太讨厌了。

　　拐过宝丹街角，又走过来一名艺伎。这艺伎肩溜背挺，长得很标致。一身淡紫色和服，穿在身上也很有品位。她露出洁白的牙笑着打招呼："阿源，昨晚不巧啊，刚好忙着呢。"她嗓音像乌鸦叫声一般沙哑，这让她罕见的风采大打折扣，令人唏嘘。不知她叫的阿源是何许人，回头去看又

---

1 爱比克泰德：古罗马斯多葛派哲学家，主张遵从自然规律，过自制的生活。

未免麻烦。我依旧袖着手向御成道走，寒月却有点心神不定的样子。

再没什么比人心更费解的了。这一刻，主人的内心是恼怒、兴奋，还是希望从哲人的遗著中寻找一点点慰藉？老夫一点儿也不明白。想要嘲讽这社会吗，还是想要融入这社会呢？是因为愚蠢和无聊而动了肝火，还是希望自己能超然物外？这些老夫全都摸不着头脑。

我辈行事就单纯得多了。想吃就吃，想睡就睡；愤怒时尽情宣泄，哭泣时就哭个死去活来，日记之类的无用之物绝不会去写，因为毫无必要。像主人那样表里不一的人写点儿日记什么的或有道理，能让自己见不得人的真情实感宣泄在阴暗角落里。至于我辈猫咪的行住坐卧，拉屎撒尿，全都是真正的日记。完全不必通过这样烦琐的特殊手段，将自己的真实面目保存下来。有写日记的工夫，还不如在檐廊上美美睡上一觉呢。

在神田某某亭吃晚饭，喝了两三杯久违了的"正宗"清酒，今天早晨胃非常舒服。看来有肠胃炎的人晚上喝上一点儿最佳，健胃药显然不行，谁说好都不行。说破天，不管用的玩意儿就是不管用。

主人胡乱抨击着健胃药，好像在跟自己争吵，他早晨的那股无名火似乎从这儿能摸到点头绪。也许人类写日记的本意即在于此吧。

前些日子某某说，不吃早饭对胃好。试着两三天不吃早饭，结果除了肚子饿得咕咕叫，其他别无效验。又有某某忠告，必须戒掉对腌制品的喜好。据他所言，所有胃病均起源于腌制品，停止进食腌制品，身体将因此固本复原。此后一周内我筷子没碰过咸菜，可也没感觉到什么特别的功效，所以最近又开始吃起来了。请教某某，告知只有进行腹部按摩治疗才行，但不是普通的按摩，必须是"皆川流"的古法按摩，一般的胃病按摩一两次后就能根治。传说安井息轩[1]酷爱按摩，连坂本龙马[2]这样的豪杰也时常去按摩。我马上就去上根岸[3]试了试。可又被告知，必须按摩到骨头里去才有意义，还要将脏腑的位置颠倒一次，不然根治起来就会很麻烦。这也太难为人了吧，算了，还是按这残忍的按摩手法来干吧。如此这般，做了按摩后我身软如棉，那种感觉就像是得了昏睡病，按摩了一次后就再也不想提起了。

---

1 安井息轩：日本江户末期的儒学家，著有《论语集说》《左传辑释》等。
2 坂本龙马：日本江户末期土佐藩的武士，致力于推动明治维新，后为刺客所杀。
3 上根岸：地名。位于日本千叶县木更津市。

A 君说必须要吃流食。我试着天天只喝牛奶，那段日子肚子里哗啦啦的肠鸣像发大水，让人整夜都辗转难眠。B 君说可以尝试腹式呼吸，通过横膈膜带动整个脏器运动，自然而然就能使脾胃的工作节律恢复正常。这也多少试了试，总觉得肚子里不舒服。而且，虽然时不时想起要一心不乱地采用腹式呼吸，可过了五六分钟就又全都忘了。倘若不想忘记，就得时时惦记着横膈膜，弄得书也读不进，文章也写不成。美学家迷亭看我这副样子，讥讽我又不是个快要分娩的男人，还是算了吧。于是呼吸疗法告一段落。C 先生告诉我，吃荞麦面挺好的，我飞快地吃了一碗又一碗，这法子除了让我老是拉肚子外并无别的好处。为了治好肠胃炎，这些年来能试的办法我都试了，通通不行。唯独昨晚和寒月喝下的三杯正宗清酒有点效果，从今而后每天就喝上个两三杯吧。

这想法绝对不会长久。主人的心就像老夫的瞳孔变个不停，他是个不管做什么都没长性的人。在日记里他对自己的胃病担心得要命，表面上却又强忍着做出一副无所谓的样子，非常别扭。

前几天，他一个叫某某的学者朋友来访。此人提出了一种观点：一切疾病无非是祖先和本人因罪恶结下的孽缘。学者看起来经过了大量研究，作为一套响亮的理论，此说也算条理清晰、秩序井然。很可悲，我家主人之流并不具备反驳这种理论的头脑与学识。而此时他又正为自己的肠胃炎所苦。不管怎样，就算为了保全面子也得申辩上几句什么："你这说法很有意思。不过卡莱尔也得过肠胃炎哦。"主人牛头不对马嘴地敷衍道。意思似乎是既然卡莱尔得过肠胃炎，那我得个肠胃炎也不算丢人吧。朋友马上接茬道："就算卡莱尔得过肠胃炎，但肠胃炎病人不必然就是卡莱尔。"朋友这话说得斩钉截铁，主人沉默了。

如上所述，主人的虚荣心相当严重，实际上他当然还是盼着自己没得胃病。说什么今晚开始要每天喝上两三杯，确实有点滑稽。他今天早上吃了那么多年糕，思量起来，说不定跟昨夜和寒月君的推杯换盏有关。说到这里，老夫也有点想要吃年糕了。

老夫虽说是猫，却并不挑食。既不像车夫家大黑那么有力气，能到斜街的鱼铺去远征；也不像新街口二弦琴琴师家的花子小妹那样阔气，没这身份。所以老夫不挑食，小孩掉下来的面包屑能吃，煎饼果子的馅也能舔。都说腌制的东西相当难吃，可为了历练，老夫也曾尝过两片泽庵咸萝卜[1]，那种滋味不可描述。老夫差不多什么东西都能吃下去。这也不

---

1 泽庵咸萝卜：晒干的萝卜拌入米糠和盐，压上石头加以腌制。据说是由日本江户初期临济宗的僧人泽庵和尚发明的腌制法。

爱吃，那也不爱吃，这种奢侈任性不是教师家的猫该有的。

据主人说，法国有个叫巴尔扎克的小说家，是个极度奢侈的人。这里指的不是巴尔扎克的口腹之欲很强，而是说他作为一个小说家在写作上非常铺张浪费。有一天，巴尔扎克想给自己小说中的人物起个名字，想了种种却怎么也不满意。刚好朋友来玩，朋友啥也不知道就被他带着出了门散步。巴尔扎克一直沉溺于他的思考，对这名字搜肠刮肚。他走在街上，无所事事地看着店铺的招牌琳琅满目，可中意的名字就是没有。巴尔扎克只能带着他朋友瞎逛，朋友也莫名其妙跟着走。两人就这样从早到晚在巴黎街头溜达探索。往回走的路上，巴尔扎克的目光忽然落在了一家裁缝铺子的招牌上，招牌上写着"马卡斯"。巴尔扎克一拍手叫道："就是它，非它莫属了。马卡斯，多好的名字！马卡斯前面再加个首字母Z，简直完美。没有这个Z肯定不成。Z.马卡斯实在是太棒了。自己起的名字，起得也算不错了，却不知怎么总是觉得有点儿不对劲，那种故意而为的感觉特别没意思。这下总算有了个舒服的名字啦。"他完全忘了朋友的困惑，独自一人高兴得不得了。为了给小说人物取个名字，就必须在巴黎逛上一整天，这也未免太讲究了吧。

奢侈能达到这种程度，也算了不起。像老夫这种，主人跟牡蛎似的，这种身份就别谈什么奢侈了。啥都行啦，只要有口吃的。老夫的这股子心气，应该是境遇使然吧。所以，此刻老夫想要吃个年糕，绝非是奢侈导向的，而是出于这样的立场——有口吃的就先把它给吃掉。想到主人还没吃完的年糕说不定还剩在厨房里，于是老夫向厨房迂回潜行。

早晨见过的那块年糕粘在碗底，颜色还和早晨时一样。老实说，年糕这种东西老夫还从未品尝过。它看上去很好吃，气味却又略略有点糟糕，表皮还沾着菜叶。老夫搭上前爪将菜叶挠聚到一起，瞧了眼爪子，上面粘了点黏糊糊的年糕。闻了下，感觉像锅巴盛到饭桶里时发出的香味。吃，还是不吃？老夫环视四周，四下无人，也不知是祸是福。女佣不管是年底还是正月，总是板着同一副面孔打羽毛球，孩子们在里屋唱着"兔儿呀，你在说些什么"。若是想吃，就在此刻了。如果错失良机，明年之前就再不可能知道年糕的滋味，这样的日子岂不牵肠挂肚？这一刻，老夫虽说仅是只猫，却感悟到了一条真理：来之不易的机缘，将鼓励一切动物敢于去干它们并不愿干的事。

说实话，老夫并不是那么想吃年糕。恰恰相反，越是深入地盯着它在碗底的样子，就越觉得恶心，吃它的欲望已完全消失。如果这时女佣打开后门，或听到孩子们的脚步声从里屋向这边过来，老夫应该会毫不惋惜地丢下这只碗吧，而且到明年年底脑海中也不会再浮起和年糕相关的念头。然而，谁也没来。不管老夫如何踌躇，也依然不见人影。心里有个声音在催促着我，吃了它吧，快吃了吧。

老夫紧紧盯着碗底，心中默默念叨着来个人就好了。但还是没有人来，这块年糕看来不吃是不成了。终于，老夫将全身重量全都扑向碗底似的，猛地咬住了年糕的一角。使出了这么大的劲儿将它咬住，一般的东西当然就此被咬断。可是，震惊！老夫觉得已然搞定正要松口，却发现牙拔不出来了。老夫又尝试着咬了一口，牙仍然无法动弹。年糕是妖孽！发现这点已然迟了。就像陷入泥沼的脚焦急地往外拔，却咕叽咕叽更深地陷了下去。越咬嘴巴就变得越是沉重，牙口动不了。虽然牙上还有感觉，但也仅仅是有感觉，不管如何处置，局面都已无法收拾。

　　美学家迷亭先生曾评价我家主人，说他是个黏糊无决断之人。这话说得好极了。年糕的性格也和主人一样黏黏糊糊的，切之不断。不管怎样咬啊咬，就像用三除十永永远远也除不尽。正烦恼间，老夫不知不觉间领悟到了第二条真理：一切动物都具备预知吉凶的直觉。

　　年糕粘在牙上，真理虽已悟出了两条，老夫却并不感到愉悦。牙齿似乎被吸入了年糕的实体部分，像是要被拔出来一般疼痛。再不快点咬断它溜走，女佣就要来了。孩子们的歌声也已停止，肯定是正往厨房这儿飞奔而来。尾巴摇了几圈没起什么作用，将耳朵竖起来、趴下来也都不成，老夫郁闷极了。想想也是，耳朵和尾巴跟年糕没有任何关系。关键是老夫发现摇尾巴、竖耳朵和趴下来反倒是吃亏了，于是作罢。终于，老夫想到唯有借助前爪才可以将年糕扒拉下来，于是先抬起了右边的爪子在嘴巴周围来回搓揉，可仅仅靠搓揉还不可能解决问题，又伸出左边的爪子，以嘴巴为圆心剧烈地画了个圆圈。但放出了魔法大招，仍然杀不死妖孽。老夫心里牢牢记着忍耐是最重要的，左右爪子轮换着抓挠，可年糕却依然耷拉在齿缝间。唉，太麻烦了！两只爪子一起上吧。这一刻，奇迹出现，老夫仅凭两只后脚直立了起来。不知为何感觉自己已然不是一只猫了。

弄成了这副样子，是不是猫还有啥关系呢！不管怎样，得先把这妖孽年糕搞下来，一股心气陡然而生，老夫两只爪子噼里啪啦往脸上猛烈抓挠。前爪的运动过于剧烈，稍不留神就会失去重心跌倒。将倒未倒之际就必须调整后足的平衡，不能固定在一个地方，于是就在厨房里这儿那儿地跳着转圈。真没想到老夫也能这么灵巧，第三条真理蓦然闪现眼前：危机来临时就能发挥平日所不具备的能力，此乃天佑。所幸受到苍天庇佑，老夫拼了性命和妖孽死战。正在此时传来脚步声，似乎有人从里屋往厨房走。这会儿来人可不得了，老夫蹦得更高了，绕着厨房打转。脚步声越来越近。啊，太遗憾了，"天佑"还是差了点儿意思，终于被孩子发现了。

"哎呀，猫吃了年糕在跳舞哪！"她大声叫喊了起来。

首先听到这叫声的是女佣，她扔下羽毛球和球拍，"哎哟喂"叫着蹦了进来。夫人说："讨厌！"她穿的是带族徽的绉纱。连主人也从书房出来了，骂道："这蠢货！"只有孩子们叫着"有意思，有意思"，接着众人就像约好了似的嘻嘻哈哈笑了起来。恼怒、郁闷、窘迫，无法停止的跳跃。众人的笑声总算停歇，那个五岁的女娃子又说了句："妈妈，猫咪这也太过分了吧！"已然平稳下来的笑声再次像海潮般奔涌而来。老夫知晓许多人类缺乏同情心的行径，但如此时这般憎恨人类的感觉却从未有过。天佑终于消失，老夫也终于和过去一样四脚着地，闭嘴扮演了一出翻白眼的丑态。

见死不救主人觉得于心不忍，命令女佣："把年糕给它摘了。"女佣看了眼夫人，那眼神的意思是："让它再跳会儿不是更有趣吗？"夫人既想看老夫接着跳，又不想眼看着老夫真的就此死去，便没吱声。主人又回头看了眼女佣："不弄下来它就死了，赶紧的！"女佣像是做梦正埋头吃着大餐，陡然被叫醒似的，一脸不情不愿地揪住年糕猛地一扯。会不会像寒月君那样门牙被她扯下来啊？还说什么痛不痛的，牙齿扎扎实实卡在了年糕里，被这么毫不留情地拉扯可真受不了，从而老夫真切体验了第四条真理：一切安乐均必然经历苦难。老夫若无其事地环顾四周，发现这家人已然都回到里屋去了。

这会儿丢了大脸还待在家里被女佣之流瞅着，总感觉心情很差。还不如干脆去新街口二弦琴琴师家拜访花子小妹呢，老夫从厨房的后门溜了出去。花子的美貌是这一带出了名的。老夫虽是猫，但对于物种的情欲也算略有心得。在家每当见到主人哭丧着脸，或是挨了女佣的斥骂而心情不爽，必定前来向这位异性朋友倾诉衷肠。这样一来不知不觉间心情就会变得开朗，先前的烦忧和困顿也全都忘怀，那种心境就像是重获新生，异性的影响堪称巨大。

她在家吗？从杉树篱笆的缝隙看进去，花子戴着正月里的新项圈，正仪态端庄地坐在檐廊上。她后背圆弧的完美不可增减一分，穷尽了曲线之美；而她翘曲得恰到好处的尾巴、盘叠得当的双足、微微扇动的忧郁的耳朵，这一切都美到无可言喻。尤其是她身处温暖向阳之地，身体端正静肃，气质内敛，那满身远超天鹅羽绒的光滑毛发，即便无微风拂过仍能感觉到它们似乎在微微颤动，反射着春光。

老夫神情恍惚地眺望着，好一会儿才终于神魂归位。"花子，花子。"我低声叫道，招动着前爪。

"哎哟，先生！"花子下了檐廊，红色项圈上的铃铛丁零丁零晃着。呀，过年啦！连铃铛都戴上了。这声音可真是好听，正赞叹间，花子来到了身边。"哟，先生，新年好呀！"花子向左侧摇着尾巴说。

我辈猫咪相互问候时，必须将尾巴像棍子似的竖起，然后再将它向左侧团团转上一圈。街坊中将老夫称作先生的唯有花子。如前所述，老夫尚未取名，因为是住在教师家里，于是花子就尊敬地以"先生"相称。被尊称为先生自然感觉大佳，老夫每次都"是、是"连连答应。

"是啊，是啊，新年好呀。你这身打扮真是太漂亮啦！"

"是呢，这是琴师年底给我买的。漂亮吧？"她丁零丁零摇着铃铛让我看。

"这声音也太好听了吧，一辈子都没见过这么漂亮的铃铛呢。"

"讨厌！大伙儿不都戴着吗？"她的铃铛仍在丁零零晃荡着。

"声音好听吧？我开心极了。"铃铛丁零丁零、丁零丁零持续地鸣响。

"你家琴师真是太宠你啦！"和自身情况一比，老夫情不自禁流露出羡慕的口吻。

"真的，就跟对自己的孩子一样。"花子很单纯，她天真无邪地笑起来。

猫并不是不会笑。人类似乎认为除了他们自己外，就没有会笑的动物了，这可错啦！老夫笑起来是将鼻孔挤成三角形，然后震动喉结，人类当然不可能理解这种笑。

"对了，你家主人究竟是做啥的？"

"咦，我家主人，瞧你这问的。她就是一个琴师呀，弹二弦琴的琴师呀。"

"这我知道。我问的是她的身份，在过去这算了不起的人物了吧。"

"是的呢。"

"等着你的姑娘呀小松树……"隔扇门后响起了琴师弹奏二弦琴的声音。

"好听吧?"花子炫耀地说。

"听上去不错,可老夫听不懂。弹的究竟是个啥?"

"那支……那支曲子叫什么来着?琴师最喜欢这曲子了。琴师已经六十二岁啦,身子骨却结实着呢。"六十二岁竟然还活着,当然是足够结实的了。老夫嗯哼了一声,稍稍停顿了会儿,实在想不出什么更机智的回答。

"不单如此。据说她以前身份很高贵,她老是这么嘀咕。"

"嗬,她从前做什么的呢?"

"听说是天璋院[1]秘书的妹妹的婆婆的外甥的女儿……"

"啥?"

"天璋院秘书的妹妹出嫁后……"

"这样啊。哎,稍等下,是天璋院妹妹的秘书……"

"哎呀,你错啦。是天璋院秘书官的妹妹的……"

"我明白了。是天璋院的什么人,是吧?"

"嗯哪。"

"是秘书官吧。"

---

1 天璋院:一般是指笃姬,日本武士家庭出身,嫁给德川家第十三代将军德川家定,家定死后出家为尼,法名为天璋院。后在明治维新的骚乱中发挥了重要作用。

"对了。"

"出嫁了？"

"是他妹妹出嫁啦。"

"对了，对了，是我弄错了。是妹妹出嫁后那家的……"

"婆婆的外甥的女儿。"

"是她婆婆的外甥的女儿吗？"

"没错，这下你明白了吧。"

"不明白。这也太乱了吧，没啥重点呀。究竟是天璋院的什么人？"

"你也相当糊涂了呢！天璋院秘书的妹妹的婆婆的外甥的女儿呀，刚才不是说过了吗？"

"这样啊，这下可就全明白啦。"

"弄明白了就好。"

"是啊，是啊。"老夫没辙，唯有投降。我辈因时而异，也有不得不说点儿违心话的情况。隔扇门后的琴声戛然而止，传来了琴师的呼唤："花子，花子，开饭啦！"

花子小姐兴高采烈："哎呀，琴师叫我啦。我得回去了，不好意思。"

都说不好意思了，还能有什么办法。

"再来玩呀！"伴随着丁零丁零的一串铃声，她跑到廊檐下，又突然折返回来。

"你脸色很不好呢，怎么啦？"她担心地问。

吃了年糕跳舞这种事能说吗？"没啥，稍稍想了点事，头就疼了起来。想着跟你说会儿话说不定头疼就好了啦，这才过来找你的。"

"这样啊，那多多保重了。回见！"她看起来还有点依依不舍的样子。

老夫因为吃年糕丧失的能量瞬间又被充满，心情好得很。回去时和往常一样踩着融化了的冰凌，穿过那座茶园，从建仁寺的断壁缺口中探头看去，车夫家的大黑又在一片枯菊上弓起腰打呵欠。老夫如今已不是一见到大黑就战栗的猫了，可是跟他说话还是嫌麻烦，于是干脆装出一副没看见的样子走了过去。以大黑的脾气，他是绝不会默默容忍蔑视他的事情发生的。

"嗨！没名没姓的乡巴佬儿，这段日子有点得意过头了啊！不管捞了教师家多少饭，也不必摆出这副高冷脸吧，那样就太没劲了。"

大黑好像还不知道老夫已经很有名了。跟他解释也是说不明白的，不如敷衍下尽快告辞为上。

"哟，黑哥呀，给你拜年！还是这么精神哪。"老夫竖起尾巴，向左晃了一圈。大黑竖着尾巴，却并不还礼。"还拜个什么年哪！人家就只在正月里拜年，可你这小子一年到头都是拜年拜年的。小心点，你这一脸忤逆的喷子！""一脸忤逆的喷子"应该是句骂人话，可老夫听不懂啥意思。

"请教下，这'忤逆的喷子'是个什么意思呢？"

"啥？你小子是不是太贱啦？挨了骂还问骂的是个啥，所以说你就是个新年傻蛋呀！"

"新年傻蛋"这个说法倒颇具诗意，可它的含义跟"喷子"二字联系在一起，这话就更令人费解了。原来是想请教他长点见识，可就算问了，他也不肯好好回答，只能彼此面对面沉默地站着，略略显得有些尴尬。就在这会儿，大黑家的女主人扯着嗓子吼了起来："搁架子上的大马哈鱼不见啦，了不得啦，又被那只黑畜生叼走啦！除了那畜生还有哪个！等它回来看我怎么收拾它！"

音浪毫不留情地在初春恬静的空气里振动着，将树梢上平静怡然的荣华盛世彻底庸俗化了。既然咆哮来临，那就让咆哮来得更猛烈些吧。大黑一脸桀骜，他方形的下颌略向前撅着，示意老夫："听见那咆哮了吗？"一直在和大黑敷衍应酬，老夫完全没有注意到。低头一看，他脚下踩着一块值两钱三厘左右的大马哈鱼骨头，鱼骨头上沾满了泥。

"黑哥还是老样子，那么能干啊！"老夫忘了这会儿对话的来龙去脉，不知不觉马屁就跟了上去。

这点马屁对大黑来说都是小打小闹，根本改变不了他的心情。"说什么哪，傻子！一两块大马哈鱼就算能干啦？小瞧人是吧，老子是车夫家的大黑！"说着他像挽起袖子似的前爪逆着毛一直捋到了肩头。

"哪里哪里，黑哥的情况我一开始就心里清楚。"

"既然你清楚，还说什么老样子，你小子什么意思？"他拉开架势不依不饶。我想他要是人类的话，估计就得揪住衣襟来上一记小勾拳。这下可真麻烦了，老夫小小吃了一惊，心里正发怵，那女主人神一般的轰鸣再度响起："喂喂，西川桑[1]，西川桑你来得刚好，正找你有事哪。送一斤牛肉过来，赶紧的。行吗？听明白了没！牛肉软点的部位来一斤哦！"她订牛肉的声音穿透了这一片的冷清孤寂。

"喊！一年就买上这么一回，还故意那么大声嚷嚷，拿着一斤牛肉向左邻右舍炫耀。真是个拎不清的老妈子。"大黑讥讽着，四肢抻开。老夫无意敷衍，只是沉默地看着。"才一斤，差了点儿意思吧，真没办法哪。也行吧，一送来就吃了它。"那口气就像这斤牛肉是为他叫的一样。

"这回可真是一顿大餐啦，可以，可以！"老夫巴不得这家伙早早回去。

"你小子懂什么，给我闭嘴！真是太吵了。"他说着，突然用后爪刨起冰碴儿撒在了老夫头上。老夫吓了一跳，正抖落着溅到身上的泥，大黑却钻过了篱笆，身影消失不见了。应该是奔西川先生送来的牛肉去了吧。

---

1 此处原文为"ちょいと西川さん"，"さん"是日语中的敬语后缀，通常用于称呼与自己关系比较疏离或身份地位较高的人，为与其他尊称区隔，此处音译为桑，下同。

回到家，里屋异乎寻常传来主人如沐春风的爽朗笑声。呀，怎么回事？老夫跃上敞开的檐廊，溜到主人身边，这才发现来了陌生客人。他头发整齐地向两边分开，棉布的小仓¹裙裤上绣着绢织的族徽，看起来像个极其认真的学生。主人手暖炉的一侧，和春庆涂²烟盒并排放着的是一张名片，名片上写着"谨此介绍越智东风君，水岛寒月"字样。哦，老夫就此知道了这人的姓名，这人原来是寒月君的朋友。半路进来，对两人说话的来龙去脉不大清楚，但感觉似乎和前面说过的那个美学家迷亭君有关。

　　"他说那可是非常有意思的，无论如何让我得一起去。"客人沉着地说道。

　　"啥，是说去那西餐厅吃个午饭非常有意思吗？"主人续满了茶，将茶杯推到客人面前。

　　"这个，说是很有意思吧，不过我那时也并不清楚。反正是那个人的事情。我想，说不定还真有什么有趣的事儿……"

　　"哦，你们一起去了。原来是这样。"

　　"还真有些吃惊呢。"主人流露出一副果不其然的表情，拍打着老夫的头。老夫正趴在他的膝盖上，感到稍稍有点疼痛。

---

1 小仓：日本九州北部福冈县小仓市，以和服制作驰名。
2 春庆涂：日本的一种涂漆的技法，此处指由该工艺制成的漆器。

"又是一场愚蠢的滑稽戏吧，那家伙就喜欢搞这个。"他马上联想到了安德烈亚事件。

"可不是吗。他问我想不想吃点儿什么与众不同的东西。"

"吃了啥？"

"先是看着菜谱，东拉西扯聊了各种料理。"

"下单前？"

"嗯哪。"

"后来呢？"

"后来……他回头看服务生，问他是不是没什么特色菜。服务生不服气，反问他：'烤鸭片还有带骨小牛排怎么样？'先生说：'这些老套路还用专门跑你这儿来吃？'服务生不知他说的老套路是什么，带着古怪的表情不言语了。"

"可不是吗。"

"后来他又转过来对我说，你要是去了法国或英国，天明调¹呀、万叶调²什么的，随随便便就能吃到。可在日本，不管你去了哪儿都是老一套，叫人根本就不想走进西餐厅。总之他说的都是些气焰嚣张的话——对了，他去欧美留学或旅游过吗？"

"留学或旅游？迷亭这人不搞这些的。当然，这人有钱，

---

1 天明调：日本江户时代一种清新的俳句写作风格。
2 万叶调：日本具有《万叶集》语言特征的俳句写作风格。

也有时间，想去的话他随时都能去。恐怕他把自己将来打算做的事，当成是已经做过了的吧，都是跟你吹吹牛的。"主人觉得这句话讲得很漂亮，自顾自笑了起来，客人却并未表现出佩服的样子。

"是这样吗？我还以为他以前出过国呢，就情不自禁认真听他讲下去。他讲的那些就跟亲眼见过似的，什么鼻涕虫做的汤啦，什么洋葱土豆炖青蛙啦，形容得全都活灵活现。"

"这些也都是从谁那儿听来的吧，这人扯淡起来很有名的。"

"看来还真是这样啊。"客人边说边盯着花盆里的水仙，脸上带有略感遗憾的表情。

"那你刚才说很有意思，说的就是这些？"主人还惦记着那话题。

"不不，这就是个开场，正文这才开始。"

"嗯哼。"主人切入好奇的感叹词。

"后来他就说：'鼻涕虫、青蛙什么的都算了吧，就算想尝也吃不进嘴。你看咱俩就来个橡面丸子¹怎么样？'我不知道这里有坑，就随口答应。"

"嗯哼，这橡面丸子有点意思哪。"

---

1 橡面丸子：橡面丸子和橡面坊在日语中是谐音。安藤橡面坊则是夏目漱石同时代的日本俳句诗人，别号橡庵。

"可不是吗，相当完美！当时先生说得太认真了，我一点儿也没注意到。"他似乎在请主人原谅自己的疏忽。主人却对他的歉意毫无表示，满不在乎地问道："后来呢？"

"先生接着就叫来了服务生，让他拿两份橡面丸子来。服务生问：'是洋葱牛肉丸子吗？'先生越发一本正经，纠正服务生说：'不是洋葱牛肉丸，就是橡面丸子。'"

"啊？究竟有没有橡面丸子这么一道菜？"

"是啊，我也觉得有点奇怪，可先生非常沉着。我觉得他是个欧美通，当时我又认定他去过欧美留学或旅行，就完全相信了他，还在边上帮腔矫正服务生的发音说：'没错，就是橡面丸子——橡面丸子。'"

"服务生怎么说？"

"服务生呢，现在想来也真够滑稽。他琢磨了好一会儿说，太对不起了，今天不巧没有橡面丸子，要是洋葱牛肉丸子的话，现在就给您上两份。先生非常遗憾地说：'要这样的话专程来这儿就太不值当了。你们就不能想想办法弄个橡面丸子上桌吗？'他拿出二角银币塞给了服务生。服务生答应了，说这得先去跟厨师商量下，然后就往里屋去了。"

"看起来他倒是真的很想吃这橡面丸子呢。"

"过了会儿，服务生从里屋出来说：'还真巧了，您要下单的话这菜能给您做，不过等的时间会稍稍长一点儿。'迷亭先生真能沉得住气，跟他讲，反正是过年闲着，稍等等没事的，吃了再走吧。说着他从兜里掏出了香烟，开始吞云吐雾地抽起来。没辙呀，我也跟着从怀里摸出《日本新闻》读了起来。服务生又走进里屋商量去了。"

"还真能折腾啊。"主人身子往前凑了凑，那股专心致志的劲头像是在读前线传回来的战报。

"服务生又从里屋出来可怜巴巴地说：'店里做橡面丸子的材料没存货了，去了龟屋老铺，还去了横滨十五号，也都没买到。这会儿真是太不巧了。'先生看着我，念念叨叨地说：'太糟了，好不容易来一趟。'我也不能不言语呀，只好附和着说遗憾，真是太遗憾了。"

"是啊，的确如此。"主人也表示了赞同。天知道他赞同的是什么。

"服务生也是一副很遗憾的样子说：'等材料备齐了，还请务必赏光。'先生问他要准备什么材料，服务生嘿嘿地笑着并不言语。先生追问他材料是不是日本流的俳人¹，服务生回答说：'是的，就是那玩意，所以去了横滨也没买到，真是太抱歉了。'"

"啊，哈哈哈。原来梗是落在了这儿，这可太有意思啦。"主人异乎寻常地放声大笑，膝盖抖得厉害，老夫差点摔了下

---

1 日本流的俳人：日本俳句大家正冈子规主张俳句创作革新，以《日本》报刊为阵地，被称为日本流。安藤橡面坊即为日本流的俳句诗人。

来。他笑得停不下来。安德烈亚的坑不是他一个人遇到，这似乎让他感受到了突如其来的愉悦。

"我们二人出门后，先生对这橡面丸子的梗非常得意，问我：'怎么样，整得还漂亮吧？''佩服之至！'我说着就要告辞。午饭拖到这么晚还没吃，肚子饿得实在是受不了。"

"这可真给你添麻烦了。"主人第一次对来客表示了同情，对此老夫也无异议。两人谈话中断了片刻，老夫喉头蠕动的声音传入了两人耳中。东风君将已经凉了的茶咕嘟咕嘟一饮而尽，改换了话题："今日登门，其实有件小事想要拜托先生。"

"哦，有何指示？"主人也郑重起来。

"如您所知，我热爱文学和美术……"

"好事呀。"主人鼓励道。

"前些天同人相聚组织了场朗诵会，以后打算每个月聚一次以继续这方面的研究。第一次朗诵会去年年底就举办过了。"

"稍稍问下，你们这朗诵会听起来像是用某种节奏朗读诗歌、文章之类的吧，具体是怎么个搞法呢？"

"先从古典作品开始，以后慢慢也想纳入同人的创作。"

"古典作品？白乐天 [1] 《琵琶行》这样的吗？"

"不是。"

---

[1] 白乐天：即白居易，字乐天，号香山居士，唐代著名诗人，代表作《琵琶行》《长恨歌》。

"那是芜村¹的《春风马堤曲》之类吗？"

"也不是。"

"呃，那你们到底朗诵些什么呢？"

"上次朗诵了近松²的殉情剧。"

"近松？是那个净琉璃³的近松吗？"并无第二个近松。只要提起近松，自然就是那位戏曲家了。连这都要问，主人真是愚不可及。可他自己却对此毫无感觉，还细细抚摸着老夫的头。反正这世上有些人就这副样子，别人给他个斜眼，他却自以为是被他的风采迷到了。所以主人的这点认知误差也不足为奇，他喜欢摸就让他摸吧。

"是呢。"东风君应了声，窥探着主人的脸色。

"是一个人读，还是定出些角色分别朗诵？"

"是定出角色，交替朗诵的。这样做的主旨是希望贴近作品中的人物内心，发挥人物性格，而且也需要一些手势和身段来配合。台词尽量以表现出那个时代的人物为主，小姐也好，学徒也好，都要像真实人物出场那样去表现。"

"啊，这不是和戏剧演出一样吗？"

"差不多，只是没有服装和布景。"

---

1 芜村：与谢芜村，日本江户中期著名俳句诗人，所作《春风马堤曲》为明治时代新体诗的先导。

2 近松：近松门左卫门，日本江户时代著名净琉璃和歌舞伎剧作家。

3 净琉璃：日本说唱艺术，后演变为木偶戏。是日本古典舞台艺术形式之一。

"这话问得有点失礼了，你们这样搞能成吗？"

"作为第一次，我想算是成功的吧。"

"你刚才说过，第一次朗诵的殉情剧是……"

"那个……就是艄公载着客人去芳原¹。"

"那可是个大场面！"主人不愧身为教师，他微微歪着头，日出牌香烟的烟雾从鼻孔里出来，绕过脸颊一侧飘向耳边。

"哪里话，算不上什么大场面。出场人物也就是客人、艄公、花魁、侍女，还有就是老鸨和龟奴而已。"东风君不动声色地说。

听到"花魁"一词主人脸色略显尴尬。看上去他对侍女、老鸨和龟奴这些术语也还缺乏清晰的理解，不由得问道："这侍女在青楼里应该就相当于丫鬟吧？"

"这还没仔细研究。侍女在茶馆就是丫鬟，老鸨看上去应该算是妓女房间里的女佣。"东风君刚才还在说要尽可能贴近作品中的人物，可他对老鸨和侍女的身份也似乎并不了解。

"原来这样啊。侍女归在茶馆这一路里，老鸨是打理妓院日常起居的。可这龟奴又是怎么回事？是指一个人还是一个地方？是人的话，那么是男性还是女性呢？"

"我觉得龟奴应该是个人，多半是个男性吧。"

---

1 芳原：地名，原为著名花柳地，现位于日本东京都台东区浅草北部。

“可他在青楼里是负责什么的呢？”

“这个，我们的研究还没达到这深度，回头去查查看。”

再这么榫不对卯地聊下去，还不知会弄出什么奇葩玩意儿。老夫瞄了眼主人，没想到主人竟意外地认真。

“搞朗诵的除了你，还有些什么样的人呢？”

“各种人才都有。法学士 K 君的角色是花魁，他留着小胡子，朗诵的却是女人娇媚的台词，那是相当有意思。而且那花魁正勃然大怒的时候……”

“那朗诵时也得发怒呀，必须如此吗？”主人很担心的样子问。

“当然。无论如何，表情太重要了。”东风君不管说什么都是一副艺术家风范。

“发怒的表现够精彩吗？”主人问出了金句。

“初次发怒就要求到位，这恐怕有点勉强了。”东风君也妙语回敬。

“那么你扮演的是什么角色？”主人问。

“我是艄公。”

“哦，你演的是艄公？”主人言下之意是你要能演艄公，我演个龟奴啥的也不是问题。

“我演艄公有点勉强吗？”东风君毫不避讳地挑明了潜台词，但他并没显出不高兴的样子，语调仍然很平静。

“就是因为演了这艄公，好不容易办起来的朗诵会搞得虎头蛇尾。谁也没想到会场隔壁住了四五个女学生。也不知她们从哪儿听来的消息，说这天有朗诵会，就凑到了窗外听。我扮演艄公时用的是假嗓，总算把调子定下来了，我想这下没问题了，正演得来劲……可能是身段有点过火了吧，一直憋着的女学生突然就哇哈哈地笑出了声。我又是吃惊，又是扫兴。因为被中场打断，不管怎么调整后续也接不上，朗诵到这儿就只好散了。"

如此收场的朗诵会竟敢声称是成功的，那么失败的场面又将是怎样的呢？略加想象就忍俊不禁。老夫的喉头情不自禁地发出咕噜咕噜的声响，主人越发轻柔地抚摸着我的头。嘲笑人类反而遭到了人类的爱抚，这确实很值得感激，可这也正是毛骨悚然之处。

"飞来横祸哪。"新年刚开了个头，主人就早早发布了新年悼词。

"第二届朗诵会我们想再努力点，规模搞得更大点。今天来拜访就是为了这件事。说实话，我们也想恭请先生加入，多多仰仗先生的大力支持。"

"可勃然大怒我也演不来呀。"主人态度消极，当即一口回绝。

"不不，能不能表现勃然大怒并不重要。这是赞助的会员名单。"说着他打开紫色布包，郑重其事地取出了一本小菊花封面的本子，"恳切希望您能在这儿签个名，然后盖上章。"

他将本子翻开，放在了主人的膝盖前。一眼看去，当今知名的文学博士、文学学士之流的名字赫然在列。

"呃，倒不是不想当这赞助人，不知当了有什么义务？"牡蛎先生看起来有点担心。

"要说义务，倒也没什么非做不可的事，只要登记下姓名表示支持就可以了。"

"要只是这样我就加入。"主人得知无须承担什么义务，马上就放松了下来。那副表情似乎在说："只要不用负责任，就算是谋反宣言的联署我也签了。"何况还有那么多著名学者均名列其上，自己的名字能排在里头即是无上光荣。主人迄今为止还没有遇到过这样的事情，那么干脆地答应下来也算合乎情理。

"稍等一下。"主人说着走进书房去取印章，老夫"啪嗒"一声摔在了榻榻米上。东风君抓起点心盘上的蛋糕一把塞进嘴里，嘎吱嘎吱嚼了好一会儿，看起来一副很难受的样子。这让老夫不由得想起了今天早上的年糕。主人从书房取了印章出来，蛋糕恰好就在这时落进了东风君的胃里。主人好像没有留心到点心盘上的蛋糕少了一块，要是注意到了，应该首先就会怀疑是老夫干的吧。

东风君离开后，主人回到了书房，看到桌子上不知何时放着一封迷亭先生的来信，上面写着"新年谨致恭贺"字样。迷亭什么时候也变得这么正经了？主人觉得有些诧异。这迷亭写信从来就没个正形，前些日子来信说："其后并无眷恋的妇人，也未收到任何香艳情书，姑且无所事事，消磨时光。虽然不该这么说，但还是请您放心。"和这样的书信相比，这封贺年信就显得异常得体。

"本意趋府拜谒，恭贺新春。但与大兄所持之消极主义相悖，弟愿竭尽全力以积极之方针，直面此千古未有之新年。故日复一日，忙碌如目之转睛，请予明察海涵为盼……"原来如此，主人心中认可迷亭君的说辞，这人一到正月就换着法儿找乐子，忙是肯定的了。

"前日忙里偷闲，如兄所知欲宴请东风君品尝橡面丸子，不巧材料售罄，心愿未达，常自郁郁……"

主人默默微笑着心想：你看，来了吧。

"明日某男爵约牌局，后日是美学学会的年会，大后天则是鸟部教授的欢迎会，再大后天……"

真是啰唆，主人跳着往下看。

"如右所述，谣曲会、俳句会、短歌会、新诗会等，会议连发，持续不断且无幕间休息。万不得已奉书贺岁，以代新年拜贺之礼，伏乞宥恕……"

没啥事就别特意跑来啦，主人对着信自言自语。

"下次驾临寒舍，欲与尊驾共进晚餐，畅聊久别重逢之情。寒舍虽无美味珍馐，却有橡面丸子。现已悉心筹措……"

还搞什么橡面丸子，简直失礼。主人有点恼火了。

"惜乎！橡面丸子近日材料不敷其用，恐有烹制不及之虞，届时另有孔雀舌风味亦佳，敬请品尝……"

迷亭似乎还暗藏了一手，这勾起了主人读下去的兴趣。

"如兄所知，孔雀其舌之重，不足半指，而大兄胃口绝佳，为了……"

简直胡说八道，主人不屑。

"非捕获二三十只孔雀不足以填充大兄伟岸之躯。然余除在动物园与浅草游乐场零星见过孔雀外，此物于一般的花鸟店却踪迹难觅，为招待大兄堪称费尽苦心……"

你不是自寻烦恼吗？主人毫无感激之意。

"此孔雀舌料理在古罗马鼎盛时期曾风靡一时，极尽奢华风雅，余闻之，食指大动[1]，其渊源来历还望大兄明察……"

明察个鬼，这傻子。主人对迷亭所言嗤之以鼻。

"十六七世纪以降，孔雀已成为全欧洲宴席上不可或缺之美味。莱斯特伯爵在凯尼尔沃思城堡[2]宴请伊丽莎白女王时，就曾以孔雀作为佳肴。著名画家伦勃朗创作《宴宾图》，也将开屏的孔雀置于案头……"

---

1 食指大动：出自《左传·宣公四年》，原指有美味可吃的预兆，后形容看到美食而贪婪的样子。
2 凯尼尔沃思城堡：位于英格兰沃里克郡。该城堡以伊丽莎白女王和其宠臣莱斯特伯爵——罗伯特·达德利间的绯闻而闻名。

孔雀料理的来历真要像他说的这样，恐怕也没必要写得这么仔细吧。主人愤愤不平地想。

"总之，近期这样持续宴饮吃喝，即便如弟也必定离大兄之肠胃炎不远矣……"

"什么大兄之肠胃炎，真是多余！非把我当成肠胃炎的样板吗？"主人嘟嘟囔囔。

"据历史学家研究，罗马人一天内要举办数次宴会，每日两三次面对摆满丰盛酒菜的饭桌，无论肠胃如何，康健之士都将消化不良吧。自然就如同大兄……"

如同大兄！太失礼了。

"为了消除奢侈享乐与健康生活之矛盾，他们竭力钻研，得出结论，须在大量摄取美味的同时，保持肠胃的正常活动，并由此总结出了一条不传之秘……"

嗯哼？主人顿时来了兴趣。

"罗马人饱食后必定入浴。入浴后再以一种独特手法使浴前咽下的食物悉数吐出，清扫肠胃，以奏机体清理之功。此后再行入席，席卷钟爱之珍馐，旋即再度入浴，再度吐出。如此这般循环，既不耽误天下珍味之享用，也消除了对脏腑诸功能之损害。窃以为此法可谓一举两得矣……"

一举两得，这倒确实。主人流露出歆羡不已的表情。

"二十世纪之今日，交通便利，宴聚频仍，此点自不赘言。值此帝国多事、征俄两载之际，我辈战胜国之国民，正是继承罗马入浴呕吐术研究之良机。若非如此，我大国民之命运，恐不久之将来亦如吾大兄沦为肠胃炎之患者，诚为痛心哉……"

又来什么如吾大兄，主人觉得这迷亭简直是个智障。

"此其时也，国人精通西洋文明者，探究其古史传说，发掘其废弃秘法，并应用于我明治社会。此举既可收防患于未萌之功效，亦可报平素恣意享乐之隆恩……"

这段说得有点意思了，主人微微颔首。

"因此之故，近日于吉本、蒙森¹、史密斯²诸家之作均有涉猎，惜乎！迄今未见头绪。如兄所知，愚弟心意已决，即绝无半途而废之理，坚信呕吐秘法再现于世之日不遥远矣。若有所发现当即禀告，勿虑。至于前述橡面丸子及孔雀舌之宴，弟研究有所突破后亦即行奉上。如此，方能了却愚弟之心事，亦对备受肠胃炎之烦忧的大兄颇为相宜。匆匆草上。"

哈，总算是扣回主题了，这封信写得一本正经才让主人从头读到了尾。主人笑着说，都忙着过年还搞这种恶作剧，可见迷亭这家伙还真是闲得可以。

后来的四五天没发生什么特别的事。白瓷盆里的水仙日

---

1 蒙森：特奥多尔·蒙森，德国历史学家、作家，1902 年诺贝尔文学奖获得者。

2 史密斯：疑似指亚当·斯密，英国古典经济学家，代表作有《国富论》。

渐凋零，绿萼梅却在瓶中陆续开放，成天盯着这些过日子也真够无聊的，去找了花子两次，可都没见到。起初还以为她不在家，第二次去才知道她病了，在家里躺着。老夫匿身在洗手钵旁一株摇边竹的暗影下，听到了二弦琴琴师和女佣在隔扇门后的对话。

"花子吃了吗？"

"没呢，早上起就啥都不吃。这会儿正让她睡在被炉上暖和着。"听上去都不像是在说猫，完全当成了人在照料。和自己的境遇相比，老夫一方面不无羡妒之意，另一方面想到自己的心头所爱受到如此关爱，又不禁为之欣喜。

"这可不行呀，啥都不吃身子就会一直垮下去。"

"可不是吗。我们一天不吃，第二天根本就啥也干不动了呢。"女佣答道。她似乎感觉猫是比自己更高级的动物，在这户人家说不定猫的地位还真比女佣要更高。

"带她去看医生了吗？"

"去啦，那医生怪里怪气的。我抱着花子去诊所，他还以为是我着凉感冒了呢，伸手就要给我把脉。我把花子放在膝头上，跟他说病的不是我，是她。医生咯咯笑起来，说什么猫的病他也不会看呀，扔那儿搁着，过会儿就会好了吧。这话说得不是太绝情了吗？气死我了，跟他说这猫贵重得很呢，那咱们就不看了！然后我就把花子裹进怀里，快快抱了回来。"

"所言甚是呀。"

"所言甚是呀"，这无论如何不是老夫之流能听到的话。不愧是天璋院的什么什么，不是这身份根本用不了这词，听上去就相当高雅，令老夫感佩于心。

"总觉得她抽抽噎噎在念叨着些什么……"

"嗯呢，肯定是着了凉导致的喉咙痛。凡受了风寒的，是谁都得咳嗽……"

天璋院的什么什么对女佣使用着异常郑重的词汇。

"说是最近又流行什么肺炎了。"

"真的。这一段时期肺炎、鼠疫什么的，新毛病是越来越多了。这日子一点也不可大意呢！"

"从前幕府时代没有过的，都不会是什么好东西，你也得当心点。"

"说的是呢。"女佣被深深感动了。

"说是感冒了，可她也没怎么出门呀……"

"还别说，跟您说吧，这一段时间她结交了不好的朋友啦。"

女佣像是说出了个国家机密似的一脸得意。

"不好的朋友？"

"嗯哪，就是门前街上教师家那只脏兮兮的公猫呀。"

"教师？是每天一早就不成体统乱吼的那人吗？"

"没错，就是那个洗把脸都要发出怪声的家伙，像一只鹅快被捏死了。"

主人发出的怪声就像一只快被捏死的鹅一样，这比喻相当漂亮。老夫的主人有个习惯，每天早晨他在洗手间洗漱时，牙刷一塞进喉咙就会毫无顾忌地发出奇怪的声音。心情不好的时候他大吼大叫，高兴的时候他就更为振奋了。总之无论心情好坏，他都叫得毫无休止、劲头十足。据女主人说，搬到这儿之前他没这毛病，有一天他突然就叫了起来，然后就一直持续到现在，一天也没停止过。这是个有点麻烦的毛病，究竟为啥坚持不懈地要在刷牙时叫喊？这种事不是老夫的想象力可以揣度的。这也罢了，还刻薄地说什么脏兮兮的猫，这就让老夫更想竖起耳朵听下去。

"弄出那种声音也不知是在念什么咒。明治维新前呀，就算衙门里跑腿的、提鞋的，也都明白自己该怎么做；当年公馆的街上，这样洗漱的人根本就不存在。"

"嗯哪，可不是吗。"女佣胡乱感叹附和着，连连点头称是。

"有那样的主人，这只猫跟野猫也没什么区别。下次再来，你敲打敲打它。"

"当然要敲打！花子病了全怪那家伙，此仇必须要报。"

简直是飞来横祸呀，蒙受了不白之冤，此地还是少来为妙。老夫最终还是没有见到花子，快快而归。回到家中，主人正在书房里作执笔沉吟状。要是把从二弦琴琴师家听来的评价告诉他，想必他会大光其火吧。诚所谓不知即佛，此刻他正嗯哼嗯哼地走在神圣诗人的道路上。不料，自称忙碌无暇拜谒，并专门为此奉上贺年信的迷亭君竟飘然而至。

"在写诗？写了什么好的？拿来看看。"

"嗯哼，看到了一篇好文章，正想着翻译过来看看呢。"主人凝重地说道。

"文章？谁的？"

"不知道是谁的。"

"无名氏？无名氏的作品里也有很棒的，千万不可小觑。全文发在了哪儿？"迷亭问。

"《第二读本》。"主人沉着地回答。

"《第二读本》？《第二读本》怎么了？"

"我翻译的这篇作品就发在《第二读本》上呀。"

"开玩笑的吧？你是想在这节骨眼上来报孔雀舌的一箭之仇吧。"

"我和你这种吹牛的人不是一回事。"主人捻着胡须，泰然自若。

"从前有人问山阳先生[1]近来有何大作，山阳先生拿出了马夫写的讨债信说：'近来好文，莫过于此。'天下曾有此逸闻，你审美的眼光说不定还意外准确呢！哪篇？你念念，我

---

1 山阳先生：即赖襄，号山阳，日本江户末期著名汉学家、思想家、诗人。

来帮你判断下。"迷亭先生说，那口气似乎他就是审美能力的亲戚。

主人拿腔拿调读了起来，就像和尚在念诵大灯国师[1]的遗训。

"巨人……引力……"

"啥？巨人，引力，什么玩意儿？"

"巨人引力，这篇文章的标题。"

"怪里怪气的，都听不明白是什么意思。"

"意思就是，有个巨人名叫引力。"

"多少有点勉强吧。也就是个标题，先搁一边，赶紧念正文吧。你声音不错，听上去还挺有意思。"

"别乱打岔！"主人打了个招呼，又念诵了起来。

凯特看着窗外，小家伙们在扔着球玩耍。他们把球扔向高高的天空，球在半空中不断地向上、向上，过了一会儿球掉落了下来。他们又将球扔上去，一而再，再而三，每次扔出去后球都会落下。他们问凯特："球为什么会掉下来？为什么不能一直往上去呢？"妈妈回答他们说："因为地底下住着一个巨人，他就是巨人引力。巨人引力非常强大，它将万物都吸引向自己的方向。房子被吸在了地面上，

---

1 大灯国师：日本名僧，临济宗大德寺创始人，著有《大灯国师语录》等。

不然就会飞走，孩子们也会飞走。你们都见过树叶飘落吧，那就是因为巨人引力的召唤；书本掉到地上的事也有过吧，那是巨人引力对它说：'来吧！'球扔到空中，巨人引力呼唤它，球就掉了下来。"

"就这些？"

"嗯哪，挺棒的吧。"

"什么玩意儿，不好意思，还真没感受到棒不棒的。橡面丸子的回礼收到。"

"谈不上什么回礼啦，真心觉得不错才译了过来，你不觉得吗？"主人盯着金丝边框眼镜后的那双眼睛。

"真是让人吃惊啊，没想到你还有这一手。这回还真上了你的当，服，服了。"迷亭君自言自语，主人却还是迷迷瞪瞪。

"没想着要让你服。只是觉得这篇有点意思，就翻译出来看看。"

"不、不，必须有意思，不然还算什么文章呢。很了不起的，佩服！"

"也没那么了不起。我这段日子不画水彩了，就想着要写点东西。"

"这可不是你那远近不分、黑白不明的水彩画能比的，佩服之至。"

"被你这么一赞，我就更有干劲啦。"主人一直都在夹缠不清。

这当口儿寒月君口中嚷嚷着"前日失礼了"，走进了屋内。"啊，失敬。这会儿刚好正在恭聆一篇大作，吊唁橡面丸子的亡魂。"迷亭先生没头没脑地解释道。

"啊哈，是吗？"寒月君也没头没脑接下了话茬儿。

唯独主人晕乎乎的，反应迟钝："那天你介绍的那个叫越智东风的人来过了。"

"啊，来过啦？越智东风是个耿直的人，就是有点古怪，说不定会给你添麻烦。但他非得让我把他介绍给你……"

"倒也谈不上什么添麻烦……"

"他来这儿，没把他自己的姓名来历解释一通吗？"

"没呀，好像没有说起这些。"

"是吗？他这人有个习惯，不管上哪儿，都要对刚认识的人说说他的姓名。"

"说些啥？"看热闹不嫌事大的迷亭君迫不及待插嘴问。

"他非常介意把'东风'二字用音读[1]来念。"

"哟——哟——哟！"迷亭从烫金花纹的皮烟盒里捏了撮烟草。

---

[1] 音读：日语汉字发音分音读和训读。音读即汉字在日语中的音译，训读则是日语的固有读音。

"一定会先声明，我这名字'越智东风'不念 Ochi Toufu，而该念成 Ochi Kochi[1]。"

"妙呀！"迷亭将飘起的烟雾吸进腹部深处。

"完全是文学灵感的神来之笔。把'东风'念成 Kochi，就构成了'远近'这个俗语，而且连姓名都能押上韵脚，这就是他的得意之处。所以他总是抱怨，如果把'东风'二字用音读来念，大家就感受不到他这一片苦心了。"

"这的确相当古怪了。"迷亭先生趁着说话的间隙，将沉入腹底的烟雾从鼻孔喷出。烟雾却在半途中走岔了，把喉咙当成了出气孔，先生握着烟管被呛得吭吭直咳。

"那天他来时说，在朗诵会上扮演了艄公，被女学生笑话了。"主人笑着说。

"嗯哼，这个啊……"迷亭用烟管敲打着膝盖。老夫感觉到了危险，稍稍挪开了一点。

"这个朗诵会吧，前些日子请他吃橡面丸子那会儿，他就说起过。说第二届无论如何要搞得盛大些，邀请些知名文人参加，还说要请先生您也务必出席。然后我又问他，第二届是不是还搞近松的通俗剧？他说不是，这次他们选了比近松更新的作家的作品《金色夜叉》[2]。我问他在里头扮演什么角

---

1 Ochi Kochi：读音是日语中"这里那里"的谐音。

2《金色夜叉》：日本作家尾崎红叶的长篇小说。

色，他说他演阿宫[1]。东风演阿宫，有意思吧，我是绝对要去为他捧场喝彩的。"

"还真是有点意思。"寒月君的笑容有点古怪。

"不过那人就这点好，不管在哪儿都很实诚，不轻浮。这点跟迷亭之辈全然不同。"主人这话，是对安德烈亚、孔雀舌和橡面丸子三项宿怨的一次性报复。

迷亭君看起来却毫不介意地笑着说："反正我这样的人也就是块行德的砧板[2]，无所谓的啦。"

"起码也该是你自己说的这样吧。"主人说。其实他并不理解"行德的砧板"是什么意思。但长年的教师生涯，让他对蒙混过关的手法相当熟稔。在这种情况下，他就将职场经验运用到了社交上。

"行德的砧板，这话是什么意思？"寒月君实诚地问道。

主人将行德砧板的话题强行摁下，看着壁龛的方向说："那水仙是年底从澡堂回来时顺路买下的，到这会儿花开得还挺好。"

"说起年底，去年年底我还真有过一段神奇体验呢。"迷亭耍杂技似的将烟管在指尖上旋转着。

---

1 阿宫：《金色夜叉》中的女主角。
2 行德的砧板：行德即日本千叶县行德镇，当地盛产蛤蜊，又名"傻瓜贝"。当地人的砧板都被蛤蜊壳磨坏，故行德的砧板比喻人愚笨又世故。

"什么体验？说来听听。"行德砧板的话题终于被搁下了，主人松了口气。

迷亭先生的神奇体验，如下所述——

"确切记得是去年年底的二十七日。就是那个东风君提前告知要来拜访，说是要请教文艺方面的高见，希望我能在家等他。我从早晨就开始恭候，可这位先生却迟迟不来哪。吃了午饭，我坐在暖炉前正读着巴里·培恩[1]的幽默作品，在静冈的母亲来信了。打开一看，估计是上年纪了，什么时候都把我当成了孩子。什么三九天夜里不要出门啦；什么洗冷水澡也行，不过要把暖炉点起来，不然就会着凉感冒啦。不愧是做父母的，真是操不完的心，外人根本说不出这些话，懒散如我这会儿也被深深感动了，进而产生了一种心情——像我现在这样怠惰地混日子真是虚度光阴，必须写点了不起的作品彰显家门才对头。在母亲还活着的时候，就应该让明治的文坛知道天下还有个人叫迷亭先生。

"接着读下去。信上又说：'你们可真是幸福哪。自从同俄罗斯开战，年轻一代付出巨大辛劳，为了国家奔忙劳作，而你们却在年底就开始了正月里的潇洒玩乐。'我可没像家母想象的那样恣意享乐呀——接着往下看去，那更了不得，母

---

1 巴里·培恩：19世纪英国记者、诗人、作家。以创作戏仿和轻幽默故事而闻名。

亲把在这次战争中死掉、负伤的我小学朋友的名字都列了出来。逐一念着那些姓名，不知为何竟感到人生苦涩，连活着都没意思了。最后信中写道：'我已上了年纪，恐怕也是最后一次祝你新春享用年糕之乐[1]了吧。'家母信中写的都是些琐屑之事，让我更是郁闷。这会儿东风君要是来了就好了，可这位先生却仍然没来。再过会儿就要吃晚饭，想着写封回信吧，就提笔写了十二三行。家母来信得有一米八长，这本事兄弟是怎么也整不会的，从来都是写个十来行就到了极限。坐了一整天，肠胃感觉不大舒服。心想东风要是来了就让他等会儿吧，出门寄信顺便散个步。

"我没向常去的富士见町那边走，鬼使神差走向了土坝三番町。那个傍晚刚好天色有点阴，风从河沟上迎面扑来，非常冷。神乐坂方向开来的火车从堤坝下驶过，发出'呜呜'的汽笛声，感觉相当孤寂。黄昏、战死、老衰、转瞬无常，这些念头在脑海中盘旋不去。经常听说有人上吊，我想恐怕都是恍惚间被这种气氛所诱惑，产生了求死之心的吧。我略略抬头向坝上看，不知不觉间已来到了那株松树下。"

"那株松树？哪株？"主人打断话头插话道。

"那株上吊的悬颈松呀。"迷亭君缩了缩脖子。

"悬颈松不是在鸿之台吗？"寒月君顺着话头延伸开去。

---

1 享用年糕之乐：日本过年有吃年糕的习俗。

"鸿之台那棵是挂钟的，土坝三番町那棵是上吊的。为啥叫悬颈松？很早前就有传言说，不管谁走到这株松树下，都会生出想要上吊的念头。土坝上有几十株松树，可要是有人上吊，那就肯定是吊在这株松树上，每年都会有两三个人挂上去。也不知怎么的，别的松树就生不出'让人想死'的气氛。瞧，这株松树的枝干，好巧不巧向道路方向横伸出去。啊哈，看着它在那儿漂亮地摇曳生姿，就这么闲置着真让人觉得可惜啊。我一门心思想要看看是否能有个人挂在那儿，会有人来吗？环顾四周，太不巧了，不见人影。真是没辙，莫非要把我自己挂上去吗？不、不，把自己挂上去命可就没啦！太危险了，还是作罢。据说过去希腊人在宴会上有把模拟上吊作为余兴的趣味：一人爬上桌将脖子套进打了结的绳索，其他人就将桌子踹倒，然后松开绳索，头上套着绳索的家伙就会带着绳子飞出去。如果真是这样，那就无须惊慌，兄弟也想试试。我把手搭在树枝上，松枝顺着我的心意弯曲下来，它弯曲的形状真是太美了。只要想象着自己把脖子挂在上面荡啊荡，心里就快活得不行。我正想着无论如何要干上一把，又转念一想，东风君要是来了，这会儿正干等着呢，不免可怜哪！还是先和东风如约见面，然后再从头来过吧，我带着这样的心情回了家。"

"你就这么浴火重生啦？"主人问道。

"有点意思哪！"寒月君微笑着说。

"回到家，东风没来，却看到了他寄来的明信片。说是今日突遇无法推辞之事，不能出门，且容日后再约面叙。悬着的心终于放下。这一来，我就能毫无挂念地上吊去了，想到这里就心情愉快。我飞快地穿上木屐，飞速回到了刚才待的那地方一瞧……"他说着，若无其事地看了眼主人和寒月君的脸。

"瞧见什么了？"主人略略有些心焦。

"渐入佳境了哟！"寒月君捻着他和服短外套上的带子。

"一瞧，已经有人抢先一步挂在了那儿。你看看，就差了这么一步，真是令人遗憾哪。如今想来，当时真是被死神给缠上了。要让詹姆斯[1]之流来说的话，恐怕是我潜意识中的幽冥界和我所生存的现实世界之间，存在着某种因果关系而产生了相互的感应吧。这也太不可思议了。"迷亭君从容回答道。

主人心想又被这家伙给捉弄了，却什么也没说，只是张开嘴将豆沙馅的小团子塞进去咕叽咕叽嚼着。

寒月君仔细扒拉着火钵里的灰，低头咻咻地笑。过了会儿终于开口说话，语调却极为平静：

"听上去确实有点古怪，简直令人难以置信。不过我自己最近也摊上了类似的体验，所以一点也不怀疑。"

---

1 詹姆斯：威廉·詹姆斯，19世纪美国哲学家、心理学家，著有《心理学原理》《实用主义》等。

"啊？你也想过要去上吊？"

"不、不，我那不是吊脖子的事儿。说起来也是去年年底，而且是和迷亭先生几乎同日同时发生，这就更不可思议了。"

"有点意思。"迷亭君张嘴将豆沙小团子塞进去。

"那天在向岛的朋友家办过年演奏会，我也带着小提琴去了。宴会聚集了十五六个小姐和夫人，算是这段日子来的一大快事吧，安排得妥妥帖帖，洵是盛会呀。吃了晚餐，演奏也结束，聊起八卦的时候已经很晚了。正想着说几句告辞的话回家吧，一个博士的夫人来到了我身边，压低声音问我是否知道某某小姐病了。其实两三天前我和她见面时，她还和平常一样，根本看不出像是生了病的样子。我吃了一惊，仔细询问起了她的病情。说是就在和我见面的那天晚上，她突然就发起烧来，不住地说着各种胡话。只是这样也还罢了，她的胡话里，据说还时不时地出现我的名字。"

主人理所当然在肃穆地倾听，连迷亭先生也没说什么"不简单哪"之类的陈词滥调。

"请来了医生，也没弄清是个什么病。诊断就说是烧得厉害，伤到了脑子，要是连安眠药也不能让体温降下来，那就危险了。我一听这话，顿起不祥之感。就像被噩梦魔住了似的，感觉周围的空气都骤然凝结成了固体，从四面八方把我紧紧捆住。回家路上我满脑子都是这事，心中痛苦不堪，那个美丽、快乐、健康的某某小姐啊……”

“失敬了，先等等。你从开头起就叫她某某小姐，都说两遍了，要是没啥不方便，我想知道她究竟叫什么名字。”迷亭君回头看了眼主人，主人含含糊糊应了声“嗯”。

“这个……说不定会给她带来麻烦，还是算了吧。”

“你想全都这么含含糊糊地说下去吗？”

“不要冷嘲，这是个极其严肃的故事……不管怎样，一想到那女人突然得了急病，我心中不禁塞满了朝荣夕悴之感慨，满身的活力也似乎总罢工，转眼间就变得垂头丧气，步履跟跄来到了吾妻桥附近。我靠着栏杆往下看，潮涨潮落分不清楚，只觉得黑色的水凝结成了一整块移动着。从花川户方向跑来了一辆人力车，过了桥。我目送着车上提灯的火苗，它越来越小，在札幌大厦处消失了。我又向水面看去，这时能听到上游方向远远传来叫我名字的声音。哎呀！这会儿根本不可能有人喊我，究竟是谁？

“我试图透过水面向下看，可那里一片黑暗，啥也看不见。没错，就是心理作用，还是早早回去。这样想着刚迈出一两步，又听到微弱的声音在远处隐隐约约叫我的名字。我又停下脚步，竖起耳朵听。第三次被呼唤时，我紧紧握住栏杆，膝盖却忍不住哆哆嗦嗦地抖了起来。这声音是从远处传来，还是从河底冒出来的，根本就分辨不清，应该是某某小姐的声音吧。我忍不住应了声：‘我在的！’我回答的声音相当大，在寂静的水面上回荡着。我被自己的声音吓了一跳，吃惊地向四周张望，没有人、没有狗、没有月亮，什么都没有。当时，我似乎被卷入了夜晚的核心，不由自主地向这声音的来处而去。某某小姐的声音如泣如诉，钻进我的耳中似乎在向我求援。这次我答道：'马上就来。'说着从栏杆上探出半个身子，凝视着漆黑的河水。不知为何我总觉得呼唤我的声音就是从水底破浪而出的，就在这下面，我这样想着，就跨上了栏杆。盯着流水下了决心，只要她再呼唤一声，我就跳下去，紧接着令人哀怜的一丝声音漂浮了上来。就是这会儿了！我蓄力纵身一跃，像颗小石子那样毫无眷恋地向下坠落。"

"总算是跳下去啦？"主人吧嗒吧嗒地眨着眼问。

"没想到还真走到了这一步。"迷亭君揪着自己的鼻尖说。

"跳下去后，我神魂飘散，好长一段时间如在梦中。终于睁开眼，虽然冻得要命，全身上下却毫不沾水，也没有呛了水的感觉。可我确实跳下去了呀，真是不可思议！这可有点儿奇怪哪。向四周一打量，这才真正吃了一惊。我原本站在栏杆上纵身一跃想要跳河，却搞错了方向跳到了桥的正中央。此时此刻，真是太可惜了。仅仅因为颠倒了前后方向，就没能抵达那呼唤声出现的地方。"寒月君边眯眯笑着，边和往常一样把衣纽当个累赘似的搓揉着。

"哈哈哈，这可真有意思。它的特别之处就是和我的经历非常相似，这又将成为詹姆斯教授的研究材料了吧。如果写一篇以人类感应为题的纪实文学，想必会震惊文坛吧。可是……那位某某小姐的病情究竟怎么样了？"迷亭先生紧追不放。

"两三天前去拜年，她正在院子里跟女佣打羽毛球呢，病看起来倒是全都好了。"

"我也有过。"主人此前一直保持着沉思状，这会儿终于不甘示弱地开了口。

"有过？有过啥？"在迷亭君眼中，我家主人似乎从来就不存在。

"我的事也是在去年年底发生的。"

"大伙儿都是去年年底，好巧，真是奇了怪了。"寒月君笑了，他豁了的门牙间粘着豆沙团子的残渣。

"怕不是同日同时吧？"迷亭君也插科打诨。

"不，日子不一样，约莫是二十日前后的事。家内跟我说今年过年就不要礼物了，换成去听摄津大师的戏吧。带她去倒也不是不可以，我就问当天演什么，家内翻着报纸说：'演《鳗谷》[1]。'我讨厌《鳗谷》，便说算了，那天就没去。第二天，她又拿着报纸来，说：'今天演出的是《堀^{kū}川》，今天

1《鳗谷》：《鳗谷》及下文《堀川》《三十三间堂》，皆为日本传统戏剧净琉璃的剧目。

去吧？'《堀川》这出戏里净是三味线弹唱，光表面热闹，内容很空洞，我还是认为没啥意思，依旧没去。家内拉下脸来，走开了。第三天家内摊牌了：'今天演出的是《三十三间堂》，我一定要去看摄津唱的《三十三间堂》。不管你喜不喜欢《三十三间堂》，既然是请我看戏，那就一起去好了。'我说：'你既然那么想去，那就去吧。不过这一场宣称是告别演出，肯定人山人海，最后没预约的也会突然拥进来看，我觉得你不一定能挤得进去。想去看戏得先和那里的茶房联系，预约座席是正常的手续流程，你没联系就违反常规了，虽然很遗憾，但今天也还是算了吧。'家内眼神哀婉，语带哭腔说：'我是个女人呀，怎能明白这么难的东西？可大原的妈妈、铃木家的君代，也没看她们办什么正规的手续，全都堂堂正正去看了戏回来。就算你是个教师，也没必要这么麻烦才能看一出戏吧？你真是太过分了！'话说到这份儿上，我不去也得去了。她瞬间高兴起来，说：'要是晚饭后乘电车去，必须四点前到，不然手忙脚乱的，真受不了呢。'问她为啥四点前不到不行，家内按照铃木家君代教给她的话跟我说：'不早点去就找不到座位，那就进不去啦。'我追问确认了一句：'过了四点就不成了，是吗？''是呀，那就不行了。'她回答我说。让人奇怪的是，就在那会儿，突然间就浑身哆嗦了起来。"

"夫人？"寒月君问道。

"什么夫人！她活蹦乱跳着呢，是我呀！不知怎么的，只觉得自己像气球被戳了个洞，身子突然就抽抽着萎缩了下去，无法动弹，眼前漆黑一片。"

"这是急病发作啦。"迷亭君加了句注释。

"唉，这下真是糟了。家内一年里也就这么个愿望，不管怎样都要圆了她这心愿。平日里对她都是各种叱骂，将她的话当作耳旁风，只让她照料孩子、操持家事，从来没有回报过她洒扫庭除、烧火煮饭的辛劳。那日刚好有闲暇，兜里又有四五枚小钱，必须带她去看戏。家内想去，我也想带她去。心里虽是这样想，可这会儿恶寒袭来，眼冒金星，别说去坐电车了，连走到换鞋的地方都办不到。啊，真是可怜哪。一想到这，寒战更为猛烈地袭来。快快请医生来看，开方吃药，四点前应该能痊愈吧。

"于是和家内商量，去请甘木医生，不巧他昨夜值班，还在大学里没回家。回话说甘木医生两点左右会回家，一到家就让他立即登门看病。麻烦哪，这会儿要是喝点杏仁水，四点前肯定能好起来的。可人要是不走运，什么事都不会按照希望的那样发展。偶尔盼着能看一眼妻子欢乐的笑脸，可与期待相反的事却陡然降临。她流露出怨恨神情问我：'你到底去还是不去？'我说：'去，一定去！这毛病四点前肯定会好，你就放心好啦。'赶紧去洗了把脸，换上和服，'你等着就成了。'我嘴上这么说着，胸中无限感慨。寒战越来越剧烈，两眼也愈来愈晕眩，万一四点前好不了没法践行承诺，这小心眼的女人真不知会干出些什么事来。令人遗憾的情景即将来临，怎么办才好呢？为防万一，应趁现在跟她讲透世事无常、盛极必衰的道理。这样的话，情况一旦有所变化，就有了精神准备，不至于手足无措。这不就是丈夫对妻子应尽的义务吗？我迅速将家内叫进了书房，跟她说：'你虽然是个女子，但对这句西方谚语也应该有所感悟吧——Many a slip，Twit the cup and the lip。[1]''这种洋文谁懂！你明知我不懂英文，还故意用英文来耍弄我，你可真行。'家内怒气冲天，果断砸烂了我好不容易才谋划好的计策。'反正我不会英语，你那么爱英语，为啥不去找个教会学校毕业的女人做媳妇？世上再没你这么无情的人了。'

"我不是向你们自我辩解，那时我说出那一句英语绝对不是出于恶意，完全是出于爱妻子的至情至性，可我却没法向家内讲明白这一点。更何况我一直打着寒战，因为晕眩而头脑不清。这条世事无常、吉凶难测的道理，跟她说得确实有点急了，都忘了家内不懂英语这件事，不知不觉就脱口而出。说起来完全是我的错，草率了。由于这事搞砸了，我的寒战更为猛烈，眼前也越发昏暗。家内按我的嘱咐先脱了外衣去洗了个澡，也化了妆，从衣柜里翻出和

---

1 源于古希腊传说，谚语。大意为：杯与唇虽近在咫尺，但仍有许多变数。
　意喻世事无常，吉凶难测。

服换上，已是一副随时待命可以出发的样子，我只能视而不见。心想甘木医生早点来就好啦，看钟时间已到三点，离四点只差一个钟头了。家内拉开书房门，露出脸说：'差不多该要走了吧。'夸奖自己的老婆有点奇怪，不过我真是从来没见到妻子这么漂亮。她双肩裸露着，肥皂打磨过的肌肤闪耀着柔润的光，与黑绸短外套交相辉映。这张脸由于肥皂和对摄津大师戏剧的期待，有形无形两方面的滋润使它大放光彩，一种无论如何也要满足她期盼的心情油然而生，那就振作起来出去走一趟吧。

"刚抽了支烟，甘木医生终于如约而至。我向他讲述了我的症状，甘木医生瞧了瞧舌头，握了握手，敲前胸，揉后背，翻眼睑，翻来覆去检查。然后他手支着额头，暂时陷入了思索。我说：'不知怎么，总觉得多少有点危险。'医生很镇定，说：'不至于，没什么特别要紧的。'家内问医生：'这种情况稍稍出个门不会碍事吧？''这情况啊……'医生说着又陷入了思索。'要是感觉不糟糕的话……'他说。'呃，感觉糟透了。'我说。'要这样的话，先给你开点一次性的退烧药和药水喝吧。唉，不知怎么总觉得会变得不好起来。但别慌，绝对不会发生您担心的这种情况，千万不要神经紧张。'医生说完走了。三点已经过了三十分钟，我们让女佣去买药。在家内的严厉命令下，女佣飞奔而去，又飞奔而回。这会儿是三点四十五分，离四点还有十五分钟。原本已觉得没什么了，可突然间恶心想吐的感觉涌上来了。家内将药水倒在茶碗里，端到了我面前，我端起来想要喝，胃里却有个什么东西'咯'的一声咆哮出来。不得已我放下了茶碗。家内催促我快点喝下去，喝了就好了。不赶紧喝了出门，情理上的确说不过去。

"我下了决心，将茶碗举到唇边准备一饮而尽，不料又是'咯'的一声，不知什么紧紧揪住了我的胃让我喝不下去。想要喝，又将茶碗放下。就在放下茶碗的那一瞬间，客厅里的挂钟'当当当当'敲了四下。哎呀，四点了，再也不能磨蹭，我端起了茶碗。不可思议呀，兄弟，实在是不可思议。随着四点的钟声敲响，恶心的感觉刷地就消失了，我毫不觉得苦涩，一气喝下药水。之后到了四点十分左右，才知道甘木先生果然不负盛名，名医就是名医。病状做梦一般消失不见，后背再无飕飕的凉意，眼前也不再昏花阴沉。当时连站起来都做不到的一场大病，转眼之间就霍然痊愈，快活打心眼里冒了出来。"

"那后来一起去看戏了吗？"迷亭君一脸不得要领地问。

"想去呀，可四点钟已经过了嘛。家内自己说过了四点就进不去啦，没办法，此事就此作罢。甘木先生要是早来十五分钟，那就成全了我对爱妻的情分，家内的心愿也能被满足。就是仅仅差了这十五分钟，酿成憾事。如今回想起来，当时那节骨眼上真是太惊险了。"

说罢，主人流露出自己总算尽了义务的表情，说不定他还觉得自己在两人面前挣到了面子。

寒月君照例露出豁了的牙笑着："那真是太遗憾了。"

迷亭君装糊涂，自言自语地说："能有你这样贴心的丈夫，实在是作为妻子的幸福啊！"

隔扇门的阴影里，传来了夫人咳嗽的声音。

老夫规规矩矩依次听了三人的谈话，心中无喜无悲。人类这种东西，为了消磨时间，强迫自己的嘴唇一张一合，为并不可笑之事欢笑，为毫无趣味之事愉悦，此外他们啥也不是。我家主人心胸狭隘又任性偏执，老夫之前虽然早就了然于胸，但他平日里沉默寡言，所以对他的了解还存有盲点。而正是因为这些盲点的存在，老夫才对他稍有敬畏之感。可听了他刚才的那番话，瞬间就生出了鄙视之意。他为什么就不能默默地听着这两人谈话呢？不想认输的念头冲昏了他的头脑，一通扯淡之后他又能得到什么？也许是爱比克泰德在书里写过，让他必须这么干吧。

总之，主人、寒月和迷亭都是太平盛世的闲人。他们看起来像被风吹拂的丝瓜那样超然和澄澈，而底子里却充满了世俗的名利心和欲念。就算在他们的日常谈笑中，也隐约闪现着那种争强好胜的意识。进而言之，他们和他们平日里所痛斥的那些庸人俗物，原本就是一丘之貉^{hé}。这些人在老夫看来，真是可怜极了。只是他们的言语举止和那些普通的半吊子相比，还没带上那种令人生厌的酸腐味，也算是略有可取之处吧。一念及此，顿觉三人的对话无聊之至。还是去看看花子姑娘怎样了吧，老夫转身溜达到了二弦琴琴师家庭院的入口处。

已是正月初十。门前装点的松枝和草绳都收了起来，明媚春日在没有一丝云彩的深空中照耀四方。不到十坪的庭院，看起来比新年第一缕光落下时显得更为生机盎然。檐廊上摆着一只蒲团，却不见人影。隔扇门也紧闭着，琴师说不定外出洗澡去了。琴师在不在无关紧要，老夫挂念的是花子的病好点了没。庭院里静悄悄的，不见人迹，老夫不顾脚上沾了泥，登上檐廊。在蒲团上躺下试了试，还真是舒服哪。接下来，恍恍惚惚间连探望花子的事都忘了，直接睡了过去。突然间，隔扇门的后面传来人声。

"辛苦啦，做好了吗？"琴师显然并没有外出。

"做好啦，回来晚了。一进佛像店，他们那儿正巧完工。"

"在哪儿？我瞧瞧。啊，做得真漂亮啊！有了这个，花子也就能安息啦。金粉应该不会脱落吧？"

"嗯，我也在意这个。他们用的是高级材料，说是比人的灵位牌还耐用呢。还说'猫誉居士'中的'誉'字，潦草些的写法比较好看，笔画上略略有点变化。"

"啊，赶紧请到佛坛上去，香也点起来吧。"

花子怎么了啊？不知怎么的，情况不大对头，我从蒲团上站了起来。"当"的一声铜钵声敲响，随之响起了琴师的祷念："南无猫誉居士，南无阿弥陀佛，南无阿弥陀佛……"

"你也来祷祝吧。"

"当——"

"南无猫誉居士，南无阿弥陀佛，南无阿弥陀佛……"这次是女佣的声音。突然间，老夫心中一阵战栗，站在蒲团上像一只木雕的猫那样连眼珠也无法转动。

"真是太遗憾了，起初也就稍稍有点伤风。"

"甘木桑要是给点药吃，说不定也就好起来了啊。"

"就是，那个甘木桑太坏，他太瞧不上花子了。"

"不要说别人的坏话，这也是命呀。"

听上去她们也请甘木医生来给花子看过病。

"总之，我觉得就是门前街教师家的那只流浪猫胡乱勾引她出去的缘故。"

"没错，那畜生就是花子的灾星呀。"

老夫想要稍稍自我辩护一下，又觉得这会儿需要忍耐，于是咽了口唾沫接着往下听。谈话中断了片刻。

"这世上没有什么东西是自由公平的，花子这样优雅的猫却得早死，丑陋的流浪猫竟活得逍遥自在……"

"说得太对了。花子这样可爱的猫，敲锣打鼓也找不到第二位啦！"

女佣对花子使用了量词"位"，而不是"只"，她在潜意识里已经把花子和人类当成了同一个种族。这样说起来，这女佣的面相和我辈猫族也确实长得挺像。

"要是可能，真想找个猫替花子去死呀……"

"要是教师家的流浪猫死了，您就如愿以偿啦。"

让她如愿以偿，老夫可就麻烦了。死究竟是怎么回事，还没体验过，也说不上喜欢还是讨厌。可前些日子太冷了，老夫钻进了闷火罐里，女佣不知道老夫在里头就扣上了罐盖。想想当时吃到的苦头，就情不自禁感到惊恐。据大白说，那种难受再持续一会儿可就没命了。替花子去死，老夫心甘情愿。可要是不遭那份罪就死不成的话，那老夫可就不干了，为了谁都不好使。

"花子虽说是猫，可高僧给她念了经，又取了法名，花子也算没什么遗憾了。"

"是呢，她算是幸运儿呀！要说还有什么不满意的话，就是那和尚念的经文也太短了点儿。"

"是有点儿短啦，早早就结束了。我问过月桂寺的和尚，他说经文就是要停在最有效果的地方。因为她是只猫，念到那儿正好能把她送到极乐世界。"

"嗯。可那只流浪猫哪……"

老夫时不时地声明过，至今尚未取名。可那女佣老是用流浪猫来称呼老夫，真是无礼之至。

"它罪孽深重，不管念多少经文也上不了极乐世界的。"

此后也不知她们重复了多少遍"这只流浪的野猫"。老夫在她们谈话的中途就不想再听，从蒲团上滑落到了檐廊一侧，一跃而下。那一刻，我只觉得全身八万八千八百八十根毛发全都竖立了起来，随着身体颤抖着。从那以后，老夫再也没去二弦琴琴师家附近转悠过。到如今，大概也该轮到琴师自己去享用月桂寺和尚那缩了水的诵经祈福了吧。

这段日子里老夫连出门的勇气都没有，总觉得这个世界令人倦怠，已经变身为堪与主人比肩的一只怠惰猫了。主人一直把自己关在书房里，人们总是说他是失恋啦，如今老夫也觉得此说不无道理。

仍然没有抓到过老鼠。女佣这老太婆甚至提出了一个建议，要将老夫从家里赶出去。主人深知老夫绝非凡品，所以老夫依旧在这家里吃吃睡睡，从容地瞎混着。就这点而言，对主人的恩情老夫应予感谢，同时对他的这双慧眼毫不迟疑地表达钦服之意。而对于女佣老太婆不知老夫身价并施以虐待，老夫也就不跟她一般见识了。如果今天左甚五郎[1]出手，将老夫的肖像雕刻在牌楼的立柱上，抑或有个日本的斯坦仑[2]看上了老夫，将老夫的英姿描绘在画布上，这些愚鲁之辈终将会为他们的愚昧而感到羞耻吧。

---

1 左甚五郎：日本江户时代传说中神奇的建筑雕刻家，以雕刻的动物栩栩如生而为人称道。

2 斯坦仑：或指瑞士出生的法国画家泰奥菲尔·亚历山大·斯坦仑，其作品石版画《黑猫》名噪一时。

第三章

　　花子死了，大黑又聊不起来，老夫在世间不免产生出寂寥之感。所幸老夫在人类中有了知己，也还不至于太过郁闷。前些日子有个男的给主人写信，索要老夫的照片。这两天又有人寄来冈山特产糯米点心，指定是送给老夫的，并特意在包裹上写上了老夫的住址。随着人类的同情蜂拥而至，老夫渐渐忘记了自己是猫这回事，不知不觉间对人类变得比对猫更为亲近。当年想要号召我辈猫族和两足动物决一雌雄的初心，如今已荡然无存。不仅如此，老夫还时不时冒出自己已进化成了人类一分子的念头，觉得自己出息了。这并非是老夫鄙视同族，而仅仅是老夫安身立命之环境中滋生的一种自然趋势。由此而指责老夫轻浮、变节、背叛之类，都令老夫困扰。且操弄这些词语来诋毁他人者，大多是些不知变通的精神贫乏之辈。

　　从已然超越了猫族习性的角度看，老夫不能总是只将花子和大黑的事藏在心里，还得站在人类的高度将他们的思想、言行评点一番，这样做也是理所当然。唯独主人将见识不凡的老夫看成是普普通通的扁毛畜生，跟老夫一声招呼不打，就将糯米点心当作是他自己的吃了个精光，真是太遗憾了。看起来，他也没有为老夫拍个照寄出去的打算。面对此情此景老夫当然心中不忿，但主人是主人，老夫是老夫，见解上有所不同也很自然。虽说老夫浑身上下正处处向人类进化，但对于缺乏交际的猫来说，执笔书写这件事多多少少还是有些困难的。故评价仅限于迷亭、寒月等诸君，专此谢过。

　　今天周日，天气绝佳。主人慢腾腾地从书房里出来，在老夫身边并排放下笔砚和原稿纸，然后俯身趴了下来，嘴里不停地念叨着什么，这多半是在进行创作前的发功，才会冒出来这样的古怪声音吧。定睛看去，主人凝神，顷刻，浓墨重彩地写下"香一炷"三个字。天哪，这写的是诗还是俳句？"香一炷"三字对主人来说也未免太潇洒了。他不再理会"香一炷"，而是另起一行，俄顷，挥毫写下："早就想写个天然居士的故事。"走笔至此，主人陡然停顿，一动不动。他持笔歪头，看起来像找不到什么好灵感似的舔着笔尖，把嘴唇都弄得黑乎乎的。然后他在句末画了个小小的圆圈，又在圈里加上了两点作为眼睛，中间画了个张开俩小洞的鼻子，下面画一横算是嘴。这显然既非文章，也非俳句。主人自己也觉得甚是讨厌，潦潦草草就将这张脸涂抹掉了。

他又另起了一行。按照他的思路，觉得只要能做到另起一行，就能构成诗歌、颂词、名句、语录什么的。他沉吟良久，又写了下去，一气呵成，居然是篇半文半白、夹缠不清的文字："夫天然居士者，乃一钻研空间、诵读《论语》、烤芋为食、垂流鼻涕之人也。"接着他又毫无顾忌地朗诵起来，并异乎寻常地笑了。"哈哈哈，有意思。"随后他又念叨着："垂流鼻涕这句太刻薄了，删了吧。"说着他划掉了这句。想要删除原本划道杠就行了，他却连划了两道、三道，构成漂亮的平行线，划得超出了稿纸的格线也毫不介意。删除线连划了八道，他似乎还没想出下一句该写啥。这回他将笔扔下，捻着胡须。仿佛要把文章从胡子里揪出来似的，他怒气冲天、忽上忽下猛烈地揪着。正在此时，夫人从客厅出来，"啪嗒"一声在主人面前坐下。

"喂，跟你说件事。"

"啥？"主人发出沉闷的声响，像在水下敲击铜锣。夫人对这样的回答似乎很不满意，又追着说了句："哎呀，你倒是听我说呀！"

"干吗呢？"主人这次将拇指和食指探进鼻孔，嗖地拔了根鼻毛。

"这个月有点不够花呀……"

"不可能不够。请医生的药费付过了，该给书店的上个月不也结清了吗？这个月必须有节余。"主人装模作样地盯着拔下来的鼻毛，仿佛在欣赏天下奇观。

"就算这样，你放着好好的米饭不吃，要吃什么面包，还要抹果酱！"

"说啥呢，吃了几罐果酱了？"

"这个月买八罐啦！"

"八罐？没觉得吃了那么多呀。"

"不单是你，孩子也吃。"

"就算再怎么吃，也不过是五六元钱的东西。"主人心平气和地将鼻毛一根一根种植在稿纸上。因为粘着毛囊，鼻毛站得笔直，齐刷刷的像针似的。主人像是有了意外发现，瞬间来感觉了，他呼地向它们吹了口气。鼻毛在纸面上粘得很紧，并没有飞走。"呀，还真是犟啊！"主人竭尽全力地吹着。夫人两颊鼓鼓的，愤愤不平地说："又不单是果酱，还有别的必需品也得买啊！"

"也许吧。"主人又将手指插进鼻孔，嗖地拔出鼻毛。红的、黑的，五颜六色中混杂着一根雪白，主人受了惊似的眼球鼓起来，死死盯着。他将夹在两指间的鼻毛伸到夫人面前。"哎呀，讨厌！"夫人眉头紧蹙，将主人的手推了回去。

"瞧，这鼻毛可真沧桑呀！"主人看起来深有感触的样子。连来要钱的夫人都被逗得笑了起来，回客厅去了，似乎对经济问题已然断了念想。主人继续着手天然居士的创作。他用鼻毛赶走了夫人，随即安下心来拔着鼻毛，面对稿纸的他体态上充满了焦虑，却迟迟没有落笔。"烤芋为食，这句有点画蛇添足，割爱了吧。"然后他删除了这一句。"香一炷这句起得太突兀，也删了。"他毫不吝啬地一笔划去。剩下的唯有一句："夫天然居士者，乃一钻研空间、诵读《论语》之人也。"主人也许想着：只剩下这句又太过简单了，伤脑筋呀。于是就此放弃了写一篇文章的打算，想着干脆搞个碑文算了。他使劲在稿纸上画了几个叉，倒是像一幅拙劣的文人画的兰花。苦心经营的文章居然落了个一字不剩的结局。随后他翻过稿纸，在背面写了串不知所云的文字："生于空间，求于空间，死于空间。空乎问乎？噫乎兮天然居士。"恰在此时，迷亭君和往常一样闯了进来。迷亭君把别人家视同自己的住处，无须邀请，毫不客气地长驱直入。不单如此，有时甚至穿过后门飘然而至。迷亭君就是个这样的人，所谓顾虑、客套、分寸、烦忧之类，在刚出生时就已被他如灰尘般掸落在地。

"还在译《巨人引力》哪？"迷亭不等落座，劈头就问。

"是啊。可一直译《巨人引力》也没啥意思，这会儿正在整一个天然居士的墓志铭。"主人说得很夸张。

"天然居士这名字跟偶然童子一样，都是法号吧？"迷亭君和往常一样胡说八道。

"有叫偶然童子的吗？"

"不管有没有，差不多就是这意思吧。"

"我不知道偶然童子是何许人。不过，这天然居士你是认识的。"

"谁呀，起了这么个名字？"

"就是曾吕崎呀。他毕业后进了研究生院，研究课题做的就是'空间论'。后来，这人用功过度得腹膜炎死了。不管怎样，这曾吕崎也算是我的好朋友了。"

"如果是好朋友，那就没问题，你写他肯定也不是什么坏事。可把曾吕崎变身为天然居士，这究竟是谁干的？"

"我呀，我给他起了个法名。说起来还真没什么比给和尚起个法名更俗气的了。"主人似乎为这名字起得颇为雅致而骄傲。"行了，给我看看你写的墓志铭吧。"迷亭君笑着拿起了稿纸，大声朗读起来："呃……生于空间，求于空间，死于空间。空乎间乎？噫乎兮天然居士。"

"原来如此，写得好。和天然居士这法名十分匹配呀。"

"不错吧？"主人眉开眼笑。

"这墓志铭应该镌刻在腌咸菜的压缸石上，然后像大石锁那样扔在佛堂的后院里。如此风雅，天然居士也该就此超度了。"

"我也是这意思。"主人非常认真地回答道，"稍稍失陪，就回来，你逗会儿猫吧。"主人也不等迷亭答话，一阵风似的出去了。

没想到老夫竟奉命要招待迷亭先生，板着面孔也不是个事儿，于是喵喵叫着爬上了他的膝头。"呃哈，肥了不少呀。"迷亭粗鲁地一把揪住了老夫的颈毛，将老夫悬空提溜了起来，"后腿这样垂下来的，恐怕抓不到什么老鼠呀……是这样吧？夫人，这猫能抓到老鼠吗？"他盯着我的缺陷，和里屋的夫人攀谈了起来。"抓什么老鼠！就是个啃了年糕跳舞的玩意儿。"夫人出其不意地揭了老夫的短。老夫被吊在半空中，稍稍感到有点不好意思，迷亭却仍然没将老夫放下来。"果不其然啊，这家伙看上去就长了张会跳舞的脸。这种长相的猫，夫人万万不可大意，很像过去老版抄本里写的猫精呢！"迷亭胡说八道，一个劲儿同夫人搭讪。夫人不堪其扰，放下了手里忙着的针线活，走进了客厅。

"让您久等了，他也快回来了吧。"夫人重新斟了杯茶端到迷亭君面前。

"也不知去哪儿了啊。"

"不知道呢，他这人不管去哪儿都不会事先打招呼。估计是去医生那儿了吧。"

"甘木先生？甘木先生被这样的病人缠住，简直是个灾难哪！"

"哎。"夫人不知怎样应对，只得含含糊糊地应了声。

迷亭却毫不介意："最近怎么样，胃病有好些吗？"

"是好是坏压根儿搞不清楚。不管他怎么找甘木先生，像他那样一个劲儿舔果酱，胃病不可能好起来。"夫人借机对迷亭发泄自己的不满。

"这么爱吃果酱的吗？简直像个孩子。"

"不单是果酱啦，这一段时间还说什么萝卜泥是治胃病的药，埋着头大吃特吃……"

"太惊人啦！"迷亭感叹道。

"他从报纸上看来的，据说萝卜泥里含有淀粉酶什么的。"

"怪不得。他这是想要冲抵吃果酱的伤害呀，真是个好主意！哈哈。"听了夫人的话，迷亭满脸放光，十分快活。

"这些天他还叫孩子们也来吃呢……"

"果酱？"

"不是啦，瞧您说的，是萝卜泥哪。孩子们还以为爸爸要给他们好东西呢——我也当他是想偶尔宠溺下孩子，谁知道他会干出这种蠢事。两三天前，他抱起小女儿放到了衣柜上……"

"这样做有何意图？"迷亭不管听到什么，总要归结到意图上予以解释。

"哪有什么意图。就是为了看看女儿从那上头蹦下来，女儿不过才三四岁，那种疯子做的事怎么干得出来！"

"原来如此，这样搞就有点过头了。不过这也说明他是个没啥心眼的好人呢。"

"要这样搞还算有心眼，那真就没法忍受了。"夫人怨气冲天。

"哎，用不着抱怨，就算这样也没啥。一天天这样过下去，就相当可以了嘛。他像苦行僧那样一点癖好也没有，穿着也不讲究，是个老老实实为家庭生计奔波的人哪。"迷亭君用快活的语调假惺惺地"布着道"。

"可惜，您这话错得离谱……"

"莫非他在背地里还干了些什么吗？这世道还真是大意不得呢！"迷亭君满不在乎地应答着。

"倒也没啥别的癖好，就是整天胡乱买些他根本不看的书。这要是量入为出多买点也没啥，可他去丸善书店，兴之所至一拿就是几大本，到月底结账时却摆出一副无辜的表情。去年年底，每个月拖欠下的买书钱就让人头大。"

"这样啊。书这种东西能拿就拿，多多益善啊。催账的人要是来了，跟他说这两天就结清，他自然也就回去了。"

"话是这么说，可老是拖下去也不是个事呀。"夫人说着，神色黯然。

"要是这样，那就跟他讲清楚，削减下他买书的预算。"

"瞧您说的。这种话就算说了，他也不听呀。就前些日子还被他说了，什么'你这种人哪里像个学者的太太'啦，什么'书籍的价值你根本就不明白'啦，还有什么'从前罗马有过这么个故事，我给你讲讲，提高下你的水平'啦。"

"有点意思，什么故事呀？"迷亭君专注起来。与其说是表示对夫人的同情，不如说是起了好奇心。

"从前罗马有个国王名叫酒桶金[1]……"

"酒桶金？酒桶金这名字挺妙呀。"

"外国人的名字太难记了，我可记不住。据说好像是第七世国王。"

"嗯哼，七世国王叫酒桶金，太妙啦！嗯，这个七世国王酒桶金怎么啦？"

"您也这么取笑我，真让我无地自容啦。您要知道这故事，跟我讲不就完了吗？坏人！"夫人抢白道。

"啥取笑哟？那种损人的事我可不干。就是听到七世国王酒桶金，那感觉……哎，等等，是说古罗马的第七世国王吗？这个我记得也不是太准确，应该是叫塔奎·杰·普劳德吧。嗯哼，叫什么都可以吧，这个国王怎么了？"

"说是有个女人拿着九本书去见这个国王，问他买不买。"

"原来如此。"

"国王问她怎么卖，她开了相当高的价。国王说太贵了，想让她便宜点。女人一听这话，当即从九本书里抽出了三本，放在火上烧掉了。"

---

1 酒桶金：指卢修斯·塔克文·苏佩布，古罗马第七任君主。塔克文（Tarquinius）的读音与日语中"酒桶金"接近，故有此谐音梗。

"真是可惜了啊。"

"说是那三本书里记载着什么预言，在别处根本看不到呢。"

"嗯哼。"

"九本书只剩了六本，国王觉得应该能相应便宜点了，就问六本书多少钱，不料却还是原来的价，一毛钱也不少。这不扯淡吗？那女人又取了三本放在火上烧了。国王还不死心，问剩下的三本书多少钱，妇人还是要九本书的价钱。九本变六本，六本变三本，价钱还是原来的价钱，一点折都不打。要是再讲价，剩下的三本说不定也要被扔进火堆里。国王只能出了大价钱，把幸免于难的三本书买了下来……他问我：'怎么样，听了这故事，多少能明白点书里的福缘了吧？'虽说他这句话问得理直气壮，可我真是听不明白呀。"夫人偏执地追问着迷亭。一向能言善辩的迷亭看起来也略有些词穷了，他从袖兜里掏出了手绢逗弄着老夫。"可是，夫人！"他像是陡然想起了什么，大声说，"就因为他大买特买，胡乱地把书往怀里硬塞，大家才多多少少叫他一声学者啊。前些日子我看到有本文学杂志上，还发表了篇评论苦沙弥君的文章呢。"

"真的吗？"夫人转过了身来，毕竟是夫妻，她对外界给主人的评价很上心，"写了些啥呀？"

"哎呀，就写了两三行，说苦沙弥君的文章行云流水。"

"就这些？"夫人美滋滋的。

"然后就是……方现忽逝，逝则忘返于虚无之境什么的。"

"是好话吗？"夫人不解风情，一脸蒙地问道。

"啊哈，应该算夸奖吧。"迷亭君说着，将手绢垂在老夫眼前晃荡。

"书是赚钱的道具，这也没啥法子。不过他这人也太偏执了。"

迷亭君没想到夫人在话题上另辟了蹊径，当即机智应答："说到偏执，的确是有点儿偏执了，不过做学问不就是这么回事吗？"这话不偏不倚，既呼应了夫人的抱怨，又像是在为主人辩护。

"前些天他从学校回来，说：'一会儿还得出门，换衣服太麻烦了。'连破旧的外套也不脱，在桌前一坐，就吃起饭来——饭菜就放在火炉架子上。我坐在一旁抱着个饭桶，真是太别扭了……"

"听起来像很前卫的'验首[1]'仪式呢，可正是如此，苦沙弥才是苦沙弥呀，无论如何，他都绝非一般人。"迷亭君走的是无底线吹捧路线。

"一般二般的，我们女人也搞不懂。可再怎么说，他这也

太粗鲁了吧。"

"总比俗气要好呀。"

见迷亭君一味吹捧，夫人面色不愉，调转话头追问起了俗气的定义："都在说俗气俗气的，可究竟什么才是俗气啊？"

"这个俗气呢，这个……这个……确实有点不大好解释呢……"

"要是这么含糊的话，那就算俗气点也没啥不好的吧？"夫人以女性流的逻辑追问道。

"也不是含糊吧。那是明明白白的，就是解释起来有点儿麻烦。"

"是把自己不喜欢的事都说成俗气是吧？"夫人无意间一语道破。

说到这地步，迷亭君就不得不对"俗气"这个词有所交代了："夫人，俗气这东西呢，应该指的就是那些家伙，见到二八、二九佳人不言不语，闷声不响，却沉溺于相思而辗转反侧，要是天气好，还必定会带上一壶酒，去墨堤 1 上游览伤怀。"

"有这样的人吗？"夫人对这些搞不大清楚，含含糊糊地敷衍了句，随后就"折戟而归"了，"这些乌七八糟的我可整不明白。"

---

1 墨堤：地名，位于日本东京都墨田区隅田川。

"好比在马琴[1]的身子上，按了个彭登尼斯[2]的脑袋，再放在欧洲的空气里泡上一两年。"

"这样就俗气了吗？"

迷亭君没有回答这问题，笑着说："不用那么费事也行，把中学生和白木屋[3]的老板相加除以二，就是很像样的俗气了。"

"是这样的吗？"夫人歪着脖颈，看上去一副完全不得要领的样子。

"还没走？"不知什么时候主人回来了，在迷亭君身旁坐下。

"什么叫还没走？瞧你这话说的。不是说就回来，让我等着吗？"

"他这人做啥都这样。"夫人回头看迷亭君。

"你不在的这会儿，你那些八卦我可一点儿不漏，全都听说了哦！"

"女人话多就是不行，人要是也能像猫这样安安静静多好啊。"主人摸着老夫的头说。

"说是你给孩子吃萝卜泥？"

"啊哈，"主人笑了，"别看是孩子，现在的孩子都聪明着

---

1 马琴：曲亭马琴，日本江户末期作家。
2 彭登尼斯：英国小说家萨克雷同名小说中的主人公。该小说讲述了出身名门但家境败落的少爷彭登尼斯坎坷的成长故事。
3 白木屋：日本著名百货公司。

呢。从那以后问她哪儿辣，她肯定会把舌头伸出来，真是妙得很呀。"

"简直是训练爱犬啊，也太残酷了吧。话说……寒月君也快到了吧。"

"寒月君要来？"主人的脸色有点意外。

"是呀。给他寄了张明信片，让他下午一点到苦沙弥家里来。"

"也不问一下人家方不方便就自作主张，你这人。叫寒月君来干啥？"

"说啥呢，今天可不是我想来，是寒月君本人亲自邀请的。说是要在什么物理学协会搞个演讲，需要排练一下，所以叫我来听听。我说那刚好，叫苦沙弥君也一起来听吧，这才喊他来你府上的。咋了，你一个大闲人，不正好吗？他这人不碍事的，听听也不错吧。"迷亭君自言自语着。

"物理学演讲啥的，我也搞不明白。"主人对迷亭君的自作主张似乎有些恼怒。

"可他的演讲主题，并不像镀镁喷嘴之类的那样枯燥乏味，是'上吊的力学问题'。这样超凡脱俗的题目值得一听呀。"

"你是上过吊的人听听也好，可我……"

"看个歌舞伎都在座位上发抖的人听不得——你可别下这样的结论哦。"迷亭照例轻巧地说道。

夫人嘿嘿笑着，回头瞧了瞧主人，去了里屋。

主人默默抚摸着老夫的头，唯有此时他的抚摸方式才显得万分郑重。就这样过了七分钟的样子，寒月君如约而至。因为晚上要去演讲，他破例穿起了考究的礼服，刚浆洗过的白衬领耸立着，为他平添了两成翩翩风采。"略略来迟了。"他从容地打了个招呼。

"我俩早就等得够了。快点开始吧，哥们儿。"迷亭君说着看了眼主人。

主人也不得不含糊地应了声："嗯。"

寒月却放慢了节奏："给我来杯水吧。"

"哟，正式开场啦，接下来该鼓掌了吧。"迷亭君独自起哄。

"这是排练，请别客气，多多批评。"寒月君从衣服内袋里摸出稿纸，从容开场后，终于开始了他的预演——

"对罪犯处以绞刑，主要是盎格鲁－撒克逊民族所施行的处刑方式。远溯上古，上吊则主要是作为自杀手段而存在。在犹太人的习俗中，据说罪犯是要被石头砸死的。从对《旧约》的研究来看，所谓'悬挂'一词，原意就是指将罪犯的尸体挂起来，作为野兽或食肉飞禽的诱饵。根据希罗多德[1]的学说，犹太人在离开埃及之前，对于将尸骸暴露在夜色中的

----

1 希罗多德：古希腊历史学家，著有《历史》等。

行为相当忌讳和憎恶。埃及人则是将罪犯斩首之后，只将其躯体钉在十字架上，夜弃尸于野。而波斯人……"

"寒月君，这些东西和上吊的关系越来越远啦，没问题吗？"迷亭君插嘴道。

"接下来就要进入正题了，请稍稍给点耐心……话说波斯人是怎么弄的呢？显然，他们似乎是使用了磔刑。但这是在罪犯活着时就将其肢解，还是在其死后再把钉子敲进去，尚不清楚……"

"这种事，不清楚就不清楚吧。"主人郁闷地打了个呵欠。

"还有很多想要述说的，惜乎或将招致诸位之厌倦，故而……"

"'或将招致诸位之厌倦'，不如说'必将招致诸位之厌倦'，这样听起来更带劲。是吧，苦沙弥君？"迷亭又在无事生非。

"怎么说都一回事吧。"主人不咸不淡地回答道。

"好吧，那就言归正传，进入主题吧。"

"言归正传？这是说书先生的口头禅呀。作为演说家，希望能用点更高雅的词汇。"迷亭君仍在胡搅蛮缠。

"要是连'言归正传'这话都太俗气，那还有啥好说的？"寒月君的语气中带着郁闷。

"搞不清迷亭君是在听演讲，还是在当搅屎棍。寒月君，你别管这种围观起哄的，快快讲下去就行。"主人似乎想尽快度过这段难挨的时光。

"阴郁的/是那缓缓叙说的垂柳啊。"[1]迷亭君依然不管不顾地说着，寒月君忍不住扑哧笑了。

"真正处置犯人时实施绞刑的，根据我的调查，首见于《奥德赛》[2]的第二十二卷，即忒勒马科斯[3]绞死珀涅罗珀[4]的十二名侍女那一段。原本用希腊语朗读原文最佳，但略有炫耀做作之嫌，故作罢论。请自行浏览第四百六十五行至第四百七十三行。"

"希腊语还是算了吧。万一念上一段希腊语，肯定要招来非议。是吧，苦沙弥君？"

"这点我赞成。这种看上去就是摆谱的玩意儿，还是藏角落里的好。"主人罕见地即刻增援迷亭君，因为他俩都对希腊语一窍不通。

"好吧，那今晚就略过这三两句，容某言归正……呃，容某继续主旨演讲。现在我们来想象一下当时的绞刑，施行时存在两种方法。其一，由忒勒马科斯借助欧迈俄斯和菲力西

---

1 系对日本江户时期知名俳句的戏仿。原句为"阴郁的/是那此刻归来的垂柳啊"。

2《奥德赛》：又译作《奥德修纪》。与《伊利亚特》并称古希腊最重要的两部史诗，合称"荷马史诗"。

3 忒勒马科斯：希腊神话中奥德修斯和珀涅罗珀的儿子，名字意为远离战争。

4 珀涅罗珀：希腊神话中奥德修斯之妻、忒勒马科斯之母。

亚斯的力量，将绳索的一头系在柱子上，并在绳索上打结，留出个圆洞，逐一套上侍女的脖颈。然后将绳索的一端猛然收紧，受刑者就会腾空而起被吊起来。"

"也就是说，可以当成是在西洋的洗衣房里，晾晒衬衫那样让女人垂挂着，是这样吧？"

"就是这意思。其二，先是将绳索的一头系上柱子，另一头却挂在天花板上。再从高处的绳索上挂下另外几条绳子，结成绳套，套在侍女的脖子上。等时辰一到，就撤掉侍女们脚下的凳子。"

"打个比方说，那场面应该就像小酒馆前面挑出的那排小灯笼球，这样的想象应该差不离吧。"

"小灯笼球？这种球我没见过，不是太好说。可真要有这种灯笼球的话，感觉应该是大差不差——如此说来，从力学角度看第一种方法其实并不成立，以下将为诸位论证。"

"有意思。"迷亭君说。

"啊哈，有点意思。"主人随声附和。

"首先假设女子是被等距离悬吊起来，且距地最近的两女脖颈上所悬绳索为水平状。α_1 至 α_6 的绞索可视同与地面平行，T_1 至 T_6 即为绞索各局部的受力点，而 $T_7 = X$ 则是绞索最低部分承受的力，须知 W 理所当然指的是女子的体重。这些如何，能听明白吗？"

迷亭君和主人面面相觑。"明白了个大概吧！"这句"大概吧"两人说得不约而同，换个人恐怕做不到如此默契。

"正如各位所知，根据多角形的平均性理论，可论证下述十二个方程式：

$$T_1\cos\alpha_1 = T_2\cos\alpha_2 \cdots （1）$$
$$T_2\cos\alpha_2 = T_3\cos\alpha_3 \cdots （2）$$
$$\cdots "$$

"方程式讲到这程度，已经足够了吧。"主人粗暴地打断。

"实话说，这方程式才是演说的灵魂哪！"寒月君看起来不无惋惜。

"那就先把灵魂放一边，另行领教如何？"迷亭君似乎对此也略感头疼。

"这段方程式要是跳过去，好不容易搞起来的力学研究就完全不成立了呀……"

"不必多虑，就刷刷往下略过……"主人淡淡地说。

"遵命，虽然有点勉强，但这段就先跳过去。"

"这就对了！"节骨眼上迷亭君啪啪鼓起了掌。

"如果我们继而将视点转向英国，在《贝奥武甫》[1]中即能见到'绞架'一词，由此可以推断从那个时代起，英国无疑就已施行了绞刑。根据布拉克斯顿[2]的研究，被处以绞刑的犯

1《贝奥武甫》：古英语叙事长诗，作者不明。

2 布拉克斯顿：18 世纪英国法学家，著有《英国法释义》等。

人万一由于绞索的缘故未能致死，必须再次接受同样的刑罚。但令人诧异的是，在《皮亚斯·普鲁曼》一书中却写道：纵使穷凶极恶之辈，亦无接受二度绞刑之律法。这两种说法难以推断何者为真，但事实上在施行绞刑的过程中，不巧一次未能绞死的案例所在多有。1786 年，有个对著名恶棍费兹·吉拉尔实施绞刑的故事：那是一段神奇的经历，第一次绞索突然崩断了，他从绞架上掉下来。第二次，又因为绞索过长，双脚着地而未能死成。第三次在围观群众的帮助下，才终于了结了他的性命。"

"干得漂亮！"一说到这种地方，迷亭君就会突如其来地亢奋。

"真是对死亡的亵渎呀！"主人也活了过来。

"还有更有趣的哪。人的脖子被吊起来时，身高就会延展一寸。这是医生确凿测量过的，不会有错。"

"这是新科技呀。怎么样？苦沙弥之辈要是吊上一吊，增长一寸说不准就成了个正常人呢。"迷亭君说着向主人那边瞧去。主人意外地信以为真："寒月君，有过把身体抻长一寸后又活回来的案例吗？"

"那定然是没有的。人吊起来时，脊柱随之延展，与其说是身高增长，还不如说是脊椎崩坏呢。"

"这样啊，啧，那还是算了。"主人打消了念头。

寒月君的演讲后续还十分漫长，他的论述一直延续到上吊对人产生的生理作用为止。但迷亭君频频地搅局，插入一些无厘头"金句"，主人又时不时毫无顾忌地打个呵欠，寒月君的试讲只进行了一半就收场了。那天晚上他的正式演说究竟是以何种风采、何等雄辩展开的，那都是远方发生的故事了，非老夫所能知晓。

之后的两三天里风平浪静。有天下午的两点左右，依旧是迷亭君，他和往常一样像个神仙童子似的飘然而至，一落座就突兀问道："老弟，越智东风的高轮事件你听说了吗？"那副架势就像是来告知攻占旅顺的历史性号外。

"不知，这段日子没见到他。"主人也和往常一样满脸的阴郁。

"今天百忙之中专程拜访，就是为了向你通报东风君失败的故事。"

"又是些不着边际的事儿，你真是个不正经的家伙。"

"哈哈哈，说不正经，还不如说是没个正形吧？事关本人声誉，这里头的区别还是要用点心的。"

"不都一样吗？"主人装糊涂，恍若天然居士复生。

"说是上个礼拜天，东风君去了高轮的泉岳寺。这么冷，也不知有什么值得去的——这会儿去泉岳寺之类的地方，真是不了解东京的乡巴佬儿。"

"那是东风君的自由，你有啥权利阻拦他？"

"当然，我没这权利，不过权利这玩意儿也就那样。你知道那个寺院里有个叫'英烈遗物保管会'的景点吗？"

"嗯？这……"

"不知道？那你不会没去过泉岳寺吧？"

"没去过。"

"没去过？太让人吃惊了。难怪你大力为东风君辩护。江户人连泉岳寺都不知道，简直可耻。"

"不知道不也照样当了个教师吗。"主人的画风越来越接近天然居士了。

"行了行了。东风君进了展厅正东瞅西瞧，那边来了对德国夫妇。起初好像是用日语向东风君询问了些什么，可这位先生不是习惯性地想要说上几句德语吗？嘚瑟了两三句，不料竟是意外地流畅——事后想来，正是这儿埋下了招灾惹祸的种子。"

"后来怎样了？"主人终于上钩了。

"德国人看着大鹰源吾[1]的描金印盒，说他想要买这个，问能否卖给他。当时东风君的回答太逗了，他说日本人全都是清正廉洁的君子，肯定不会卖的。说到这一段，状况还是相当不错。可接下来，德国人感觉自己好不容易邂逅了个好翻译，就详详细细打听了起来。"

"打听啥？"

---

1 大鹰源吾：又写作大高源吾，日本江户时代武士，赤穗义士之一。

"这个嘛，要知道这家伙想打听点什么，也就没什么可担心的了。他吧唧着嘴，噼里啪啦地就把问题扔了过来，让人完全不得要领。偶尔觉得听懂了一些，似乎是在问消防钩子和榔头的事情。这位先生不知道西方的消防钩子和榔头该怎么译，没学过，顿时蒙了。"

"可怜。"主人联想到自己的教师身份，深表同情。

"就这会儿，游客像看稀奇似的呼啦啦围过来，结果东风君和德国人就被围在中心成了参观对象。东风君张口结舌，满脸涨得通红，最初得意扬扬，转眼成了个尿货。"

"最后怎样了？"

"最后东风君看上去像是再也吃不消了，就用日语说了句'宅贱'，就匆匆走了。'宅贱？这词有点怪哪，莫非贵国"再见"的正确发音，是宅贱吗？'德国人不解，一打听才知道，原来是为了配合老外的腔调，东风君才专门把发音说成'宅贱'的。这东风君真是让人佩服之至呀，身处窘境还不忘把单词的发音弄得让老外也能听懂。"

"宅贱这事儿就这样吧，那德国人后来呢？"

"说是那老外愣在当场，不知所措。哈哈哈，这不是太逗了吗？"

"也没啥特别逗的。你专门跑一趟来说这事，倒是有点逗。"主人说着，将烟灰掸进了火钵里。就在这会儿，隔扇门上的门铃猛然厉声响起。"打扰啦！"是个女子尖锐的声音。

迷亭和主人很是意外，沉默着面面相觑。

主人家有女客来访，十分罕见。抬眼看去，方才尖锐嗓音的女子走进屋来。她穿着双层绸缎面的和服，长长的衣襟蹭着榻榻米。这女子年龄大概四十出头吧，发际线高高抬起，前发像耸立起来的防洪工事——至少有半个脸的长度，向着天空伸展。双眼就像倾斜切开的坡道，两条斜吊起的直线左右对称。所谓直线，是形容它们比鲸鱼眼还要细[1]。唯独鼻子大到不着边际，看起来就像偷了个别人的鼻子强行安在了自己的脸上，似乎是在十平米左右的小小院子里，搬来了座石头灯塔——虽然独自占有了整个空间，却让人觉得有点不接地气。这种鼻子，就是所谓的鹰钩鼻了。它一度高高仰起，到半途感觉有点不对劲了，就谦逊了起来，向鼻尖方向收拢。这和它最初汹涌的势头完全不符，向下垂落，窥视着下方的嘴唇。

这女人拥有如此煊赫的鼻子，以至于说话时与其说是嘴在说话，不如说是鼻子在说话。老夫为了向这只伟大的鼻子致敬，此后打算就称她为鼻子太太[2]。鼻子太太初见面时的寒暄已毕，环顾四周说："这宅子真是太漂亮了呀。"主人吧唧吧唧地抽着烟，肚子里却在暗暗嘀咕："扯淡吧！"

---

1 在日本，鲸鱼的眼睛被称为"细眼"。
2 鼻子太太：此处为谐音梗。鼻子和花子在日语中音同字不同，花子则是日本女子的常用名。

"老弟，那是木花纹还是屋漏痕？图案的形状相当漂亮哪。"迷亭君盯着天花板说，他的意图是催促主人开口说话。

"当然是屋漏痕的形。"主人说。

"相当不错啊。"迷亭君装模作样地敷衍。

鼻子太太则心怀恼怒：这帮连社交礼仪都整不明白的家伙！

好长一会儿三人僵硬地坐着，彼此间沉默无语。

"有点事儿想向您请教，专程前来拜访。"鼻子太太重起话头。

"哦。"主人极为冷淡地敷衍着。

鼻子太太觉得不能再这样僵持下去了，说道："实际上，我家离得很近，就是对面斜街街角上那栋房子。"

"就是那座带仓库的大洋房吗？怪不得门牌上写的名字是金田。"

主人似乎总算知道了金田的洋房和仓库，但对金田夫人的敬意仍然付诸阙如。

"本来应是主人来拜访的，可公司里实在太忙了……"鼻子太太的眼神流露出稍许得色，主人却依旧无动于衷。对于一个初次见面的女子来说，鼻子太太刚才的遣词造句过于高调了，这让主人始终觉得心中不平。

"任职的公司不止一个，还兼着两三个公司的职位，在这几家公司里都是高管……这些想必您都已经知道了吧？"鼻子太太说着，脸上带着一副傲然之色。

这位主人对博士、大学教授之类的非常敬重，可对于实业家的尊敬程度却极其低。他坚信中学教师都要比实业家更了不起。就算他并不是那么确信，但以他不善变通的性格，早就认识到了自己不可能从实业家或大富豪那儿得到什么恩惠。既然在利益期待上自己无欲无求，那么不管对方多么有钱有势，主人自然也就对此毫无感觉了。他对学者圈之外的事都表现得极为迂腐，特别是对实业界之类，包括什么人、在什么地方、干了些什么事一概不知。即便知道，也根本不会产生丝毫的尊敬畏服之心。鼻子太太做梦也想不到，普天之下的某个角落里，竟然还有如此奇怪之人，而且还和她在同一片阳光的照耀下生活。迄今为止她接触到的大部分人，凡听到金田夫人的名头，无不即刻动容。不管出现在什么样的场合，也不管站在多么有身份的人面前，金田夫人这块招牌皆能畅行无阻，更别提这种书斋里腌熟的老帮菜了。按她预料，只要提一嘴自己家住那座斜街洋房，就足够让对方震惊了，根本不用提什么公司职务。

"你认识这个叫金田的人吗？"主人漫不经心地问迷亭君。

"认识呀。金田桑是我伯父的朋友，前些天还在一个什么游园会上偶遇了。"迷亭君一本正经地回答。

"啥？你伯父是哪位？"

"是牧山男爵。"迷亭君越说越认真。

主人欲言又止，鼻子太太却迅速转脸向迷亭君看去。

迷亭端坐着，他穿着一套大岛绸，外面还套着一层进口品牌的中古花布衫。

"哎呀呀，原来您就是牧山先生的……不知该如何称呼？刚才还真是不知道，实在是太失礼了。外子常常念叨，一向受到牧山先生的关照。"她转眼变得满口敬语，甚至起身行礼。

"哪里哪里，哈哈哈。"迷亭君笑容满面。

主人目瞪口呆，无语地看着两人。

"据说连小女的姻缘……种种麻烦也都已拜托了牧山先生……"

"啊？有这事吗？"听到此处，迷亭君也不禁觉得意外，发出的声音像是被吓了一跳。

"实话说，这里那里到处都是来求婚的。可咱的身份摆在那儿，小女也不是随随便便什么人就能许配的……"

"这话在理呀。"迷亭君终于松了口气。

"就是这件事儿想要请教，专程拜访。"鼻子太太看向主人，遣词造句瞬间高冷起来，"听说有个叫水岛寒月的时不时拜访贵府，总体来说他是个什么样的人呢？"

"说到寒月君，有何贵干呀？"主人一脸嫌弃地问。

"肯定也是与令爱的婚事有关，想要了解下寒月君的品性。是吧？"迷亭君反应很快。

"若蒙告知，那就再好不过了……"

"如此说来，你的意思是要把令爱许配给寒月君？"主人问道。

"也谈不上什么许配吧。"鼻子太太快速打断了主人的话头，"来提亲的大有人在。要是寒月君不愿俯就，咱们这边也并不发愁。"

"既然如此，那还打听寒月君干吗？"主人暴躁起来。

"可也没必要专门隐瞒吧？"鼻子太太摆出争辩的架势。

迷亭君坐在两人之间，举着银烟管像举着一把裁判的扇子，内心很八卦地怒吼着：干呀，干起来呀！

"那么，寒月君那边说过一定要迎娶令爱吗？"主人正面出击，当头一炮。

"想要迎娶……这话倒是没有说过……"

"是你觉得他想要娶你的女儿吗？"主人似乎明白了，对这种女人就得正面炮轰，才能收拾得了。

"话倒也不是这么说……可真要这样，寒月桑肯定不会不高兴吧？"紧要关头，鼻子太太反戈一击。

"寒月君做过了什么，能证明他爱上了你家小姐？"主人反唇相讥。言下之意，有证据你就拿出来瞧瞧。

"喊，这种事差不多就这意思吧。"

主人的正面炮轰毫不奏效。迷亭君摆出一副和事佬的样子，一直抱着八卦心态在看热闹，此刻似乎被鼻子太太的这句话挑起了好奇心。他一摆烟管，身体前倾说道："莫非寒月君给令爱写过什么情书之类的吗？这可太有意思啦。过年的时候，这些材料可不又平添了一份谈资。"他一个人自顾自地高兴了起来。

"不是什么情书，比情书可要劲爆得多。您二位不知道吗？"鼻子太太语带讥讽。

"你知道？"主人狐疑地问迷亭君。

"我可不知道。要说能知情的，除了你还能有谁？"迷亭君一脸蒙地说。在这种鸡毛蒜皮的小事上，他倒谦逊了起来。

"并不是。这是两位都知道的事情噢。"唯独鼻子太太感到非常得意。

"啊？"二人瞬间石化了。

"要是都忘了，那就由我来说说吧。去年年底，向岛的阿部先生府上办了个演奏会，寒月桑不也去了吗，那晚回来的路上，在吾妻桥上出了点事情……细节我就不说了吧，说出来也许会给当事人带来麻烦……只要有了那证据，我觉得已经是足够的了，你们怎么看？"鼻子太太将戴着钻石戒指的手指并拢，摆放在膝头，一瞬间坐姿挺拔了起来，她那伟岸的鼻子更是大放异彩。此时此刻，迷亭君和主人都瞬间成了不存在之人。

别提主人了，就连迷亭君面对鼻子太太的意外冲击，看起来也是魂飞魄散。两人长时间地惘然，就像两个刚摊上疟疾的病人那样坐着不动。当名为惊愕的定身法有所松动，两人逐渐恢复常态的同时，一种堪称滑稽的感觉又在心头蔓延了开来。

"哈哈哈……"两人不约而同笑崩了。

唯有鼻子太太略感意外，她斜着眼看着两人，这时候居然还笑得出来，那可是相当失礼啦。

"那就是令爱吗？好吧，原来如此，一切如您所言。是吧，苦沙弥君？寒月君肯定是爱上金田小姐了……这事儿瞒是瞒不下去了，那就如实招供了吧。怎么样？"

"哼。"主人只是冷哼一声。

"太明显了，种子都冒出了芽啦，瞒当然是瞒不住的，也不应该呀。"鼻子太太又得意了起来。

"话都说到了这份儿上，那可就真没办法了，所有关于寒月君的事，咱们就如实告知吧，仅供参考。喂，苦沙弥君，你可是主人呀，就这么笑眯眯的，这关你可过不去。其实吧，秘密这玩意也是很可怕的啦，不管你怎么藏，最终不知在哪儿还是会让你露馅的……不过呢，这事儿说离奇还真是有点离奇呢！金田夫人，您又是怎么知道这秘密的呢？真是叫人吃惊哪。"迷亭君独自喋喋不休地说着。

"我？我可不是什么稀里糊涂的人！"鼻子太太一脸得意。

"您可……太不稀里糊涂啦。可究竟是从哪儿听说的呢？"

"就在这屋后，那个车夫的老婆大人。"

"就是养着那只黑猫的车夫家吗？"主人不由得瞪圆了双眼。

"没错，为了这寒月的事，我可是花了不少银子。想要知道每次寒月桑来这儿，你们都说了些啥，我就拜托车夫的老婆，她也就全都告诉我了。"

"这可太过分了！"主人放大了音量。

"说啥呢！您说了些啥、干了些啥，那都随您的便。我只想知道寒月的事啊。"

"寒月的事也好，谁的事也好，那车夫老婆就是个臭傻子！"主人不管不顾地嚷嚷了起来。

"不就是到你家墙根下站了会儿吗，这不是人家的自由吗？要是自己说话怕人听到，小点声不就行啦？有本事你就搬到更大的宅子里去，那不就什么都妥帖啦。"鼻子太太丝毫不觉得脸红。

"还不单是车夫家呢，我从新街的二弦琴琴师那儿也听到了好多事。"

"寒月的事？"

"也不单单是寒月的事哦。"鼻子太太说了句意味深长的话，以为能让主人心生惧意。不料主人却破口大骂："那个琴师成天拉着个名媛的脸，以为全天下只有她算是个人。混账王八蛋！"

"不好意思，那可是个女人哪。'王八蛋'三字用错方向了吧。"鼻子太太的遣词造句越来越暴露出她撒泼的本色，而她所谓的登门拜访，也似乎完全就是为了来这儿大闹一场。谈话发展到这一步，迷亭果然就是迷亭，他一直津津有味地听着，那副面孔就像个世外高人，从容远眺着两只斗鸡跳来跳去，你来我往。

主人意识到，彼此放狠话他并不是鼻子太太的对手，不得不略作沉吟。他终于想到了突破点："你刚才说来说去，都是在讲寒月君主动去纠缠令爱，可我听到的情况却有所不同。是的吧，迷亭君？"主人向迷亭君求援。

"嗯哼，要说那时候，听说还真是令爱刚得了病……好像说过些什么梦话。"

"啥？没有的事！"金田夫人一口否认，简单直接。

"寒月说，他确实是从某某博士夫人那儿听来的。"

"那是我的计策，是我托了博士夫人试试这寒月的心。"

"博士夫人是知情的，然后她就接受了您的委托？"

"当然，她答应了。可她也不白干呀，这个那个的，我也给她送了不少好处。"

"看来你是下了决心呀，不把寒月君的事问个水落石出，就绝不回去啦？"迷亭君看起来有点不爽了，用一向不屑的粗鲁语气说道，"那好吧，苦沙弥君，我看说说也没啥坏处，你就说说吧……夫人，我也好，苦沙弥也好，关于寒月君的事，只要是无伤大雅，都会一股脑儿跟你说……没错，最好你能按时间顺序一个个地提问。"

鼻子太太终于平静了下来，开始逐一提问。虽然她曾一度使用激烈的言辞，但此刻对迷亭的语气已回到了最初的恭谨。

"据说寒月桑是个理工学士，可他的专业究竟是什么？"

"在一所大学的研究生院研究地球的磁力问题。"主人认真地说。

不幸的是鼻子太太对此完全不知所云，哼了一声，面露讶异之色："学了这个就能当上博士吗？"

"您的意思是，当不上博士令爱就不嫁了吗？"主人不悦地反问。

"是的。要只是个学士，那还不遍地都是？"鼻子太太平静地回答。

主人看向迷亭，脸色越来越不好看。

迷亭也很郁闷，说："能不能当上博士，我们也没法保证。说下个问题吧。"

"最近他还在研究地球的那个……什么吗？"

"两三天前，在物理学协会他还讲演了关于上吊力学研究的成果。"主人漫不经心地说。

"哎呀，讨厌！说什么上吊呀。真是奇怪，什么上吊不上吊的，研究这玩意肯定当不上博士吧？"

"他要是自己去上吊，当上博士是挺困难的。不过他研究的是上吊力学，结果就不一定了。"

"是这样的吗？"鼻子太太窥探着主人的脸色。很不幸，她完全搞不懂力学究竟是个什么东西，心中暗暗打鼓。也可能是觉得请教这种常识问题会很丢面子吧，只能靠琢磨对方的脸色来进行研判，而此刻主人却阴着脸，很木讷的样子。

"除此之外，他就没研究点别的什么通俗易懂的学问吗？"

"问得也是。前一段他还写过一篇文章——《论橡子的稳定性及天体运行》。"

"橡子……这种东西也是大学的学习内容吗？"

"这个，我是外行，也不是太清楚啊。可不管怎么说，既然寒月君在研究它，那就有研究的价值喽。"迷亭君装模作样地戏弄她。

鼻子太太似乎意识到学术对话方面她难占上风，于是放弃了。她转移了话题："虽然和刚才的话题无关……据说他在正月里吃松茸菌磕掉了一颗门牙？"

"是呀，豁牙的缺口里还填着年糕呢！"迷亭君快速答道，这问题可算正中他下怀。

"这也太不注重仪表了吧！他从来也不用牙签之类的吗？"

"下次见面会提醒他一下。"主人咯咯地笑起来。

"吃松茸菌还能磕掉牙，这牙口也太差了吧，究竟算怎么回事呀。"

"确实谈不上好……是吧，迷亭君？"

"是不算好，但很有情趣呀。到那份上他也不肯去镶牙，这才是要点。迄今还空在那儿，任由它挂着年糕，岂不堪称奇观？"

"他是没钱补牙呢，还是他就喜欢这样？"

"他总不会为缺个门牙而骄傲的，这点就请放心吧。"迷亭君的情绪从亢奋逐渐恢复了平静。

"府上有他的笔墨书信之类吗？很想拜读一二呀。"鼻子太太又换了话题。

"要说明信片的话倒是有很多，请过目。"主人从书房里拿来了三四十张。

"用不着那么多……两三张就够了……"

"哪张哪张？来，我给您挑几张好的。"迷亭君抽出了一张明信片，"哟，这张有点意思吧。"

"呀！还画着画呢，有点才呀！我来瞧瞧。"她远远一打量，说，"哎哟，讨厌！是狐狸呀！你说画个啥不好，偏偏去画个狐狸——不过总算让人认得出是狐狸，了不起呀！"鼻子太太略略有些佩服的样子。

"念念上面的文字吧。"主人笑着说。

鼻子太太像女佣读报似的念了起来："旧历除夕之夜，山中狐狸举办了游园会。它们欢快地舞蹈，在歌中唱道：'来吧，除夕之夜，寂静的群山没有音讯，嘭嚓嘭嚓唷嗬！'"

"这算啥？把别人当傻瓜吗！"鼻子太太愤愤不平。

"这仙女您喜欢吗？"迷亭君又拿起一张。一眼看去，画中女子穿着霓裳羽衣在弹奏琵琶。

"这仙女……鼻子小了点儿吧？"

"哪里话，和普通人差不多吧。比起鼻子，还是看看上面的文字吧。"

明信片上写着："从前，某地有个天文学家。某夜他和往常一样爬上高台，凝神仰望星空。就在此刻夜空中浮现出美丽的仙女，弹奏着人间几不可闻的奇妙音乐。天文学家忘记了深入骨髓的寒冷，沉浸于音乐中。到了清晨，天文学家的尸骸披上了一层雪白的霜。一个胡说八道的老头告诉我，这是个真实的故事。"

"都是些啥玩意儿，到底有什么意思？就这种东西，也能拿到理工学士学位呀？还不如读《文艺俱乐部》[1]有趣呢。"寒月君遭到了打击。

"这张怎么样？"迷亭君半开玩笑地拿起了第三张明信片，上面的图画是印刷的，是一艘帆船。下面照例潦草地写着："昨夜住下的十六岁少女/自称她父母双亡/哭得像个惊涛焦岩上的小鸟/又像夜半梦回醒来时的小鸟/父母在小舟下起

1《文艺俱乐部》：由日本博文馆刊发的通俗杂志，收录了大量近代世相风俗故事。

伏波浪的深处。"

"写得漂亮！很感人哪，不是很值得吟诵吗？"

"值得吟诵吗？"

"是呀。写到这程度，可以用三弦琴伴奏了呢。"

"能用三弦琴伴奏，那是真家伙了。再看看这张如何？"迷亭君又随手拿起一张。

"足够了。看看这些我就明白啦，其他全都多余，就此而言，他也不算那么混账。"她作出了独立判断。

至此，鼻子太太对寒月君概况的质询似乎已经终了。"今天确实是太失礼了。我来过这儿，还希望二位对寒月先生保密。"鼻子太太自作主张地提出了要求。她的策略是，关于寒月君的一切都必须掌握，而自己的动态则必须对寒月君进行屏蔽。迷亭和主人都嘿了一声，予以冷淡回应。"无论如何，近期会表达谢意。"鼻子太太追加了一句，说着站了起来。

送客后，两人返回坐下。将坐未坐之际，主人和迷亭两人异口同声道："什么玩意儿！"同一时刻里屋的夫人忍不住咯咯地笑出声来。迷亭大声说道："夫人，夫人！俗气的样本来啦！一般人俗成那样，场面上就相当混得开了。别客气，就请放声大笑吧。"

"最难受的就是那张脸。"主人恶狠狠地抱怨。

"鼻子盘踞在脸部正中，气势逼人哪！"迷亭立刻接过话茬儿，补了一刀。

"还是个带钩的。"

"还有点弧度。带弧度的鼻子，是不是太奇崛啦？"迷亭笑了起来，感到很有趣。

"克夫的脸。"主人更是不吝口舌。

"十九世纪卖剩下的，二十世纪又过了气，说的就是这种面相。"迷亭总能妙语连珠。

"别说太多坏话啦，当心车夫老婆又把风声透过去哦。"夫人从里屋出来提醒道，毕竟是女人细心。

"夫人，透点风声过去对她才是一帖药。"

"可背后议论别人的长相，那就不入流啦。谁也不希望自己长一只那样的鼻子呀……何况对方还是个女人呢，你们这样说也太刻薄了。"她为鼻子太太的鼻子辩护道，等于也间接地做了自我辩护。

"有啥刻薄的？那种也算不上什么女人，就是个蠢货。是吧，迷亭君？"

"蠢货不蠢货的，不好说呀。算相当了不起啦，咱们不是基本被她牵着鼻子走吗？"

"不知她把教师究竟看成了什么？"

"和屋后的车夫差不多啦。要想得到那种人的尊重，只有当上博士喽。你总觉得做博士的不行，那是你的一偏之见。是吧，夫人？"迷亭君笑着回头看夫人。

"还说什么博士，他怎么可能当得上呢！"连夫人都有点瞧不上主人了。

"你还别说，说不定转眼就当上了呢？少瞧不起人！你们又懂什么？从前伊索克拉底¹九十四岁才写出杰作。索福克勒斯²的杰作问世、震惊天下时，几乎已是百岁高龄。西蒙尼底斯³八十岁写出绝佳的诗。至于我……"

"扯什么淡呢！你这种得了胃病的，能活得了这么久吗？"夫人明确地预言了主人的寿命。

"放肆！——你去问问甘木桑——就是你让我穿了这身皱成一团的黑棉外套，到处都是补丁，这才被那女人当成个傻子。明天起我要穿迷亭君这样的一身行头，你给我拿出来放着！"

"放着？哪有那么漂亮的衣服呀。金田太太对迷亭桑客气，是听了迷亭伯父的名字啊，能怪到衣服上去吗！"夫人漂亮地推卸了自己的责任。

主人听闻此言，瞬间想了起来，转向迷亭君问道："你有个伯父？今天头一回听说啊。你可从来没有透露过，到底是真是假？"

---

1 伊索克拉底：古希腊雅典著名的雄辩家，代表演说词有《奥林匹亚大祭》《论腓力》。

2 索福克勒斯：古希腊悲剧作家，代表作有《俄狄浦斯王》《埃阿斯》等。

3 西蒙尼底斯：古希腊抒情诗人，其所著歌颂希波战争各战役中英雄的诗歌非常著名。

迷亭似乎早就等着这话，他看了看主人，又看了看夫人，说道："嗯，我那伯父可是个结结实实的活动木乃伊——从十九世纪一直活到了今天。"

"啊哈哈哈，你可真能逗乐子。他住在哪儿呀？"

"在静冈住着呢，可又不是简简单单地活着！头上顶了个硬邦邦的发髻走来走去，令人心生畏惧哪。叫他戴上个帽子，他说自己虽然上了年纪，可还没有怕冷到要戴帽子的份儿上。跟他说天太冷，多睡会儿吧。他却说人类只要睡四个钟头就足够了，多睡的都是浪费。大早晨天还蒙蒙亮呢，他就爬了起来，骄傲地宣称：'老子能把睡眠时间缩短到四个钟头，那都是常年修炼的结果，年轻的时候可能睡了，直到最近才进入了随遇而安的佳境，十分快活。'六十七岁的人了当然就睡得少啦，修炼什么全都是瞎掰的。可他自己却当了真，以为他是靠自律和努力获得的成功。还有呢，他出门的时候，肯定要带上一把铁扇子。"

"这是要干吗？"

"天知道要干吗，就是拿着它出门，当他是拿了个文明棍吧。不久前还闹出了个笑话。"迷亭向夫人看去。

"嗯哼？"夫人冷淡地回应。

"今年春天，他突然来了封信，命我把圆顶礼帽和大衣礼服即刻寄过去。我有点吃惊，写信问他，他回信说是他自己要穿。二十三日将在静冈举行祝捷大会，礼服必须赶在那之前火速调配完毕。可笑的是命令中还备注了这么一段——帽子你看着买个大小合适的，礼服也给我估算下尺寸，到大丸店去定做……"

"近来大丸店也做起西服了吗？"

"不是的，先生！他是把大丸店和白木屋弄混了。"

"礼服给他估算下尺寸，这……有点难为人了吧？"

"伯父这人就是如此呀。"

"那你怎么办呢？"

"没办法，估量着尺寸做了一身寄去了。"

"你也够粗暴的。后来呢，赶上趟儿了吗？"

"啊哈，忙前忙后的，好歹总算把这事给办妥了。看老家的报纸上说，当天牧山老先生罕见地身穿大衣礼服，手持铁扇……"

"看来他还真离不开这把铁扇哪！"

"是啊。等他死了，唯独这把铁扇铁定是要跟进棺材里去的。"

"帽子和礼服，尺寸能做得刚刚好，也算值得庆幸。"

"可惜大错特错啦！我原也以为此事已顺利办妥，可不久就收到家乡寄来的一个小包裹，还当是给我的什么谢礼呢。打开一看，居然是那圆顶礼帽，还附了封信。信上说：'定制之礼帽，因尺寸略大，烦请你前往帽子店改。改制用款，将如数奉上。'"

"可真够迂的了。"主人发现天下竟还有比自己更加迂腐之人，显得十分满足。

"后来怎么样了？"过了会儿，主人又问道。

"还能怎样？没办法，只好我收下自己戴啦。"

"就是你那顶？"主人嘻嘻坏笑着。

"那位是男爵吗？"夫人有些不可思议地追问。

"谁呀？"

"你那手拿铁扇的伯父呀。"

"什么呀，他就是个汉学家。年轻时在孔庙里研究朱子什么的，把脑子都弄僵了，就算现在用上了电灯，也恭恭敬敬地在头上顶着一个发髻。真是让人没辙。"说着，他胡乱地搓着下巴。

"可刚才你对那女人好像提起过牧山男爵呀。"

"您是说过呀，我在屋里也听见了。"只在这个问题上，夫人对主人的意见表示赞同。

"是吗？哈哈哈。"迷亭君不知所谓地笑了起来。

"那是扯淡的。我要有个身为男爵的伯父，如今怎么也得是个局长什么的吧。"他倒说得很坦然。

"我就觉得奇怪。"主人的脸色看起来有点喜悦，又有点忧虑。

"哎哟喂，撒谎也说得跟真的一样。你吹起牛来还真是有一套呀！"夫人非常佩服。

"比起我来，那个女人要更高明。"

"我可没觉得，您也不弱于人呀！"

"不过，夫人，我也就是吹吹牛而已，那女人可就真是别有用心、纯属欺诈，性质很恶劣呢！由小聪明演化而成的奸诈，同天赋异禀的幽默趣味，是不可以混为一谈的啦。要是弄错了，就连喜剧之神也得感叹世人有眼无珠了。"

"也不尽然吧。"主人垂下了眼帘。

"还不就是一回事吗！"夫人笑着说。

老夫迄今没去过对面的那条斜街，街角的金田家今天也是头一次听说，当然就更没有见识过那户人家的格局。主人的家里一次也没谈起过实业家的话题，吃着主人家饭的老夫不仅和他们毫无关系，而且同样对此十分淡漠。然而，方才鼻子太太意外来访，老夫虽在暗处，却也聆听了这番谈话。想象着她家小姐的美艳，她家的富贵和权势也随之浮现到眼前。老夫虽然生而为猫，但也无法继续安闲地躺在檐廊上，以俯身安睡来打发时光了。

不仅如此，老夫对寒月君亦极为同情。对方竟然把博士夫人、车夫老婆，甚至弹二弦琴的天璋院公主都收买了，神不知鬼不觉地连寒月君磕掉门牙的事都查了个底儿掉，寒月君这边却仍在咯咯地傻笑，只顾着操心自己裙子上的衣带。就算他是个刚毕业的理工学士，这表现也未免太无能了。话又说回来，那是个伟大鼻子占据了脸部中央的女人，并不是随便什么人都能接近的。关于这次事件，主人穷得叮当响，也怪不得他对此事漠不关心。迷亭君在钱上倒是没什么问题，但他既然是"偶然童子"，对寒月君施以援手的可能性也相当渺茫吧。如此看来，最可怜的，还就只有那位演讲"上吊力学"的寒月先生了。如果老夫也不豁出去，潜入敌营察看动静，那就太不公平啦。

老夫虽是猫，主人却是随手翻阅爱比克泰德的书并任性甩在桌上的学者。寄寓于学者之家，气质自然也和世上普通的呆猫、笨猫有所不同。敢于冒这点风险的侠义之心，从老夫蜷缩起来的尾巴尖就可见一斑。这既不是寒月君有恩于我，亦非老夫逞一时的血气之勇。往大里说，公平中正乃是天道，我要践行的正是这样的善行。金田夫人未经本人同意，不仅把吾妻桥事件到处宣扬，还让人趴在他人窗下学着静默的狗那样搞窃听，并将窃听来的消息得意扬扬逢人吹嘘。利用车夫、马夫、无赖、落魄书生、按摩师、产婆、巫婆、小时工、傻子等一切资源，置一个对国家有用之才的烦恼于不顾——作为猫，老夫也是有觉悟的！

幸而天气晴好。冰霜消融，道路湿滑，但为了天道公义，老夫虽死不辞。脚底沾了泥，在檐廊会留下梅花绽放般的足迹，可那也只不过是给女佣添了点麻烦，老夫没什么要烦恼的。别提什么明天再说，现在就去，老夫下了勇猛精进的决心，一头蹿进了厨房。忽然想到，慢着！老夫作为猫，不仅已达到了我辈猫族进化的巅峰，单单就智力发达水平而言，并不逊色于中学三年级的学生。可悲的是，唯独咽喉部分仍然只是猫类的构造，无法像人类那样用语言喋喋不休。好吧，就算老夫全须全尾钻进金田府邸，彻底摸清了敌情，也无法将情报传递给关键的寒月君，更无法对主人或迷亭先生说。既然无法表达，那就如同明珠蒙尘，虽有艳阳高照，却无法焕发光彩。此刻老夫虽然拥有进化的高端智商，却也百无一用。这样做太愚蠢了，还是拉倒吧，老夫呆呆地站在门槛上看着。

然而，一旦决定去做之事半途终止，就像盼着一场雷阵雨，乌云却飘过头顶往别处去了，不免令人心生惋惜。况且，如果是错在己方那当然另当别论，可要是为了所谓的公平正义，纵然死于非命亦当勇猛向前，这才是明白了自己责任的男儿本色。就算白白受累，就算白白玷污了足底，对于一只猫而言，也算不了什么。因生而为猫，老夫并不具备三寸不烂之舌，无法与寒月君、迷亭君和苦沙弥诸位先生相互交流思想，可唯独猫所具备的忍术，却要比诸位先生高明得太多了。能他人所不能者，岂不快哉！就算只有老夫一个知悉了金田家的内幕，也总比世上无人知晓要来得愉悦；就算无法将真相告知他人，能让金田家的人知道真相已然泄露，仅此也足以让老夫开怀了。那么多开心的理由逐一浮现，这下可真就不去不行了。老夫终于出门启程。

来到对面的斜街一瞧，果不其然那幢洋房占据了街角，俨然一副唯我独尊的派头，想必这家的主人也和洋房一样的嘴脸傲慢吧。进门打量整座建筑，两层楼构造索然无味地矗立着，除了给人以压迫感外，别无更多意义。迷亭的所谓俗气，也许就是这意思吧。老夫扭头看向玄关右侧，穿过茂密的绿植，转到了小侧门。里面果然宽敞，着实比苦沙弥先生家的厨房要大上十倍。前些日子《日本新闻》上登载了介绍大隈伯爵[1]府邸的文章，相比之下此处也毫不逊色，整然有序，熠熠生辉，堪称样板间啦！老夫感慨着钻了进去。打眼一瞧，一个六七平米的水泥平台上，车夫老婆正站在那儿和金田家的厨师、车夫争论着什么。这可太危险了，老夫急忙藏身到了水桶后面。

"那个当教师的，还不知我家老爷的名字？"厨师说。

"能不知道吗？这一片不知道金田公馆的，肯定是个少眼缺耳的残废。"这是金田家车夫的声音。

"这还真不好说哪。说起那教师呀，真是个除了书啥也不懂的怪人。要是知道了金田老爷的事，没准他都能被吓死。全都废啦，连自己孩子几岁都说不清楚的东西！"车夫老婆说。

"金田老爷都不怕？不省事的呆瓜！也没啥，大伙儿是不是该吓唬他一下？"

---

1 大隈伯爵：大隈重信，日本明治、大正年间政治家。

"好主意。还说什么太太的鼻子太大啦，什么面孔也不中他的意啦，尽是这些恶毒刻薄的话。他自己就长得像只被烧坏的狸猫陶罐，还把自己当个人呢。真是叫人受不了！"

"不单他那长相。他别着毛巾上澡堂的那副架势，傲慢极了，好像天下没有比他更了不起的人似的。"苦沙弥先生在厨子当中也毫无人缘。

"大伙儿都该到那家伙的墙根去，破口大骂一场。"

"这一来肯定能把那家伙给镇住。"

"要是被他看见，就没意思了。刚才夫人说了，只让他听到声音就行啦，尽量搅乱他读书，让他着急上火。"

"这些当然明白啦。"这意味着车夫老婆将要负担三分之一破口大骂的任务。

好哇，这帮家伙要去捉弄苦沙弥先生啦。老夫穿过三人身边，进到了屋里。

猫的脚步似有若无，不管在哪儿都不曾发出过笨拙的声响。有如踩踏于半空、云端，又如同击磬于水下，弄瑟于洞中，诚所谓"拈花微笑，冷暖自知"。无论俗气洋楼、模范厨房、车夫老婆、管家男仆、鼻子太太、厨师、小姐、女佣、老爷，这些全不存在。老夫想要去哪儿就去哪儿，想要听什么就听什么，探舌弄尾，伸髭展须，来去自如。而老夫精于此道，堪称日本第一。连自己都曾怀疑，老夫说不定就是继承了老旧小说中妖猫的血脉。俗语有云：癞蛤蟆的头上也嵌着颗夜明珠呢！那么老夫这尾巴上，自然也必定有漫天神佛。藐视天下的祖传秘药，同样无不囊括其中。老夫在金田府邸的廊下不为人知地穿行，要比天神踩烂凉粉更为简单。这一刻，连老夫都对自己的力量感到由衷钦佩。同时也意识到，之所以能够如此，全托平素珍惜猫尾之福，此后更是绝对不可轻慢。正当老夫要对所敬重之猫尾大神合掌礼拜，祈祷猫运长久之际，低头一瞧，不知怎么总觉得有点方向不对。老夫必须正对着尾巴完成三拜之礼，而向它看去时，它也随着身体的转动而转了过去。拧过脖颈盯着尾巴看，它却保持着相同的间隔向前移动。天哪！果真是囊括了天地玄黄于三寸之间的灵宝，老夫毕竟不对它的胃口。追了尾巴七圈半，力竭身疲，终于放弃了。眼前略略感到晕眩，以致一时不知身在何地，分不清东西南北。什么玩意儿，老夫在府邸中胡走乱窜了起来。

隔扇门后传来鼻子太太的声音。老夫即刻意识到这儿是关键，当即停下脚步，竖起双耳，屏息倾听。

"一个穷酸教师，还这么狂妄？"空气中振动着熟悉的金属摩擦般的嗓音。

"可不，就是个狂妄的东西！要给他点教训，让他知道厉害。那个学校里，有咱的老乡呢。"

"有谁？"

"津木兵助、福地扁螺都在那儿。交代他们就行，去给那家伙松松皮。"

老夫不知金田君祖籍何处，那儿的人名字全都妖里妖气的。

"那家伙是个教英语的？"金田君追问道。

"啊哈，车夫家的媳妇讲，他也就教点英语入门课程啥的。"

"反正就是个垃圾教师呗！"对这"呗"字所表达的鄙夷，老夫暗暗佩服。

"前些天遇见兵助，说学校里有个奇怪的家伙。学生问他番茶[1]用英语该怎么说，这家伙一脸认真地回答：'番茶就是savage[2] tea 啦。'在教师间都传为了笑柄。兵助还说：'学校里有这种货色，简直就是大家的一个麻烦。'说的应该就是这家伙。"鼻子太太说。

"肯定是他。这家伙就是这种水平的面相，还留着一把讨厌的胡子。"

"一个蠢货！"

有胡子的就是蠢货？那我辈猫族可就没一个像样的啦！

"还有那个叫什么迷亭还是迷丁的家伙，怎么说呢，肯定是个疯了的粗人吧，说什么他的伯父是牧山男爵。长着那副

---

1 番茶：嫩叶摘除后，用所剩粗劣茶梗制作的品质较低的绿茶。
2 savage：意指未开化的、野蛮的、凶残的。

嘴脸，会有个男爵伯父？根本就不可能的事。"

"不管哪个杂种说的这些话，你都会信。你也是混蛋！"

"我不好？是不是欺人太甚啦！"鼻子太太大失所望。

奇怪的是关于寒月君，他们却一字半句都不提。是老夫潜入之前他们就已讨论过了吗？还是寒月君已被完全忽略，不值一提了呢？此处存有悬念，这没办法。老夫站了会儿，走廊对面那个房间里忽然有铃声响起。啊哈，那边也出了点啥事儿啦！可别错过了，老夫向那个方向漫步而去。

过来一看，一个女人正独自大声地说着什么，声音很像鼻子太太。据此推测，她应该就是金田府上的小姐吧，曾经诱使寒月君投河未遂的那个美人儿。惜乎，老夫不具备让目光透过纸屏一睹芳容的本事，所以也就无法保证是否有一只硕大的鼻子供奉在她的面部中央。不过从她说话的腔调和盛气凌人的语气，对这些予以综合考量，不能不联想到她必定也具备一只万众瞩目的狮子鼻。那女子滔滔不绝，可对方说话的声音却一点也听不到，这应该就是传说中的电话吧。

"你那儿是大和茶馆吗？明天呢，我要过去啊，给我预订个鹌鹑区¹三号座，可以吗？……明白了吗？……什么，听

---

1 鹌鹑区：日本江户时代歌舞伎演出的观众席位，位于左右花道下方、与东西看台平行的区域。因形状和鹌鹑笼相似，故名。

不明白？你讨厌！预订鹡鸰区三……啥，预订不了？这不可能！必须定下来呀……嘻嘻嘻，说什么开玩笑啊，到底开什么玩笑啊……讨厌，别捉弄人了好吧。你究竟是谁啊，长吉？长吉什么的懂个啥呀，叫老板娘自己过来接电话……啥，你啥都能办？……你也太失礼了啊，我是谁你知道吗？金田啊……嘻嘻嘻，说啥呢，你都知道？你是个傻子吧……说到金田……什么呀……承蒙惠顾，感谢万分？……你谢我个啥呀，我可不想听你的感谢……哎呀呀，你又笑啦。你究竟要蠢到什么地步才是个头呀……什么如您所言呀……别欺人太甚，我可要挂电话啦。行不？别说啥有难度……你不说话不就是还没明白吗？咦，咋不说话了？说呀！”

似乎是长吉那边挂了电话，没再给任何答复。小姐大发脾气，将电话铃拨得丁零丁零直响。脚边的巴儿狗受惊，猛然狂吠起来。这可不能大意，老夫飞身而起，钻入了走廊的地板下面。就在这会儿，走廊上脚步声渐近，传来隔扇门打开的声音。谁来了？老夫竖起耳朵使劲听着。

“小姐！老爷和太太让您过去。”似乎是丫鬟的声音。

“没听见哦！”小姐心中不快，丫鬟碰了钉子。

“说是有点事，让我来请小姐过去的。”

“吵死啦！不是说没听见吗？”丫鬟又碰了个钉子。

“听说是关于水岛寒月君的事……”丫鬟忽然福至心灵，想让小姐消气。

"什么寒月、冷月的，通通不认识……讨厌！那张脸，长得就像个找不着北的丝瓜。"第三个钉子飞来，可怜的寒月君就此躺枪。

"咦，你啥时候弄了这西洋发型的？"

"就今天。"丫鬟呼地松了口气，尽可能简明地回应道。

"真是狂妄哪，一个小破丫头！"第四个钉子从另一个角度飞来。

"哟，还穿上了新衬领哪？"

"是的。是前一段时间小姐的打赏。太漂亮了没舍得穿，一直收在箱子里。旧衬领实在太脏了，这才找出来换上。"

"我什么时候给过你这衬领？"

"今年正月里您去白木屋逛街，买了这件鹦哥绿的，上面印着相扑的图案。您说：'这件太素了，送给你吧……'就是那件衬领。"

"哎哟，讨厌！你穿着还真合身呢，气死人啦！"

"真不好意思。"

"这可不是夸你，是讨厌你呀！"

"啊？"

"这么合身的东西，为什么不言语就收下了呢？"

"啊？"

"连你穿都那么合身，我穿起来也不会太奇怪吧。"

"肯定相当合身的。"

"明明知道我穿着合身，你就一声不吭？还悄悄摸着就穿上了，你不是好人！"丫鬟接连碰了好几个钉子。

老夫至此一直在静听局势的发展，对面榻榻米房间里金田君却大声地招呼起了女儿。

"富子呀富子呀！"

"在这儿呢！"

小姐不得已，从电话室里走了出来。比老夫体形略大的巴儿狗，嘴和眼睛都挤在脸部中央，也跟着跑了过去。老夫照例蹑手蹑脚，从来路蹿回到了街上，急速回到了主人家。此次探险，堪称获得一百二十分的成功。

回到家中。从漂亮公馆猛地回到肮脏的陋室，那心情就像从阳光明媚、风水上佳的山巅，突然掉进了黑黢黢的山洞里。在探险过程中因为过于关注心中所想，并未留意到公馆的内部装潢和隔扇门的款式等，此刻终于感受到了自己居所的低端，并对那座俗气公馆眷恋了起来。比起教师，老夫感觉还是干实业的要更了不起些啦。老夫也觉得自己的想法有点变了，便下意识向竖起的尾巴看去。尾巴尖上发出了响亮的神谕：你的思想没有错，就是这样的！

进了榻榻米房间，迷亭先生居然还在。烟头马蜂窝似的插在火钵中，他大马金刀盘坐着正说到兴头上，不知何时连寒月君也来了，主人头枕手臂抬眼盯着天花板上的雨漏痕迹看。此处依旧是一幅太平盛世的逸民欢乐画卷。

"寒月君，昏迷中都念叨你的那女人，叫什么来着？当时你保密，现在总可以说了吧？"迷亭君逗他说。

"要是只关系到我个人，说就说了。可这会给对方带来麻烦呀。"

"还不能说？"

"而且我跟某某博士的太太有过约定。"

"是不是绝对不能跟第三人说？"

"当然。"寒月君习惯性地搓弄自己和服的衣带，那条衣带是一种罕见的紫色。

"这衣带的色彩有点天保¹风格呀。"主人躺在那儿说道，他对于金田事件之类并不关心。

"就是的，毕竟不是当今日俄战争年代的产品啊。不戴上武士头盔，穿上有立葵族徽²的战袍，这条衣带扎起来就不是很稳妥啦。当年织田信长³作为女婿在过门仪式上，头上梳了个圆竹茶刷式的发型，系的就是这样的腰带。"迷亭君一说起掌故就啰啰唆唆的。

"其实，这条衣带是我祖父征讨长州时用过的。"寒月君认真地说。

---

1 天保：日本仁孝天皇年号，指 1830 年到 1844 年间。

2 立葵族徽：日本德川幕府的家族徽章。

3 织田信长：日本战国末期武将。

"马马虎虎捐给博物馆吧，您可是'上吊力学'的演讲者、理学士水岛寒月君呀！还把陈芝麻烂谷子的东西当作一面大旗，这可有伤您的体面哪。"

"您的忠告的确有理，也该照办，可惜有个说我特别适合这条衣带的人……"

"谁呀，还有这种恶趣味的家伙？"主人翻过身来大声喝道。

"反正你也不认识……"

"不认识也没关系，到底是谁？"

"一位已然辞世的女性。"

"哈哈哈哈哈，真够风雅的。我来猜猜，恐怕还是隅田川水下喊你名字的那个女人吧？就穿着这件和服跳下去再死一次怎么样？"迷亭从侧面补来一刀。

"嘿嘿嘿嘿，她已经不在水下喊我啦，是在西方清净的世界里……"

"未必有这么清净吧！她可是有只峥嵘的鼻子哦！"

"啥？"寒月君面带困惑。

"对面斜街的大鼻子刚才闯进来啦，就是这儿。我俩可真是吓了一大跳。是吧，苦沙弥君？"

"嗯。"主人躺着喝了口茶。

"大鼻子，说的是谁呀？"

"就是你永远亲爱的那位的母亲大人！"

"啊？"

"那个自称金田内人的女性来打听你的事儿。"主人认真地解释。

老夫冷眼旁观，寒月君是惊，是喜，还是羞怯？但他若无其事。

"反正是来劝我娶她家的小姐的吧。"他一如既往平静地说，说着又玩弄起了他的腰带。

"但是，你错了。那位的母亲大人是个伟大鼻子的拥有者……"迷亭君刚说了半句，主人打断他说："对了，我跟你说，刚才关于那个鼻子我构思了一首俳句。"

"扑哧。"里屋的夫人笑出了声。

"你可真够闲的。想好了吗？"

"想好了一部分。第一句是：这张脸上举行着鼻子祭礼 [1]。"

"然后呢？"

"然后是：鼻前供奉着神酒。"

"再下一句？"

"只构思到了这儿，下面还没有。"

"有点意思啊。"寒月君嘻嘻笑着。

"下面是：双洞静幽幽。怎么样？"迷亭君立刻接了句。

---

1 鼻子祭礼：多义，此处是谐音梗。日语中鼻子和花同音不同字，亦可理解为"这张脸上堆满了鲜花"。

"再接上：洞深毛不见。似乎也未尝不可。"寒月君说。

他们正胡言乱语，比拼才能，屋外传来四五人吵吵闹闹的声音。

"今户烧[1]狐狸，今户烧狐狸！"

主人和迷亭都吃了一惊，透过墙根的缝隙向外张望。"哇哈哈哈！"众人大笑着，脚步声逐渐远去。

"这今户烧狐狸是个什么玩意？"迷亭君诧异地问主人。

"谁知道呢。"主人回答说。

"节奏倒是很活跃呀。"寒月君追加评论道。

迷亭君似乎蓦地想起了什么，猛然站起身，像是发表演讲："敝人从多年之美学心得出发，对鼻子进行了研究。现管中窥豹、抛砖引玉，有劳二位静听。"

迷亭君来势过于突然，主人猝不及防，张口结舌地看着他。

"诚心静候，恭聆高论。"寒月君小声地说。

"经反复查阅，鼻子的起源仍难以确定。首先难以索解的是，假定鼻子为实用型器官，那么拥有两个孔洞足矣，并无必要像西方人种那样在脸部正中高高隆起以示人。但正如诸位所见，为何鼻子却这样翘得越来越高呢？"迷亭君捏起自己的鼻子向二人示意。

---

1 今户烧：为 15 世纪中叶，在日本东京台东区今户起源的素陶瓷器。

"并没有翘得太高呀。"主人不客气地说。

"不管怎么说，它也并没有凹下去吧。如果鼻子呈下陷状，那么或有可能和两个鼻孔并列的状态混同，以致产生误解。在此预先提请注意……以敝人之拙见，鼻子的进化乃是人类擤鼻涕这一细小行为的结果，日积月累，自然演化，终于构成了如此鲜明的形象。"

"名副其实的陋见。"主人又插入一句点评。

"如您所知，人类在擤鼻涕时，必定要揪起鼻子、捏住鼻子，而此时鼻子仅此局部受到了刺激。根据进化论的基本原理，此局部因受此刺激，发生和整体比例不相称之发育。皮肤更为紧致，肌肉也随之逐渐硬化，终于凝结成了骨头。"

"这可有点……肌肉如此随意就变成了骨头，这可不是一下子就能完成的啊。"理学士出身的寒月君提出了异议。

迷亭似乎啥也没听见，继续论述："当然，您的疑问也在情理之中。但事实胜于雄辩，骨头是一种存在，这没办法，它已经形成了骨头。然而，无论骨头是否形成，鼻涕仍然要流出来，鼻涕一旦流出则难以忍受，非擤不可。在此作用力下，鼻骨的左右两侧受到挤压，产生了细而长的隆起变化……这是一种相当恐怖的作用力，宛如水滴石穿、佛头绽放光明，异香异臭亦能入鼻。就是这样，人类的鼻梁变得通畅而坚挺。"

"即便如此，你的鼻子也还是软塌塌的呀。"

"至于演讲者自身的局部构造，由于存在自我辩护的可能，暂且存而不论。我将向二位介绍，那位金田小姐的母亲大人所持有的鼻子，它是世上最发达、最伟大的珍品。"

寒月君出其不意地发出了"哎呀呀"的声音。

"但是，物极必反。其虽不失雄伟之姿，却令人感觉惊惧、难以亲近。她鼻梁的整个部分无疑是十分精彩的，但却稍有险峻过头之感。先贤诸如苏格拉底[1]、戈德史密斯[2]甚或萨克雷[3]的鼻子，就构造而言堪称完美，但就在其完美之处存有瑕疵，并因此瑕疵而令人感动。鼻子高者失其尊贵，唯有清奇者值得珍惜，说的就是这种情况。俗语中也有这种说法：与其要鼻子，不如要丸子。须知就审美的价值而言，迷亭的这种鼻子才是最恰当的。"

寒月君和主人都呵呵呵地笑出声来，迷亭君自己也愉快地笑着。

"言归正传，方才所论涉及……"

"先生，'言归正传'略略有点说书先生的口吻呀。太低端了，换个说法吧。"寒月君报了前几日的一箭之仇。

"那就再见，洗把脸重新登场吧……这个……以下对鼻

---

1 苏格拉底：古希腊哲学家，西方哲学奠基者。

2 戈德史密斯：奥利弗·戈德史密斯，18世纪爱尔兰作家，著有《关于欧洲高雅文学现状的探讨》等。

3 萨克雷：19世纪英国作家，著有长篇小说《名利场》等。

子与脸的比例略作探讨。假如抛开其他关系，孤立地讨论鼻子，那位母亲大人所拥有的鼻子，走遍天下并无愧色，即便在鞍马山[1]办个展览，亦有可能拔得头筹。可悲的是，它并不和眼、口等其他各部位有所商量，而是独自生长起来。恺撒的鼻子无疑是非凡的，但若用剪刀将他的鼻子剪下，安装在贵府的猫脸上，那又将变身为什么呢？打个比方，以猫的额头大小作为地面，其上耸立起一座鼻子的纪念碑，那就像围棋盘上盘踞着一座奈良的大佛，比例完全失调，美的价值也将完全丧失。而其母亲大人的鼻子，无疑如恺撒般正确，英姿飒爽地隆起，但周围所分布之面部条件又如何呢？当然，不至于像府上的猫的脸那样拙劣，但也如同患上癫痫的丑女，眉分八字，细眼斜吊，这些都是事实。诸君，既生其脸，何生其鼻？此情此景又岂能不让人由衷一叹？"

迷亭君略一停顿，屋后随即传来了一个声音：

"还在说鼻子呢，这也太过分了吧！"

"这是车夫的老婆。"主人告知迷亭君。

迷亭君又开始了他的演说："在预计之外的暗处，发现新的异性旁听，对于演讲者来说，这是崇高的荣誉。特别是婉转的莺声燕语，有如在干燥的演讲中加入了一丝惊艳之味，确实是梦想以外的幸福。我本应尽力讲得更为通俗易懂，以

---

1 鞍马山：指日本京都左京区鞍马山，是历史悠久的繁华区域。

期不负佳人之眷顾，可接下来的讲述将略略涉及力学问题，或许会让女性听众理解困难。敬请务必多多包涵。"

寒月君听到"力学"一词，又咻咻地笑了起来。

"我的论据已然证明：这只鼻子和这张脸终究无法协调，违背了蔡辛[1]的黄金分割律。这一点，可以用严格的力学公式加以演算验证。请看，首先以 H 代表鼻子的高度，α 作为鼻子与脸平面的交叉角度，W 当然就意味着鼻子的重量。这样如何？大体明白了吧？……"

"这能明白吗！"主人说。

"寒月君怎么样？"

"我也有点没明白啊。"

"这就麻烦了。苦沙弥暂且不论，你是个理学士应该能明白的啊！此公式是本场演说的灵魂，倘若省略则所有讨论就将毫无意义……好吧，先跳过公式，只说结论。"

"还有结论？"主人故作讶异地问道。

"当然有啊。没有结论的演讲，就像不上甜点的西餐……行吧，两位都听好了，下面就是结论啦……上述公式，参照魏尔啸[2]、魏斯曼[3]诸家之学说，必须承认形体的先天性遗传。

---

1 蔡辛：阿道夫·蔡辛，19 世纪德国数学家。

2 魏尔啸：19 世纪德国病理学家。

3 魏斯曼：19 世纪德国生物学家。

而随此形体伴生的精神现象，纵使已有强大理论证明了其非遗传的后天属性，但仍不可否认它作为结果，在一定程度上必然受到遗传的影响。如上所述，一个持有与其体态不协调的大鼻子女性，她的后裔在鼻子方面也必定不同凡响，此点不可不察。寒月君等辈因为年轻，也许并不承认金田小姐在鼻子构造方面的特异性，但相关性质的遗传存在漫长的潜伏期，一旦气候突变，就会迅猛发展。或许呼吸之间就会膨胀到其母亲大人的程度。故而，这桩婚事根据迷亭的学术论证，尽早断念为上，以策安全。对于此点，这座宅子的主人当然赞同，那边睡着的猫殿下想必也不会持有异议吧。"

"这是理所当然的。那种娘儿们的闺女，谁要？寒月君，娶了她你就完蛋啦！"主人翻身而起，极为热情地响应。老夫为了表达赞同之意，也喵喵地叫了两声。寒月君从容地说道："既然先生如此高见，我斩断念想亦无不可。但万一女方急火攻心，一病不起，那可就是罪过了……"

"哈哈哈，要说罪过，那也是艳遇之罪。"唯独主人变得非常激愤，"这种笨蛋谁见过？那婆娘的女儿也绝对不是什么好东西。第一次上门就把我胡乱批评了一通。傲慢的东西！"主人吧啦吧啦地宣泄道。

"哇哈哈哈哈。"就这会儿，三四个人又在墙根处发出了大笑。

"好狂妄的蠢货！"一个说。

“是想要住进大房子里去吧！”另一个说。

“真可怜啊，再怎么牛烘烘，也就只敢躲在家里头吹牛！”还有一个大声说。

主人奔到檐廊下，不甘示弱地吼叫：“吵什么，干吗跑到我家墙根来？”

“哇哈哈哈哈……野蛮茶[1]，野蛮茶……”墙外的人吵吵个不停。

主人雷霆大怒，飞身而起，操起手杖向门外大街冲去。

“有趣，有趣！出去打，出去打！”迷亭君击掌鼓噪。寒月君依然搓弄着衣带，面带微笑。老夫紧随主人，穿过外墙豁口来到街上。只见街上一个人也没有，主人持着手杖惘然地站在大街中央，看起来像是三魂七魄都被狐仙带走了似的。

---

1 野蛮茶：此处嘲笑主人英语水平不行，居然将粗茶翻译为野蛮茶，用以羞辱主人英语教师的身份。

第四章

老夫照例潜入金田公馆。

所谓照例云云，无须解释，表示频繁的程度已然达到了"屡次"的平方。干过一次就想再干一次，尝试过两次就想尝试第三次，这种好奇心并不局限于人类。必须承认，即便是猫，也拥有这种与生俱来的心理和生理特征。当同一行为重复三次以上，便可称之为习惯，也将进化为生活上的必要动作，这一点和人类并无不同。如果疑惑老夫究竟为何如此频繁地出入金田公馆，那么老夫也有话想要反问人类：为何你们要从嘴里吸进烟雾，又从鼻孔里喷出来呢？这种既不能充饥又不能补血的玩意儿，你们居然也能肆无忌惮、毫无愧色地吞吐着，那么对老夫出入金田公馆也就不必大声苛责了吧。金田家也无非是老夫的一支烟而已。

"潜入"一词容易引发歧义，怎么说都像小偷、奸夫似的，听上去让人难以接受。老夫前往金田公馆，虽然不是受到邀请，但也绝不是为了弄点鲣鱼片，也不是为了同那只眼睛、鼻子都向脸部中心纠结的巴儿狗幽会。啥，密探？那就更扯不上啦！要说这世上哪种职业最为下贱，窃以为没有比密探和放高利贷的更为不堪的了。的确，为了寒月君老夫一度前往金田家窥探动静，萌发了我辈猫族本不该有的侠义之心。但那也是仅此一次，其后老夫绝对没再干过这种有辱我辈良心的劣等勾当。既然如此，为何又粗鲁地动用了"潜入"一词？——这个啊，就说来话长了。

根据老夫原本的看法，天空覆盖万物，大地承载万物——无论多么热衷于争辩的人，也不可能否认这一事实。既然如此，那么对于天空和大地间万物的创造，人类究竟又付出了多少的劳动呢，岂不是连一点点小忙也不曾帮到过吗？并非自己的创造之物却据为己有，天下没有这样的道理吧。仅仅据为己有也就算了，禁止他物的出入就更没道理了。

在这片茫茫大地上，他们狂妄地竖起木桩、建起围墙、划定地界，宣称其归某某所有。这就像指着苍天划定势力范围，对外宣告这片天是我的，那片天是他的。要是土地可以切割成一小块一小块贩卖所有权，那么我们呼吸的空气也必定可以封装起来，一立方尺一立方尺地拿去零售。假如空气无法切割贩卖，苍天的范围割据也并不成立，那么土地的私有岂不也非常不合理吗？因如是观，故信如是。因此，老夫想去哪儿就去哪儿。不想去的地方不去，而一旦心向往之，那就不管东西南北，老夫都会一脸平静，从从容容前往拜访。至于对金田等辈，更无客气之必要。

但是，我辈猫族的可悲之处在于，实力终究和人类无法匹敌。更何况，所谓"强权即公理"之说通行于世，猫的道理无论多么正确，在这滚滚红尘中依然寸步难行。倘若执拗地一意孤行，就会落得车夫家大黑的下场，怕是也要吃上一顿鱼店老板的扁担。在手握真理而权力却在对方手中的情况下，或委曲求全、唯命是从，或躲过权力之眼、暗中继续追求真理，倘若必须二选一，老夫当然选择后者。但为了躲避这扁担之灾，就得采取忍者之道，不得不潜入他人的室内。这就是老夫"潜入"金田公馆的理由。

尽管并无充当密探的初心，但随着潜入次数的增多，即使并不想目睹金田一家发生的种种，它们却依然映照进老夫眼帘；即使并不想记忆，它们却依然镌刻在老夫脑海，此真乃无可奈何之事。鼻子太太洗脸时，从来只管专心致志地擦洗鼻子；富子小姐则对阿倍川年糕情有独钟，拼命大吃；此外金田君自己——有个和太太迥然相异的塌鼻子。不单鼻子，他整个脸都呈扁平状。就像小时候打架，惹着了顽主，被摁住脖颈，"嘿"的一声使劲往墙上撞，那张脸被一直保存到了四十年后的今天。若非存在这样的因果，这张平坦的脸就更令人感觉奇怪了。这肯定是一张安详的脸，毫无危险的迹象，但总是令人感觉缺了点变化。无论他怎样暴怒，面部依然平坦如故。这位金田君在进食金枪鱼刺身时，总是会啪啪拍打自己的光头；他不仅有张扁脸，个子也很矮小，故而常常胡乱戴上高筒帽，穿上垫高的木屐；车夫将这些奇怪八卦分享给寄宿的学生，学生恍然大悟般对车夫敏锐的观察力钦佩不已……如此种种，不胜枚举。

近来老夫通常是从厨房的小侧门旁穿过院子，站在假山的背后向对面眺望。假如隔扇门关着，四周看上去颇为寂静，老夫就会徐徐潜入。如果人声嘈杂，或有被客厅里的人发现之危险，老夫便向东迂回，贴着茅厕悄悄无声息地进入檐廊。虽说没干过啥坏事，也没干过啥需要隐瞒或担心的事，但万一撞上了人类这种不讲道理的东西，那就只能自认倒霉啦。要是这世上全都是熊坂长范[1]这样的强盗，就算德高望重的君子，恐怕也会表现得和老夫差不多吧。金田君乃是堂堂实业家，不必担心他会像熊坂长范那样舞动起五尺三寸的日本刀，但老夫听说，他有个不拿人当人的毛病。既然不能把人当人看，自然也就不会把猫当猫看。由此可见，我辈猫者，无论是否德高望重，在他的公馆内也绝对不可大意。但也正因如此，老夫才略感亢奋。老夫频繁出入金田府邸，说

---

1 熊坂长范：日本传说中的江洋大盗。

不定也仅仅是出于这份冒险的诱惑。关于此点,有待老夫通过审慎思考,将我辈猫族之大脑活动进行彻底剖析后,再来继续吹牛吧。

今日情况究竟如何?在假山矗立的草坪上,老夫下颌贴着地面向前张望。十五张榻榻米的宽敞客厅里,发散着三月的春光,屋内金田夫妇和一个客人聊得正来劲。不巧鼻子太太的鼻子恰好正对着这边,越过池塘,紧紧盯住。被一只鼻子盯住老夫的额头,老夫有生以来还是头一遭。所幸金田君此刻正侧对着客人,那张扁脸的平坦部分,有一半被遮蔽了无法瞧见,因此也就无法判断他的鼻子指向何方。只是从他花白胡须的所在位置推测,那片胡乱生长的胡须上方必定存在两个孔洞,得出这一结论毫不费劲。假如春风从那张光滑的脸上拂过,想必也会感到非常舒服吧,老夫不由自主地展开了想象。

三人中客人的相貌是最普通的。正因为普通,所以并不值得专门推介。所谓普通平凡,本身并无大错,而普通平凡到了极致,以至于更近一层,成了庸俗,那就不得不让老夫心中油然生出悲悯之感。带着这副宿命般毫无意义的尊容降临明治盛世的家伙,究竟是何许人也?若不像往常那样钻到檐廊下面,去听听他们的谈话,是弄不明白其人身份的。

"……所以呀,家内专程去了趟那家伙那儿,问了下情况……"金田君虽然和往常一样用词粗野,声音却并不奇崛,语调和他的面部一样平坦宽广。

"一点不错，他教过水岛桑……一点不错，这主意太棒了……一点不错。"这张口闭口就是"一点不错"的家伙，就是客人了。

"可还是不得要领啊。"

"是啊，是啊，问苦沙弥肯定是弄不明白的……那家伙和我住一个屋的时候就那样，脑筋实在是不开窍……让您受委屈了吧？"客人扭头看向鼻子太太说。

"还说啥委屈不委屈的，我长这么大，去别人家还从没这么不受待见过呢！"鼻子太太也和往常一样鼻孔往外喷着气。

"说过什么冒犯您的话了吗？他这人性格就是这么顽固，过去就这样。瞧他十年如一日只是教他的英语入门课，就能明白他大概是怎么回事了。"客人得体地附和着。

"可不是吗，不像话！家内问他点什么，他就哼哼哈哈地敷衍……"

"这说来也不奇怪……人一旦有点小学问，就会萌生出傲慢之心。再加上没钱，反倒变得更加嘴硬了……唉，这世上就是有无法无天的刁民哪。他们根本不觉得是自己没干活，见到有钱人就一口咬住胡乱斥骂……那感觉就像别人的钱财都是从他们兜里抢来的，太让人震惊了。啊哈哈哈。"客人看上去非常开心。

"可不，简直荒唐！那副任性的样子，完全是因为没见过世面。要让他受点教训才好，就该治治这家伙，所以就稍稍出手了。"

"一点不错。这家伙这会儿应该明白过来了吧？这事儿本来就是因他而起的嘛。"客人还没等弄明白究竟发生了什么事，就先对金田君表示了赞同。

"可是，铃木桑，那不是个偏执的家伙吗？他去了学校，根本就没搭理福地桑和津木桑。还以为他是怕了才默不作声，谁料全不是那么回事！舍下的学生并无过错，他竟然提着文明棍追打！连他三十岁的老脸都不要了。啊，你说，他怎么能做得出这么愚蠢的事呢？完全是自暴自弃，就是个变态！"

"啊？他还干出过这么野蛮的事儿吗？！"这下连应付裕如的客人似乎都感到了震惊。

"可不！就因为学生从那家伙面前走过时说了点什么，说话间，他突然就拎起文明棍光脚追了出来。退一万步，就算说了点啥，那不也只是些孩子吗？你是个满脸胡须的成年人，还是一个老师呢！"

"是啊！还是个老师呢！"客人说道。

金田君也跟了句："还是个老师呢！"

言下之意既然当了老师，不管受到怎样的羞辱，都必须像个木头人那样老老实实地忍受，三人不约而同在这一点上达成了一致。

"还有那个叫迷亭的家伙，简直是个疯子，满嘴胡话，有啥用！我真是第一次见到这么变态的家伙。"

"呃，迷亭？看来还是老样子——吹个没够呀！也是在苦沙弥那儿碰上的吗？被那家伙缠上了可真够喝一壶的。以前也是一口锅里吃饭的兄弟，可这家伙总是把别人当傻瓜，我没少跟他干仗。"

"那种家伙，谁碰到都得光火！谁不吹吹牛呀，是吧……面子上说不过去啦，不得不凑个热闹啦……这种情形谁都会说点有的没的。只要不言语不就啥事都没啦？可那家伙非得一吐为快，这不就弄得没法收拾了吗？也不知他图个啥，那么信口开河，那么……简直就是专门冒出来让人扫兴的。"

"说得太对了！扯淡就是为了找乐子，这可真是叫人头疼啊。"

"你瞧，我真心去了解下情况，结果连水岛的事也被弄得一团糟。我可是气坏了，心里那个恨呀……可就算这样，面子毕竟是面子，是吧？到人家家里去打听点事情，这点面子不给那也说不过去。后来我还让车夫送了箱啤酒过去。可你猜怎么着？他说：'无功不受禄，拿回去！'车夫跟他讲：'只是一份心意，还是请收下吧……'他竟然说：'太难喝了。老子天天吃果酱，从来不喝啤酒这种难喝的东西！'说完就刷地转身回里屋去了……连个借口都不找。你瞧瞧，这也太失礼了吧！"

"这也……太过分了！"客人这回似乎真心觉得过分。

"所以呀，今天特地请你过来呢……"停了好一会儿，传来金田君的声音。"对这种傻瓜，原想暗中捉弄他一下也就算了。可就算这样，也碰到了点麻烦哪……"他像在吃金枪鱼刺身似的，啪啪拍打自己的光头。

老夫原本身处檐廊的地板下面，自然瞧不见他实际上是否真的拍打了自己的光头，但这一段时间早已听熟了他拍打这光头的声音。正如尼姑能够辨别木鱼的声音，只要那种声音清晰传来，即便老夫在檐廊之下，也能立即断定光头就是那声音的出处。

"就是为了这，要给您添点儿麻烦啦……"

"只要我能办到的，都不用客气……这次能调来东京工作，全靠您上上下下费心打点，不然根本就没戏啊！"客人爽快地答应了金田君的请求。听这口气，客人果然是金田君提携过的人。这不，事情变得越来越有意思啦！老夫本没想着出门，只因今天天气太好，就鬼使神差过来了，没料到能获得一手信息。俗话说：'无心逛庙，吃到贡饼。'讲的就是这个道理。真想知道金田君想要这客人去干些什么事啊，老夫在檐廊下洗耳恭听。

"苦沙弥这变态，也不知为啥给水岛出了个鬼点子，跟他说不可以娶金田家的闺女……是这样的吧？"

"岂止是出个点子，他说：'天下哪有这种傻瓜，会娶那种家伙的女儿？寒月君，绝对不可以！'"

"这话太失礼啦！他说这样的粗话了吗？"

"何止是说过，还是让车夫老婆直接来转告的！"

"铃木君，怎么样？你都听见了，是不是很麻烦？"

"是啊，很麻烦啊。跟别的事不一样，这种事外人根本就不该妄议啊！这点分寸苦沙弥肯定是知道的吧，究竟怎么就弄成这样了呢？"

"是啊，你学生时就和苦沙弥住在一起。不管现在关系怎样了，过去你们相处很亲密，所以这件事就拜托你啦。你见到他，能好好跟他晓以利弊吗？说不定他也会光火，可一光火就是他的错了。要是他能老实点儿……我会给他点甜头尝尝的，也可以不再去招惹他。可他如果硬要一意孤行的话……也就是说，他还那么嚣张，那吃亏的就是他自己了啊！"

"哎，完全如您所言，愚蠢地反抗最终是他自己吃亏，毫无益处。我一定会如实向他转告的。"

"另外，来向我女儿求婚的人多得很，她根本不可能非得嫁给水岛。不过呢，我们也渐渐听说这人的学问和人品还不坏，要是他用点功，不久就能考上博士。要这样，说不定这门亲事也还能成。这层意思，也不妨暗示他。"

"这话一说，非常励志，他会用功起来吧。太好了！"

"然后呢，说来也是怪……我感觉这和水岛的身份也不相称呀，他口口声声称苦沙弥为老师，苦沙弥说啥他差不多都会听从，这点很麻烦。你瞧这事闹的。当然了，我女儿也并不是非水岛不嫁，所以不管那苦沙弥怎么胡搅蛮缠，我们这边其实根本就没所谓的……"

"那样水岛桑就太可怜！"鼻子太太开口说道。

"我没见过水岛这人。可不管怎样，能和我家结亲，是他一辈子的福气，他本人肯定不会有什么意见吧。"

"可不，水岛桑巴不得要娶呢，就是苦沙弥呀、迷亭呀这些怪人在说三道四。"

"这就不对了，受过一定教育的人干不出这种事。我到苦沙弥家会跟他好好谈谈。"

"嗯哼，那就给你添麻烦了，还有一件事要请你费心。实际上，水岛的情况苦沙弥最了解。上次家内去他家，出了前面讲的那些状况，所以就没能打听明白。你这次去呢，最好能把他这人的品性、才学等方面都好好了解下。"

"明白了！今天周六，要是这会儿过去，他应该也已经回家了吧。不知他近来是住在哪儿？"

"前面过去右拐到头，左拐走一个路口的样子，那堵快要塌了的黑墙就是他家的。"鼻子太太告诉他。

"这么说就在附近啊！这就好办了，回去路上拐过去看看就行。没啥，看看门牌就大概清楚了。"

"他家那块门牌有时有，有时又没有。估摸着是用米饭把名片粘在门上的，一下雨就掉下来了，等天气好了他再粘上去，靠门牌恐怕是找不到的。做这么麻烦的事，弄个木头牌子挂起来不行吗？真是个处处让人不舒服的家伙。"

"这可真叫人吃惊哪！不过，要是打听快塌了的黑墙是哪家的，应该就会清楚了吧。"

"可不，那么脏的屋子这条街上没有第二家，很容易就能找到。哎，对了，对了，要是这还找不到，倒是有个好办法。只要找屋顶上长了草的那家，肯定就不会错啦。"

"还真是相当有特色的人家呀，啊哈哈哈。"

若不在铃木君光临前回去，多少有些不妙。谈话内容听到此处，已然足够了。老夫顺着檐廊的地板下面往前爬，从茅厕绕到西边，贴着假山的背面来到了街上。老夫疾步奔回屋顶长草的家，然后摆出一副啥也没干过的面孔转向客厅前的檐廊。

主人在靠檐廊的一侧铺了块白毛毯，趴在上面，春日和煦的阳光晒着他的背。阳光意外公平，对屋顶长着乱草的陋室和对金田君的客厅一样，洒落充沛的暖意。遗憾的是，唯独那张毛毯和这春天不搭。厂家的本意是要将它织成白色的，洋货铺也将它当作白色的出售，主人也是按照白色的毛毯下单买回来……可惜那是十二三年前的事了。毛毯跨越了它的白色时代，如今已进入深灰色的渐变期。这条毛毯能否坚持度过它这深灰时代，进入到黑色时代，这是一个问题。

即便现在它也已到处破损，也能够清晰分辨出它的横织竖纹，将它称为毛毯几乎已可算作是一个僭越的传说。还不如将这"毛毯"二字中的"毛"字去掉，干脆叫它毯子更为恰当。可按照主人的想法，既然能用一年两年、五年十年，那就必然可以用上一辈子。这看法也太过主观随意了吧。话说在如此这般的毛毯上，主人趴着在弄些什么呢？他双手托腮支撑着前探的下颌，右手指间夹着卷烟，仅此而已。或许在他那颗满是头皮屑的头颅里，宇宙的终极真理正如火轮般在飞速旋转；但从外部来看，这是做梦也想不到的。

烟头上的火已渐渐逼近烟嘴，一寸长的烟灰像一根燃烧殆尽的小棍，啪嗒一声掉到了毛毯上。主人却一动不动，死死盯着自烟蒂缥缈而起的烟雾尽头。那缕烟雾在春风里浮浮沉沉，刻画出重重环绕的烟圈，持续飘向妻子并渗透进她那刚洗过的深紫色发根……哎呀，原想讲夫人的故事的，忘啦。

夫人屁股对着主人……哎呀，这妻子未免也太失礼了吧！

其实也没什么失礼的，是否失礼均出于当事人彼此对该行为的解读。主人毫不介意地托着下巴凑近夫人的屁股，夫人也毫不介意地将威严的屁股对着主人的脸，此事和礼节并无一毛钱关系。两人在结婚不到一年的时间里，就已冲破种种陈规陋习和礼仪束缚，成了一对态度超然的夫妇。

将屁股对准丈夫的夫人不知是出于什么想法，趁着今天天气晴朗，将一尺来长的青丝浸在海藻和鸡蛋里，咯吱咯吱地搓洗着，然后炫耀似的将它们从肩头甩到后背，默默地醉心于缝补孩子的坎肩。她其实只是为了晾干头发，才把这呢面蒲团和针线盒从屋子里拿到了檐廊上，彬彬有礼地将屁股对着丈夫坐下。又或许是丈夫以夫人的屁股为目标，自行将脸凑过来的亦未可知。

如前所述，烟卷上腾起的烟雾在浓密而蓬松的黑发间流淌、流淌。仿佛时间凝固，主人心无杂念地紧紧盯着那闪闪发亮的光点。然而，烟雾并非是能在某处停留之物，根据其性质它会不断地向上、向上，如果主人想要丝毫不落地观测这烟雾与毛发纠结缠绵的奇观，那就必须转动两只眼球。主人首先从妻子的腰部开始观察，目光缓缓沿着脊背上升，越过肩部、脖颈，逐渐抵达头顶。主人不由得大吃一惊……与他订下白首同穴之约的妻子，头顶正中居然出现了一大块浑圆的斑秃。而且此刻它正反射着和煦的日光，发散着洋洋自得的光晕。主人在无意间获得了如此不可思议的重大发现，他眩晕的目光中流露出震惊，尽管在强烈光线的照射下，瞳孔仍然心无旁骛地死死盯着。

主人发现这块斑秃时，脑海里首先浮现的，是他家祖传佛坛上不知传了多少代的镶着花边的灯盏。他全家信奉真宗教，真宗教向佛坛供奉超越个人身家的钱财是惯例。主人记得他年少时，家中的库房里曾有一个涂着厚厚金箔的佛龛，四边装饰着发暗的花纹。佛龛里总是吊着一只黄铜的灯盏，就算在白天，灯盏上也跳跃着朦朦胧胧的火苗。四周昏暗，闪耀的灯盏就显得格外明亮。对这孩童时不知见过多少回的灯盏的印象，在见到夫人斑秃的一瞬间被蓦然唤醒，闪现眼前。

没到一分钟，灯盏就从眼前消失了，这时主人又想到了观音菩萨的鸽子。观音菩萨的鸽子与夫人的斑秃之间毫无关联，但在主人的脑海里两者却是密切相关的。同样是幼年时分，每次去浅草他都会买些豆子喂鸽子，一盘豆子两枚铜板，装在红土的陶盏里。那陶盏的色泽和大小，都和夫人的斑秃非常相似。

"真是太像了。"主人似乎非常敬佩地说。

"啥？"夫人脸都没有转过来。

"还问啥呀！你头上有块大斑秃啊，晓得吗？"

"哎。"夫人回答道，手里活计并未停顿，也没流露出秘密被发现了的忧虑，像个胸怀坦荡的模范妻子。

"嫁过来时就有，还是结婚后才有的？"主人问道。他嘴上虽然不说，心里却在想，要是嫁过来前就有了的话，那他就是被骗了。

"记不得啥时有的，秃不秃的不是都挺好吗？"她说得像是自己已然顿悟了。

"都挺好？那不是你自己的头？"主人的口气里稍稍带了

点不忿。

"我自己的头，所以随它怎样都好啦。"她说着，但看上去多少缺了点底气，右手伸到头上摸着那块斑秃。"哦呀，咋长这么大啦，原来没这么大的。"言下之意是：她似乎终于明白了过来，对于她的年龄来说，这块斑秃显然大得有点过分了。

"女人挽发髻，这里头发就被拉了起来，搁谁都得秃哟！"她又略略自我辩护了下。

"按这速度，头发全都得掉光，到了四十岁肯定秃得像个药罐啦。这肯定是病，传不传染不知道，但还是趁早去甘木桑那儿瞧瞧。"主人说着，仔仔细细摸着自己的头颅。

"有这样说别人的吗？你自己的鼻孔里不也长了白毛吗？斑秃要是会传染，白毛不也是会传染的吗？"女主人不高兴地嘀咕。

"鼻孔里的白毛又看不见，有啥坏处？可头顶……特别是年轻女人的头顶，秃成这副样子太难看了，算残废啦！"

"残废你还娶我？不是你喜欢才娶了我吗！说什么残废……"

"当时不知道啊，今天前一直都不知道。你要这么理直气壮，为啥嫁过来时不让我看看你的头！"

"扯淡呀，什么地方有这种规矩？要查脑袋，及格了才能出嫁？有这种地方吗！"

"斑秃还能忍忍，但你那身材比别人可矮太多啦，看着真是受不了。"

"身高不是一眼就能看清吗？个子矮你从开始就知道，你不是还乐意娶我回来的吗？"

"这当然是知道啦。知道是没错，可我以为你还会长高些呢，这才娶了你的啊。"

"都二十岁了，还说啥会长高……你也太把人当傻子了吧。"女主人将坎肩一扔，向主人转过身来，那架势似乎主人不说个明白她就绝不罢休。

"二十岁就不允许长高啦？哪里有这种规定！等你嫁过来，多给你吃点营养品，我觉得多少还会长高点儿呢。"主人一脸严肃，陈述着他的奇谈怪论。正在此时，门铃声陡然凶猛地响起。铃木君终于以屋顶乱草为目标，寻访到了苦沙弥先生的卧龙草庐。

夫人不得已暂停争执，仓促抱起针线盒同坎肩闪身躲进了茶水间。主人将鼠灰色毛毯团成一团，扔进了书房。片刻之后，主人看着女佣拿来的名片，脸色略显讶异。他扔下一句"让他进来"，手里捏着名片进了洗手间。说不清他为何着急忙慌地要进洗手间，至于为何要拿着铃木藤十郎的名片进洗手间，那就更说不明白了。总之，倒霉的是那"名片先生"了，奉命陪着上了趟臭气熏天的茅房。

女佣将花布蒲团向前摆正，说了声"您这边请"就告退了，铃木君随意打量屋子。墙上挂着木庵[1]《花开万国春》的赝品；京都产的廉价青瓷瓶里插着寒樱，他的目光逐一扫过。当他目光落到女佣让座的蒲团上时，不知何时一只猫已大模大样地端坐其上了。不用说，那正是老夫本尊。

此刻，铃木君的胸中瞬间涌起了一股风暴，甚至体现在了脸色上。毫无疑问这只蒲团是为铃木君而铺设的。为自己铺设的蒲团，自己尚未坐下，一只神奇动物不打招呼就淡然盘踞，这是破坏铃木君内心平衡的首要因素。倘若这只蒲团是个无主之物，放置在那儿任由春风吹拂，铃木君为了表达谦逊之意，也许会在坚硬的榻榻米上一直忍受到主人请他落座。

但是！在本该由自己占有的蒲团上，招呼都不打就坐下的家伙是个什么东西？假如是个人，让也就让了，居然是只猫，那就太难忍啦。对手竟然是猫，这让铃木君感觉尤为不爽，这是破坏他内心平衡的第二因素。最后，那只猫的神情令他最为恼怒，它在自己根本无权占据的蒲团上，不仅看上去毫无愧色，还摆出了一副傲然之态，眨巴着两只爱搭不理的圆眼睛，盯着铃木君流露出"你这家伙究竟是谁"的鄙夷。这是让他内心平衡崩坏的第三个因素。

心中既然如此不忿，理应捏着老夫的脖颈拖将下来，铃木君却沉默地看着。作为堂堂的人类，肯定不会被一只猫吓

---

1 木庵：中国明末清初高僧，善书画，1655 年赴日，使黄檗宗在日本得到发展。

得不敢出手。至于他为何不快快惩处老夫，以泄心头之愤，老夫所洞悉的结论是：他完全是出于自尊心，是为了维护他作为一个人类的体面。倘若诉诸武力，哪怕三尺孩童也能轻易提着我上下挥舞吧。但从体面为重这点考虑，铃木藤十郎尽管是金田君的心腹，对于我这盘踞于二尺蒲团上的猫之大明神，他也无可奈何。这地方再怎么背人耳目，与猫争座也多少是一桩有关人类尊严的大事。如果正儿八经地与猫咪来争个是非，无论如何都不像个成年人，太滑稽了。

为了避免名誉受损，他就不得不忍受这份小小的委屈啦。但是，正因为他忍无可忍又一再忍耐，他对猫的憎恶也逐渐累积。铃木君时不时地向我瞅过来——扭曲着脸。老夫饶有趣味地看着他愤愤然的面孔，尽量控制着好笑的念头，装作若无其事。

就在老夫与铃木君持续不断表演着哑剧时，主人整理着衣服从厕所出来了。他"哦呀"一声招呼着坐了下来，手上捏着的那张名片已不见踪影。由此看来，铃木藤十郎的姓名已在臭气熏天处被判了无期徒刑。老夫正想着那张名片所遭遇的飞来横祸，主人突然揪住老夫脖颈上的毛，骂了声"这畜生"便将老夫向檐廊扔了出去。

"哎，垫上吧。稀客呀，啥时来东京的？"主人说着，邀请老朋友坐到了蒲团上。

"总是忙，也没跟你联系。其实我最近已经回东京本部了……"铃木君将蒲团翻了一面坐下。

"啊，这不错，真是好久没见啦。自从你去了乡下，这还是第一次见面吧？"

"嗯，快有十年了吧。那之后虽然也时不时地来东京，但总有各种事，也就一直没来打扰，你可别见怪呀。公司工作和你的职业不一样，相当忙啊。"

"这十年里，你可是变化不小啊。"主人上下打量着铃木君。铃木君梳着漂亮的分头，身上穿着英国产的苏格兰呢料子衣服，衣襟上别着华丽的胸针，胸前垂挂一条闪亮的金链子，怎么看都让人想不到他是苦沙弥君的老朋友。

"嗯，就连这种东西不戴着好像也不行呢！"铃木君时不时地让苦沙弥注意到他的金链子。

"这是真东西吗？"主人冒昧地问道。

"18K 的啦。"铃木君笑着回答，"你也老了不少啊。肯定有孩子了吧，一个？"

"不。"

"两个？"

"不。"

"还有？那么是三胎啦？"

"嗯，三胎。以后不知还会生几个。"

"还是那么爱开玩笑啊。最大的几岁啦？不小了吧？"

"嗯嗯，几岁我也不清楚，大概六七岁了吧。"

"哈哈哈，当老师还真是悠闲哪，我也能当个老师就好了。"

"你当当看吧，三天你就烦了。"

"是这样的吗？时尚、轻松、有闲暇，这些全占，还能学些自己喜欢的，这不挺棒的吗？虽说当个实业家也不错，但我们这种人不行。要是去做实业家，那就必须跻身顶级阶层，不然就太没用了。都是低三下四的迎来送往，根本不想喝的酒杯不接还不行，简直就是个蠢货。"

"我从学生时候起就太讨厌实业家了。只要给钱，啥事都干。俗话说得好，都是些市井小人啦。"当着实业家的面，主人信口开河。

"可不是吗……不过也不尽然。的确是稍稍有些庸俗之处啊，无论如何要是没有和金钱同生共死的觉悟，那肯定是行不通的……说到这里，钱这玩意儿可不是什么好东西……我刚刚去了个实业家那儿，他跟我说要赚钱必须动用'三绝'术——绝义、绝情、绝廉耻。有意思吧？哈哈哈哈。"

"谁呀？简直是个蠢货！"

"他可不是蠢货，脑子相当好使噢！在实业界也相当有名。你不知道？就住你家前面那条斜街上。"

"金田？他居然蠢到这种地步！"

"瞧你，生这么大气。哎呀，这话呀，不过是开个玩笑的，只是打了个比方。做不到这份儿上，钱就存不下来。要都像你这么认真去理解，谁受得了。"

"开开'三绝'的玩笑当然也可以。可他老婆那鼻子又是怎么回事？你去他家看见了吧，那样的鼻子！"

"金田夫人？金田夫人可是个非常敞亮的人哪。"

"鼻子！说的是她那样大的鼻子。不久前我还给那鼻子写了首俳句体诗呢。"

"啥？俳句体诗是……"

"俳句体诗都不知道？你跟不上潮流啊。"

"呃，像我这种忙忙碌碌的人，搞文学这些肯定是不成的啦。何况以前我也不是太喜欢。"

"你知道查理大帝[1]的鼻子长什么样吗？"

"啊哈哈，你可真是闲的，不知道啊。"

"威灵顿将军[2]的部下给将军起了个绰号叫'鼻子'，这你知道吧？"

"你说来说去就是个鼻子，究竟想干吗？管它圆的尖的，这不都可以吗？"

"绝非如此！那你知道帕斯卡[3]吗？"

---

1 查理大帝：法兰克加洛林王朝国王，查理曼帝国建立者。

2 威灵顿将军：亚瑟·韦尔斯利，第一代威灵顿公爵。拿破仑战争时期的英国陆军将领。

3 帕斯卡：布莱士·帕斯卡，17世纪法国数学家、哲学家。16岁发现帕斯卡六边形定理。

"又来了，'知道吗知道吗！'搞得像个考试似的。帕斯卡又怎么了？"

"帕斯卡说……"

"说了啥？"

"克娄巴特拉女王¹的鼻子要是稍微短了一点，就会给这世界的表面带来巨大变化。"

"这样啊……"

"所以啊，像你这样草率地鄙视鼻子是行不通的。"

"这个……好吧，从今往后要重视起来。这事儿先这样吧，今天来是有点小事找你啊……说是你过去教过的学生，叫水岛……是吧，叫水岛，一时想不起来了……就那个人，听说常来你这儿？"

"是寒月君吧？"

"对了，对了，是寒月。就是他的事儿，我是想打听点他的情况才来的。"

"为了那婚事？"

"嗯哼，差不多是这么回事儿吧。今天我去金田那儿……"

"前些日子，鼻子自己来过了。"

"是吗？可不是吗，金田夫人也这么说过。她本想向苦沙弥桑好好请教，不巧迷亭君也来了，他多嘴又胡搅蛮缠，弄

<hr>

1 克娄巴特拉女王：公元前埃及托勒密王朝的末代女王，以美貌著称。

到后来啥也没整明白。"

"带着那么个大鼻子来，当然整不明白。"

"哎呀，这事儿不是你的错。上次因为迷亭君在场，这种涉及他人隐私的事自然不便细问。夫人觉得很遗憾，所以才托我再来一趟，详细问问。我也从来没有帮过这种忙。可要是当事双方都不嫌弃，从中成全倒也绝对不是什么坏事情，所以呀……我就来找你了啦。"

"辛苦你啦。"主人冷淡地回答。可当他听到"当事双方"的说法时，内心却又没来由地为之一动，感觉就像是在闷热的夏夜里，一缕凉风沿着袖口潜入怀中。主人原本就是以淡漠、偏执和无聊为主旨而塑造出来的一个人物，但他与冷酷无情的文明产物却又并不是一回事。他究竟是个什么样的人呢？从他没头没脑地生着闷气、一副怒发冲冠的样子，应该就能够揣摩到其中奥义。前些天主人和鼻子发生了争吵，只是因为他对那只鼻子看不顺眼，至于对鼻子的女儿他却并无意见。他讨厌实业家，金田作为实业家的一员自然也就遭到了嫌弃。但不得不说，这些和金田的女儿其人则完全无关。他和金田小姐无冤无仇，而寒月则是他深爱的门生，比弟弟更亲。正如铃木君所言，如果男女双方相爱，哪怕是间接地伤害这段情感也绝非君子所为——苦沙弥先生依然认为自己是个君子——如果男女双方相爱，可是，问题就在这儿！对于此事若要改变自己的态度，首先必须确认事情的真相究竟是什么。

"你说，那姑娘想要嫁给寒月吗？金田和鼻子什么的没所谓了，姑娘自己的心意究竟怎样？"

"这个……这个……是啊，怎么说呢，哎呀，想要嫁给他的，不是吗？"铃木君的敷衍略显暧昧。他原本只是打算来问问寒月君的情况，能回去复命就可以了，至于金田小姐对此事的意向他并未确认过。圆滑世故如铃木君者，也不由得因此略显狼狈。

"'想要……不是吗？'这可不是确定无疑的口吻啊。"主人不管什么事，不从正面猛攻就觉得不够透彻。

"哎呀，那怪我话没说好，小姐那边确实有点这意思哦。不不，完全是这意思……是吧？……金田夫人就是这样跟我说的。说小姐还时不时抱怨寒月君几句哪。"

"那姑娘？"

"哎哎。"

"莫名其妙的东西，抱怨什么呀。这不恰恰说明她对寒月君没意思吗？"

"这个嘛，这就是世界的奇妙之处啦！对自己喜欢的人，比抱怨更彪悍的事都有很多啦。"

"蠢货，不知是这世上哪里来的玩意儿！"听了这番对人情洞察入微的话，主人却依然毫不买账。

"这世上蠢货太多了，这没办法。刚才金田夫人也是这么理解的，小姐时常抱怨说寒月桑是个找不着北的呆瓜，这恰恰说明了小姐在内心深处特别惦念着他，这是不会错的。"

主人听了这番怪异的解释，感到十分意外。他没有回答，瞪圆了眼睛，像路边算命的那样紧紧盯着铃木君的脸。铃木君心中忐忑——瞧他这副样子，可别说错了什么把这家伙给惹毛了，于是铃木将谈话向主人易于理解的方向引导。

"你想想不也就明白了吗？有那样的家产、那样的姿色，到哪儿不能嫁个门当户对的呢？寒月君或许很了不起，可要说到身份……不、不，说身份可能就过了……可就从家产这一点来看，是吧，谁见了都会觉得不合适吧？就算这样，她父母依然还是心情焦虑，专门托我来跑这一趟，由此可见小姐本人肯定对寒月君是有意思的。对吧？"铃木君找了个相当高明的理由进行阐述。这回主人似乎明白过来了，铃木也终于安下了心。但他知道在这种地方纠缠不清存在风险，主人指不定什么时候又咆哮了起来，话题必须尽快向前推进，早一刻完成自己的使命才是万全之策。

"所以啊，就像刚才说的，对方的意思是金钱、家产什么的通通不要，作为交换，想要寒月君本人的附加值——所谓附加值，啊，这就是个说法啦——并不是摆架子说寒月君必须得当上博士他们才肯嫁女儿，可千万别误会。上次夫人来时迷亭君在，老是胡搅蛮缠——不、不，这不怪你。夫人夸你是个不假客套、敞亮的好人呢，肯定全是迷亭君的错。况且寒月君要成了博士，对方在社会上也体面、有面子，不是吗？你说呢？最近这段时间水岛君要提交博士论文、运作他的博士学位吗？啥？要仅仅就是金田家，根本就不需要啥博士学位这种东西，但不是还有社会眼光这种东西存在吗？那就不是一桩简单的事情啦。"

被铃木君这么一说，对方要求有个博士学位也未必没有道理。既然不无道理，老夫不由得就想要按照铃木君的请求去行事。至于主人是死是活，那就随铃木君的心意了吧。果不其然，主人是个单纯又实诚的人。

"既然如此，下次寒月君来了，我就建议他写写博士论文吧。不过呢，他本人是不是打算娶金田家的闺女，见到他我必须先问个清楚。"

"问个清楚？你要是这样生硬，事情就整不明白了。还是在平常聊天时不知不觉间试着探探口风吧，这才是最便捷有效的。"

"试着探探口风？"

"嗯！试着探探口风，这话可能有点语病——其实试不试的，只要聊着聊着，结论自然就明白了。"

"你也许自然而然就明白了，可我不问个清楚是不会明白的。"

"不搞清楚确实不行啊，行吧。可像迷亭君那样胡乱扯些有的没的，搅乱了谈话也不大好。这事就算不去成全，也得要尊重本人意愿才好，是吧？下次寒月君来，就尽量让他别再胡乱插嘴啦……不、不，这不是说你啦，是说迷亭君呀。那家伙要是一插嘴，事情可就弄糟了。"他正想要代替主人打击迷亭君，可正如俗话所云，"开口神气散，舌动是非生"，迷亭先生和往常一样，似乎驾着旋舞的春风从侧门飘然而至。

"哟，稀客呀！像我这样的常客，苦沙弥君马马虎虎就敷衍过去了，这可不行哪。看来苦沙弥府上十年左右只能登门一次呀，这些点心不是比平日里的要高级很多吗？"说着，迷亭君将藤村制作的羊羹粗暴地塞进了嘴里。铃木君显得扭扭捏捏，主人微微笑着，迷亭君在咕嘟咕嘟地咀嚼。老夫从檐廊目睹着这一瞬间，觉得它作为一出哑剧也完全能够成立。如果说禅门的默问是以心传心，那么这一幕没有台词的戏剧显然就是在以心传心了，是一幕极短却也极为尖锐的戏剧。

"还以为你这辈子要终老异乡呢，啥时候又转回来啦？真盼着你能活得长久点啊，说不准还能撞上些什么走运的事儿呢！"迷亭君对铃木君说话的口气也像对主人一样，完全不懂什么叫客气。虽说原来是一起搭伙做饭的老伙计，但有十年没见了，总会有点距离感吧。可唯独在迷亭君身上，丝毫看不出这种感觉。老夫也说不清他是个二愣子呢，还是他已经超凡脱俗了。

"说得我这么可怜，我还不至于那么没出息吧！"铃木君不咸不淡地回答着，可总是有点心神不定，神经质地搓着那条金链子。

"你坐过电车吗？"主人突然对铃木君提了个离奇的问题。

"看来今天是来接受诸位讥讽的呀。我再怎么土包子，手里总还捏着六十股市内电车公司的股票哦。"

"哟，那可了不得啦。这股票我曾经拿过八百八十八股半，可惜大多被虫子给蛀掉了，如今只剩下了半股。你要是稍稍早点来东京，趁着虫子还没吃光，完全可以送你十股啊，太可惜啦。"

"还是那么刻薄啊。不过玩笑归玩笑，那股票拿着是不会吃亏的啦，每年都在涨呢！"

"可不是。就算只拿半股，拿上一千年，差不多三座宝库都该建起来了吧。你我干这行都是无懈可击的当代俊才啊，可要是让苦沙弥之辈来上这么一手，那就成可怜虫了。你要是跟他谈股票，他还以为那是萝卜的亲兄弟呢！"说着他的手又伸向了羊羹。转眼看主人，主人也在迷亭君食欲的影响下，不由自主地将手伸向了点心盘。可见凡是积极进取的人，都拥有着令世人模仿自己的权利。

"股票的事，怎么样都行吧……我真是想让曾吕崎坐坐电车，哪怕一次也行啊！"主人盯着羊羹上留下的齿痕，心情很惆怅。

"曾吕崎要是坐了电车，每次一定都会坐到品川去的吧。还不如去当他的天然居士，把法号刻在压咸菜的石头上，那样倒还太平。"

"说起曾吕崎，听说死啦。可怜见的。头脑挺好使的家伙，真是可惜。"铃木君说。

"脑子虽说好使，做饭可最差劲。一轮到他做饭，我总是到外头弄点面条凑合上一顿。"迷亭君立刻接过了话头。

"真的，曾吕崎做的饭又糊又夹生，我也是服了，而且小菜也必定是弄生拌豆腐给你吃。冰凉凉的根本没法吃。"铃木君也从记忆的深处唤醒了十年前的宿怨。

"苦沙弥君那时就是曾吕崎的密友，天天晚上一同出去喝年糕小豆汤。拜其所赐，落下了如今慢性肠胃炎的病根，遭老罪了！年糕小豆汤苦沙弥君吃得更多点，实话说，该比曾吕崎早死才对头啊。"

"岂有此理！比起我吃年糕小豆汤，你每天晚上以运动为名，拎着竹刀去后面的坟地敲打石塔，结果被和尚发现，还被痛骂了一顿，不是吗？"主人不甘示弱，揭了迷亭君的老底。

"啊哈哈，是呀，是呀。和尚让我住手，说我敲打佛头，会打扰死者安眠。我虽说动用了竹刀，但这位铃木将军可是徒手与石塔相扑，推倒了大大小小三座呢！"

"那和尚当时的火气可真是相当大，非得让我照原样抬起放好。我让他等会儿，我去叫人帮忙，他不允许。说为了表达忏悔之意，必须亲自动手，不得找人帮忙，否则就是忤逆佛祖之罪。"

"那会儿你可是风度顿失噢。上边穿了件白棉布衬衫，下边扎了个越中兜裆布，站在雨后的积水里吭哧吭哧地哼哼……"

"你还在那儿装模作样地给我画什么速写，太残忍了。我这人虽然不大爱生气，可那会儿我真心想着：这家伙可太失礼啦！你那时说的话我至今没忘，你自己还记得吗？"

"十年前说的话谁能记得住？我只记得那石塔上刻的字：'归泉院佛殿黄鹤大居士，永安五年正月。'那座石塔相当古雅，搬家时还真想去把它偷走呢。那还真是一座堪称美学的经典、颇具哥特式趣味的石塔。"迷亭君又卖弄起他那不三不四的美学。

"那石塔就甭提了，说的是你讲过的那些话！你当时这样说：'老子是要搞美学专业的，天地间一切有趣之事都要尽量用写生记录下来，以供将来参考。什么可怜呀，可悲呀，这些小情小爱老子这样忠于学问的人根本就说不出口。'我想这家伙未免也太不通人情啦，就用泥乎乎的手把你那写生本子给撕烂了。"

"前途无量的绘画天才遭此摧残，从此一蹶不振，就是那时候的事了。你将我的机缘彻底断送，我恨你！”

“说什么蠢话，我才恨你！”

“从那时起迷亭君就爱吹牛啊。”主人吃完了羊羹，插入两人的对话，“说好的事他从来不会去做。你追问他，他也决不认错，总是支支吾吾、东拉西扯。那座寺庙里海棠花开的时候，他说花谢之前会写出一本关于美学原理的书。我就跟他讲：‘你做不到，因为你没有完成这件事的决心。’迷亭君回答我说：‘我绝不像表面上看起来的那样，而是个很有意志力的男人。要是你怀疑我，那就赌一把。’我还当真了，决定跟他赌一把，输了到神田的西餐馆请吃一顿大餐。虽说我料定他写不出这本书，可跟他赌上了，心里总还是会有点不踏实。我兜里可没有到西餐馆请一顿大餐的钱。可是这位先生呢，丝毫也没要动笔的意思。七天过去了，二十天也过去了，他一页纸也没有写出来。海棠花日渐凋零，连最后一朵花都谢了，他本人却安之若素。我心想，这顿大餐可算是有了着落了，就逼着他履行赌约。迷亭君一推六二五，根本不理这茬儿。”

“肯定又是找了个什么理由吧？”铃木君适时捧了个哏。

“可不，真是个厚颜无耻的家伙！还向我吹嘘呢，说什么他别的没有，可要是比意志力，那比我强多啦。”

“一页也没写吗？”迷亭君这会儿连自己也迷糊了。

“还用说！那时候你就是这么说的：‘在意志力这一点上，

老子对任何人都敢说当仁不让。但遗憾的是，在记忆力这一点上，我又比别人差劲很多了。我虽然有撰写美学原理的充分的意志力，但在这意志表达出来后的第二天，我就把这事给忘了啦。所以说，没有在海棠花谢之前把书写出来是因为记忆缺失，绝不是意志力的问题。既然不是意志力的问题，就没什么必要请你吃这顿西洋大餐了。'你这么一说，感觉还挺牛的。"

"可不是吗，发挥了迷亭君最本质的特色，太有意思了。"不知为何铃木君觉得很有意思，语气和迷亭君不在时完全不同了。也许这就是聪明人吧。

"什么地方有意思？"主人眼看着要发怒。

"我写书这事儿呢，那就太抱歉了。作为补偿，我不是在大张旗鼓寻找孔雀舌吗？你也别那么怒气冲冲的，稍等会儿。我今天可是带来了一条重要的新闻哦。"

"你这家伙每次来都说有重要新闻，我才不信。"

"不过今天的新闻真的超级重要，是一分一厘都不打折扣的大新闻。老兄你可知道寒月君开始动笔写博士论文了吗？寒月君看着是个大有见识的家伙哪，怎么会在博士论文这种毫无趣味的东西上花精力呢，这不是很奇怪吗？由此可见，这家伙还是有点花花肠子的。你一定要将此事告知鼻子太太。说不定他这会儿正在做他那橡子博士的美梦呢。"

铃木一听到寒月君的名字，当即用下巴和眼神向主人示意：别说，那些话可别说！而主人却一贯地不解风情。方才他与铃木君见面时，听了铃木君的一番说辞，只觉得金田小姐也挺可怜的。可这会儿迷亭君一口一个鼻子，这就让他想起了前些日子和鼻子太太的争吵。一想到这里，他就觉得鼻子又好笑又讨厌。然而相比于这些，寒月君开始写博士论文，这可的的确确是个惊喜。仅此而言，比之迷亭先生的自称自赞，的确堪称最近一段日子里的重大新闻。甚至不仅仅算是新闻了，简直是条令人心情快活的喜讯。寒月君是不是会娶金田的女儿，这种事情随便怎样都可以，可无论如何，要是能当上博士，那确实是太好了。他一直觉得寒月君就像是根做废了的木料，扔在佛像店的旮旯里任由蚁蛀虫噬。这块白木料经受着烟熏火燎，虽说也没啥可遗憾的，但一想到他有可能在精湛的雕工下完成华丽变身，主人自然也就盼着他能够尽快地涂金绘彩。

"当真开始写论文啦？"主人把铃木君的暗示刷地甩开，热心问道。

"你这家伙，总是疑心别人说的事……当然，最重要的，他写的是橡树果子，但主题是否仍然是'论上吊的力学'问题，这点还不清楚。不管怎样，寒月君干的这事肯定会让鼻子大吃一惊，这点绝不会搞错。"

刚才迷亭君毫不忌讳地叫着鼻子、鼻子，铃木君听得有些局促不安。迷亭君对此毫无察觉，一副心安理得的样子。

"后来我又研究了下鼻子，最近在《绅士特里斯舛·项狄的生平与见解》[1]这本书里发现了有关鼻子的论述。金田夫人的鼻子要是被斯特恩瞅见了，肯定会成为他创作的好材料吧，太遗憾了！明明鼻子的美名有充分资格受千古传扬，却被如此闲置而致彻底埋没，真令人有万千唏嘘之感。等她下次再来，给她画幅写生吧，可以作为美学上的参考。"迷亭君一如既往地信口开河。

"可听说那姑娘想要嫁给寒月君呀。"主人把铃木君说的话重复了一遍。

铃木君不断给主人使眼色，意思是这样说让他很困扰。而主人却宛如绝缘体，完全没察觉。

"这说法别有风味呀，那种人的闺女也会恋爱？不过也算不上什么旷世绝恋，不妨称为鼻之恋吧。"

"就算是鼻之恋，寒月君要是能娶回来也好吧。"

"能娶回来就好？前些日子你不是竭力反对吗？今天这态度软化得有点奇怪啊！"

"没有软化，我的态度是绝不软化的。不过……"

"不过是被同化了，是吧，铃木君？你也算是实业家之一了，我在这儿说的就供你参考。那个叫金田某某的家伙啊，

1《绅士特里斯舛·项狄的生平与见解》：英国作家劳伦斯·斯特恩所创作的小说，又名《项狄传》。

这家伙的女儿想要高攀绝世秀才水岛寒月，成为他的夫人，多少有点马灯把自个儿当成了铜钟的意思吧，我们做朋友的当然不能冷冷地默许这种行为。就算你也是实业家，对这点也不会持有异议吧？"

"还是像过去一样强势啊，说的也是。你和十年前完全一样，一点没变哪，了不起。"铃木君挨了顿说，想要敷衍着混过去。

"既然你夸我了不起，那就把我的渊博之处再给你透露点儿。古希腊人非常重视体育，所有竞技项目都设有重奖，千方百计寻求奖励之策。然而，不可思议的是，唯独对学者的学识却没有任何褒奖的记录。直至今日，这依然是一个极大的谜团。"

"确实如此，多少有点奇怪啊。"不论他说些什么，铃木君都只是随声附和。

"然而，直到两三天前，我研究美学时，突然发现了其中原因。多年疑团，一旦冰释，茅塞顿开，我产生了畅快的顿悟之感，以至于达到欢天喜地的极境。"

迷亭君所言过于夸张，连老于此道的铃木君也流露出了甘拜下风的神色。主人心中暗道，这是又要来了啊。他俯下身，用象牙筷子笃笃地敲着点心盘。唯有迷亭君仍在得意扬扬地继续阐述着。

"那么这位分析记载了这一矛盾现象，将我辈之谜团从千年黑暗的深渊里拯救了出来的又是谁呢？他就是人类自有学问以来的第一学问家、希腊哲人、逍遥派始祖亚里士多德[1]。根据他所阐明的……哎，别敲点心盘，认真点听……他们希腊人在竞技中所获得的奖赏，远比他们在演艺中所得要更为贵重；比起表彰，奖赏当然是更有力的手段。可说到学问这东西，情况又如何呢？倘若作为学识的报酬，应该给予什么样的奖励，才能具有比学识更为珍贵的价值？理所当然，更为珍贵是必须的。

"但是，这世上存在比学识更有价值的珍宝吗？当然没有。劣等的赏赐对于学识的威严，只能算羞辱。人们愿意拿出堆积成奥林匹斯山那么高的百宝箱、倾尽克洛伊索斯[2]之富，也要给予学识以相对应的报酬。他们经过反复思考，最终还是明白了：无论怎样巨大的财富，也无法和学识相媲美。从那时起，他们就干脆利索地再也不对学识进行什么奖赏了。从这点看，就能明白金钱之类的黄白之物，根本无法与学识的力量匹敌。

"那么，我们既然服膺于这条真理，就从这一视角来看看现实问题吧。金田某某不就是个把钱放在鼻子尖上的家

---

1 亚里士多德：古希腊哲学家，师从柏拉图，学术研究涉及逻辑学、修辞学、物理学、生物学、美学等。

2 克洛伊索斯：古代吕底亚的国王，被古希腊人称为最富裕的人，他的名字也成为富有的代名词。

伙吗？要是用一句话来形容，他不过就是一张活动的钞票罢了。而活动钞票的女儿，差不多只能算是一枚活动的邮票。反过来看寒月君的情况又是如何呢？谢谢！他以最高学府第一名的成绩毕业，扎着长州征伐时代的战袍衣带，迄今仍然毫无倦怠之意，夜以继日地研究着橡子的硬度。甚而，他并不满足于此，近来他不是正在为发表堪称能够超越开尔文勋爵[1]的重要论文而持续努力吗？虽然他时不时从吾妻桥上路过，上演过跳桥投河的荒唐戏码，但这无非是热血青年常态化的冲动，丝毫无损于他的学者身份。倘若用迷亭之流的比喻来加以评价，那他就是一座活动的图书馆，是用学识铸就的二十八厘米的炸弹。这颗炸弹……要是时机成熟……在学术界引爆的话……要是它炸给你看……总是要爆炸的吧……"

迷亭君一路发挥至此，突然觉得他自诩为"迷亭之流"的形容词似乎有点想不出来了。正如俗话说，多少有点虎头蛇尾之感。于是他紧接着说道："活动的邮票何止于千张万张，最终无非化为尘土。所以就寒月君而言，这种不般配的女性肯定不能要，我不同意。这就像百兽中最聪明的大象和最贪婪的小猪崽结婚，是这样的吧，苦沙弥君？"说罢他就闭上了嘴，主人还在默默地敲打着点心盘。

---

1 开尔文勋爵：即威廉·汤姆孙，19世纪英国物理学家。

铃木君稍稍有点漏气，招架不住地回答说："应该没有这回事吧。"

刚才讲了不少迷亭君的坏话，这会儿要是再说几句拎不清的话，闹不好主人这种无赖就会捅破这层窗户纸。尽可能糊弄下，避开迷亭君的锋芒，平安过渡方为上策。铃木君是个聪明人。当今世界不必要的抵抗都要尽量避免，缺乏要点的争辩则是封建残余，这些是他的人生感悟。人生的目的不在于口舌之争，而在实践。只要事件能够按照自己的预想向前推进，即为人生目的之达成。没有含辛茹苦，没有忧虑和争辩，事情又能顺利推进，岂不是在安享极乐中实现了人生的目标？铃木君在毕业以后，就凭借他这极乐主义取得了成功，凭借极乐主义戴上了金表，凭借极乐主义接受了金田夫妇的委托，同样凭借着极乐主义，巧妙地成功拿下了苦沙弥君。这件事十有八九成了，正完美通向它的终点。可迷亭君完全不按常理出牌，他或许有着迥异于普通人类的心理，这不负责任的家伙以怪异的姿态突然半路杀出，让铃木君有些不知所措。发明了极乐主义的是明治时代的绅士，践行了极乐主义的是铃木藤十郎，也正因为这极乐主义，他正持续深陷于窘迫的困境。

"因为你一无所知，你才含含糊糊地说什么'应该没有这回事吧'。你尽管一反常态寡言少语，装出一副高尚人士的样子，可你要在前些天看到那鼻子正主来这儿的样子，再怎么想要美化实业家，也包你会极度厌憎的。是吧，苦沙弥君？你不是大战一场了吗？”

“说是这么说，但我的名声好像比你要好些。”

“啊哈哈哈，你真是个自信心爆棚的家伙啊，要不然怎么会被师生们讥讽为‘野蛮茶’，还能觍着脸进出校门呢。我自以为意志力绝不弱于他人，可要像你这样厚颜无耻，还是做不到呀，不胜佩服！”

“师生里略略有些流言蜚语，又有什么可怕的呢？圣佩韦[1]是独步古今的评论家，他在巴黎大学讲课时的评价却很差。为了对付学生的攻击，他外出时袖管里必定藏着匕首作为防身武器。伯吕纳吉埃尔[2]也在巴黎大学，他抨击左拉[3]的小说时……”

“说啥呢，你又不是什么正经大学老师，啥也不是。教点入门级的英语，也好意思引用世界文豪的例子？诚所谓——小杂鱼愣充大头鲸。说这种话，是要遭人耻笑的。”

“闭嘴！圣佩韦和我同样都是学者。”

“哟，好了不起的学问哪！不过出行时袖里藏匕首太危险了，还是不要去模仿啦。要是大学的老师是袖里藏匕首，那

---

1 圣佩韦：19世纪法国文学评论家。
2 伯吕纳吉埃尔：19世纪法国文学批评家、文学史家。
3 左拉：19世纪法国小说家。

么教入门级英语的中学老师也就只配带把水果刀吧。就算这样，凶器不吉。不如去购物街买把玩具气枪，背在身上走来走去，那样还更招人喜欢些呢！是吧，铃木君？"

铃木君终于松了口气，话题总算是离开了金田事件。

"你还是那么天真活泼，真是令人愉快啊！隔了十年和你们相遇，总感觉像是从褊狭的小道来到了旷野。和老朋友聊天，可是一点儿也不能分神呀。不管聊的是什么话题，不专心致志就跟不上了，各种担心、各种紧张，真是让人相当苦恼。言论自由就是好啊，而且是和学生时代的老朋友聊天，特别无拘无束，好极了。是啊，今天和迷亭君不期而遇，真是愉快。我呢，还有点儿事，就此告辞。"铃木君说着站了起米。

"我也走了。这会儿我得去一趟日本桥的京都风情演艺会，陪你走一段吧。"迷亭君也说道。

"那真是太好了，好久没有一起散步了。"说着，二人便携手离去。

第五章

倘若要把一天二十四小时内发生的事点滴不漏地加以记载，完整阅读至少也得花上二十四个小时吧。老夫再怎么鼓吹"自然写作"，也不得不承认这绝非我辈猫族所能企及之技艺。主人成天忙碌的奇行怪谈虽有细致描述之价值，老夫却无向读者逐一报告的能力和耐心，这真是令人遗憾呢。纵然遗憾，也只能就这样了。即便对于猫，也有休养生息之必要。

铃木和迷亭二君回去后，呼啸的秋风就停歇了，这里如同悄然飘雪的冬夜一般寂静。主人和往常一样将自己关在书房里，孩子们在六张榻榻米大小的房间里排开枕头睡觉，隔着一间半[1]长的隔扇门，朝南的屋子里夫人正侧卧着给虚龄三

---

[1] 一间半：间为日本旧时使用的长度单位，指房间中两柱间的距离。一间半约等于 2.73 米。

岁的绵子喂奶。樱花时节的傍晚特别短促，夕阳迅速落下。甚至连街上行人木屐的声音，都似乎触手可及般在客厅里回荡。邻街民宿里的笛声时断时续，迟钝地刺激着昏昏沉沉的耳蜗。屋外大概已是月色朦胧了吧，晚饭时吃下的鱼肉芋头汤泡海螺此刻已消化殆尽，肚子无论如何也同样需要休息。

隐约听说社会上存在一种现象：一种可称之为"猫恋"的打油诗式的时尚趣味。据传在早春深夜，街区内的群猫举族亢奋奔走，令人梦魂不安，而老夫却并未因此感受到心境的变化。话说情爱本是宇宙间之活力，上自在天之神丘比特，下至土中鸣叫之蚯蚓、拉拉蛄，无不跋涉于此道，且乐此不疲，此乃万物之常态。如此说来，老夫亦为此所惑，流露出些许风流气味也在情理之中。回顾以往，老夫曾苦恋花子小妹；即便主张"三绝主义"的金田君家的千金富子，也有暗恋寒月君的传闻。所以说，在千金一刻的春宵，普天之下公猫母猫将其心境投射向无际星空，迷失于疯狂的烦恼与躁狂中，停滞不前，老夫从未对此产生过鄙夷之念。可不管受到怎样的引诱，老夫自身却并未因此感受到不可抑制的激情，这没办法。就老夫眼下状态而言，唯有休养生息的欲望是压倒一切的。在如此渴求睡眠的情境里，爱欲无法产生。老夫慢慢腾腾来到孩子们的被褥旁，心情愉悦地睡了过去……

忽地睁眼看去，不知何时主人已从书房进了卧室，钻进夫人身边铺开的被窝里。按习惯，主人睡前定会从书房带着洋文的袖珍本过来，可躺下后从未读到过第二页。有时带过来就在枕头边放着，连碰都不碰一下。既然一行都不看，似乎也就没必要特意带过来了。而这里就显现了主人之所以为主人的厉害处，不管夫人如何讥讽嘲笑，也不管夫人怎么吩咐他别再这么干了，主人完全充耳不闻，依旧我行我素。他每晚费劲地把书搬到卧室，有时贪婪地抱来三四本，前些天甚至到了每晚将《韦伯斯特大辞典》也抱过来的程度。细细想来，这应该是主人的一个毛病。就像有钱人听不到龙文堂[1]茶壶里的松涛声就睡不着，主人不把书放在枕头下就无法入梦。就此而论，将书抱过来的主人并非是书的读者，而是把书当成了催眠的利器，是铅字印刷版的安眠药。

今晚也会带点什么吧？斜眼瞅去，一本薄薄的红皮书正贴着主人的胡须尖儿呈半打开状，主人左手的拇指夹在书页间。由此推断，他今晚似乎破天荒读了五六行。和红皮书并排着的是他那块镀镍怀表，闪耀着和春天不相称的冷光。夫人把吃奶的孩子放在一尺远处，张着嘴打呼噜，头从枕头上滑落了下来。要说世上什么是最丑陋的，就人类而言恐怕没什么比张嘴睡觉更不成体统的了。我辈猫咪就算穷其一生，

---

1 龙文堂：日本明治初期著名砂铁茶壶品牌，据说此品牌茶壶在水煮沸时会发出松涛般的鸣响。

也不会做出如此不知羞耻之事。口乃发声之器，鼻为呼吸之具。越往北的地方去，人类就越发懒散，尽其可能不将嘴张开。如此节制，鼻子就会替代嘴巴的功能发出吱吱的声响。可要是堵住鼻孔，仅仅用嘴呼吸的话，那就比发出吱吱的声音更为不堪。万一天花板上掉下个老鼠屎什么的，那可就危险啦。

到孩子们那边去看看，他们的睡相也不逊于其娘亲。姐姐敦子的右手伸出去搭在妹妹的耳朵上，似乎在宣布姐姐不言而喻的权利；妹妹俊子身子后仰，腿向前伸，一只脚复仇似的搭在姐姐的肚子上。和刚睡下时的姿态相比，两人准确地完成了九十度旋转并一直维持着这个别扭的姿势，毫无怨言地酣睡着。

春宵的灯火显得异乎寻常。在这天真烂漫又极其粗俗的光影里，似乎轻快地闪耀着一种光芒，提醒人们要珍惜如此良夜。不知这会儿已是几点了，在屋子里转悠着看去，四周静寂，只能听得见挂钟滴答的走动和夫人的鼾声，还有远处女佣的磨牙声。每当别人说这女佣磨牙，她总是一口否认，坚称她自出生至今，从不记得有做过磨牙这事，也从不向人表示歉意，又不争取克服，只是一味强调她从未干过这种事情。毫无疑问，人在睡眠中不记得这种事是正常的。但事实并非记忆，而是一种存在，这就有些尴尬了。这世上就有这种人——一面干着坏事，一面却自认为是绝对的善人。这种人因为怀着自己无罪的自信，所以表现得"天真可爱"。虽在情理之中，但存在的事实并不会因为他们的天真而灭失。这样的绅士和淑女，其实和女佣属于同一类。

好像已是深夜了。"咚咚"，厨房的木推窗上有什么轻轻地敲了两下。我的天哪，这会儿了绝对不会有人来，十有八九是老鼠吧。老夫早已决定了不抓，老鼠就随它们闹腾去吧。又听到"咚咚"两声，总觉得又不像是老鼠，作为老鼠这样做显然心机太深了。主人家的老鼠，像是主人任教那所学校的学生，白天也好，深夜也好，专心致志地狼奔豕突。就是一帮毫不客气的家伙，以砸碎主人的美梦为天职。而此刻明显不是老鼠。

前些日子有只老鼠闯进了主人卧室，啃啮主人那并不算高的鼻头后凯旋而去，和这行径相比，现在的它未免太过于怯懦。绝对不是老鼠。这会儿传来"吱"的一声，是木推窗自下而上抬起的声音。与此同时，高腰隔扇门沿着滑动凹槽尽可能缓慢地被拉开了。这更不像老鼠了，是人！值此深夜也不叫门，而是撬开门栓"驾临"此地，肯定也不会是迷亭先生或铃木君，说不定就是久闻大名的梁上君子了。

既是君子莅临，老夫越来越想拜见其尊容。高手此时自作主张地抬起光脚，似乎迈出了两步的样子，正当他迈出第三步时，踩到活动盖板摔了一跤，"咔嚓"声在夜色中回荡。当时的那种感觉，就像老夫脊背上的毛被鞋刷倒着刷了过去似的。过了好一会儿，也并没有脚步声响起。看向夫人，她仍然张着嘴尽情吞吐着平安祥和的空气；主人的拇指夹在红皮书中，可能已经在做梦了。终于，厨房里传来擦火柴的声音，就算那是高手，看起来也并未拥有老夫这样一双洞察黑暗的眼睛。由于地形生疏，想必他的行动很不方便。

这一刻，老夫蹲踞着思考。高手将从厨房向客厅方向移动呢，还是左转穿过玄关和书房？——脚步声伴随着隔扇门拉动的声音，在檐廊方向响起。高手最终还是进入了书房，之后便一切归于静寂。

老夫这时才终于想到，应该趁这工夫快些叫起主人夫妇呀。可话说，怎样才能让他们起来呢？都是些完全不得要领的主意在头脑中风车似的旋转，老夫始终想不出一个好办法。叼着被角抖动试试如何？抖了两三下毫无效果。用凉凉的鼻子去蹭蹭他的脸颊如何？将鼻尖凑到了主人面前，主人在睡梦中猛地一伸手，厌恶地将老夫的鼻尖给拍飞了。对于猫咪来说，鼻头乃关键之所在，一阵剧痛袭来。这回可真就没辙了。老夫喵呜喵呜不停叫唤着，想要把他们唤醒。但不知为何就在此刻，喉咙里像被什么卡住了似的发不出声来。好不容易挤出了点儿干涩的声响，连老夫自己也吃了一惊。作为关键角色的主人，此刻还没有一点儿醒来的意思，高手的脚步声突然就响了起来，窸窸窣窣，从檐廊方向渐行渐近。终于来了啊，事到如今已彻底完蛋。老夫绝望了，闪身藏匿进隔扇门和柳条箱间静观其变。

　　高手的脚步声一直在逼近，在卧室的隔扇门前戛然而止。老夫凝神屏息，拼命推测他下一步还想要干些什么，似乎灵魂也要从老夫的两只眼睛中迸射出来。事后回想，要是在捕捉老鼠时也能有这样的气场，那就一切都搞定啦。

　　托高手的福，老夫顿悟了，真的是非常非常感谢。旋即，隔扇门的第三格窗纸像被雨淋湿了似的，从正中间位置晕染了开来，一小片淡红色透过窗纸渐渐变得厚重。不一会儿窗纸破了，耷拉下一条绛红的舌头，转眼间，舌头消失在黑暗中。窗纸那头转而浮现一只闪着恐怖之光的玩意儿，那无疑就是高手的眼睛。令老夫感到诧异的是，这只眼睛并不看向房间里的任何物体，而唯独紧紧盯着藏身于柳条箱后的老夫。虽然被盯了还不到一分钟，但感觉被这样盯下去，连老夫的寿命也会缩短。正当老夫忍无可忍，决心从柳条箱的阴影里蹿出来时，卧室的隔扇门"吱呀"一声被拉开了，老夫恭候已久的高手终于出现在了眼前。

　　按照老夫的讲述顺序，我本该拥有将此不速之客——梁上君子其人向诸君介绍的荣耀。但在此之前，且容老夫陈述陋见，烦请诸君参详考量。在古代，神被奉为全知全能者。尤其是基督教的神，直到二十世纪的今天依然戴着全知全能的面具。但世俗的所谓全知全能，根据世事的变化亦可理解为无知无能。这就是一个明显的悖论。能将这悖论一语道破的，开天辟地以来唯有老夫这独一个了吧。一念及此，一种完全不属于猫的虚荣心便油然而生，并由此产生了一个强烈的愿望，想要将老夫的这个想法敲打进尔等人类傲慢的头脑里——不要把猫当傻瓜！

据说天地万物皆为神所创造，既然如此，那么人类也是神的产品。实际上，那本被称为《圣经》的书上也是如此这般明确记载的。话说，关于人类，尔等人类由于数千年来观察经验之积累，对于自身的玄妙抱有巨大的不可思议之感，越来越倾向于承认神的全知全能，这是事实。说来无他，人类虽然浑浑噩噩地彼此搅和在一起，却并无二人拥有完全相同的面孔。人脸的模型毫无疑问是固定的，尺寸大小也相差不大。换言之，他们虽然是用同样的材料制作而成，但同样的材料却并不影响其相貌各不相同这一结果。

了不得呀！只凭那么点简单的材料，就制作出了千差万别的脸，不得不钦服于制造者的手艺。若不具备超卓的想象力，根本不可能完成如此丰富的变化。就算是一代绘画大师尽心竭力对人的面部进行描摹，力求变化，无非也只能完成十二三种。以此推论，就不得不惊叹神这一手极为精湛的造人技艺，这毕竟是人类社会中无法目睹之绝技。因此，将其称之为"全能"的技艺，确实也不算过分。仅就这一点而言，从人类的视点来看，神无疑是值得敬畏的。可是从猫的立场来判断，对于这同样一个事实的解释，却也恰恰可以反证神的"无能"。就算不是那么彻底的无能，也可断定其并不拥有普通人类之上的超能力。神创造了如此众多的人物面孔，这究竟是他胸有成竹，为了彰显其创造变化的能力呢，还是原本打算把不管是张三的还是李四的脸都做成一模一样的，结果制作过程并不顺利，做着做着不断报废，因此造成一种杂乱无章的局面？这可不好说呢。人类面部构造的现状，是神成功的纪念抑或是其失败的明证，从正反两个方面，不是都能给出解释吗？将其称为"全能"并无不妥，但称其为"无能"也顺理成章。

尔等人类的两只眼睛因为平行并列，无法将左右两侧同时尽收眼底，所以进入尔等视线之内的，仅仅是事情真相的一半，这确实太可怜了。换个角度看，此类简单的事在人类世界中，几乎夜以继日地发生着，人类却因身处其中，被神的威能所笼罩，而难以有所领悟。

要说在制作上追求变化是一种困难，可要完成一件彻头彻尾的仿制品，又何尝不是同等程度的困难？若要向拉斐尔[1]索求两幅分毫不差的圣母像，这和命他画两幅迥然相异的圣母玛利亚一样，拉斐尔都会深感为难吧。不、不，让他画两幅分毫不差的圣母像也许难度要更高些。恳求弘法大师[2]用昨

---

1 拉斐尔：意大利文艺复兴时期绘画大师。
2 弘法大师：日本真言宗始祖。

天的笔法再写一遍"空海"二字，比求他换一种字体来写，或许要让他更为郁闷。人类使用的母语，全然依靠模仿而传世。尔等人类从母亲、奶妈、周边他人处学习实用性的日常会话时，完全按照所听到的发音不断重复，你们倾尽全力去模仿他人，除此之外并无超越的野心。如此这般因人类模仿而成立的语言，在十年二十年的发展过程中，发音的变化自然而然就产生了，这就证明了尔等并不具备彻底模仿的能力。

如上所述，彻底的模仿是极度困难的。因此，神将尔等人类不加区别地烧制，将全民制作成浇铸的瓮罐那样，才能更为确切地证明自己的无所不能。与之相应地，像今天这样把顺手捏造的脸胡乱暴露在光天化日下，产生出令人眼花缭乱的变化，反而构成了推断其无能的证据。

老夫竟然忘了有何必要如此大发议论。人类忘却初心之事所在多有，发生在猫身上也属当然之事，还请大度见谅吧。总之，当老夫瞥见卧室的隔扇门被拉开，门槛上忽地闪现出梁上君子时，上述感想便自然而然地浮现于心头。为何浮现？——如果出现了这种追问，那就不得不从头捋起了——情况可以说是这样的：

人作为神的产品，究竟是神来之笔，还是神之败笔？老夫一向持怀疑的立场。可看着老夫眼前悠然浮现出的高手的那张脸，那张脸所拥有的特征，却足以彻底颠覆老夫的立论。所谓特征，别无其他，事实就是此人的眉眼同我们亲爱的帅哥水岛寒月君别无二致。老夫并非在盗贼中拥有众多知己，平日里只是根据其残暴行径加以想象，在脑海中也曾勾勒出盗贼的面相：鼻头小且左右摊开，贴着两枚铜钱似的眼睛，肯定是剃了个光头……老夫如此这般自作主张地确定了他们的长相。但心中印象和眼前所见真是天差地别，想象绝不是可以任意发挥的。

此君身材修长，浅黑色的一字眉，是个器宇轩昂的贼子。年龄大概在二十六七岁吧，连岁数也是对寒月君的抄袭。神既然拥有如此绝技，能够创造两个面孔如此相像的人，那就绝不能将其视之为无能了。不，说实话，老夫着实被这两人的相似度给惊到了，怀疑是不是寒月君自己脑筋错乱，三更半夜跑了出来。唯独此人唇上没有淡黑色的胡须，老夫这才意识到他并非寒月。寒月君是个端庄肃然的型男，是被迷亭君称为"行走的小邮票"的金田富子小姐魂牵梦萦的神之精品。但是，若从相貌上进行观察，这位高手对于女性的吸引力，绝对不会比寒月君有丝毫的逊色。要是说金田小姐为寒月君的眼角眉梢所迷，却未能以同等的热情迷上此贼，那在人情上就太说不过去了。就算暂且不提人情，逻辑上也说不通。金田小姐那么有才华，有着那么提头知尾的伶俐的品格，这点小事不向人请教也必定能整得明明白白吧。

由此推论，若将此贼作为寒月君的替身派将过去，金田小姐也必定会奉献出全身心的爱，乃至于坐收琴瑟和谐之成果，这是不会错的。就算万一寒月君为迷亭之辈的说辞所动摇，破坏了这一千古良缘，只要这位高手还健在，那也完全不用担忧了。老夫对未来事态的发展预测至此，总算为富子小姐感到了安心。这位窃贼存在于天地之间，乃是富子小姐能幸福生活的重大前提。

高手腋下挟着个什么东西，看上去正是主人之前扔进书房里的旧毯子。他穿着细条纹的和服外套，屁股上方扎了条青灰色的博多带[1]，膝盖下探出白生生的小腿，此刻抬起一只脚踏上了榻榻米。主人此前手指被红皮书夹着，一直在做梦，他在睡梦中突然翻了个身，大声叫喊道："是寒月！"高手扔下夹着的毯子，伸出去的那只脚迅速收回。隔扇门上映照出两条细长的小腿，静静地杵在那儿微微抖动。主人"嗯"了声，嘴里嘟嘟囔囔着，将手上的红皮书推开，像得了皮癣似的咯吱咯吱挠着黑黢黢的胳膊。随即他安静了下来，头撇开枕头又睡了过去，叫喊寒月看起来是他完全无意识的梦话。

高手在檐廊上站了会儿，窥探着屋里的动静，当他看清楚主人夫妇都在熟睡后，又将一只脚踏上了榻榻米。这回连叫喊寒月的声音都没了，停留在外的另一只脚终于也跨了进来。

一盏春灯将六张榻榻米的屋子照得透亮，高手身影被锋

---

1 博多带：日本博多出产的带状绢织物，织纹较粗，质地坚韧。

利地切成了两片，漆黑的暗影划过柳条箱周边，漫过老夫的头顶投射在半堵墙面上。转头看去，高手的面部恰好在墙高的三分之二处影影绰绰地晃动。要是只看他的影子，哪怕是型男，看起来也像是芋头成了精，形状怪里怪气的。高手俯身向夫人熟睡的脸上偷偷瞄去，不知为何眯眯笑了起来。老夫吃了一惊，连他笑容的形态都像是对寒月君的模仿。

夫人枕头边郑重地放着只一尺五六寸见方的、打着铜钉的箱子，里面装着多多良三平君前些日子回乡省亲时从老家九州肥前的唐津市带来的土特产山药。把山药当作摆件，放在枕头边入睡的虽说很是罕见，但夫人是个把炖煮用的细白糖也收纳进柜子里的女人，东西放在什么地方适当，她完全没有概念。在夫人看来，别说山药，就算把咸菜放在卧室里说不定她也全不在乎。但高手并非神仙，当然不了解这个女人。既然如此郑而重之贴身存放，据此判断，那是一件贵重物品也在情理之中。高手托起箱子略一掂量，其重量和预期大体吻合，看上去他相当满意。终于还是偷了个山药。这么个大好男儿竟然偷盗山药，老夫顿然感到十分蹊跷和好笑，可一想到稍有声响发出就会带来危险，所以必须使劲憋住。

片刻后，高手将装着山药的箱子小心翼翼地用旧毯子裹了起来。他东张西望，看看有什么东西能够捆扎这团包裹。所幸主人入睡时，解下了一条绉绸的宽布腰带。高手用这条腰带将装山药的箱子捆得结结实实，轻巧地背到了背上，这副样子可不是太招女人喜欢。然后，高手又把孩子的两件背心外套塞进了主人的裤子里，裤腿部分鼓了起来，像青蛇吞吃了蛤蟆似的——或者说，用青蛇即将分娩来形容似乎更为贴切。总之，它的形状变得相当奇怪。要是觉得老夫是在胡扯，那你试试就知道了——高手把裤子缠在脖子上。接下来他要搞些什么呢？正琢磨着，只见他将主人的绵绸上衣像包裹布似的摊开，然后把夫人的腰带、主人的短外套和汗衫以及其他所有七七八八的东西全都整齐地叠好包了起来。对他那娴熟而又深得要领的技巧，老夫相当感佩。随即他又把夫人的抹胸带和腰带连起来，将这些捆住打包，用一只手提着。他继续四下打量，还有些什么能收走呢？主人的头部上方有一包日出牌香烟，他一把抓起扔进了和服的袖兜里，又从这烟盒里抽出一支烟，凑到油灯的火苗上点着了。他很享受地深深吸了口，吐出的烟雾环绕着乳白色的灯罩。烟雾尚未消散，高手的脚步声已沿着檐廊渐行渐远，终于消失了。主人夫妇依然还沉浸在酣睡中，人类也真是出乎意料地粗心大意啊。

老夫也同样需要歇会儿，不停地絮絮叨叨身体受不了，蓦地就陷入了沉睡，醒来时已见到了春日里晴朗的天空，主人夫妇正在小后门和巡警谈话。

"这么说，就是从这儿进来转到卧室那边的。你俩都睡着了，啥都没察觉？"

"哎。"主人看起来有点不好意思。

"那你们被盗的时间大概是几点钟呢？"巡警无厘头地问。要是知道时间，还至于被盗了吗？主人夫妇没有注意到其中悖论，而是商量起了巡警的问题。

"是啊，几点钟呢？"

"是啊，是啊……"夫人思考着。她好像觉得只要思考下，就能明白是几点钟似的。

"你昨晚是几点钟睡的？"

"我睡得比你要晚。"

"哎，我是在你之前就躺下啦。"

"醒来是几点钟呢？"

"有七点半了？"

"那贼大概是几点钟进来的呢？"

"总该得是半夜了吧？"

"谁不知道是半夜，问你是几点钟！"

"准确时间不仔细想想怎会弄得明白？"夫人还打算继续想下去。但巡警不过是走个形式，随便问问，至于窃贼几点钟闯入根本就无关紧要。哪怕是胡扯，只要随口回答个时间点就好。可主人夫妇却拎不清，居然彼此商量了起来。巡警看上去有点焦躁了。

"那就是说被盗时间不明喽？"巡警说。

"啊，也可以这么说吧。"主人习惯性地回答道。

巡警面无表情地说："那就这样吧。你写份书面的东西，注明于明治三十八年某月某日，睡眠中窃贼于某处打开后窗潜入某处，盗走某某物品。以上属实，特此申诉。这不是一份通知，是申诉状，收件人抬头最好就别写了。"

"被盗物品都要一一注明吗？"

"是啊，外套几件，值多少钱……就这样你拉张表单。啊，这会儿就算进去看看现场也没啥意思了，反正东西都已经被盗啦。"巡警不当回事地说了句，走了。

主人将笔墨搬到了客厅正中，叫来夫人，用吵架似的嗓门喝道："这就写被盗申诉，被盗物品你一个个说，你快说呀！"

"哎哟，讨厌！还'你快说呀'。这么凶的，谁还跟你说？"夫人把细腰带缠了缠，也没系上就坐下了。

"你这副样子算怎么回事？看起来像个颓废的夜场女郎。为啥不把腰带系好了再出来？"

"你要嫌这难看，就买条新的！什么夜场不夜场的，东西都被偷了，这不也是没有办法吗！"

"连腰带也偷走啦？这家伙下手真黑！那就从腰带开始写吧。腰带，什么样的腰带？"

"什么样的腰带，有那么多条吗？就那条黑缎子面、绉纱衬里的。"

"黑缎面绉纱衬里腰带一条……大概值多少钱？"

"六块左右吧。"

"太高调啦，扎这么贵的腰带。以后差不多一块五角的就行了。"

"有这么便宜的腰带吗？所以说你这人没有人情味。只要把自己弄好就行了是吧，老婆什么的，不管弄得多没品你都无所谓。"

"行了！其他还有什么？"

"缎子外套。那是河野婶婶的遗物，虽说同样是缎子，和如今的缎子质地可不是一回事儿。"

"这些解释不说也罢，值多少钱？"

"十五块！"

"穿十五块的和服外套，和你身份不大相称啊。"

"有什么呀，又不是让你买的！"

"还有些什么？"

"一双黑布袜子。"

"你的？"

"是你的呀，两角七买的。"

"还有？"

"一箱山药。"

"连山药也偷？想煮了吃，还是熬汤？"

"谁知道他想怎么弄，你去问问那贼吧！"

"多少钱？"

"山药价钱我可不清楚。"

"那就写十二块五角左右吧。"

"这也太离谱了吧！这山药就算是从唐津挖来的，要是值十二块五角，那谁能受得了？"

"你不是说了不知道吗？"

"是不知道呀。说不知道，可要是说十二块五角，那就太过分啦。"

"既然是不知道，又说什么十二块五角太过分，这算什么？简直不合逻辑。所以说你是个奥旦青·巴列奥略[1]啊。"

"啥？"

"奥旦青·巴列奥略呀。"

"奥旦青·巴列奥略，是个啥意思？"

"啥意思无所谓了。还有啥被偷啦？——我的衣服一件都还没写呢。"

"还有啥也无所谓，你先说说奥旦青·巴列奥略是啥意思？"

"没什么意思，还能有啥？"

"跟我说不成吗，你就这么把我当傻瓜吗？你肯定是当我

---

1 巴列奥略：巴列奥略王朝是东罗马帝国的最后一个王朝，"奥旦青·巴列奥略"则是作者的杜撰。"奥旦青"在日语中读音是骂人的话，意为糊涂虫、蠢货。

一句英语都不懂，在骂我呢！"

"别说傻话了，快点把丢了什么弄清楚吧。不早点提交申诉，东西就找不回来了。"

"就算现在提交申诉也来不及了，还不如先跟我讲清楚奥旦青·巴列奥略是啥意思。"

"你这女人真是烦人哪，不是跟你说过啥意思也没有吗？"

"你要这么说，那丢了的东西也就这些了。"

"简直冥顽不灵！随你的便好了。老子也不写什么被盗申诉了。"

"那我也不跟你说丢了些什么东西。申诉书是你自己要写的，你写不写我一点儿也不在乎。"

"那就算了。"主人忽地站起，和往常一样走进了书房。夫人则进了客厅，在针线盒前坐下。大约十来分钟二人都一动不动，只是沉默地盯着隔扇门。

就在这时，一个人风风火火地推开了门，赠予山药的多多良三平君走进屋来。多多良三平君原本是主人的门生，如今已从法科大学毕业，为某公司的矿山部所聘用。他也是棵实业家的好苗子，是铃木藤十郎君的后备力量。三平君由于过往的渊源，时不时前来拜访昔日恩师，碰上周日就会在这儿待上一整天。和主人这一家，是彼此无须客套的关系。

"夫人，天气真不错呀！"三平君带着点唐津还是什么地方的口音，他在女主人面前西裤笔挺地跪坐了下来。

"哎呀，可不是吗，多多良桑。"

"先生出门上哪儿去了吗？"

"没呢，在书房里。"

"夫人，像先生这样用功，身体里会有湿气的。好不容易有个星期天不是吗？您呀……"

"跟我说这些也没用，去跟你的先生说吧！"

"是得跟他说说……"三平君说到这，目光在室内逡巡，"今天连令爱也不见哪。"话音未落，敦子和俊子跑了出来。

"多多良先生，今天带寿司了吗？"姐姐敦子想起前些天的约定，一见到三平就开始催问。多多良君挠着头皮告饶："这事儿一直惦记着，刚好今天给忘了。下次一定带！"

"讨——厌！"姐姐说。妹妹也立马有样学样："讨——厌！"

夫人终于心情有所好转，流露出了一丝笑容。

"寿司是没带来，可送来了山药呀。小姐尝过了吗？"

"山药是个啥？"姐姐问。妹妹这回也还是有样学样质问三平君："山药是个啥？"

"还没吃吗？快叫妈妈去煮呀！唐津山药和东京的味道完全不一样，好吃着呢。"

三平君夸赞着他的故乡，女主人这才想了起来。

"多多良先生，前些日子承蒙关照，送来那么多山药，太感谢了。"

"怎么样，尝过了吗？我怕它们折断还专门定做了个箱子，包装得很结实，应该还像原来那么长吧？"

"唉，好不容易送来的山药，昨天夜里被贼给偷走啦。"

"被偷走了？真是混账东西啊！还有那么喜欢山药的家伙？"三平君简直是服了。

"妈妈，昨天晚上进小偷啦？"姐姐问。

"哎。"夫人轻声答道。

"小偷进来……然后……小偷进来，进来的时候是什么表情呀？"这回是妹妹在问。

对这样奇怪的问题，夫人不知怎么回答才好。

"进来的时候，样子很吓人的。"夫人说着，向多多良君方向看去。

"吓人的脸啊，是不是看起来像多多良桑这样的？"姐姐毫不留情地追问道。

"说什么呢！这种没礼貌的话……"

"哈哈哈，我的脸有那么吓人吗？这可真让人为难啊……"多多良君挠了挠头。他的后脑勺部有块一寸大小的秃斑，是一个月前冒出来的，虽去看了医生，但据说不大容易治好。最先发现这块秃斑的是姐姐敦子。

"哎哟，多多良桑的头和妈妈的一样亮闪闪的呢！"

"不是叫你们别作声吗？"

"妈妈，昨晚那小偷的头也发亮吗？"这是妹妹的问题。

夫人和多多良君都情不自禁笑喷了。两个孩子太烦人了，让人都没法好好说话。

"喂，喂！你俩到院子里去玩，妈妈这就给你们弄好吃的。"夫人终于把孩子轰了出去，认真地向多多良君问道："多多良桑的头是怎么了？"

"被虫子啃了，还真不容易好呢。夫人也是？"

"讨厌啦，说什么虫子。那儿是发髻往下坠的地方，女人那儿多少都会有点掉头发。"

"掉头发都是因为细菌闹的。"

"我这可不是细菌。"

"那是夫人在说气话了。"

"不管怎么说，反正不是细菌。对了，英语里秃子是怎么说来着？"

"秃头叫作鲍尔德[1]。"

"不，不是这个。还有个更长点儿的说法是吧？"

"问下先生，不就马上明白了吗？"

"先生就是不肯告诉我，这才问你呢。"

"除了鲍尔德，我就不知道了。更长点儿的说法，怎么说的？"

"奥旦青·巴列奥略。奥旦青说的就是'秃'这字，巴列奥略说的应该就是'头'吧。"

---

1 鲍尔德：Bald 的日语发音。

"这也说不准，我这就去先生的书房里帮您查查《韦伯斯特大辞典》。先生也真是的，这么好的天气，非得一直宅在家……夫人，这样下去他那胃病可好不了哪。还是得劝劝他，哪怕是去上野什么的看看樱花呢。"

"你带他去，这位先生是决不肯听女人劝的。"

"这一段时间还是老舔果酱吗？"

"哎哎，老样子呢。"

"前些日子先生还跟我抱怨呢，说什么：'夫人老说我果酱吃得太猛了，好烦啊！我肯定没吃那么多好吧。'先生说不知什么地方您给算错了。我就跟他讲：'那肯定是您闺女和太太都一起吃了呀……'"

"讨厌，多多良桑！你干吗这么说！"

"可是，夫人，您这表情看上去就像是吃过的呀。"

"看表情怎么就能看出来？"

"虽说是看不出来啊……可夫人就一点儿也没吃吗？"

"说起来倒是吃了一点儿。可就算吃了点儿又怎么样？自己家里的东西！"

"哈哈哈哈，可不就是这样吗……不过，说真的，家里进了贼算是飞来横祸呀。只偷了山药吗？"

"要是只偷山药倒好了！平日里穿的什么都被偷走啦。"

"这算燃眉之急了吧，是不是又得借钱啦？这猫要是条狗就好了呢……真是可惜了啊。夫人，您可一定得养上一条大狗。猫可没啥用，就知道吃……呃，它能抓老鼠吗？"

"一只老鼠也没抓到过，真是个偷奸耍滑、厚颜无耻的家伙呢！"

"这样啊，这样的家伙可不成哪。快快扔了吧，还不如我拎走煮煮吃了好。"

"啊？多多良桑吃猫肉的吗？"

"吃过，猫肉的味道相当可以。"

"真是条好汉哪！"

老夫也曾听说过这类传闻，在品行低劣的学生中有吃猫肉的野蛮人。可对老夫一向悉心眷顾的多多良先生，居然也是这些人的同类，这是老夫迄今做梦也想不到的。何况这位老兄已非学生，虽然毕业不久，但也算是一位堂堂正正的法学士、六井物产公司的职员，老夫的这一惊可就非同寻常了。

"见人须当其为贼"这句俗语已被"寒月二世"的行为确凿验证；见人须当其为食猫族，托了多多良君的福，老夫第一次感悟到了这也是一条真理。活在世间，认知万物。对万物的认知固然可喜，但日复一日，危险也日渐累积，每一天都不可大意。人变得狡猾、变得卑劣，以至于披上表里不一的双重铠甲，都是他们对万事万物认知产生的结果，认识事物是随着年龄增长而衍生的一种罪恶。"老奸巨猾"说的正是这个道理。我辈猫族趁早在多多良君的锅里和洋葱一起升天成佛，说不定还是个上策呢。这样想着，老夫在角落里蜷缩成了一小团。最初和夫人争吵一怒之下进了书房的主人，听到多多良君的声音，又缓缓走进了客厅。

"听说先生家进了小偷啦，真是愚不可及之事。"多多良君劈头就说。

"进来的贼才是个蠢货！"主人在任何时候都认为自己是个聪明人。

"进来的是个蠢货，被偷的也算不上贤明吧。"

"没啥东西可被偷的多多良桑，才是最聪明的人啦。"夫人这回助了老公一臂之力。

"可最蠢的还是这只猫吧。真的，究竟是何居心？老鼠不去抓，贼来了也装出一副啥也不知道的样子……先生，这只猫给我吧，就这么留着也没啥用。"

"也行啊，可你带走要干吗？"

"煮了吃啊。"

主人听了这句令人惊骇的话，霍地流露出了一丝胃病患者令人毛骨悚然的笑容。主人并未对此予以特殊的回应，多多良君也未继续表示非吃不可的愿望，对此老夫已是喜出望外了。过了会儿，主人转移了话题。

"猫的事怎么处理都好说，衣服被盗可就太冷啦，这样不行。"主人陷入了巨大的沮丧。冷是理所当然的。昨日之前主人还套着两件棉衣，今天却只穿了件短袖衬衫，外面套了件夹袄，打一早开始就放弃了运动，始终闷头坐着。本就不充沛的血液全都输送给了他的胃，至于手和脚，基本放弃了血液的循环。

"先生，教师这行当真是不值当呀。只是碰上个贼，立马就陷入困境……还不如从现在起就考虑换个思路，去当个实业家，怎么样？"

"先生讨厌实业家，这种话说了也等于白说。"夫人在旁插了句嘴，她巴不得丈夫成为实业家呢。

"先生从学校毕业几年了？"

"今年是第九年了吧。"夫人说着回头看了眼丈夫，主人对此未置可否。

"九年了月薪也不见涨，不管多努力，连个赏也得不到，还真是'郎君独寂寞'啊！"

多多良君将中学时背诵的诗句向夫人吟诵，夫人完全不知所谓，没有回答。

"我不喜欢当老师，更讨厌当实业家。"主人似乎心里正在想着：自己喜欢干的究竟是什么呢？

"先生是什么都讨厌啊，所以说……"

"不讨厌的只有夫人吗？"多多良君开了个不得体的玩笑。

"最讨厌了！"主人的回答简单明了。

夫人侧过脸沉默片刻，又转头看向丈夫，打算要彻底回击他。

"活着你都嫌麻烦的吧。"夫人说。

"确实不怎么稀罕。"主人的回答漫不经心，这就让夫人没辙了。

"先生应该放松些，哪怕去散散步，不然身体都搞坏了……您就去当个实业家吧，这真没什么大不了的。"

"说这话，像是赚了多少钱似的……"

"瞧您说的，我不是去年才好不容易进了公司吗？就算这样，也比先生更有钱啦。"

"存了多少？"夫人热心地问。

"有五十块了呢。"

"究竟月薪是多少呀？"夫人又问。

"三十块吧。每月在公司那边存上五块，一旦有突发情况就可以动用……夫人，您也用零钱多少买点外环线的股票怎样？三四个月就能翻倍。只要一点点钱，马上就能翻个两三倍了。"

"要有那么多钱，就算撞上小偷也不必担忧啦。"

"所以说呀，只有去当个实业家。先生要是学个法律专业，去公司或银行，现在每个月就会有三四百块的收入了，太可惜了……先生认识一个叫铃木藤十郎的工学士吗？"

"嗯，昨天来过的。"

"是吗？前些天在一次酒局上遇到了，说起先生。他对我说，原来你是苦沙弥君的学生啊，我以前也和苦沙弥君在小石川的寺庙里一起搭过伙。下次你去拜访帮我捎个好，他说这几天也会来拜访您。"

"听说他最近也调到东京来啦。"

"哎，他以前一直在九州的煤矿干，这一段时间调到东京的岗位上了，混得相当不错啦。聊起天他也挺把我当朋友……您猜那家伙能挣多少钱，先生？"

"不知道。"

"月薪二百五十块，年中年末还有分红，平均起来得有四五百元吧。像那种家伙都能挣这么多，先生可是入门英语的专家呀，岂不混成了'十年一狐裘'¹？太傻了啊。"

"确实是太傻啦。"主人说。

就算主人这样对生活持超然态度的人，金钱观念与普通人也并无二致。不，也许因其处境困窘，他对金钱有着加倍的欲念。多多良君对实业家的益处吹嘘了一番后，该说的也就全都说完了。

"夫人，有个叫水岛寒月的，来过先生这儿吗？"多多良问。

"哎，常来的。"

"是个什么样的人呢？"

"听说他很有学问。"

---

1 十年一狐裘：取自《礼记·檀弓下》"晏子一狐裘三十年"。称人节俭，亦谓处境困顿。

"长得像个人物吗？"

"呵呵呵呵……和多多良桑差不多吧。"

"是吗，和我差不多吗？"多多良君很认真。

"你怎么知道寒月这名字？"主人问。

"前些日子有人托了我，也不知他是不是个值得打听的人物。"多多良君还没开始打听，就摆出了一副比寒月君地位更高的架势。

"他比你可要了不起得多了。"

"是吗？比我还要了不起吗？"多多良君不愠不恼，这正是他的特征。

"不久就能当上博士了吗？"

"说是正写论文呢。"

"果然是个傻瓜，写什么博士论文呀。还以为是个多少值得聊聊的人物呢。"

"还是和以前一样，有见识！"夫人笑吟吟地说。

"有人在议论只要他当上了博士，哪家的姑娘就会嫁给他、不嫁给他呀什么的。有那么傻的人吗？为了娶个老婆才去当博士。我就跟他们讲，姑娘嫁给这种人还不如嫁给我呢。"

"跟谁说的？"

"跟托我来打听寒月的那家伙。"

"不会是铃木君吧？"

"不是。这种话还不能对他直接说，那可是个首脑人物。"

"多多良桑也就是窝里横呀！在这儿威风凛凛的，一到了铃木桑面前马上就矮了一截吧。"

"当然，不然可就危险喽。"

"多多良，散个步吗？"主人突然说。他只穿着一件夹袄，实在太冷了，想着稍微活动下也许会暖和起来，破天荒地提出了这建议。凡事无可无不可的多多良君自然毫不踌躇。

"走，去上野吧？还是去芋坂吃米粉团子？先生吃过那里的米粉团子吗？夫人，去吃一回看看，又软又便宜，还给你酒喝。"多多良一贯地语无伦次、胡诌八扯。其间，主人已然戴上了帽子，去门口换鞋了。

老夫还要稍稍歇会儿。主人和多多良君在上野公园干了些啥，在芋坂吃了几盘米粉团子，这些八卦老夫既无侦察之必要，也无跟踪之勇气，便悉数略过不提，在此期间必须要休养生息了。休养乃万物之天赋权利。在这世上负有呼吸之义务的愚蠢蠕动者们，为了完成呼吸之义务就必须休息。倘若有神明向你宣称"尔等是为劳作而生，并非是来这世上睡觉的"，那么老夫便会这样回答："所言极是。我辈正是因为劳作而生，故而祈求为劳作而休息。"就连主人这样骨子里充满了愤懑的汉子，不也常常在周日之外自作主张就让自己休息了吗？如老夫这般多愁善感日夜操心之辈，纵然是猫也需要得到比主人更多的休养，此乃理所当然之事。唯有方才在多多良君嘴里，老夫被说成个除了歇着外啥也不会干的废物，这让老夫多少有些介意。

总之，那些仅仅受事物表象驱使、奴役的俗人，在感官刺激之外便无所作为，所以在评价其他事物时，也就仅仅局限于外在的形骸，要向这种人说明白那可就太费劲了。他们似乎以为，若非撅着屁股一身臭汗，就不能算在工作。但传说中有个叫达摩的和尚静心坐禅，直至双足溃烂，即便藤蔓从石壁缝隙中破壁而出，钻进大师的眼眶和嘴里，大师也一动不动；他既不是睡过去了，也不是死去，大脑在不停运转，仍在苦苦追索着"廓然无圣"[1]这样别致的真理。

据说儒家也有静坐的功夫，但这种功夫并非关门自闭、安然跪坐的修行，其大脑活跃程度远超普通人。仅仅从外表看，其人极度端庄肃静，故而肉眼凡胎之俗物都将这些智慧巨匠视同行尸走肉，诽谤其为百无一用之饭桶。凡此类肉眼凡胎，都只具有见其形而不见其心的凡庸视觉，而如多多良三平君者，已是这一路以貌取人的家伙中的第一流人物了，他将老夫看成是一截干屎橛也就不足为奇。可恨的是，主人多少读了点古今典籍，对感悟事物的真相也算有些心得吧，可对浅薄之至的多多良君的说法，居然一点儿也不质疑就同

---

1 典出南北朝时达摩和尚与梁武帝的问答。意为世间无圣无凡，一切均无差别。见宋代圆悟克勤禅师《碧岩录》。

意了，看上去丝毫不想阻止吃猫肉火锅的暴行。

可要是退一步看，他们如此蔑视老夫也不能说是全无道理。所谓"大声不入于俚耳"，阳春白雪，曲高和寡，自古以来此类事所在多有。对于那些只能看得见表象的人，硬是要让他去目睹灵魂的光辉，那正如逼迫和尚束发，命令金枪鱼演讲，要求电车出轨，劝告主人辞职，不准多多良君考虑赚钱，这些确实都是强人所难了。

然而，纵然是猫，也属于社会动物。既然是社会动物，那么无论怎样标榜自己了不起，一定程度上也就不得不与这社会相互协调。主人、夫人以及女佣、多多良之流不能公正地评价老夫，这固然遗憾，老夫对此也无可奈何。但若人类盲目乱干，老夫很可能会被剥了皮卖给做三弦琴的，肉被切成片，成了多多良的盘中餐，那样一来事情可就大了。

老夫可是有脑子的，堪称是承天之运而现身于世，亦可谓古往今来之第一猫也，此身相当重要珍贵。古语有云：千金之子，坐不垂堂 [1]。好高骛远，则徒招风险，不仅危及自身，也深拂天意。若猛虎落入了动物园中，那也不得不与粪猪比邻而居；鸿鹄为猎人所生擒，也必将和雏鸡同命运——被放上砧板。既然与庸人们相互交往了，老夫也不得不变身为

---

1 见诸《史记》的汉代民谚。家中积累千金的富人，坐卧不靠近堂屋屋檐下，担心屋瓦掉下。

庸俗之猫；既然身为一只庸猫，不抓些老鼠确实有点说不过去……老夫终于决定要去抓老鼠了。

听说前段日子里日俄大战，老夫身为日本之猫当然力挺日本，甚至想过有可能的话，组织起一支"猫族混成旅"，出师狠挠俄罗斯大兵。像老夫这种元气满满的大家伙，只要真的动念去抓一两只老鼠，就算在睡梦中也能随便就抓住吧。从前有人向一位著名禅师询问怎样才能悟道，据说禅师风趣地回答说："就像猫盯着老鼠正要扑上去那样。"所谓猫扑老鼠，意味着进入状态时，意识就会全神贯注地集中于某个点上。

古语有云，女子因精明过头而做不了买卖。但却肯定没有"猫精明过头而抓不了老鼠"的格言。如此看来，精明如老夫者，抓不到老鼠的可能性是不存在的。至于为何迄今不曾抓到过，是因为没想过要去抓捕。

春日一如昨日沉入了薄暮，而樱花因阵阵微风的诱惑如飞雪般钻进了隔扇门的破洞，漂浮在提桶的水面上，在厨房灯昏暗的映照下显得白晃晃。就在今夜，老夫下了决心要整出大的，要让这阖家老小吃上一惊。

在此之前有必要巡视战场，将地形牢记心间以备用。战场当然无须铺得过大，说起来这屋子也就四张榻榻米大小。其中约一张榻榻米的地方对半隔开，一边是冲水池，另一边是没铺地板的泥土地，是女佣和蔬菜铺、小酒馆伙计用来说事的地方。灶台上，和四周破落景象并不相称的紫铜壶在闪闪发亮，后面相距壁板有两尺空间，是老夫用以存放蛤蜊壳之所在。离客厅六尺处是一个放碗碟的柜子，让狭小的厨房显得更为逼仄。侧面是个和碗柜差不多高的裸露的架子，架子下躺着一只擂钵，擂钵里放着个小桶，桶屁股正冲着老夫这边。萝卜泥擦板和擂棍并排挂着，旁边悄然安放着一只灭火罐。黑漆漆的椽子交叉点上，垂下一根钓钩，挂着一只平底的大竹筐，它正随着吹进来的风一阵阵地摇晃。这只筐子为啥要挂起来呢？刚进入这户人家时，老夫对此还不得要领。当获知就是为了让猫的爪子够不着，专门将食物放进这筐子里的时候，老夫这才深刻感受到了人类心中满满的恶意。

现在开始制订作战计划。要说在何处展开战争为佳，必然是在老鼠的出动之处，无论地形对我方如何有利，若始终独自固守于此则不能算作展开战争。因此，对于老夫而言，研究老鼠的出口很有必要。

它会从什么地方冒出来呢？老夫伫立厨房正中环顾四周，心情和东乡大将[1]多少有点类似。女佣刚去了澡堂子还没回来。孩子们在睡觉。主人吃了芋坂的团子，一回来就和往常一样钻进了书房。夫人……夫人不知道在干啥，大概率是在打瞌睡，也许梦见了山药吧。时不时有人力车从门前跑过，跑过后却留下了更深的冷清孤寂。无论老夫的决心与气势、

---

[1] 东乡大将：东乡平八郎。日俄战争中任日本联合舰队司令，后升任元帅。

厨房的情形，还是周边寂寞的氛围，整体均有悲壮之感。不知为何，此刻老夫只能感受到自己就是我辈猫族中的东乡大将！置身于此境界，在来势猛烈的情绪中一种愉悦之感便油然而生，这种感觉任凭谁都能同样感受到吧。但在这愉悦感的深处，老夫发现还横亘着一大隐忧。这场猫鼠之战早在计划之中，不论敌之多寡均无所惧，但若不能掌握敌方从何而来，那就不大妥帖了。

综合周密观察所得材料，鼠贼逸出路径有三。它们若是褐家鼠 ¹，肯定会沿着下水道逆流而行，迂回到灶台后面。此时老夫就可以藏身于灭火罐之阴影中，断绝其归路。或许它们也会从澡盆排放热水的白灰洞里钻出来，绕过浴室，出其不意地扑向厨房。如果是这样，那就必须先在锅盖上盘踞取势，待其经过下方时飞扑而下，发起奋然一击。

老夫再次巡视四周时，发现柜橱门右下角被啃啮出了一个月牙形的破洞，老夫怀疑这是鼠辈为了便于出入而造成的。贴近鼻子嗅了嗅，略略有些鼠味儿。如果它们从这儿冲出来，老夫便以柱子为盾，放它们过去后再从侧面施以利爪。可要是从天花板上下来呢？仰头看去，被熏得漆黑的天花板在灯光照耀下，宛如悬挂着翻转过来的地狱。就老夫这点本事，

---

1 褐家鼠：有代表性的家鼠，通常栖息于下水道等地，脾气很暴躁。原分布于中亚，18世纪左右经欧洲扩展到全世界。

上也上不去，下也下不来。想必它们也不可能从如此高处纵身而下，这一路的警戒可以解除了。即便如此，仍有三面受敌之虞。敌若一路而来，单眼即可秒杀之；两路来，亦有这样那样的取胜之自信；可敌若兵分三路发动攻击，那么老夫再怎么对自我的捕鼠天赋寄予厚望，也不知该如何下手应对了。既然如此，向车夫家大黑之辈求援吗？可这又关乎老夫之尊严。如何是好，如何是好？

在这百般无计的情况下，最为安逸稳妥之捷径便是认定前述三路而来的情况绝对不会发生。或许可以将所有无法掌控之事，均视为不会发生。首先，请遍览这世界吧——昨日刚娶到手的新娘，今天说不定就要死翘翘了——仅限举例而言，可新郎却一脸喜色，毫无忧虑之意，还把天长地久、花好月圆之类美好的祝福逐一排列展示。毫不忧虑，意味着不存在忧虑的价值，因为不管再怎么忧虑，你对此也仍是束手无策。就老夫目前的情况而言，断言三路攻击必定不会发生并无确凿之证据，但这一结论却有助于情绪稳定。生灵都有情绪稳定之必要，老夫也盼着能够情绪稳定。因此，三路攻击之事也就绝对不可能发生了。

尽管如此，忧虑却依然挥之不去。这又是怎么回事呢？想来想去老夫才终于明白了过来。在这三个应对的战术中，选择哪个方案才是上策呢？对此，老夫自身也难以得出明确结论，深感纠结烦恼。鼠辈若从壁柜出兵，老夫自有对策；

若从浴室冒头，老夫亦有应对手段；倘若它沿着冲水池的下水道爬上来，将其迎头痛击也可稳操胜券。可若是非要在这三条路线中选择一条决战，就令老夫相当头疼犹豫了。

据说当年对于俄军波罗的海舰队是会选择穿越对马海峡，还是在津轻海峡进军，抑或是绕道远处的宗谷海峡，东乡大将内心也有巨大的迟疑。老夫此刻从自身的境遇出发，设身处地地想象，相当能够理解东乡大将那一刻左右为难的心情。老夫不仅仅在整体境遇上与东乡阁下相似，而且在此特殊场合，亦与东乡阁下运筹帷幄的苦心息息相通。

老夫正全力以赴绞尽脑汁，那扇破了的隔扇门却突然被拉开，露出了女佣的脸。说她只是露出一张脸，并不意味着她没有手和脚，而是她的其余部分沉浸在夜色里看不清楚，唯独那张脸色彩强烈，鲜明地映照进眼底。女佣去澡堂泡澡归来，脸蛋红扑扑的比平日里更甚。也许是汲取了昨夜的教训，她早早就将厨房门给锁上。主人在书房里喊："把我的手杖拿到枕头边来！"老夫也不明白，为何他要在枕头旁边放个手杖作为装饰品。主人莫非是想要感受风萧萧兮易水寒的气氛，倾听着匣内龙吟发酒疯吧？昨天的山药，今天的手杖，明天又不知要弄个什么名堂。

夜色尚浅，老鼠尚无出没的迹象，大战之前老夫还要再歇一会儿。

主人家的厨房没有气窗，却在门楣处开了个一尺见方的洞，用以替代气窗冬夏通风。无情四散的彼岸樱¹随风忽地一下涌进洞中，老夫吓了一跳。睁眼看去，不知何时朦胧月光已将炉灶的斜影打在了地板上。睡过头了吗？甩了几下耳朵环顾四周，挂钟仍和昨日一样滴答滴答在走。已是鼠辈出没时分啦，会从哪儿冒出来呢？

壁柜里传来窸窸窣窣的响动，似乎是用爪子摁住了碟子边，正对碟子里的食物撒欢。它们要从破洞里出来！老夫在洞口趴下等候，但始终没有它们要出来的迹象。碟子的声响终于停止了，这会儿又似乎开始扒拉一只厚重的碗，时不时响起咕嘟咕嘟沉重的声响，而且就在紧靠着柜门的地方，隔着柜门距老夫鼻尖不足三寸。不时听到哧溜哧溜靠近洞口的足音，但很快又退后了，一只也不曾露出头来。只隔着一层柜门，敌方正在施展暴行，而老夫却不得不一直守在洞口，说起来简直一把泪水。鼠辈正在木碗中召开盛大舞会，女佣要是能将柜门开条缝，容老夫钻过去就好啦，真是个没脑子的乡下村妇。

正在此时，灶台后面的阴影里，老夫的蛤蜊壳"嘎吱"一声响起。敌方从那儿过来了呀，老夫闪身蹑手蹑脚靠近——水桶的缝隙间一条尾巴嗖地闪了下，随即就钻进下水道不见了。过了会儿，浴室里漱口杯和铜脸盆哐当撞了下，

---

1 彼岸樱：又称早樱、寒樱，寓意春之彼岸。

敌人就在身后！老夫刚掉过头，一只身长近五寸的家伙将牙粉袋撞落在地，向檐廊方向逃窜。"哪里逃！"老夫飞身而下紧追，却连影子也没有追着。捕捉老鼠比想象中更为困难，也许老夫确实并不具备捕鼠的天赋。

老夫转到浴室，敌方就从壁柜冲出；在壁柜前警戒，敌方又从冲水池下跃起攀爬；守在厨房正中，这些家伙就从三个方向同时传来微微的骚动。说它们狂妄也好，说它们卑怯也罢，不管怎么说这些家伙都算不上君子。老夫东堵西截奔走了十五六回，劳心费神，用尽全力，却一次也没有成功过。太遗憾了！与这种小人为敌，就算是东乡大将亲临也将无计可施吧。

刚开始时，老夫既有勇气，也有杀意，甚至还有所谓悲壮的崇高之美感。然而，随之而来的却是懊丧、厌倦和令人昏昏欲睡的疲惫，只能坐在厨房的正中央一动不动，却始终保持着睥睨八方之态。敌方不过是宵小之徒，以精神镇之便不足为患。原本当作目标的敌方，竟如此猥琐，战争的荣誉感瞬间消失，取而代之的唯有厌恶。厌恶之念闪过后，对抗的张力便噗地漏了气，漏气之后就全都随便了，反正这一切也全都没什么意义。极度轻蔑的尽头，便是无边的倦怠。经过上述历程，终于到了倦怠的时刻，老夫睡了过去。即便四面皆敌，休养也是必须的。

对着檐廊横向敞开的气窗，又吹进来一团如雪飘零的落樱，感觉寒风包裹住了身体。此时，从橱柜门那边却飞出一颗子弹似的玩意儿，切开寒风直直地扑过来咬住老夫的左耳。随之又一个黑影蹿到了老夫的身后，间不容发之际叼住了老夫的尾巴。这些都是转瞬间发生的事情。老夫机械地、毫无目的地蹦起来，将全身之力倾注于毛孔中，全身一振，想要把这俩怪物抖将下来。咬住耳朵的家伙失去了重心，身子垂挂在老夫脸上，它胶皮管似的柔软的尾巴，竟出其不意地插进了老夫嘴里。决战时机来临，咬烂它！老夫咬紧不放，左右摇晃着，不料鼠尾却被塞进了牙缝间，它的身体撞上了糊着旧报纸的墙壁，又被反弹到了盖板上。它刚要站起，老夫瞬间就扑了上去。可没想到却像踢到了个皮球，它贴着老夫的鼻尖掠过，跳到了架子边上，屈膝下蹲。它在架子上俯视着老夫，老夫从地板向它仰望，彼此间相距五尺。月光宛如在空中拉开一条带子，横亘在眼前。老夫前足蓄力，竭尽全力向架子上蹦去。前足顺利地够上了架子的边缘，而后足却悬浮在半空中。最初咬住老夫尾巴的那团黑色之物，死也不肯松口地牢牢拽着。

老夫危矣！前足交替着向前磨蹭，想要抓得更牢靠些。可每当两只前足交替时，由于尾巴上的负重，全身反而向下滑去。若是再向下滑个二三分，那就非摔下去不可。老夫的处境越来越危险，架子板上前足的抓挠声清晰可闻。这样下去可不成！左前足向前探去时一下没抓住，老夫只有一只右前足吊在了架子上。自身的重量加上咬着尾巴的那家伙，双重重量叠加下，老夫的身子滴溜滴溜地转了起来。

此刻，架子上那个始终一动不动紧盯着老夫的小怪物，瞅准机会从架子上如同投石般向老夫的额角猛地撞来。老夫的四足失去了最后一线支撑，三团肉合成一团垂直地穿过月光向下坠落。架子下一层放着的擂钵和擂钵里的小桶以及果子酱的空罐，和这一大块肉合并在了一处，连同下面的灭火罐轰然倒下，一半砸进了水缸里，一半摔在地板上滚了开去。这一切在深夜里发出了非同一般的巨响，老夫死里逃生，连灵魂都颤抖了起来。

"有贼！"主人支棱起破锣嗓子尖叫着，从卧室飞奔而出。他一只手提着灯，另一只手握着手杖，睡眼惺忪但全身散发出与主人身份相称的闪闪光芒。老夫在蛤蜊壳旁老老实实蹲着，两个怪物的身影已从架子上隐去。"谁啊？搞出这么大动静！"半晌，主人怒气冲冲，向着空气喝问。这一刻月已西斜，白色的月光被裁去了一截，如同半张又细又长的信笺。

第六章

　　如此酷暑，就算是猫也难以忍受。据说英国有个叫西德尼·史密斯[1]的曾哀叹道：恨不能脱皮去肉，用骨架去拥抱这凉爽！其实，剩不剩骨架都还好说，哪怕是把老夫这身浅灰花纹的皮货拿去洗洗也好啊，就算送进当铺抵押也好啊！也许从人类角度看，猫一年到头都是同样的表情，春夏秋冬都是将一张无表情的扑克脸贯彻到底，过着极其单纯、平庸、无须花钱的日子。可就算是猫，也是知冷知热的。倒也不是不想去洗个澡，可这身皮毛要是沾了水，想晒干可就不那么容易啦，老夫这才使劲憋着一身的汗臭，到这岁数也还没钻进过澡堂的门。有时也生出想要摇摇扇子的念头，可怎么也拿捏不住

---

1 西德尼·史密斯：拿破仑战争时期的英国海军上将。

它，这可真是没有办法。说起来，人类都是些奢侈浪费的家伙，明明可以生吃的食物，却费劲地去煮、去炸，还要用醋、酱去腌制，以此为乐，也不怕耗费多余的精力。穿戴衣物也同样如此。像猫这样一年到头靠着一身皮毛就可以对付过去，但对于天生残疾的人类而言，这要求就未免有点高了。即便如此，也不至于把这么多乱七八糟的东西堆在皮肤上过日子吧。人类享受着羊和蚕的恩赐，甚至还承受了棉花田的恩宠，由此老夫几可断言，其奢侈浪费之生活，正是人类无能的表现。

衣食方面，也就不细细追究了，可在与生存无直接利弊关系的问题上也这么折腾，那就太匪夷所思了吧。首先，人类头上的毛是自然而然生长出来的，就这么任其生长下去对人类来说岂不是最为简明的处理方式？人类却要费尽心机，收拾出种种发型并为此洋洋自得。有些家伙自称老秃，不管你什么时候见到他，头皮都是刮得一片青白，天热了头上打把伞，天冷了头上包块布。既然如此，那又何必将头皮刮到发青？这不是有毛病吗？还有更过分的：人类有种叫作梳子的锯齿状工具，有人兴高采烈地用它将头上的毛等距离地左右分开；有些不是等距离分开，而是按照三七的比例，在头顶上人为地划分出两片区域；还有的让这条分界线穿过发旋一直延伸到后脑，看上去活脱脱就是一张芭蕉叶的仿品。其次，有人将头顶的毛剪至平坦，再从左右两侧垂直剪下，浑圆头颅上似乎顶了个四方的框子，就像是花匠修剪过的杉木篱笆的一张写生画。此外，还有所谓五分头、三分头，甚至一分头的各种款式，弄到最后，说不定还会流行起一直剃到后脑勺的负一分、负三分之类的新款。

总而言之，人类如此千辛万苦，也不知图个什么。原本有四只脚，却偏偏只用两只，这还不是奢侈浪费吗？用四只脚走路明明没什么毛病，可人类却总是坚持用两只，剩下两只像两条鳕鱼干似的空荡荡垂在两侧，这可真是傻到头了。由此可见，人类比起猫来可太闲了。正因为闲到憋得慌，这才想出这些恶作剧似的烂主意来寻开心。

但奇怪的是，这些闲人一见面却抱怨：哎呀，太忙了，太忙了！还真是一脸"太忙了"的表情。说句不好听的，这些家伙这么忙，说不准一不小心就把自己给忙死了呢。他们中的有些人见到老夫，时不时地说上一句："要像它那样悠闲可就太爽了啊！"想要爽那就去爽呗，谁也没求着你们忙忙叨叨地坐立不安哪。他们制造了一座麻烦的山自己去爬，还一边叫喊着苦啊苦的，这不就像是自己把自己给点着了燃烧起来，还在抱怨着什么热啊热的吗？就算是猫，要是为自己发明了二十种发型，那也不可能像现在这样悠闲吧。要真想图个悠闲，那就得像老夫这样，就算在盛夏也披着一身皮毛安然修行……话是这么说，不过确实稍稍有点儿热，披上皮毛的话那可实在是太热啦！

这么热，老夫拥有独门秘技的午睡也睡不成了。就没点儿八卦吗？长时间观察人类社会，老夫早已心生厌倦了，今天却生出了久违的念头，想要领略下他们忙忙叨叨的样子。不巧的是，主人在睡觉这一点上，倒是和猫的性情相当接近，午睡的劲头一点儿也不比老夫差。特别是在放了暑假后，像个人样的活儿他一点儿不干。无论老夫怎样观察，和以往的情况均无任何差别。如果这时候迷亭君来，他那受消化不良影响的皮肤也许会产生出几分反应，会有那么一小会儿摆脱我辈猫族怠惰的属性。迷亭君要是来了就好啦，正这么念叨着，浴室里不知是谁弄出了哗啦哗啦冲澡的声响。还不仅仅是冲澡的声响，时不时地还传来很大的说话声。"哎呀，太棒了！""哎呀，爽啊！""再来一勺子！"之类的声音在屋子里回荡。来主人家还能这样大声说话，像这样没规没矩的也就只有迷亭先生了。

总算来啦，这下，今天总算有半天的时光可以打发了。正这样想着，迷亭君擦着汗套上外套，和往常一样毫不客气地登堂入室。"夫人，苦沙弥君在干什么呢？"他一边喊着一边把帽子扔向榻榻米。夫人在里屋，趴在针线盒上睡得正美，一阵"哐哐"声响突然敲打耳鼓，一惊之下她竭力睁开尚未睡醒的眼，来到客厅里一瞧，迷亭君穿着琉球产的高级萨摩布衫，正随随便便坐在那儿使劲摇着扇子。

"呀，您来啦！"夫人略略有些尴尬，"一点儿动静也没听到呢。"她顾不上擦鼻尖上挂着的汗珠就寒暄道。

"啊，也是刚到。刚在浴室叫用人舀水冲了冲，总算保住了一条命……这天可真是太热啦。"

"这些天一动不动汗都会冒出来，可真是太热了……您还好吗？"夫人鼻尖上的汗珠仍然尚未擦去。

"哎，谢了。一般热一点儿也不怎么在乎，可热到这种程度又不一样了呀，总觉得全身都不得劲儿。"

"我也是呢，从来不睡午觉的，可热成了这个样子……"

"睡午觉啦？能睡就好啊。白天能睡，晚上也能睡，还有啥比这更好的呢？"迷亭君照例胡诌八扯，但似乎又觉得意思还没到位，接着说道："我就是不觉得困的体质。像苦沙弥君这种，每次来都看到他在睡，真是叫人羡慕呢。当然了，这么热的天气有胃病的也只能这么熬着。就算是身子骨结实的，肩膀上顶着个脑袋，碰上今天这么热也是够呛。可话又说回来了，既然顶了个脑袋也不好把它摘下来吧。"迷亭君对于如何处置脑袋的问题一筹莫展。"像夫人这样的脑袋上还顶了个东西，坐着都是受累，那发髻的重量就能把您压得想要躺下来呢。"

迷亭君这么一说，夫人还以为是自己的发髻让迷亭发现了自己一直睡到了现在。"呵呵，您这张嘴可真损呀。"夫人边说边摆弄着脑袋。迷亭对这点顿挫毫不介意，继续说着不着调的事："夫人，昨天哪，我在屋顶上还试着煎了个蛋呢。"

"怎样煎的？"

"屋顶上的瓦片烤得那么热乎，弃之不用岂不浪费？我就放了块黄油，再打了个蛋下去。"

"哎哟喂！"

"可惜日头没有想象中那么给力啊，整了半天还弄不到半熟。从屋顶上下来，刚拿起报纸就来了个客人，把屋顶上煎着的蛋给忘了。今天早晨突然想起，以为这会儿应该差不多了吧，就爬上去看了看。"

"蛋怎样啦？"

"哪里是快半熟的蛋啊，蛋黄全都淌出来了。"

"哎呀。"夫人皱起眉头叹息。

"三伏天还挺凉快的，到这会儿却又热成了这副样子，真是不可思议啊。"

"是啊。前些日子穿着单外套还觉得挺凉，前天一转眼就热了起来呢。"

"本该是到了螃蟹横行的季节了吧，今年的气候真是倒着往回走了。所谓倒行逆施者其无后乎，指不定说的就是这么回事儿。"

"啥，你说啥？"

"没，啥也没说。今年气候反常，怎么看都像是赫拉克勒斯[1]的牛哪。"迷亭君借着话头越说越兴奋，话题也趋向于荒

---

1 赫拉克勒斯：希腊神话中的大力神。神王宙斯与阿尔克墨涅之子，天生力大无穷。

诞不经，果不其然夫人听不明白了。刚才被"倒行逆施"这个词硌了下，这回她只是"嗯"了声，不再反问迷亭君说的是什么意思。既然她不再反问，迷亭君好不容易弄出来的梗也就自觉没趣了。

"夫人，你知道赫拉克勒斯的牛吗？"

"我可不知道那什么牛噢。"

"你不知道吗，那我给你解释下？"迷亭君说道。

夫人对此难以拒绝，便"哎"地应了一声。

"从前，有个叫赫拉克勒斯的牵来了一头牛。"

"这个叫赫拉克勒斯的是个放牛的吗？"

"他可不是放牛的噢，也不是放牛郎不靠谱的主人。那时候的希腊连一家牛肉铺子都还没有呢。"

"哎呀，说的是希腊故事吗？要这样还不如先跟我说了呢。"夫人只知道有希腊这么个国家。

"咦？不是跟你说了赫拉克勒斯了吗？"

"啊？赫拉克勒斯就是希腊吗？"

"可不，赫拉克勒斯是希腊的英雄。"

"难怪，真不知道这么回事。那这人怎么了……"

"这家伙呀，跟夫人一样老是困，呼呼大睡……"

"啥呀，讨厌！"

"他正睡着呢，巴尔干的儿子来啦。"

"巴尔干是个啥？"

"巴尔干是个铁匠，就是他儿子偷走了那头牛啦。话说这家伙拽着牛尾巴一点一点把牛给拖走，赫拉克勒斯醒来一看牛没了，就叫喊着'牛啊牛啊'到处找。但不知牛去了哪儿，他肯定不会知道的。赫拉克勒斯找到了牛的脚印，然后向前找去。可贼并不是牵着牛鼻子往前走的，而是拽着牛尾一步步倒退着把牛给拉走，这铁匠的儿子还真是挺会玩的呢。"说到这儿迷亭君已经忘了天气的话题。

"你先生最近怎么样，还是老样子，在睡午觉吗？虽说睡午觉在中国人的诗里也算是一种风流，可像苦沙弥君这么做日课似的天天睡，那就多少有点俗气了啊。无所事事，就像每天都死了一会儿似的。夫人，拜托你了，去叫他起来吧。"迷亭君这一催促，夫人看上去也颇有同感。"哎哎，这样真是不像话，再睡下去把身子都搞坏啦。他还刚刚吃过饭……"夫人说着站了起来。

"夫人，说起吃饭，我到这会儿都还没吃呢。"迷亭君表情平静地顺口就说道。

"哎呀，这不正是午饭时间吗，我全给忘了……没什么菜，给你弄点茶泡饭吧？"

"别，茶泡饭就算啦。"

"哎，这个……反正也没什么对你口味的东西呀……"夫人略略流露出了不快。

迷亭君顿然醒悟过来，说："不不，泡饭、茶泡饭都不用了。来的路上在饭店叫了些吃的送过来，一会儿就在这儿一块儿吃吧。"这一番话，不常干这事儿的还真说不出来。夫人只是"啊"了声。这声"啊"中一并包含了惊讶、不快和总算省了麻烦等种种含义。正在这会儿，主人因为太吵了，怀着将睡未睡之际被搅了好事的心情，不知什么时候摇摇摆摆地从书房里走了出来。

"你这一天到晚吵吵嚷嚷的家伙，好不容易想要好好睡一觉……"主人呵欠连天，板着脸说。

"哎呀，你醒啦？惊扰幽梦，万分惭愧。不过偶尔为之，未必不佳。是吧？请坐。"迷亭君反客为主地打招呼。主人默默坐下，从精工拼接的木烟盒里抽出一支日出牌卷烟，嘶嘶地抽了起来。他的目光忽地投向了对面角落里迷亭君的草帽，问："你买帽子啦？"

"怎么样？"迷亭君立刻炫耀般将草帽举到主人和夫人面前。

"哎呀，真漂亮！编织得很细呀，又软！"夫人反复摩挲着。

"夫人，这顶帽子可是个宝贝啊。不管你跟它说什么，它都会答应你。"迷亭君攥紧拳头，"啪"的一声打在巴拿马草帽的侧面。果不其然，草帽凹下去了一个拳头的形状。夫人吃惊地"哟"了一声，迷亭君快速地将拳头伸到帽子内侧顶了下，凹下去的帽子又扑哧弹了回来。接着，他双手捏住帽檐的两侧，用力将它压扁，被压扁的草帽像被擀面杖碾压过的面饼那样平坦，最后，他从一头把它像卷席子似的一圈圈卷了起来。

"这玩意儿怎么样？"说着，迷亭君将卷成一团的草帽揣进了怀里。

"太神奇啦！"夫人就像在观看归天斋正一[1]表演的魔术。迷亭君也做出了一副表演魔术的样子，将从右边塞进怀里的帽子从左边袖管里掏了出来。"一点儿折痕也没有。"他将帽子恢复了原状，并用食指顶着草帽滴溜溜地旋转。当你觉得他这就要收摊了，不料他又放出了最后一招。迷亭君将帽子噗地扔到身后，然后一屁股坐在了帽子上。

"嗨，够结实吗？"连主人也流露出一脸担心的表情。

夫人更不用说了，忧心忡忡提醒道："好不容易弄到一顶好帽子，搞坏就太可惜啦。别再折腾了行吗？"

唯有帽子的主人迷亭君得意扬扬："就是因为弄不坏，它才牛。"说着，他把压成乱糟糟一团的帽子从屁股下拿起，随手戴在了头上。不可思议的是，草帽贴合着头颅片刻就恢复了原状。

"这帽子真是太结实了，咋弄的？"夫人越来越感到

---

1 归天斋正一：日本明治时期魔术师，明治初年曾赴巴黎学习西洋技法，归国后以精湛高超的表演技艺闻名。

钦服。

"没咋弄啊，本来就是这么顶帽子啊。"迷亭君戴着帽子回答道。

"你买上那么一顶，不也挺好吗？"沉默了会儿，夫人劝说丈夫。

"瞧你说的，苦沙弥君不是有顶麦秸编的漂亮帽子吗？"

"你不知道呀，前些天孩子把它踩烂啦……"

"哎呀，哎呀，那真是太可惜啦！"

"所以说呀，这回买一顶您这样结实的帽子就好了。"夫人不知道巴拿马草帽的价格，催丈夫也去买上一顶，"就这样的好了，是吧，你说呢？"

迷亭君接着又从右袖管里掏出一只红色的盒子，盒子里装着一把剪刀，他拿出来给夫人看。

"夫人，帽子也就这么回事，先这样吧。来看看这把剪刀，这玩意也是个了不得的宝贝，有十四种功能呢！"

老夫早已看破，如果这把剪刀不出世，主人在巴拿马草帽问题上必将继续遭受夫人的唠叨。所幸夫人具有女性天然的好奇心，主人这才避免了一场厄运。与其说这是迷亭君的机智，不如说这是主人的侥幸。

"这把剪子怎么会有十四种功能呢？"一听到夫人的质疑，迷亭君立刻得意扬扬地显摆起来，说道："现在我就来逐一演示下，行吧？瞧瞧，这里有个月牙形的钳口，卷烟从这儿塞进去，咔嚓一下就能把烟头给切下来。这个刀把上的精细工艺看到了没？铁丝夹在这儿咔嚓咔嚓全能给绞断。再瞧，在纸上把它放平能当曲尺用，可以划个线。刀背上还有刻度表，也能当作标尺来用。这里的表面上有锉纹，用它可以磨个指甲啥的，你就说好不好用吧。这个螺旋头插进去咯吱咯吱拧紧，还能当个锤子。猛地插进去使劲撬，一般钉子钉的木箱什么的，盖子轻轻松松就能弄开来。还有，这边的刀尖能当作锥子使用，这边的作用是把写坏了的字刮掉。要是把它整个拆卸下来，就成了一把刀。最后……啊，夫人，最后这个可是非常有趣的了。这儿有个蝇眼大小的球是吧，来，你来看一眼。"

"不啦，讨厌。肯定又要把我当傻瓜了。"

"这么没有信任感吗？这让我很为难哪。就算再上一次当，你也就是看一眼啦。啊，讨厌？看一眼就行喽。"说着，迷亭君把剪刀递给了夫人。夫人不知不觉接过了剪刀，将剪刀上的那颗蝇眼贴近自己的瞳孔，向小球里看去。

"怎么样？"

"什么呀！黑漆漆的。"

"光看到黑漆漆的可不行，你再向门那儿转过去点儿，对了，别把剪子放倒……对，对，这下能看见了吧？"

"哎呀妈呀，是照片哪！怎么能把这么小的照片放进去呢？"

"有趣就有趣在这里。"

迷亭君和夫人不停地一问一答。主人一直默默听着，这时突然也想要看一眼那照片，说："嗨，让我也瞅瞅。"夫人却把剪刀贴在脸上不肯松手："可漂亮啦，是个裸体美人呢。"

"嗨，叫你给我瞅瞅！"

"哎呀，等会儿嘛。头发可真美呀，都挂到腰了。稍稍仰着头，这女人看上去身材太高了些，不过确实是个美人呀。"

"嗨！叫你给我瞅瞅，让我看个大概也行啊！"主人急眼了，训斥起了妻子。

"哎呀，让您久等了，那就随便看吧。"夫人将剪刀递给了主人。就在这时，女佣从厨房的后门进来报告，客人叫的饭菜到了。说着，她端着两笼屉荞麦面进了客厅。

"夫人，这是兄弟自备的，抱歉了呀，就在这儿解决一顿了。"迷亭君的客套语气显得郑重其事，让夫人有些不知所措，也不知迷亭君的客套是认真的还是开玩笑，只得轻声应了句："哎，慢用。"然后就眼看着迷亭君吃了起来。

"喂，这大热天的，荞麦面可是有热毒的。"主人终于把目光从照片上移开了。

"说啥呢，没事儿的。吃了爱吃的东西一般都不会生病的。"迷亭君说着，取下了笼屉盖子。

"筋道，运气不错啊！拉长了的荞麦面和不着调的人生，都是来历不明的玩意儿。"迷亭君把配料放进了调味汁里，使劲胡乱搅和着。

"放那么多芥末，辣不死你！"主人看上去很替他担心，提醒他。

"荞麦面咯，重点就是料汁加芥末啦。你不是不爱吃荞麦面的吗？"

"我喜欢吃馄饨。"

"馄饨是马夫吃的东西，没有比不了解荞麦味道的人更可悲的了。"说着，迷亭君将杉木筷子插进笼屉里，尽可能多地挑起荞麦面，将面条挑起到两寸左右的高度。"夫人，吃荞麦面也是有各种仪式规矩的呢。第一次吃的人都是不要命地蘸酱汁，然后塞进嘴里吧唧吧唧地一通乱嚼，那可不是荞麦面的味道了哟。不管怎么说，像这样，先得这么着挑起一筷子。"他边说边继续动着筷子，将长长的面条提起了一嘟噜，举到一尺左右高。迷亭先生觉得这回差不多了，可往下一看还有十二三根面条拖在笼屉的底部，缠绵着竹篾不愿离去。"这玩意可真是长哪。怎么样，夫人？这个长度你觉得……"迷亭君又跟夫人聊了起来。

"这可真是够长的呢。"夫人看上去很佩服的样子。

"把这长家伙的三分之一蘸上酱汁，再一口吞下去。不能嚼，嚼了就没有荞麦面的味道啦。哧溜哧溜沿着喉管滑下去，这才是荞麦面的正确吃法哟。"迷亭君下定决心，将筷子举得更高，荞麦面好不容易终于脱离了笼屉的底部。筷子向左手端着的小碗里微微落下，面条的尾部缓缓落入调好的酱汁里。根据阿基米德原理，放进了多少荞麦面，酱汁也随之升高多少。然而，小碗中原本就盛了八分的酱汁，迷亭君筷子上垂下来的荞麦面尚未落下四分之一，小碗里的酱汁就已然快要溢出来了。迷亭君筷子落到了碗上方五寸，戛然而止，一动不动。如此举止，自有道理。只要筷子再往下落一点，酱汁必定溢出来。迷亭君行动至此，也表现出了少许的踌躇。

老夫正想着他要以脱兔之势把嘴凑向筷子，就在这千钧一发的瞬间，只听哧溜之声响起，迷亭君的喉结上下艰难地动了一两下，筷子上的荞麦面就此消失不见。一眼看去，迷亭君的两眼中，两颗眼泪一样的东西挤出了眼角，顺着脸颊流了下来。是芥末之辣所致，抑或是竭力吞咽之结果？很难给出确切的判断。

"服了你啦，就这么一口气吞了下去。"主人很服气。

"真开了眼界了噢。"夫人对迷亭君的特技演出大加赞赏。

迷亭君啥也没说，放下筷子拍着胸口。"夫人，一笼屉吃起来差不多也就分三口半或四口。要是再多，吃起来味道就不对头了。"迷亭君说着用手绢擦嘴，终于喘了口气。

就在这会儿，寒月君来了。天气如此炎热，不知为何他戴着冬天的帽子，两只脚上满是尘土。

"啊，帅哥来啦。正在用餐，失礼了。"迷亭君在众人簇拥中，毫不羞怯地将另一笼屉的荞麦面也一扫而光。这回他没有采用上次那样炫目的吃法，而是用手绢掩着嘴，中间还透了几口气，吃得比较体面。将两笼屉荞麦面轻轻松松干掉，表现也算相当可以了。

"寒月君，博士论文已经完稿了吧？"主人问道。

"金田家的小姐都等着急了，赶紧把论文给交了吧。"迷亭君紧接着也说。

"罪过，罪过啊。也想着要尽早提交论文让她安心，不过课题总归是课题，研究也需要付出相当的精力啊。"寒月君像往常一样流露出阴郁的笑容，把原本违心的话说得跟真的似的。

"这话对！课题总归是课题，不能以鼻子的说法为准。不过话又说回头，如果是那么大个的鼻子，仰其鼻息倒也另有一番价值哦！"迷亭君用与寒月同样的腔调和他寒暄。

"你论文的课题，好像说过是那个啥……"主人还是相对认真的。

"紫外线对青蛙眼球电动作用的影响……"

"这可太神奇了，不愧是寒月先生，青蛙的眼球都在振动！怎么样，苦沙弥君？在论文完稿前，先把这课题告知金田家那边……"

"你就为这么个玩意儿，费尽了心思折腾？"主人不理睬迷亭，向寒月君问道。

"哎，课题相当复杂。首先青蛙眼球的晶体构造就不是那么简单的，为了这就要做种种实验。先要构造一个玻璃球，然后才能把实验做下去。"

"玻璃球这种东西，去趟玻璃店不就行了吗？"

"不是这样的……不是这样的……"寒月先生略略体现出了反抗的姿态。

"从根本上说，圆形、直线等，都是几何学的概念。完全符合定义的理想之圆和直线在现实世界都是不存在的。"

"既然是不存在之物，放过它不就行了吗？"迷亭君插嘴说。

"所以我想先弄个跟实验要求差不多的玻璃球，前些天已经开始做了。"

"做成了吗？"主人若无其事地问道。

"这能做成吗！"寒月君说。说完似乎觉得自己多少有些前后矛盾，解释道："真的是很难啊，要一点一点地打磨。这头的半径长了，可刚稍稍磨去了点儿，哎呀，糟了！那头的又过长了。费尽气力好不容易觉得整得够圆了，可谁想整体上却弄成了个椭圆形。总算把椭圆给打磨圆了，可直径又不对头了。最初那玩意儿有苹果那么大，越磨越小成了个草莓。尽管如此，还得好好坚持下去呀，终于磨成了个大豆大小的球体。可就算磨成了个大豆，也还是弄不出一个纯粹的圆球。我还是投入地打磨、打磨……从正月起，已经整整报废了六个玻璃球啦。"寒月君滔滔不绝地说着，也不知他是说真的还是在吹牛。

"这么费劲地打磨，在哪儿？"

"当然是在学校的实验室。一大早就开干了，到吃午饭时歇一会儿，然后一直干到天黑。真不是件轻松的活儿呢。"

"这么说来，这段日子你总说忙啊忙的，连礼拜天也到学校去，就是为了打磨这个球吧？"

"眼下这段日子，从早到晚都在打磨这个球。"

"那台词怎么说来着……他扮成造球博士闯进来啦[1]！要是让大鼻子听到你这么积极主动，肯定会多少有点感恩的心情吧。前些日子我有点事去了图书馆，回来时刚到门口就邂逅了老梅君。这家伙毕业后还跑图书馆，简直不可思议，我打招呼说：'用功学习哪。'他却露出奇怪的表情跟我讲，根本不是来读什么书的，只是走到门口刚好想要尿个尿，就顺道进来借用下厕所，说完他还大笑起来。老梅君和你正是彼此相反的好例子啊，强烈要求收录到《新编蒙求》[2]里。"迷亭君和往常一样，对事实做出了漫长的注释。

"你这样日复一日打磨玻璃球也行吧，可你究竟打算弄到什么时候呀？"主人变得认真起来。

---

1 他扮成造球博士闯进来啦：出自日本净琉璃传统剧目台词，武将武田胜赖制作菊花裹冒充铠甲，潜入织田公馆。原台词为："种花的人闯进来啦！"

2《蒙求》：系唐朝李翰所著启蒙读物。

"看目前这情况，恐怕要弄个十年左右吧。"寒月君说，他看上去要比主人更为洒脱。

"啥？十年！稍稍弄快点儿不行吗？"

"十年算快的了，弄不好要整上二十年呢。"

"这可了不得啦，这么说弄个博士也太不容易了吧！"

"可不是吗。真心想能早一天完成，也好让她早一天放心。但无论如何玻璃球打磨不出来，重要的实验就没法进行……"寒月君稍稍断了下句，接着骄傲地论述道，"是吧，不用这么担心的。金田小姐也知道我在专心琢磨着玻璃球。其实两三天前去她家的时候，就已经把情况都说清楚了。"

一直听不懂他们仨在聊些啥，却一直坚持倾听的夫人这时诧异地问道："咦，不是说金田家上个月全都去大矶了吗？家里头一个人也没留下。"

寒月君似乎也略吃了一惊，含含糊糊地嘀咕："那就怪了啊，咋回事儿呢？"

每到这时迷亭君就成了宝贝疙瘩，凡是话题聊不下去的时候、气氛糟糕的时候、困意上涌的时候、尴尬的时候，无论何种场合他都会从旁跳出来。

"上个月就去大矶，两三天前却在东京邂逅，这种事儿堪称神秘呀。这就是所谓的灵魂邂逅吧，情到深处常常会产生这种现象。乍一听像是在做梦，可这梦境的感觉却比现实来得更为真切。而像夫人，将自己的一生都交付给了对你并无思恋之情的苦沙弥君，夫人对他也没什么特别的牵挂，自然就不理解爱情这种东西究竟意味着什么。夫人的不理解其实非常易于理解的……"

"哎哟喂，你这话又有什么依据？把人都给瞧扁了呢。"夫人出其不意地打断迷亭君的话头。

"你自己不也没尝过爱情烦恼的滋味吗？"主人从正面帮老婆递了把刀子。

"嗯，兄弟的艳遇之类不管曾有多少，全都雨打风吹去了，也许在尔等记忆中也已不复存在……但说实在的，我到如今这岁数仍然保持着独身，却也是失恋导致的啊。"迷亭说着，平均地扫视在座的每一个人的脸。

"呵呵呵呵……有意思的说法。"夫人说。

"又把我们都当成傻瓜了吗？"主人的目光落向了庭院。

"不管怎样，为了提携、指导下晚辈，您就怀个旧吧。"唯有寒月君展现着他不变的笑容。

"我的那些事儿也都是很神秘的，要是讲给已故的小泉八云[1]听，他一定会很享受。遗憾的是先生已然长眠。说实话，现在不是讲这些事儿的好时候，不过好不容易提起了，那就讲一讲吧。诸君必须要认真听到最后噢。"迷亭君叮嘱了一

---

1 小泉八云：19 世纪爱尔兰裔日本作家，原名拉夫卡迪奥·赫恩，写过不少介绍日本文化的书，现代怪谈文学鼻祖，主要作品有《怪谈》《来自东方》等。

番，终于言归正传。

"回想起来，距今……呃……多少年前……算起来太麻烦了，大概就算十五六年前吧……"

"开玩笑的吧。"主人从鼻孔里哼了一声。

"记性也太坏了呢。"夫人嘲笑道。

只有寒月君严守约定一言不发，始终保持着很想听下去的风范。

"就算是某某年的冬天吧。我当时是在老家越后，穿过蒲原郡的筒谷，来到章鱼壶山口，出了那儿就能遥遥看见会津岭[1]了……"

"神奇的地方哪。"主人又插嘴道。

"闭嘴听着吧，这不挺有意思的吗？"夫人打断了他。

"那会儿眼见天黑了下来，路径不明，肚子又饿。万般无奈下，我敲响了半山腰一户人家的门，如此这般地说明了自己的情况，希望能够借宿一晚。听我这么一说，对方爽快答应说没问题。姑娘手举火焰跳动的蜡烛照着我，我看着她的脸全身都咯哒咯哒地颤抖了起来。从那时起，我才切实感悟到了爱情这东西具有什么样的魔力……"

"哎呀，讨厌！那样的山里头能有什么美人儿？"夫人说。

---

1 会津岭：日语中"邂逅爱"的谐音。

"别管是山里还是海里，夫人，那姑娘的漂亮我是真想让你亲自看上一眼。额头上梳着高高翘起的岛田髻[1]。"

"是吗？"夫人似乎接受了这说法。

"进屋一瞧，八张榻榻米大小的屋子正中砌着一个炕炉，姑娘、姑娘的爹妈和我四个人围炉而坐。当被问到肚子是不是饿了，我当即恳求不管是啥赶紧弄点吃的来。老爷子便说：'好不容易有贵客莅临，那就做上一锅蛇肉饭吧。'诸君，从这儿开始将渐渐进入失恋的桥段了，都竖起耳朵听好了！"

"先生，当然是洗耳恭听的了。可就算是在越后的乡下，冬天里恐怕也未必有蛇吧？"

"嗯，这个问题问得非常好呀。但是在这么诗意的话题里，拘泥于这些呆板道理就没什么意思了。在镜花[2]的小说里，暴风雪中不也有螃蟹出没吗？"

迷亭君一番解释后，寒月君应了声"原来如此"，随即又恢复到了倾听的状态。

"那时候我是个什么都敢吃的主儿，什么蝗虫啦、鼻涕虫啦、红蛤蟆之类的刚好吃腻了，来顿蛇肉饭倒也颇为雅致。我就回老爷子说：'那就赶紧做一些吧。'老爷子把锅架在了

---

1 岛田髻：日本仕女的发型，把发髻梳得最高的叫作文金高岛田，明治以后成了新娘的标准发型。

2 镜花：泉镜花，19世纪末日本小说家。其作品《银短册》讲述了在暴风雪中寻找螃蟹的故事。

炕炉上，锅里放了米咕嘟咕嘟地煮了起来。不可思议的是那锅盖，上面有大大小小十个孔洞，蒸汽就从那洞里噗噗地往外冒，是个做工精巧的玩意儿呢。正感佩着乡间野舍亦不可小觑，老爷子站了起来走出去，没一会儿又回来，腋下挟了个竹篓子，随手就放在了炕炉边。我偷眼瞄去……好东西来了。那些蛇可能是因为怕冷吧，全部都蜷缩在了一起，挤压成了一团。"

"快别往下说了，好讨厌！"夫人眉头蹙了起来。

"咋了？这可是事关本人失恋的重大线索，很难掐断它呀。过了会儿老爷子左手提起锅盖，右手将盘成一团的蛇一把抓起，出其不意地扔进了锅里，随即盖上锅盖。虽说如此，胆大如我当时也是倒吸一口凉气，感觉都快喘不上气来。"

"快别讲下去了呀，太吓人啦。"夫人时不时感受到恐惧来袭。

"还有一点点就到失恋那段啦，您就再忍会儿吧……然后，不到一分钟吧，锅盖的洞里嗖地钻出个弯弯的脖子，当时我就震惊了。哎呀，出来啦！正这么想着，旁边的洞里又嗖地钻出了个蛇头。哎呀，又来了呀！说话间，这里那里的洞都有蛇头冒出，不一会儿整个锅盖上都挂满了蛇头。"

"咋回事？为什么都把头钻出来？"

"锅里太热啦，受不了这罪才使劲往外钻的吧。过了会儿老爷子说：'差不多了，拽吧。'话音一落，老妈妈'哎'地应了声，姑娘也恭谨回应，各自抓住个蛇头猛地一拽。蛇肉就此留在了锅里，唯有蛇骨漂亮地分离，随着蛇头的拔出，整根蛇骨长长地、巧妙地被拔了出来。"

"这就是蛇的剔骨术吧？"寒月君笑着问道。

"完美的剔骨术，干得漂亮吧？然后老爷子揭开锅盖，拿过勺子将蛇肉和米饭搅拌了一番，招呼我开动。"

"你吃了吗？"主人淡漠地问。

"哎呀，不要再讲下去啦。真恶心，饭都吃不下去了。"夫人哭丧着脸发牢骚。

"夫人没吃过蛇肉饭才会这么说。下次去吃一回试试，那美味你会一辈子都忘不了呢。"

"哎哟喂，讨厌哪，谁会去吃它啊！"

"我是吃得饱饱的，也不觉得冷了，就开始不客气地盯着姑娘的脸蛋看了，感觉自己那会儿已经完全放飞了自我。就在这时，忽听一声'早些安歇吧'。也因为旅途劳累吧，我一头栽倒，骨碌一翻身横躺了下来，虽说很是失礼，但已然诸事不知地昏睡了过去。"

"后来呢，又怎样啦？"夫人这回又催着他讲下去了。

"后来，第二天早晨眼睛一睁开，就失恋了啊。"

"咋回事儿呢？"

"唉，其实也没啥事儿。早晨起来叼着烟卷从后窗看出去，对面引水的竹管旁，有个秃头正在那儿洗脸呢。"

"是那老头，还是老婆子？"主人问。

"这个嘛，连我也分不清。瞧了好一会儿，当那秃头把脸转向我这边时，我不禁吃了一惊。原来是我昨晚心怀恋慕的那个姑娘。"

"说啥呢，你不是说那个姑娘是梳着岛田髻的吗？"

"昨天晚上是梳着岛田髻呀，还是很漂亮的那种呢。可到了第二天早晨就成了个秃头。"

"把别人都当傻子了吧？"主人照例把目光投向了天花板。

"我也觉得太不可思议了，内心稍稍感到了恐惧，可还是小心翼翼打量着四周。那秃头终于洗完了脸，拿起了放在一旁石头上的高岛田发髻，轻轻松松往头上一扣，若无其事地走进了屋里。天哪，原来如此！从我发出'原来如此'四字感慨时起，我就切身体验到了失恋的悲惨命运。"

"啥玩意儿，怎么还有这么无厘头的失恋？是吧，寒月君？难怪即便是失恋了，也还是这么朝气蓬勃、元气满满的。"主人转向寒月君，对迷亭君的失恋进行了评价。

"可那姑娘要不是个秃头，能有幸将她带回东京，迷亭先生还指不定会怎么精神焕发呢。不管怎么说，绝世小妹竟然是个秃头，堪称千古恨事哪！话又说回头，这么年轻的姑娘是咋回事呢？应该是自己把头发全都拔掉了吧。"寒月君说。

"我对这事儿也反复琢磨。我觉得呢，肯定是因为蛇肉饭吃太多了。蛇肉饭这玩意儿很上头的呀。"

"可你呢，不是哪哪儿都没事吗？"

"我是没变秃头，可从那以后也因此变成了近视眼啊。"他说着摘下金丝边框眼镜，用手绢小心翼翼地擦着。过了会儿主人似乎回想起什么，慎重起见追问道："可这个故事里头，就整体而言究竟有什么地方是神秘的呢？"

"那发髻是从哪儿买的呢？还是捡来的呢？我不管怎么想，至今都没有答案，这不是很神秘吗？"迷亭君将眼镜架回到了鼻梁上。

"简直像听了段相声。"这是夫人的评价。

迷亭君的扯淡到此告一段落。你以为他会住口吗？按这位先生的秉性，要是不用麻球堵上他的嘴，无论如何他是静默不下来的，紧接着他又另起了一段话头："我的失恋虽是一段苦涩的经历，可要是当时并不知她是个秃头就娶了回来，终将视其为毕生的眼中钉，此事不加慎重思考可是很危险的。结婚这种事，到了紧要关头，就常常会发现在被忽略的地方藏着隐患。所以说，寒月君也不必对此如此憧憬，以致搞得心神恍惚、孤独地挣扎，还是得沉住气、振作起来，好好去磨你的玻璃球吧。"

听着迷亭君大言不惭，寒月君故意摆出一副畏缩的表情说："唉，我也想只磨玻璃球呀，可对方就是不答应，真是让人为难啊。"

"可不是吗。你这样的情况虽说是因为对方的纠缠，可其中亦有滑稽之处啊。就说那个去图书馆里撒尿的老梅君吧，他的事那是相当的奇妙啊。"

"这人干了些啥？"主人听得慢慢来了劲了。

"嗯，是这么回事。这位先生从前在静冈的东西客栈住过一个晚上……只是一晚上哟，那晚上他就跟客栈里的一个女佣求了婚啦。我已经算是非常随性的人了，可也尚未进化到这程度。不过，这家客栈那会儿有个出了名的绝色美女叫阿夏，被派到老梅君屋里伺候的就是她。这么一想，也就不难理解了呢。"

"什么不难理解！这和你在那什么岭上，不是完全一样的情况吗？"

"略有相似而已，说实话，我和老梅这人也确实差别不大。不管怎么说，老梅向阿夏求了婚，还没等对方答复，就突然想要吃西瓜了呢。"

"啥？"主人露出不可思议的表情。不仅仅是主人，连夫人和寒月君也不约而同地歪着头思考起来。迷亭君却满不在乎，哐哐地一股脑将话题进行到底。

"老梅叫来阿夏，问她静冈有没有西瓜，阿夏说静冈这地儿再怎么不起眼，西瓜这种东西还是有的。阿夏端了满满一盘子西瓜过来，据说老梅把这些西瓜吃掉了。老梅将堆成小山似的一大盘西瓜扫平，等待着阿夏对求婚的回复。还没有等来回复，老梅的肚子却痛起来了，哎哟哎哟地叫个不停，腹痛也不见好。他又把阿夏叫来了，这次问静冈有没有医生，阿夏还是答复说，静冈这地儿再怎么不起眼，医生也还是有的，便带来了一个叫德克它耳的医生——这名字就像从天地玄黄的《千字文》里偷来的。到了次日早晨，谢天谢地，肚子终于不疼了。出发前十五分钟他叫来了阿夏，问她对昨天的求婚是否应允。阿夏笑着说，静冈有西瓜也有医生，可没有陪了一晚上就嫁出去的媳妇噢。说着她就走了，据说老梅后来再也没有见过她一面。从那以后老梅就跟我一样失恋了，除了尿尿，再也不去图书馆了。这事儿说起来，女人还真是罪恶之源呢！"

迷亭君一番言语说罢，主人一反常态赞同了这一说法。

"还真是这样。前些日子读缪塞[1]的剧本，书中引用了罗马诗人的一段话……比羽毛还轻的是灰尘，比灰尘还轻的是风，比风还轻的是女人，比女人还轻的是虚无……一语道破呀。女人这种东西，真是叫人没办法。"主人强调了这段话里的意味深长之处，感受到主人潜台词的夫人对此却不能接受。

"你说女人轻了不好，可男人重了也不是啥好事吧？"

"重了？啥意思？"

"重了就是重了呗，就像你这样。"

---

1 缪塞：法国作家。创作有诗剧《酒杯与嘴唇》、长诗《罗拉》和自传体小说《一个世纪儿的忏悔》等。

"我怎么就重了呢？"

"你还不重吗？"

两人展开了一段无厘头的讨论。

迷亭君颇感兴味地听着，终于开了口："这样拉下脸来相互非难攻讦，算是夫妻生活的真实写照吗？相比起来，过去的夫妻关系那肯定是索然无味啊。"他这话说得含含糊糊，不知是在奚落主人夫妇，还是真心表示赞赏。话说到此，原本也算一个好的收尾，可迷亭君又和以往一样不着调，继续向下发挥。

"相传古代时敢跟丈夫顶嘴的女人一个也不存在。要真是这样的话，那就相当于娶了个哑巴做媳妇，对此我是一向不以为然的。还真远不如能像夫人这样，说上一句：'你还不重吗？'同样是娶个媳妇回来，要是不能偶尔吵上一两架，岂不是太委屈啦？像我老娘那样，一站到我家老爷子面前，只会说'是啊是啊'的，别的啥也不会，就这样一起过了有二十年，据说除了一起去寺庙参拜外，就没出过门。这不是太可怜了吗？当然了，托了父母姻缘之福，我才记住了列祖列宗的戒名。男女间的交往就是这样，我小时候根本不可能像寒月君那样，和意中人合奏上一曲啦，灵意相通搞点儿意识本体的相会啦……"

"你们真是可怜哪！"寒月低头致意。

"真的是很可怜啊。再说了，那时候的女人未必比现在的女人品行要好呢，夫人。最近到处吵吵着说女学生都堕落了什么的，殊不知过去的先辈比这会儿的可要猛烈得多呢！"

"是这样的吗？"夫人认真地问。

"当然如此，绝非胡扯，有确切的证据，这可没办法。苦沙弥君，你或许也还记得吧——我们五六岁时还能看到，女孩像茄子似的被装在笼子里，用扁担挑着卖呢！是吧，老兄？"

"我可不记得这种事儿。"

"你家乡的情况怎样我不清楚，静冈可确实是这样的。"

"真不敢想。"夫人轻声说。

"真是这样的吗？"寒月君不以为然地问。

"当然啦。实际上我家老爷子就曾经询过价的。差不多是在我六岁左右吧，我跟着老爷子从油町散步去通町，街对面就有人大声在喊：'有收女娃的吗，有收女娃的吗？'当时我们刚好走到二丁目的转角，在一家叫伊势源的绸布庄前，撞上了那个卖女孩的男子。伊势源有十家门店、五个仓库，店门口还有门廊，是静冈最大的绸布庄了。下次一定得去瞧瞧，如今依然保存完好，是一座相当漂亮的建筑。掌柜的是个叫甚兵卫的，总是哭丧着脸坐在账房里，就像三天前刚死了亲娘似的。甚兵卫君边上坐着的是二十四五岁的年轻伙计，他叫阿初。阿初脸色铁青，看上去像是皈依了云照上人[1]，刚刚

---

1 云照上人：日本真言宗和尚，明治年间为复兴佛教作出重要贡献。

喝了三七二十一天的荞麦汤一般。阿初边上是个领班，这家伙就像昨天家里着了火逃出来似的，一脸愁容地倚靠着算盘。和领班并肩的是……"

"你是在讲绸布庄的事，还是在讲卖小孩的事？"

"当然，当然，是要讲卖小孩的事。说真的，这伊势源绸布庄也有很多八卦呢。暂且割爱，今天就只讲买卖人口的故事吧。"

"卖人的事儿就别讲啦。"

"为啥？这事儿关乎二十世纪的今天和明治早期女子的品格对比，作为比较研究的资料极具参考价值，怎么能轻易放弃呢？……当时我和老爷子来到伊势源店门前，那人贩子看着老爷子就说：'老板，来瞧瞧这女孩的尾货怎么样？能便宜点，您就买了吧。'说着，他放下扁担擦起了汗来。一眼看过去，前后两个筐里各装着个小女孩，都是两岁出头。老爷子说：'要真便宜买了也行，就剩这俩货啦？'那家伙回答说：'是呀，不巧今天都卖完了，就剩这俩了。'他把女孩两手拎着，像拎茄子似的举到老爷子鼻尖前说：'哪个都行，您挑吧。'老爷子敲了敲女孩的脑壳说：'啊哈，这声音可真瓷实啊。'接着两人就谈起了价钱，老爷子狠狠地讲了价后说：'买下倒也可以，品质有保证吗？'那家伙说：'没问题，前面那娃我一直盯着，肯定没啥毛病。后面那个我后脑勺又没长眼，保不齐磕哪儿了也没准。这家伙您要觉得不中意，价钱上再打个折就是了。'这段对话一直保存在我的记忆中，当时我幼小的心中就意识到，对女人这玩意儿可千万不能大意啊……到了明治三十八年的今天，再也没人像个傻瓜似的挑着女孩沿街叫卖了，再也没人会说后脑勺没长眼，后筐里的女孩儿不保险之类的话了。所以说呢，在我看来还真是托了西洋文明的福，女子的品行也有了极大的进步，这一点毋庸争议。是这样的吧，寒月君？"

寒月君回答前先冷静地清了清嗓子，用故作深沉的语调低声阐述了自己的看法："现代女性不是在往返学校的路上，就是在各种音乐会、慈善会或游乐园里，就像是在说：'来买我吧！哎，不想买吗？'她们自己就能拍卖自己，还有雇用小摊贩来推销自己的女子吗？她们完全没有必要把自己当作劣等品在铺子寄售。人类在独立性方面一旦发展了起来，自然就会形成此种风尚。根本无须老人们越俎代庖、杞人忧天。实话说，这就是文明的发展趋势。这种现象让我辈大为高兴，隐秘地表达着自己内心的庆贺之意。由买方敲着脑壳确认货物品质的时代已经一去不复返了，这一点完全可以安心了吧。再说了，身处现今如此复杂之世界，假如凡事还是这么繁冗琐碎，那可就真是没个尽头了。就算到了五十岁、六十岁，也没法找到个丈夫嫁出去的。"

寒月君身为二十世纪的青年，高屋建瓴地将当代新思潮铺陈开来，敷岛牌卷烟飘出的烟雾向迷亭先生脸上云遮雾罩而去。迷亭君可不是敷岛牌卷烟就能镇压住的男子。

"确如高论所言，如今的女学生、名媛们，她们的自尊、自信发自内心，一直渗透到了她们的骨头、肉和皮肤里，她们处处不弱于男人的劲头让人敬服之至。就拿我家附近女校的学生们来说吧，那都是很了不起的了。穿着没有袖子的男式和服吊在单杠上，真是叫人感慨。每当我从二楼的窗户看着她们做体操，就不禁缅怀起古希腊的妇女们。"

"又是希腊吗！"主人面带冷笑随口说道。

"这没办法。给人以美感之物大多起源于希腊，美学家与希腊说到底是不可分离的呀……特别是那个偏黑肤色的女学生……每当看着她全神贯注地做体操，我就总会想起阿格诺迪斯[1]的轶事。"迷亭君摆出一副无所不知的面孔絮叨着。

"又出了个稀奇古怪的名字啊。"寒月君依然笑眯眯地说。

"阿格诺迪斯是个伟大的女性哟，我可是真心钦佩。当时雅典的法律禁止女性从事助产士这一职业，可这也太不方便了呀。阿格诺迪斯想必也感受到了这种不便吧。"

"啥？你刚才说的是……"

"女的，那是个女人的名字哟。这女人细细思量，女人不能成为助产士太可悲了，也不便至极。她想着无论如何得做

---

1 阿格诺迪斯：希腊第一位女医生。传说中她伪装成男人学习医术，并成为雅典最成功的医生之一。

点什么，无论如何也要当上助产士，她接连三天三夜抱着胳膊陷入沉思：难道就真没办法了吗？恰巧在第四天拂晓，隔壁传来一阵新生儿出生时哇哇的啼哭。原来如此！她豁然开朗，随即迅速剪掉了长发，换上男装，赶去聆听希洛菲勒斯[1]的讲座。她从头到尾听完了课程，觉得自己没问题了，终于作为助产士开业。没想到啊，夫人，她生意好得很呢！这里新生儿呱呱坠地，那边新生儿也呱呱坠地，这些孩子的降生全都是托了阿格诺迪斯的福，她也大大地挣了一笔。可惜人间万事如塞翁之马，按下葫芦起了瓢，祸不单行呀。她的秘密随即曝光，她的行为违反了官府的律法，据说她因此受到了严厉的惩处。"

"简直像听了个单口相声。"

"这故事相当不错吧？后来，雅典的妇女们联名请愿，当时的政府不能就此装聋作哑敷衍了事。随之阿格诺迪斯被无罪赦免，政府还由此发布了公告。甚至从那以后，女子也拥有了从事助产医师职业的权利。一场风波就此告一段落，可喜可贺。"

"你知道的各种各样的事儿可真多啊，佩服呀。"

"可不是吗，普通的事我一般都知道。不知道的，只有自己做过的那些蠢事吧。不过呢，那些我也算是略有所知吧。"

---

1 希洛菲勒斯：希腊解剖学家、医学教师，被誉为"解剖学之父"。

"呵呵呵呵，净逗乐子……"夫人笑得形象全无，这时隔扇门上的电铃发出了与新安装时一样高亢的声响。

"哎呀，又来客人了。"夫人从客厅出去了。和夫人脚前脚后进来的是谁？原来是熟识的越智东风君。

东风君也来了。出没于主人家的怪人虽不至于到一网打尽的地步，但不得不说人头已然凑够，足以抚慰老夫无聊之生涯。要是这样还不满足，那就过分了。运气糟点儿的话，老夫万一被别家收留，断然不知世间竟还有诸位先生这等人物，说不定此生根本没机会认识他们就死了。所幸老夫成了苦沙弥先生的门下之猫，小心翼翼，朝夕服侍左右。苦沙弥先生自不用说，迷亭、寒月乃至东风之流，他们即便在广阔如东京的地面上，也都算得上是一骑当千的豪杰人物。他们的言谈举止老夫躺着就能欣赏到，实乃老夫千载一遇之荣光。

托了他们的福，在如此酷暑下，老夫甚至忘记了皮毛裹身之苦，快乐地消磨了半天时光，不胜感激。此时已然群贤毕至，黯然收场是不可能的了，将会出现怎样的高潮呢？老夫蜷缩在隔扇门后，怀着期待观察。

"诸位好久不见，久疏问候了。"东风君行礼如仪。他和前些日子一样，脸上闪耀着清爽的光。单就头面而言，总觉得他像一个出演低俗戏剧的俳优。可看他又套着件挺括的小仓布裤子，一副煞费苦心的拘谨模样，又不由得让人误以为他是榊原健吉[1]的入室弟子。所以说，东风君唯有从肩到腰的部分，看上去像个一般意义上的人类。

"哪儿的话，大热天的，难得你能出来。来吧，这边走。"迷亭先生像在自己家里似的寒暄着。

"好长一段时间没见到先生了。"

"可不是吗？今年春天的朗诵会以后确实再也没见过呢。说到朗诵会，近来还热闹吧？那以后你又扮演过阿宫小姐吗？你演得可真棒，我使劲鼓掌了呢。你看到了没？"

"哎呀，承蒙您的捧场我才鼓起了很大的勇气，一直演到了最后。"

"下一次啥时演出？"主人插嘴问道。

"七八两个月休息，九月份打算再热闹下。有什么好题材吗？"

"是吗？"主人漫不经心地回答道。

"东风君，我有个作品，不演一下吗？"这回是寒月君介入了。

"你的作品一定很有意思，到底是什么作品呢？"

"是剧本噢。"寒月君尽其所能地强调道。果不其然，其余三人像略略中邪了似的不约而同地向他看去。

"剧本啊，了不起。喜剧还是悲剧？"东风君追问道。

---

1 榊原健吉：日本著名剑术家，明治年间为剑术复兴作出重要贡献。

"啥喜剧悲剧的，都不是。最近不是新剧旧剧的弄得相当热闹吗？我搞了个新创意，也创作了一出，叫俳剧。"寒月君十分镇定地解释说。

"俳剧是个啥玩意儿？"

"就是带有俳句趣味的戏剧啊，所以概括为俳剧二字。"他这么一说，主人和迷亭君都沉默了，沉浸在缥缈的烟雾中。

"那么……大体上是什么趣味的呢？"追问下去的依然是东风君。

"这剧的趣味植根于俳句，搞太长了就非常糟糕，所以就整了个独幕剧。"

"这样啊……"

"先聊聊这部剧的道具吧，极简风最佳。舞台正中插着棵柳树，树干右方斜逸出一根枝条，树枝上蹲着一只乌鸦。"

"这乌鸦要一动不动才是真的好。"主人忧心忡忡地自言自语。

"这有何难？用绳子把乌鸦的脚绑在枝头上就行。树下再放一个澡盆，美人侧身而坐，正用毛巾搓澡。"

"这就多少有点颓废派了。首先，谁来扮演那个女人？"迷亭君问道。

"这算啥，分分钟办到的事。雇个美术学校的模特就行了。"

"这一来，警视厅会不会要找麻烦啦？"主人还在忧心忡忡。

"说啥呢，只要不是公演就没关系。要是连这都要管，那学校里那些搞裸体写生的不全都得完蛋啦。"

"可那是为了练习作画呀，跟演戏给人看可不一样。"

"只要先生这种观点存在一天，日本就一天没希望。绘画也好，演戏也罢，同样都是艺术。"寒月君气势万丈地宣布。

"好吧，争论先放一边。接下来又怎样了？"东风君看上去像真要排这戏似的，向寒月君了解剧情。

"这时，俳句诗人高滨虚子[1]手持文明棍，戴着白色灯芯草编织的帽子，身上穿的是薄绢短外套，里面透出萨摩飞白[2]的衣襟，脚上穿着皮鞋，他就这样一副扮相从过道上场。从穿着看，就像陆军的军需官，但他却是一个俳人，必须尽可能表现得神态悠然，内心推敲着俳句文案，非如此不可。当他即将穿过过道，登上舞台的那一刻，他那噙满文采的双眼刷地张开向前看去——一棵巨大的柳树，阴影里有个洁白的美人在洗浴。啊，一惊之下他目光继续向上，柳枝长垂，枝头蹲着一只乌鸦正俯瞰着美人戏水。虚子为其中诗意深深感动，他沉思了刚刚好五十秒，忽地大声吟诵出他胸中的俳句：'呆滞的鸦／尔是被这戏水女子诱惑了吗？'以此为号，醒木

---

1 高滨虚子：日本俳句刊物《子规》的主编，是日本俳句创作的核心人物。
2 萨摩飞白：一种萨摩出产的棉布。

273

敲响，幕落下……怎么样？这样的趣味还中意吧？与其扮演阿宫小姐，还不如来扮演虚子！"

"这内容……也太单薄了吧，多少得再加点感情戏的桥段，这才像样啊。"东风君摆出了一副很不满足的表情，严肃地回应。

话题至此，迷亭君始终表现得相对老实，可这家伙绝不是个可以长久忍受沉默的男子。

"倘若仅仅如此，那这俳剧就有讲究啦。上田敏[1]君就说过，什么俳味啦，滑稽戏啦，这些玩意都是消极的亡国之音。也就是上田君，能把话说得这么透彻。你把这么垃圾的玩意儿拿去给他瞧瞧，只会获得上田君的一阵讪笑。首先你看戏剧呀，说唱呀，难道你还不明白这都是些消极过头的玩意儿吗？虽然失礼，但我认为寒月君还是在实验室打磨玻璃球为好。俳剧这种东西就算你写上一百部、两百部，也都是亡国之音。这不行的！"

寒月君有点恼火地说："有这么消极吗？我在创作意图上是非常积极的呢！"他使劲争辩着根本无所谓的事："我写的可是高滨虚子呀。虚子先生看到了被戏水女子诱惑的乌鸦，然后抓住乌鸦，将它从被诱惑的状态中解救出来，这不是非常积极的吗？"

---

1 上田敏：日本文学评论家、诗人、学者，著有《诗圣但丁》等。

"这倒是新说法，务请详细展开解释。"

"作为理学士，我觉得乌鸦被女子迷惑之类应该并不符合情理吧。"

"这当然。"

"把这种不合理的事自然而然地写下来，但让你听上去却又丝毫不觉得有违和之感。"

"是这样的吗？"主人以怀疑的语调从旁插入。

寒月君却毫不停顿地继续阐发："为什么听上去又丝毫不觉得有违和之感呢？这从心理分析的角度就很容易理解了。实话说，是被诱惑了还是没有被诱惑，这是俳人生发出的情感，和乌鸦本身是毫无关系的。而且，乌鸦被诱惑了的感觉，并不是在说乌鸦，而是在说自己被诱惑了啊！虚子自己看见美女戏水，一惊之下毫无疑问瞬间就沦陷了。从他那双被诱惑了的眼睛看出去，乌鸦待在枝头一动不动，哈哈，那乌鸦肯定是和自己一样已沉溺其中。说这是错觉那肯定是没有错的，但正是在此错觉中产生出了文学，也正是在此处展现出其积极意义之所在。把自己独自感受到的情绪，强力推到乌鸦头上，还摆出了一副对此一无所知的样子，还有比这更为积极的精神状态吗？怎么样，先生？"

"确是高论呢！要是虚子听到了肯定也会大吃一惊吧。你的阐述的确很积极，但到了这剧实际演出的那一天，观众肯定会变得很消极啦。是吧，东风君？"

"是啊，总觉得有点消极过头了呢。"东风君认真回答道。

主人似乎想要打破谈话的僵局，向东风君问道："怎么样，东风先生，最近有何杰作？"

"没啥。没什么值得先生过目的。不过最近想要出一本诗集……幸好稿子带来了，请多多指教！"东风君从怀里掏出一只紫色的纱绢小包裹，从中取出五六十页稿纸，放在主人面前。主人一本正经地说了句"拜读"，只见翻开的第一页上写着两行字——

与世俗之人别样，看见那朦胧的光
献给富子小姐

主人带着一副神秘的表情，对着第一页默默地长久凝视。

"哟，新体诗呀！"迷亭君从旁探过头来，不由得激赏道，"啊哈哈哈，'献给'！东风君，你终于下决心献给富子小姐了吗？了不起啊。"

主人看上去仍然有些郁闷，问道："东风桑，这个叫富子的，是真实存在的女性吧？"

"当然了。是之前和迷亭先生一起受邀请出席朗诵会的一位女士，就住在您家附近。实际上我本想去给她看这本诗集的，去了她家，不巧她上个月去了大矶避暑，不在家里。"东风君很认真地叙述道。

"苦沙弥君，如今已是二十世纪了哟，别做出那么一副表情，快快朗诵杰作吧。不过，东风君啊，你献诗的题记不怎么样呢，这'朦胧的光'文绉绉的，究竟想要表达什么意思？"

"我是想表达微弱和轻盈的意思。"

"原来如此，也不是不可以这么解释。不过呢，这个词原本带有波诡云谲之意。如果是我，就不会这么用。"

"怎么写才能更富于诗意呢？"

"如果是我，前面不变，就加上三个字：'献给富子小姐鼻之下。'有没有'鼻之下'这三个字，给人的感觉可是完全不同的呢！"

"原来如此。"东风君不解其意，却强迫自己接受了这意见。

主人一言不发，沉默地翻过了一页，终于读起了卷头第一首诗——

在这倦怠熏香的雾里，你的
灵魂或相思的烟飘忽、悠长
我、我啊，在这辛酸的尘世上
唯有这甜蜜至极的热吻

"这诗我可看不大懂。"主人叹息一声，将诗稿递给了迷亭君。

"稍稍有点抒情过头了啊。"迷亭君又将诗稿递给了寒月君。

"呃,原来是这样啊。"寒月君又将诗稿还给了东风君。

"先生读不懂这诗太正常了,今日之诗坛比起十年前早已面目一新。现在的诗不是躺在床上或是蹲在停车场里就能读明白的,就连作者本人在受到追问时,也常常会有说不清楚的情况。因为全是凭着灵感而写的,在诗之外诗人不负有任何责任。注释和训诂都是学者的事,和我们写诗的人毫无关系。前些日子我有个叫送籍[1]的朋友,写了篇以《一夜》为题的短篇小说。大伙儿全都读得稀里糊涂的,抓不住要害,遇见作者本人时,追问这篇小说究竟想要表达什么主题,作者却回答说:'这种事情我怎么知道!'根本不搭理提出的问题。这一点,我以为恰恰是诗人的特色所在。"

"也许是个诗人吧,不过可是个相当怪异的家伙。"主人说。

"是个傻瓜。"迷亭君将送籍君一枪毙命。

东风君觉得话题就这么扯了开去,对他诗作的讨论还不够充分,于是说:"送籍这人在我朋友里也是很不合群的。大家还是用点心,读读我的诗吧。务请注意,'在这辛酸的尘世

---

[1] 送籍:日语中送籍与漱石谐音,夏目漱石也曾写过同名短篇小说。

上'和'这甜蜜至极的热吻'这两句，我采用了对比的写法，是我的苦心用意所在。"

"能看得出你苦心吟诵的痕迹。"

"用甜蜜和辛酸形成强烈对比，就像十七种调味品里的辣椒粉，相当有味道，堪称是东风君的独门绝技呀，我是佩服之至的。"迷亭君最热衷的就是拿老实人开涮。

主人忽地站起，他不知想起了什么向书房走去，不一会儿，他拿着一张纸走了出来。

"诸位已经拜读过了东风君的作品，现在我来读一篇短文，请诸位指正。"他说得很认真。

"要是天然居士的墓志铭，我可恭听过好多遍了。"

"嗨，你闭嘴。东风桑，这并非我的得意作品，是真正的即兴之作，请你听下。"

"请务必赐教。"

"寒月君也顺便听下。"

"不顺便也得听啊，不会是长篇大论吧？"

"六十多字而已。"苦沙弥先生终于开始朗诵他的手书妙文了。

"大和魂！叫喊着的日本人像得了肺病似的咳嗽起来。"

"起笔奇崛啊。"寒月君称赞道。

"大和魂！卖报的在叫喊；大和魂！扒手也在叫喊。大和魂一跃而起，漂洋过海；它在英国演说，它在德国演出。"

"这篇文字，果然是在天然居士的墓志铭之上。"迷亭先生这会儿转过身来说。

"东乡大将胸有大和魂；卖菜的阿银胸有大和魂；诈骗犯、投机商、杀人凶手也都胸有大和魂。"

"先生请补一笔：寒月君也胸有大和魂。"

"若有人问：'何为大和魂？'答曰：'就是大和魂啦！'言罢而去。走出五六丈远，只听有人哼了一声。"

"此句绝佳，很有文采呀，下一句是啥？"

"大和魂是三角形的，还是四边形的呢？大和魂如其名，魂者也。因其为魂，故时常缥缈不定。"

"先生，总体很有趣。只是'大和魂'这三个字用太多遍了吧。"东风君提醒道。

"赞同。"说这话的当然是迷亭君。

"所有人口中都在叫喊着它，却没有一个人看见过它；所有人都曾听说过它，却没有一个人遇上过它。大和魂，莫非你是天狗之辈吗！"

主人以一击即逝的风范朗诵完毕。可惜好文太短，主旨也不够清晰，三人都以为还有下文，默默等待着主人读下去。可不管怎么等，主人也不吭声，最后寒月忍不住问："这就结束了吗？"主人轻轻地"嗯"了一声，这声"嗯"的确是云淡风轻。令人诧异的是，迷亭君对这篇短文却没有像往常那样瞎七搭八乱扯。过了会儿，他转脸向主人问道："你也把短篇收集成册，献给谁，怎样？"

"那就献给你吧。"主人随口说道。

"别扯淡了。"迷亭君应了声，拿起刚才对夫人吹嘘过的那把剪刀，咔嚓咔嚓剪起了指甲。

寒月君转向东风君，问道："你认识那位金田小姐？"

"今年春天请她参加朗诵会起，彼此就熟悉了并开始交往。我一见到她，不知怎么总会被一种感觉击中，这一段时期写诗或吟诵都能感觉到很愉快，乘兴而就。这本集子里以情诗居多，恐怕就是从这位异性朋友那儿得到了灵感。我必须对这位小姐表示诚挚的谢意，并借此机会献上这本诗集。自古以来，据说没有亲密的女性朋友，就写不出好诗。"

"是这样的吗？"寒月君含笑问道。

无论多牛的雄辩家们聚会，似乎都不能长久持续，谈话的势头明显泄了火。老夫可没有义务整天听他们那些老生常谈的扯淡，失陪！到院子里寻找螳螂去了。梧桐的绿叶间，点缀着疏疏落落的夕阳余晖，枝头上蝉在不要命地鸣叫。从目前情况看，今晚说不准还得下一场雨呢。

第七章

近来，老夫开始健身了。偶尔听到有人在漫无目的地冷嘲热讽——一只猫而已，还搞什么健身，真是太上头了。说这些话的人，几年前根本不知道健身是什么意思，还不是只把吃吃睡睡当成了人生真谛？人类肯定还记得吧，就是这帮家伙曾经四处颂扬"无事即贵人"，揣着手坐在蒲团上，屁股都坐烂了也不肯站起来，并将其视同一生的荣耀而洋洋自得。什么运动啦，喝牛奶啦，洗冷水澡啦，跳到海里游泳啦，还有一到夏天，就去山中朝饮露暮浴霞啦，这一系列的举动全都是从西方传染到我神国日本的病，完全堪与霍乱、肺炎、神经衰弱之类疾病并列。确实，老夫去年才出生，今年刚一岁，对于当年人类染上这种疾病时是什么样子，完全没有记忆。不仅如此，当时的老夫肯定尚未被这滚滚红尘所浸染。可以说猫活一岁，就相当于人活十年，我辈寿命相应也要比人类短一半，甚至三分之二，在这短暂的生涯里，一只猫的身体也需要充分发育。由此推论，将人类的时间和猫类的时间等量齐观那明显是错了。

首先，看看老夫仅一岁数月余就拥有如此见识就能够明白了。主人的三女儿虚岁已经三岁了吧，可从智力发育角度看，哦嗬！那叫一个迟缓。除了哭泣、尿床，还有吃奶外，别的啥也不明白。同愤世嫉俗的老夫相比起来，她简直就是无知透顶。所以说，在老夫的内心深处，关于运动、海水浴和异地疗养的历史知识积淀于方寸之间，对此根本不以为异。这么明摆着的事，要是还有人表示惊疑，那他必定是两条腿不足以支撑起来的人间傻子。人类原本就是蠢货，所以呢，直到最近才渐渐开始吹嘘锻炼的功效，唠叨海水浴的益处，似乎把这些作为人类的重大发现。

这些玩意儿在老夫出生之前，我辈猫族早就一清二楚了。首先，海水为什么会成为一种药？只要到海边去一趟立马就明白了。在如此辽阔之所在，不知有多少鱼游弋其中，并无一条鱼因得了病而去拜访医生，全都在健康地游动。它们要是得了病，身体就会失去灵活性，死了必定也会漂浮起来。所以鱼儿死了，就被称作"上去了"；鸟儿死了，就被称作"下来了"；人类死了，就被称作"躺倒了"。你去问问那些横渡印度洋游览过西方的人士，问问他们有没有看到过正在死去的鱼，肯定所有人都会告诉你没有，如此回答是必然的。不管你在大洋上往返过多少次，在波涛上停止呼吸的鱼一条也不曾出现过——呼吸二字用得不妥，因为它们是鱼，必须说它们停止了吞吐——不曾有人见过鱼停止了吞吐，在海面上漂浮。在那浩渺的大海上，在那茫茫无垠的大海上，任凭你没日没夜、点燃火把仔仔细细地去搜寻，古往今来也没有一条鱼浮出水面死在你面前。由此可以推论，并立即给出一个判断，那就是鱼毫无疑问是一个异常壮实的物种。

如果继续追问，鱼为何如此壮实呢？无须等待人类的后知后觉，答案是非常简单、人即刻能明白的。那就是因为它们始终在吞吐着波浪，始终在进行着海水浴。对于鱼来说，海水浴的功效极为显著。既然如此，对于人类而言，其功效那也必须显著。一七五〇年，一个叫德克特尔·理查德·拉赛尔的博士，发布了一条故作惊人之语的广告词——跳进布赖顿[1]的海中，顿愈疾病四百零四种！可惜这广告真是来得太晚了——太晚了，晚到简直成了一个笑话。

即便是猫，合适时机一旦到来，也打算向镰仓海岸一带全体出动。但眼下还不行，凡天下万物之运行皆需时机。正如维新之前的日本人，一辈子也没体验过海水浴的功效

---

1 布赖顿：英国南部城市。濒临英吉利海峡，为著名的海滨疗养地。

就死了。今日之猫也尚未遇到参与海水浴的良机，还不能赤身裸体地奔向大海，纵情投入。俗话说得好，急性子败坏好事情。譬如在今天这样的条件下，我辈倘若被扔到了郊区，就再不可能安然回到家中。所以，不管不顾跳入海里去洗海水浴是行不通的。按照进化之规律，我辈猫族之生理机能必须充分进化，面对惊涛骇浪尚未产生出相应的抵抗能力之时——换言之，在猫咪死亡的那一刻不再称作死，而普遍使用"上去了"一词来表达之前——轻易不可进行海水浴。

　　把海水浴先放一放再说，无论如何得运动起来，这毋庸置疑。不管怎么说如今已是二十世纪了，不进行运动健身的话，确实会被当成低端人口，名声就此坏掉。如果你不健身，大家不会认为你不去健身，而会认为你是不能健身、没时间健身，生活窘迫以至于没有健身的闲暇。正如过去把锻炼的人看成是跟班，如今则把不健身的人视为低端。吾国吾民的评价指标，正如老夫的眼球一样因时因地发生着变化。老夫的眼球只不过时而放大时而缩小，而人类却有本事彻头彻尾地颠倒黑白。甚至指鹿为马对于人类来说，也根本就是无所谓的事儿。事物都有两面，有两端。只要敲打两端，同一事物的黑白就会发生变化，这正是人类所擅长的圆滑通融。将"方寸"二字颠倒过来，就变成了"寸方"，这样看上去就非常亲切可爱。弯下腰从两腿之

间看天桥立 [1]，那将呈现出另外一番趣味。假如千年万年只有一个莎士比亚，那就非常没劲了。假如没有人偶尔弯腰从两腿之间看一眼哈姆雷特，并断言莎士比亚写得不行，那么文学想必也就不会有什么进步了吧。因此，贬斥健身之举的人突然变得热衷于健身了，连女子也举着球拍在街头漫步起来，对这些也就不必诧异了吧。只要不对猫咪的健身之举翻白眼、看笑话，那就行了。

话说，也许有人会感到困惑，老夫进行的运动属于哪一门类？在这里统一说明下吧！如你所知，不幸的是老夫没有能力掌握器械，因此对于球或球棒的运用都感到无能为力。其次因为没钱，需要花钱的健身方式也不可取。鉴于以上二者，老夫选择的健身方式必然属于既不需要花钱也不需要掌握器械的那一类。这么一说，说不定就会有人把老夫的健身运动看作是优哉游哉地散步，或者是只叼着金枪鱼奔跑。然而只是根据力学原理活动着四肢，顺应地心引力横行于大地之上，这也未免太简单、太无聊了。不管怎样定义运动二字，像主人时不时所做的那样——念着书上的字，这样的行为居然也能被称为运动，我觉得这是

---

1 天桥立：日本著名的三景之一，位于日本京都府北部宫津市宫津湾。因外观形似向天上斜伸的桥梁得名，若弯腰倒观则像一条升天长龙，因此有"升龙观"之称。

玷污了运动之神圣。

在运动单纯的刺激下，未必没有人干过腌制鲣鱼和搜捕大马哈鱼之类的竞赛，这样当然也很不错，但这里的重点是运动的标的物。如果去掉其中猎物的激励，竞赛过程就变得索然无味了。假如没有悬赏作为"兴奋剂"，老夫宁可进行一些需要技巧的锻炼。探索了各种方案：从厨房的廊檐飞身跃上屋顶；在屋顶最高处的梅花脊瓦上练习四足站立术；横渡晾衣竿——此术最终没有修炼成功，竹竿溜滑，爪子根本抓不住；出其不意地从后方扑向小孩——这倒是一种相当有趣的运动——但不能常干，否则将会遭遇灭顶之灾，一个月最多搞上两三次；让人将纸袋套在头上——这是一种十分憋屈且相当乏味的运动方式——没人配合就玩不起来，不好；还有用爪子在书的封面上抓挠——要是被主人看见了，不仅必然有被主人打倒的危险，而且和其他运动方式相比较，只是锻炼了指尖的灵活性，全身筋肉并未得以充分运动。以上所言，都是一些老式的健身方法。

新型的运动方式中，有些则非常值得玩味，最有意思的就是狩猎螳螂——捕捉螳螂虽然没有捕捉老鼠那么大的运动量，可也没有那么大的风险。在仲夏到初秋间均可一玩的游戏中，它是最上乘的。就方法论而言——先到院子里去，搜寻到一只螳螂。运气好的时候，找到一两只毫不费事。等你一发现它，随即风驰电掣地扑到它身旁。哎呀妈呀！螳螂怪叫一声拉开架势，扬起了它镰刀形的脖颈。别看螳螂小，脾气却非常暴躁，也不掂量下对手的力量就妄想反抗，这点就很有意思。老夫用前爪轻轻碰了下它昂起的镰刀形脖颈，昂起的脖颈因为非常柔软，当即软塌塌地歪向一边。这一刻，螳螂君的表情真是五彩纷呈，似乎对此感到十分意外。这时老夫一步迂回到螳螂身后，从后面轻轻挠了挠它的翅叶。那翅膀平日里非常郑重地折叠着，随着刺挠加剧，它刷地张开，裸露出翅叶下吉野纸 ¹ 似的透明的衬裙。螳螂君即使在夏天，也千辛万苦穿着别致的双重衣裙。这会儿它长长的脖子必定会向后转过来，有时是面对着老夫，但更多的时候只是愤怒地昂首而立，似乎拉开架势等待着老夫出手。

假如对方一直以这种态度僵持，那就不是锻炼了。老夫等得略有些不耐烦了，就给它又来了一下。挨了这么几下子，有点眼力见儿的螳螂肯定就跑了。可它还是顾头不顾腚地冲过来，简直是个没有受过教育的野蛮家伙。要是对手真是这么粗鲁冒失，那就等着它靠近的时机，再给它狠狠地来上一下子。这样起码能把它干出去两三尺远。但是！对手却老老实实地一个劲儿地向后退却。看到它那副可怜的样子，老夫绕着院子里的树像飞鸟似的扑腾了两三圈，可螳螂君仅仅逃出去了五六寸远。它领教了老夫的力量，已然丧失了较量的

---

1 吉野纸：一种轻薄的纸，产地日本吉野。

勇气，忽而往东忽而往西，逃跑的方向让它左右为难。但是老夫也忽左忽右地穷追不舍，螳螂君最终受不了憋屈，振动着双翅试图来干上一票大的。原来螳螂的双翅和它的脖颈十分匹配，相当细长。这翅膀据说完全就是装饰品，就像人类的英语、法语、德语一样根本没有任何实用性。所以，螳螂利用两片毫不实用的废物企图与我决战，能起到什么作用呢？说是要干票大的，其实只不过是在地面上拖曳着爬行。

这么一来，老夫不由得稍稍有了点伤感，可为了锻炼，这也是没办法的事啊。对不起啦，老夫迅即闪身到它身前。螳螂由于惯性无法完成急转弯的动作，不得已只能继续向前冲去。老夫猛击它的鼻子，此刻，螳螂君必然地拖着它展开的翅膀扑倒在地。老夫用前爪摁住了它，稍事歇息，然后放开它，再摁住，以诸葛亮七纵七擒的战术持续向它攻击。按此顺序反复操练了约有三十分钟，当它的身子无法动弹了，再将它叼在嘴里摇晃着确认情况，然后又把它吐了出来。这下它躺在地上一动不动了，老夫用爪子捅了捅它，它顺势跳了起来后又被老夫摁住。直到玩腻了，最后的手段是吧唧吧唧将它吃掉。顺便把话撂给没吃过螳螂的人：螳螂不是什么好吃的东西，而且营养也少得可怜。

排列在狩猎螳螂之后的运动方式，是飞取鸣蝉。虽说统称鸣蝉，但它们并不是只有一种。正如人类中有"精神小伙""八婆"和"讨债鬼"之别，蝉也分为油蝉、蚂^{diāo liáo}蟟和寒蜩^{tiáo}

各种。油蝉叫起来的声音非常偏执且腻人，不行；蛞蟟的叫声有点蛮横，也没劲；捕捉起来有意思的唯有寒蜩。寒蜩不到夏天快结束时是不出来的，直到秋风毫无阻碍地钻进和服腋下撑开了线的破洞轻抚肌肤，以至于让人招惹上了风寒，这时它才竖起尾巴不要命地鸣叫。这家伙真是相当能叫。依老夫所见，寒蜩的使命岂不就是鸣叫和供猫捕捉？初秋时节搞定这些家伙，这就是所谓的"飞取鸣蝉"运动。

向诸君略略说明下，锻炼对象虽然是卑贱的蝉，却并不是那种在地面上蠕动的家伙。要是它们落到了地面，群蚁必定会蜂拥而至。老夫要捕捉的，可不是在蚂蚁领地上打滚的玩意儿，而是停在高耸的枝丫上吱哇吱哇乱叫的那种蝉。关于这一点，也想顺便请教下博学的人类——它们叫的究竟是吱哇吱哇还是叽呀叽呀？对此不同的见解，也将大大影响对蝉的研究。人类胜过猫的优点就在这里，这也是人类借以自傲的资本所在，对于当即无法回答的问题，他们会沉下心来好好思考。但在飞取鸣蝉这项运动上，是否进行了思考并不重要。只要以蝉鸣声为目标，爬到树上去，趁它正沉溺于鸣叫之时嗖地将它收入囊中。

这是一项看起来极为简单，实际却相当费劲的运动。老夫拥有四只脚，在大地行走方面自诩不弱于其他任何动物。四比二，至少从数学角度判断，四只脚的猫不可能输给两只脚的人类。不过，说到爬树，比我辈猫族灵巧的家伙却是不少。暂且不提以爬树为本职工作的猿猴，即便猿猴进化末端的人类中，也有不少不可轻侮的对手。爬树原本就是反抗地心引力的蛮干，不会爬树并不算什么耻辱，但在捕捉鸣蝉的运动中不会爬树便会陷于弱势。所幸我辈拥有爪子这种利器，左一下右一下总能爬上去。当然，这绝不像从旁看起来的那样简单轻松。

不仅如此，和螳螂君不同，蝉还是一种会高飞的家伙。要是它突然飞走，那么费尽功夫爬到树上去的和选择不爬树的，最终的结局就没啥区别了。遇到这种悲惨命运，不能说是不可能的事情。最后，还得冒着被蝉撒一身尿的风险，那泡尿似乎是专门盯着老夫的眼睛尿下来的。这种事逃是逃不掉的，只能祈祷它不要把尿撒下来吧！蝉起飞时总要撒泡尿，这究竟是何种心理状态以至于影响到了生理器官啊？不知它是承受不了巨大的痛苦，还是想要出其不意地攻击对手，以便为自己的逃跑创造出空间和时机。如此说来，这种行为就和乌贼吐出墨汁、流氓裸露文身，以及主人卖弄拉丁文之类的行径相类似了。这也是蝉学研究上不可掉以轻心的问题，如果仔细推敲，它完全具有书写一部博士论文的价值。

闲话休提，言归正传。蝉最爱簇拥之处是——"簇拥"二字似不妥，改用"聚集"二字如何？但使用"聚集"呢，又显得有点陈腐，还是用"簇拥"吧——蝉最爱簇拥之处是青桐，据说汉语中称之为梧桐。青桐的叶子非常茂密，而且每片都像团扇那么大。它们重重叠叠生长起来，几乎看不见枝杈，这就对飞取鸣蝉之运动构成了障碍，以至于老夫甚至怀疑起民谣中的"但闻其声，不见其影"这句话是否就是专为老夫而创造的。真是没辙，老夫只得循声而去。从树下往上爬了五六尺，梧桐树贴心地分开了树杈，在这里歇口气，侦察下蝉儿的藏身之所。好不容易来到了这里，却有些家伙扑哧扑哧飞走了。只要飞走了一只，那这次行动就必须停止。在彼此模仿这一点上，蝉是不弱于人类的混蛋，它们会接二连三地飞走。

终于到了树干的第二个分叉处，这一刻满树静寂，老夫凝神屏息。这里，老夫曾经爬上来过，可目光不管怎么扫视，耳朵不管怎么扇动，都丝毫察觉不到蝉的气息。再另寻一处出击就太麻烦了，还是歇口气吧。老夫就在这处枝杈上盘踞，等待着机会的来临，不知不觉中就睡过去了，掉进黑色甜美的梦乡游逛了起来。咯噔一下惊醒时，老夫已然从树干分叉处的甜美梦乡里，扑通跌落在了庭院的石板地面上。

不过就总体而言，老夫每次上树都能捕捉到一只蝉。扫兴的是在树上必须把蝉叼在嘴里，到地上吐出来时，大多都已经死了，再怎么逗它、挠它，它都没有丝毫反应。捕蝉的妙味就在于悄没声地摸过去，趁着蝉君正将它的屁股来劲地一伸一缩时，倏地用前爪将它摁住。此时蝉君发出吱哇吱哇的悲鸣，不停地振动它薄得透明的双翅。其速度，其优美，用语言几乎无法予以表达，堪称蝉之世界的瑰丽景象。每当老夫摁住了吱哇吱哇君时，总要恳求吱哇吱哇君露一手这关乎美的表演艺术。直到玩腻了，那就对不住，老夫就会把它塞进嘴里。有些蝉被塞进嘴里了，还在继续着它们的表演呢。

飞取鸣蝉之后的健身运动是滑松。这项运动无需很长的说明，略述即可。说到滑松，也许有人以为是在松树上滑行。其实不然，滑松也是攀爬的一种。两者的区别在于攀爬的目的不同，飞取鸣蝉是为了捕捉蝉而攀爬，而滑松呢，却只是为了攀爬而攀爬。松树原本是永恒不变的，可自从最明寺的宴请[1]以来到今天，它却变得疙疙瘩瘩，再也没有比松树的枝干更粗糙的了。手没处放，脚也没处放——换言之，就是爪子不知放在哪儿是好。

倘若是悬挂感好的枝干，老夫就能够一气呵成地攀爬上去，再转身一蹿而下。下树有两种方法：一个是头下脚上颠倒着面向大地爬将下来；另一个是保持着向上攀爬的姿势，尾巴朝下窸窸窣窣地倒退着降落。如果你向人类探询：你知道这两种方法里哪一种要更困难些吗？按照人类的浅陋之见，肯定认为既然是向下攀爬，当然是头朝下的方法更为容易吧。这可就大错特错了。君等恐怕只记得源义经曾经翻过鹎越古

---

1 最明寺的宴请：指佐野源左卫门焚烧珍贵的盆栽让在最明寺出家的北条时赖取暖的故事。

道[1]的故事，既然源义经是头部朝下下山的，那么猫之类的家伙，肯定也是头冲着下方从树上下来的吧。这可太小瞧我辈了。你觉得猫的爪子是朝哪个方向生长？全是朝后方弯曲的。因此，它就能像鹰嘴一样钩住物体向自己靠拢；可要反过来向外推，那力气可就不够用了。

假定老夫此刻势头凶猛地爬上了松树——老夫原本是地面生物，依照自然规律不可能在松树之巅长久逗留，只要在那儿搁上一会儿就会掉下来。可放手任身体自由坠落，那下坠速度也未免太快了。所以，必须采取一些手段让这自然下坠的速度缓下来。这就是所谓的降落。坠落和降落词义上貌似区别很大，但实际上并没有想象中的那么巨大。坠落的速度慢一点就是降落，降落的速度快一点就成坠落了。坠落和降落，也就是毫厘之差。老夫厌恶从松树上坠落下来，因此无论如何必须降低坠落的速度，也就是说，必须凭某些外在物体与坠落的速度相拮抗。如前所述，老夫的爪子是向后弯曲的。如果头部朝上将爪子张开，那么就可以悉数调动爪子的力量，并利用它顶住坠落的势头。由此，坠落就完成了向降落的转换，这是一个相当简明的原理。

然而，反过来，头下脚上以源义经的方式从松树上栽下

---

1 鹎越古道：神户六甲山地西侧，面向北方的古道，道路险峻，源义经曾在此奇袭获胜。

来，即便你张开四只爪子也没用。那时你就会哧溜哧溜地向下滑，没有任何支撑能够承载住自身之重量。虽然心里想的是要降落，实际却变成了坠落。像这个样子，想要翻越鹈越古道无疑是困难的。在我辈猫族中，这是老夫的独门绝技，故老夫将这项运动命名为"滑松"。

最后，对跑墙运动再多啰唆几句。主人家的院子是用竹篱围成的四方形，和檐廊平行的那一侧约有五六丈长吧，左右两侧差不多有两丈五。老夫说的跑墙运动，指的是在篱笆墙上跑一圈不掉下来。玩这个当然有失足掉下来的情况，可要是从头到尾顺利跑完，那还是十分值得欣慰的。幸好隔不远就有根头部烧焦了的原木矗立着，可以在那儿稍稍歇口气。

今天跑的成绩还不错，从早晨到中午已经跑了三圈，感觉越跑越是熟练，越熟练越是有趣。终于开始跑第四圈，第四圈跑到差不多一半时，从隔壁家的屋檐下飞过来了三只乌鸦，在对面一丈远的地方整齐地列队站着。这些冒失鬼，挡住人家的运动路线啦。特别是这些鸟连个户口都没有，就跑到别人家的墙上蹲着，这还有王法吗？"要过去了，嗨，让开！"老夫叫喊起来。最前边的那只乌鸦笑眯眯地瞅着这边，第二只乌鸦眺望着主人的院子，第三只乌鸦在竹篱笆上蹭嘴。它们飞过来前，肯定已经吃了点什么东西。老夫站在篱笆墙上等待回答，给了它们三分钟时间考虑。据说乌鸦有个外号叫丧门星，果不其然。不管老夫怎么等待，它们既不飞走，也不寒暄。老夫真没辙了，只得一步步向前走去。这一来，第一只乌鸦刷地张开了它的翅膀。总算被老夫的威风所征服了，想要跑了吧。正这么想着，它却只是从面朝右换成了面朝左，调整了下姿势。

这坏东西！要是在地面上，决不能这么丢份。很遗憾，老夫精疲力竭，没有和丧门星叫板的余力。可即便如此，就这么呆呆站着等这三只乌鸦自行飞走也很讨厌。首先，就这么等着脚也有点站不住。而对方因为身有双翅，在这种地方站着完全没问题，只要它愿意，爱站多久都可以吧。老夫却跑到第四圈，已颇感体力不支，何况还在进行不亚于走钢丝的技巧性运动。就算没有任何障碍物，也不能保证一定不会掉下去。这三个一身黑的家伙挡住了去路，那更成了一道无法轻易逾越的难关。到了再也坚持不了的紧要关头，除了自行中止运动、下到墙根外已别无解决办法。

真是太麻烦了，真要下手干掉它们呢，对手又占据了数量上的优势，特别是这些家伙的样子看上去也有点眼生。它们那尖喙奇异地凸起，看上去活像天狗的干儿子。反正可以确定的是，它们不是什么品质优良的家伙。还是撤退安全些吧，不然过于逼近，万一摔下去，那就是更严重的耻辱了。刚想到此处，面向左边的那只乌鸦大叫了一声："傻瓜——"后面那只也跟着叫了一声："傻瓜——"最后的那家伙郑重其事地重复了两遍："傻瓜——傻瓜——"到了这一步，即使敦厚如老夫者，也不可能对此视而不见了。

首先，在自己的府邸内受到乌鸦之辈的羞辱，事关老夫名声。如果说老夫尚未取名，和所谓名声扯不上什么关系的话，那么肯定就是和老夫的面子有关了。绝对不能退却！正如俗语所云，它们正是所谓的"乌合之众"。对方就算数量上有三只，力量意外地弱小也说不准。继续前进的念头占据了脑海，老夫慢悠悠地向前迈步。乌鸦摆出一副无所谓的表情，彼此间似乎正在聊着点什么，这一来更是让老夫肝火升腾。要是这墙头能再宽上个五六寸，老夫绝对叫这些家伙有来无回。遗憾的是不管老夫如何愤怒，此刻也只能慢悠悠地向前挪动。

终于抵达了距第一只乌鸦约五六寸处，眼看就要撞上了，那些丧门星似乎约好了似的，不约而同地扇动着翅膀飞起了一二尺高。它们掀起的风扑到老夫脸上，让老夫大吃了一惊，紧接着一脚踏空，啪嗒就跌下了墙。这可太失败了，在墙根这儿抬头向上看，三只乌鸦都停在原处，尖喙整齐排列着自上而下俯瞰老夫的脸。这些厚颜无耻的家伙！老夫狠狠瞅着它们，却没有什么效果，于是弓起背低声咆哮，不料更是不成了。正如俗人读不懂象征派的诗，它们对我所发出的愤怒的信号，并没有任何对等的反应。想想看这事也不无道理。老夫一直把它们当作猫看待，这不行。如果它们是猫，来上这么一手对方肯定会有所回应，不巧对手却是几只鸟。面对乌鸦这种疯子，那真是谁都没办法。正如实业家为压倒苦沙弥先生而陷于焦虑，正如有人向西行和尚[1]进献了一只银制的猫，正如乌鸦在西乡隆盛[2]的铜像上拉了泡屎。机敏如老夫，见势头不对，当即漂亮地转身，利利索索地溜到檐廊上去了。

　　已到晚饭时分。健身是好事，但过度了也不行。身子散了架似的，有种松松垮垮的感觉。不仅如此，此时刚入秋，运动中阳光直射老夫这身皮毛行头，看来是过分吸收了阳光，闷热得受不了。从毛孔里渗出来的汗，以为它要流下去，岂料却像油膏似的粘在了毛发的根部。后背瘙痒。这种出汗之痒和跳蚤爬行之痒是断然不同的，老夫心里明白。嘴够得着的地方可以咬一咬，脚够得着的地方也能挠一挠，可这痒沿着脊椎的正中纵向地发散，要解决它就超出老夫的能力了。这样的时刻要是看到了人，就会凑上前去胡乱地蹭一蹭，否则就得用到松树干粗糙的树皮了，到树下去充分实施老夫的摩擦术。二者必择其一，不然就会浑身痒到睡不着。人类都是些蠢货，用讨好猫的声音叫唤——所谓讨好猫的声音，就是人类对猫咪发出的叫唤声。而从老夫的角度看，那不是讨好猫的声音，而是他们自己内心深处渴求被抚慰的回

1　西行和尚：日本平安时代的歌僧，本名佐藤义清。
2　西乡隆盛：日本明治维新时期政治家，"维新三杰"之一。

响——都行吧。

不管怎么说，因为人类是些蠢货，当他们发出"喵喵"的声音时，猫咪往他们的膝旁靠去，大多数情况下，人们会误以为猫咪爱上了自己。这时他们就会任由猫咪胡作非为，还时不时地来抚摸猫咪的头。

然而，近来老夫的皮毛中，滋生了一种名曰跳蚤的寄生物；偶尔靠近人，他们必定会揪住老夫的脖颈将老夫扔出去。仅仅因为这肉眼未必能见到，伸手也未必能捉到的小小虫子，人类似乎就与老夫友情尽失了。这正是人类所擅长的"翻手为云，覆手为雨"。说到头也不过就是一两千只跳蚤的事儿，有必要这么势利吗？据说人类世界流行的关于爱的法则，第一条就是这样的——于己有利时，应先爱他人——由于人类对老夫的态度陡然变化，不管身上有多痒，想要借助人力来解决问题已无可能。因此，老夫只好采取第二条途径，搞搞松皮摩擦术，此外别无更好的办法了。那就去松树下蹭会儿吧，老夫正要从檐廊上下去，一个念头忽地闪过——这是个得不偿失的愚笨之策呀。原因无他，只是因为松树上有油脂。这油脂有着极强的附着力，一旦粘在了皮毛上，即便是天打五雷轰，即便歼灭了整支波罗的海舰队，它也绝不肯脱落。不仅如此，只要有五根毛被它粘上了，很快就会蔓延到十根。刚发现它粘上了十根，再看已然粘住了三十根。

老夫是个大有格调之猫，醉心于素雅淡泊的喝茶人风范，对这种执拗、恶毒、黏黏糊糊、怨念颇深的玩意儿极度憎恶。纵然是绝世美猫，老夫亦抱拳远避，何况是松脂这种东西呢。它和车夫家大黑眼角的那两坨眼屎难分伯仲，是由迎着北风流下的泪水堆积而成的，任凭这玩意儿来玷污老夫这身淡灰色的皮毛，那哪能行？只要稍微动下脑筋，就会明白这道理。话都说到这份儿上了，这办法确实很难考虑。到松树那儿把身子往树上一靠，毫无疑问就会被它啪地粘住。以这种不知好歹的傻瓜为对手，不仅有损于老夫的脸面，也有损于老夫的皮毛。再怎么痒得刺刺挠挠，除了强行忍耐已别无他途。两种解决路径都被堵死，这可令老夫相当郁闷、忧心。不趁着这会儿下点功夫找个辙，总是这样刺刺挠挠、黏黏糊糊的，整不好弄出个病来亦未可知。有没有什么好办法呢？老夫正交叠着后腿陷入思考，猛地想起了一件事儿。

我家主人常常带着毛巾和肥皂飘然而去，不知去了哪儿。三四十分钟后回来时，只见他晦暗的脸上也有了些许生气，显得明亮清爽。像主人这样邋遢的家伙都能面目一新，那换了老夫岂不更有功效？老夫天生丽质，根本没必要梳妆打扮成美男子，可万一招惹了啥疾病以致一岁几个月就夭折了，那就真对不住天下苍生啦。

打听了一下，据说那地儿是人类为消磨时光而设计出来的澡堂子。反正是人类制造出来的名堂，想必不会太正经。闲着也是闲着，进去看看不也挺好吗？尝试一下，要是没效验不去了也不迟。但这澡堂子是人类为他们自己使用而设计的，他们会允许身为异族的猫类入场吗？他们具备这样的气量吗？这是问题所在。可看到主人若无其事施施然地进去，想必也不至于为难老夫吧。可万一之事不可不防，要是因此而遭受荼毒，那就于老夫的名声有损了。最好还是先过去了解下，要是情况良好，再叼条毛巾蹿进去看看。盘算已定，老夫便从容出门向澡堂子而去。

巷口左转弯，迎面矗立着个竹筒似的东西，竹筒上冒出淡淡的烟雾。那就是澡堂子了，老夫嗖地从后门潜了进去。把从后门潜入看成是卑怯懦弱、道行浅陋的行为，这都是那些不走正门就进不去的家伙们内心嫉妒，他们大肆宣扬这种观点以宣泄其愤懑不平。自古以来，聪明人无疑都是从后门出其不意地杀进去的。《绅士养成法》第二卷第一章第五页对此写得清清楚楚。另一页，绅士为后辈们留下了金句：人自修其德而门自在其中。老夫是二十世纪的猫，这么点教养还是有的，切勿过于蔑视老夫之修为。老夫潜入一看，左边是松木垛，劈成了八寸左右长的松木桦子堆积如山；边上是煤炭，堆积如岗。

为何松木垛要用"堆积如山"，而煤炭堆又要用"堆积如岗"来形容呢？别无深意，仅仅是想把"山岗"一词分开运用而已。人类吃稻谷，吃天上鸟水中鱼，又吃种种走兽，吃尽天下恶食，如今连煤炭也吃了起来，真是太可怜了。道路尽头五六尺宽的入口敞开着。向屋里偷眼瞄去，只见屋子里空空荡荡、寂静冷清，而对面一侧却传来清晰的人语声。可以断定，这声音就是从所谓的澡堂子那边发出来的。

穿过柴火和煤炭形成的"峡谷"，拐向左边，再往前一点的右手边有一扇玻璃窗。窗外圆形的小桶堆成了个三角形，也就是金字塔的形状。将圆形之物堆积成三角形，对于圆形物体而言想必是充满了怨念的吧，老夫暗自领会了小桶诸君的苦衷。小桶南侧搁着四五尺宽的木板，看上去似乎是专门为迎接老夫而铺设下的。木板距地面约有一米，若要飞身而上的话，那简直就是为老夫量身定做的头等跳台。行吧，说着老夫就闪身一跃，那所谓的澡堂子就此在老夫鼻尖前、眼底下荡漾浮现。要说世界上什么事情最有趣，吃没有吃过的东西，见没有见过的场面，天下之快乐莫过于此。诸君若和我家主人一样，每周约三次，每次约三四十分钟泡在澡堂子里过日子，那就算了。要是像老夫这样从来没有见过浴池的，还是早点来见识下为佳。没赶上给父母送终关系不大，但这玩意儿无论如何都要来好好欣赏一下。都说世界很大，如此奇观却是绝无仅有。

什么奇观？这是个……老夫几乎难以宣之于口的奇观啊！就在这扇玻璃窗后面，乌泱乌泱、叽叽呱呱骚动的人们全都赤身裸体挤在一起，简直堪称未开化的原住民，二十世纪的亚当。

翻开人类服装的历史，要从头说起的话——这话说来可就太长了，还是让特弗·斯特莱克君去研究吧，翻阅历史的事先放一放——人类全靠服装的加持才得以成为人。十八世纪时在大英巴斯[1]温泉浴场，波尔·纳什制定了严厉的规则，入浴男女从肩膀以下到脚部都必须有衣物包裹。就在距今六十年前，英国的古都曾设立绘画学校。既然是绘画学校，那购置些裸体画、裸体像的素描与模型，这里那里地摆放起来，是再自然不过的事了。可当举行开学典礼时，以学校当局为代表，整个学校上上下下的教职员工都深感尴尬——只要是举办开学典礼，那就必须邀请市里的名媛淑女出席。而当时贵妇人中流行的观点是——人是穿衣服的动物，并非披着皮草的猿猴血脉。身而为人却不穿衣服，那就像大象没有鼻子，学校没有学生，军人没有勇气，一切都失去了其本质。人既然失去了其本质，那就不是人类而是畜类。就算那些是人体的素描或模型，也有损于跻身人类的贵妇之品位，因此名媛淑女们均谢绝到场。教职员都认为这是些不可理喻的家伙，但遗憾的是，东西方各国都有个相通的原则，女人是必要的花瓶。她们虽然不会舂米，也不能当兵，但在开学典礼上却是不可或缺的装饰品。因此校方没有办法，只能

---

1 巴斯：英国唯一拥有天然温泉的城市。乔治时期的古建筑保存完好，被列为世界文化遗产。

去服装店买来一堆黑布，将那些"畜类"像人一样穿上衣服。还生怕冒犯了哪位女士，小心翼翼地将脸部也包裹了起来。如此这般一番操作下来，开学典礼这事才总算是没有滞涩地顺利举办了。由此亦可见服装之于人类，竟是如此重要之物。

近来有些先生叫嚷着裸体画、裸体画，频频主张裸体的重要性。这可真是荒谬。老夫自从出生迄今一天也未曾赤身裸体过，以老夫之见，这主张不管怎么看都是错了。裸体是古希腊、古罗马的遗风，凭借文艺复兴的淫靡风尚而流行。希腊人、罗马人平日里对裸体司空见惯，因此他们根本就没有想过，赤身裸体和道德风尚会有什么关系。但北欧却是个寒冷之所在，连日本也有俗语云："光着身子怎可上路？"要是在德意志或英吉利，赤身裸体就唯有死路一条。死了就很没劲了，所以还得把衣服穿上。人人都穿上了衣服，人类就成了穿衣服的动物。而一旦成了穿衣服的动物，突然与赤身裸体的动物相遇，自然就不会将对方视为同类，只会将对方当作畜类。

因此，欧洲人特别是北方的欧洲人，将裸体绘画、裸体雕塑当作畜生处置亦在情理之中。认定其为猫狗不如的畜生，也没什么错。美？美不美的都可以吧，那就把他们都看成是美丽的畜生好啦。说到这里也许有人会问："你见过西洋妇人的礼服吗？"老夫是猫，确实不曾见过西洋妇人的礼服。根据听来的描述，她们露着胸、露着肩、露着胳膊，并称其为礼服，真是咄咄怪事。十四世纪前后，妇人出门时的打扮还没有这么滑稽，都还是普通人类的装扮。现在风格怎么就变得像下流的耍把戏艺人了呢？这事说起来很麻烦，就不说了吧。只要摆出一副知之为知之，不知为不知的面孔，也能将就混过去。无论真正的历史是怎样的，她们摆出这副异样风情，也就是在夜里得意，其内心深处看起来还略略残存了些人味儿。到了白天，她们就会盖上肩，遮住胸，包紧胳膊，不管哪儿都变得不可见了。不仅如此，就算连根脚趾被人看见都会觉得十分羞耻。

考虑到这一点，就能明白她们所谓的礼服乃是一种自相矛盾的产品，是傻瓜和傻瓜商量后设计出来的。要是有人对这说法感到气愤，那就在大白天把肩、把胸、把胳膊都露出来就行。信奉裸体者亦如是。既然裸体那么好，那就让女儿脱光了，然后自己也脱光了，到上野公园去散散步如何？做不到吗？你不是做不到，而是因为西方人没有这么做，所以你才不这么做的吧。如今不是有人正穿着这种极不合理的礼服得意扬扬地走进帝国饭店吗？若要探究其行为逻辑，啥也不是。仅仅因为西方人这么做了，所以他们也就跟着做而已。西方人强大，所以西方的时髦即便是无理的、很傻的，也必须加以模拟并践行之。见到长的东西就把自己蜷缩起来，见到强硬的东西就先把自己弄断了，见到沉重之物就趴下。如此这般卑躬屈膝岂不是太愚蠢了？对此感到憋屈也没什么办法，此事就不必苛求了。认为日本人了不起的看法可以休矣。学问之道亦如是，但这和服装没什么关系，就不展开讨论了。

如上所述，衣服之于人类是极为重要的东西。人是衣服吗，抑或衣服是人？两者之间的依赖已到了互为前提的地步。人类的历史不是肉的历史，不是骨的历史，不是血的历史，老夫想要告诉你们的是，它仅仅是一部服装的历史。所以撞上了不穿衣服的人，就会觉得他不像个人，简直就像邂逅了一个怪物。就算是怪物，可要是人类全体商量好了都变成怪物，那所谓的怪物也就因此而消失了。

所以是否为怪物并非问题的要点，甚至可以说是无所谓的。不过如此一来，人类就将陷于巨大的困境。在遥远的古代，大自然公平地制造出每一个人，然后将他们投放到人世间。因此任何人出生时，必定都是赤条条的。如果人类的本性安于彼此平等，那么好吧，他们必然就将这样赤条条地生存下去。然而有一个赤身裸体的人说："这样下去每个人之间毫无差别，就会丧失前进的动力。不管怎样努力，都无法看到努力的成果。必须要做点什么，让我成为我自己，不管谁看到我都会行注目礼，一下子就能认出来这就是我。真想在身体上挂点什么，不管谁见到都会惊得魂飞魄散。"有什么办法吗？经过十年思考，终于发明了猴兜[1]。他立即穿上它器

---

1 猴兜：日本男式裤衩。

张地走来走去，心里在说：怎么样？他就是今日车夫的祖先。发明了个如此简单的猴兜，居然花费了十年的漫长时光，不禁让人感觉诧异。但得出这种结论，是以今日之思维取代了当时的历史背景，忽略了人类于蒙昧世界中所处的具体情景。在当时，像裤衩这样的重大发明还不曾出现过。笛卡儿[1]之名言"我思故我在"，如今三岁小儿都明白这道理，但据说笛卡儿想出这句话却花费了十几年的时间。任何创造在发明时都要付出艰巨的努力，就车夫的智力而言，花费十年时间就制作出了猴兜，老夫不得不赞他一句："太能干了！"

猴兜甫一问世，这世上均唯车夫马首是瞻。车夫套着猴兜一副天下我有的神气，在世纪大道上昂首阔步。有个怪物看不过眼，对车夫心生厌憎，负气花了六年工夫发明了一种叫作褂子的废物。如此一来，猴兜的发展势头顿然衰落，褂子的全盛时代就此降临。卖蔬菜的、卖药材的和卖服装的，都是这位大发明家的子孙。在猴兜时代、褂子时代之后，便是裙裤时代。有些怪物不知为何对穿褂子的习俗产生了抵触心，因此愤而发明了裙裤，过去的武士和现在的官员都属于这一支的后裔。于是怪物们你争我抢地嚷嚷着"我来我来！"，不断标新立异，终于出现了拖着燕子尾巴的畸形装

---

1 笛卡儿：17世纪法国哲学家、数学家。解析几何的创始人，对现代数学的发展作出重要贡献。同时提出二元论世界观和"我思故我在"的原则。

束[1]。回头考察下这些奇装异服的来路，它们绝不是无厘头地、荒谬地、偶然地、漫不经心地涌现，而全都是由叫喊着"胜利！胜利！"的勇猛之心所凝聚而成。人类挥舞着形形色色的新鲜货色，怀着"我和你小子可不一样"的心态，披上了新时代的服饰奋勇前行。

观察此中之心理，可得出一个重要结论——无非是自然世界忌讳真空，人类社会厌恶平等。在业已厌弃了平等、将衣服如附骨之物紧紧包裹住身体的今天，想要把已成为人类本质一部分的衣服撕掉，倒退回人类彼此平等的原始形态，那无异于疯子的呓语妄议。就算你能忍受得了疯子这一称号，但人类毕竟不可能倒退回原始社会了。在已然开化了的文明人眼中，那些回归原始状态的家伙理所当然就是怪物。将这世界上的数亿人口悉数迁徙到怪物的领地，就能够获得平等了吗？此时人类全体都已成了怪物，也就全都丧失了羞耻心，对赤身裸体也就人人安之若素了。然而这办法是行不通的，因为人类在成为怪物的第二天，怪物之间的竞争就会重新开始。即便不是为了衣物而斗争，怪物间本能的争斗也不可避免。裸着就裸着吧，而他们所制造出来的差别却无所不在。从这点也可以看出，衣服已成为人类一件脱不下来的东西。

然而，此刻就在老夫眼皮底下，人类中的这一小撮，竟

---

1 拖着燕子尾巴的畸形装束：指燕尾服。

然将其不可脱下之猴兜、短褂乃至裙裤全部脱得精光，扔在了搁板上。众目睽睽下，他们毫无顾忌地暴露出原始丑态，且谈笑风生、处之泰然。老夫前面言及的一大奇观，指的就是这件事。在此，老夫不胜荣幸，谨为诸位君子介绍其概貌。

这些家伙乱七八糟堆在一起，真不知该从何处下笔记述。怪物的行为是没有规律可循的，要将其混乱行径梳理清楚并井然有序地记录下来，是一件非常辛苦的事情。先从这浴池说起吧。是不是真叫浴池也不清楚，差不离就是个叫浴池的玩意儿。宽度约为三尺，长度为九尺，被分成了两半。其中一半盛着乳白色的热水，据说其为"药汤"，就像溶解了的石灰，非常浑浊。不仅是浑浊，而且呈膏糊状，浑浊得很有分量。仔细打听后才明白，这水像臭了似的并非是不可思议的事——据说这个池子一个礼拜才换一次水。边上则是个普通的热水池，可老夫指天为誓，那也绝对称不上是晶莹透澈的水，看上去更像是将消防水桶里积攒的雨水混合在了一起，其价值从水的成色上就充分表现出来了。下文是关于怪物的记述，这可就相当累人了。消防雨水的那个池子里，站着两个毛头小伙。两人相对而立，哗哗地向对方肚子上撩水，玩得相当热闹。两人的共同点是黑，黑到几乎难分彼此。老夫正感慨这怪物长得真结实哪，只见其中一人用毛巾在胸前来回搓着，问道："金桑，这儿疼得不行，怎么回事？"

"那儿是胃，胃这玩意儿可真会要命呢。不小心着点很危险噢。"金桑热心地给予忠告。

"说啥呢，是这儿的左边。"他指点着左肺的位置。

"那儿就是胃啦。左边胃，右边肺噢。"

"真的吗？我还以为胃是在这儿呢。"这回他敲打着腰部给金桑看。

"那儿是疝气。"金桑说。

正在此时，一个长着淡淡胡须的二十五六岁小伙子扑通一声跳进了水里。这下好了，沾在身上的肥皂沫和水底污垢一起漂浮起来，就像漂浮着铁锈的水面被阳光一照，亮晶晶地闪着光。边上一个秃顶大爷正缠着一个留分头的长发男辩论着什么，两人都只有脑袋漂在水上。

"哎呀，到了这岁数就不行啦。人哪，就是这么回事，比不得年轻人噢。这泡澡的汤今天不够热就感觉不舒服。"

"老爷子您这么结实，这岁数还能这么精神，相当可以了。"

"精神头没有喽，只是没病罢了。人只要不干坏事，活个一百二十岁不是事。"

"啥，能活这么长？"

"这算啥呢，保证能到一百二。维新前牛込¹有个叫曲渊的武士，他手下一个仆人活到了一百三十岁呢。"

---

1 牛込：日本地名，东京都新宿区东部。

"这家伙可真能活呀。"

"可不是吗，活得太长了连自己的岁数都忘了。说是到一百岁他还能记得住，再往前就忘了。我知道的时候他就已经一百三十岁了，还没死噢。后来怎样我也不知道了，说不定他还活着呢。"老头说着爬上了浴池台。长着淡淡胡须的小伙子身边像撒了片云母，围绕着他层层散开，他在独自微微笑着。替代老头跳入池中的，不是一般的怪物，他的背上描龙画虎。那文身的图样似乎是岩见重太郎[1]挥舞大刀，杀败了巨蟒。可惜这套刺青好像"尚未竣工"，怎么找也找不到那条大蟒。所以这重太郎先生看起来就有点扫兴，他边跳进池子边骂骂咧咧："傻子，温吞吞的！"这会儿又一人紧接着跳进来，嘴里叨咕着："啊，这水……烫啊烫啊，这水得再凉点儿啊！"他的脸挤成了一团，一副强忍着过高温度的表情。一抬头，他看见了重太郎先生，立即叫了声："哎呀，头儿！"

重太郎"嗯哼"地应了声，过了会儿才问道："阿民怎样啦？"

"怎样了？就是喜欢玩点儿烧钱的事呗。"

"不光是烧钱的事吧……"

"是吗？这人就是个一肚子坏水的家伙……怎么说呢，大伙儿都不喜欢他……怎么说呢……这家伙对人不讲信用啊。

---

1 岩见重太郎：日本战国时期的剑客。

一个打下手的，不该是这样的啊！"

"是吧，阿民这家伙位置摆不正啊，头抬得很高啊。他这副样子，谁会信任他呢？"

"真的。他总觉得自己有两下子……终究还是自己吃了亏哪！"

"白银町的老人走得差不多了吧。如今只剩下箍桶铺的元先生，还有就是砖瓦铺的掌柜和大师傅了。咱们都是这片地儿土生土长的，像阿民这种，谁知道又是从哪儿冒出来的呢？"

"可不是吗。可你瞧，他还摆出了那副德性。"

"嗯。怎么说呢，太不招人喜欢了。没人和他打交道的吧。"两人从头到尾都在攻击阿民。

"消防水池"的事就先说到这儿，老夫目光移向药汤池那边。这一头也是人满为患，与其说是人泡在汤池里，还不如说是热汤洒在了人肉上。而且他们的神态都相当从容悠闲，刚才还有人下到了池子里，可上来的人却一个也没有。以这种泡汤方式，热水一周一换那肯定是脏得不行了。目光扫过浴池，苦沙弥先生被挤在左边的角落里，肉身被泡得红彤彤的，看上去真是可怜哪，要是谁能让条路就好了。可谁也没有动一动的意思，主人看上去也无意挤出来。他只是一动不动地待着，任由自己的身体泡得通红，真是够遭罪的。尽可能充分利用两分五厘的澡票钱，这种精神支撑着他才能让肉体红到这地步的吧。再不赶紧上来就要被蒸烂了呀，护主心切的老夫在窗台上多少感受到了忧虑。这时，和主人隔着一丈远的一个漂浮着的家伙，紧锁着眉头说："这药汤好像有点厉害过头了，后背上热得火辣辣地疼。"他似乎在祈求在场怪物们的同情。

"哪儿的话，可别瞎说。药汤要是不到这温度就没效用啦。我老家那儿，水要比这热上一倍人们才会下去呢。"有个声音骄傲地辩驳道。

"这药汤究竟治什么病啊？"一个家伙头上顶着叠起的毛巾，遮住他凹凸不平的头颅，向众人请教。

"对各种毛病都有效啊，说是啥病都能治，相当豪横哪。"说话人的脸像根瘪下去的黄瓜，堪称神形兼备。这药汤要真这么有效用，他应该长得更结实些才对头。

"药放进去后三四天效果最明显，今天正是时候。"一个貌似很懂行的人说道。看过去，是个肉身蓬松的家伙，大概是身上的污垢太厚了吧。

"喝下去也有效用吗？"不知从哪儿冒出了个女子般尖锐的声音。

"等凉了后喝一杯再睡觉。神着呢，也不用起夜。喝点试试看吧。"回答的人也不知是哪一个。

浴池的情况差不多就是这样了，老夫去扫了眼铺着木地板的大房间。形形色色难以描画的亚当壮观地排列，以各自随心所欲的姿势清洗着。其中最让人吃惊的是两个亚当：一个仰面躺着，凝神眺望着高高耸立的采光天窗；另一个脸朝下趴着，死死盯着水沟看。看上去这是两个相当悠闲的亚当：一个老光头面对着石壁蹲着，身后一个小光头不停地替他捶肩。这两个应该是师徒关系，弟子顶替了搓澡工的角色。真正的搓澡工也在，他看上去得了感冒，在这么热的地方还穿着一件马甲，右脚的拇指缝间夹着一条进口的搓澡巾。他正从一只小小的桶里舀出热水，向老秃头的肩上浇下去。靠这边的一个家伙嚣张地收拢了三只小桶，也让边上的人把这肥皂拿去用，一边滔滔不绝议论着什么。

说啥呢？仔细一听，原来如此："大炮是从外国传过来的。古代全都是砍来砍去，外国人都是些胆小鬼，所以才造出大炮这种东西。好像那不是中国造的哪，总而言之是从外国传来的。和唐内¹时代还没有那玩意儿，和唐内当然也是清和源氏²啊。据说当年源义经路过虾夷国³时，带走了一个非常有学问的虾夷学者。当时源义经的儿子正在攻打大明，大明那会儿麻烦大了。据说源义经的儿子派出使臣去见三代将

---

1 和唐内：近松门左卫门戏剧《国姓爷合战》中，以郑成功为原型塑造的人物。

2 清和源氏：日本古代皇族赐姓贵族源氏的一支，因其祖先可追溯到清和天皇而得名。

3 虾夷国：古代日本关东北部到北海道一带。

军[1]求借三千兵，三代将军却扣留了使臣没放他回去……他叫啥……那使臣叫啥来着……结果那使臣被扣留了两年，最后在长崎让他见了个女人。使臣和那女人生的孩子就是和唐内啦。再后来他回到大明一看，大明已经被国贼灭了……"他在胡言乱语些什么，完全听不明白。

那家伙的身后，是个二十五六岁脸色阴沉的男子，他正神情恍惚地用白色的汤浇着两腿之间，那部位肿起了个什么玩意，看上去让他非常受煎熬。边上是个十七八岁样子的小年轻，应该就是住在这附近的学生吧，正在"你怎样我怎样"狂妄地胡吹乱侃。他有个奇妙的后背，就像屁股上插了根竹竿构成了他的脊梁，每一节脊椎都非常清晰。竹竿两侧各自整齐排列着五子棋似的四个圆点，那些棋子已经红透溃烂了，周围还淌着脓水。

要是按这写法逐一描述，要写的东西可就太多啦，以老夫这点手段肯定是挂一漏万。正在懊恼干了这么件自找麻烦的事，入口处忽地闪现出一个七十来岁、身穿淡黄色棉布衣服的老秃头。老头对着这些赤身裸体的怪物恭恭敬敬地施了一礼，一口气不卡顿地说道："啊，诸位，承蒙日日关照，感激不尽。今天天气稍有点凉了，请在药汤里慢慢泡，多泡几趟，让身子慢慢暖和起来——管事的，好好看着点儿，注意

---

1 三代将军：指德川三代将军德川家光。

着点汤的冷热啊。"

管事的应了一声："好咧！"

"会来事儿，不这样生意好不起来哟！"那个讲和唐内故事的家伙对老秃头大加赞赏。

老夫突然碰上了这奇怪的老头，略感讶异，于是停下对澡堂子的描述，专注地观察起了这老头。老头对着刚爬上池子的四岁小孩伸出了手："娃儿，来，到这儿来。"那小孩看着老头的脸，它像一坨被踩扁了的大福点心，小孩吓了一跳，这可了不得，顿时哇的一声哭将起来。老头略略有点无可奈何的样子，感叹道："哎呀，咋哭了呢，老爷爷这么可怕的吗？哎呀，这娃儿。"老头没辙，当即将话头移到孩子的父亲身上："哎呀，这不是源先生吗？今天冷起来了啊。昨天晚上钻进近江屋的那个小偷叫啥来着？那混蛋把钻进去的地方挖了个四方的洞。可到头来，您瞧，这混账东西啥也没拿就走了。恐怕是瞅见巡警来了吧，要不就是撞上查夜的了。"他嘲笑了一番小偷的有勇无谋，然后又逮住了一个人说："你好，你好，天冷起来啦。你还年轻，还不太感觉得到吧？"似乎只有他一个人上了岁数，在独自感受着寒冷。

有好一会儿，老夫被这老秃头吸引了，不单把其他怪物全都忘了个干净，甚至把被挤在角落里的可怜主人也从记忆中抹除了。正在此时，泡澡和搓澡两地之间的某处突然发出了一声巨响。看过去，毫无疑问那就是苦沙弥先生干的。主人的声音超乎想象地大，那种沙哑又刺耳的嗓音并非始自今日，可在此场合出现却让老夫多少有些吃惊。片刻之间老夫就对此做出了判断，这一定是泡在热汤中经过长时间的忍耐，火气逆向上冲所造成的。这若是疾病产生的结果，倒也无可指责。可主人是个即便上了大火也能保持初心之人，何故在这一刻亮出了他的破锣嗓子？这事儿只要一说你马上就能明白了。

他像孩子似的正在和一个狂妄自大的学生吵架。"再往后点，别把水弄到我的桶里来！"怒吼起来的当然就是主人了。凡事根据观察角度的不同，就会得出完全不同的结论。仅仅根据这声怒吼，就将它判定为主人上火所致是不妥当的。说不定万人之中就会有这么一个人，将主人的这声怒吼解释为高山彦九郎[1]在怒斥反贼。也许主人也是这么想的，这才上演了这么一出好戏。他把对手想当然地视为反贼，而自己则对此不能忍受。但他预期的结果并未出现。学生回过头来，老老实实回答道："我原来就是在这儿的。"这句回答很平常，只是表达了自己不会离开之意，但和主人的思路却不相通。这种态度和回答的用语，都无法令人像对待反贼那样给予回击，关于这一点主人无论怎样上火心里都是明白的。但主人

---

1 高山彦九郎：日本尊王派思想家。曾往各地宣扬尊王思想，后因愤懑而自杀。

的这声怒吼，并非来自对这学生所占据位置的愤懑，而是来自对两个小伙子之前傲慢言论的不满。刚才他俩用与其年龄不相称的口气夸夸其谈，主人一直听在耳里，怒在心头。所以尽管小年轻老老实实地回应了他，但他不肯就此罢休而默默离开。这次他断然喝道："说啥呢，混账东西。有向别人桶里哗啦啦地倒脏水的畜生吗！"老夫对这家伙也有点讨厌，见状不由得心中暗道了一声："快哉！"但随即就想到主人的身份是学校老师，如此言行恐怕有点不大稳妥。主人的性格一向是刚强过了头，像茅坑里的石头又臭又硬。

据说古时汉尼拔[1]将军翻越阿尔卑斯山时，遇到了巨石拦路，对军队的通行造成了障碍。于是汉尼拔下令在这块巨石上先泼上醋，架起火来焚烧，再用锯子将巨石像鱼糕似的锯开，从而让大军毫无阻滞地通过。而老夫的主人在如此灵验的药汤里泡得都快熟了，却依旧丝毫不见功效，估计也得用醋浇火烧之法才能解决得了。若非如此，像眼前这样的学生就算来上几百人，几十年工夫用下去，恐怕也治愈不了主人的顽固之疾。在这浴池里漂浮着的人，在这冲洗间里清洗的人，他们都属于抛弃了文明人所必备外衣的怪物团体，理所当然不可用常规俗礼加以约束和测度。他们干什么、说什么都是无所谓的。"肺的部位被胃所取代""和唐内变成了清和

---

1 汉尼拔：北非古国迦太基著名军事家，被誉为"战略之父"。

源氏""阿民不可信任"……随便说什么都行。但是，他们一旦走出了冲洗间来到铺着木地板的屋子里，就不再是怪物了，因为他们走进了人类生生不息的滚滚红尘，穿上了人类文明所必需的外套。也因此，他们就不得不像个人一样地去行动。这一刻，主人正踏在跨越这条界线的门槛上。这是冲洗间和更衣室的门槛，也标志着主人即将回归欢颜悦色、世故圆滑的人类世界。

在此之际，主人却依然故我地如此顽固，这种顽固对他来说，毫无疑问已然成了一种根深蒂固的病。人一旦病了，是很不容易治好的。以老夫之愚见，根治的方法唯有一途，那就是请求校长开除他，此病必定霍然而愈。如果主人被学校开除的话，以他丝毫不懂通融的性格，注定迷失在人生道路的尽头，而迷失的结果也必定令他濒临死亡、奄奄一息。换言之，开除将成为他死亡的原因。主人生了病，一般会很高兴，却又极度厌恶死亡。对他来说，染上不会导致死亡的疾病是一种很奢侈的享受，他常盼着能搞点病出来。所以如果恐吓他说："如果你再把自己搞出病来就杀了你噢！"胆小的主人肯定会被吓得浑身颤抖起来。一旦颤抖起来，主人顽固的疾病想必也就漂亮地收场了吧。要是这样还治不了他，那就算了，这病他肯定是要带到棺材里去的。

他再怎么傻，再怎么有病，主人毕竟是主人。"一饭之恩重如山"，曾有诗人这样说。老夫即便是猫，对主人之安危也不可能毫无牵挂。真是伤感，这种感觉一时间塞满了胸膛，以至于疏忽了对冲澡间的观察。突然药汤池子那边传来了一阵对骂声。莫非也吵架了吗？转过头来一看，只见泡澡池那边已被怪物挤得水泄不通，有毛的小腿和没毛的大腿乱作一团。时值初秋，暮色深沉，整间屋子天花板以下弥漫着蒸汽，这些怪物熙熙攘攘的样子隐约可见。"热呀热呀"的叫喊声仿佛贯穿了双耳，在老夫头脑里混乱地相互组合。那声音里黄色的、蓝色的、红色的、黑色的，层层叠叠，彼此堆积，形成了一种无可名状的音响在整个浴池内轰鸣。这声音只能用嘈杂和迷乱来加以形容，它毫无用处，不能传达出任何意义。

老夫惘然而立，为这场面感到深深的茫然。过了一会儿，混乱在哇哇的叫喊声中达到了沸点，这是一个绝无可能再进一步扩张的张力的临界点。就在这时，在那些胡乱推搡、拼命挣扎的人群中，一条大汉忽地站了出来。老夫略略打量了一下他的身高，比其他人肯定要高出三寸左右。不仅如此，那张脸看上去也不知是脸上长着胡须呢，还是胡须包裹着那张脸。挺着张涨红的脸吼叫的声音有如正午时分敲响的破钟："堵上，快堵上！太热啦，太热啦！"这一刻，这间浴室里似乎只剩下了这个声音、这张脸，高高盘踞于这群乌合之众之上，让人几乎产生出一个错觉，整个浴室中的人瞬间融合成了这一个人。超人，他就是尼采[1]所谓的超人。魔鬼中的大王，怪物中的领袖！

正这么想着，有人在浴池后面"嗷"地应了一声。哎呀，又来了个啥？目光随即向那边投过去，一片昏暗朦胧中，恰巧看见那个穿着马甲的搓澡工正将一块敲碎了的煤扔进炉膛里。灶门关上时，那煤块发出了嘎巴嘎巴的鸣响，照亮了搓澡工的半边脸。而他身后的砖墙似乎也燃烧了起来，闪耀的光穿透了夜幕。老夫感觉到了恐惧，迅速跳下了窗台，一溜烟回家了。一路上老夫进行了思考。人类脱下了外套、脱下了猴兜、脱下了裙裤，竭尽全力在赤身裸体中寻求平等。可在这赤身裸体的人群中，却依旧会有赤身裸体的豪杰站出来，将宵小压趴在地上。由此可见，无论人类将自己脱得怎么光溜，平等也不可能因此而获得。

回到家中，天下太平。刚泡了澡的主人脸上闪动着红彤彤的光，正在吃晚饭。他看见老夫从檐廊外进来，说道："这猫可真逍遥哪，这会儿又上哪儿溜达去啦？"老夫看了眼桌上，明明没钱了，还偏要摆上两三样菜，其中还有一条烤鱼。那条鱼叫啥老夫说不上来，但肯定是昨天在品川台场附近弄来的吧。老夫曾论证过鱼是非常结实健壮的，可再怎么结实健壮，也顶不住这么又煎又煮的。说起来还

---

1 尼采：德国哲学家。

远不如那些病魔缠身、苟延残喘的人类，他们倒还能够保住性命。老夫坐在饭桌旁就这么想想，倘若机会出现，可以弄点吃的东西，就摆出一副似看非看的样子。要是连装模作样的方法都不会，那就别想吃到香喷喷的鱼了。主人用筷子捅了捅鱼，流露出不大好吃的脸色，放下了筷子。夫人坐在主人的正对面，热衷于研究主人筷子运动的轨迹和他双颊的蠕动开合。

"喂，拍几下猫头看看。"主人突然对夫人说。

"干吗要打它？"

"无所谓，打几下看看。"哦，这样啊。夫人伸出手掌在老夫头上轻轻拍了下，没有任何疼痛的感觉。

"没叫起来啊。"

"哎。"

"再打几下看看。"

"这事儿再怎么重复，不还是那么回事吗？"夫人又伸出手掌拍了下老夫。还是没有什么感觉，老夫端坐不动。可是为什么要打呢？老夫虽然智谋深远，却也很难理解。要是明白缘由，总能想出点办法来应对的。可他仅仅说了打打看，不但夫人感到了困惑，老夫亦然。主人见打了两次都没有达到他的目的，有些焦躁，说道："喂，打到它叫起来。"

"让它叫起来干吗？"妻子有点不耐烦了，边说边啪地拍了下。

这下老夫总算明白了对方的意图，只要叫上一声就能让主人满足了。主人就像所陈述的那样愚蠢，令老夫心生厌烦。要是想让我叫，早说就是了，何至于两次、三次地搞出这么多麻烦，老夫也就能一次性过关，完全没必要如此大费周章。仅仅下达一个"打"的命令，那就仅适用于以"打"为目的的行动，其他场合并不适用。打不打是你们的事儿，叫不叫却是老夫的事儿啊。要是起初就是以老夫的"叫"为预设目标，却只是下达了"打"的命令，那就是将老夫"叫"的自由意志给彻底剥夺了，简直无礼之至。其中所蕴含的意思是对他人人格的极不尊重，把猫当成了傻瓜。这事儿就像是主人视同蛇蝎而厌弃之的金田君干出来的，对于自诩"完全清白"的主人而言，这样做就相当卑劣了。

但是实际上，主人并不是如此不堪的小人。所以说主人的这条命令，并非出自其登峰造极的狡猾，而是由于他智商欠奉，就像鸡脑袋里冒出来的念头。吃了饭必定有饱腹感；切开肌肤必定流淌出血来；人被谋杀必定就是死了。所以主人就草率地断定只要是被打了，猫肯定就会叫唤起来吧。然而，令人悲伤的是，这是不合逻辑的。按此公式推演，那么掉进河里就必定会死，吃了天妇罗就必定得痢疾，领到了月工资就必定会出勤，读了书就必定会成为了不起的大人物。要真是"必定"如此，那必定会冒出些为此感到困扰的人吧。如果被打了就必定要叫唤的话，这对老夫而言确实是个麻烦。

若把老夫看成是目白[1]的报时大钟敲了就响，那么老夫生而为猫的意义就丧失殆尽了。先在肚子里将主人鄙夷了个够，然后按他所期待的那样喵呜地叫了一声。听到叫声后，主人将身子转向了夫人问道："总算是叫了。喵呜那一声，你知道是感叹词还是副词吗？"

夫人被这么突如其来地一问，不知说什么才好。实话说，老夫也觉得这是主人泡澡上了火，火气还没泄出来才这么问的吧。主人原本就被附近邻居认定是个有名的怪人，如今甚至有人断言他是个神经病。而主人的自信心是牢不可破的。他顽强宣告：老子不是神经病，世上的人才是神经病！邻居们说他是一条狗，主人宣称为了维持必要的公平，反口将邻居称作是猪。看上去，主人打算在任何地方都维持他的公平正义，真是不省心啊。这样一个男人对夫人提出了这样一个离奇的问题，对其本人来说也许只是早饭前的一段小插曲，但对听者而言却是一件相当神经病的事。所以夫人云里雾里，一言不发。老夫更是无言以对。见此情景，主人大喊了一声："喂！"夫人吃了一惊，连忙回道："哎！"

"这声'哎'，是感叹词还是副词？"

"是哪个？这么无聊的事，是哪个不都行吗？"

"都行？这可是眼下国语学家头脑中的重大问题！"

---

1 目白：东京地名。

"哎呀，猫叫的声音吗？真讨厌！话说，这猫叫也不是什么日语呀。"

"所以说，这就是一个很困难的问题啦！这叫比较研究。"

"是吗？"夫人是个聪明人，才不和这种傻瓜问题扯上什么关系，"那到底是个什么词，搞明白了吗？"

"重大问题啊，不会那么快就搞明白的。"主人将那块鱼塞进嘴里，吧唧吧唧吃了起来。之后他又吃了边上的芋头炖肉。

"猪肉啊。"

"哎，猪肉呢。"

主人以很轻蔑的语调哼了声，将猪肉咽了下去，然后将酒杯推出去说："再来一杯。"

"今晚有点喝高了吧，你都满脸通红啦！"

"喝点而已——你知道世界上最长的单词是啥吗？"

"哦，是'前关白太政大臣'吧？"

"那是人名。最长的单词知道吗？"

"单词，那是外语吗？"

"嗯。"

"不知道啊——酒就算了吧，吃饭吧，嗯？"

"不，我还要喝。最长的单词要不要告诉你？"

"好吧，说完就吃饭。"

"是个叫 Archaiomelesidonophrunicherata[1] 的单词。"

"胡编乱造的吧？"

"这能胡编乱造吗？是希腊语。"

"那这是个什么词呀？用日语说。"

"意思不知道，只知道拼写。写长点可以写到差不多六寸三分。"

要是换个人，也就是在酒桌上开开玩笑，可他却一本正经地说着，堪称异象。难怪今晚喝个没够，平日里他规定自己只喝两杯，今晚已经四杯了。喝两杯他就会脸红起来，如今加了一倍，脸烫得就像根烧火棍，看上去相当遭罪。即便如此他还不肯罢休："再来一杯！"

"行了吧，别再喝啦。喝多了也受罪。"夫人怕他过量，苦着脸说。

"说啥呢，就算受罪今后也得多加练习。喝吧！大町桂月[2] 说的。"

"桂月是个啥？"大名鼎鼎的桂月在夫人这儿一钱不值。

"当代一流的批评家。他说'喝吧'。那就不会错。"

"说的什么混账话！什么桂月、梅月的，叫人喝酒受罪，

---

1 Archaiomelesidonophrunicherata：古希腊阿里斯多芬作品《蜂》中的台词，意指可爱的人。

2 大町桂月：日本近代诗人、散文家、评论家，著有《黄菊白菊》等。

真是闲出来的。"

"不单单是劝人喝酒啊，还劝人多交际、多娱乐、多旅行呢。"

"那不更坏吗？这种人还算什么一流批评家？真是服了他。还劝有家室的男人去娱乐……"

"娱乐挺好啊。就算桂月不劝，只要有钱说不定我也去噢。"

"世上没娱乐了才好呢。你以后要是出去找乐子，那可了不得。"

"你说了不得，那就不去了。作为交换，你要对老公好一点，到了晚上要多做点好吃的。"

"现在还不够好吗？已经尽力啦！"

"是这样的吗？那就等有了钱再出去找乐子。今晚就喝到这里吧。"说着他递过了饭碗。那晚主人好像吃了三碗茶泡饭，老夫吃了三片猪肉和一只烤鱼头。

第八章

在将跑墙作为一种运动方式进行解说时，就想着要把主人家院子的环绕篱笆墙做个简要介绍。若以为篱笆墙外是另一户人家，比如说南墙隔壁邻居是个叫什么什么次郎的，那可就是个误会了。房租很便宜，但住的人也是苦沙弥这样的。然而主人却从不会和叫"阿什么"的家伙结成邻居的，比如叫阿与、阿郎之类的。篱笆外有五六丈空地，尽头并排着五六株郁郁葱葱的丝柏。从檐廊这边看过去，对面简直就是一片茂密森林，住在这儿的先生感觉就像住在荒野中的小屋里，乃是一个和无名猫为友、安然度日的江湖隐士。可惜那几株丝柏并不像老夫吹嘘的那么茂密，枝叶间能清晰看到一家叫群鹤馆的便宜旅店的屋顶，店名起得倒很响亮。因此，要把先生想象成一个荒野隐士，当然就得费点劲了。但这家叫群鹤馆的旅店亦有其存在价值，先生的屋子完全可据此而称作卧龙窟。反正起什么名字都无须纳税，大家可以随意起一些足够卖弄的响亮名号。

就在这片五六丈的空地上，篱笆墙东西两端相距约有十丈，随即在尽头拐了个直角的弯，将卧龙窟的北面包裹起来。而这北面却是祸乱之根源。原本篱笆外是一片空地，接着是另一片空地。空地以横行霸道之势包围了房屋的两侧，不要说卧龙窟的主人，就连老夫这只灵猫，面对这片空地也感到颇为棘手。正如丝柏占据了南侧一带，北侧则排列着七八株泡桐。泡桐已经长到了一尺来粗，要是把做木屐的带来，肯定能卖个好价钱吧。可租户的悲哀也在于此，不管你多想这么干，你也无法真的去干。对于主人来说，这也真是够他难过的了。

前些天来了个学校的勤杂工，砍走一根树枝，第二次再来时就穿着崭新的桐木屐。还没来得及问他，他就自我吹嘘说是用上次砍走的树枝做的。真是个狡猾之徒。家中虽有泡桐树，可对于老夫和主人一家来说却是一文不值。古语云："匹夫无罪，怀璧其罪。"那么主人的情况就可以称作是"家中有桐，手里没钱"了吧，这就是典型的"珍宝烂于己手"。愚蠢的既不是主人，也不是老夫，而是一个名叫传兵卫的房东。还没来吗？还没来吗？做木屐的还没来吗？不管泡桐再怎么催促，房东也摆出一副啥都不明白的面孔，只知道来索要房租。老夫和房东无冤无仇，关于他的坏话就到此为止。

回归正题，刚才说到北面是祸乱之根源，讲的就是这一片的事。这话咱们说完就算了，绝不能让主人听见。

关于这块空地，最不稳妥的是没有围墙，这是一片任凭劲风吹拂、穿过、穿透、畅游的空地。说它是这样的还不够准确，应该说它早就是这样的了。凡事不从开头处追根溯源，就捋不清其来由，而来由不明则大夫也开不出好药方。所以，要从主人搬家到这儿时的情形慢慢讲起。劲风穿透其间，在夏天这是件令人心旷神怡的好事，纵然看上去防备上有些粗心大意，但家里没钱也就肯定不会发生被盗之事。因此，主人家不存在任何栅栏、围墙，以及鹿砦、暗桩之类的东西，完全没有必要。然而这样做是否靠谱，应该取决于空地对面所住的究竟是些什么人，抑或是什么种类的动物。

要解决这个问题，势必先得查明盘踞在对方阵营的君子是何许人也。在尚未弄清对方是人还是动物之前，就将对方称为君子未免太过草率了点，但称之为君子大概率是没有问题的，这是一个将盗贼亦称为梁上君子的世界。就目前的情况看，对面的君子绝不是要找警察麻烦的那种人。清点了一下人头，实在太多了，乌泱乌泱挤在一起。那是一所被称为落云馆的私立中学——以将八百子弟养成君子为奋斗目标，每月征收两元学费。校名称作落云馆，想必其中都是些风流人物吧——这理所当然是大错特错了。其馆名之不可信，正如群鹤馆中无鹤立，卧龙窟里独有猫也。已知专家、学者中并不乏主人苦沙弥这样的神经病，那么就能明白落云馆里的君子，绝无可能都是风流雅客。要是这样说还不明白，那就建议到主人家里来住上三天看看再说吧。

如前所述，刚搬到这儿时，那片空地上没有围墙。落云馆的君子们就像车夫家的大黑似的，优哉游哉逛进泡桐林间，在林子里聊天、吃盒饭，在嫩竹叶上滚来滚去……做形形色色的事情。然后将盒饭之尸骸，也就是竹皮、旧报纸，或者旧草鞋、旧木屐等，凡是以旧字开头的东西通通都舍弃在此。不靠谱的主人意外地心平气和，并未另行提出抗议。不知道他是真不了解情况呢，还是心知肚明，只是不打算追究此事。而那些君子则随着学校教育程度的提升，渐渐看上去有点像真的君子了，行动也逐渐自北向南蚕食而来。要是说把蚕食这个词用在君子身上不大贴切，那就算了，但贴切的词语又不存在。他们就像逐水草而居的游牧民族，舍弃了泡桐林而向丝柏进军。

丝柏位于房屋的正面，若不是胆子够大的君子，不会进行到这一步。一两天后他们的胆子更大了一圈，成了大胆之辈。再没有什么比教育的成果更吓人的了。他们不仅向房屋的正面逼来，还在正对面唱起了歌。忘了歌名叫什么，但绝对不是三十一个字的老派和歌之类，而是更为生动活泼、通俗易懂的歌曲。不光是主人感到吃惊，连老夫都为这些君子的才艺所折服，情不自禁地侧耳倾听。诚如读者们所料，叹服和生厌这二者在一般场合下是势不两立的，然而此时却不期然地合二为一，乃至于今日回想至此，仍然感到非常非常之遗憾。主人或许也会感到遗憾的吧，当时他却迫不得已，两三次从书房里飞奔而出，驱赶着叫喊："这儿不是你们能进来的地方，都滚！"

然而，那都是些受过教育的君子，对这种事是不会老老实实听话的。刚被驱赶走，转身又回来了。一回来就放声欢快地高歌，大声地说话。且君子之言别具风味，满口都是你小子、懂个鬼之类的。这些词语在明治维新之前，属于保镖、轿夫和搓澡工等职业的专属语汇，而到了二十世纪，据说已成为受过教育的君子们用于学习的唯一用语。有人解释说这和锻炼身体的道理一样，由过去受到普遍的轻蔑转而成了今天大受欢迎的热门现象。主人再次从书房中奔出，逮住了其中口吐君子语汇最为流畅的家伙，追问他为什么闯到这儿来。该君子瞬间忘记了你小子、懂个鬼之类的高雅语汇，转而使用不入流的语言回答道："还以为这儿是学校的植物园呢。"主人告诫他下不为例，便将他放生了。说"放生"感觉像是放了个小乌龟，用语有点奇怪。实际情况是主人揪住了该君子的衣袖，进行了谈判。

主人认为经过这一次严厉的训斥，这些家伙就会安分了。但事实上，自女娲补天以来，总是事与愿违，主人再次失败了。这次他们是从北侧进入，横穿过整个院子从正门出去。大门开合的嘎吱声让主人误以为有客来访，结果却从泡桐林那边传来了欢笑声。形势发展得越来越不稳当了，教育带来的成效也越来越显著。悲伤的主人对这些家伙束手无策，只好将自己关进书房，恭恭敬敬给落云馆校长写了封信呈上，恳求校方稍稍给予管束。校长也郑重地给主人送来了回信，告知会建墙的，请主人稍候。过了会儿来了两三个工匠，只用半天就在主人家和学校的边界地带建起了高约一米的篱笆墙。主人欢天喜地，这下总算安心了。主人是个傻瓜，这点事就能让君子们的行径产生变化了吗？

　　捉弄人毕竟是有趣的，连老夫这样的猫也时不时地逗逗家里的小姐姐呢。主人被落云馆的君子们捉弄得憋屈至极，这可以说是无可争议。对此感到愤愤不平的，恐怕只有被捉弄的当事人了吧。如果对捉弄这一行为进行心理分析，可以发现它需要具备两点要素。第一，被捉弄的当事人不能对此不在乎；第二，捉弄的一方，在势力或人数上相比对方要占据绝对优势。前些日子主人去了动物园回来，常常提起一件令他感受颇深之事。据他而言，是他观察了骆驼和小狗的争斗过程。小狗围绕骆驼如疾风般旋转着狂吠，骆驼却毫不在意，不动声色地驮着它背上的驼峰伫立不动，完全不管那狗如何吠叫、如何癫狂，对它视而不见，最终那狗对自己的行为也感到了厌倦，自动消停下来。

　　主人嘲笑那骆驼神经过于大条，但这例子用在此处却再合适不过。不管捉弄的手法如何高明，如果骆驼来了，任何手法都不成立。进一步看，如果是狮子或老虎这种比对手强大太多的，也行不通。还没等你决定是否捉弄它，就已经被撕成了八大块。对于捉弄者来说，最愉快的莫过于一出手就让对方暴怒地露出了獠牙，但不管对方如何暴怒，对于我方却依然无可奈何。在这种安全的情况下，就会给捉弄者带来极度的愉悦。为什么这种事情会让捉弄者感到有趣？

　　原因有很多。首先，这非常适用于消磨时间。人在深度无聊时，甚至会想要清点下自己的胡须。传说，过去被投入大牢的囚徒，因单独关押而无聊至极，就在大牢的墙上反复描画三角形苦熬度日。这世界上再没有比无聊更令人难以忍受的了，如果没有什么激发活力的事件发生，那么活下去就会成为一种煎熬。而捉弄人这一行为，就是意图引发刺激而制造出来的一场游戏。但若不能激怒对方，使对方陷于焦虑或困顿，就不能称其为刺激了。自古以来耽溺于捉弄人这种游戏的家伙，大多是傻瓜诸侯那种不通人情世故的无聊人士，或是一些除了聊以自慰之外似乎完全没有余暇思考、自作聪明实则品行幼稚的愤青，这些人找不到其他的激情发泄途径。

　　其次，这是实打实证明己方优势的最简明的方法。当然，杀人、伤人或使人陷入困境也都能证明自己的优势，但这些行为只不过是为了达到杀人、伤人和陷害之目的而采取的手段。而证明自己的优势，只不过是这些手段在经过实施，并导致其必然结果后，所呈现出来的现象而已。因此，既要展示自己的实力，又不愿给予对方过度的伤害，那么捉弄人就成为最为恰当的方式。

然而，不给对方一点伤害，就无法在事实层面上证明自己的了不起。可如果造成了事实上的伤害，那么就算自己心安理得，但由此而生的快乐又会意外地变得索然无味。人是很自负的，不该自负的情况下也想自负一下看看。你瞧，我如此了得，所以我骄傲。只有这样做了，这些人才会感到安心。不对他人展示下自己有多么了不起的事实，他们就会觉得浑身都很难受。而且那些不明事理的粗人，那些对自己的骄傲在心里还感觉不够踏实的人，更会利用一切机会试图摸到这张王牌，并紧紧攥在手中。这和在柔道的对抗赛中，总是尝试着把对手扔出去是一个道理。柔道有个怪异之处，就是总盼着能够邂逅比自己更弱的对手，哪怕只有一次也是好的，哪怕对手是个未经训练的素人也未尝不可，特别想要把对方举起来，然后扔出去试试看。柔道练习者怀着这种极其危险的念头，在街上走来走去，原因即在于此。关于捉弄人这一行为，当然还存在着形形色色的动机，但说来话长，在此就略过不提了。如果还想深究，那就带上一盒鲣鱼干来向老夫请教吧，老夫随时告诉你其中的秘密。

参照上述逻辑推论，依老夫之见，山里的猴子和学校教师是最佳的捉弄对象。将猴子和学校教师做比较真是不甚惶恐——这不是对猴子说的，是对教师。但两者实在太像了，这可真是没办法。众所周知，山里的猴子是被铁链拴着的。不管它怎样亮出尖利的牙齿，也不管它怎样吱哇吱哇乱叫着骚动，都不用操心会受到它的攻击。教师虽然没有铁链在身，却受到了薪水的捆绑，不管怎样捉弄他，他也不会舍弃职业将学生痛殴一顿。如果他是个有勇气辞职的人，最初就不会选择教师这职业，守着学生兢兢业业地操劳。主人就是一个教师，虽说不是落云馆的教师，但毕竟也是一个教师，这点是不会错的。将主人作为捉弄对象，堪称恰当至极、稳妥至极、安全至极。落云馆的学生都是少年，捉弄他人可以让他们身价倍增。这些人作为教育所结出的硕果，他们将此看成是理所当然的诉求，甚至是必须拥有的权利。

不仅如此，这些家伙如果不去捉弄他人，精力充沛的四肢和头脑都不知该如何使用了，漫长的假期将令他们无所适从。捉弄人的各种要素都已齐备，主人提供了被捉弄的主体，学生自然也就乘势而上，无论谁来看这事都会觉得它是顺理成章的。为此而感到愤怒的主人，岂不就像是个毫无见识的乡巴佬儿，愚蠢透顶了吗？下面老夫将为诸君逐一讲述落云馆学生是如何捉弄主人，而主人对此的反应又是怎样的愚蠢透顶。

各位都明白篱笆墙是个什么玩意儿吧？那只是个通风良好的简易隔断，我辈猫族完全可以穿过它的方格子自由自在地出入往返。这扇隔断存在或不存在，对老夫而言都是一回事。而落云馆校长专程请匠人修筑篱笆墙的目的，是阻止他自己所栽培的君子们潜逃，并不是提防我辈的自由出入。当然，不管这篱笆墙的通风如何良好，人类是不可能从那些格子眼里钻进来的。用竹子编织这种四方形洞眼的篱笆，就算在清朝魔术大师张世尊的手中也不是件容易的事。所以说，这道篱笆隔断对于人类而言，无疑能充分发挥它作为墙的功能。主人看到篱笆建好，心想这下总算好了，并由衷地为此感到高兴，此种心情也在情理之中。但主人的这逻辑却有个很大的漏洞，比篱笆墙上的洞还要大，堪称是个连吞舟鲸鱼也会漏过去的巨大的漏洞。凡墙皆不可逾越，这是他推论的前提条件。按照这一假说，无论是多么简陋的墙，只要赋予了墙之名，那么对于在校学生，它就是一道不可逾越的分界线，也就绝对不必再担心他们会擅自闯入己方区域。然后他又快速推翻了自己的假说，退一步想，就算有个把妄图闯入的家伙亦无大碍，想要钻过篱笆墙上的四方洞，不管多小的孩子也不可能办到。于是，他迅即得出结论：从此再无被闯之虞，可高枕无忧矣。毫无疑问，只要学生们不是猫，就不可能从篱笆的四方洞里穿过，想要穿过也办不到。但是要爬过、跳过，却不费吹灰之力，这反而成了一种相当有趣的运动方式。

建起篱笆墙的第二天，这些家伙和未建篱笆时一样扑通地从北侧跳进了空地，只是并未深入到屋子的正面。万一遭到追击，就需要腾出一些时间逃跑，他们预先计算妥当，在没有被逮住风险的地带溜达。这些家伙究竟在干些啥，待在东厢房的主人当然是看不见的。要想了解这些家伙在北侧空地上的真实状态，就必须打开后窗，探出头去，并扭头九十度张望，或者从茅房的窗口隔着篱笆窥探。只要从茅房的窗口看出去，那些家伙在哪儿、在干些啥，就全都一目了然了。可就算是搜寻到了几个敌人，也没法逮住他们，只能隔着窗户的栅格叱骂几声而已。如果从木栅栏处迂回，突击敌方阵地，那些家伙只要听到脚步声，就会在你出现逮住他们前，扑通一下跳到篱笆墙的另一侧，就像海狗们在冬天里晒着太阳，忽然遭遇到了悄悄驶来的盗捕船。

主人当然不会蹲在茅房里盯梢，所以他也就没有打开木栅栏，也无一听到响动就飞奔而出的打算。真想这么干，那就得在干这事的当天把教师的岗位给辞了，不从事专业追逃是不可能追上的。主人的不利条件在于，他待在书房里只能听见敌人的声音，只有到了茅房的窗口才能看见人影，以至于他根本无法出手。敌方识破了主人的弱点，研究出相应战术。当他们探查到主人正把自己闷在书房里，就尽可能哇哇地高声喧哗，还间或说些戏弄主人的话故意让他听见。而且这声音的出处极为飘忽不定，乍一听很难判断他们是在墙内还是在墙外。如果主人追出来了，他们或是逃之夭夭，或是一脸无辜，装出他们一直待在墙外的样子。

当主人去了茅房——老夫从最初起就频繁说着"茅房、茅房"的，并非由于这一词语让老夫感到格外荣幸。虽然这给诸位带来了重大不适，但为了记述这场战争，讲清楚茅房是必要的，不得不然而已——也就是说，当他们发现主人进入了茅房，他们必定在泡桐树林附近徘徊，故意让主人看见。如果主人从茅房里发出的怒吼响彻四邻，敌人也并无惊慌之色，他们扬长而去，悠然退回到根据地。对手所采用的这一战术，令主人相当困扰。当他确认敌军已然潜入，提着文明棍出击时，面对的却是一个寂然的世界，四顾无人。正想着原来没有人啊，从窗户窥探出去时，必定又有一两人潜入了进来。主人忽而绕到茅房后面，忽而从茅房内部向外观察；忽而从茅房内部向外观察，又忽而绕到了茅房后面。不管他这样来来回回搞几次，面临的状况都没有变化。虽然状况没有变化，他还是不得不一再重复着绕来绕去。所谓疲于奔命，指的就是主人面临的这种困境。自己的本职工作是教师呢，还是应对这场战争？主人自己也有点整不明白了，弄得着急上火。当他的火气抵达顶点时，就发生了如下事件。

事件大概率是上火导致的。所谓上火，即如字面意思所示，乃是火气逆向上冲。关于这一点，不论盖伦[1]、帕拉塞尔

---

1 盖伦：克劳迪亚斯·盖伦，古罗马医学家。

苏斯¹，抑或陈腐的扁鹊²，对此均无异议。唯独关于火气上冲何处，却存在着分歧。此外，上冲之火究竟是什么性质的东西，也是争论焦点。根据欧洲人自古以来的传说，人的体内似乎有四种液体在循环。第一种是称之为怒液的玩意儿，它若逆向上升必发雷霆之怒；第二种叫钝液，它若上冲，神经就会变得迟钝；再次是忧液，它使人抑郁；最后，就是血液了，它令人体四肢充满活力。此后随着人类文明的进步，怒液、钝液和忧液之说不知何时消失了。如今唯有血液尚存，它和古时候一样仍在人的体内奔流循环。如此说来，如果有人上了火，这火除了血液应该不会是别的什么东西。而且对个人来说血液的存量是恒定不变的，只因各人秉性的不同在量上略有增减，但就总体而言，每人的血液量在五升五合左右。所以，这五升五合的血液一旦逆向上冲，唯有血流经过之处活力四射，其他局部则因血液欠缺而寒冷。这正如派出所遭遇火攻，警察们齐刷刷地集体前往警局集合，街道上变得一个人影都见不到了。从医学诊断的角度来说，该种现象就可以称为"警察上火"。上火的治愈，就必须让血液像往常那样均匀地分布于全身各部。为此，则必须让逆向上冲的家伙降落到下面来。

---

1 帕拉塞尔苏斯：瑞士文艺复兴时期医学家、化学家。
2 扁鹊：中国战国时代的名医。

偏方形形色色。主人已然不在的先祖们据说是用湿毛巾贴在额头上，而身子却贴着火炉烘烤。正如《伤寒论》所指出：头凉足热，益寿祛灾之兆也。故而以湿毛巾作为延年益寿之工具，一日不可或缺。若对此不感兴趣的，那就不妨试试和尚的惯用手法——居无定所的沙弥，云游四方的行僧，必定眠于树下石上。树下石上之说并非是为了苦行苦修，而是六祖[1]在春米时想出来的泻火秘法，完全是为了将升上去的邪火降下来。不信你就在石头上坐着试试，屁股感到冷是理所当然的。屁股冷了，升上去的火气就下来了，这大自然运行的秩序乃是丝毫也不容置疑的。

如此这般动用了种种手段，发明了众多泻火散热的高招，但遗憾的是，迄今却没有找到如何诱发上火的良策。一般场合下，上火有损无益。但凡事不可一概而论，例外的情况也同样存在。对于有些职业来说，上火是极为重要的大事，若不上火则必一事无成。其中对上火最为重视的就是诗人。上火之于诗人，就如同煤炭之于轮船。其供给哪怕只是停止一天，他们就不得不袖手而坐，成为一个除了吃饭啥也干不了的凡夫俗子。追本溯源，上火就是癫狂的别称。所谓不疯魔不成活，事业也就无法顺滑地向前推进。可这说起来又有伤体面，所以诗人同行们在内心呼唤着上火，却又避免使用上

---

1 六祖：指六祖慧能，中国唐代高僧，是禅宗南宗的创始人。崇尚顿悟。

火这个词。经过商议，他们将其称为灵感。这可把灵感说得太廉价了。这是他们在滚滚红尘中为了瞒天过海而制造出来的名词，实际上无非就是上火而已。

柏拉图[1]愿意为诗人捧场，将这种上火称为神圣的癫狂。可再怎么神圣，只要是癫狂人们就不会买账。所以，我觉得还是叫作灵感，赋予一个新药名称那样的新鲜玩意儿，对诗人可能会更好些吧。但正如鱼糕的材料是山药，观音塑像是一寸八分的朽木，葱花鸭胸面其实放的是乌鸦肉，民宿的牛肉火锅里放的只有马肉，而所谓灵感也仅仅是上火。分析上火，就会发现它是一种临时性的癫狂。不进巢鸭[2]的精神病院而能自愈的人，他们的癫狂只不过是临时性的。但要制造出这种临时性的癫狂，却是件非常困难的事，一辈子癫狂反倒容易得多。只在面对稿纸拿起笔的这一时间段里发癫，即便对于无所不能的神祇来说，也是件会累到骨折的事情，倒腾来倒腾去还未必能成。既然神祇们也不肯插手，那就只好自力更生了。

因此，自古以来上火术和泻火术一样，都让学者们大伤脑筋。曾有人为了获得灵感，每天吃进十二个生柿子。这一行为基于以下理论：食用生柿子会导致便秘，而便秘一旦发

---

1 柏拉图：古希腊哲学家，也是哲学史上最有影响力的学者之一，著有《理想国》《会饮篇》等。

2 巢鸭：日本东京都丰岛区地名。

生则必定诱发上火。还有人提着酒壶跳进澡盆里，认为在滚烫的水中饮酒肯定也会上火。按这一理论行事倘若还不成功，那就把葡萄酒倒进热水里搅和，再下去泡个澡。此人坚信只要这样做了，必定能够一举奏效。但是因为没钱，这人尚未实践他的理论就死掉了，不禁令人心生叹息。最后的最后，还有人想到了新点子，模仿古人也许能激发出灵感，这是运用了行为心理学的研究成果，只要模仿某人的行为举止，心理状态也将与某人趋同。像个醉鬼那样地絮絮叨叨，不知不觉间就会产生喝醉了的感觉；坐禅调息，忍耐一炷香的工夫就会觉得自己也像个和尚了。

因此模拟以往知名巨匠的所作所为，肯定也能像他们一样获得灵感，逆火上冲。有传闻说，雨果[1]是躺在一艘快艇上构思他的作品的，那么坐在船上仰望苍穹，想必也能酝酿出相似的灵感；而斯蒂文森[2]则是趴着写小说，那么趴着拿笔，血液肯定也会向头部集中。如此这般，各色各样的人想出了各色各样的办法，只是还没有谁达成其目的。目前来看，人为刺激而产生的逆火上冲仍是不可能之事。此诚为憾事者也，却也让人没辙。能够自由随性地激发出灵感的日子早晚会到来，这一点毋庸置疑。老夫为了人类文明之进步，

---

1 雨果：法国作家，法国浪漫主义文学的重要代表，著有《巴黎圣母院》等。
2 斯蒂文森：英国小说家、诗人、游记作家，著有《金银岛》《化身博士》等。

迫切期待着这样的日子早日来临。

关于上火的说明，窃以为写到这里已很充分了，下文将切入事件的本体。但所有重大事件发生之前，必定会发生若干小事件予以铺垫。仅仅叙述重大事件而让这些小事件脱离观察视野，这是自古以来史学家们的通病。主人随着因小事件的上火而愈加烦躁，逐次叠加，终于导致了重大事件的发生。倘若不按事件的发酵顺序稍微给予描述，就很难理解主人究竟有多么上火。一旦产生理解上的困难，主人上火就变得徒有其名了，说不定世人还会有种错觉——那也不至于如此吧。好不容易走到了上火这一步，若不被人赞上一句"这上火可真是太棒了"，岂不是太不合适了？必须事先声明，下述事件无关其大小，对于主人而言均有失体面。虽然事件本身并不体面，上火却至少是真正地道的上火，绝不比他人的逊色。和其他人相比，主人并没有什么值得自傲的可夸之处，要是连上火也不能让他骄傲一下，那就真没什么再值得费劲地为他写下去的了。

在落云馆内集结的敌军最近发明了达姆弹[1]，他们在十分钟的课间休息或放学后向着北侧的空地发射。这达姆炮弹通称为球，运动方式是拿着一根棒槌大小的家伙，随意击打球

---

1 达姆弹：英国人发明的一种枪弹，因在印度一个叫达姆的地方生产而得名。俗称开花弹、榴霰弹，贯穿力不强但极具浅层扩张型杀伤力。

体，向敌军发射出去。就算是达姆弹，它从落云馆的运动场那边射过来，当然也无须担心会射中书房里的主人。敌人自己也不知道弹道居然有这么远，这只是他们的一个战术。既然在旅顺之战中，海军进行的间接射击获得了伟大功绩，那么滚落在空地上的虽说是球，也必将收到相当成效。轰地每发射出一发炮弹，全军便异口同声嗷的一声发出攻击性叫喊。主人受到惊吓，导致遍布手脚的血管收缩。主人极度郁闷且惘然无措，必然导致血液逆向上冲。敌方的战术不得不说非常之巧妙。古希腊有个作家叫埃斯库罗斯[1]，据说此人有个学者和作家皆有的脑袋。老夫所言之学者和作家皆有的脑袋，指的就是秃头了。

话说人类的头颅为何会秃了呢？无疑是因为头部营养不良，缺乏使头发生长的足够的活力。学者和作家大多是绞尽脑汁之辈，且注定其多数都很贫穷。所以学者和作家们的头部均营养不良，诸君皆为秃顶。伊索克拉底也是一名作家，按自然规律也必须是个秃头。他拥有一颗闪亮的金橘头。然而有一天，先生顶着和往常一样的头颅——他的头颅并无居家和旅行之别，和往常一样是理所当然的——这颗和往常一样的头颅一晃一晃，反射着阳光在街上走着。这就是他酿成大祸的源头。从远处看去，这颗反射着阳光的头颅亮得异乎

1 埃斯库罗斯：古希腊三大悲剧家之一。著有《俄瑞斯忒亚》《波斯人》等。

寻常。树大招风，闪亮的头颅也必定会招来些什么。此刻伊索克拉底的头顶上方盘旋着一只兀鹫，抬眼看去，它的利爪上还抓着一只不知何处捕捉到的乌龟。乌龟、甲鱼之类自然是美味，但从古希腊时起，这些家伙就生长着一副盔甲。不管它们多么美味，只要长着盔，谁也吃不成。固然存在龙虾的带壳浇汁烧烤之烹饪手段，可乌龟的带壳煮迄今尚未发明出来，当时自然更是没什么好的处理办法了。那只威名赫赫的兀鹫提着乌龟正觉得有些棘手，一眼瞥见遥远的下界有个闪闪发光的玩意儿，不由得喜出望外，这下总算搞定！只要将这乌龟往那闪光处砸下去，乌龟壳毫无疑问会被砸得粉碎，砸碎之后，再盘旋而下收其美味，岂不快哉？就是这样，就是这样，兀鹫盘算已定，连个招呼也不打就将那乌龟从无尽高空往秃头上砸了下去。不巧作家的头颅比乌龟壳要柔软得多，秃头被砸得粉碎，著名作家伊索克拉底就此悲惨地结束了他的一生。

这件事暂且不提，难以理解的是兀鹫的想法。那颗头颅——它知道那是作家的头颅吗？还是把那头颅误认为是光秃秃的岩石了呢？根据不同的答案，既可以将兀鹫事件与落云馆的敌军做比较，也可以认为不可相提并论。主人并不拥有一颗闪亮的头颅，不像伊索克拉底或其他赫赫有名的学者。但他占据了六张榻榻米大小的空间，并称之为书房，即使打瞌睡，也趴在高深晦涩的书本上，那么就不得不将他看成是学者、作家的同类。如此说来主人的头之所以没有秃，是因为他还没有秃的资格。不久也会秃干净的吧，这或许就是逐渐逼近并注定将要落在这颗头颅上的命运。

由此可见，落云馆的学生以主人的头颅为目标，集中发射达姆球的战术，不得不说是大有先见之明的。假如敌军的这一行动持续两周，出于恐惧和郁闷，主人之头颅必将营养不良，一变而成为金橘、药罐或者是铜壶吧。如果接着再连吃两周的炮弹，金橘肯定要被砸烂，药罐肯定将会破损，铜壶也必定要开裂。完全没有料到这么显而易见的结果，只管挖空心思对付敌人、继续战斗的，也就只有当事人苦沙弥先生了。

一天下午，老夫和往常一样在檐廊上午睡，梦见自己变身成了一只老虎，对主人说了句："鸡肉拿来！"主人应声答道："是！"战战兢兢地拿着鸡肉过来。迷亭来了，老夫对迷亭说："想吃雁肉，你去雁锅馆叫点外卖！"迷亭君照例胡诌八扯地瞎搅和，说什么大头菜和盐煎饼一起吃，就能整出雁肉的味道。老夫张开大口，嗷地咆哮了一声。受到恐吓的迷亭连忙说："山脚的那家雁锅馆倒闭了，这可咋办呀？"说这话时，迷亭吓得脸都绿了。"既然如此，那搞点牛肉也行，快去西川店弄上一斤牛里脊，要是拖拖拉拉，就咬死你小子，把你吃了。"迷亭当即撩起衣襟奔了出去。老夫因为突然间身体变大，一躺下就占满了整个檐廊。正等着迷亭君，屋里猛地发出一声巨响，好不容易就要到嘴的牛肉就此飞走。梦醒了，老夫重新变回了猫咪。这一来，刚才还缩头缩脑地趴在老夫面前的主人，竟出其不意地从茅房里一蹿而出，朝老夫的小腹猛踹了一脚。老夫嗷地叫了声，还没回过神来，主人已迅捷套上户外木屐从栅栏门那边绕了过去，直奔落云馆方向。老夫从一只猛虎瞬间收缩成猫，既觉得糟透了，又感到有些滑稽。

主人怒气冲天，老夫肚子上又挨了一脚，痛得要命，把老虎的事转眼就给忘了。主人即将出马与敌交战，那太有趣了。老夫忍痛紧跟其后，出了后门。就在这时，传来主人雷鸣般的怒吼："狗贼！"赶过去一看，一个十八九岁戴着学生帽的顽皮家伙，正趴在篱笆墙上想要翻过来。啊哈，慢了一拍。刚这么想着，那戴学生帽的家伙以冲刺的姿势，如韦驮天[1]般奔回了根据地。主人还以为那声"狗贼"的大喝获得成功，便高声叫喊着"狗贼"追赶了下去。可要想追上敌人，主人就必须从这边跳过篱笆墙；然而如果追得过于深入，主人自己也就成了入侵的盗贼。前面说过，主人是个了不起的上火大师，既然已对狗贼展开了追击，那么以教师之尊而沦为盗贼他亦在所不惜。所以主人完全没有见好就收的意思，一直追到了墙根。只要再往前一步，他就将沦为盗贼了。在这关键时刻，敌军中走出一个满不在乎的蓄着淡淡小胡子的

---

1 韦驮天：佛教护法天神。

军官，两人隔着篱笆墙展开谈判。侧耳听去，居然是在说些完全不着调的事。

"那人是我校的学生。"

"还像个学生吗！为什么闯进他人的住宅内？"

"不是闯入，刚才是球飞过去了。"

"为啥不打个招呼，就自己过来拿球？"

"以后会让他多注意。"

"这还差不多，那就算了吧。"

正期待着这场交涉会展现出龙争虎斗的壮观景象，不料却以散文式的平淡谈判迅速收尾。主人之前的壮举不过是虚张声势罢了，到了紧要关头总是这样草草了事，几乎就是老夫从梦中之虎瞬间还原为猫的翻版。老夫说的小事件，指的就是这个。小事件记述完毕，接下来就必须依照顺序讲讲大事件了。

客厅的隔扇门敞开着，主人趴在榻榻米上思索着什么，应该是在研究对敌的防御之策吧。落云馆似乎是在上课，操场上意外地静寂，只能确切听见校舍的某间教室里正在讲授着伦理学，声音洪亮，立论清晰。仔细一听，却是昨日从敌军中出马负责谈判的那个军官。

"……所以称之为公德，这是至关重要之大事。到大洋彼岸去看看，无论法兰西、德意志还是英吉利，无论走到哪儿，都不存在不讲公德的国家。而且，无论多么低端的人口，也不存在不尊重公德之人。但可悲的是，我们日本在这一点上，还远不能与世界上其他国家相抗衡。诸君，或许你们中有人认为，公德这概念是近期才从国外引进的，这是一个巨大的误解。古人就曾经说过：'夫子之道，一以贯之，忠恕而已矣。'[1]这个'恕'字不用做任何改动，就可以看作是公德一词的出处。我也是个普通人，有时也想放声唱个歌什么的。然而在我自己读书时，每当听到隔壁有人在大声唱歌，我就再也读不进去，这是我的天性。所以，当我在只有高声吟诵唐诗才觉得畅快时，就想到隔壁要是住着一个像我一样怕噪声的人，那我这样做就会在不知不觉间对他形成骚扰。一念至此，我就会觉得特别对不起他，这样的时候人就应该控制自己的冲动。人同此心，诸君也应尽可能地遵从公德，只要想到这有可能是妨碍他人的事，就绝对不要去做……"

　　主人侧耳听着讲课，听到这里时不由得扑哧一声笑了。这里有必要对他这笑容的含义略作解释。如果专挑刺儿的人读到这里，一定会觉得这微笑的背后交织着冷嘲吧。但主人绝不是这么坏的男人。与其说他坏，还不如说他智商不高。那么主人为什么会笑起来呢？这是因为他由衷地感到了高兴。伦理学教师进行了如此一番殷殷教诲，那么从今往后他无疑

---

1 此句出自《论语》。子曰："参乎，吾道一以贯之。"曾子曰："唯。"子出。门人问曰："何谓也？"曾子曰："夫子之道，忠恕而已矣。"

就将永久免受达姆弹的扫射了，头颅也暂时免去了变秃的风险。上火的问题虽不能即刻解决，但时机到了渐次恢复正常应无疑义。想到不必再身靠火炉、把湿毛巾顶在头上，也不必经历睡在树下石上的苦修，就能达到安全的目的，他情不自禁笑了起来。在二十世纪的今天，他还真诚地将欠债还钱奉为天经地义的事。这样思考问题的一个人，会去认真地对待那堂伦理学课，也就成为顺理成章的事啦。可能下课时间到了，讲课声戛然而止，其他教室也都同时下课。一直封闭在室内的八百雄兵齐声呐喊，冲出建筑物，那阵势像推倒了一尺长的马蜂窝，嗡嗡、嗷嗷地叫喊着，从窗户、从门口，只要是一切可以打开的洞里，毫不客气、自作主张地飞奔而出。这就构成了重大事件的开端。

先说明下蜂群的阵势。若以为这样的战争还要有什么阵势，那可是误会了。普通群众说起战争，总觉得那都是发生在沙河、奉天或者旅顺之类的地方，除此之外就别无战事。而在一些稍微写点诗的野蛮人眼里，战争还让他们联想起一些夸张不靠谱的战争场面，像什么阿喀琉斯[1]拖着赫克托尔的尸体，绕着特洛伊城墙走了三圈，还有什么燕人张翼德在长坂桥上挺着丈八长矛，喝退了曹操的百万大军之类。联想本

---

1 阿喀琉斯：希腊神话中的英雄。"荷马史诗"描述了他杀死特洛伊城守将赫克托尔的战绩。

是联想者的主观意念，尽管随意，但由此断定除此之外便别无战事，那就有违事实了。是否只有在远古的蒙昧时代才有可能进行过这种傻乎乎的战争，这有待考证。但在太平盛世之今日，在大日本帝国首都之中心，上述野蛮行为乃是不可能出现之奇迹。不管骚乱失控到了何种程度，也顶多是对警局站点的打砸抢烧而已。

如此看来，卧龙窟之主苦沙弥先生和落云馆八百健儿之间的战争，堪称东京都建都以来数得着的重大战事之一。左氏丘明[1]记载鄢陵之战时，也是从敌军阵势开始描述的。自古以来擅长叙事技巧者，无不采用此种笔法，已成普遍之规律。因此，老夫从蜂群的阵势说起，也不能说是过于琐碎吧。首先不能不观察下这蜂群的阵势，他们在篱笆墙外组成了一列纵队的形态。由此推测这支部队的任务，是诱使主人进入他们的内线作战。

"赶快投降！"

"去死，去死！"

"差劲，差劲！"

"滚出来！"

"溜了，溜了！"

"肯定溜了！"

---

1 左氏丘明：中国春秋时期史学家，传说著《左传》。

"吼给他看！"

"汪汪汪汪！"

"汪汪汪汪汪汪！"

纵队的先头部队齐声呐喊。

略略偏离纵队的右侧靠操场方向，一支炮队占据了险要地形进行布阵。有个军官面对卧龙窟，手握大号棒槌控制着局面。在他的对面，差不多距离四五丈的地方站着一个人，大棒槌的后面还站着一个，他们都面朝卧龙窟笔直站立。如上述的布局，相对而立排成一字长蛇阵的则是炮手。有人解释说，这是棒球运动的训练，绝对不是什么战斗准备。老夫是个不知棒球为何物的球盲，只是据道听途说，这是从美国进口的一种游戏，如今中学以上水平的学校所推广的体育运动中，棒球最为时尚流行。美国人的天性就是尽想些不着调的事儿，就算被人误认为是炮队也并不在乎。美国把这种骚扰周边的游戏传授给日本，说不定是在尽其可能地表现出它的善意；此外，美国人还真是把它当成了一种运动游戏呢。但是，这纯粹的游戏居然也具备了惊动四邻的力量，那么把它当作具有攻击性的炮弹也是充分成立的。以老夫的眼光观察，只能理解为他们是妄图利用运动之术，收取炮击之功。凡天下之事，都是怎么说就怎么成立的。既然这世上有假借慈善之名行诈骗之实的，假借灵感之名矫饰上火之实的，那么在这棒球运动的掩饰下，也就完全有可能进行一场战争。

有些人所说的棒球，只是一般意义上的棒球吧。老夫此刻所记述的棒球，则是仅限于特殊场合的棒球，即用以攻城略地的炮击战术。

下面介绍下达姆弹的发射方法。直线排布的炮兵队列中的某个人，右手握着达姆弹向拿着棒槌的人投掷过去。达姆弹是用什么制成的外人并不知晓，它像个圆且坚硬的石头饭团，被郑重其事地用皮革包裹起来缝制而成。如前所述，这炮弹一飞离炮手的手掌，便破风而行，对面站着的人也随之挥舞起棒槌，将炮弹击打回去。偶尔也有打不中、炮弹擦身而过的情况，但大概率是发出砰的一声巨响，将炮弹反击到位。其势相当猛烈。想要砸烂患神经性肠胃炎主人的脑袋，那不要太容易。炮手的情况差不多就是这样，可周围吵吵嚷嚷凑热闹兼啦啦队的家伙则堪称云蒸霞蔚，一派喧嚣。当石球被棒槌砰地击中，便哇哈一声高呼起来，并啪啪地热烈鼓掌，吼叫着："哦耶，哦耶！""这下打中了吧？"也有人喊着："这样也成吗？还要不要脸！""服不服啊！"要是仅仅如此那还算好，可棒球的三发中必有一发炮弹落进卧龙窟的府邸内。这球要是不滚落进主人家院内，就没有达到这波攻击的目的。如今虽然有不少地方在制造达姆弹，但价格十分昂贵，就算是战争也无法保障充分的供给，大体上一个炮队的炮手能分到一个或两个。仅仅砰的一声，就消费了这么贵重的炮弹，这是不行的。为此他们增设了一支捞弹部队，专门负责将落下的炮弹捡回来。根据落球地点的不同，有些地方捡球不费什么力气，可要是落在草地上或别人家的院子里，那就不大容易捡回来了。所以一般而言，为减少劳动支出，他们都尽量往容易捡球的方向击打，但此刻的情况却是恰恰相反。他们的目的不在于游戏本身，而在于这是一次战争性质的行动，他们有意识地将达姆弹击落在主人的院子里。只要球落在了院内，他们就获得了进入院子捡球的正当理由。进入这座院子最简便的方式，就是翻越篱笆墙。只要在篱笆墙内搞出点动静，主人就必定会怒火冲天，如若不然，那就只有卸甲投降了。如此劳心费力，主人的那颗头颅也必定会一点一点地秃将起来。

就在此刻，敌军打出的一炮准确无误地越过了篱笆，擦落了桐树下端的枝叶，命中院子的第二道墙——竹栅栏，发出了相当大的声响。根据牛顿的第一运动定律所言：若无外界阻力，进入运动状态的物体将匀速直线运行。如果物体的运动仅受这条定律的支配，那么主人的头颅此刻已遭遇到和伊索克拉底同样的命运了。所幸牛顿在提出第一定律的同时，又提出了第二定律，这才在千钧一发之际救了主人一命。牛顿的第二运动定律指出：运动的变化与所受之外力成正比，但是这外力必须作用于物体运动的直线方向。什么鬼？老夫略有些不明白。不过那颗达姆弹并未穿透竹栅栏、撞碎隔扇门，砸烂主人的头颅。由此可见，主人无疑是托了牛顿之福。不一会儿，正如老夫之所料，敌军果然跳进了院内。他们拿着棍子戳扫着地上的枯竹叶以弄出声响，嚷嚷着"是这儿吗？""再左边一点儿吗？"之类。所有跳进院子里来找球的敌军，必定会搞出很大的动静。悄没声地进来，悄没声地捡球，达不到他们的关键目的。达姆弹或许贵重，但戏弄主人则远比寻找达姆弹更为重要。

正如此刻发生的情况，从很远处就能准确判断那颗球落在了何处，就算只听到它撞在竹栅栏上的声响也能明白。它击中了竹栅栏，然后掉了下来，一切都是清清楚楚、明明白白的。如果他们真的只是想要老老实实地捡球，捡多少都不是问题。根据莱布尼茨[1]的空间定义——所谓空间，即应有之物并存现象之秩序。凡事物从 A 至 Z，无论在什么情况下，均按顺序呈现。柳树之下必有泥鳅，蝙蝠之上常挂残月，达姆之弹就在墙根——最后一句或许不够对仗，但在每天都往院子里砸球的人眼中，习惯于空间上如此排列是必然的。这本应是一目了然之事，却搞得如此骚动、喧哗，毫无疑问这是向主人挑起战争的一种策略。

既然走到了这一步，主人再怎么消极也不得不应战了。刚才还在客厅里笑眯眯地听伦理学课的主人奋然起身，瞬间疾驰而出，出其不意地生擒了敌军一人。对于主人来说这可是重

---

1 莱布尼茨：17 世纪德国著名哲学家、数学家。

大功绩。虽说这是重大功绩，但低头一看却只是一个十四五岁的小毛孩。主人美髯飘飘，把这小毛孩作为他的对手，感觉上未免有点不太匹配。然而，也许主人是受够了吧，他把这连连道歉的小毛孩一把拽着揪到了檐下。走笔至此，有必要多说一句敌军的策略。敌军昨日目睹了主人的嚣张气焰，推测主人一旦面临如此状况，必定会亲自出马迎战。如果派大将亲临一线，万一来不及逃逸被逮住了，事情就会变得麻烦复杂起来。再没什么比派个一二年级的学生去捡球，更能规避风险的了。就算小孩被主人逮住了，也就是主人用大道理叽叽咕咕训斥一通，根本无损于落云馆的名声。把这种毛都没长齐的小毛孩当作对手，只会成为主人的耻辱。这就是敌军的如意算盘。在普通的人际关系应对中，这算盘应该说打得十分高明。

　　但敌军的判断，忽略了对手并非普通人这一事实。主人如果具备了这种程度的常识，昨天就不会冲出来了。上火能把一个普通人提升到非普通人的水平，把具有常识的人提升到超越常识的层次。女人、孩子、车夫、马夫，只要还能区分得出这些，那就不足以说自己上了火。生擒不足以成为对手的中学一年级学生，将其作为战争的人质，倘若没有主人的这点儿眼力见儿，那还真没法跻身上火名家之行列——可怜的是俘虏，只不过遵从高年级学长的命令充当捡球喽啰，勤勤恳恳履行职责时，不幸被没有常识的上火天才紧追不放，还没来得及跳墙就被拖到了檐下。如此一来，敌军当然不能若无其事地看着己方同伴受辱。他们叫嚷着"我来我来！"，纷纷翻越篱笆墙冲过栅栏，闯到了院子里。人数有一整打，齐刷刷地站在主人面前。这些家伙大多没穿外套和马甲，只穿着白衬衫，把袖子撸了起来，双手环抱胸前，有些把洗得都褪了色的灯芯绒罩衫披在肩上。

都是这种货色吗？正这么想着，又闪现出一个精神小伙，白帆布外套上镶着黑边，胸口正中还绣着素色的花样文字。他们看起来都是以一当千的好汉，就像昨夜刚从丹波的笹山[1]上下来的家伙，个个肤色黝黑，肌肉发达。把这些家伙送进中学之类的学校，叫他们去做学问，这实在是太奢侈浪费了。感觉让他们去做渔夫或船夫，肯定对国家更有益处吧。他们像约好了似的，光着脚，裤腿高高挽起，那副风范仿佛是要到附近去帮忙救火。他们并排站在主人面前，沉默着一言不发。主人也不开口。有好大一会儿双方怒目而视，目光中透露出几分杀气。

"你们这些家伙是强盗吗！"主人怒气冲天，叱问道。大牙都咬碎了，炮仗似的火焰从鼻孔里喷将出来，鼻翼扩张，表达出极为愤怒之意。越后狮子[2]的鼻子就是按照人类愤怒时

---

1 丹波的笹山：来自丹波笹山，形容山野匹夫来到了繁华都市。丹波为日本京都府中部及兵库县东部一带的古国名，笹山在丹波古国境内。

2 越后狮子：越后国，现日本新潟县，以狮子舞著称。孩子戴着狮子头套配合笛子、太鼓表演杂技。

的表情塑造出来的吧，不然绝不至于做得如此吓人。

"我们不是贼，是落云馆的学生。"

"扯淡！落云馆的学生有擅闯他人住宅的吗！"

"说是这么说，可你瞧，我帽子上有校徽。"

"假的吧。你说是落云馆的学生，那为什么擅闯私宅？"

"因为球掉进去了。"

"球为什么掉进去？"

"就这么掉进去了。"

"又扯淡，混账东西！"

"以后会注意，这次就请多原谅。"

"你是从哪儿来的家伙我都不知道，翻墙闯进私宅，怎么能这么简单就原谅呢！"

"我是落云馆的学生，不会搞错的。"

"你是落云馆的学生，那你几年级？"

"三年级。"

"准确吗？"

"是的。"

主人回头朝屋里喊："喂喂，来个人！"

埼玉县出生的女佣拉开隔扇门，应声露出脸来。

"去落云馆带个人过来！"

"带谁来？"

"谁都行，带来！"

女佣"哎"地应了一声，可院子里的气氛有点蹊跷，出使的目的也不清楚，眼前发生的事整个儿都傻里傻气的，她站也不是坐也不是，只是在那里尴尬地笑着。主人却打算充分发挥他上火的才干，临场发挥搞成一场大战争。自己的使唤下人，理所应当和自己一道并肩作战，但她不仅临事态度极不严肃，还在自己下命令的时候暗暗嗤笑。这让主人不由得越来越上火。

"谁都行，不是跟你说了吗！听不明白吗？校长、干事、教务主任什么的……"

"那就把那校长桑……"女佣只听懂了校长这个词。

"校长、干事、教务主任都行！我都说过了，你是听不懂吗？"

"要是谁都不在，叫个勤杂工来也行吗？"

"扯什么胡话！勤杂工明白个啥玩意儿？"

到这一步女佣明白不去是不行的了，"哎"地应了一声就要出门，虽然还是没搞明白为什么去。她正担心自己会找来个勤杂工，没想到那个讲伦理学的先生从正门走了进来。主人等他坦然就座，立即开始谈判。

"适才这厮擅闯敝宅……"主人用歌舞伎的戏剧腔陈述起来。

"确属贵校学生吗？"他又用略带讥讽的语调结束了陈述。

伦理学先生不动声色，神情自若地扫了眼站在院子里的勇士们，随后又将头转过来，瞳仁对准了主人的方向："如您所言，都是敝校学生。我们始终训诫他们不要做这种事……真是让人头疼啊……你们为什么跳墙过来？"

果不其然，学生毕竟是学生。他们面对伦理学先生时一句话也没有，也没人试图辩解，全都老老实实挤在院子的一角，就像羊群遇上了一场暴风雪。

"球掉进来了，这也是没办法的事吧。住在学校隔壁，就会时不时有球掉进来。但是……他们也太粗暴了啊，就算翻墙过来也应该静悄悄的，是吧？就这样把球捡回去，也还是可以接受的……"

"所言极是。我一再告诫过他们，遗憾的是涉及的人数实在太多了……我一定让他们今后更为注意。要是球掉到了院子里，必须绕到正门这边，征得先生同意后再进来捡球。都听到了吗……学校太大，总是给先生添麻烦，实在是没有办法。但是体育在教育上又是必要的，无论如何不可能予以禁止，可一搞又会给先生带来麻烦，这一点诚心诚意恳请先生给予谅解。作为弥补，从今往后他们一定绕到正门进来，先征求先生的许可。"

"是啊，要是都这么明白事理就好说了。不管多少球扔进来都无所谓，只要从外面打个招呼，进来捡个球也不算什么。那这学生就交给你了，拜托你带回去吧。让你专程跑上这一趱，真是不好意思。"主人依照惯例和往常一样虎头蛇尾地寒暄着，伦理学先生带着丹波的笹山好汉取道正门，回落云馆去了。老夫的所谓大事件就此告一段落。要是笑话说："这算什么大事件？"那就笑话去吧。对于笑话者来说，这当然不是他们的大事件。老夫所记载的是主人身上发生的重大事项，这大事件也不是为那些人而写的。要是对主人的烂尾行径恶言相加，斥之为强弩之末什么的，那就请务必记住，这一点正是主人的特色所在。主人之所以成为滑稽小说的素材，也正是因为他具备了这一特色。若要批评主人是个傻瓜，居然将十四五岁的小毛孩作为较量对手，那么老夫认为这判断是没错的，主人确实是个傻瓜。所以大町桂月就曾揪住主人不放，说他是个稚气未脱的家伙。

老夫前文既铺垫了小事件，此刻又讲完了大事件，接下来想要记述下大事件的余波，作为这一章的结尾。老夫所写的一切，也许有些读者会觉得是在信口开河，可老夫绝对不是如此草率的猫。一字一句背后理所当然蕴含了宇宙间的重大哲理。本文逐字逐句层层递进、前后呼应，且开篇和结尾彼此映照。当你以为这只是些琐谈闲话，文风却又突变，成了你所难以理解的高深佛语。这本书绝不是你在侧身斜躺或四仰八叉的丑态表演中，一目十行就能够读懂的。传说柳宗元在拜读韩愈的文章时，必须先用泡着蔷薇的水洗手。那么对于老夫所写之文章，至少也敬请诸君自费掏兜买本杂志，而不是从朋友那儿随便借一本瞎凑合，这样做未免也太不讲究了。下文老夫虽自称是余波微澜，但如果以为既是余波，那肯定没啥看头了，读不读也都行吧，这样想的人一定会追悔莫及。恳请诸君无论如何必须要精研细读，直至结局。

大事件次日，老夫出门想要散个步。在往横街方向拐弯的街角，金田家男主人和铃木藤十郎桑正站在路边热切地说着什么。应是铃木君拜访金田君未遇，归途中恰好撞到金田君驱车回府，两人就此在街头相逢。近来金田府上没啥八卦珍闻，也就没怎么往他家那方向去，此时见到不禁生出一丝怀念之情，铃木君也是很久没见了。那就不妨远远跟随其后，拜谒一番吧。老夫下定决心，便缓步向二君伫立之处靠近，由此两人的谈话内容也就自然地落入了耳中。这并非老夫之过，而是开口说话的人有问题。金田君甚至会雇密探去窥测主人的动静，对这种没有良心的人，老夫偶尔听听他们的谈话，也根本不在乎他们会不会因此而动怒。如果你鄙夷老夫之所为，那就说明你还不了解公平的含义。不管怎样，老夫听到了二位的谈话内容。并非是老夫想要听而是本没想听，谈话内容却自己飞进了老夫的耳朵里。

"刚去府上拜谒，这么巧在这儿见到您了。"铃木君郑重地低头施礼。

"嗯，是吗？就算你不来，我也想见见你哪。真是巧了。"

"哎呀，那可真是巧了。有何吩咐？"

"啊，也没啥大事。这事儿呢原本无所谓，可是除了你谁也办不成哪。"

"只要力所能及，我必定一切都唯命是从。什么事儿……"

"哎……是啊……"金田君思索着什么。

"要是现在不方便说，那我改日再来拜访。您觉得哪天合适？"

"啊，不是什么重要的事……既然你这么说了，那就拜托你啦。"

"您真是太客气了……"

"就是那怪人啊，你的老朋友咯。是个叫苦沙弥什么的吧？"

"是的，叫苦沙弥。他怎么了？"

"呀，也没怎么了。只是那件事后，我心里头堵得慌。"

"所言极是。就怪苦沙弥太狂妄……要能稍稍考虑下自己的社会地位就好了，可他还以为自己是天下第一呢。"

"可不，还说不向金钱低头、实业家啥也不是什么的，说了很多狂妄的话啊。既然如此，那就让他瞧瞧实业家的手段，我这么想的哪。这阵子他老实了不少，可还在那儿咬牙挺着，真是个犟骡子。还真让人吃惊啊。"

"这家伙就是有点儿不知好歹，不过是硬挺着逞能而已。当年他就是这个毛病，对自己是否会吃亏感觉很迟钝，所以不是很好弄啊。"

"啊哈哈……真是让人很难理解哪。我也是试了各式各样的手段和办法，总算让学生教训了他一顿。"

"绝妙好计呀，有效果了吗？"

"这个嘛，那个家伙好像有点受不住了，不用多久肯定会投降。"

"真不错。再怎么牛，一碰到人多也是不行。"

"可不是，他独自一人根本就扛不住，所以差不多已经服软了。啊哈，不知他现在究竟什么情况了，想要让你过去瞅瞅。"

"哎呀，这么回事啊。这容易，一会儿我就过去看看，情况回头就向您报告。应该会很有意思的吧，这么孤傲的家伙情绪低落，肯定很有看头啦。"

"行吧，那回见，等着你哟。"

"那就失陪了。"

哎呀，又是计谋！实业家的势力委实够强大。让已然燃烧成渣的主人重新上火燃烧，让主人因郁闷而渐秃的头颅成为苍蝇失足滑倒的险地，让这颗头颅陷于和伊索克拉底同样的命运困境，如此种种，皆实业家的势力之所为。推动地球围绕地轴转动的力量不知为何，但推动这世界运转的力量毫无疑问就是金钱。熟知金钱的力量并能自由运用金钱的能量，除了实业家诸君外别无他人。太阳安然从东方升起，又安然在西方落下，也全是托了实业家之福。迄今寄居于穷书生的家庭，老夫一直不清楚实业家的实力，连老夫自己都觉得这是个疏忽。即便如此，冥顽不灵的主人这回也多少该有所醒悟了吧。如果依然冥顽不灵，那可就危险啦，主人最为珍惜的生命就危险了啊。他见了铃木君不知将如何寒暄，只要看看那时的光景就能明白他醒悟到何种程度了。不能再拖拖拉拉，老夫虽然是猫，对主人的安危却十分上心，于是嗖地闪过了铃木君，先行一步回到家中。

铃木君是个一如既往的好男人。他今天和金田见面的事一点口风不漏，兴致勃勃说着些无伤大雅的场面话。

"你脸色不大好呀，怎么了？"

"没怎么，哪哪都挺好。"

"脸色有点发白噢，不当心可不行。季节不对头啊，睡眠怎么样？"

"嗯哼。"

"是不是有什么烦心事？要是我能办到的，肯定都会去办，别客气呀。"

"烦心事？烦什么心？"

"啊哈，没有才最好呢，我是说要是有的话……烦心最是有毒的啊。人活在世上，快快活活地笑着过日子才叫合适。你呀，总让人觉得日子过得太压抑啦。"

"笑也有毒。有人笑得颠三倒四，都笑嗝屁了。"

"开玩笑的吧。笑门一开，洪福自来呢。"

"古希腊有个哲学家，叫克里西帕斯，你不知道的。"

"不知道。他怎么了？"

"这家伙笑过了头，就死了啊。"

"啊？这也太不可思议了呢。不过这也是古代的事了吧……"

"古代也好，现在也好，有什么不一样吗？他看到一头驴在吃银碗里的无花果，觉得奇怪就忍不住狂笑起来，怎么也控制不住，笑着笑着就笑死了。"

"哈哈哈。不过他只要不是那么没节制地笑，不就没事了吗？稍稍笑一下……适当微笑……这一来心情就好起来了。"

铃木君频频试探主人，研究着主人的反应。大门嘎吱嘎吱地开了，以为是来客人了，其实却不是。

"球不小心掉进院子了，请允许进去取。"

"哎！"女佣在厨房里答应了声，学生绕到屋后院子里去了。铃木君表情诧异地问："这是咋回事啊？"

"后面的学生把球扔进院子里来了。"

"后面的学生？后面有学生吗？"

"是个叫落云馆的学校。"

"啊哈，是吗？学校呀，那就吵得很喽。"

"还说啥吵不吵的，想要平静地看本书都办不到。我要是文部大臣，早下令关掉它了。"

"哈哈哈，动气啦？有啥伤脑筋的事儿吗？"

"你说呢？从早到晚都气得够呛！"

"要是这么伤脑筋，搬家不就行啦？"

"要谁搬家？说这话！"

"冲我发火有啥用？都是些孩子啦，不理他们就行了。"

"你行，我可不行，昨天叫他们老师来谈过了。"

"有点意思了，他们过意不去了吧？"

"嗯。"

这时门又开了，一个声音传进来："球不小心掉进院子了，请允许进去取。"

"哎呀，这来得也太勤了吧？你瞧，又是球。"

"嗯，说好要从正门进来的。"

"这样啊，难怪来得这么勤。哦……呀，明白了。"

"明白了啥？"

"没啥，明白了他们来捡球的原因。"

"今天已经来十六回了。"

"不嫌麻烦吗？叫他们别来不就行啦？"

"叫他们别来？可他们要来呀，这有什么办法！"

"没办法那就算了，你要不那么偏执就好啦。有棱角的人活在这滚滚红尘里，累到骨折还得吃亏。圆的东西在世上骨碌碌地滚，无论滚到哪儿，不用吃苦头就能混得开；方形的呢，就不单是费劲了，滚动起来每个角都会硌得你生疼。

反正这世界也不属于某一个人，要求别人跟你想法一样是不可能的，是吧？不管怎么说，跟有钱人作对就是要吃亏，只会让你神经紧张，身体垮掉，还没有人说你好。而人家呢，啥事没有，坐着叫个人就把事情给办了。谁都知道胳膊拧不过大腿，固执没什么，可要是固执到底，就成为自己学习的障碍了，日常业务也会受到影响，到头来也还是瞎子点灯——白费蜡。"

"对不起，刚才球不小心打飞了，能绕到后面去取一下吗？"

"你瞧，又来啦。"铃木君笑了起来。

"无礼之辈！"主人顿时气得满脸通红。

铃木君可能觉得已经完成了来访的任务，说了声"有空再来"，就告辞回去了。

与铃木君擦肩而过进屋来的是甘木先生。上了火的人明白自己是上火了的，自古以来都很罕见。当他略微感觉到自己有点儿不对劲时，实际上已突破了上火的极限。主人的上火在昨天大事件中已达高潮，尽管是以虎头蛇尾的谈判收场。当晚他在书房里仔细复盘事件的来龙去脉，感觉到这事情有点不大对劲。至于是落云馆那边不对劲，还是自己有点不对劲，这还有待商榷；但无论如何肯定是不对劲了。就算与一座中学毗邻而居，一年到头像上述那样大动肝火，他感觉到这里头多少是有点不对劲的。既然感觉到了不对劲，那就必须要做点什么。可到底做点什么呢？百般无计之下，也只能吃点医生开的药。从肝火的源头抓起，哪怕这只是一帖安慰剂，也只能先安抚一番，除此之外别无他法。想到这里，主人就生出了一个念头，将平日里前往就诊的甘木先生请到家里来看看。聪明，还是愚蠢？这是另一个问题。不管怎样，他居然意识到自己是上火了，仅就这一点而言，就不能不说主人对生活拥有独特的心得，其志可嘉。甘木先生一如既往地微微笑着，沉静地问道："怎么样了？"医生一般都要问一声："怎么样了？"老夫对那些"怎么样"也不问一声的医生，根本就信不过。

"先生啊，总是不行噢。"

"咦，怎么会呢？"

"医生开的药究竟有没有效果啊？"

甘木医生也吃了一惊。可他是个温厚长者，并没什么过激反应，只是稳稳地回答道："不会没效的。"

"像我的胃病那样，吃多少药也还是那么回事呀。"

"绝不会有这种事。"

"不会吗？那是稍微好了点喽？"自己胃的感受，却问起了别人。

"不会好得那么快的，会慢慢有效。现在的情况比过去就要好得多了。"

"是这样的吗？"

"果然又是发了脾气吧？"

"可不是！做梦肝火都在动。"

"运动运动，稍微运动下就好啦。"

"一运动火气就更大了。"

这下甘木医生看起来吃惊不小，"啊哈，那就来看看吧。"说着，他开始了诊察。

主人等不及诊察完毕，突然大声问道："先生，前几天读了本介绍催眠的书。书上说运用催眠术能够矫正小偷小摸的坏习惯，还能治疗各种各样的毛病，是真的吗？"

"是啊，是有这种治疗方法。"

"现在也能运用催眠术吗？"

"哎哎。"

"施展催眠术难不难啊？"

"哪儿的话，不难的。我也常常用它来治疗。"

"先生也能施展？"

"是啊，想试试吗？按理说人人都该接受催眠治疗的。只要你觉得试试好，那就试试看。"

"这玩意儿有意思，那就试一下吧。早就想试试看了，就怕催眠了醒不过来，那可就糟糕了。"

"哪儿的话，没事的。那就试一试吧。"

两人商量后即刻作出决定，主人将要尝试催眠术。老夫迄今还从未见识过这种事，缩在客厅的角落里乐滋滋地瞅着。

甘木先生从主人的眼睛开始着手催眠，方法是将两眼的上眼睑从上往下轻抚。虽然主人已经闭上了眼睛，甘木先生却依然朝同一方向反复摩挲。过了会儿，先生向主人问道："这样按摩，眼皮慢慢变得沉重了吧？"主人回答说："是的，变沉重了。"先生继续用同样手法按摩着主人的眼皮，边按摩边说："眼皮越来越沉重了，感觉怎么样？"主人也许真被这气氛感染了，一言不发地沉默着。同样的按摩手法又持续了三四分钟，最后甘木先生说道："是吧，眼睛已经睁不开啦。"可怜的主人渐渐睁开了眼睛问："再也睁不开啦？"甘木先生说："是的，再也睁不开了。"主人又默默地闭上了眼睛。这一刻，老夫简直以为主人已经被甘木先生给弄瞎了。

"要是能睁开眼睛，就睁一下试试。可你肯定睁不开了。"过了好一会儿，甘木先生说道。

"是这样吗？"主人像平常一样飞快地睁开了眼睛。

"没成功哪。"主人笑了起来。

"哎，没成功。"甘木先生也笑着说。

催眠疗法终于以失败告终，甘木先生也回去了。

接着又来了个客人……主人家里从没这么频繁地来过这么多的客人。这对很少有社会交往的主人来说，就跟做梦一样。但来客人是确凿无疑的，而且是个贵客。老夫记下了这贵客的每一句话，不仅因为他是贵客。前面说过，老夫是要描述那大事件的余波，这位贵客是记载余波不可或缺的素材。

不知他叫什么名字。他有着一张长脸，蓄着山羊胡，是个四十来岁的男人。这样描述应该就够了。迷亭君是个美学家，与之相对应，老夫将此人称为哲学家吧。为什么？老夫不是迷亭君那种胡乱吹嘘的家伙，只是见他和主人对话时的样子，判断他应该是个哲学家。他看起来也是主人的老同学，两人彼此间交流的情形相当融洽。

"呃，迷亭啊。那家伙就像漂在池塘里的喂金鱼的小麦糠，从来都是飘忽不定的。前些日子他带了个朋友，路过一个素昧平生的大家族的门口，说要进去歇个脚、喝杯茶，拉着他的朋友就进去了，真是相当的随性啊。"

"后来呢？"

"后来？后来没问……哦，算是个天赋异禀的奇人吧。换言之，也可以说是毫无思想，一片空洞，纯粹就是喂金鱼的麦糠。铃木吗？……他也来过？嗨……那是个精于世故却不明事理的家伙，算戴金怀表的土豪吧，但是没有深度就沉不住气，这人不行的。老说什么要圆滑要圆滑，他根本就没搞明白圆滑的真意。要说迷亭是麦糠的话，那这家伙就是个稻草捆着的魔芋，滑不溜手又哆嗦个没完。"

主人听了这奇崛的比喻，深感钦服，久违地哈哈大笑。

"这么说的话，那你又算个啥呢？"

"我？像我这样的人啊……这样说吧，应该就是个野生的山药，长这么大了还得埋在土里。"

"你好像始终能泰然自若、积极乐观，真是叫人羡慕哪。"

"哪里，哪里。哪儿都跟普通人一样啊，真没什么可羡慕的。唯一值得庆幸的是我从不羡慕别人，就这一点来说还算好吧。"

"这一段时间手头还宽裕吧？"

"有啥宽裕不宽裕的，老样子喽。说够也够，说不够也不够。吃饭是没问题的，不必大惊小怪。"

"我是日子难过得很了，肝火都起来了，看啥都不顺眼。"

"看不顺眼也很好嘛。看不顺眼了，就让肝火宣泄出来，当场就能让你心情舒畅啊。人生来就是千人千面的，就算你劝别人要变得跟你一样，别人也变不过来。虽说不拿和别人同样的筷子就吃不到饭，可自己的面包，总还是自己切下来的最称心吧。去高档的服装店做衣服，一上身就知道这套衣服处处贴身，去蹩脚的服装店做呢，你不忍耐那肯定就不行。不过呢，这社会是裁缝高手做出来的一件精品，你穿着穿着，那衣服就会主动地渐渐贴合你的身材了。就像如今这社会，如果投胎到了上流家庭，爹妈技巧高超将你生养得好，那岂不幸福？可要是投错了胎，和这社会磨合得不好，那你就只剩下了两条路：或是长久忍耐着与这社会的格格不入，或是艰辛地与这社会磨合，直到严丝合缝。"

"可是像我这样的，不管活到什么时候恐怕都不会和这社会合拍的啦。很是寂寞啊。"

"不合身的西服你硬是要穿进去，那还不得撑爆啦。弄得不好就是吵架啦、自杀啦，各种骚乱。而你呢，顶多也就是觉得啥啥都没劲，肯定不会自杀，连吵架的事也不会发生。马马虎虎，你这样也算挺好的了。"

"可我每天就光是吵架啦。就算没有对手，一个人生闷气，也算是吵架吧。"

"原来如此，这吵的还是个单口架呢。有点儿意思，这样的架吵多少次都无所谓了。"

"我觉得烦死了。"

"那就别吵呀。"

"不瞒你说，人是无法如此自由地操控自己内心的。"

"这个……到底咋了，让你发这么大牢骚？"

主人这才开始讲他的落云馆事件。他从今户烧的狐狸讲起，讲到津木兵助，讲到了福地扁螺，逐一列举了人世间其他的不公不义，在哲学家面前滔滔不绝地陈述起来。哲学家先生默默地听着，终于开口说出了如下一番话：

"兵助也好，扁螺也好，当作不知道不就行了吗？反正都够无聊的。中学生之流，又有什么回应的价值呢？什么，妨碍到你啦？可你谈判也好，吵架也好，这妨碍不是也没解决吗？在这一点上，我觉得日本古人远比西方人要了不起。西洋人总是叫嚷着要积极呀、要积极呀，最近这种处事方式更是大行其道，这里头就包含着一个很大的缺陷。首先，积极这概念是没有边界的。不管你积极地坚持干多久，你也无法达到让你满足或完美的境地。那边有一棵丝柏对吧，它遮挡了你的视线，那就把它砍掉。这样一来前边的民宿就碍眼了，将民宿也拆了，可再前头的那户人家又成了你的障碍。不管你向前推进多少，它都是一件没完没了的事。西洋人的行事方式全是这一套。拿破仑也好，亚历山大也好，胜利了就获得满足的一个也没有。看别人不顺眼，就吵架；对方还啰唆，就到法院去起诉。官司打赢了，若以为他会心满意足，那可就大错特错啦。为了心满意足而焦虑至死，这样目的达成了吗？寡头政治不行，就改为了代议制。代议制也不行，那就想再弄个什么制度。河里发大水了就架座桥，山头不中意了就打个洞，交通不便了就铺设铁路。就算是这样，也不可能获得长久的满足。既然如此，人类又能积极贯彻自己的意志到什么程度呢？西方文明也许是积极的、进取的，也就是说，那是一生都在不满足中度过的人所创造出来的文明。日本文明也并非是那种不求改变外在事物的状态，而仅仅追求内心满足的文明。

"但它和西洋文明有一个重大区别——周边境遇就其根本而言是不可撼动的，日本文明就是从这样一个假定出发，而逐渐发展了起来。亲子关系不和睦，并不是像欧洲人那样去改善关系，以求安宁，而是保持着亲子关系不和睦的本来面目，并在此不和睦的关系中寻求彼此安心之道。夫妻君臣间的关系也是如此，武士与商人间的区别亦然，对自然之物的思考概莫能外——如果有山阻路，使你无法前往他乡，解决方案不是将山推倒，而是磨炼你不去他乡也不至于陷入困顿的生存能力，养成不必翻越高山也能获得满足的心境。所以你瞧，佛家也好，儒家也好，肯定都是抓住了这一问题的根本要点。不管你有多了不起，这世界毕竟不可能让你肆意而行。让落日回升、加茂川河倒流，都是办不到的。能够加以控制的，唯有自己的心而已。只要你修炼到心灵自由的状态，落云馆的学生再怎么骚动，你不也能处之泰然吗？只要你无所谓，今户烧的狐狸不也挺好的吗？你要觉得兵助那事儿太蠢，那你就骂一声'傻子'，这样你也就不会介意了吧。没听说过以前有个和尚吗？快要被人砍头的时候从容念诗：'电光影里斩春风。'[1]'这是何等的风流潇洒！如果修炼到这地步，消极到了登峰造极的境界，或许就能产生这种绝地逢生的效用。像我这种人，虽说不明白这么深奥的道理，但总觉得只强调西洋风格的积极主义，多少有点问题。眼下不管你怎样按照积极主义的精神去运作，学生还是要来捉弄你，你不是照样束手无策吗？如果你拥有关闭那所学校的权力，或者学

---

[1] 传说宋末时期，元军攻占温州，冲进能仁寺，众僧纷纷逃离。只有无学禅师端坐禅堂，泰然若定。元军有人挥刀架在禅师的脖子上喝令其站起。禅师坦然诵偈曰："乾坤无地卓孤筇，喜得人空法亦空。珍重大元三尺剑，电光影里斩春风。"

生干了需要你报警的坏事，那就另当别论了。如果不是这类情况，那你再怎么积极进取，也没有取胜的希望。如果你积极出击，就会产生需要花钱的问题、寡不敌众的问题。换言之，这就会变成你在金钱面前不得不低头屈服的问题。面对人多势众的那些孩子，你不得不跪地求饶。像你这样的穷鬼，还想着要单枪匹马地去积极较量，这正是你上火倒运的根源。怎么样，明白啦？"

主人只是默默听着，不说明白，也没说不明白。稀客回去后他走进了书房，也不看书，似乎在思考着什么。铃木藤十郎先生教给主人的是，要顺从于金钱、众人之势力；甘木先生帮助主人用催眠疗法镇静神经；最后的稀客向主人讲解了以消极的修炼方式来求得心灵安稳的办法。主人会选择哪一种方式解决问题，这就取决于主人的心意了。只是要想像现在这样继续维持下去，那肯定是行不通的了。

第九章

主人是个麻皮脸。据说明治维新以前麻皮脸还挺时髦的，但在缔结了日英同盟的今天，这副尊容就有些落伍于时代了。麻皮脸的衰落与人口增值成反比，所以在不久的将来麻皮脸终将灭绝，这是根据医学统计数据精密计算后得出的结论。即便对老夫这样的猫来说，这也是无可置疑的高论。在今日之地球上，老夫不知道究竟还有多少麻皮脸在苟延残喘，就老夫的活动区域而言，猫族中是一个没有，算下来人类中也仅此一例。而这唯一的麻皮脸就是我家主人，实乃憾事。

每当老夫端详主人的脸时总会想到，究竟经受了什么样的因果报应才会长出这么一张玄奥的脸，而且他还若无其事地呼吸着二十世纪的空气。老夫也不清楚在古代麻皮脸是否更有面子，但在所有麻点都接到了向肩膀以下撤退的命令的今天，有些麻点却依然顽固地盘踞在鼻头或两颊一动不动，这不仅不该引以为荣，反而有损于体面。如果可能，似乎还应尽早消除为好，想必麻点自身也在为此而隐隐担忧吧。抑或麻点就是要在这麻脸党雄风不振之际，立誓挽狂澜于既倒，不然决不罢休，所以它们才豪横地霸占了主人的整张脸面？假如是这样，那么对于麻点就决不能怀着鄙夷之意。它们堪称对抗滔天流俗的万古不灭的坑洞集合，说它们是值得我辈给予重大尊敬的凹凸亦不为过。脏了点是其唯一不足。

主人年幼时，牛込山伏町住着个叫浅田宗伯的草药名医。据说这老头给病人出诊时必须坐轿子，一路慢慢腾腾地过去。可在宗伯老儿死后，到了他养子那一代，轿子忽然被人力车取代了。所以等养子死后，倘若养子的养子继承了祖业，葛根汤或将变身为阿斯匹林亦未可知。坐着轿子在东京市内徐徐前行，即便是在宗伯老儿那时也颇有碍观瞻。如此假模假式地摆谱的，也只有异常热衷于陈腐礼数之辈——除了装在火车上的猪，就剩下宗伯老头了。

主人的麻皮脸在萎靡颓丧这一点上，和宗伯老头的轿子是一样的，外人看来或许会觉得他很可怜吧。主人以不弱于草药医生的顽固劲头，依旧我行我素，每天去学校教他的英语入门，持续将他孤城落日般的麻皮脸暴露于光天化日之下。他就这样满脸镌刻着上世纪的遗迹般站在讲台上。除了课堂讲义外，这对学生无疑也是很深刻的教育。与其反复讲解课本中"猴子的手"，他还不如轻松阐述下"麻点对脸面的影响"这一重大课题呢，并在潜移默化中将答案灌输给学生。假如这世界上失去了主人这样的教师，那么学生为了研究，无疑将奔走于图书馆或博物馆之间，就像是埃及人研究木乃伊那样，需要付出同等程度的巨大精力。就这一点看，主人的麻皮脸已在冥冥之中布施了奇妙的功德。

当然，主人并非为了布施功德才把自己弄得一脸的痘疤。其实那是因为他接种过牛痘疫苗，不幸的是原本接种在手上的牛痘，不知何时传染到了脸上。那还是孩子时发生的事，他还不像现在这样介意容颜的美丑。据说当时他边嚷嚷"痒啊！痒啊！"边使劲在自己脸上不要命地抓挠。正如火山喷发，岩浆在他的脸上四溢奔流，爹妈给的那张脸从此也被摧毁了。主人时不时向妻子夸耀，他在长出痘瘢之前是个如无瑕白玉般的男子，天生丽质如同浅草寺里的观音，足以迷得西洋人回眸顾盼。这也可能是真实的，只是无人能够证实，因而令人唏嘘。

不管布施了多少功德、教育了多少人，脏东西毕竟还是脏东西。主人懂事以后，就开始为他的麻皮脸担忧起来，动用一切手段想要消除这副丑态。然而这和宗伯老头的轿子有所不同，它们并不是你讨厌了就会立即消失的东西，迄今仍然清晰地残留在他脸上。这些麻点是如此清晰，以至于让主人操碎了心。每当他上街，似乎总在默默数着他所邂逅的麻皮脸。今天遇见了几个麻皮脸，是男是女，地点是在小川町的劝业场呢，还是在上野公园，这些他通通写进了日记里。关于麻皮的知识，他确信自己所掌握的绝不比任何人少。前些日子，有个留洋归来的友人来访，主人甚至向他打听西洋人中有没有麻皮脸。"这个啊，"友人歪着头思索了好一会儿说，"啊哈，很稀罕呢。""很稀罕，那多少还是有的咯？"主人很在意地继续追问。友人一脸无所谓地回答："就算有那也是要饭的，要不就是路边的小工，受过教育的人里好像是没有。"主人说道："这样啊，那这情况和日本还不大一样呢。"

遵照哲学家的意见，主人不再和落云馆的学生争吵，他把自己闷在了书房里，反复思索着什么。也许是听进去了哲学家的忠告，试图在消极静坐中温养他活跃的精神吧。可他原本就是个气量狭小之人，还要揣着双手，阴气十足地久坐不动，想必也不会得出什么乐观的结果。老夫本想要提醒他几句，与其如此，还不如把英文书什么的都送进当铺，跟艺人们去学学吹喇叭岂不更好？转念一想，这么偏执的家伙也肯定不会听从老夫的忠告，还是随他去吧。这五六天来的日子里，老夫也就没再靠近过他。

从那天算起，今天刚好是第七日。禅家有"显现神迹仅限头七"之说，所以有些家伙在头七期间就拼命地打坐，以求勇猛精进。我家主人究竟怎样了呢？是死是活差不多也该弄明白了吧。老夫徐步从檐廊来到书房门口，窥探室内动静。

　　朝南的书房有六张榻榻米大小，日照充足之处摆放着一张硕大的地桌。仅说它硕大还不是很清楚，具体而言，那是一张长六尺、宽三尺、高八寸的大桌子。这当然不是一件规制的现成品，而是主人与附近家具店商量后，定制的一款兼备坐卧功能的稀罕之物。主人为什么要新做这么一张大地桌，又为什么想要睡在桌子上面？这些念头究竟缘何而起，老夫未曾向主人打听过，自然对此也就一无所知。说不定他也只是一时心血来潮，才给自己出了这么个难题吧。抑或他是像我们通常所见的精神病人那样，把两个毫无关联的概念联系到了一起，将桌子和床铺自作主张地结合了起来。无论如何，这是一个奇崛的想法。但它的缺点在于只是奇崛，却并不实用。老夫就曾目睹过主人在这张桌上睡午觉时，一个翻身摔下来滚到了檐廊上。从那以后，他就再也不把这张地桌当作床榻来使用了。

　　地桌前放着只薄呢面料包裹的蒲团，被烟头烫的三个洞凑成一组，露出了里头脏兮兮的棉花。主人在蒲团上背着身子端坐。脏成灰鼠色的宽幅腰带打了个结，从左右两侧垂下来耷拉到脚后跟。前些日子老夫正叼着这条带子，头上就突然被敲了下，这可是条不能轻易靠近的腰带。

　　主人还在思考？俗话不是说了吗，愚笨者善思考。从他身后偷眼瞄去，桌子上有个闪闪发亮的玩意儿。老夫猝不及防，连着眨了两三下眼。这玩意怪得很，老夫忍着眩光紧盯着它看了会儿，才看清那光亮是从桌上晃动的镜子里反射出来的。可主人为何在书房里摆弄起了这面镜子呢？说到这面镜子，那肯定就是在洗澡间里的，今天早晨老夫还在洗澡间看见过它。之所以强调这面镜子，是因为主人家里只有这一面镜子。主人每天早晨洗脸后梳分头时，用的就是这面镜子——也许有人会问，主人这样的家伙也要梳分头的吗？实际上主人干别的事全都无精打采，唯独对发型却极为重视。老夫自从住进这户人家到今天，不管天气多么炎热，主人都不曾剪过五分长的板寸，头发必须留到约两寸长短。不仅如此，他还很骄傲地将大部分头发划分到了左边，而右边则稍稍向上蓬起，搞得两侧泾渭分明。这说不定也是精神病的症状吧。如此细致的发型打理方法，窃以为和这张地桌的一贯风格并不协调，但这种事情也不至于祸及他人，他人自然也就不会另有高见，他本人对此也很满意。

对主人时髦的分头发型，暂且谈论到此。至于主人为何要留如此长的头发，仔细想来无非出于以下原因——据说，麻点不仅侵蚀了他的容颜，而且从很早的时候起就一直蔓延到了他的头顶。所以像普通人那样剪个三分或五分的板寸，短发的根部就会暴露出数十个麻点，不管怎样摩挲也没法抚平那些坑坑洼洼。就像在荒野里放了把萤火虫，也许这景象足够风流，但肯定讨不到夫人的欢心。既然留长头发就能不露马脚，那当然也就不必自暴其短了。要是能办到的话，主人恨不得脸上也长出些毛将麻点挡住，免费长出来的头发，就没必要再花钱把它们剪短了吧。那样做岂不是在向人主动张扬——瞧，麻点都放肆地长到我头顶上啦——这就是主人留着长头发的缘故。而留长头发则是主人打理分头发型的原因，主人因此而揽镜自照，同时它也是镜子放在洗澡间里的缘由，进而形成了全家只有这一面镜子的事实。

　　本该待在洗澡间里的镜子，且是唯一的镜子，居然来到了书房，不是镜子得了梦游症，那就是主人从洗澡间里把它拿过来了。如果是主人拿过来的，那肯定有他拿过来的理由，说不准这镜子就是他温养消极之气的必要道具呢。从前有个学者拜访一位高僧，见高僧正光着膀子磨一块瓦片，就问他："您到底在干什么呢？"高僧回答说："没啥，就是想要把它做成一面镜子，所以用尽全力地打磨着它。"学者闻言，吃惊不已："就算您是大德高僧，想要把瓦片打磨成镜子也是不可能的。"高僧听了学者的话，笑起来说："是吗？那就算了吧。这可能就跟你不管读了多少书，也没法悟道是一样的道理。"主人或许也听说了那高僧的故事，所以才把镜子从洗澡间拿过来，对着镜子左顾右盼吧。老夫悄没声地窥探着，主人又把自己搞得心神不定坐卧不安啦。

　　对窥探全无察觉的主人正相当投入地紧盯着这面唯一的镜子。镜子这玩意儿原本就作妖捣怪，据说深夜竖起一根蜡烛，在空旷的房间里独自盯着镜子看，需要莫大的勇气。老夫第一次被这家的闺女推到镜子前时，曾惊得啊哈一声仰天摔倒，在屋顶上来回疾驰了三圈。就算是在白天，像主人这样不要命地盯着镜子看，想必也是被他自己的脸给吓着了吧。只要扫一眼，就能明白那不是一张让人愉快的脸。偶尔主人还自言自语嘀咕道："这还真是一副肮脏的嘴脸哪。"能够坦承自己的丑陋，令老夫不由得高看一眼。他的所作所为像个神经病，可说出来的话却是真理。倘若由此再深入一步，他就会为自己的丑陋而感到恐惧。人若不能铭心刻骨地醒悟自己是个可怕的恶棍这一事实，他就谈不上是一个颇具阅历的人。而一个没有阅历的人，终究是无法得到解脱的。主人好不容易抵达了这一境界。"啊，吓人哪"，这句话就在他嘴边，可他最终还是没有说出来。当他说出了"这还真是一副肮脏的嘴脸哪"这句话之后，不知想起了什么，呼地将两颊吹气似的鼓了起来，并在他鼓起的腮帮子上拍打了两三下。也不知他是在作什么法。这一刻，老夫突然感到他的这张脸非常像个什么东西。仔细想来，和这张脸相似的，原来是女佣的脸。

既然提到，那就顺便介绍下女佣的脸吧，这个……这个……那张脸就是这么圆鼓鼓的。前些日子有人从稻荷神社[1]

---

1 稻荷神社：稻荷神是日本神话中的谷物和食物神。

送来了一盏河豚灯笼作为伴手礼，那盏河豚灯笼恰好也和女佣的脸一样圆咕隆咚的。它鼓胀得如此之圆，以至于两只眼睛都被挤得失踪了。河豚的造型是通体浑圆的，具有可爱肉感，而女佣的脸则由于其原本具有多角形的骨骼，它的膨胀则是沿着骨骼蔓延开来，就像是一只得了水肿病的六角形时钟。这话要是被女佣听到了，想必她会怒火中烧的吧。那么关于女佣的介绍就先这样吧，回到主人的话题上来。如前所述，他尽可能地将空气吸进嘴里，鼓起腮帮，然后用手掌拍打着脸颊，独自呢喃着："要是把皮肤绷到这么紧，麻点就看不见了啊。"

随后主人又转过脸去，让受光一侧的脸映照在镜子里。他看着自己的侧颜，深有感触地说："这样看麻点就太显眼了，还是光照的那面看起来平整。这还真是个特别的玩意儿哪。"之后，他又使劲伸长右手，尽其可能将镜子放到远距离之处静静地端详，似乎有所顿悟地感叹道："放到这个距离看，那就啥也没了，果然是靠近看不行啊……不单是脸啦，世间之物，莫不如是。"接着，他又突然将镜子横了过来，如此一来，他的脸就以鼻根为中心，眼睛、额头和眉毛忽地向中心皱巴巴地挤了过去。一眼扫去，那就是一张不愉快的脸。"哎呀，这样可不行！"他自己也注意到了这一点，立即停止了这个动作。"怎么就长了这么张歹毒的脸啊。"他带着不可思议的表情，把镜子收回到了离眼睛三寸左右的位置，用右手食指揉着鼻翼。他把揉过鼻翼的手指尖，往案头的吸墨纸上使劲一捻，被吸住的角质在纸上浮起了一个圆球泡。他在镜子面前搞得花样百出，又将抹过角质的手指头调转方向，猛地翻开了右眼的下眼睑。也就是俗话所说：他漂亮地做了个鬼脸。主人是在研究麻皮脸呢，还是在和镜子玩相互鄙视？到了这一步，就变得有点讲不清楚了。主人是个情绪多变的家伙，老夫瞅着他的这会儿工夫里，他就弄出了许多花样。还不仅仅如此。如果抱着善意来解释他的这些无厘头行径，或许会认为主人是为了便于明心见性之修炼，正以镜子为对手表演着各种噱头。

世间凡是对人类之研究，实际上都是对自我的研究。所谓天地山川、日月星辰，这些只不过都是自我的别称而已。若将自我放置一旁，转而对他人进行研究，那你就根本找不到合适的研究对象。假如人类能够超越自我，那么在超越的那一刻就已然失去了自我。而且对自我的研究，除了你自己，谁也不会上手帮忙。不管你再怎么想要研究他人，或想要让他人来研究你自己，这根本就不成立。因此，自古以来的英雄豪杰都是凭着一己之力成为豪杰的。想要靠着别人来了解你自己，那就像请别人来作为自己的代理，让他吃下一块牛肉，再由你来判断这块牛肉是软的还是硬的。朝闻法，夕闻道，案头灯下捧书苦读，这些都只不过是提点你参悟自我的方便法门而已。在他人所说的法中，在他人讨论的道中，乃至在车载斗量的故纸堆里，都没有自我的存在。就算有，那也不过是自我存在的幻影。当然，在有些场合下，幻影的存在也许会比虚无要好些。追逐幻影，也未必就不能和实体相逢，因为幻影总是存在于实体的不远处。从这个意义上说，主人不停地摆弄着镜子，也还算得上是一个明白事理的男子。比起那些囫囵吞枣地钻研爱比克泰德的学者，主人显然强多了。

正如镜子是狂妄的酿造器，它也是自负的消毒器。如果面对镜子时怀着浮华虚荣之念，那就再没什么比镜子这道具更能煽动蠢货的了。自古因妄自尊大而害人害己的事儿，其三分之二是由镜子所造成。法国大革命时有个医生是好事之徒，他因发明了改良版的斩首机而罪孽深重。而第一个做出镜子的人，肯定也是辗转难眠的吧。但是，在对自己感到厌倦的时刻，在自我萎靡不振的节骨眼上，就没有比照镜子更有效的药了。镜子里美丑分明，一目了然。你终会注意到，长着这么一张丑脸的家伙，居然日复一日地活到了今天。注意到这一点的时候，堪称是人的一生中最值得珍惜的时光——再没什么比了解自己的愚蠢更高贵的了。在这些具有自知之明的傻瓜面前，所有自命不凡的家伙都必须低下头来，甘拜下风。即便其人昂然而立，打算给他人以轻蔑和嘲笑，然而从另一个角度看，那种昂然的姿态已然是低头认输了。主人虽然未必是个揽镜自照、顿悟其愚的贤者，却是个能够读懂铭刻在他脸上的麻点，并能够公平对待它们的男子汉。承认自己容颜的丑陋，应该是体悟自己内心卑贱的阶梯吧。靠谱，有前途！说不定这也是他被那个哲学家教训了一通后结出的善果呢。

老夫边这么想着，边窥探主人的情形，对此一无所知的主人专注地扮着鬼脸。"充血得厉害，果然是慢性结膜炎啦。"他嘟囔着，将食指的侧面摁在充血的眼睑上，猛地揉了起来。想必他是那儿发痒吧。可它已经那么红肿了，还经得住这样的搓揉吗？用不了多久，肯定就会像咸海鲷的眼珠一样烂掉。过了会儿他终于睁开了眼，向镜子瞅去。果不其然，他的眼睛像北方冬日的天空那样阴云密布。当然，平日里他的眼睛也谈不上有多么清澈。用夸张的词来形容的话，他的眼睛一片混沌，黑白难分，透露出来的唯有漠然；正如他本人的精神世界，一贯地朦朦胧胧，不得要领。他的眼睛也暧昧不清地漂浮在他的眼窝深处。有人说这是胎毒所致，也有人说这是痘疮的余波。据说在他很小的时候，为了给他治眼睛，他母亲荼毒过许多柳树上的刺蛾和红蛤蟆。然而母亲的尽心竭力却最终付诸东流，直到今天他的眼睛还是像他出生时那样呆滞无神。

老夫暗想，这种状态绝不是胎毒和痘疮造成的。他的瞳仁之所以在晦涩浑浊的悲境中彷徨，实际上是因为他的头脑是由不透明的材料所构成，其作用力已达到暗淡溟蒙的极致，自然也就反映到了他的外在形体上。他母亲不知其故，白操了一番苦心。烟冒起来，就明白其下有火；目光浑浊，就证明其头脑愚笨。由此可见，他的眼就是他心的象征。他的心就像天保铜钱那样有个洞，所以他的眼睛也和天保铜钱一样，虽然够大但肯定已经不再流通了。

主人又开始捻起了胡须。那胡须原本收拾得不够齐整，以各长各的势头乱蓬蓬地存在着。虽说如今是强调个性化的时代，但胡子这样东零西散地、极端任性地生长，给主人带来的麻烦也可想而知。鉴于此，主人加大了对胡须的整治力度，尽可能对它进行系统性安排。主人如此热心的成果并未落空，这段日子胡须生长的步调稍显有序。之前的胡须是自然生长的，而如今的胡须则可以骄傲地称之为培植出来的。主人热衷的程度和其效果成正比。受到相应的鼓舞，主人感觉自己的胡须前途有望，于是无论早晚，只要双手空闲下来就必定对胡须进行鞭笞整治。他企盼自己能够像德国的皇帝陛下那样，拥有两撇怀着发奋向上念头的美髭。因此之故，也不管毛孔是向下还是向着两侧，他都毫不介意地一把揪住向上方牵引。胡须的确是受了大罪，连它的主人也时不时地感到疼痛。可训练整治的本意就是如此，即使对方不同意，也要毫不客气地予以处理。在外人看来这或许是一种难以理解的趣味，唯独当事人将此当成了天经地义。正如教育者胡乱矫正学生的天性，还骄傲地宣称："且看老夫手段！"对此你也找不到丝毫可以指责他的理由。

主人正满腔热忱地调教着胡须，多角形圆脸的女佣从厨房过来说："来信啦！"和往常一样忽地将她通红的小手伸进了书房里。主人右手捻着胡须，左手拿着镜子，就这样向门口转过头来。多角形圆脸女佣也不知是不是看见了受命倒八字竖立起来的胡须，忽地闪身奔回厨房，俯身趴在锅盖上哈哈哈大笑了起来。主人对此毫不在乎，他缓缓放下镜子，拿起了信。第一封信是印刷体的，排列着肃然正经的文字。主人展信阅读——

　　敬启者，拜祝祥瑞。回顾日俄战争趁势连战连捷、收和平克复之功，忠勇义烈将士大部已在万岁声中奏响凯歌，国民欢欣无以复加。宣战大诏颁发以降，义勇奉公将士久驻万里异域，寒暑煎熬，茹苦含辛，以命相抵，奉献国家，至诚之心永志不忘。将士凯旋，本月即将告终，据此本会定于十五日代表本区全体居民为本区千余出征将校暨以下士卒开办凯旋庆祝会兼慰问军人烈属，竭诚欢迎阁下莅临，聊表谢忱。如蒙诸位协力赞助盛典举办，则为本会无上荣光。亟待诸君首肯，奋起义捐。敬具。

寄信人是个贵族先生。主人将信件默读一遍，立即把它收纳回了信封，摆出一副从没看过的面孔。义捐之类恐怕他不会乐意去做的。前些日子东北灾荒义捐，他捐了两元还是三元，逢人就说他被义捐讹上了、讹上了！既然是为了义捐掏钱，那就肯定谈不上什么讹字。又不是撞上了诈骗犯，说自己被讹上肯定是不妥当的。即便如此，主人却觉得像是遭到了抢劫。什么欢迎归国将士、什么贵族寄来的信，如果是强力约谈那又另当别论，凭着一份印刷品就想让主人掏出钱来，老夫想象不了他是个那样的人。从主人的立场上看，欢迎军人之前应该先欢迎一下他，欢迎完他之后再欢迎别人，那还差不多。自己日夜劳神费心，欢迎之类的事就由贵族先生代劳了吧。主人拿起了第二封信："哎呀，又是封印刷品。"——

时值秋寒，恭祝贵府日益隆盛安康，一并禀陈敝校之情事。如君所知，前年以来校务为二三野心家所把持，一时陷于极度困境，此皆敝人才疏学浅等甚多不足所致，深自戒律。兹经卧薪尝胆、苦心筹划，拟将独立承担新建理想校舍之重任，建筑费用尚在筹措中。别无长策，故出版定名为《裁缝秘法纲要》一书。此乃敝人多年苦心研究成果，从工艺学原理法则入手，堪称呕心沥血、裂骨绞肉之著述，深切祈盼普通家庭广泛购买，仅收成本费外加些微薄利。此举既可为裁缝事业发展助一臂之力，又能积攒微薄利润以应新建校舍经费短缺之急。近期急需，不胜惶恐。

购书款将列入本校建筑费用捐资名录，并呈上《裁缝秘法纲要》一册，转赠有需求之女佣亦可。捐助之意，当铭肺腑，伏地拜祈，匆匆敬具。

大日本女子裁缝最高等大学院

校长　缝田针作九拜

主人将如此郑重的信函冷淡地揉成一团，噗地扔进了废纸篓里。针作君的九拜和卧薪尝胆，没有发挥出一丁点儿作用，真是叫人悲悯。主人打开了第三封信。第三封信风格顿变，大放异彩。信封是红白相间的横条纹，华丽得就像棒棒糖的广告。正中间用八分体[1]写："珍野苦沙弥先生虎威麾下。"笔法矫健有力。虽然不知道信中会不会跳出个厉害的家伙，但从信封品相来看，他无疑是相当出色的。

……如果天地由我管控，我将一口吸干西江之水；如果我受天地支配，那我就只是一颗陌上微尘。倘若非要追问，天地和我有什么关系……第一个吃海参的，其胆魄可敬；第一个吃河豚的，其勇气可嘉。第一个吃海参的，有

---

[1] 八分体：八分体是隶书体的一种，其特点是取左右分布之势，突出挑和捺。

如亲鸾[1]转世，第一个吃河豚的，则是日莲[2]分身。像苦沙弥这样的，就只知道葫芦罐里的调料酱。而靠着吃调料酱就能成为天下之士的，我却从未见过。

……亲友会出卖你，爱人会抛弃你，父母对你有私心，你所企盼的富贵会从根上被夺走，爵禄会一朝丧失殆尽，而你头脑中秘藏的学识也会发霉。那么你还有什么可倚仗的？天地间你又能指望些什么呢？神明吗？神明只不过是人类在痛苦煎熬中捏造出的泥像玩偶，只不过是人类拉屎刹那间凝结成的臭大粪。还说什么依靠不可靠之物就是便宜法门，岂非咄咄怪事！醉汉颠三倒四玩弄着他的胡言乱语，步履蹒跚走向墓地。油尽灯自灭，业尽无遗物。苦沙弥先生，且进香茶一杯。

……只要不把人当成人看，那就无所畏惧。不把人看成人可以接受，可面对不把我看成我的世界时却满怀愤懑，这样行吗？正如权贵荣达之士将不把人当人视为理所当然，却在别人不把他当成他的时候怫然作色。来吧，随便你脸色怎样变，什么玩意儿……当我把人看成人，别人却不把我看成我时，鸣不平者就会爆发式地从天而降。这种爆发，就被称为革命。革命并非鸣不平者之所为，而是

---

1 亲鸾：镰仓时期高僧，日本净土真宗开山始祖。

2 日莲：同为镰仓时期高僧，日本日莲宗开山始祖。

权贵荣达之士的喜好造成的。朝鲜人参极多，先生何故不服用些呢？

天道公平　于巢鸭　再拜

针作君在信末签署的是九拜，而这家伙却仅仅使用了再拜字样。就因为不求着你捐款，七拜就随风而去了。虽说不是求赞助，内容却搞得非常晦涩难懂。不管向任何杂志投送此稿，它都只具有"拒绝采用"的价值。对于以头脑不灵光而驰名的主人，想必要将它撕得粉碎，没想到他却来来回回反复读了起来。他可能觉得这封信别具深意，下定决心一定要把其中深意给挖掘出来吧。天地间未知之事堆积如山，但没有一件事是想要给它个意义而给不了的。再怎么晦涩难解的文章，想要解释它的话，总能给出恰当的解释。说人类是愚蠢的当然可以，可要说人类是聪明的，又何尝不是轻易就能讲透彻的呢？不仅如此，想要证明人类是狗、是猪，那也不算什么太费劲的难题。说高山是个矬子没什么问题，说宇宙狭窄也并无不可。说乌鸦是白的，小町[1]是丑女，苦沙弥先生是君子，也都没什么说不通的。所以即便对这样一封无聊的信，只要你想赋予它道理，总

---

1 小町：小野小町，日本平安时期著名美人。

能挖掘点意义出来。尤其是像主人这样的家伙，看不懂的英文也能硬把它说到通畅，附加点意义真是再简单不过了。学生问他，天气并不好，为什么还要说早上好？他对此思考了七天；再问他，哥伦布这名字用日语怎么说？他又思考了三天三夜，琢磨着如何回答。吃了点葫芦罐里的调料酱，就觉得自己是天下名士，吃了点朝鲜人参就想着要煽动革命，对于这样的家伙来说，想要搞出点意义，那肯定也是随时随地都能才思泉涌的吧。

过了好一会儿，就像对待"早上好"这种难以理解的句子一样，他也是若有所悟，对该信大加赞赏道："意味相当深长啊，这人对哲学肯定有很深的研究。非常棒的见解。"从这一判断就可看出，主人该有多么愚蠢。但换一个角度看，也可说他的称赞不无道理。主人有个毛病，喜欢对搞不明白的事情表示赞赏。有这毛病的，恐怕也不仅仅是主人吧。未知之处通常潜伏着不可轻忽之物，莫测之地总会引发人的膜拜之感。正因如此，俗人们喜欢把搞不懂的事吹得像真懂了似的，学者们则把通俗易懂的事讲得让你听不明白。即便在大学课堂上，喋喋不休于那些搞不清名堂的事的家伙总是大受好评，而能讲清楚事情来龙去脉的人却毫无名气。

主人对这封信表示敬服，并非是明白了它在说些什么，而是由于其主旨飘忽不定，难以捕捉。海参突然出现，刹那又转为了臭大粪。主人敬服这篇文章的唯一理由，就像是道家敬奉《道德经》、儒家膜拜《易经》、禅家尊崇《临济录》，大多是因为搞不清书上究竟在说些什么。可完全搞不明白又有点不好意思，于是就自作主张胡乱注释一通，摆出一副深刻领会了的表情。不懂装懂且尊而敬之，自古以来就是人类的一大快事——主人恭恭敬敬地将八分体的名家书法卷起收纳，放置案头，然后就袖起双手陷入了冥想。

正在此时，玄关处传来"劳驾，劳驾！"高亢的叫门声。听声音像是迷亭，可又不像他的作风，频频地在门外求见。主人早已在书房里听见了叫门声，但他依然袖着手纹丝不动。也许他抱着出门迎客并非主人职责的观念，所以这位主人从来不会在书房里跟人招呼寒暄。女佣刚才出门买洗涤用的肥皂去了，夫人则应该有所回避。于是能出门迎客的就只剩下老夫了，可就连老夫也懒得动弹。这一来，客人就从放鞋的石板上跳上了台阶，拉开房门毫不客气地跨了进来。果然主人是主人，客人是客人，各有风范。正觉得他要往客厅方向去，就听到他两三次拉开又关上隔扇门，然后才向着书房方向过来了。

"嗨，开玩笑啊，搞什么名堂？来客人啦。"

"哟，是你呀。"

"还说什么是你呀，既然坐在这儿不该说句话吗？搞得这座房子像是闲置的。"

"嗯，在思考点问题。"

"思考问题，说声'请进来'总还办得到吧。"

"倒也不是不能说。"

"你没变呀，还是这么有魄力。"

"前些日子开始，在精神修养方面下了点功夫。"

"你事情可真多啊。等你精神养到说不出话来的那一天，客人就得遭罪啦。像你这么稳如泰山的，还真是让人受不了呀。跟你说，我实际上可不是一个人来的，还带了了不得的客人。你起来，出去迎一迎。"

"带谁来啦？"

"管他是谁，出去见一见。他说一定要见见你。"

"谁呀？"

"管他是谁呢，你起来！"

"又想捉弄人了吧？"主人袖着手说着，忽地站起身来向檐廊走去，他漫不经心地转进了客厅。进屋一看，六尺壁龛正对面肃然端坐着一个老者。主人突然从袖管里抽出双手，在屏风边上啪嗒一屁股坐下。这样他和老者就同样面西而坐，双方根本就无法叙礼寒暄。而古板的人，在礼仪上都是很挑剔讲究的。"来吧，请到这边来。"老人指着壁龛催促主人过去。两三年前，主人还认为在客厅里随便坐在哪儿都是一样的。后来听人解释说，壁龛处是由尊者的席位演变而来，他这才醒悟到那是贵宾该坐的地方。从那以后，他就再也没有靠近过壁龛。特别是有个陌生长者扎实地坐在那儿的情况下，他就更不愿意坐到那个位置上去，连寒暄也都整不会了，只是低下头来，重复着对方的话："来吧，请到这边来。"

"啊，这样就不方便寒暄了，请到这边吧。"

"不、不，那么……还是您请到这边来。"主人胡乱模仿着对方说的话。

"啊，这样啊。您可真是太客气啦，这样可不敢当。千万别客气了，来吧，您请吧。"

"这太客气了……可不敢当……这怎么……"主人满脸通红，嘴里支支吾吾嘟囔着。精神修养看起来效果有限。迷亭站在低矮的座屏后笑眯眯地看着，感觉火候差不多了，从背后顶了顶主人的屁股，强行插进来说道："行了，靠一边去。你紧挨着屏风，都没我坐的地方啦。客气个啥呀，往前挪挪。"

主人不得已往前蹭了蹭。

"苦沙弥君，这位就是我常对你说起的静冈的伯父。伯父，他就是苦沙弥君。"

"呀，初次相见。听说迷亭时有打扰，早存拜谒之念，以聆雅教。所幸今日途经贵府近所，故而登门造访，拜识芝颜，今后还请多多关照。"老爷子说着颇具古风的雅词用语而没有丝毫磕绊，张口就来。

主人是个交际狭隘的木讷之人，这种老派作风的老爷子几乎从来没见过。主人一开始就感觉有点怯场，又被老爷子滔滔不绝地冲洗了一通，朝鲜人参和棒棒糖广告似的信封一时间全都被他忘了个干净。主人只能哭丧着脸，应答些没头没脑的话。

"是啊，是啊，我、我……本应登门拜访的……请多多海涵。"说完这句，他稍稍抬起头来。只见老人家还趴在榻榻米上行礼，他顿时吓了一跳，当即又把头埋了下去，顶在榻榻米上。长者数着呼吸，缓缓抬起头来说道："原本寒舍也在本地，很长一段日子生活在皇城根下，幕府垮台那会儿才突然迁居到那边的。这次来看了看，连方向都分不清了——要不是让迷亭陪着走一走，那可非常不方便了，真是沧海桑田。自德川将军¹受封三百载，就连那样的将军府上……"

迷亭先生嫌老爷子讲得啰唆，插嘴道："伯父，德川将军也许值得尊敬，可明治这代也还不错啊。以前连红十字会什么的都没有吧？"

"那真没有，叫什么红十字会的玩意儿全都没有。特别是能够瞻仰皇室尊容，不是明治时代还真办不到。老夫也是托了长寿的福才能出席今天的大会，聆听到殿下的玉音，就算现在死了也都值了。"

---

1 德川将军：德川家康，日本战国三英杰之一。丰臣秀吉封给德川家康关东八州，1603 年受封任征夷大将军，开创江户幕府。

"啊哈，就算是久别之后重游东京，这一趟也够值了。苦沙弥君，我这伯父啊，这次是因红十字会的总部开会，专程从静冈赶过来的哟。今天一起去上野转了转，这会儿刚回来。瞧，就因为这，他还穿着我从白木屋定做的礼服哪！"迷亭提醒主人说。原来因为这样，长者才穿着大礼服，可这身礼服却一点儿也不合身。袖管太长，领口也敞着合不拢，后背凹陷了下去，腋下却又向上勒着。就算是打定了主意要往糟里去做，可想要费尽苦心做成这样也并非易事，整件礼服的版型都崩溃了。而且白衬衫和礼服的白色衬领彼此分离开，略一仰头从缝隙间就能看见露出的喉结。重点是那黑领结，你都说不清它是属于衬衫还是属于那件礼服的。礼服总算还能够忍受，可那白头发梳成的丁髻[1]就是奇观了。那著名的铁扇子又怎样了呢？目光扫去，只见它安然摆放在长者膝头的一侧。

主人这时才终于回过神来，运用起他精神修养的成果扫描老爷子的服装，略略感到有些吃惊。他一直觉得老爷子的礼服并不至于像迷亭说的那么不堪；可见面一看，问题却比想象的还要严重。假如自己的麻皮脸可作为历史研究的材料，那老爷子的丁髻和铁扇子，绝对拥有更高的价值。他想着要

---

1 丁髻：日本江户时代男性常见发型。将前额到头顶的头发剃掉，两侧剩下的头发梳理成发髻。

找个办法打听下这把铁扇子的来历，可刨根问底却不妥，打断老爷子的话头也很失礼，于是主人就找了个极其普通的话题问道："很多人去了上野吧？"

"哎呀，那可是非常态的聚集，而且那些人全都眼珠骨碌碌地盯着老夫看……总感觉现在的人眼光高了不少呢，从前可不是这样的。"

"可不，没错。从前可不是这样的。"主人说话的口气很像个过来人。与其说他在不懂装懂，还不如说那是他朦胧头脑中自作主张流淌出来的一句话语。

"而且呢，人人都盯着我的这把甲胄斩 [1]。"

"这把铁扇很重的吧？"

"苦沙弥君，你拿一下试试看。相当重哟。伯父，让他拿起试试。"

老爷子拿起铁扇，一副很吃力的样子递给主人："那就失礼了。"主人就像在京都黑谷参拜寺庙的人，接过莲生和尚 [2] 当年用过的大刀那样，拿了会儿，说了句"原来如此"就还给了老爷子。

"都把这叫作铁扇、铁扇的，这东西原本叫甲胄斩，和铁扇根本就是两回事儿……"

---

1 甲胄斩：经过反复锻造的刀具，其硬度和锋利度足以切开甲胄。

2 莲生和尚：原名熊谷次郎直实，日本源平时代武将，后出家为僧，号莲生。

"哦，可这东西是干啥用的呢？"

"用来切开盔甲……这是当年趁敌人头晕目眩之际收获的战利品。说是楠木正成[1]时期流传下来的……"

"伯父，这是楠木正成用过的甲胄斩吗？"

"呀，这不是，不知什么人的。不过的确是个老东西，也说不定是建武时期[2]打造的。"

"没准还真是建武时期的呢，不过寒月君可就受罪啦。苦沙弥君，今天回来路上刚好有机会，就进了大学，到理学部去转了圈，参观了他们的物理实验室。这把甲胄斩是铁器，实验室里的磁力装置全都疯了，引起了一片骚动。"

"不会吧，肯定不至于。这是建武时期的铁器，性能优良，怎么会闹出这种乱子？"

"再怎么性能优良的铁器也不行啊。寒月刚才说了，真是没辙啊。"

"那个叫寒月的，就是磨玻璃球的家伙吗？还这么年轻，真可怜哪。看上去还不如找点正经事做。"

"是很可怜哪，他那活儿也叫什么研究。说是只要能把那球给打磨出来，就能成了不起的学者。"

"要是磨个球就能成了不起的学者，那谁都能干。老夫也

---

1 楠木正成：日本南北朝时期的武将。
2 建武时期：建武为日本南朝后醍醐天皇的年号。

能干啊，玻璃铺的老板也能干啊。干这种活儿的人在大唐就叫作玉匠，身份相当卑微。"老爷子说着向主人看去，暗中示意主人表态赞成。

"确实如此。"主人捧了一把。

"当今之世所有学问都是形而下学，看起来不错，到了紧要关头却毫无用处。过去就不一样，武士做的都是玩命的营生，为了在突发情况下不至于狼狈不堪，一直在修炼自己的精神。如您所知，那远远不是什么磨个球、搓根针这种简单的小事呢。"

"确实如此。"主人还是很捧场。

"伯父，所谓修炼精神，就是用不着磨球，袖手打坐吧？"

"你这么理解就让人很为难啊，修炼精神绝不是毫不费事就能办到的。差不多得像孟子说的那样，'求其放心[1]'，邵康节[2]则主张'心要放'。还有佛门的中峰和尚教导大家，要绝不动摇。这些都不是轻易就能领悟的。"

"说到头还是很难领悟，大体而言该如何做才好呢？"

"你读过泽庵禅师[3]的《不动智神妙录》吗？"

"没啊。听都没听说过。"

---

1 取自《孟子》："学问之道无他，求其放心而已矣。"
2 邵康节：北宋理学家，名雍，字尧夫。
3 泽庵禅师：日本江户时代临济宗高僧，精通诗歌、俳句、茶道等。

"心置于何处？置于敌手身形动作间，则心为敌手身形动作所取；置于敌手所执长刀之上，则心为敌手所执长刀所取；置于斩敌之执念之上，则心为斩敌之执念所取；置于手中刀剑之上，则心为手中刀剑所取；置于提防避害间，则心为避害之念所取；置于应敌之间，则心为应敌之念所取。总而言之，心无安放之所。"

"一字不落地背下来啦，伯父的记性相当不错，这段可真是太长了啊。苦沙弥君你懂了吗？"

"确实如此。"主人还是用"确实如此"捧场应对。

"嗨，你呀，记得是这样的吧？心该放在哪儿呢？放在对手身形的动态间，就会被对手的身形动态所压制；放在对手的长刀上……"

"伯父，苦沙弥君对这种事很在行呢。最近他每天都在书房里修炼精神，连客人来了都不出去迎一下，可见他已经把心搁在虚空里了，完全没问题的。"

"哎呀，这真是特立独行呀——你也跟着一起修炼不就好了吗？"

"呵呵呵，我可没这种闲工夫呀。伯父自己一身清闲，所以认为大家也都是在玩吧？"

"你其实不是在玩吗？"

"闲是闲着，这不闲中有忙吗？"

"你瞧，简直错得离谱，不修炼根本不成。有句成语叫忙里偷闲，没听说过闲中有忙的。是吧，苦沙弥桑？"

"可不，好像确实没听说过。"主人说。

"哈哈哈，这下我可抵挡不住啦。到时间啦，伯父。好久没尝尝东京的鳗鱼了，吃一口？就请你去吃竹叶店，这儿坐电车过去近得很。"

"吃鳗鱼也行啊。今天约了和雅原见面，老夫这就告辞了。"

"啊，是杉原吗？那老爷子也是厉害的。"

"不是杉原，是雅原。你这家伙成天把事情弄错，很麻烦哪。念错别人名字是很失礼的，不注意可不行。"

"可这不明明写的是杉原吗？"

"写的是杉原，可念的时候就要念成雅原。"

"奇了怪了。"

"这有啥可奇怪的？一个词不同的读法自古就有。蚯蚓在本地原来叫作'眯眯子'，和'瞎了眼'一个读音。蛤蟆在日语读音里，不也读成'卡依露'吗？"

"嗯，还是有点吃惊哪。"

"杀死蛤蟆它就四脚朝天回家[1]了，这就是原汁原味的日语读法。把透垣二字读作篱笆，把茎立二字读作蔬菜，道理都是一样的。把雅原读作杉原，那就是乡下人的读法了，一不小心就会被人笑话。"

---

1 日语中"回老家"与"蛤蟆"的读音近似。

"好吧，那个……那这会儿是要去骓原那儿吗？真是麻烦啊。"

"咋了？你要嫌麻烦就不用去了，老夫自己去。"

"你一个人能行吗？"

"走着去不行。给我叫个车，从这儿坐车去！"

主人即刻恭恭敬敬地叫了女佣跑步去车夫家。老爷子没完没了地寒暄道别，把圆顶硬礼帽戴在了丁髻上就出门了。迷亭君则留了下来。

"他真是你伯父吗？"

"他真是我伯父呀。"

"原来如此。"主人再次回到蒲团上坐下，袖起双手陷入了沉思。

"哈哈哈，算个豪杰吧？我也为有个这样的伯父感到荣幸咯，不论带他走到哪儿他都是这副派头。你吃了一惊吧？"迷亭君觉得主人肯定受到了惊吓，高兴得不得了。

"哪里的话，也没吃惊什么。"

"这样都不吃惊吗？那你可真够有魄力的了。"

"不过，那老爷子有些地方似乎很了不起呀。像提倡精神修炼什么的，就非常值得敬服。"

"值得敬服？你要是现在六十来岁了，肯定也和老爷子一样，说不准就成了时代的落伍者呢。你可加点油吧。沦落成了时代的落伍者，那滋味可不好受。"

"你呀，时不时担心自己会落伍。可在一定的条件下，落伍的人反倒了不起。如今叫作学问的玩意儿都是一个劲地向前、向前，也不知向前到哪儿才是个头，就算到了头也无法获得满足。到了那地步再回头看，东洋的学问虽然消极，却非常有味道，就因为它讲究的是心的修炼。"主人把前些日子从哲学家那儿听来的话，像自己心得似的从容陈述。

"了不起了啊，怎么听着像在讲八木独仙君的学说？"

听到八木独仙这名字，主人蓦然一惊。

前些日子到访卧龙窟，说服主人后飘然而去的那位哲学家，其实就是这个八木独仙。主人刚才正儿八经论述的那套说法，完全是将从八木独仙君那儿听来的现炒现卖。还以为迷亭不知道这人，没想到迷亭在一瞬间叫出了这人的名字。迷亭君自己也不知道，他暗中打破了主人花了一晚上制造的假象。

"你了解独仙的学说吗？"主人感到了不安，试探着追问了下。

"什么了解不了解的。那家伙的理论，不管是十年前还在学校的时候还是到今天，一点儿也没变过。"

"真理不是变来变去的，也许正因为他的不变才值得信赖。"

"哎呀，就是因为有人捧场，独仙那种人才混得下去啊。重要的是八木这个姓就够好，你瞧他的胡须完全就是山羊胡子的样子，而且是从他上学寄宿时代起，就按这副样子蓄养起来的。独仙这名字也起得很让人振奋。以前他就曾到我那儿去过夜，照例是讲他那消极的精神修炼。不管到什么时候他都是在重复同样的事情，没完没了。我就问他："你是不睡觉的吗？"这位先生很轻松地回答："不，我还不困。"显然他是迷上了他自己那套消极修炼的理论。我没辙了，只好跟他讲："你是不困，可我已经非常困了，求你想个办法把自己弄得睡过去。"睡下之前都还挺好的……但那晚老鼠钻出来咬了独仙君的鼻尖，半夜三更闹出了非常大的动静。这位先生老说他悟道了，可看上去还是很惜命，对这事非常担心，开口闭口责备我说："老鼠的毒素蔓延到全身，那就完蛋了，你赶紧给我想个办法呀。"我能有什么办法？就到厨房去，在纸片上弄了点饭粒儿，粘在他的鼻子上，总算糊弄过去了。"

"怎么说的？"

"我就跟他讲：'这是西洋进口的膏药，最近由一个德国名医发明出来的。印度人什么的一被毒蛇咬到就会用上它，即时起效。只要贴上了这个，保你万无一失。'"

"自那时起，你就领悟糊弄人这事的精髓啦。"

"……这么一弄，独仙君是个马大哈的好人儿，全都信了，他就这么安安心心地呼呼睡了过去。次日醒来一看，'膏药'下面摇摇摆摆垂着根线头，原来是把他那标志性的山羊胡子给粘了过来。那副样子真是相当滑稽。"

"但是，比起那时候，他现在可要神气得多了哟。"

"你最近见过他啦？"

"一星期前他刚来过，聊了很长时间才走。"

"这样啊，我说你怎么就卖弄起独仙流的消极说了。"

"当时真的是非常钦佩。我也下了决心，要奋起作为，把这精神修炼给整起来。"

"发奋有为是好的。可要把别人说的事都当成了真的，那你就是个傻瓜了呀。你这人吧，别人说的玩意儿不管是个啥，你都老老实实地接受下来，这不行啊。独仙也不过就是嘴上说得漂亮，紧要关头还不是跟你我一样的德性？九年前的大地震你晓得吧，当时宿舍有个家伙从二楼跳下来摔伤了，那唯一跳楼的家伙就是独仙君哈。"

"那件事，他本人不是有个说法吗？"

"可不是吗。要让他自己说，那就是非常幸运啦，什么禅机犀利之类。所谓电光石火间，能以惊人的速度对环境变化做出应对。其他人一听说地震了，全都昏了头、狼狈不堪，唯独他自己从二楼的窗户跳了下来，这正是修炼起了作用，让他非常快乐。他拖着条瘸腿，还一脸笑容，真是个嘴硬的人呢。说起来，那些讲禅说佛的家伙，没一个不是怪胎。"

"是这样的吗？"苦沙弥先生显得有点中气不足。

"前些天他来，肯定又讲了那些禅宗和尚的胡言乱语吧？"

"嗯，他跟我讲了句'电光影里斩春风'，然后就走了。"

"这个电光说呢，是他十年前压箱底的宝贝，真是好笑。那时只要一说起无觉禅师的'电光'，几乎就没有不知道的人。而且他一着急就会搞错，把这句话说成是'春风影里斩电光'，有意思吧。他下次来你可以试试，在他一本正经讲这套的时候，你就拿出各种各样的理由反驳他，他马上就会把这句话说反，很好笑的。"

"碰上你这种胡说八道的家伙，那他肯定不是对手。"

"谁胡说八道还不一定呢。我最讨厌什么禅宗和尚，什么悟道了。我家附近有个寺庙叫南藏院，里头隐居了个八十来岁的老和尚。前些天下暴雨，一个雷打在寺庙里，老和尚院子前的一棵松树给劈倒了。据说那老和尚当时泰然处之、安之如素，仔细一打听才知道老和尚是个聋子。那自然是泰然处之了呀，这些玩意儿也就那么回事。独仙这家伙也是的，自己悟了就悟了，还动不动去引诱别人，这就太坏了。托他的福，现在有两个人都被他弄疯了。"

"谁呀？"

"谁？一个是理野陶然啊，在独仙的影响下痴迷上了禅学，到镰仓去了，在那儿终于成了个神经病。丹觉寺前有个铁道的岔路口，他跳到了轨道上，在那儿坐禅，还嚣张地说，只要看一眼就能让对面开过来的火车停下。火车自然是停下了，保住了他的一条命。从那以后他就自称练成了金刚不坏之身，水淹不会死，火烧不能灭。他还跳进了寺庙的莲池里，扑哧扑哧绕着走大圈。"

"死啦？"

"也是万幸，做道场的和尚路过把他救了起来。后来他回到东京，很快就死于腹膜炎。致命的虽说是腹膜炎，可患上腹膜炎的原因却是吃了庙里的麦饭和咸菜。这样看，等于是独仙间接杀了他，不是吗？"

"痴迷投入，好也不好啊。"主人的表情略略有些丧气。

"当然啦。被独仙干掉的，同学里还有一个。"

"好危险！谁呀？"

"立町老梅呀。那家伙也完全是在独仙的唆使下，成天扬言鳗鱼升天什么的，最后弄假成真了。"

"究竟发生了什么事儿？"

"终于鳗鱼升天，老母猪成仙了呀。"

"什么呀这是。"

"八木要是独仙，那立町就是猪仙了啦。没见过像他那样吃相贪婪的邋遢男，贪吃加上秃驴的恶意，两者相加的并发症发作，所以没救了。刚开始的时候我们也没太在意，现在回头看全是些怪事儿。他来我家开口就说：'嗨，你那棵松树下就没有飞来的炸猪排吗？在我老家那儿，鱼糕都坐着木板游泳呢。'时不时嘴里就吐出这些'金句'。光是说说也就罢了，还催着我到屋外的水沟里去挖金团子¹，我是真服了。两三天后终于变成了猪仙，被收容进了巢鸭精神病院。原本这种猪是没资格犯神经病的，全是托独仙的福他才沦落至此。独仙的煽动性是很强大的噢。"

"啊？现在还在巢鸭吗？"

"可不是吗。自大狂，嚣张得不得了。这一段时间又说什么他立町老梅这名字太拙劣，自己给自己取了个天道公平的名号，把自己当成了天道的化身，吓人得很。对了，你啥时去看看他。"

"天道公平？"

"是啊，天道公平啊。都成神经病了，起的名字可还真不赖，还时不时把公平写成孔平。他觉得世上人都走上迷途了，唯他得救，于是就给朋友们没日没夜地写信，我也收到了四五封，有的写得实在太长了，邮费不足还得补缴。"

"这么一说，我家收到的也是老梅寄来的啦。"

"你这儿也收到啦？这可真是够了。也是红色信封的吧？"

"嗯。中间红左右白，别具一格的信封。"

"那个啊，据说是他特地从中国弄来的，喻示了猪仙的名言——天道白、地道白，人在中间红灿灿……"

"啊，那信封还有这等因缘啊。"

---

1 金团子：以红薯、栗子和扁豆等作为馅料的甜食点心。

"就因为他疯了，才尤其考究咯。不过呢，就算发了疯，可看起来贪吃的毛病还是没变。每次必定要写点吃的东西，也算奇特。给你寄来的信里，肯定也写了点什么吧。"

"呃，写到了海参。"

"老梅就喜欢海参，服了他。还有呢？"

"然后还写到了河豚和朝鲜人参什么的。"

"河豚跟朝鲜人参的搭配很不错啊。他的意思是吃河豚中了毒，再煎点儿朝鲜人参做解药喝啦？"

"好像不是这意思。"

"是不是都无所谓了，反正是个神经病。就这些吗？"

"还有就是'苦沙弥先生，且进香茶一杯'什么的。"

"啊哈哈哈，'且进香茶一杯'，这样写可就太过火啦，他肯定是想着要把你也给拉进去。写得漂亮，天道公平君万岁！"迷亭先生觉得太逗了，大笑了起来。主人怀着不小的敬意反复诵读的书信，居然是个金牌神经病寄来的，他觉得自己最初的热情和苦心全都白费了，不由得很生气。而他居然将神经病的文字如此精心地玩味了一番，又觉得有些羞耻。最终，他想到既然对神经病的作品如此感佩，那么自己的精神状态是不是也有些异常了呢？气恼、羞惭和担心诸多心情混合在了一起，让他有些沉不住气了，拉下脸来使劲控制着自己。

就在这会儿，玄关的门被重重拉开，沉重的脚步声在换鞋的青石板上响了两下，随即传来大声的招呼："打扰一下，打扰一下！"主人是个懒惰的、屁股很沉的家伙，相反迷亭君却是个非常轻快的男子，还没等女佣出去招呼，就说："进来吧。"他从书房两步就跑过了中间的客厅，向玄关飞奔而去。迷亭进别人家是不打招呼就直愣愣进来的，这就给别人造成了困扰；可他在别人家里又承担起了小厮的职责，主动招呼客人，从这点看又为别人提供了相当的便利。可就算是迷亭君，他也只不过是个客人。差使客人到玄关去接客，而身为主人的苦沙弥先生却在蒲团上端坐不动，世界上没有这个道理。假如是一般人，理所当然会前后脚跟着出去，但岿然不动才是苦沙弥先生的本色。他不动声色地将屁股粘牢在蒲团上。屁股在蒲团上沾了点儿和屁股在蒲团上粘牢，在本质上是大不相同的。

飞奔到玄关的迷亭君似乎在不停地争辩着什么，过了会儿才面向里屋大声喊道："嗨！主人家，麻烦您亲自出来下，您再不出来，就来不及啦！"主人迫不得已这才袖着手慢腾腾地走了出来。出来一看，迷亭君手里正拿着张名片，蹲着和客人寒暄，身形卑微得相当没有尊严。那张名片上写的是警视厅刑事巡查吉田虎藏。和虎藏君并肩而立的，是个穿着单色条纹布外套的二十五六岁的高个肌肉男。令人诧异的是他和主人一样袖着双手，沉默地站立一边。这张脸总觉得在哪儿见过，老夫仔仔细细观察了一番，岂止是见过！这不就是那天深夜来访、搬走了山药的窃贼君吗？哎呀，这回居然在光天化日下从正门进来啦！

"嗨，这位是刑事巡查。前段日子的小偷被逮住了，说是你报的警，他们是专门为这事来的。"

主人这才明白了刑警光临的缘由，他低下头向窃贼的方向郑重致意。这小偷长得比虎藏君更有男子汉气质，主人就自作主张地推断他应该就是刑警。小偷肯定也是吃了一惊，但他似乎也不可能主动声明自己是贼，拒绝主人的行礼致意。于是他只能依旧袖着手，默默地站立着。那家伙肯定是戴着手铐，就算让他把手伸出来他也不会乐意。要是个正常人看到这场面，肯定也大体上明白了。但这个主人和世界上的普通人并不相似。他有个毛病，见到公务员或警察就会没来由地敬畏，来自权势的光环会让他感到极度恐惧。当然，从理论上说，他也明白所谓的警察无非是大众出钱雇的保安，可实际碰到了呢，他就马上变成了一副唯唯诺诺的样子。主人的老爹曾担任过郊区的一个村长，过惯了见到上司就点头哈腰的日子。也许这就结成了一段因果，儿子通过血脉传承了下来。这副样子真是太可怜了。警察可能觉得很好笑吧，笑眯眯地说道："明天呢，你上午九点前到日本堤分局来一趟。丢失的物品都是些什么？"

"丢失的物品啊……"主人接过了话头，可恰巧这位先生已经忘得差不多了，仅仅记得有多多良三平的山药，虽然他心里觉得山药这种东西根本就无所谓了。"丢失的物品……"接过话头之后，后续却跟不上来，这让他觉得自己简直就像个与太郎[1]，大失体面。如果是别人家被盗，猛然间有可能说不清楚，可自家被盗却不能给出明确答案，那就会被当作一个人不正常的证据。他下了决心，接下去说道："丢失的物品……一箱山药。"

这时，小偷似乎觉得很滑稽，低下头将脸埋在了外套的衣领里。迷亭君哈哈大笑着说："好像丢了点山药，真是太可惜啦。"只有警察格外认真。

"山药估计是追不回来了，其他物件大多找到了——行吧，你来看看就明白了。还有啊，交接时要有收条的，去的时候别忘带上图章——必须要在九点前到，是日本堤分局——浅草警察局管辖内的日本堤分局——那好，再见。"他自言自语说了一通后走了，小偷跟在后面也出了门。因为他没法伸出手来，走的时候没法关门，大门就这样敞开着。主人虽然畏惧警官，但对此有些不满，他鼓起腮帮将门砰地关上。

"啊哈哈……你对警察是非常尊敬啊。你要是总能抱着这么谦恭的态度，那就算得上个好人了，可惜你只对警察恭敬，这就有点问题了啊。"

---

1 与太郎：在日本相声中经常用于愚蠢人的名字，指没用的糊涂虫。

"说啥呢，人家是专程来告知的嘛。"

"说啥专程来告知的，那是他的工作啦。平平常常地打招呼就足够了。"

"并不是单纯的工作。"

"当然不是单纯的工作，是一种叫侦探的非常讨人厌的工作啦。比普通的工作更低劣点儿吧。"

"你说这种话，当心要倒霉哦。"

"哈哈哈，那就不要再骂警察了。你尊重警察也还说得过去，可你连小偷也尊重，很让人吃惊啊。"

"谁尊重小偷啦？"

"不是你吗？"

"我是讨好小偷的人吗？"

"没讨好？你不是对小偷行礼了吗？"

"什么时候？"

"刚才呀，你不是对他点头鞠躬了吗？"

"别胡说，是对那个警察。"

"警察是那副样子的吗？"

"就因为是警察，才是那副样子啦。"

"真是固执。"

"你才固执！"

"好吧，那我问你：警察到别人家，会袖起双手站着吗？"

"警察就不能袖着手？没这种规定。"

"这么猛烈、犀利，好害怕呀。但在你问候的过程中，他可一直站着不动哪。"

"警察说不定就是这种态度的。"

"你可真够自信的，怎么说都听不进去。"

"不会听的啦。你也就是嘴上说什么小偷、小偷的，那小偷进来的时候你见过他吗？不过只是这么想着，就一口咬定他是小偷而已。"

话说到这，迷亭君看上去断了念想，主人是个不可"超度"的家伙。迷亭君一反常态地沉默了下来，主人却为许久以来第一次让迷亭君吃瘪而洋洋自得。在迷亭君看来，主人的价值因其无理偏执而有所贬值，可从主人的立场说，他却因自己的不懈奋斗而超越了迷亭君，变得更了不起了。世上这种彼此矛盾的事情比比皆是。正觉得自己咬牙坚持通关了，总算是赢了，可这赢家作为一个人物的"行情"却陡然跌落了下来。这真是不可思议之事，坚持者至死也要保全的面子，做梦也想不到在他死后却被人轻蔑地抛在脑后，根本没人把它当回事儿。这也是一种幸福，据说这种幸福被命名为"猪的幸福"。

"那你明天打算去吗？"

"应该会去吧。说要九点前到，八点出门。"

"学校那边怎么办？"

"停课喽，学校算什么。"主人说得掷地有声，气势雄壮。

"气场可以呀，停课行吗？"

"可以的吧。我们学校发月薪不扣工资的，没事儿。"主人说得很直白。说他狡诈，那是狡诈；说他单纯，那也是足够单纯了。

"你呀，去是可以去，可你认得路吗？"

"谁认得那种东西！坐车去就没到不了的地方啦。"主人气呼呼地说。

"那你真是个东京通了，跟我那静冈的伯父比也不遑多让。服了你！"

"不管佩服多少，那都是必须的！"

"哈哈哈。说起那个日本堤分局呢，可不是个寻常地方哟，是在吉原。"

"啥？"

"在吉原呢。"

"是那个红灯区的吉原吗？"

"是噢。叫吉原的地方在东京就那么一个。怎么样，想去看看吗？"迷亭君又要弄起了主人。

主人一听说是吉原，似乎迟疑了下。迅即他又站稳了立场，马上回击道："吉原也好，妓院也好，说了要去那就一定会去。"傻瓜的逞能，就是在这种不必要的地方赌气。

迷亭君只是应了句："那好啊，会很有意思的吧，去溜达看看吧。"——警察事件所引发的波澜就此告一段落。然后迷亭君照例又是一顿胡扯，直至傍晚。说太晚回去不行，伯父会光火的，说完他就走了。

迷亭君走后，主人马马虎虎地吃了晚饭，又回到了书房。他再次将双手套进袖管，思考着。

"据迷亭所言，自己所钦佩并想极力效仿的八木独仙君，似乎并不是个值得学习的人。不仅如此，他所倡导的学说，不少是反常识的，如迷亭所说，此人多少附属于癫狂之系统。况且追随他的两个人，都是精神病患者。真是相当危险！只要稍稍靠近，似乎自己也会被吸扯进这一系统中。自己所惊叹的并觉得是真正有大见识的、无疑出自伟人之手的文章，其作者天道公平的真名居然是立町老梅。迷亭的叙述或有夸张之处，但他在精神病院里沽名钓誉、以天道主宰自居，这些恐怕也都是事实。如此说来，自己在某些情况下，说不定稍许也有些此类状况。所谓同气相求、物以类聚，对神经病的言论表示感佩——至少对此类文章的言辞表示出了同情——恐怕自己也已接近神经病的边缘了吧。好吧，就算还没在疯子的模具中被融铸成他们那副模样，但与神经病毗邻而居，境界的壁板一旦被打破，不知不觉间就会和他们同聚一堂、促膝谈笑了。这还了得！从这角度看，这段日子以来，自己大脑所受的影响令自己都感到了吃惊，堪称奇中有怪。一勺脑浆的化学变化暂且不论，无论如何在意志驱动行为这方面，在表达并形成言辞这方面，有多处已不可思议地丧失了中庸。舌上没有龙泉滋养，腋下并无清风徐来；与此同时，牙根大有恶臭，筋肉散发癫味。此情此景，如之奈何？真是够呛了！根据实际情况，莫非我此刻已然成了一个合格的患者了吗？所幸尚未伤及他人、尚未殃及社会，所以尚未被驱逐出城，依然还作为一名东京市民而幸存着。这已经不是什么消极和积极的程度的问题了，首先必须从脉搏进行检查，但脉搏似乎并无变化。难道是头脑发烧了？这也不像是什么上了火呀，可总是让人忧心不已。

　　"总把自己和神经病相比较，并寻找类似点，这样做是逃不出神经病这圈子的。这是一种糟糕的方法论。以神经病为标准，然后把自己贴上去加以解释，自然就会得出这样的结论。如果以精神健康的人作为基准，把自己放在这基准上对比，得出完全相反的结论亦未可知。这种比较必须先从身边人开始。那么今天来的大礼服伯父怎么样？心该放在哪儿呢……这一套也有点儿不正常。其次，寒月怎么样？从早到晚带着盒饭去磨球，他也是神经病一伙的。第三……迷亭？他来来去去总以恶作剧为天职，无疑是个彻底阳性的神经病。第四呢……金田的太太，她恶毒的品性完全有悖于常识，肯定是个纯天然的疯子。第五就该轮到金田君了。金田君虽然尚未见过，但看他对老婆那副站在一边恭恭敬敬、琴瑟和谐的样子，说起来也是个非凡人物。但所谓非凡，也就是狂人的别称，先不妨将他和神经病合并同类项。再然后呢……

423

嗯，还有，那就是落云馆的诸君了。从年龄上说，他们还都是'小荷才露尖尖角'，但在躁狂这一点上，则可以说是横空出世的疯到极点的暴徒。如此数下来，大多似乎都属于同类，这让我意外地感觉到了安心。就此而言，社会也许就是个神经病的群体。疯了的人集合起来相互砍杀，相互撕绞，相互叫骂，相互掠夺。整个社会以团体为单位，像细胞一样崩溃，又不断冒出来，不断冒出来，然后又崩溃泯灭。人类就这样循环往复、持续地生活着，也许这就是所谓的人世间吧。其中有些人是多少懂点道理、明辨是非的，这反倒成了那些家伙的眼中钉。也许为了这，他们才创建了疯人院，把懂道理的人关进去，不让他们到处乱跑。如果这样，那囚禁在疯人院里的其实都是正常人，而院外蛮横乱窜的家伙反倒是神经病了。当神经病被孤立起来时，人人都把他们看成是神经病。可当他们团结成一个群体，有了力量，也许就成了健全的人类。大神经病滥用金钱与权力，奴役着众多小神经病横行霸道，人们还将其称为杰出人才。诸如此类的例子多，这就让人弄不明白啦。"

以上就是主人孑然一身，在一盏孤灯下深思熟虑时的心路历程。老夫只是原汁原味地如实记述而已。主人头脑之浑浊，在此处也表现得相当明显、准确无误。尽管他蓄养着恺撒式的胡须，却是个傻瓜，连正常人和神经病都分不清楚。不仅如此，他好不容易提出了这么个问题，诉诸脑力费劲思索，结果却没得出任何结论就收摊了。不管面对什么问题，他都是一个缺乏彻底思考能力的家伙。他的结论令人惘然，就像他鼻孔里喷出的难以捕捉的日出牌香烟的烟雾。而这就是他言论的唯一特色，也是一个必须铭记的事实。

老夫是猫。也许有人会疑惑，一只猫而已，如此精确地记述主人的内心活动，这可能吗？老夫是有读心术的。什么时候学来的？这种多余的问题就不必问了，反正老夫就是会。当老夫趴在人类的膝头睡着的时候，会将自己柔软的皮毛静悄悄地贴在人肚子上。这时，一道电光就会从他腹腔刷地投射进老夫眼帘。前些天主人亲昵地搓揉着老夫的头，他突然想到要是把猫皮剥下来做个马甲，应该会很暖和吧。他居然产生了这样龌龊的念头，老夫即刻就察觉到了，瞬间如坠冰窖。这太可怕了！今晚主人头脑中活动的思想也是这样被我获知，能向诸君描述报道，这是老夫的莫大荣耀。主人却以"这就让人弄不明白啦"收尾，然后就躺倒呼呼大睡。到了明天，对前一晚他到底想了些啥，肯定都忘得一干二净了。倘若今后他再思考关于神经病的事，那还得从头再思考一遍。如此一来，按照他的思路，那就不能保证他得出的结论会和今天的"不明白"有区别。而且不管他再思考多少次，也不管他采用何种思路去思考，到头来也只是"这就让人弄不明白啦"。

第十章

"嗨，七点了哟。"夫人在隔扇门外喊。主人是醒了呢，还是在睡？他背着身不回答。不作回答是这家伙的老毛病，只有在被逼无奈不得不开口的情况下，才会发出"嗯"的一声。就算这声"嗯"，也不是轻易就会发出来的。人要是活到连回个话都嫌麻烦的话，那的确也是别有一番情趣。只是这样的人，不会有女人尝试去喜欢他的。现在就连陪伴在侧的妻子对他也不大在乎了，其他人的态度更是可想而知。所谓见弃于亲兄弟者，绝无可能获取倾城美女之芳心。主人既然连妻子都搞不定，又怎么可能让世上陌生的淑女们动心呢？老夫并无必要借此机会揭主人的老底，毫无疑问，他在异性中没人气。但主人总把事情想岔了，找了个理由说夫人之所以不喜欢他，是因为他太老了。而这就是导致他不能开悟的心魔。老夫为了助他一臂之力，这才从关爱之心出发，多说了几句而已。

到了指定的时间就叫醒主人，而主人对此却完全置之不理，而且背着身子一声不吭，夫人断定此事的错失在于彼而不在于己，便抱着一副"时间晚了可别怪我"的劲头，扛着笤帚和掸子向书房走去。过了会儿，书房里就响起了噼里啪啦的敲打声，按照惯例，每天的清扫工作开始了。而这清扫是为了运动呢，抑或仅仅是一种游戏？老夫不负责清扫，事不关己，摆出一副啥也不知道的面孔就可以了。但是像夫人的这种清扫方式，不能不说是毫无意义的。为什么这么说呢？因为夫人仅仅是为了打扫而打扫。掸子在隔扇门上碰碰，笤帚在榻榻米上滑过去，她认为这样清扫工作就完成了。至于清扫的原因和结果，她丝毫不负责任。这样一来干净的地方每天都很干净，可有垃圾的地方、有灰尘的地方呢，依然每天残留着垃圾、堆积着灰尘。所以有告朔饩羊[1]的故事，也许每天扫一扫总比根本不扫要好些。夫人每天的清扫工作，并没有给主人带来什么好处，而没什么好处，却日复一日不辞辛苦地重复着，这就是夫人了不起的地方了。妻子和清扫这两个概念在多年的惯性下，已牢固且机械地结合在一起，令人形成了联想。至于

---

[1] 告朔饩羊：饩羊指的就是献祭用的活羊。根据周礼，诸侯每月初一需将活羊献祭祖庙，后这一献祭活动流于形式。

清扫的实际情况，仍然和妻子诞生前一样，和笤帚与掸子被发明出来前一样，没有丝毫的变化。说起来这两者的关系，就像是形式逻辑命题上的两个名词，不管其内容如何，就这样并列着结合在了一起。

老夫和主人不同，习惯于早起，这会儿肚子已经饿得够呛。可连家里人都还没吃，以猫的身份自然是不可能弄到早饭的，这正是作为猫的卑微之处。可说不准香味这会儿正从蒸汽腾腾的鲍鱼壳里散发出来呢？那真是太美味啦！想到这里，老夫心中就冒出了难以抑制的冲动，再也无法一动不动地等待下去。对虚幻之事，明知其虚幻而仍沉溺其中，那就最好只将这份美好的心愿在头脑中进行描绘，而绝对不要落实，此乃上策。可老夫做不到这一点，而绝对会怀着强烈的冲动，想去看看实际情况和美好心愿究竟是否一致。就算注定要失败，老夫也要去尝试一下，最后的失望必须亲自从事实中加以确认，否则是不会甘心的。老夫再也忍受不了，向厨房爬了过去。首先向灶台暗影里的鲍鱼壳看了看，不出所料，还是昨晚老夫将其舔干净了的那副样子，四周一片寂静，它在天窗洒落的初秋的光影里闪烁着怪异的光。

女佣已经把煮好的饭盛进了饭桶，这会儿正搅拌着火炉上的锅。饭锅周围潽出来的米汤已经干了，锅面上沾了几条干巴巴的米汤汁，看起来就像贴了几片吉野纸。米饭和味噌汤都已做好，就等着开饭了。这会儿还讲客套那就太没劲了，即便不能如愿以偿，也不至于产生什么损失。于是老夫下定决心，催促她赶紧开饭。再怎么寄人篱下身份卑微，饥饿感是不会改变的呀。做出决定的老夫喵呜喵呜地叫唤起来，叫声如谄媚、如倾诉，又似乎怀着哀怨在啜泣。女佣却完全没有顾及我的意思。她生来就是多角形的孤寡脸，虽然知道她在人情上是非常淡漠的，可把叫声弄得如泣如诉、极度煽情，这不正是老夫的拿手好戏吗？这回老夫又喵呜喵呜叫唤着试探，那悲壮的哀泣，连老夫自己都确信足以让天涯游子就此断肠，女佣却依旧神情淡然，完全不予理睬。这女人是不是聋啦？可聋人是没法承担女佣这份工作的，那么看这情况，她唯独是对猫的叫声充耳不闻吧。

据说这世上有些人是色盲，虽然其本人自以为具备了完整的视觉能力，但医生则判断其属于残疾。这女佣应该算是音盲吧，音盲无疑也是残疾。一个残疾人居然还那么骄横！就算是在夜里，不管老夫怎么哀求她开门要出去解手，她也绝不会帮老夫去开门的。偶尔放老夫出去了，却让老夫再也回不了屋内。即便在夏天，夜里的露水也很伤身，何况将你置身于秋霜下？在屋檐下彻夜蹲守、等待日出，那种凄苦你完全想象不到。前些日子老夫吃了闭门羹，竟然遭到流浪狗的袭击，已经到了生死存亡的紧要关头，最后只得跳到一个储物间的屋顶上，整夜都在瑟瑟发抖。这些都是女佣的薄情寡义酿成的不幸。把这样的女人作为倾诉对象，就算哭给她看，也不会引发她的什么共鸣。可正所谓饿极了就会去拜佛求神，穷极了就会起偷盗之念，爱极了就会给对方寄去情书，感觉都到这会儿了，那就什么事都能干得出来。"喵哟呜、喵哟呜……"叫到第三声时，老夫为了引起关注还特意尝试使用较为复杂的啜泣法，确信声音之美妙绝不输于贝多芬的交响乐，可这对女佣却似乎没有产生丝毫影响。她突然跪下搬开了一块活动地板，从里面掏摸出一块四寸长短的木炭。她拿着长木炭在火炉的角上砰砰地敲，长木炭断成了三截，四周炭屑纷飞，弄得乌漆墨黑。一些炭屑好像还掉进了汤里，但女佣可不是个纠结于这种小事情的女人，她即刻将三截木炭从锅后塞进了火炉里，对老夫奏响的交响乐根本听也不听。没办法了，老夫只得黯然返回客厅方向。路过洗澡间时只见三个女孩正在洗脸，显得十分热闹。

说是洗脸，可上头两个都是幼儿园的稚童，第三个更小，在姐姐屁股后头跟着，都还跑不动，所以也谈不上什么正经地洗脸，也不可能做到有效地化妆。最小的那个从水桶里扯出了块湿了的抹布，不停地在脸上抹来抹去。用抹布洗脸感觉肯定很不舒服，可想想她会在地震的晃动中叫喊起来："太好玩啦，太好玩啦！"用抹布洗脸这种小事也没啥可吃惊的，说不定她悟道之境界比八木独仙君还要深呢。长女不愧为长女，担负起了姐姐的责任，把自己的刷牙杯咣当当扔了出去，伸手去抢抹布："小丫头，那是抹布噢。"小丫头相当有自信，不会轻易听从姐姐的话。"讨——厌，吧噗！"她叫嚷着把抹布又扯了回去。没人知道这"吧噗"二字究竟有什么含义，词根又属于何种语源。只是这孩子发脾气的时候，会频繁地使用这一词语。抹布在姐姐的手上，小丫头往回抢夺。两人左拉右扯，抹布中饱含的水分从正中间啪嗒啪嗒地滴下来，毫不留情洒落在了小丫头的脚背上。脚背湿了还能忍受，可连膝盖也全都淋湿了。小丫头这会儿身上还穿着"元禄"。这"元禄"究竟是个什么玩意儿？问来问去才算弄明白，带中型花纹的衣服她们都叫作"元禄"，也不知是谁这样教她们的。"小丫头，元禄都弄湿啦。算了吧，好不好？"姐姐说话时和风细雨，她就是这么个说话的习惯。就在前些天，这姐姐还把"元禄"和"双陆"[1]给弄混了。

由"元禄"想起了一件事，就顺便多说几句吧。这些孩子搞错弄混的词可太多啦，时不时把别人弄得像个傻瓜。什么着了火蘑菇就会飞过来啦，什么到御茶之汤女子学校[2]去上学啦，还把惠比寿[3]和厨房并列在了一起。有次还说"我可不是稻草铺的孩子噢"，仔细一盘问，才知道她把"破巷子"和"稻草铺"的发音搞混了。每当听到这些胡言乱语，主人就会

---

1 双陆：两人交替掷骰子的下棋游戏。起源于印度，奈良时代从中国传到日本。

2 御茶之汤女子学校：指御茶之水女子学校。

3 惠比寿：日本传说中七福神之一，财神。

笑个不停。可他自己去学校教英语时，比这还离谱的谬误也会一本正经地传授给学生们的吧。

小丫头——本人并不这么叫，而总是自称丫宝——发现"元禄"给弄湿了，哭喊了起来："元这儿全都湿透啦！""元禄"湿透了会着凉，那可是大事件，女佣从厨房里飞奔过来，拿过抹布就在她衣服上擦抹。这场骚动中比较冷静的是次女俊子小姐。对面架子上一只白色的瓶子侧倒滚落了下来，她打开这瓶子的瓶盖，不停地化着妆。她先用伸进瓶里的手指头在鼻尖上使劲抹了下，鼻子上随即出现了一道竖纹，鼻子的造型变得棱角分明了。随即她又用抹过鼻子的手指头在脸颊上摩擦，一会儿这里，一会儿那里，脸上冒出来一团团白色的斑块，正感觉把自己打扮得差不多了，女佣冲进来擦拭着小丫头弄湿了的衣服，顺手把俊子涂了粉的脸也给抹干净了。俊子看起来稍稍有些不满。

老夫在一旁看了会儿这幅场景，然后穿过客厅来到主人的卧室。想要悄悄看一眼主人怎么样了，却到处也看不到主人的头；取而代之的是一只高高隆起的大脚背，从被褥的一角伸将出来。他恐怕是担心露出头就会被叫起来，所以把头埋进了被子里，这家伙简直就是个缩头乌龟。就在这会儿，夫人打扫完了书房，又扛着笤帚和掸子向这边走来。和最初的那次一样，她站在隔扇门的入口处嚷了一声："还没起来吗？"她站了好一会儿，紧盯着那床没有头露出来的被褥。

这次还是没有回答。夫人从门口两步跨了进来，用笤帚捅着被窝，反复要求主人回应："你到底怎么回事啊？你说！"这时主人已经醒了。就是因为他醒了，为防御夫人的袭击，才预先把整个脑袋钻进了被窝里。他觉得只要不露出头来，指不定就能逃过这一劫。他揣着这副无聊的侥幸心理正在那儿装睡，夫人却不愿轻易放过他。先前夫人在门口叫他，至少还隔着一间屋子的距离，他心中盘算自己还是安全的。可这回遭到了笤帚的暴击，已然是三尺左右的距离了，这让他吓了一跳。不单如此，第二声"你到底怎么回事啊？你说！"和之前相比，无论在距离还是在音量上，都具有了加倍的威势。他在被窝里听着，明白这次是混不过去了，只好小声地"嗯"了声作为回答。

"你不是说九点前去的吗？再不快点就来不及啦。"

"你不说这会儿我也要起来了。"主人缩在被窝里回答的情景堪称奇观。夫人总是吃他这一套，以为他真要起来了，就放下了心，没想到他又接着睡过去了。夫人觉得不可大意，又催促了一句："那快起来吧。"都说过了要起来，还被催促着起身，这本就让人有些气不过。而对于主人这样任性的家伙来说，这更是受不了。逼到了这一步，他将头上一直盖着的被子一把掀开，两只大眼睛瞪得溜圆。

"吵什么吵。说了要起来，当然会起来！"

"是说了要起来，可这不是还没起吗？"

"谁呀？什么时候撒过这种无聊的谎！"

"什么时候都是呀！"

"扯淡！"

"也不知道谁扯淡！"夫人站在枕头边砰地将笤帚掼了过去。就这点而言，夫人的表现的确很刚猛。

这时屋后车夫家的孩子阿八突然哇哇地大声哭了起来。只要主人发怒，阿八就必须得哭出声，这是车夫家婆娘发出的命令。婆娘这样做也许会收到个小红包吧，可这对阿八来说却是个大麻烦。摊上了这么个老娘，注定得从早哭到晚。主人要是多少了解些那边的情况，稍稍控制下自己的怒火，说不定还能让阿八活得更长久些。可不管金田君如何恳求威吓，车夫家婆娘竟能答应来干这种蠢事，可见她比天道公平君更为恶毒，这个判断应该是不会错的。如果仅仅在主人发怒时让阿八哭上几声，这还算是留有余地的。金田君竟还雇用了附近的流氓无赖，套上鬼脸头套去吓唬阿八，使其必哭。这是在主人将怒未怒之际，他们对主人的行为走向无法做出明确判断，在推测这么做主人必然发怒的情况下，提前布局让阿八先行大声地哭起来。这一来，也就说不清楚到底是主人气着了阿八呢，还是阿八气到了主人。假如想要给主人添点堵，还真不用下什么大功夫，只要叱骂一顿阿八，就等于毫不费劲给了主人一记耳光。过去在西方有个说法，犯罪者若在临刑前逃往国外，其本人未被逮捕归案，当局就会制造一个人形木偶，作为当事人的替身将它放火焚毁。金田公馆里看起来也有通晓西洋故事的军师，传授了这等美妙计策。落云馆也好，阿八的妈妈也好，对于毫无手段的主人来说，肯定都属于难以应付的软肋吧。此外，能让主人感到棘手的人和事还有许许多多，也许整个街区内到处都是，可和眼下要说的事并没有什么关系，且容后续再片段性地插叙吧。

听到阿八的哭声，主人似乎为此大动肝火，当即从被褥里一骨碌翻身坐了起来。这一刻，主人身上再也看不到什么精神修炼、八木独仙的影子。他边起身边用两只手使大劲反复地挠着头皮，嘎吱嘎吱嘎吱作响。囤了一个月的头皮屑毫不客气地飞溅在脖颈和睡衣的衣襟上，场面相当壮观。那他的胡须又怎样了呢？偷眼看去，更是让人惊呆，居然全都直挺挺地竖立着。胡须可能觉得自己的主人都怒成这样了，唯独自己无动于衷不合适，于是一根根断然奋起，向各个方向肆意地狂飙突进。这一部分也就成了很不错的景观。昨天主人在镜子前弄了半天，以德意志皇帝陛下的胡须为模板，把它们弄得老老实实地排列了起来。结果睡了一晚，它们就把训练成果抛到了九霄云外，一根根全都回想起了自己的本来面目，迅即恢复了原始形状。这恰似主人一夜速成的精神修炼，到了第二天就像被擦拭过了一样，消失得干干净净，转瞬间全面暴露出了他与生俱来的野猪本性。拥有如此粗野胡须的主人，品性如此粗野的一个家伙，居然迄今为止尚未被学校开除，还待在教师的岗位上。想到此处，便知日本之大，无奇不有。推而广之，这道理也适用于金田君及其走狗吧，他们同样作为人类理所当然地混迹于人世间。主人似乎很确信，既然连金田这种人都能在人世间混下去，那么学校也就不存在开除他的理由了。到了紧要关头，还可以给巢鸭精神病院的天道公平君发张明信片问问，这些道理转眼就能大白于天下。

主人这时将老夫昨天介绍过的那双太古混沌之眼瞪得滴溜溜圆，肯定是看见了对面的壁橱。这壁橱高度约为六尺，分隔为上下两层，各自带着一扇柜门。下方的壁橱和被褥几乎擦着边，坐起来的主人只要睁开眼，目光自然而然就会落在壁橱上。主人看过去，壁橱拉门上裱糊的花纹纸几乎全破了，露出了里头肠子似的东西。"肠子"种类繁多，各式各样，有些是印刷的，有些是手写的，有些反着放，有些倒着放。主人看着这些"肠子"，便想要读一读上面的文字。刚才还一直陷于愤怒的主人——恨不得要去把车夫家婆娘抓过来，将她的鼻子摁在松树上摩擦——却突然想起要读这些烂纸片上的文字了。这虽然有些不可思议，但对于一个易被激怒的直肠子来说，也算不得什么稀罕事。小孩子哭的时候，塞给他一块糯米点心，他马上就笑起来啦——原理完全一样。

主人以前曾在一座寺庙投宿，隔着一重隔扇门，那头住着五六个尼姑。尼姑呢，说起来是坏心肠当中心肠最坏的。其中有个尼姑似乎摸透了主人的性格，据说她边敲打着饭锅，边跟着节拍唱了起来："啼哭的乌鸦笑起来啦，啼哭的乌鸦笑起来啦。"主人极为讨厌尼姑，据说就是从那阵子开始的。不管尼姑讨不讨人嫌，她说的可是完全没错。主人时哭时笑，时喜时悲，情绪起伏是常人的数倍，却从来不曾有过长久的持续。往好里说，这叫不拘泥执着、心思活泛。用大白话翻译过来呢，这就叫作沉不下心来的轻薄儿，只会梗着脖子的犟种。既然是个犟种，他像要干上一架似的霍地起身，却又突然改变主意，读起了壁橱里"肠子"上的文字，这不能不说也是在情理之中。

他第一眼就停留在倒置的伊藤博文[1]上，目光向上移去，还看到了"明治十一年九月二十八日"。这位韩国总监，看起来在那时就已经在政府的通告上签名了。不知大将军那会儿担任的是个什么职务？倒置的文字难以阅读，勉强读下去，看到了"大藏卿"[2]三字。果然是大人物！就算倒过来放也还是个大藏卿呢。稍稍向左看去，这回大藏卿却是横躺在那儿睡午觉。确实如此，窃以为倒立状态的确是很难长久维持的。下面则是木刻印制的大字，只能看到"汝等"字样。想要接

---

1 伊藤博文：曾任日本第一任内阁总理大臣、枢密院议长等职。
2 大藏卿：财政大臣。

着看下去，不巧后面的却没有露出来。下一行露出的是"赶紧"二字。这一行也想念下去，却也同样到此为止，让人不得要领。如果主人是个警视厅的警察，那就算是别人的东西，恐怕也早被他一把扯下来了。干警察这行当的，因为没受过高等教育，为了拿到证据什么事都干得出来。那都是些顾头不顾腚的家伙，但愿他们能够稍许客气点儿。要是他们不客气，不给他们提供任何证据不也挺好吗？也是听来的小道消息，据说他们甚至会罗织罪名诬陷良民。良民出钱雇来办事的家伙，反倒让雇主陷于犯罪之境，这也算是相当严重的神经病了。然后主人眼珠一转，看向壁橱正中，大分县¹在那儿打了个滚。连伊藤博文都是倒立着的，大分县打了个滚理所当然。主人读到这儿双拳紧握，拳头向高耸的天窗伸去，准备打出一个呵欠。

这声呵欠有如鲸吞万里之长噱，声调极为特别。当呵欠告一段落，主人窸窸窣窣换下睡衣，慢腾腾地去洗澡间洗脸。夫人早等得不耐烦，她猛地将被褥卷成一团，和睡衣叠在一起，开始了她习惯性的清扫工作。和夫人的清扫一样，主人的洗脸方式也几十年如一日。一如前些日子介绍过的那样，他会持续不断地发出"嘎嘎""哇哇"的叫嚷声。等终于梳完了他的分头，他就将西式毛巾搭在肩上，来到客厅，

---

1 大分县：日本地名。位于九州地区，濒临濑户内海和太平洋。

在一只长方形火钵侧面悠然坐下。

　　说起长火钵，读者诸君或许会联想到这样一幅画面——带鱼鳞纹的厚实榉木箱盒，里面嵌着纯铜内胆，刚洗过长发的美人披散着长发单膝跪坐，手里拿着一根长烟管在黑檀木边框上敲打。可我家苦沙弥先生的长火钵绝不是这么讲究的东西，那是一只外行人根本看不出是用什么材料制作的老古董。长火钵得要擦得闪闪发亮才有灵魂，而这只老古董却从未被抹布擦拭过，以至于它显得来历不明，不知是榉木、桐木还是樱木所制，看上去蒙着一层浓厚的阴郁之气。要说这玩意儿是从哪儿买来的，却绝对不记得这是花钱买来的。那么这玩意儿是别人送的吗？又好像从来没人送过这东西。这么说起来，那莫非是偷来的？不知为何，主人对这一问题竟有些含糊其词。过去亲戚中有个隐居老人，老人死前拜托主人帮他看家。后来主人成家了，就从隐居老人的家中搬走。一直当作自己的东西在使用的长火钵，主人搬家时也就顺手搬了过来。

　　这件事的性质稍稍有点不大好。但真要考究起来，这事儿虽然不好，却是人类社会普遍存在的。譬如银行家之流每天在积攒着别人的钱，据说时间一长就会把别人的钱当成是自己的了。公务员本该是人民的公仆，和代理人一样，大家为了办事方便才把一定权限委托给他们。可他们披着委托权力的虎皮处理日常事务，却把这当成了自己固有的权力，再也不许人民对这些事务的处理多嘴，真是疯得不轻。既然人世间充满了此类事，那么仅凭长火钵事件也就不能判定主人具有盗贼的品性。如果主人具有盗贼的品性，那么全天下人也就全都具有盗贼的品性了。

主人占据了长火钵旁的位置。自己面对饭桌，三面坐着刚才用抹布擦脸的小丫头、在"御茶之汤"女子学校读书的敦子，还有将手指插进了扑粉瓶里的俊子，人都凑齐了，正在吃早饭。主人的目光公平地扫过三个女孩。敦子脸的轮廓像进口精铁打造的刀把护手；俊子是妹妹，多少也就带点姐姐的面相，犹如琉球涂大漆工艺的红盘子；只有小丫头独放异彩，长着一张长脸。如果是竖着长的长脸，这世上倒也还不乏其例，这娃的长脸却是横过来的。不管时尚多么易变，但总不会流行横着长的面孔吧。就算是自己的孩子，主人也不由得沉吟，即便长成了这个样子，也总得让她们继续生长下去。现在已不是生长的问题了，其生长速度之快，有如寺庙里的竹笋，转眼已具有了青青嫩竹之势。每当主人想到姑娘们又长大了，就觉得身后有追兵逼近，心中阵阵发凉。不管他对周边世界如何淡漠处之，他都深深明白自己的三个孩子都是女的。既然是女娃，将来就是要结婚的，他也明白自己并无能力安排她们将来的婚事。也因此，这些孩子虽然是自己的，却让他感到心有余而力不足。既然心有余而力不足，那么不把她们制造出来不就好了吗？但这就是人生。若要问人生的定义是什么，无他，无非是自己制造出一座大山再千辛万苦地爬上去。如此解释足矣。

孩子们果然天真烂漫。她们做梦也想不到，老爹对如何处理她们正处于穷途末路之境，仍在开开心心地吃早饭。然而最难收拾的是小丫头，这小丫头今年才三岁。夫人花了心思，吃饭的时候专门为她配了适合三岁孩子的小筷子、小碗。但小丫头决不领情，硬要抢夺姐姐的饭碗，拉扯姐姐的筷子，非要用那只她端起来很吃力的碗。看这人世间，越是无德无才的小人，越是要爬上与他的德行不配的官职。这种品性，在其幼儿时期就已然萌芽了。其因果正如上述那样极为深远，绝非靠教育和熏陶就能矫正，还不如趁早断念为好。

小丫头将夺来的大饭碗和长筷子据为己用，频频发威。她胡乱挥舞根本用不惯的筷子，誓必耍出自己的威势。她首先攥着两根筷子的根部，哼的一声向碗底插去。碗里盛了八分米饭，还浇了味噌汤。筷子的力传导到了碗里，目前为止勉强保持平衡的饭碗遭到了突然袭击，当即产生了三十度的倾斜。与此同时，味噌汤毫不留情地向她胸前哗啦哗啦浇了下去。小丫头是个暴君，这点小事根本不足以使她退避。接着她又哼了一声，把插进碗里的筷子用尽全力从碗底向上挑起，同时将小嘴凑近碗边，将弹跳起来的饭粒尽量塞进嘴里。而漏网的饭粒则混合着酱汤，飞扑向她的鼻翼、脸颊和下颚。

没有扑准目的地的，则大量散落在了榻榻米上。这是一种相当草率粗暴的吃饭方式。老夫谨向知名人士金田君及天下权贵发出忠告，诸公对待他人，若像小丫头使用碗筷那样，那么落到你们嘴里的饭粒就会极其有限。就算你们吃到米饭，也绝非必然，不过是误入口中而已。敬请三思。且如此做派，似乎和诸公的世故和手腕也不相称。

姐姐敦子因为碗筷被抢走了，所以一直拿着小筷子、小碗凑合着。碗实在太小，就算米饭堆成座小山，一开动三口也就吃完了。于是，她不得不频繁向饭桶那边伸出手去。已经四碗了，这回是第五碗。敦子揭开饭桶的盖子，举着大饭勺盯着看了好一会儿。她似乎在犹豫，再吃一碗呢，还是就这样算了？接着她像是下了决心，在没有焦煳的地方估摸着舀了一大勺。米饭堆在饭勺上没什么问题，可当它们翻过来扣在饭碗上时，饭碗盛不下的一团米饭就骨碌碌地滚落到了榻榻米上。敦子毫无惊慌之色，她将滚落的那团米饭小心翼翼地捡了起来。老夫正疑惑着她捡起来要干吗，不料她一转手全都扔进了饭桶里。这可就有点不大干净啦。

当小丫头大显身手挑动她的筷子之时，敦子恰好将那团米饭收拾完毕。姐姐毕竟是姐姐，敦子不忍心看着小丫头脸上乱七八糟。"哎呀，小丫头，太糟啦！脸上全都是饭粒了。"她说着，急忙清理起了小丫头的脸。首先要取下寄居在小丫头鼻尖上的饭粒，本以为她会将取下的饭粒扔掉，让人吃惊的是她居然马上就将饭粒送进了自己的嘴里。然后开始清理妹妹的两颊，这儿的饭粒是群居的，两颊上的饭粒算了下合计得有二十粒左右吧。姐姐仔仔细细地取一粒吃一粒，取一粒吃一粒，终于将妹妹脸上的家伙一个不剩地全吃光了。这会儿，刚刚一直在老老实实啃着咸菜的俊子，突然将味噌汤里煮烂了的地瓜捞出来，猛地塞进了嘴里。正如诸君所知，把滚烫的汤煮地瓜一口塞进嘴里，再没什么比这更难以忍耐的了。就算成年人，如不多加小心，也会产生被烫伤了的感觉。何况俊子那样对吃地瓜缺乏经验的小孩，理所当然就要遭罪了。俊子哇地叫喊起来，将嘴里的地瓜吐在了饭桌上。两三块碎地瓜也不知是怎么个节奏，滑到了小丫头面前，不远不近地停住了。小丫头原本就特别爱吃地瓜，当特别爱吃的地瓜飞到了眼前，她飞快地扔下筷子，一把抓起，吧唧吧唧地吃了下去。

主人始终是这不堪场景的目击者。但他一句话也没说，专心吃自己的饭，喝自己的汤，这会儿正用牙签剔牙。关于女儿们的教育，他似乎信奉绝对放任的自由主义。就算这三个闺女成了浅茶式部[1]、鼠灰式部，彼此商量好了各自找情人私奔，主人也会继续吃他的饭、喝他的汤，冷静地看着她们

---

1 浅茶式部：指明治三十年代的女学生，因为她们经常穿着浅茶色的裙裤。所谓浅茶式部、鼠灰式部，都是作者谐音梗的玩笑话。

而不会有所作为的吧。但是，试看当今世界上那些有所作为的大人物，只会吹牛撒谎钓鱼、暗下毒手挖坑、虚张声势恫吓、捏造证据诬陷，除此之外，他们似乎也并不知道还有什么大事可做。以至于连中学生那样的年青一代也有样学样，误以为不这样做就不够有面子，洋洋自得地干着那些本该让人脸红的事，梦想自己未来也将成为上流人士。这种所谓的有所作为，绝不是出于一双热爱劳动的手，而是出于一双要尽流氓的脏手。老夫也是一只日本的猫，多少是有爱国心的，每当看到这些"有所作为"的家伙，就想要扑上去猛干一通。这样的东西多一个，国家相应地就会衰弱一分。有这种学生，是学校的耻辱；有这种人民，是国家的耻辱。虽然耻辱，这些家伙却持续不断骨碌碌地拥入社会。日本人啊，似乎连猫的勇气都不具备，真是情何以堪！和这些要流氓的人比起来，主人不得不说是远远超越了他们的上等人。不想发奋有为是上等的，无能卑微是上等的，不卖弄小聪明是上等的。

以无所作为的方式平安吃完早饭，主人随即穿上西服，乘车前往日本堤分局报到。他拉开纸屏隔扇门时，问车夫："知不知道日本堤在哪儿？"车夫嘿嘿地笑："吉原附近那个红灯区的日本堤吧？"车夫向他确认了下，显得有点滑稽。

主人罕见地乘车出门了。夫人和往常一样吃完早饭，催促着："嗨，去学校啦，要迟到了。"孩子们却满不在乎地回答："哎呀，可今天放假呀。"她们敷衍着，毫无动身的打算。

"放什么假，快点！"妈妈呵斥道。

"可老师昨天说啦，他今天休息。"姐姐迟迟不愿行动。

话说到这儿，夫人也觉得奇怪。她从壁橱里拿出日历翻来覆去地看，终于发现"祭祀日"三个红字。主人不知道今天是节日，才给学校写了请假条，夫人也不知道，这才把请假条投进了邮筒。至于迷亭是真不知道，还是佯作不知，这里多少有些疑问。夫人被这一发现惊得叫了一声。"那你们就老老实实地玩会儿吧。"夫人说着，和往常一样取出针线盒做起了针线活。

此后半个小时内家中气氛平稳，没发生足以构成老夫创作素材的事件。突然间来了个奇怪的客人，是个十七八岁的女学生。她穿着一双后跟弯曲的鞋，套着紫色的裙裤，头发像算盘珠似的高高堆起，也不打招呼就从侧门进来了。她是主人的侄女，据说是学校里的学生，有时星期天会来，常常是和叔叔吵个架就回去。这姑娘有个漂亮的名字，叫雪江。当然，长相没有名字那么漂亮。只要出门走上一两百米，肯定会碰上个这种面相的路人。

"婶婶好呀。"她说着踢踏踢踏地走进了屋里，在针线盒旁坐了下来。

"哎呀，来这么早……"

"今天不是节日吗，就想着上午来。八点半就从家里急急忙忙地出门了。"

"是吗，有事？"

"没事儿。就是好久没见啦，随便走走。"

"别随便走走啊，多玩会儿。你叔叔一会儿就回来了。"

"真新鲜啊，叔叔上哪儿啦？"

"可不，今天去了个奇怪的地方哟……到警察局去啦，奇怪吧。"

"哇，什么事？"

"说是今年春天溜进来的小偷被抓到了。"

"为这去对质啦？真是麻烦呢。"

"是失物返还哟。说是去认领被偷走的东西，昨天警察专门来说的。"

"哎呀，原来这样啊。肯定这样啊，叔叔这么早出门还没有过呢！要是平日里，这会儿还在睡觉吧。"

"还真没你叔叔那么能睡的……叫他起来还怒气冲冲的呢。说是今天早上不管怎样七点要叫醒他，那就叫醒他吧，可他把头钻进被窝里怎么也不回话。我担心他才又叫了一遍，他却从睡衣的袖管里跟我嘀嘀咕咕，也不知说的是啥。真是把人给惊呆了。"

"他怎么就那么困呢？肯定是神经衰弱吧。"

"啥？"

"真是个乱发脾气的人。就这样，还在学校里教书呢。"

"是呀。不过听说在学校里还挺老实的。"

"这就更坏了啊，这不就是魔芋阎王¹吗？"

"为啥？"

"不为啥，反正就是魔芋阎王。你不觉得他像是魔芋阎王吗？"

"可不光是发脾气噢。叫他向右他偏向左，叫他向左他偏向右，凡事都不按别人说的来——太犟啦。"

"是头犟驴吧，叔叔就喜欢来这套。所以呢，你要想叫他做什么，就得反着说，他就会按你的意思去办啦。前些天想要让他买把遮阳伞，我就故意说不要。他说怎么能不要呢，马上就给我买了。"

"哈哈哈，干得漂亮啊。我以后也这么办。"

"就这么办吧，不然就吃大亏了。"

"前些天来了个保险公司的，非要他参保，说了各式各样的理由，这样有好处、那样有好处的，讲了差不多一个钟头，可他说什么也不肯投保。家里没什么储蓄，又有三个那么小的孩子，还不如投保来得省心。可这种事，他根本就无所谓。"

"可不。万一出点事，还真叫人不安心哪。"听口气完全不像个十七八岁的姑娘，反倒像个家庭主妇。

---

1 魔芋阎王：东京源觉寺中的魔芋阎王像，系日本镰仓时代作品。其特征为右侧眼睛呈浑浊的黄色。

"暗中听他们商量，还真是蛮有意思的呢。说什么'我当然也不是不承认参加保险的必要性，正因为它是个必要的东西，所以才存在于世呀'。他还讲出一套歪理和人争辩，说什么'只要我还没死，不就没有投保的必要了吗？'"

"叔叔说的？"

"是呀。公司那人就说，人要是不死，确实就不需要保险公司了，可你不知道人的生命是结实还是脆弱呀。在你还不知道的时候，说不定就有危险在逼近了。你叔叔说：'没关系，我已经下决心不死了。'你看，简直就是不讲道理！"

"说什么决心呢，能不死吗？我不是下了决心非得及格吗？还不是没考过！"

"保险公司的也这么说哟！寿命可不是能自由决定的，要是下定决心就能长寿，那就谁都不会死啦！"

"保险公司那人说得对极了。"

"太对了是吧？可你叔叔听不进，说什么'我决心不死，我发誓不死'，起劲得很呢！"

"真是怪哉。"

"是怪，太怪啦。说'把钱拿去投保，远不如把钱存在银行里呢'，说着就把这话头给切断了。"

"银行里有存款？"

"能有这东西吗？他自己死了以后的事，一点儿也没考虑过。"

"真叫人担心哪。为什么啊，怎么就这样了呢？就说那些常来这的人，像叔叔这样的一个也没有噢。"

"能有吗？他是独一份！"

"拜托下铃木先生怎样？让他跟叔叔说说。那样一个稳重的人，肯定过得很潇洒。"

"可这个铃木先生呢，你叔叔对他的评价不是太好。"

"是非都搞颠倒啦。那么，那位应该可以的吧……哎呀，很安静的那个……"

"八木桑？"

"哎，是他。"

"对八木桑他还是挺服气的。可昨天迷亭先生来时说了他坏话，八木桑的话恐怕也没那么好使啦。"

"他不挺好的吗？那么文雅稳重的一个人——前些天还在学校做了演讲呢。"

"八木桑？"

"嗯呢。"

"八木桑是你们学校的老师？"

"不是老师。不过淑德妇女会常常会请他来做演讲。"

"讲得有意思吗？"

"倒也没那么有意思。可那先生的脸那么长，还长着一副耶稣一样的胡须，大家都挺佩服地听着呢。"

"你说他去演讲了，讲了些什么呀？"夫人问道。刚说到这，还在竹篱外的空地上玩耍的三个孩子，就从檐廊那边听到了雪江的说话声，顿时急匆匆奔进了客厅。

"哎呀，雪江姐姐来啦。"两个姐姐高兴地大声叫着。

"别这么闹，都安静坐下！雪江姐姐正在讲好玩的故事呢。"夫人说着，把针线活收拾到了墙角。

"雪江姐姐在讲什么故事呀？我可最喜欢听故事啦。"敦子说。

"还是讲《噼啪噼啪山》[1]吧？"俊子问。

"丫宝也要讲故西（事）。"小丫头从两个姐姐间伸出腿来。但她说的不是要听，而是要自己来讲。

"哎呀，小丫头也要讲？"姐姐笑了。

"讨——厌，吧噗！"小丫头大声叫嚷了起来。

"哦哦，好吧，好吧。小丫头先讲。讲什么呢？"雪江谦让道。

"是这样的噢。娃哦，娃哦，到哪气（去）呀？"

"有意思呀，后来呢？"

"俺民（们）上田割稻几（子）气（去）呀。"

"是吗？你懂得可真多呀。"

"你要挨（来）了，就麻烦啦。"

"哎呀，不是'挨了'，是'来了'啦。"敦子插嘴纠正道。

1《噼啪噼啪山》：日本古代传说。恶狸猫杀死婆婆，兔子为婆婆报仇的故事。

小丫头又是"吧噗"一声，喝退了姐姐，可是中途被插了一嘴，后面要说啥给弄忘了，不知该怎么接下去。

"小丫头，故事就到这了吗？"雪江问。

"哎，以后别再放屁啦。噗——噗——噗！"

"哈哈哈，讨厌！谁教你这些话的？"

"女佣呀。"

"女佣太坏了，教她这种话！"夫人苦笑着说，"那好吧，这回轮到雪江姐姐了，小丫头要安静听啦！"

这了不起的暴君看起来是默认了，很长一段时间都保持着沉默。

"八木桑的演讲是这样的哟，"雪江总算接着往下说了，"从前有个十字路口，正中有座巨大的地藏菩萨的石像。可那儿是个车水马龙相当热闹的地方，那座石像就成了个麻烦。街区内很多人聚到一起商量，要是能想个办法把石像迁到偏僻角落去就好了。"

"这是个真事儿吗？"

"真不真的，他也没说呀——大伙儿商量了种种办法。这时街道上一个最身强力壮的男人说话了：'这没啥难办的，我来收拾它，你们瞧好了。'他独自走到十字路口，张开双臂抱着石像，据说弄得汗流浃背，那石像却一动也不动。"

"这地藏菩萨的石像可真够重的呢。"

"可不，那男的弄得筋疲力尽，回家睡觉去了。街上的人们又商量了起来。这回来了个街区内最聪明的男人，他说：'这事交给我吧，我来帮你们搞定。'他在套盒¹里装满牡丹饼²，拎着来到地藏石像前。他亮出牡丹饼对着石像说：'来，来这儿吧。'他以为就算地藏菩萨也一定是贪吃的，用牡丹饼诱惑就能使菩萨上钩。可那石像还是一动不动。最聪明的男人觉得这一招不管用，于是把酒灌进了酒葫芦里。他一只手提着酒葫芦，一只手拿着小酒盅来到了地藏菩萨前说：'啊哈，不来上一杯吗？想喝的话就过来吧。'就这么劝了三个钟头，据说那石像还是不动。"

"雪江姐姐，地藏菩萨不饿的吗？"敦子问。

"好想吃牡丹饼啊。"俊子说。

"聪明人两次都失败了，他又制造了大量假钱，说：'啊哈，这次想要了吧？想要就来拿去吧。'他不停地在菩萨面前亮出假钱，又收起来。但这样做显然也毫无功效，这地藏菩萨也是相当的顽固啊。"

"可不，这跟你叔叔还有点像呢。"

"是噢，简直就跟叔叔一模一样呢。弄到后来聪明人也烦了，收摊不再管这事啦。然后呢，来了一个吹大牛的家伙说：'我要出马肯定就收拾掉了，都安心，小事一桩。'听说他大

---

1 套盒：日式多层大漆饭盒。
2 牡丹饼：指糯米糕外抹上黄豆粉、通常用于上供的日式点心。

包大揽，接下了这活儿。"

"这吹牛的人干了些啥呀？"

"这人搞的事有意思了哟。他先穿上了警察的制服，粘上假胡子，来到地藏菩萨面前，说：'喂喂，再不动就没你好下场喽，蔑视警察罪加一等！'他给菩萨瞧了瞧警察的威风。可今天社会上，拿出警察的腔调根本就行不通，谁会听呢。"

"真的。那菩萨动了吗？"

"怎么可能动啊，和叔叔一样的呀。"

"你叔叔可是很害怕警察的噢。"

"哎呀，是吗，那他还一副不在乎的样子？这样说来，确实没什么比警察更可怕的啦。可地藏菩萨岿然不动，根本不当回事呢。那吹牛的家伙怒火冲天，脱了警察制服，假胡子也扔到废纸篓里去了。这回说是换上了大老板的衣服走出来，那副样子就好像是岩崎男爵¹驾临，感觉怪里怪气的。"

"岩崎的样子，到底什么样子啊？"

"也不过就是架子摆得很大而已吧。而且什么事都不做，什么话都不说，就边抽着根雪茄边绕着地藏菩萨走。"

"这是要干吗？"

"要用烟雾把地藏菩萨包裹起来呢。"

---

1 岩崎男爵：明治时期大资本家。

"简直像说相声的逗你玩啊。那包裹起来了吗？"

"当然不行啦，对方是石头喽，要糊弄人差不多也就行啦。说是后来又扮上了殿下，真够傻的。"

"咦，那时候就有殿下啦？"

"有的吧？八木桑是这么说的，说是那人真的扮成了殿下。这可太吓人了呀，可他真扮了呢。这不是大不敬吗？一个吹牛皮的家伙而已。"

"你说殿下，是哪位殿下啊？"

"哪位殿下？扮成哪位殿下都是大不敬噢。"

"这倒是呢。"

"扮殿下也没什么功效。吹牛的家伙没辙了，说他的水平就这样，对这地藏菩萨也没什么招。据说就这样投降了噢。"

"活该。"

"哎，惩办下这家伙就好啦……可惜整个街区的人陷于巨大的焦虑，又聚在一起开始商量了。可这回再也没人包揽这事，全都泄了气。"

"这就完啦？"

"还有呢……最后雇了大量车夫、地痞，围着地藏菩萨嗷嗷乱叫。他们想只要把地藏菩萨气得待不下去，就算成功了。所以这些人没日没夜地轮着班吵吵嚷嚷地去骚扰。"

"他们也是辛苦了。"

"就算这样菩萨还是不予理睬，这地藏菩萨也是相当犟呢。"

"后来呢，又怎样了？"敦子好奇地问。

"后来呢，不管每天怎么吵闹，也见不到效验，大多数人都开始感到了厌倦。车夫和地痞却兴高采烈，每天都干劲十足地吵闹着。因为不管闹上多少天，他们都是收日薪的啦。"

"雪江姐姐，日薪是啥呀？"俊子问。

"日薪就是工钱喽。"

"收了钱他们要做什么呢？"

"收了钱……啊哈哈哈哈，俊子真讨厌——婶婶，这之后他们每日每夜都去闹。街区里有个傻子，大家都叫他傻子竹，这人啥也不知道，谁也不搭理他。这傻子看见了就说：'你们在闹什么啊？这么多年就一点儿也动不了地藏菩萨吗？真是太可怜啦……'"

"一个傻子，倒还挺明白的。"

"相当了不起的傻子呢！大伙儿听了傻子竹的话，觉得这么拖下去也不是个事，倒也不妨让傻子竹来试试。把这意思跟他一说，傻子竹二话不说就答应了下来。傻子竹叫车夫和地痞全都安静下来，少在这儿吵吵着添乱。随后，他扯开他们，飘然来到了地藏菩萨的面前。"

"雪江姐姐，这飘然是傻子竹的朋友吗？"紧要关头敦子问道。夫人和雪江扑哧笑出了声。

"并不是啦，不是朋友。"

"可那是啥呀？"

"飘然这玩意儿……这还真没法说呢。"

"飘然就是没法说的意思吗？"

"不是的噢。飘然这玩意儿……"

"嗯？"

"对啦，知道多多良三平桑吧？"

"知道啊，送山药来的那位。"

"就像多多良桑那样的噢。"

"多多良桑就是飘然吗？"

"哎呀，好吧，算是吧——这傻子竹来到了地藏菩萨面前，手揣在袖子里说：'地藏菩萨啊，街区里的人呢，都想要让你动一动，你就动一动吧。'地藏菩萨马上就说：'原来是这样的啊，那不早说！'说着它就慢慢动了起来。"

"真是个奇怪的地藏菩萨哪。"

"之后就是演讲啦。"

"啊，后面还有哪？"

"有啊，后面才是八木桑的演讲呢。他说：'今天是诸位女士的大会，我特意说这个故事，是有稍许考量的，说起来也许很失礼。女性通常有这样一个弊端，遇到问题不是从正面采取直线就近的解决方式，反而采用从远处迂回的手段。这种行为，固然不局限于女性，即便是这明治时代的男子亦然。他们受到文明之弊端的影响，多少产生了女性化的倾向，总是付出并非必需的劳力和程序，还误以为这才是人间正道，才是绅士应有的做事准则。实际上，这些人不过是被文明造下的业所束缚的畸形儿而已。这一点无须赘述。只是对于诸位女性来说，请尽可能记住刚才讲的那故事。一旦有突发情况，希望能按照傻子竹的直率态度去处理。诸位如果成了傻子竹，夫妻之间、婆媳之间所产生的令人不愉快的纠葛，必定能因此而减少三分之一。人的算计多了，在这算计的怨念中就形成了不幸的根源。平均而言，多数女性相比男性更为不幸，完全是算计过多造成的。无论如何请成为一个傻子竹。'——这些就是他的演讲了。"

"啊？那雪江小姐，你是想要成为傻子竹吗？"

"才不呢，讨厌。什么傻子竹！我才不想成为这么个玩意儿哪。金田家的富子桑什么的都怒了，说这演讲太失礼啦。"

"你说的金田家的富子桑，是对面斜街那家的？"

"可不，就是那个时髦女郎哟。"

"她也在你的学校上学？"

"不是，只是来妇女会旁听的。真的够时髦啊，太叫人吃惊了。"

"可是听说长得特别漂亮呢。"

"普通人哟，才不像她自己吹的那样啦。你要能像她那样化妆，是个人都会很好看。"

"这样啊。雪江这样的要是也像她那样化妆，得比金田小姐漂亮一倍吧？"

"哎呀！讨厌，说啥呢。我可不知道噢。不过呢，那一位也是太做作了，就算她家里有很多钱……"

"管她做作不做作呢，还是有钱好！"

"话是这么说……那女人要是能稍稍变得像傻子竹那样就好啦。嚣张得没边了，说是前些日子有个什么诗人献给她一本新体诗集，在大家面前吹个不停呢。"

"是东风先生吧？"

"哎呀！是他送的吗？真是太离谱了。"

"东风桑可是非常认真的哟。他自己觉得，做那种事是理所当然的呢。"

"就因为有这种人，事情才不对头了……还有更有意思的噢，听说最近不知谁给她寄了封情书呢。"

"哟，怪事儿。谁呀，干出这种事来？"

"不知道是谁呢。"

"没写名字吗？"

"名字倒是正经落了款，可没人听说过他是谁。而且那封信写得很长、很长，信纸恨不得有这间屋子这么长。说是上头写了很多奇奇怪怪的话：我爱你，就像信奉神的人爱神；为了你，我能成为祭坛上献祭的小羊羔，被宰杀是我无上荣光；我的心脏是个三角形，三角中心插着丘比特的箭，如果它是一支赌博游戏中的吹箭，那它就是中了头彩……"

"这是认真的吗？"

"当然是认真的啦。到现在，我朋友里看过这信的已经有三个人了。"

"这人可太糟了，哪有把这种信拿出去炫耀的？那女子是打算嫁给寒月先生的，这信要是传开就糟啦。"

"你说糟了，她可得意着呢。下回寒月先生来，告诉他不就行啦？寒月桑还不知道这事吧？"

"不知道吧。他成天在学校里磨他的球，应该还不知道。"

"寒月桑真心想要娶她吗？真可怜啊。"

"为啥？她家那么有钱，万一出了啥事也有个依靠。这不挺好的吗？"

"姊姊啊，老是钱啊钱的，品味不行哪。比起钱来，爱不是更要紧的吗？没有爱情，夫妻关系是不成立的哟。"

"是吗？那么雪江你想要嫁给什么样的人？"

"这种事情谁知道啊？都还是没影子的事儿。"

关于婚姻大事，雪江和姊姊正讨论得激烈，似懂非懂却一直认真听着的敦子突然开口说："我也想要嫁人呢。"对于这莽撞的希望，就连青春洋溢、理应抱有同情之感的雪江也吓了一跳。夫人相对要平静些，笑着问道："你想要嫁给谁呢？"

"我呢，真心的噢，我想要嫁到招魂社[1]啊，可我又不喜欢经过水道桥，正想着怎么办呢。"

夫人和雪江听了这高妙的答案，觉得再说下去就太过分了，甚至丧失了追问的勇气。几人正笑得欢实，次女俊子转向姐姐，两人商量开了。"姐姐也喜欢招魂社啊？我也非常喜欢呢。咱俩一起嫁到招魂社吧，行不？不行吗？不行就算了，我自己坐车去，嗖嗖就到啦。"

"丫宝也要去！"最终连小丫头也决定要嫁给招魂社了。

假如三人排着队一起嫁给招魂社，主人想必也会乐见其成的吧。

就在这会儿，门外传来嘎啦嘎啦的停车声，随即响起响亮的一声"您回来啦"，似乎是主人从日本堤分局回来了。女佣接过车夫递过来的一个大包裹，主人飘飘然走进了屋里。"啊哈，来啦。"他和雪江打着招呼，将手里提着的一个酒壶状的东西啪嗒扔在了著名的长火钵旁。说它是酒壶状的，当然就不是单纯的酒壶了，可说起来也不像是花瓶，只不过是一只异形的陶器，也不知该怎么称呼它，只能称之为酒壶状的东西了。

"好怪的酒壶呀，这是从警察那儿拿来的吗？"雪江边将那个摔倒的东西扶起，边问叔叔。叔叔看着雪江的脸自得地

---

1 招魂社：日本明治初期各地建立的神社，祭奠明治以来为国殉难者。

夸耀："怎么样，漂亮吧？"

"漂亮？这个？不怎么样吧。一个油瓶拿回来干吗？"

"这是什么，油瓶吗？一点品味都没有，很麻烦啊。"

"那你说，这是个啥？"

"是个花器啦。"

"当花器使开口太小啦，这肚子又鼓得太难看。"

"就这样才有意思啊。你这家伙没一点风情，简直和你婶婶不相上下，真是让人伤脑筋啊。"他自言自语着拿过"油瓶"，向隔扇门方向看去。

"反正我是不解风情，可我也不会干出这种事啊，从警察那儿拿个油瓶回来。是吧，婶婶？"

这会儿不是说这些的时候，婶婶忙着打开包裹瞪圆双眼，清点着失盗物品。"哎呀，很让人吃惊哦，小偷也进步了呢。这些全都拆洗过啦，你瞧。"

"谁会从警察那儿拿个油瓶回来！等的时候无聊了，就在附近散了会儿步，结果从土里刨出来了个这东西。这是个宝贝，你们这种人能懂吗？"

"说它是宝贝过头了吧，叔叔到底是去哪儿散步啦？"

"去了哪儿？日本堤一带啊。还去了吉原看看，相当热闹的地方哪。你见过吉原的大铁门吗，没有吧？"

"谁见过那种东西！吉原这种贱货待的地方我可没缘分去呢。叔叔身为教师，竟然……竟然去那种地方，真是让人吃了个大惊哟。是吧，婶婶……婶婶……"

"哎，可不是吗？件数好像不够呀，这些就是归还的全部啦？"

"只有山药没弄回来啦。说好了九点钟报到，可一直让人等到十一点。这还有规矩吗？所以呀，日本警察不行！"

"说什么日本警察不行哟，到吉原去散步那就更不行啦。这种事要是传了出去，你就要被开除了。是吧，婶婶？"

"哎，是的吧。你瞧，我这条腰带缺了一面[1]，才想呢，总觉得什么地方不对头！"

"腰带缺了一面，这种事就算了吧。我可是等了三个钟头，半天的宝贵时光就这样被糟蹋了。"

主人说着换上了和服，平心静气地靠着火钵，盯着那只"油瓶"看。夫人没辙，只好断了念想，将返还的物品就这样放进了壁橱里，然后回到座位坐下。

"婶婶，他还说这油瓶是个宝贝呢。你看有多脏啊。"

"在吉原买的吗？哎呀。"

"哎呀个啥呀，啥都不懂。"

"就算我不懂，这种瓶子也不用到吉原去买呀，不是到处都有的吗？"

"可不是没有吗？这是个很稀罕的东西喽！"

---

1 日本女子和服的腰带，通常都是双面刺绣缝制在一起的。

"叔叔太像那个地藏菩萨石像啦。"

"一个小孩偏偏口气挺大。最近一段时间，女学生的嘴巴都变刻薄了，这可不行哪。该去读一读《女大学》[1]啦。"

"叔叔是讨厌保险的吧？女学生和保险，更讨厌哪一样呢？"

"保险我不讨厌呀，那是必要之物，凡是考虑未来的人都应该参加。可女学生呢，却是毫无用处的废物。"

"废物就废物吧，可你不也还没参加保险吗？"

"我打算下个月就投保。"

"当真？"

"当然真的。"

"算了吧，保险这种玩意儿，还不如用那笔钱买点什么呢。是吧，婶婶？"夫人眯眯笑着，主人却认真了起来："你这种是想着要活一两百年的，所以才会讲这种不着四六的话。等你再理性些，自然就会理解参加保险的必要。下个月我肯定要参加保险的。"

"是吗？那就没办法了。你前些天给我买遮阳伞的钱，说不定用来买保险更合算呢。人家说了不要、不要的，可你硬

1《女大学》：日本江户时代出版、普及的女子训词类书，内容是关于女性修身、齐家的要领。据说是后人从贝原益轩的《和俗童子训》中摘录句子编纂而成的。

是要买。”

“你那么不想要吗？”

“是哦，我才不想要遮阳伞呢。”

“要这样那就还给我好啦。刚好敦子想要呢，那就把伞给她了吧。今天带来了吗？”

“哎呀，你这……这也太过分了吧。不觉得太无情了吗？好不容易买了给我，又要我还给你。”

“你说不要，才叫你还的呀。一点也不无情。”

“不要归不要，可还是太无情啦。”

“说啥呢，听不懂。你说不要，我才叫你还我。这有什么无情的呢？”

“瞧你。”

“瞧我什么？”

“瞧你，那么无情的噢。”

“蠢货啊，一句话颠来倒去地说。”

“叔叔不也是一句话颠来倒去说吗？”

“你一句话颠来倒去的，我也没辙啊。刚才不是说不要的吗？”

“我是说啦。不要归不要，可我讨厌还给你呀。”

“很奇怪啊。又蠢又犟，真是让人没办法啊。你们学校不教逻辑学的吗？”

“好了啦。反正我是没教养，随你怎么说吧。叫人家把东西还回去！就算外人也不会说出这种没人情味的话。你还真得学一下傻子竹呢。"

"学啥？"

"让你学实在和爽快点儿。"

"你这傻瓜还真是犟啊，所以你才留了级呢。"

"留级也不要叔叔出学费！"

雪江一言至此，似乎不胜感慨，潸然泪下，一掬清泪洒落在了紫色裙裤上。主人惘然相对，凝视低着头的雪江的脸，好像在研究着那泪水，它究竟是来自于何种心理动机。就在这会儿，女佣从厨房过来，将两只通红的手搭在客厅的榻榻米上说："有客人来啦。"主人问她来的是谁，她瞟了眼雪江流泪的脸，回答道："学校的学生。"

主人从客厅里出去了。老夫为了深入取材并对人类进行研究，尾随主人悄没声地转到了檐廊。研究人类若不选在波澜乍起之时，那将是毫无成效的。一般情况下，普通的人都很平凡，其言其行都是些不值一提的平庸琐事。可到了紧要关头，那些平庸之辈由于某些微妙的神秘作用，陡然间会不断地出现奇特的、怪异的、神妙的、异乎寻常的现象。一言以蔽之，那是些让我辈猫族见了都自叹弗如的事情。就像雪江在叹息中流下的美人泪，正是此类现象之一。雪江如前述的那样，有着一颗不可思议、不可测度的心，和夫人闲聊过程中这一点表现得并不明显。可自从主人回来后扔出"油瓶"的那一刻起，她马上就像一条被蒸汽泵打了气的死龙，勃然而兴，将她那深奥得难以窥测的、巧妙的、美妙的、奇妙的、灵妙的丽质毫无保留地展现了出来。她这丽质是天下女性所共同拥有的，遗憾的是她们都不轻易表现。不，她们实际上一天二十四小时都在不间断地表现着，只是并非如前述那样表现得如此卓然彪炳、如此淋漓尽致。所幸主人是个只要触碰到老夫的毛，就喜欢将它们逆着撸并使其成为卷毛的奇特的人，浑身上下都是大有可观的好戏。只要跟着他，不管走到哪里，与其相逢的人都会像舞台上的演员，必定会在不知不觉间也开始表演起来。这样一个有趣的家伙做我的主人，老夫才能在短暂的一生中，拥有如此丰富的经历。这是一件值得庆贺之事。这次来的客人，又是个什么玩意儿呢？

看过去，那是一个十七八岁的学生，和雪江的年龄相仿。他蜷缩在屋子的角落里，有着一颗硕大的头颅，头发剪得极短，几乎能看到发根与发根的间隙，丸子似的鼻子粘在脸的正中。这人也谈不上有什么别的特点，唯有头盖骨极其硕大。就算头皮刮得都露青了，还是让人感觉到："哎呀，这也太大了吧。"要是他像主人那样留着长发，那将会更为引人注目吧。主人过去一贯主张，长着这副面相的家伙一般都是做不了什么学问的。事实上，也许的确如此。略一打量，感觉此人的气势就像拿破仑似的——十分雄壮，一身打扮倒是和普通学生没什么区别。他穿着花纹布的夹袄，那花纹也看不出是萨摩染、久留米染还是伊予染；袖子很短，里面好像没有穿衬衫或马夹打底。虽然光膀子穿夹袄和光着脚看起来意气风发，但这男人却总是给人脏兮兮的感觉。特别是像贼似的在榻榻米上留下了三个脚趾印，这无疑是他光着脚之过。他几乎是对准了第四个印子坐了下来，表情显得紧张而拘谨。

如果他原本就是个拘谨的人，那么他这么拘谨地坐着倒也无可非议，但他是个剃着寸头、紧身打扮的粗暴的家伙，却表现得如此紧张拘谨，总让人感觉到什么地方不对头。这种家伙就算在路上遇到先生也不会行礼打招呼的，还会为自己的粗俗感到骄傲。你让他像普通人那样规规矩矩坐上半个钟头，他肯定也会受不了。而他此刻坐在那儿，想必本人深受其罪，却仍然挺着身板，像一个天生的谦谦君子、德高望重的长者。从旁看去，感觉十分古怪。一个在教室或操场上吵吵嚷嚷的家伙，居然具备如此自我约束的力量，真是又可怜又可笑。就这样一对一彼此相对，主人就算再愚笨，对学生来说依然会相当地有压力。主人想必也很得意吧。俗话说积尘为山，虽然只是微不足道的学生，但若聚集起来就会成为一个不可欺辱的团体，说不定还能搞搞抗议运动或罢课呢！如俗话所言，酒壮怂人胆，必须承认，聚众闹事同喝醉之后的丧失理智差别不大。若非如此，则不足以解释眼前现象。这个穿着萨摩染外套的学生，与其说他是对先生怀着敬意，还不如说他是畏畏缩缩地蜷缩在隔扇门边。无论主人多么老朽，只要他还带着老师的名头，那就无法蔑视他，也不可能把他当成个傻瓜。

"哦，坐这儿吧。"主人递过去一只蒲团。寸头先生只是"嗯"了一声，身子却僵硬地一动不动。那只捅到了鼻子前的花布蒲团，还来不及打个招呼说声"来吧，坐我身上吧"，就啪嗒掉在了榻榻米上。它后面是个一动不动呆呆坐着的大脑袋，这场面就显得很古怪。夫人从商场买来这只蒲团是为了给人垫坐，而绝不是为了给人盯着看的。而对于蒲团来说，如果它不被人坐上去，显然有损于蒲团的名誉，而且也有损于让座主人的面子。在主人的面子丢光之前，寸头君紧盯着这只蒲团看，也绝不是在嫌弃这只蒲团。实话说，除了在为他祖父举办的丧事上，他自出生以来，还很少正式地在蒲团上坐过。刚才他已然感觉到两腿有点发麻了，连脚尖都在向他吐苦水。尽管如此，他还是不肯坐到蒲团上去；宁可蒲团空在那儿浪费，他也不肯去坐；主人劝他坐吧，他也不肯去坐。这寸头真是很不好弄呀。如此客气的一个人，要是能在人群聚集时对人客气点就好了，要是能在学校里对人客气点就好了，要是能在寄居的民宿里对人客气点就好了。在不需要客气的地方小心谨慎，在需要客气的地方却又表现得毫不谦逊，粗鲁如狼奔豕突，真是个格调低劣的寸头小伙啊。

身后的隔扇门"吱呀"一声被拉开了，雪江将一碗茶恭恭敬敬地端到寸头小伙面前。若在平日里，寸头小伙想必会嘲讽道："哎呀，拿野蛮人的茶来喝啊。"可这会儿他面对主人一个人都觉得愁得慌，又来了一个妙龄女性，用学校学来的小笠原流¹的敬茶手法，装模作样地将茶盏顶到了面前，这让寸头小伙看上去相当郁闷。雪江关上门后在门外流露出了一丝讥笑。由此可见，即便在同样的年龄段上，女性也比男性要来得更厉害些。和寸头小伙比起来，雪江显然气魄要大多了。特别是就在刚才，她还扑簌簌流下了一掬伤心的泪水，此刻的这一丝笑容就显得尤为醒目了。

雪江出去后二人陷入了沉默，有相当一会儿彼此默默相对。主人终于意识到，这不是在对坐苦修吗？于是开口问道："你叫什么名字？"

"古井……"

"古井，古井什么？名字呢？"

"古井武右卫门。"

"古井武右卫门——原来如此，很长的名字啊。这不是当代人名，是个古人的名字啊。四年级啦？"

---

1 小笠原流：日本室町时代，小笠原长秀等人所制定的一套武士礼法。明治后在学校教育中也被采用，特别是作为女子礼仪被普及。

"不是。"

"三年级？"

"不，二年级学生。"

"是甲班吧？"

"是乙班。"

"乙班，那我还是班主任呢。是吧？"主人很感慨地说。实际上这颗大头从入学那时起，主人就曾瞥过一眼，绝对不会忘记的。不仅如此，那是一颗他铭记于心的大头，几乎时常能在梦中见到。不过漫不经心的主人却没有把这颗大头和这么古风的姓名联系起来。而这两者合二为一后，又没有将它和二年级乙班联系起来。所以当他获悉这颗让他叹服到梦中都能相会的大头的主人，居然就是自己班上的学生时，情不自禁暗地里拍手称快。可是，这么一颗大头，拥有着古老的姓名，而且还是自己班上的学生，此刻又是为了什么来到了家中？这让他感到有些难以推测。主人原本就是个没什么人气的人，所以学校的学生不论是年初还是岁末，几乎从不登门的。登门拜访的唯有这古井武右卫门，堪称是开风气之先的稀客，但其来访之意却不甚明了，这让主人也不知该从何说起了。来他这样无趣之人家里玩耍的可能性是不存在的；来劝他辞职吧，那又应该更傲气一点；说起来，武右卫门君也不可能是来商量他私事的。究竟是什么缘由？主人想来想去也整不明白。看这武右卫门君的样子，抑或他本人也不知道自己是所为何来。万般无奈之下，主人只好主动询问了。

"是来玩的吗？"

"不是。"

"那是有事？"

"哎。"

"学校的事？"

"哎，有些话想对您说……"

"嗯，什么事呀？那你就说吧。"

武右卫门君听了这话却低头盯着地面，什么也不说。武右卫门君作为中学二年级的学生，是属于能说会道的，虽说智力没有他脑袋那么发达，但要论口才，在乙班也是出类拔萃的。前些天问哥伦布用日语应该怎么翻译，把主人给难倒的，正是这个武右卫门君。这么一位响当当的人物，从进门起就像个口吃的公主似的，哼哧哼哧不知所谓，其中必有缘由。单纯地理解为客套就显然说不通了，主人感到这有些蹊跷。

"既然有话，那快说不就好了吗？"

"有点难以启齿的事……"

"难以启齿？"主人边说边察看着武右卫门君的脸色。可他依然低着头令人难以判断。主人不得已微微改变了下语气，和缓地补充道："行吧，不管什么话都行。这里也没有外人能听见，我也不会对别人讲的。"

"真的可以说吗？"武右卫门君还在迟疑。

"可以吧。"主人自作主张地下了判断。

"那我就说啦。"说着，寸头小伙猛然抬起头，满怀期待地看着主人，那双眼睛是三角形的。主人鼓起腮帮子，吐出日出牌烟雾，稍稍别过了头去。

"老实说……事情搞砸了……"

"什么事呢？"

"什么事呢？那事相当麻烦，所以才来这儿的。"

"所以呀，到底是什么麻烦啊？"

"也没想过要干那种事，可滨田总是说借吧，借吧……"

"滨田，说的是滨田平助吗？"

"哎。"

"你借给滨田房租啦？"

"不是的，不是借钱的事儿。"

"那你借给他什么啦？"

"借给他名字了。"

"滨田借你的名字要干啥？"

"要送情书。"

"要送什么？"

"所以我说：'名字就算了吧，我帮你送信不就行了吗？'"

"你说的重点在哪儿？到底是谁，干了什么？"

"送了情书。"

"送了情书，给谁的？"

"所以我说难以启齿。"

"好吧，你给哪里的女人送了情书？"

"不，不是我。"

"那是滨田送的吗？"

"也不是滨田。"

"那是谁送的？"

"不知道是谁。"

"简直一头雾水哪。那就是谁也没送喽？"

"只是用了我的名字。"

"只是用了你的名字？究竟怎么回事？我完全听不明白。你把条理捋顺了再说不行吗？收下情书的是谁？"

"说是叫金田的，就住在对面斜街的女人。"

"那个叫金田的实业家家里的吗？"

"哎。"

"那你刚才说只是借了个名字，是怎么回事？"

"那姑娘又时髦又傲慢，就给她送了情书——滨田说不署名不行的。我就说：'那签你的名吧。'他说他的名字很拙劣，古井武右卫门这个名字好——就这样，他就借走了我的名字。"

"呃，那你认识那姑娘吗？交往过吗？"

"交往什么的完全没有，脸都没见过。"

"这不胡来吗！脸都没见过送什么情书。行吧，你干出这种事，究竟是咋想的？"

"就因为大家都说她傲慢得太嚣张了，所以才想着调戏她一下。"

"越说越不像话了！那就是说，你的名字清清楚楚地写在上头，然后送过去的吗？"

"哎。滨田写的信，借了我的名字，远藤趁夜里送到她家去的。"

"就是说，你们三个人一起干的啦？"

"哎，哎。可我事后想啊，事情要是露了馅被学校开除，那可就错大发啦，所以担心得要命，两三天都没睡好，总觉得头脑昏昏沉沉的。"

"干了件啥也不是的蠢事儿！你写的是文明中学二年级古井武右卫门吗？"

"没，学校名之类的没写。"

"没写校名还算好啦。但凡你写了学校名，那就关系到文明中学的名誉了。"

"是吧，会被开除的吧？"

"可不是吗！"

"先生，我爹非常啰唆的，妈妈又是继母，我要被开除了那可就太糟啦。真的会被开除吗？"

"所以呀，别做这些傻事儿。"

"真没想要去做，话赶话就做下了。能不能帮帮我，让学校别开除？"武右卫门君像要哭出来似的，反复哀求。隔扇门后面，夫人和雪江从开始就咯咯地笑了一路。而主人则始终拿着架子，反反复复地说着："是这样的吗？"这场面有趣极了。

老夫说这场面有趣极了，也许有人会问："这到底哪里有趣了？"问得好。人类也好，动物也好，认识自己乃一生中之大事。只要有了自知之明，人类就会因作为人而受到比猫更大的尊重。到那时老夫再写这些冷嘲热讽的话就太过分了，预计到时将即刻封笔。但是，正如人类很难清楚地了解自己的鼻梁到底有多高，他们也很难清醒地认识到自己究竟是个什么样的东西。就算他们平日里一向鄙夷的猫类，也会质疑他们的吧。人类一向神气活现，但也总有露怯之处。自称万物之灵，还到处扛着这个头衔，却连这点小小的事实都不能看透。而且他们对此还很坦然，这就更是在逗乐子了。他们背上贴着万物之灵的招牌，却到处喧哗着彼此打探："我的鼻子在哪儿，我的鼻子在哪儿？"既然如此，你以为他们会辞掉万物之灵这个称号的吗？这是不可能的，就算死了他们也要霸占着不放手。在如此显而易见的矛盾面前，他们依然活得满不在乎，这点还真够可爱的。可爱的反面就是愚蠢，而他们却又总会找到办法自我安慰。

老夫此刻之所以觉得武右卫门君、主人、夫人和雪江有趣，并不单纯因为外在的事件冲突，以及这冲突所扩散出来的微妙波澜，实际上乃是为了表达冲突在这些人心里，所激发出的各式各样不同音色的回响。首先，主人对这件事的反应堪称冷淡。关于武右卫门君的父亲如何难缠、继母给他的是何等待遇，主人都并不惊讶，也不可能为此感到吃惊。学校开除武右卫门君，和开除他本人是全然不同的两件事。如果上千的学生退学，教师的稻粱谋或许将因此陷于窘境，而仅仅古井武右卫门君一人，其命运变化与主人的日常生活几乎不发生关系。关系淡漠处，同情心自然也就凉薄。为了陌路之人而皱眉、流泪或叹息，绝不是人类的自然倾向。说人类是深情且富有同情心的动物，这种观点难以获得认同。这些只不过是他们来到这世上，所要交的税而已。为了维持交往而时不时地流泪给你看，摆出一副悲伤的面孔给你看；说起来无非是一些虚假的表情，实际上大多是费尽心机的艺术。善于表演这副虚假表情的人，就会被称作极富艺术良心的好人儿，获得世人深深的敬重。所以说，再没什么比受人敬重的人更可疑的了——试试看你就会马上明白。就此而言，毋宁将主人归入演技拙劣者之列。因其笨拙，所以不被敬重；不被敬重，则内心的冷漠就会令人意外地表现于外。他对武右卫门君反反复复地念叨着"是这样的吗"，其中就蕴含了他内心深处最真实的态度。诸君绝不可因为其冷漠，而嫌弃主人这样的善人。冷漠本是人类固有的品质，对其本性不加掩饰的才是一个正直的人。如果诸君在这里对主人有着冷漠之上的期待，那么只能说你对人类的期待过高了。在这连正直都极为匮乏的世界上，再抱有高于其上的期待，那就如同小文登和志乃从马琴[1]的小说中走了出来，从《八犬传》搬家到街对面成为你的街坊邻居，不然那就是你的非分之想了。

主人的话题先到此为止，接下来聊聊在茶水间里欢笑的女流之辈。比起主人的冷漠，她们又向前推进了一步，以至于进入滑稽的境界并笑个不停。对于使武右卫门君头疼得要命的情书事件，这些娘儿们高兴得像听到了来自佛陀的福音。没有理由，就是高兴。若要强行剖析的话，那就是武右卫门君的苦恼，让她们觉得很高兴。诸君去问问女人："你会觉得别人的苦恼很有趣而笑起来吗？"被问到的人一定会唾骂提问者是个神经病吧。就算不骂他是神经病，特意问出这样的问题，显然也是对淑女品性的侮辱。这可能算是侮辱，但为别人的苦恼而欢笑，却也是一个事实。如果是这样，那么已然看到了侮辱自己品性的行为，何必还要说三道四呢？这种拒绝姿态是普遍存在的，就像是在宣称："我的确是要去偷东

---

1 马琴：指泷泽马琴，作家。著有《南总里见八犬传》，这里提到的志乃、小文登均为书中的犬妖。

西，但你绝不能说我不道德。如果你说了，那你就是往我脸上抹黑，这对我是一个侮辱。"女人是聪明的，想法都很有道理。既然生而为卑贱的人类，那么不管被踩、被踢、被辱骂，甚至被他人弃之不顾时，也应该具备平常心；而且当你被吐唾沫、被泼粪便，以及被大声嘲笑时，也必须能够欣然处之。若非如此，你就不可能和以聪明著称的女人打交道。武右卫门先生只是略有错失，就觉得自己犯了天大的罪过而惶恐不安。也许你会觉得在暗地里嘲笑他的不安是失礼的行为，那是因为你还太过年轻，还很幼稚。对他人失礼的行为而感到愤怒，据说会被人称为小心眼，你若不想被戴上小心眼的帽子，那你还不如对此表现得心平气和。

最后，对武右卫门君的心理脉络稍作介绍，他是焦虑这一内心情感的现实版本。他那颗伟大的头颅里充满了焦虑，就像拿破仑的头颅里充满了对功名的渴望。那颗圆丸子鼻头时不时地翕动，正是焦虑传导到了他的面部神经，所产生出来的无意识条件反射。他像吞下了一颗巨大的炸弹，并在肚子里凝结成一块无法消化的铁疙瘩，这些天来他为此穷尽了一切手段却依然无法处理。悲伤之余，别无出路的他只好来找被称为班主任的老师，希望能获得一点帮助。于是他就走进了讨厌之人的家门，低下了他硕大的头颅。他完全忘记了他自己平日在学校里耍弄我家主人，还煽动班上的学生为难我家主人的事情。他确信无论怎样戏弄、为难这位先生，既然先生担了班主任的名分，那么肯定就会为他分忧解难。这可就太天真啦。并非主人热爱才担任了班主任，而是他奉了校长之命不得不干这个活儿。说起来就像迷亭伯父那只圆顶高帽子似的玩意儿，只不过是一个名分而已。既然只是名分，那就根本没什么用。如果连名分都能发挥作用了，那么雪江就能用她漂亮的名字去相亲啦。武右卫门君不仅仅是任性，他对人类的品性也估计过高了，并从此出发认定他人对他必须是亲切贴心的，根本没想过自己会成为他人的笑柄。武右卫门君这次来班主任家中，必将发现一条关于人类的真理。因为这真理，将来他或许会逐渐成长为一个真正的人。到那时，他或许也会对他人的焦虑表现出冷漠，面对他人的困境而放声大笑吧。假定如此，那么将来的天下也必然遍地都是成长起来的武右卫门君，遍地都是金田君和金田太太吧。为了武右卫门君，老夫衷心盼望他能尽早顿悟，成为一个真正的人。不然无论他多么焦虑、多么后悔，向善之心多么迫切，终究无法像金田君那样蜕变为成功人士。不，人类终将把他驱逐出境，流放到远离人类社会的聚居区去，而绝不仅仅是被文明中学开除了。

老夫这么想着，正觉得很有趣，隔扇门嘎啦嘎啦地拉开了，玄关的纸屏后露出了半张脸。

"先生！"

主人对着武右卫门君正反反复复地说着："是这样的

吗？"忽听玄关处有人喊他。还在想是谁，转眼看去，纸屏后斜探出半张脸的正是寒月君。"哦呀，进来吧。"主人说着，身子依然坐着不动。

"有客人吗？"寒月君还是露着半张脸反问道。

"没关系的，请进来吧。"

"实际上是来请您的哟。"

"上哪儿？还是赤坂吗？那地方我就不去了噢。前些日子硬拉着我去，腿都走僵啦。"

"今天没事的。都过好些日子了，出门溜达一下？"

"去哪儿呀？喂，进来说。"

"去上野吧，想去听听老虎的叫声啦。"

"多么无聊。你还是先请进吧！"

寒月君终究觉得远距离交谈不方便，就窸窸窣窣地脱了鞋进来了。他照例穿着他那条鼠灰色的裤子，屁股上打了块补丁。裤子屁股上有裂缝，并非是穿得日子过长或屁股太沉的缘故。根据他本人的解释，是因为最近开始学骑自行车，局部摩擦过多所致。他做梦也没想到，会在此见到给他未来夫人写出著名情书的情敌本尊。"啊哈！"他向武右卫门君略微打了个招呼，在靠近檐廊的座位上坐下了。

"去听什么老虎叫呀，不是太无聊了吗？"

"哎，现在是不行。先四处溜达下，到夜里十一点左右再去上野。"

"啊？"

"到了那个点，公园里古木阴森森的，不是很吓人的吗？"

"那肯定，比白天肯定是要凄凉点的吧。"

"到那时一定要找个树木茂密、白天都没人走的地方，不知不觉间就忘了自己是住在红尘万丈的城市里，那种感觉肯定就像在山里头迷了路似的。"

"感觉到这样了，又怎样呢？"

"感觉到这样了，再站上一会儿，就能听到动物园里的老虎在叫。"

"这样老虎就会叫起来？"

"没问题，会叫的。那老虎一叫起来，白天在理科大学都听得到。到了深夜寂静、四顾无人、鬼气逼近、魑魅冲鼻之际……"

"魑魅冲鼻是个啥？"

"不就是形容那种场合吗？就是很吓人的时候。"

"是这样的吗？这个词倒没怎么听说过。之后呢？"

"之后那老虎一叫起来，上野老杉树的叶子全都扑簌簌地往下掉，那势头……很了不起。"

"这的确是了不起。"

"怎么样？不去冒个险吗？肯定是愉快之旅噢。没听过深夜虎啸，就不能算是听过老虎的叫声。"

"是这样的吗？"主人一如之前冷漠地对待武右卫门君的

哀告，对寒月君的探险也很冷漠。

到这一刻，武右卫门君始终怀着羡慕的心情默默地听着虎啸的事情。直到主人说了一句"是这样的吗"，忽地再次想起了自己的事，问道："老师，我很焦虑，怎么办才好呢？"寒月君有些狐疑地看向了那颗大脑袋。老夫略有心事，要去茶水间转转，失陪了。

茶水间里夫人正在咯咯笑，向京烧[1]的便宜茶碗里汩汩地斟着茶水，然后将茶碗放在了一个银白色的金属茶盘上。

"雪江，劳驾，把这给送过去吧。"

"我吗？不乐意呀。"

"怎么了？"夫人略略有点惊讶，笑容僵在了脸上。

"也没怎么。"雪江随即拉下了脸，目光落在了身边的《读卖新闻》上。

"哎哟，真是个怪人呢。那是寒月君啊，其实没关系的。"夫人又跟她商量了起来。

"可我，就是讨厌呀。"她的视线不肯离开《读卖新闻》。这会儿她肯定一个字也看不进去，可你要说她根本没读，她又会哭给你看了吧。

"这有什么可害羞的？"这次是女主人笑着，将茶碗故意放在了《读卖新闻》上。

---

1 京烧：指京都出产的陶瓷器。

"哎呀，你可真坏！"雪江想把报纸从茶盘下抽出来，不料拖动了茶盘，茶水从报纸上无情地流向了榻榻米的缝隙中。

"你瞧！"夫人说。

"哎呀，不得了啦。"雪江喊了声，向厨房跑去。想必是要去把抹布拿过来吧。

又是一场好戏，老夫觉得有点意思。

寒月君对此一无所知，正坐在蒲团上大发感慨。

"先生，纸屏重新裱糊过啦？谁弄的？"

"女人弄的。贴得还行吧？"

"哎，相当可以呀。是常常光临的那位小姐贴的吗？"

"嗯，她也帮了点忙。她还夸口说能把纸屏糊得这么好，就有嫁出去的资格啦。"

"呵，还真是不错。"寒月君边说边盯着纸屏看，"这边糊得平整，右边的角上纸多了点，有褶子了。"

"是从右角开始弄的。没经验哪，一开始整得有点小毛病。"

"原来如此，难怪这个角手艺差了点。表面弄成了超越曲线，用普通的函数还无法表达呢。"

"可不是吗。"对理科生说出来的玄妙道理，主人敷衍地回应。

看这样子两人也不知要寒暄到何时，武右卫门君明白自己再怎么恳求也没希望了。他突然将硕大的脑袋磕在了榻榻米上，无言地表达了诀别之意。"要回去啦？"主人问道。武右卫门君却悄无声息地趿拉着萨摩木屐出门去了。真是可怜哪。倘若对他置之不理，也许他会写下岩头吟，然后跳下华严瀑布自杀的 [1]。追本溯源，这些事皆因金田小姐的时髦和自傲而起。如果武右卫门君死了，变身幽灵杀死金田小姐也无不可。这种女人世界上灭失一个两个的，对男性并不造成困扰，寒月君完全可以另娶一个更有淑女范儿的女性。

"先生，那是个学生吗？"

"嗯。"

"头相当大呀，学问怎么样？"

"学问跟他的脑袋可不成比例哟，还时不时地提出些古怪的问题呢。前些日子他让我把哥伦布译成日语，让我尴尬坏了。"

"头大得过分了，才会提出这种多余的问题吧。先生是怎么回答他的？"

"嗯？我就胡乱给他翻译了下。"

"啊，这也能翻译吗？这可太了不起啦！"

"对这些小杂毛，不给他们翻译点啥，他们就再也不

---

1 此处影射 1903 年 5 月，夏目漱石的门生藤村操苦于万象不可解，写下遗书后跳华严瀑布自杀的事情。

相信你啦！"

"先生也成了相当不错的政治家哪。可看他刚才那副样子，感觉非常无精打采，没想到他还会给先生出难题呢。"

"今天表现得有点弱，是个混账的东西。"

"咋了？刚才一打眼就觉得他很可怜呢，到底出了什么事？"

"傻瓜干了蠢事呗，给金田家的闺女送了封情书。"

"啊，那个大头？现在的学生可真不一般啦，让人大吃一惊噢。"

"你是有点担心吧……"

"说啥呢，一点儿也不担心，反倒觉得挺有趣的。不管多少情书从天而降，都没有问题啊。"

"是吗？你这么放心，那就无所谓了……"

"无所谓啦，我一向不在乎的。可听到那个大头写了情书，还真是让人稍稍有点吃惊呢。"

"那个啊，只是开了个玩笑噢。那姑娘又时髦又傲慢，他们就想捉弄她，三个人合伙……"

"三人合伙给金田家的小姐写了封情书？越说越离谱啦。这不是一人份的西餐，三个人来享用吗？"

"说起来也是有分工的，一个写信，一个送信，一个把自己的名字借出来。刚才来的那家伙，就是借名字的。他是最蠢的那个，还说什么他连金田家小姐的脸都没见过呢。那又为什么要干出这种没头脑的事情呢？"

"哎呀，近期最大成就，杰作呀！那个大头居然给女人写情书，不是非常有意思的吗？"

"这不惹出大乱子了吗？"

"能有多乱？没所谓的，对方可是金田家的噢。"

"可这人，你指不定要娶她的呀。"

"正因为说不定娶她，所以才没所谓的啊，是吧？金田家的啦，没所谓的。"

"你是无所谓，可……"

"咋了？金田家那位也没所谓的，没有问题。"

"要真是这样，那就没什么啦。那家伙事后突然受到了良心谴责——害怕啦，非常害怕，这才跑到这儿来商量。"

"嗬，这么点事就搞得灰头土脸？这小子格局看上去小了点啊。先生你咋说的，怎么打发他的？"

"他本人觉得会被学校开除，那是他最担心的。"

"为什么会被开除？"

"因为干了糟糕的、不道德的事情呀。"

"啥？到不了不道德的程度吧？没所谓的事。金田小姐可能认为这是荣誉，肯定到处吹着呢。"

"真的吗？"

"不管怎样，都很可怜哪。就算做那种事不好，可让他担心到这程度，等于杀死了一个男青年。虽说脑袋大了点，可面相也没那么糟。鼻子翕动的样子，蛮可爱的呀。"

"你也变得有点像迷亭了，尽说些空话大话。"

"啥？这可是时代潮流。先生的格调太高古啦，把什么问题都想得很复杂。"

"可这不是太愚蠢了吗？给一个认都不认识的人送什么恶作剧的情书，脑子里还有点常识吗？"

"恶作剧大多是因为欠缺常识。救救他吧，那会是你的功德哟。看他那副样子，弄不好就会去跳华严瀑布的。"

"这倒是啊。"

"就这么办吧。要是他是个年龄再大些、再懂事些的大小伙，也不会像现在这样了，干了糟糕的事儿肯定会装作啥也不知道的吧。要是把这孩子开除了，那么不把那些家伙都赶走是不公平的啦。"

"你这说的也对吧。"

"那么，如何？去上野听听老虎叫怎样？"

"老虎？"

"是啊，去听听吧。其实这几天我有要紧事得回老家一趟，这段日子里就没法再陪你啦。今天是想着一定要一起去散散步才来的啦。"

"是吗，要走吗？有啥事？"

"是啊，有点事——不管怎样，去不去啊？"

"这样啊，那就去吧。"

“那就走吧。今天我请你吃晚饭，然后就当是运动了，走到上野时间上刚刚好。”寒月君频频催促着，主人也被他鼓动着起了劲，两人一起出门走了。身后的夫人和雪江毫不客气地叽叽呱呱、嘻嘻哈哈地大笑了起来。

第十一章

榻榻米的壁龛前，正中摆着一张棋盘，迷亭君和独仙君相对而坐。

"白玩不干，谁输了谁请客，行吗？"迷亭君说。

"这么搞，难得的清雅就被你弄得俗啦。一挂了彩头，人就被胜负心所控制，没啥意思了。只有将成败置之度外，一如所谓'白云自然出岫，徐徐而去'[1]，以这样的心境来上一局，才能真正品味到局中的真味。"独仙君一如既往地捋着他的山羊胡须回答道。

"又来了。以如此仙风道骨之人为对手，难免让人累到骨折。宛如《列仙传》里的人物了呢。"

---

[1] 该句化自陶渊明的《归去来兮辞》"云无心以出岫"。

"弹无弦之素琴而已。"

"打无线之电话如何？"

"别扯了，来吧。"

"你执白？"

"都行，无所谓。"

"不愧是仙人，有气魄。你执白，我自然就是执黑棋啦。行，来吧，谁先走都行吧。"

"执黑先行，这是规则。"

"原来如此。那我就谦虚点儿，按定式[1]就下这儿吧。"

"可没这种定式噢。"

"没有也无所谓吧，这是新发明的定式啦。"

老夫所见世面不多，棋盘这东西是最近才见到的，越想越觉得这玩意儿有意思。在不大的方木板上刻上四方形的小格，再眼花缭乱地啪嗒啪嗒排列上黑白棋子，然后就是输了赢了、死了活了的，下棋的人满脸挂着油浸浸的汗渍彼此争吵。而这棋盘只不过是约一尺见方的四方体[2]而已，老夫只要抬起前脚扒拉一下，整张棋盘上的棋子就全都稀里哗啦散落一地了。但所谓进一步断崖峭壁，退一步海阔天空，诚哉斯言也，老夫又

---

1 定式：指在围棋的局部战斗中，用最稳妥的顺序且能经受实战检验从而固定下来的围棋下法。

2 一尺见方的四方体：日式围棋盘通常不是扁平木板，而是整木雕刻、带四足的长方体制式。

何必胡搅蛮缠呢？袖手旁观，远眺棋局，岂不快哉！刚开始三四十目棋子的排列还不怎么扎眼，可到了决出胜负手的那一刻再看过去，哎呀，那可真是太吓人了。白子和黑子相互绞杀在一起，一直杀到像要从棋盘上掉下来，彼此叫嚷着挤死你、挤死你！可惜并不能因为棋盘太挤，就把边上的棋子收走，也没有权利因为前面的棋子搅局而命令其退下。它们已经觉悟到了其天命之所在，除了一动不动待在原地别无出路。围棋是人类发明的，如果说盘面上棋子的搏杀反映出了人类的偏好，那么棋子憋屈的命运则代表了人类狭隘的品性。如果从棋子的命运可以推测人类的品性，那就可以断言——人类偏爱于将海阔天空的世界向自我收缩，并在其两足之处画地为牢，将世界精细切割，画出属于自己的领地，然后不越出雷池一步。用一句话来评价，说人类是强迫自己追求痛苦的物种也不为过吧。

悠闲的迷亭君和悟禅的独仙君也不知怎么回事，就在今天从壁柜里翻找出了这张古老棋盘，开始了这场热火朝天的游戏。两人可以说是棋逢对手。刚开始时，双方落子随意，盘面上黑白子自由自在地交叉飞舞。可棋盘的大小是有限的，横竖相交的棋路上随着一手手棋子的落下而越来越窄，不管你如何悠闲，也不管你如何悟禅，陷于苦境是迟早的事儿。

"迷亭君，你这手棋下得很粗暴哟，可没在这儿打入[1]的

---

[1] 打入：打入及下文的尖顶、冲、断、长、拐等，皆为围棋术语。

走法。"

"禅宗的棋可能没这下法吧，可在本因坊 [1] 流的下法里有，这可没办法。"

"这样走那就肯定死啦。"

"臣死且不避，何况彘肩 [2] 乎？这手棋就下这儿了吧。"

"你要这样下，那好吧。熏风自南来，殿角生微凉 [3]，我就在这儿尖顶，无恙。"

"啊哈，尖顶这一手果然厉害呀。真是的，还以为你不会顶呢。可我要是这么一冲，你又怎么办呢？"

"没什么怎么办的。一剑倚天寒 [4]……呃，麻烦了。那就下决心断了吧，断你！"

"哎呀，糟了糟了！你这儿一断那就得死了呀，开玩笑的吧，悔一步！"

"所以呀，早就跟你说啦，这地方打入不成立的。"

"打入真是太失礼了，抱歉呀。这白子也拿掉吧。"

"那一手也要悔？"

---

1 本因坊：为日本江户时代的围棋四大家之首，以日海为开山鼻祖，共世袭了二十一世。后将此名转让给日本棋院，形成了后来日本的围棋赛事本因坊战。
2 典出《史记·项羽本纪》。项羽逼樊哙在鸿门宴上吃生猪腿肉，樊哙回答："臣死且不避，卮酒安足辞。"将生猪腿肉吃了下去。
3 典出《旧唐书·柳公权列传》，柳公权续唐文宗李昂诗。
4 典出明极楚俊和尚所言："两头俱截断，一剑倚天寒。"形容将生死置之度外。

"顺便把边上那个子儿也给我拿掉！"

"嗨，你这样也太无耻了吧。"

"你看见那个黑子了吗？……你跟我是什么交情！别说这么见外的话，快快拿掉。这可是生死关头啊！住手，住手！将军叫嚷着从花道杀上场来啦。"

"我可不吃你这一套。"

"吃不吃的再说，先让我悔几步。"

"你从刚才开始，就已经悔了六步棋啦。"

"你这家伙记性也太好了吧。接下来会比前头加倍地悔棋噢，所以呢叫你先把那几个子拿掉。你这人还真是倔哪，既然坐禅悟道，不是该更超脱些吗？"

"可我若不吃掉这手棋，就要输啦……"

"可你不是从一开始就不在乎输赢的吗？"

"我是输了无所谓，可让你赢了也不乐意。"

"兄弟，你这可是悟了大道了！毕竟是春风影里斩电光呢。"

"什么春风影里，是电光影里斩春风啦！全被你弄反了。"

"哈哈哈哈，我觉得话都说到这会儿了，差不多也该颠倒过来啦，没想到这句话你还能正确地排序。真拿你没办法，我认栽了。"

"生死事大，瞬间无常。你觉悟吧。"

"阿门！"迷亭先生在毫无关联之处啪地敲下了一子。

壁龛前迷亭君和独仙君正不可开交地争着胜负，客厅的入口处寒月君和东风君肩并肩坐着，边上是脸色木然的主人。寒月君面前的榻榻米上还放着三条鱼干，赤裸裸地整齐排列，堪称奇观。

这鱼干是寒月君从怀里取出来的，刚取出来时暖乎乎的，手掌上似乎还能感觉到它们的温度。主人和东风君表情诧异，视线落在了鱼干上。过了会儿，寒月君开口说道："其实四天前就从老家回来了，杂事繁冗，到处奔波，就一直没能来拜访。"

"没必要着急来啊。"主人习惯性地说些不招人待见的话。

"也没想要着急过来，可不早点把土特产送过来，不放心哪。"

"松鱼干吗？"

"哎，老家有名的特产。"

"特产吗？这样的东西东京好像也有吧。"主人拿起最大的一条，举到鼻子前嗅着。

"闻啥呢，松鱼干好坏鼻子是闻不出的哟。"

"个头大点，就是这让它成了名特产吧？"

"这么说也行吧，你尝尝看。"

"尝总是要尝的吧，可总觉得这家伙的头上缺了点儿啥。"

"所以呀，不早点送来不放心喽。"

"为啥呀？"

"什么为啥呀，那儿是被老鼠啃掉了啦。"

"这可危险哪，吃上一点儿就会得鼠疫的！"

"说啥呢，没事的。就啃了这么一点点，没啥危害。"

"究竟在什么地方被老鼠咬到了啊？"

"在船上。"

"船上，咋回事？"

"鱼干没地儿放，就和小提琴一块儿装进了袋子里。就在上了船的那天晚上，被老鼠啃了下。要是只是啃了点鱼干也就算了，可老鼠把小提琴的琴体和鱼干弄混了，也啃坏了一点点。"

"粗心大意的耗子哪，住在船上，还这么没眼力见儿。"主人嘀咕着谁也听不懂的话，依然盯着鱼干看。

"说啥呢，老鼠而已，不管住在哪儿，不都是粗心的吗？我把鱼干带到了公寓里，好像它们又被啃了点儿。心里觉得不安全，晚上就抱着它们在榻榻米上睡了。"

"这好像有点不干净吧。"

"所以说呀，吃的时候要洗一洗。"

"洗一洗也不可能弄干净的吧。"

"那就放点碱水，粗略搓一搓总行了吧？"

"小提琴也抱着睡吗？"

"小提琴太大了，抱着睡可不行哪……"

"在说啥，抱着小提琴睡？真是风雅啊。俳句有云：'春且去，沉甸甸的琵琶，阑珊心情。'你远比这俳句的境界还要高呀。明治的秀才要是不抱着小提琴睡觉，意境是不可能超越古人的。'衣轻薄，漫漫长夜相厮守，小提琴'——这句如何？东风君，新诗能够抒写这情景吗？"迷亭先生在对面高声插入了这一头的谈话。

"新诗和俳句不一样，搞不出急就章。可一旦写出来，就会触及灵魂的幽微之处，发出共振的妙音。"东风君严肃地说。

"是这样的吗？灵魂啊，还以为得烧起麻秆篝火跪迎才行，原来以新诗之力就能召唤它降临呢。"迷亭顾不上下棋，调侃道。

"再说这些没用的废话，你就要输啦。"主人提请迷亭注意。

"赢也好，输也好，对方都已经是锅里的章鱼，手脚全都伸展不开了。我太无聊啦，才不得不加入到小提琴的话题里来。"迷亭满不在乎地说。

听到这话，棋盘对面的独仙君用激动的语气叫嚷起来："该你走啦，等着你呢！"

"啊，已经走啦？"

"走了，总算下了这一手。"

"走了哪儿？"

"这个白子长了一手。"

"这样啊。这白子一长，我可就要输了。这样的话稍稍……这个这个……这个日暮途穷，没有应手啦。你重新走一步，随便放哪儿好了。"

"这还能叫围棋吗？"

"就当作围棋是这样下的，来吧……我在这儿先拐个头怎样？寒月君，你那小提琴太便宜了，老鼠看不上它，就咬上去啦。你应该更努力点儿买个好点的吧，要我帮你从意大利买把三百年前的老琴吗？"

"那就多多拜托，顺便付款的事也拜托了。"

"那种老琴还能用吗？"对这些一无所知的主人大喝一声，质疑迷亭君。

"你是把人类里的老古董和古董小提琴搞混了吧？就算人类里的旧货，像金田某某那种如今不也是很流行的吗？至于小提琴，那是越老越好使的喽……嗨，独仙君还不快点下呀！这可不是庆政的台词：'深秋日暮早[1]。'"

"和你这种心神不定的家伙下棋真受罪啊，连思考的工夫都没有。真是没办法，在这儿下一手占个目吧。"

"哎呀，还是让你把这棋走活了，太可惜啦。还以为你要在那儿打呢，这才东拉西扯搅乱你的思路。终究还是枉费一片苦心，不成啦。"

---

1 为歌舞伎《恋女房染分手纲》中台词。

"还用说。你这不是在下棋，是在胡搅蛮缠。"

"这叫本因坊流、金田流、当代绅士流啦……哎，苦沙弥先生，独仙君到镰仓去只是为了吃个咸菜，真不愧有不为物欲所动的心境，佩服之至。他这人棋下得也就那样，可就是有格局哪。"

"所以说，像你这种没格局的家伙，向他学着点就好了。"主人背着脸回答道。

迷亭君伸出大条通红的舌头做鬼脸。

独仙君对此似乎毫不介意，催促道："哎，该你走了。"

"你啥时候开始学小提琴的？我也想学一点，据说学起来很难。"东风君向寒月君问道。

"嗯，只是一般水平的话谁都能学会的吧。"

"都是艺术喽，爱诗歌的人学音乐也一定会更迅速的吧。这点我心里明白，你觉得呢？"

"没问题的吧，如果是你，肯定能成为高手。"

"你是什么时候开始学的？"

"高中时期啊……先生，记得跟你讲过我学小提琴的来龙去脉吧？"

"没有，没听你说过。"

"是高中时期有个老师教你拉琴的吗？"

"哪儿呀。没老师，啥也没有，就是自己学的。"

"简直就是天才啊！"

"自学的人未必都是天才吧。"寒月君沉下脸说。被称为天才还拉下脸来，唯有寒月君了吧。

"这个嘛，无所谓啦。想听听你是怎么自学的，可以作为参考。"

"这个可以的。那我就说啦，先生？"

"嗯，说吧！"

"现在的年轻人拎着提琴盒，在大街上走来走去很常见，那时的高中生搞西洋音乐的几乎没有。尤其是我上的那所学校，是在乡下的乡下，是个几乎连穿麻底草鞋的人都没有的淳朴所在。学校里的学生当然没一个会拉小提琴的……"

"话题似乎在向有趣的方向发展了。独仙君，马马虎虎就行了，这盘棋就结束了吧？"

"两三个地方还没收拾好呢。"

"没有就没有吧，要是无关紧要的地方就都送你了。"

"说是这么说，我也不能真要呀。"

"斤斤计较的家伙，根本不像个禅学家，那就赶紧一口气走完吧。寒月君讲得相当有意思……那也是所高等中学了吧，学生都光着脚上学……"

"没有的事。"

"可据说学生都是光着脚做军体操的，向右转身，脚皮都磨得相当厚啦。"

"真的假的，谁说的啊？"

"谁说的不都一样？而且便当就是一个巨大的手捏饭团，柚子似的挂在腰上。你不是说过想吃柚子吗？那饭团说是吃还不如说是啃呢，啃着啃着，饭团中心埋着的一颗乌梅干就会暴露出来。据说为了体验与这颗乌梅干相逢的快乐，吃的人一心不乱地啃着毫无咸味的饭团，向中间地带突进，难怪都是些龙精虎猛的小伙子哪。独仙君，这话题不是很对你的胃口吗？"

"质朴刚健，精神靠谱。"

"还有更靠谱的事儿呢。听说那儿的烟盘 1 是不带烟灰筒的，我的朋友在那儿任职，出门想买个吐月峰 2 牌子的烟盘。别说吐月峰的牌子了，连烟灰筒也找不到，诧异之下询问，商家平静地回答他，后山的竹子多的是，砍一截回来谁都能做，烟灰筒这种东西就没必要卖了。这种质朴刚健的风尚堪称美谈了吧，独仙君？"

"嗯，也就那么回事吧。这儿不行，必须要补一手棋。"

"好吧。这儿不行、不行、不行！这回该收拾干净了吧……我听了他说的事，还真吃了一惊呢。在那种地方自学小提琴，真得让人高看一眼。'既茕独而不群兮'，这句是《楚辞》里的，寒月君简直就是明治时代的屈原啊。"

---

1 烟盘：吸食烟丝的烟具，烟灰筒是其标配。
2 吐月峰：静冈市西部山峰，以竹制烟灰筒闻名。

"我讨厌屈原。"

"那就是本世纪的维特[1]了吧……咋了？这就摆上棋子数目要算输赢了？你也真是倔驴的品性啊，数不数目的我肯定都是输了啦。"

"不数数，不确凿呀……"

"那你去数吧，我就不数了。一代才子维特君自学小提琴的轶事，你要不听那就对不起祖宗了，失陪。"迷亭离开棋盘前的座位，蹭到寒月君身边。独仙君聚精会神地拿着白子，将白空填满，再拿起黑子填着黑空，嘴里不住地算着目数。寒月君接着说："一方水土养一方人，我老家的学生也是非常偏的，只要表现得稍稍软弱点的，就会遭到批评，说是被外县人听到就糟了，于是会受到严厉惩处，相当愚昧。"

"你老家的学生还真是没法说，不知为什么他们总爱穿那种清一色的藏青色裙裤。那一身穿扮倒也别致，可能是因为海风吹的缘故吧，肤色也太黑了吧。男的还好啦，女的肯定就很为难啊。"迷亭君一加入话题，话题的要点就不知飞到哪儿去了。

"女的也那么黑。"

"这样啊，那也真有人敢娶啊。"

"可不——我老家人全都这么黑，那有什么办法。"

---

1 维特：德国作家歌德《少年维特之烦恼》中的男主角。

"报应啊。是吧，苦沙弥君？"

"还是黑点儿好吧。要是白嫩嫩的，一照镜子就把自己给忽悠了，那怎么得了？女人是很难应付的物种。"主人喟然叹道，粗重地喘了口气。

"什么呀！要是整个国家的人都这么黑，难道他们不会以黑为荣吗？"东风君提出了终极追问。

"总之，女人是完全不必要的存在。"主人说。

"说这种话，回头夫人心情会很不愉快的哟！"迷亭先生笑着警告主人。

"说啥呢，没事的。"

"不在家吗？"

"刚带着孩子出去了。"

"难怪这么安静。去哪儿啦？"

"不知去了哪儿，随便出去走走。"

"然后随时回来？"

"可不是吗。你还单着，真好。"这么一说，东风君脸色略略有些不爽，寒月君却笑嘻嘻的。

"娶了老婆的，差不多都是这种心情啊，是吧？独仙君，你也是娶了老婆万事愁那种吧。"迷亭君说。

"什么？等等！四六二十四，二十五、二十六、二十七。还以为不大呢，居然有四十六目。还以为赢很多了呢，点了目才知道只是差了十八目……你说啥呢？"

"你也是娶了老婆万事愁的那种吧。"

"啊哈哈，那也没什么可愁的啦。我老婆从来都是爱我的。"

"那可真是失敬了，这才是独仙君！"

"何止独仙君一人，这样的例子可太多了。"寒月君担当起了为天下夫人们代言的责任。

"我也赞成寒月君。我认为人类想要进入绝对境界，只有两条路。所谓两条路，指的就是艺术和恋爱。夫妻之爱代表了其中的一个方面。所以人类无论如何必须要结个婚，这种幸福不能圆满，那就是违背了天道……是这样的吧，先生？"东风君一如既往地认真，他向迷亭君看去。

"高见！像我这种家伙，绝对境界肯定是进不去的啦。"

"娶了老婆的，就更进不去了。"主人表情复杂地说。

"不管怎样，我们未婚青年必须触及艺术的灵性，一路向上开拓，否则就不能了解人生的意义。我觉得不妨从学习小提琴入手，所以刚才向寒月君打听学习的经验。"

"是啊，是啊，一定要听听维特君讲他自学小提琴的故事。哎，讲吧，不打搅你了。"迷亭君终于收敛起了他的锋芒。

"向上之路，不是自学小提琴就能开拓的。通过这种游戏的手段，就想知晓宇宙的真理，这怎么可能呢？真想要了解其中玄奥，没有撒手悬崖、死而后生的气魄是不行的。"独仙君振振有词，对东风君训诫似的说教了一通。东风君是个连

"禅"这个字都不知怎么写的家伙，丝毫没有顿悟的样子。

"是吗？也可能你说得对吧。可我还是觉得艺术才能表达人类仰望的极致，无论怎样，放弃艺术是不成立的。"

"要是不愿放弃，那就跟你讲讲我学小提琴的经历吧。就像刚才说的，到我开始正式学小提琴的时候，已经费尽了苦心。首先，买一把提琴就是很大的困难呀，先生。"

"可不是吗，连麻底草鞋都没有的土地上，小提琴也肯定是没有的。"

"并不是，有是有的。钱也早就用心攒着，不差钱。可就是买不成。"

"为什么？"

"小地方呀，要是买了马上就会被人看到。被人看到了，马上就会被说成是狂妄自大，受到惩处。"

"自古以来天才都是受迫害的。"东风君深表同情。

"又说天才，求求你千万别叫我什么天才啦。后来呢，每天散步经过卖小提琴那家店的门前时，总会想：'要是能买下来就好了，要是能把它抱着该是什么样的心情呀！啊，好想要！啊，好想要！'没一天不想着这事儿。"

"讲得太好了！"迷亭先生评论道。

"奇怪的执念哪。"主人表示不理解。

"你——不愧是天才！"东风君感佩不已。

唯有独仙君超然地捻着胡须。

"首先有人可能要问，这么个地方怎么会有小提琴？可只要想一想，就会明白这是理所当然的。为什么这么说？就因为这种小地方也有女子学校。作为女校学生的课程，学生必须天天练习小提琴，因此有它是必然。当然也没什么好琴，但你也不得不将它称为小提琴，差不多就是这样的东西。所以店里也并不重视，将两三把琴一起挂在店头。就是这些琴，我时不时散步，从它们面前经过，有时风儿吹动着它们，小伙计的手碰着它们，它们就会发出声响。一听到那声音，我的心就像碎了似的，这让我坐立不安，不知如何是好。"

　　"很危险哪。人来疯、水癫痫，精神病也有很多种类。你只钟情于小提琴，算是提琴疯吧。"迷亭君泼了瓢冷水。

　　"才不是！没有这点敏锐的感觉，就不可能成为真正的艺术家。不管怎么说都是天才的底子哪。"东风君越来越感动了。

　　"唉，也许实际上是真疯了吧。可那音色真的是绝品啊。那以后直到今天，拉了那么长时间，那么美妙的音色从来没拉出来过。是啊，怎么形容才好呢？说到底那是一种不可言传的东西。"

　　"击玉敲金，那声音是这样鸣响的吗？"独仙君抛出了艰深晦涩的词，但无人搭腔，颇显孤寂。

　　"我每天散步从店铺前经过，曾三次听到这灵异的声响。当第三次听到时，我下了个决心，必须要买下这把琴，哪怕因此受到家乡人的谴责，哪怕因此受到外县人的蔑视——就算在惩处的铁拳下丧命，就算因为犯了这错被学校开除——不买下这把琴，我觉得自己已经活不下去了！"

"这就是天才啊。不是天才的话，绝不会这么痴情的。太羡慕了！这一年来我总是琢磨着，自己得做点什么才能激发出这么强烈的感觉，可总是不成。去听音乐会什么的，都尽可能投入热情去倾听，却总也没法唤起这种强度的激情。"东风君频频表示他的歆羡。

"唤不醒激情，那是你的福气。这会儿说起来好像没啥，可当时忍受的痛苦是你所不能想象的——从那之后，先生，我终于发奋把这琴买下来了。"

"嗯，怎么买下的？"

"刚好是十一月天长节¹的前一晚，家乡的人呼朋唤友都去泡温泉了，要在那儿过夜，附近一个人影也没有。我说自己病了，那天就躺着没去学校。就在今晚必须断然出行，入手这把梦寐以求的小提琴。我躺在床上，心里只想着这一件事。"

"你装病，连学校都不去啦？"

"没错，就是这样。"

"这样啊，这就有点像天才啦。"迷亭君看起来也有点服

---

1 天长节：庆祝日本天皇诞生的节日，二战后改称为天皇诞生日。

气了。

"我从被窝里露头看去，到傍晚时间还长着呢。真是难熬呀，没辙，只好把头埋下，闭上眼睛继续等待。可还是忍受不住，再一探头，秋日的阳光猛烈地照耀着六尺隔扇门，那骄阳烈日的情景不禁令人心头火起。这时我才注意到，隔扇门上方有个又细又长的暗影，不时在秋风中摇晃。"

"啥玩意儿，这个又细又长的暗影？"

"是剥了皮的涩柿子，挂在屋檐上的。"

"嗯，后来呢？"

"没辙呀，我从榻榻米上出去，拉开隔扇门，到檐廊拿了个柿饼吃了起来。"

"好吃吗？"主人像个小孩似的问道。

"相当不错，那一带的柿子好吃得很。东京人是不明白那种味道的。"

"柿子的事先这样吧，后来怎样了？"这回是东风君追问道。

"后来我又把自己埋进被窝闭上眼，默默向神佛祷告：'天快快黑下来吧。'感觉像是过了三四个钟头，应该差不多了，探头看去，秋日的阳光依然猛烈地照耀着六尺隔扇门，上方有个又细又长的暗影，忽悠忽悠地摇晃。"

"哎呀，这段听过了。"

"这动作重复了好几回呢。后来我从榻榻米上出去，拉开隔扇门，到檐廊拿了个柿饼吃了，又钻进被窝默默对神佛祷告：'天快快黑下来吧。'"

"这不又回到开头了吗？"

"先生别急，听我说下去。后来我在被窝里忍了三四个钟头，以为这时应该可以了，探头看去，秋日的阳光依然猛烈地照耀着六尺隔扇门，上方有个又细又长的暗影，忽悠忽悠地摇晃。"

"说来说去不还是同一件事吗？"

"我从榻榻米上出去，拉开隔扇门，到檐廊拿了个柿饼吃了……"

"又吃柿饼！你不管什么时候都要吃柿饼，没完没了啊。"

"我也很着急呀。"

"听的人比你更着急了啦。"

"先生真是个急性子，这样故事就很难讲了，很为难啊！"

"听的人也有点为难了噢。"东风君也暗暗宣泄起了不平。

"既然诸君都觉得为难了，那就没办法了，就讲个大概意思收摊吧。总而言之，我吃了甜柿饼后钻被窝，钻被窝后又吃柿饼，终于把挂在屋檐上的柿饼全都吃光了。"

"吃光了天就该黑下来了吧？"

"并不是。我吃了最后的柿饼，以为差不多了，探头一看，依然是秋日的阳光猛烈照耀着六尺隔扇门……"

"天啊，放过我吧！到底什么时候是个头啊。"

"这话连我自己都说够了。"

"有这样的恒心，一般事业上都会有所成就的啦。可要是大家都默默听着，就算说到明天早上，估计秋日的阳光还是猛烈照耀着吧。究竟什么时候打算去买小提琴的呀？"悠闲如迷亭君似乎也有些受不了了。只有独仙君泰然自若，明天早晨也好，后天早晨也好，即便秋日的阳光再猛烈些，他也不动声色。

"你是问什么时候去买吗？我打算一到晚上，马上就出门去买。但遗憾的是，我无论什么时候探头看去，秋日的阳光都是猛烈地照耀着……唉，要说起我当时内心的苦楚，说到底是不能和现在诸君的焦躁相比较的。吃完了最后一个柿饼，太阳还不下山，我不由自主地潸然泪下。东风君，我确实是为自己的可悲流下了泪水啊。"寒月君从容不迫地接着说道。

"应该是的吧。艺术家本来就是多情多恨，同情你。不过呢，故事也应该尽快推进吧。"东风君是个好人，不管什么时候都能严肃且幽默地应酬。

"我也非常非常想推进得快些，可太阳怎么也不肯落下来，真是叫人很为难啊。"

"既然这天总是不肯黑下来，听着也难受，那这话题就结束了吧。"主人终于忍不下去了，开口说道。

"就这样结束，那就更难受了。从这开始眼看着要渐入佳境。"

"那就接着听。让天早点黑下来不就行了吗？"

"这话说的，要求稍稍有点无理啊。不过先生既然开了口，那就姑且当这太阳已经落山了吧。"

"这天黑得好巧。"独仙君冷冷地评价道，诸君情不自禁地笑喷了。

"天色渐渐黑了下来，我也总算放下心，长舒了一口气，走出了鞍悬村的民宿。我因为天生不喜欢喧闹的场所，才特意避开生活便利的市区，在人烟稀少的寒村的百姓家里，蜗牛似的结庐而居……"

"人烟稀少，这说得也太夸张了吧？"主人提出了异议。

"蜗牛似的结庐而居，这形容有些夸大其词了。还不如说成是……没有客厅的四张半榻榻米大小的房间，这才真实且有趣。"迷亭君也倒起了苦水。

"事实如何暂且不论，这语言很诗意的，感觉很好。"只有东风君夸赞道。

"住在这种地方去学校可够呛的，有几里地呀？"独仙君一脸认真地问。

"到学校差不多四五百米吧。学校原本就是在村里的……"

"这么说来，学生也大多是在那一片住宿的喽？"独仙君不领情地追问。

"是呀，老百姓家里一般都住着一两个学生。"

"那还叫人烟稀少吗？"独仙君给了他当头一棒。

"是啊，要是没这学校，那就真的是人烟稀少啦……话说那天晚上我的穿扮，一身手工织的布棉袄，外面套着铜钮扣的学生制服，头上严严实实裹着外套上的兜帽，尽可能小心翼翼地不被人发现。那正是柿子树落叶的时节，从我住的民宿走到南乡街，一路上满是落叶，每踏出一步都会发出咔嚓咔嚓的声响，这让我很忐忑，总觉得身后有人跟着。回头看去，东岭寺的树林拱起了一片黑，在黑暗中映出它黑色的影子。这东岭寺是松平氏的家庙，在庚申山的山脚，距离我住的民宿只不过百米左右，是个十分幽深的古刹。树林之上是浩渺无尽的星空，银河倾斜着切过长濑川，它的尾巴……它的尾巴奔流向夏威夷的方向……"

"夏威夷？扯远了啊。"迷亭君说。

"沿着南乡街走了二百来米，从鹰台町进入市区，再穿过古城町，拐过仙石町，路过食代町。依次穿过了通町的一丁目、二丁目、三丁目，然后是尾张町、名古屋町、鲱鲜町、蒲鲜町……"

"何必穿过这么多街道？重点是小提琴买了还是没买？"主人不耐烦地问。

"卖乐器的那家店叫金善，就是金子善兵卫先生开的，离它还有段距离呢。"

"距离可以省略了，赶紧买！"

"完全明白了。然后我就到了金善店，店里的灯光猛烈地照耀着……"

"又是猛烈照耀。你的猛烈照耀一两次是讲不完了，不好弄啊。"这次迷亭拉起了警戒线。

"并没有，这次的猛烈照耀，就一回，不必担心。透过灯影看去，那把小提琴微微折射秋夜的灯火，圆润的胴体上泛着寒光，唯有绷紧的一部分琴弦闪闪发光，映入了眼帘……"

"这样的叙述真美啊。"东风君赞美道。

"就是它啊，就是那把小提琴！这么一想，我心中悸动，两腿都微微颤抖了起来……"

"呵呵。"独仙君鼻孔里发出笑声。

"我情不自禁地闯进去，从衣服内袋里掏出了钱包，从钱包里拿出五块的票子两张……"

"总算买啦？"主人问。

"想着要买，且慢！这是关键时刻，冲动就会导致失败。唉，还是算了吧。紧要关头我抑制住了冲动。"

"啥？还没买！一把小提琴而已，这不是逗人玩吗？"

"并不是。怎么也下不了手，这没办法。"

"为啥呢？"

"什么为啥，天刚黑，还有很多人来来往往啊。"

"这有啥的！就算两三百人经过又能怎样？你真是个奇怪的家伙。"主人恼火得很。

"要是普通人，两三千人也无所谓啦。都是学校的学生挽着袖子，提着硕大的文明棍来来去去的，轻易不可下手啊。里头还有号称'渣党'的家伙，每次都是班级垫底的存在，还为此沾沾自喜。不光如此，柔道还强得很呢！绝不可草率地去碰那小提琴，不然还不知道会遭遇到什么灾祸。我当然是想要那把小提琴的啦，可也是很惜命的。要是因为拉小提琴而丧命，还不如不拉来得更愉快呢。"

"那就是说，最终还是没买喽？"主人追问道。

"不，买了啦。"

"真是个让人着急的家伙。要买赶紧买，不买就别买啊，早做决定就对了啦。"

"嘿嘿嘿，这世上的事不都这样吗？从不会像想象的那样顺利推进的。"说着，寒月君淡漠地点燃了日出牌卷烟，喷了一口。

主人似乎有些厌倦了，他突然站起走进书房，拿了一本不知是啥的外国旧书，骨碌一下趴在榻榻米上读了起来。独仙君不知何时回到壁龛前坐下，独自排列着棋子，自己跟自己玩起了决战。好不容易聊了个有趣的话题，却因为过于冗长，听众走了一个，接着又走了第二个。剩下的只有忠实于艺术的东风君，还有从来不嫌话题冗长的迷亭先生。

寒月君毫无顾忌地向这个世界喷出了一口长长的烟雾，过了会儿，又用原来的语速将话题继续下去。

"东风君，我当时是这么想的噢。刚入夜干这事儿是不行的，可半夜来呢，金善睡了那就更是不行。不管怎样，要估摸着学生散了步回去、金善还没睡之前下手，不然苦心安排的计划就将归于泡影。话是这么说，可要估摸准这时间可不容易。"

"可不是吗，这是相当困难的吧。"

"所以我把那个时间段估算在十点左右。从那时起到十点，必须找个地方把时间混过去。回家再过来那就太麻烦了，到朋友家去聊会儿吧，又觉得心里有事，朋友见了也无聊。没辙，只好在市区里胡乱溜达。若是平日里闲逛，两三个钟头不知不觉就过去了。可在那天晚上，时间过得可太慢了。俗话怎么说来着？应该是度日如年，说的就是我当时那种情况，我算切身感受到了。"寒月这段话说得如临其境，他还特意向迷亭先生的方向看去。

"古人说，'等待之苦谁知？唯暖炉'，还说'等待的人比奔赴的人，更煎熬'。如此说来，挂在屋檐下的小提琴也是很焦急的吧。你就像个丧失了目标的密探一样兜来转去，相比之下你是更受罪的了。所谓惶惶然如丧家之犬，是吧？说真的，没什么比没了家的流浪狗更可怜的了。"

"这话太残忍了吧，还没人拿我跟狗做过比较呢。"

"我听你讲这些，不知怎么就像在读过去艺术家的传记，同情得不得了。把你和狗做比较，只是先生开了个玩笑，不要介意了，接着讲下去吧。"东风君安慰道。其实不管东风君是否安慰，寒月君当然是打算把话题继续下去的。

"那之后，我从徒町穿过百骑町，然后从两替町出来到了鹰匠町，在县政府前数了会儿枯柳，又在医院旁数了会儿窗户的灯光，在绀屋桥上抽了两支烟。这会儿看了看表……"

"到十点钟了吗？"

"遗憾的是还没有——走过了绀屋桥，沿河向东而上，有三个人在那儿按摩。狗在不停地吠叫，先生……"

"秋夜里，岸边忽闻犬吠声。还真有点戏剧的味道呢，你扮演的是个逃犯吧？"

"我做了什么坏事吗？"

"是你在这之后想要做的。"

"真可怜啊。要是买把小提琴就算做了坏事，那音乐学校的学生就全都是罪犯了。"

"只要他人不认可，不管做了什么好事也都是罪人啦。所以说，这世界上再没什么比罪人这称呼更不靠谱的了。就算耶稣活在这种生活里，也是个罪人。好小伙寒月君在这种地方买小提琴，当然是罪人啦。"

"这样啊，那我服了，就算是个罪人吧。罪不罪人的也就那样，没到十点钟这可真要老命了。"

"再数一数街道的名称呀。要是还没到时间，那就再来一遍秋日的阳光猛烈地照耀着好啦。要是时间还富余，再吃三打柿饼如何？不管你讲到什么时候我都听着，一直讲到十点钟吧。"

这话说得让寒月君笑了起来。

"话都被你说了，我只有认栽啦。那就跳一步，直接到十点钟吧。话说到了预定的十点，我来到了金善店面前。已是寒夜，放眼看去，就连人气很旺的两替町都几乎不见了人影，迎面而来的木屐声也让人觉得凄凉。金善已经关了大门，只有侧边还留着一扇隔扇门。总觉得有狗跟在后面，我拉开隔扇门进去时，感觉略略有点瘆得慌……"

这时，主人的目光从那本脏兮兮的书上挪开了，问道："喂，小提琴买了吗？"

"这就要买啦。"东风君回答道。

"还没买吗？这故事实在是太长了啊。"主人自言自语地说了句，又开始读他的书。

独仙君仍然沉默，白子和黑子已经摆满了大半张棋盘。

"我下定决心，飞奔而入，裹着的兜帽也没摘下，开口就说：'来把小提琴！'四五个伙计和毛孩子正围坐在火钵周围说着什么，他们吃了一惊，不约而同地向我看来。我下意识地举起右手，将兜帽往前方一拨，又喊了一声：'喂，来把小提琴！'坐在最前头窥视着我的伙计含含糊糊'哎'地应了声，站了起来，将挂在店头的三四把小提琴全都卸了下来。我问多少钱，他说五块二角……"

"嗨，有这么便宜的小提琴吗，不是玩具吧？"

"问他：'是不是都一个价？'他说：'是的，都一个价。'还说做得都很结实，全是下了功夫做的。我从钱包里摸出了五块钱票子和两角的硬币。然后用早就备好的大浴巾，把小提琴包了起来。其间，店里的伙计们都不说话，死死地盯着我的脸。我的头是用兜帽裹着的，他们不可能看清楚。可我心慌意乱，只想着能快快回到街上，一刻也不想多待了。总算把小提琴包好，塞进了大衣外套下面后，就要走出店铺。掌柜带着众人齐声大喊：'谢谢光临！'这一声喊得我全身一紧。来到街上一瞧，所幸四顾无人。刚走了百米左右，对面来了两三个人，用整条街都能听得见的声音大声吟诗。这下坏了，我当即从金善的角上往西拐，沿河堰进入药王师道，然后从榛木村向庚申山脚走，好不容易回到寄居的民宿。到家一看，已经快一点五十分了。"

"走了一个通宵啊。"东风君同情地说。

"总算是回来啦。干得不错，简直像是走了一盘长长的道中双六[1]了。"迷亭君长呼了一大口气。

"以下才是重点，刚才那些仅仅是序幕而已。"

"还有后续？这可不简单。一般人碰上你都会顶不住的。"

"顶住是必须的，要是在这儿停下来，岂不是画龙不点睛了吗？我就再讲几句吧。"

---

1 道中双六：日本的一种棋类游戏。

"当然说不说随你意，我该听的还是要听。"

"怎样？苦沙弥先生也听听吧，小提琴已经买了，先生。"

"那这回该是要卖琴了吧？卖就不必听了。"

"还没到要卖的时候。"

"那就更没什么听头了。"

"这可糟了。东风君，热心听我讲的就你一个，没人围观就有点没劲了啊。算了，那就草草往下讲吧。"

"不要草草！慢慢讲好了，太有意思了。"

"小提琴终于如愿入手，首先遇到的难题是没有地儿放。我住的地方常常有人来玩，靠墙摆着或挂起来立马就暴露了。挖个洞埋上倒是一策，不过挖洞太麻烦了吧。"

"可不是吗，要不藏在天花板上面？"东风君说得很轻松。

"没有天花板的，那是老百姓家。"

"那太麻烦啦。藏哪儿好呢？"

"你觉得该藏在哪儿？"

"不知道呀。藏在天窗的护板后面吗？"

"不对。"

"裹在被褥里，再放进壁橱？"

"不对。"

东风君与寒月君讨论着小提琴该藏哪儿的时候，主人和迷亭君也在不停地说着什么。

"这该怎么念？"主人问。

"哪句？"

"这两行。"

"啥？‘Quid aliud est mulier nisi amiticiae inimica...[1]'这不是拉丁文吗？"

"知道是拉丁文，该怎么念？"

"平日里你不是说自己会拉丁文的吗？"迷亭君觉得这里有坑，闪身躲避。

"当然会说。说倒是会说，可这两句是什么意思？"

"'说倒是会说，这两句是什么意思？'你这一手玩得很高级哪。"

"随你说吧。你用英语翻译下看看。"

"翻译下看看？这语气很激烈呀，把我当成你的跟班啦。"

"跟班就跟班吧，这是啥意思？"

"好吧，拉丁文之类就再说吧，不是该先听听寒月君的高论吗？这会儿正是紧要关头呢，小提琴已经到了暴露与否的千钧一发之际。是吧，寒月君？后来怎样了？"迷亭突然来了兴致，又投入到小提琴的话题中，主人被无情地抛弃了。寒月君气势一振，说出了小提琴的藏匿处。

"总算藏进了一只旧藤箱里。这箱子是我离开老家时，

---

1 引自英国作家托马斯·纳西著作《蠢动的分析》，意为："妻子若不是友谊的敌人，那又是什么……"

祖母作为送别礼物给我的，据说是祖母出嫁时从娘家带过来的嫁妆。"

"这可是件古董啦，和小提琴好像不是很搭呀。是吧，东风君？"

"是啊，不是太搭。"

"那放在天花板上面，不是也很不搭吗？"寒月君向东风先生回敬道。

"虽然不太搭，却是好句，都放心吧。'秋孤寂，藤箱里藏匿小提琴。'这句怎样，二位？"

"先生今天的俳句很可以呀！"

"可不只是今天，随时心里都能涌出来。要说我写俳句的造诣，已故的子规[1]桑都吃惊得咋舌不已呢。"

"先生，您和子规桑交往过吗？"老实的东风君直率地问道。

"说啥呢，就算没交往过，也一直通过无线电报，彼此肝胆相照的啊。"这话说得不着调，东风先生呆住了沉默不语。寒月君笑起来，接着讲他的小提琴。

"也就是说，小提琴的藏身之处算是有了，可怎么往外拿又成了新难题。如果单单是要拿出来，那只要避开他人耳目，拿出来瞅瞅，肯定是不成问题的。但光瞅瞅又有什么用呢？

---

1 子规：指正冈子规，日本近代著名俳句诗人，创办有《子规》杂志。

小提琴放着不拉是毫无意义的。只要拉了，那就会发出音响，发出音响，事情就败露了。只隔着一道木槿灌木的篱笆墙，南边的邻居就是渣党的头目，相当危险哪。"

"这可相当麻烦了。"东风君同情地附和道。

"这确实很糟。不是空口说白话，声音一出来就是证据了，小督局[1]当年也是因此而暴露。如果只是偷吃点什么、制作几张假钱，那都还好收拾。曲子的声音一响起来，那就没办法瞒过他人了。"

"只要不弄出声响，怎么都好办……"

"等会儿，说什么只要不弄出声响，有些东西就算不出声也藏不住。过去我们在小石川的庙里自己做饭的时候，有个叫铃木藤的人。这个藤桑非常喜欢甜料酒，用啤酒瓶子装的料酒一买回来，他就独自一人美滋滋地喝起来。有一天藤桑出门散步，苦沙弥君就偷了料酒来喝，真是不应该啊……"

"我哪里喝过铃木的料酒？喝了的人不是你吗！"主人突然大声说道。

"咦，还以为你在看书没注意呢，还是听见了呀，不防着点不行的家伙。眼观六路，耳听八方，说的就是你。说起来我确实也喝了。我喝了是不假，可被发现的是你呀。二位，

---

1 小督局：出自《平家物语》。小督局是日本高仓天皇的爱妃，遭皇后嫉恨，因一曲琴音暴露了藏身之处。

你们听听！苦沙弥先生原本就不会喝酒，可他觉得是别人的料酒，就拼了命地喝。这不，糟了吧，闹得满脸通红。那副样子，简直让人看不了第二眼……"

"闭嘴吧，连个拉丁语都不会念！"

"哈哈哈，后来藤先桑回来，摇着啤酒瓶看了看，料酒少了一大半。他说肯定是有人喝了，向四周扫了一眼，只见角落里这位老先生僵硬得像朱泥捏成的雕像……"

三人情不自禁地哄然大笑，主人也边看书边咯咯地笑着。唯有独仙君由于费尽了心机，看上去有些累了，不知何时趴在棋盘上睡了过去。

"还有不出声事情也败露的案例。我曾经去姥子那儿的温泉，和一个老头同住一屋，说是东京一家和服屋的老板，如今隐退了。反正是旅途拼屋而已，他是和服屋的还是中古屋的都无所谓吧，不过发生了一件让人很头疼的事。那是在我到姥子温泉后的第三天，我的烟抽完啦。诸君都知道的吧，那个姥子温泉不过是山里的一幢屋子，除了泡温泉、吃吃饭，其他啥也干不了，是个很不方便的地方。在这种地方烟抽完了，就是个灾难。一个东西一旦没了，你就会更想要得到它。我刚想到烟断顿了，烟瘾马上就上来了，从来没这么急着想抽烟。令人闹心的是，那个老头做了充分准备，他用浴巾包了一大包烟叶背着来登山。老头在众人面前盘腿坐下，从包里掏摸出一点点，也不在乎别人的感受，就大口抽了起来。

他光是抽烟，那也就罢了。接着他吹起了烟圈，竖着吹，横着吹，甚至躺在黄粱梦的枕头上倒过头来吹。他的鼻孔还像狮子洞似的将烟雾吸进来，又喷出去。也就是说，他一个劲儿地在那儿炫雾……"

"炫雾，这什么意思？"

"炫耀衣服家具之类的叫炫富；叼着烟的，那就叫炫雾啦。"

"哎呀，既然这么苦煎苦熬的，问他要一点来抽抽不就完了吗？"

"这可不能要，我是个男人啦。"

"咋了，男人就不能去要吗？"

"可能要了也行，但我没去要。"

"那可怎么办啊？"

"不是去要，是去偷。"

"哎呀，哎呀。"

"老家伙拎着条毛巾泡澡去了。要抽烟，趁现在！我就站在那儿一顿猛抽了起来。啊，爽啦！正这么享受着，不一会儿，隔扇门嘎吱嘎吱拉开了。咦，我吃惊地回头看去，进来的正是烟草的主人啊。"

"没去泡温泉？"

"他正要下池子呢，忽然想起忘了拿放钱的腰包，就从走廊折回来。觉得我会偷他的钱？这简直太失礼了！"

"现在没啥可说的了，烟不是还在你的手上吗？"

"哈哈哈，那老头还是相当有眼力见儿的，腰包的事儿根本就没提。可他一把隔扇门拉开，那整个房间就全都笼罩在厚重的烟雾中，因为我一口气抽了两天的量。不是说'坏事传千里'吗？我的行为瞬间就败露了。"

"老头怎么说来着？"

"毕竟是年龄的修为啊，他啥也没说，用纸包了五六十根卷烟递过来说：'失礼了，要是不嫌弃这烟草的粗劣，那就请抽吧。'说完，他转身又往浴池方向去啦。"

"这就是所谓的江户范儿了吧？"

"也不知是江户范儿还是和服屋老板的范儿。从那以后，我和这老头成了肝胆相照的好朋友，在那儿高高兴兴地待了两个礼拜才回来。"

"这两个礼拜，烟都是老头送的吧？"

"可不，差不多是这样。"

"小提琴的事儿完了吗？"主人终于合上了书本，边起身边对这话题举手投降。

"还没呢，接下来才是有意思的地方，正当其时，你就听听吧。顺便说，在棋盘上睡午觉的先生——叫什么来着？哎，独仙先生——独仙先生也来听听吧。怎么搞得这么困？这样睡对身体是有害的啦。这会儿叫他起来没问题吧？"

"嗨，独仙君，起来了，起来了。有好听的故事，该起来了。你这么睡不行，你太太要操心啦。"

"哎？"独仙君应了声抬起头，他的山羊胡挂下了一丝长长的口水，蜗牛爬过似的闪闪发亮。

"啊，太困了。山头白云，恰似我的慵懒吗？啊，睡得太爽啦。"

"大家都承认你刚才睡着啦，快点起来如何？"

"起来也行吧，有什么有意思的八卦吗？"

"接下来小提琴就要……咋回事，苦沙弥君？"

"咋回事？我是一点儿也听不明白。"

"接下来就该拉琴了。"

"接下来就要拉琴啦。到这儿来，你得听着。"

"还是小提琴啊？真是受不了啊。"

"你是拉无弦之素琴的家伙，没啥受不了的。寒月君可是拉得吱吱哇哇，左邻右舍都会听见，那才是真正的受不了呢。"

"是吗？寒月君难道不知道拉琴又不惊扰四邻的方法吗？"

"不知道啊。真要有这种方法，倒是要请教下。"

"不用请教的。只要看看露地白牛[1]，马上就明白了。"独仙君说着别人听不懂的话。寒月君判断这是独仙君还没睡醒说出来的胡话，就不再搭理他接着讲了下去。

"总算有了个计策。第二天是天长节，一早起我就在家把

---

1 露地白牛：禅宗语，指进入清净境界的无垢白牛，意为佛门圣洁清净之地。

藤箱开了，看了看又关上，关了又打开看看，一整天都过得心慌意乱。终于天黑了下来，藤箱下面蟋蟀叫起来时，我下定决心，把小提琴和琴弓取了出来。"

"总算出世啦。"东风君说。

"草率拉琴，很危险的哟。"迷亭君提出了告诫。

"先拿起了琴弓，从弓尖到弓把都检查一遍……"

"不会是低端刀工的产品吧？"迷亭君冷冷地评价道。

"当我想到这就是我的魂时，那种心情，就像武士在深夜的灯影里将磨得锃亮的名刀拔出了刀鞘。我握着琴弓，在瑟瑟发抖。"

"完全是天才！"东风紧接着说道。

"完全是癫痫！"迷亭君接着说。

"快点拉就行了。"主人说。

独仙君流露出很不屑的表情。

"谢天谢地，琴弓无恙。我又把小提琴拿了起来，凑到灯光下，里里外外都查验了一遍，大概用了五分钟。你们假想一下，其间藤箱下面的蟋蟀一直在叫……"

"都替你记着呢，安心拉琴吧。"

"还没拉呢——所幸小提琴没什么瑕疵，这样我就放心了。接着我忽地站了起来……"

"这是要去哪儿？"

"能不能闭嘴消停会儿？像这样每句一打岔，就没法讲下去了……"

"喂，诸君！都闭嘴静默吧。嘘——嘘——"

"多嘴的就你一个啦。"

"嗯，是吗？那太失礼了。洗耳恭听，洗耳恭听。"

"小提琴挟在腋下，趿拉上草鞋两步三步蹿出柴扉。呃，且慢……"

"啊哈，你可总算出门了。怎么了，不会是什么地方停电了吧？"

"就算你回到了家，也没柿饼可吃啦。"

"诸位先生这么插嘴打岔，让人甚是遗憾哪。没辙了，就只能对东风君一个人讲下去了。行吧，东风君？我出门两三步又折返了回来，离开家乡时我花三块二角买了条红毛毯，这会儿把它裹在头上，然后噗地吹熄了灯。跟你讲，这下一片漆黑，连草鞋在哪儿都整不明白了。"

"到底想去哪儿呀？"

"呃，你就听着吧。好不容易找到草鞋，出门看去，正是：星月夜下柿落叶，红毛毯里小提琴。向右，再向右，沿着缓坡向庚申山上攀爬。东岭寺的钟声穿透了我的毛毯，穿透了我的耳膜，在我的头脑里回响。这会儿几点了，你猜？"

"不知道呢。"

"九点了呢，这个点开始就是秋夜漫漫独一人了。爬了八百米山路，登上了一个叫大平的地方。我在平日里胆子小，按理说早就被吓得不得了，可这会儿却不慌不忙的，真是叫人不可思议。可怕还是不可怕？这种念头我连想都没想过。一心只想着要拉小提琴，这感觉可真是奇妙。这个叫大平的地方是在庚申山的南侧。在天气晴朗的白天登山的话，就能从红松林的间隙中俯瞰山脚的小城，这是个远眺的绝佳所在——可不，空间约有三百平米，中间是一块二三十平米的巨大岩石，北侧是一个叫鹈之沼的池塘，池塘四周都是三人合抱的巨大樟树。因为是在山里，只有一间采樟脑的人住的小屋。那个池塘四周，即便在白天也不是个赏心悦目的好地方。所幸为了工兵的演习，这儿开了条路，让登山变得不是那么费劲。总算来到了那块大岩石上，将毛毯铺好，不管怎样先坐下歇口气。在这样寒冷的夜晚登山，我还是第一次。在岩石上坐了片刻，稍稍缓了过来，四周的寂寞就渐渐地——渐渐地渗透进了我内心的深处。在这种场合下，能让人心慌意乱的就是那种被称为恐怖的感觉吧。只要能克服恐惧，那就能领略到余下的那皎皎凛冽的空灵之气了。惘然地坐了二十分钟左右，不知为何感觉就像是在水晶打造的宫殿里，而且好像只有自己一个人住在这儿。而独自住在这儿的我的躯体——不，不仅是躯体，我的思想、我的灵魂也像是被这寒天不知用什么所制造出来，变得不可思议地透明清澈。究竟是我住在这水晶的宫殿里，还是水晶的宫殿在我心里？我自己也分辨不清楚了……"

"又跑题啦，不靠谱哪。"迷亭君严肃地揶揄道。

"这境界有点意思了。"独仙君看上去稍稍受到了点儿感动。

"要是这种状态长时间持续，直到明天早上，我好不容易背上来的小提琴肯定是拉不成了。说不定还会在岩石上一直惘然地坐着……"

"那里有狐狸吗？"东风君问道。

"在这种情况下，自我和他人的区别已不存在，活着还是死了也难有定论。就在这时，身后老池塘的深处突然发出一声嘎的尖叫……"

"终于还是出来啦。"

"那声尖叫传得很远，并从远处传来巨大的回声。它随着强劲的风，掠过满山秋林的树梢。一念至此，啊的一声，散去的魂魄终于重新附体，我回到了我自己……"

"总算是放心了。"迷亭君拍着胸口，装模作样地模拟这惊魂初定的样子。

"神形俱灭乾坤新。"独仙君眨巴着眼睛说。这种话寒月君完全听不懂。

"后来，我回过神向四周看去，庚申山沉浸在静寂中，似乎连雨点滴落的声音都听不到。我心里想着，刚才那是什么声音？人的叫声没有那么尖锐，鸟的叫声没有那么响亮，猴子的叫声……这一带并没有猴子。那又是什么呢？是什么这种问题一旦在头脑中升起，若不能得到解释，内心是不可能恢复平静的。我的脑海中一时变得无比纷乱杂然，一如当时欢迎英国康诺特公爵¹的京城群众，狂乱得沸腾了起来。全身的毛孔都急速地张开，仿佛烧酒浇在了多毛的小腿上，被称为勇气、魄力、智谋、沉着之类寄居于内心的贵客们全都就此蒸发消失，心脏在肋骨下跳起了踢踏舞，两条腿像风筝似的嗡嗡震动起来。那可真是让人受不了。我突然将毛毯蒙在头上，把小提琴挟在腋下，摇摇晃晃地从岩石上跳了下来，一溜烟地沿着八百米山道向山脚狂奔，回到家中就一头钻进了被子里蒙头大睡。就算今天回想起来，再也没有比那种气氛更可怕的事情啦，东风君！"

"后来呢？"

"这样就结束了。"

"没拉小提琴吗？"

"想拉也不成啊。嘎的一声尖叫，就算是你肯定也是没法拉的。"

"总觉得你这故事讲得不够完整。"

"不论你是怎么样的感觉，事实就是这样啦。先生们，怎么样？"寒月君环顾四周，自我感觉很得意。

"哈哈，故事编得不错。能讲到这一步，也算煞费苦心

---

1 康诺特公爵：英国王室成员。1906 年受英国国王派遣，前往日本赠予日本天皇勋章。

了吧。我还以为是男子汉桑德拉·贝罗尼[1]在东方的君子之国登场了呢，到这会儿都在洗耳恭听呢。"迷亭君以为会有人让他解释下桑德拉·贝罗尼是谁，但谁也没问他。他不得不接着往下自我解释道："桑德拉·贝罗尼在月下弹起了竖琴，在森林中唱起了意大利风情的咏叹调。这和你抱着小提琴登上庚申山，算是有异曲同工之妙。可惜的是，桑德拉·贝罗尼惊动了月宫的嫦娥，你却被池中怪狸给惊着了。这毫厘之失，就导致了崇高与滑稽的巨大差距。真是相当遗憾哪！"

"并没有那么遗憾。"寒月君居然心平气和。

"你想着要到山上去拉小提琴什么的，搞得太洋气啦，所以你才会被惊吓到。"主人接着给了句锐评。

"好汉落在鬼窟里，苟且偷生。可惜呀。"独仙君一声叹息。

独仙君所有言语，寒月君全都听不明白。不仅是寒月君，可能谁都听不懂吧。

"那就这样吧。寒月君，最近还是去学校只顾着磨你的玻璃球吗？"歇口气，迷亭先生换了个话题。

"不，我回家探亲，暂停了。这事我已经有点厌倦啦。老实说，我正在想是不是算了。"

"可你不磨玻璃球，不就当不上博士啦！"主人皱起了

---

1 桑德拉·贝罗尼：英国小说家乔治·梅瑞狄斯同名小说中的女主角。

眉头。

"博士吗？嘿嘿嘿……博士当不当的也无所谓吧。"寒月君本人却意外地轻松。

"可你婚期也就拖下来啦，两边都不合适吧。"

"结婚？谁结婚？"

"不是你吗？"

"我和谁结婚？"

"和金田的女儿呀。"

"啥？"

"啥跟啥？你们不是都说好了吗？"

"没说好啊。把一件事到处说，那是对方的自由。"

"这就太胡闹啦。是吧，迷亭君？那件事你也知道的吧？"

"那件事，说的是鼻子太太？要是说那件事，那就不光是你我知道了，已经是公开的秘密天下皆知啦。都在问什么时候《万朝报》上会登新郎新娘的照片，还会有大标题的吧，什么时候呀什么时候，都来我这打听，烦死了。东风君之流早就写好了名叫《鸳鸯歌》的长篇大作，三个月前就等着了。寒月君要是没当上博士，好不容易创作出来的杰作岂不是要化神奇为腐朽吗？真叫人太忧心啦。是吧，东风君？"

"还不到忧心的程度吧。不过真盼着那篇饱含情思的作品能公之于世呀。"

"你看！你能不能当上博士，已经影响到四面八方了。再加把劲，去磨玻璃球吧。"

"嘿嘿嘿。承蒙挂怀，不胜抱歉啊。不过呢，我觉得不当博士也很好。"

"为啥？"

"什么为啥，我有明媒正娶的老婆啦。"

"哎呀，厉害了。你是什么时候秘密结婚的呀？这社会真是不可大意啊。苦沙弥桑，你都听见啦，寒月君说他已经有老婆了。"

"还没孩子呢。结婚不到一个月，孩子肯定是生不出来的。"

"你到底是什么时候、在哪儿结的婚啊？"主人像个预审法官似的盘问道。

"什么时候？我回家乡那会儿，她已经在家等我了。今天带到先生府上的松鱼干，就是婚宴上亲戚送的礼。"

"礼就送了三条鱼干？真小气。"

"说啥呢，一大堆里就拿了这三条过来。"

"这么说，是你老家的姑娘啦，也是黑乎乎的那种吧？"

"可不，全黑的，和我很般配。"

"那对金田家那边，你怎么打算的？"

"没什么打算。"

"那道理上有点儿说不过去吧。是吧，迷亭？"

"有什么说不过去的？嫁给谁都是一回事。反正所谓的结为夫妻，无非就是摸黑盖钵头而已。总而言之，本来钵头是用不着盖上的，非得去盖，真是多此一举。既然是多此一举，那谁去盖谁的钵头不是都可以的吗？只有创作了《鸳鸯歌》的东风君这种人才真可怜哪！"

"啥呀，这《鸳鸯歌》看情况转让给我也行啊。等金田家办婚礼时，另外再写就是。"

"不愧是诗人，办事就是率性。"

"金田家那边回绝了吗？"主人还是牵挂着金田小姐。

"没有啊，没有回绝的必要吧。我从来没向她求过婚，也没表示要娶她，主动向对方说明情况完全没必要啊，只要默不作声就已经很对得起她了……可不是吗？只要默不作声就非常好了。就算是这会儿，十个二十个密探盯着呢，我们聊的内容全都会被报告给对方的。"

"哼，那就闭嘴吧。"主人一听到密探这个词，忽地沉下了脸。这样呵斥之后，又似乎觉得意犹未尽，针对密探大发了一通议论："乘其不备掏人怀中之物者是扒手，乘其不备套人心中所想者是密探；不为人知地撬他人窗户进而窃取物品者是盗贼，不为人知地因他人口误进而读取其所思所想者是密探；将大砍刀扎在榻榻米上强行索取他人财物者是强盗，将恐吓性言语堆叠起来强迫他人意志屈服者是密探。所以说，这种叫密探的东西，和扒手、盗贼、强盗是一伙的，臭不可闻，不可以放在上风口。这种家伙的话听多了，就会形成习惯，绝对不可以屈从的！"

"不至于。就算有一两千名密探在上风口列队进攻，也不可怕。我是磨玻璃球的名人，理学士水岛寒月！"

"你这高见真是让人捏一把汗哪。毕竟是新婚学士，元气相当充沛。不过呢，苦沙弥桑，既然密探和扒手、盗贼、强盗是一伙的，那雇用密探的金田君又和什么人是一伙的呢？"

"无非是熊坂长范之流吧。"

"熊坂长范，这类比好。所谓，放眼看去只长范一人，没想到转眼却变成两个，原来他已身首异处。¹像对面斜街上的那个长范，靠着放高利贷起家创业，贪得无厌，不管他活到什么时候都不必在意。被那种家伙沾上了，那就是报应啦，一辈子都得搭进去。寒月君，你可得小心点噢。"

"什么呀，行了吧。戏文里不是还说了吗——'哎呀呀，偷东西的贼人啊！莫非你还不知老夫手段？若再不吸取教训，你立刻就要倒大霉啦！'"寒月君泰然自若、中气十足地来了段宝生流²的唱腔。

"说起密探，二十世纪的人大多都有成为密探的倾向。这是什么缘故？"独仙君毕竟与众不同，提出了一个与眼下场合无关的哲学追问。

"是因为物价上涨了吧？"寒月君回答说。

---

1 此句为日本戏曲中的唱词。
2 宝生流：日本能乐唱腔流派。

"是在艺术上不解风情？"东风君回答说。

"人类头上长出了文明之角，金米糖[1]似的，扎手得很。"迷亭君回答说。

接下来轮到主人了，他拉开架势用郑重其事的语气大发议论：

"这点我曾深入思考过。我的解释是，当代人的密探化倾向，来源于个人的自我意识过于强大。我之所谓自我意识，绝不是独仙君说的什么见性成佛、与天地融为一体的悟道之类……"

"哎呀，越说越不明白啦。苦沙弥君，连你都巧舌如簧大发议论了，在下迷亭也就不揣冒昧，向你请教对现代文明的不满，就敞开来说喽。"

"随便说，你又没啥可说的。"

"然而有，还很多。你们这些人之前见到刑警就像拜菩萨似的恭敬，这会儿又把密探比作扒手、盗贼，这是完全矛盾的怪异变化。而像我这样的男子汉却是一以贯之的，从父母未生吾之时直到今天，我的观点就从未改变过。"

"刑警是刑警，密探是密探；之前是之前，今天是今天。

---

1 金米糖：周围有小突起的砂糖点心。豆粒大小，浇上数层糖蜜制作而成，由葡萄牙传入日本。

不改变自己的观点，这就是没有进步的铁证。下愚不可移[1]，讲的就是你这种……"

"这说法很酷。密探要是也能像你这样正面出击，那还是有可爱之处的。"

"我是密探？"

"正因为你不是，我才说你正直得可爱。争吵就算啦……算啦！来吧，来听听你宏大高论的后续吧。"

"所谓当代人的自我意识，指的是对自我与他人之间存在的利益上的鸿沟，解读得过头了。而且这种自我意识，随着文明的进步一天天变得更为敏感，乃至于举手投足，全都失去了其自然的本意。有个叫亨利[2]的人评价史蒂文森，说他就是个走进了挂着镜子的房间的人，每当经过镜子前，如果不看一眼自己在镜子里的身影，就会受不了。这是一个随时随地都无法忘记自我的人。这个评价深刻表达了今日世界的趋势。睡着时也是自我，醒来时也是自我，这个我无处不在，被高高供起，以至于人的言行举止，成了矫揉造作的人工复制品。人类作茧自缚，人世充满辛酸，从早到晚不得不怀着如相亲时年轻男女那样忐忑的心情去生活。所谓的悠

---

1 典出《论语》："唯上智与下愚不移。"
2 亨利：英国诗人、批评家。史蒂文森的小说《金银岛》中身残志坚的独腿厨师，就是以他为原型。

然、所谓的从容，这些词语只是笔画如此，完全失去了其真实的含义。就这点而言，这一代人全都是密探，全都是盗贼。密探干的是掩人耳目、唯利是图的买卖，其势必强化自我意识。盗贼念念不忘的是自己会不会被抓捕、被发现，也不得不强化自我意识。当代人不管是醒着还是睡着，都在不断地思考这样做是对自己有利还是不利，和密探、盗贼一样，也必然加强自我意识。他们二十四个钟头里始终东张西望、鬼鬼祟祟，直到躺进棺材前一刻也不得安宁。这就是当代的人心，这就是文明的诅咒，愚蠢透顶！"

"相当有意思的解读。"独仙君开口说道。一涉及这种问题，他是个不介入就相当难受的家伙。"苦沙弥君的解读深得我心。古人教给我们的是忘我，现在的教育则是别忘我，完全相反。一天二十四小时里完全被自我的意识所占据，所以一天二十四小时里没有片刻的太平，永远是焦虑的地狱。若问这天下什么可为药，再没有比忘我更好的药了！三更月下入无我，吟叹的就是这种至高境界啊。现在的人就算对他人亲切相待，那也是不大自然的。就连英国人引以为傲的所谓'绅士'行为，也无不充满了自我意识。英国国王去印度旅游时，和印度的王室同席。那个王室成员没注意到英国国王也在座，显露出了他的本土风格，伸手到盘子里去抓马铃薯。当他明白过来后面红耳赤、羞愧难当。据说英国国王当时做出一副没看见的样子，也伸出两根手指头从盘子里抓起了马铃薯……"

"这是英国的风俗吗？"寒月君问。

"我听过这样一个故事，"主人接着说，"也是英国的，联队多名士官在军营里宴请一个下士的故事。宴请结束后，端上了用玻璃钵盂盛着的洗手水。下士似乎对这样的宴会还不习惯，端起玻璃钵盂对着嘴一气灌了下去。联队长一见这情况，立马提议祝下士身体健康，说完也将洗手钵盂里的水一口气干了。据说同桌并排而坐的士官们也都毫不逊色，纷纷举起钵盂恭祝下士身体健康。"

"还有这样一个故事哪！"厌恶沉默的迷亭君说道，"卡莱尔是个对宫廷礼仪完全不熟悉的怪人，第一次觐见英国女王时，突然问了句：'这样可以吗？'然后就啪嗒一下坐在了椅子上。站在女王身后的众多侍从和宫女全都扑哧笑了起来——不是笑了起来，而是想要笑起来。这时，女王回头给了一个什么暗号，众多侍从和宫女也马上全都在椅子上坐下了。卡莱尔也因此没有丢了面子，真是很贴心的关怀哪。"

"既然是卡莱尔，那就算其他人都站着，说不定他也根本不在乎噢。"寒月君尝试插入简单评论。

"对人关切的自我意识是好的。"独仙君进了一步，"可就因为有自我意识的存在，对他人的关切就变得很费劲，很不自然，真是可怜哪。一般理论认为，随着文明的进步，人类的杀伐之气会消失，人与人的交往会变得祥和开朗，这就错得离谱了。在强大的自我意识面前，能有什么祥和开朗呢？乍一看确实安静无恙，但彼此之间却非常痛苦。正如相扑选手在擂台的圈子里，四肢扭在一起无法动弹。外人看来那是平稳至极，可在选手的心里岂非浪潮汹涌？"

"就以斗殴为例吧。以前的斗殴是用暴力使对方屈服，这反而不是犯罪；近来却不是这样，产生了奇妙的变化，这就更让人的自我意识得到加强。"按顺序，轮到迷亭先生发言了，"培根[1]说过，顺从自然的力量才能战胜自然。如今的斗殴，不就是按照培根格言所说的那样产生的吗？这真是不可思议。就好像是柔道，想要利用敌人的力量击毙敌人……"

"跟水力发电也挺像的。顺着水的力量，将其转化为电力，发挥出了巨大的作用……"寒月君一开口，独仙君马上就接着发挥了下去："所以呀，贫困是贫困者的枷锁，富裕是富裕者的牢笼，焦虑是焦虑者的锁链，欢乐是欢乐者的墓地啊！才子死于才，智者败于智。像苦沙弥君这种时不时犯浑的家伙，只要利用他的暴脾气，他就会瞬间飞奔出去，掉进敌人的陷阱……"

"贴切，贴切！"迷亭君拍手叫好。

"敌人不会如愿以偿吧？"苦沙弥君笑眯眯地回答道。众人一起笑了起来。

---

1 培根：英国哲学家，著有《新工具》《学术的进展》等。

"话说，金田这样的家伙会因为什么倒毙呢？"

"会因为老婆的鼻子而毙命的吧。老爷因造业而遭报应，跟班因密探而丧生。"

"他女儿呢？"

"他女儿啊——他女儿我没有见过，无从说起——无非是穿得捂死，吃得撑死，或者喝着喝着就完蛋了之类吧。总不至于是因为恋爱而憋死的。弄不好，会像小野小町那样死在路边呢。[1]"

"这样讲就有点过分了。"献上过新体诗的东风君提出异议。

"所以说啊——应无所住，而生其心。这是一句很要紧的话。到不了这层境界的人全都苦不堪言。"独仙君似乎在宣讲他独自悟到的思想精髓。

"别吹得那么牛烘烘的，像你这种人，说不定就跌倒在电光影里，一命呜呼了。"

"总而言之，按这趋势，在文明日益昌盛的今天，我算是活腻了。"主人说。

"别客气，去死吧。"迷亭君一语道破。

"死就更讨厌了。"主人较着劲儿坚持。

---

1 传说日本平安时期的女诗人小野小町晚年出家流浪，最终于路边亡故，因此日本各地有很多小町冢遗迹。

"人诞生的时候，谁都没有经过深思熟虑，死的时候却谁都不肯走，还为了这事烦恼丛生。"寒月君说了句冷漠的格言。

"借钱的时候毫不在乎就借了，还钱的时候谁都不愿还钱。这不是同样的道理吗？"这种时候只有迷亭君能应付裕如。

"借钱的时候不考虑还钱的人是幸福的，同样不为死亡而烦恼的人也是幸福的。"独仙君的回答超然出世。

"照你这说法，那厚颜无耻就是悟了？"

"没错。禅语有云：'铁面者铁心，牛面者牛心。'"

"这么说，你就是以铁面为榜样的吗？"

"并不是。不过以死为苦、为死烦恼，这些都是人类发明了神经衰弱这种病之后的事了。"

"原来如此。你这种人，怎么看都像是神经衰弱这种病发明出来之前的群众啊。"

迷亭和独仙互打机锋，说着些禅机妙语，谁都听不懂是什么意思。主人却以寒月和东风二君为谈话对象，反复抨击着现代文明。

"怎么才能做到借钱不用还，这是个问题。"

"这不是问题吧，借了钱必须要还的啊。"

"这不是在讨论吗？你先别说话，听着。正如怎么才能做到借钱不用还，怎么才能做到避免死亡还活下去，也是一个问题，而且是个棘手的问题。炼金术就是如此，所有的炼金术都失败了。所以人无论如何总是要死的，这问题就被明确证明了。"

"在发明炼金术之前，人要死这一点就很清楚了。"

"哎，你这人。这不是在讨论吗？你先别说话，听着行吗？当人非死不可被证明了之后，就出现了第二个问题。"

"啥？"

"反正得死，怎样死才更好些呢？这就是第二个问题。自杀俱乐部，就是命中注定将和第二个问题同时产生的。"

"原来如此。"

"死亡是痛苦的，但求死不得更痛苦，神经衰弱的国民活着比死了更加痛苦万分。因此，为死亡而感受到的痛苦，并非是厌恶死亡本身的痛苦，而是为什么死亡方式最佳而感受到的焦虑。只是一般的人因为不具备这样高的智慧，所以就在自然的过程中被放逐，从而遭受到人世间悲惨的屠戮，而有个性的人，他们不会忍受人世间这种碎刀凌迟式的屠戮，因而必然会对死亡的方式进行种种探讨，以提出崭新的应对策略。所以在未来的世界，自杀的人必定将不断增多，且这些自杀者会以各自独创的方式告别这世界。"

"那就变得更热闹喽。"

"会的，必然如此。阿瑟·琼斯[1]的剧本里，就有个反复提倡自杀的哲学家……"

"他自杀了吗？"

"可惜并没有。但从现在起再过一千年，所有人肯定都会自杀的。一万年后只要提到死亡，除了自杀，人类不会理解还存在别的死亡方式。"

"哎呀，这可了不得啦！"

"当然，必然如此。这样一来，就积累了大量关于自杀的研究素材，自杀就会成为一门科学。落云馆那样的中学，就会把自杀学作为一门正课，替换掉伦理学。"

"高明！我都想去旁听啦。迷亭先生你听到了吗，苦沙弥先生的宏论？"

"听到啦。到那时，落云馆的伦理老师可能会这样讲课的吧：'诸君，不可墨守所谓公德这种野蛮的遗风。作为世界青年的一分子，诸君首先必须重视的义务是自杀。即己之所欲，可施于人。为了进一步推广自杀，杀死他人并无不可。尤其像眼前这个穷酸珍野苦沙弥氏，他看上去活得相当痛苦，争取尽早将其杀死乃是诸君之义务。诚然，如今与往昔不同，已是文明开化的时代，动用枪支、砍刀以及标枪之类的工具是卑劣的、不被允许的。只能凭借讥讽的高尚技术，将其玩

---

1 阿瑟·琼斯：英国剧作家。作品有《马加尔及其失去的天使》《说谎者》等。

弄至死。这既是对其本人的功德贡献，亦能保全诸君之名誉……"

"这堂课讲得实在是太生动了。"

"还有更生动的呢。在当代，保护人民的生命财产是警察的首要任务。可到了那时，警察就会像杀狗似的，提着棍子，边走边扑杀天下的公民……"

"这是为啥？"

"为啥？现在的人将生命视若珍宝，所以警察保护它；将来国民活得很痛苦，警察怀着慈悲就将其扑杀了啊。当然，那些觉悟高的大多已经自杀了吧，被警察扑杀的家伙都是些优柔寡断、缺乏自杀能力的家伙，或者就是些残疾人。此外，想要别人帮一手协助他们死亡的人，会在门口贴个小纸条，写一些诸如自愿被杀者某男某女的字样。纸条贴在门上，警察适时巡查至此，就会按照本人的意愿办理。至于尸体，当然也是由警车抬走收拾。还有更好玩的是……"

"先生开的玩笑真是永无止境哪！"东风君非常感佩。

独仙君依旧小心翼翼捻着他的山羊胡子，慢腾腾地放出高论：

"说是玩笑，也许算是玩笑；说是预言，也许就是预言。若不将真理贯彻到底，那么就会被眼前世界的表象所束缚，而沉溺在梦幻的泡影中，并将它认定为永恒的真实。稍微讲得出格一点，马上就会被人认为是在开玩笑。"

"这就是'燕雀安知鸿鹄之志'吧？"寒月君肃然起敬道。

独仙君带着一副可不是吗的表情接着往下说："过去西班牙有个叫科尔多瓦的地方……"

"这地方现在还存在吗？"

"可能还在吧，问题不在于古今。按那里的风俗，寺院的傍晚钟声一敲，家家户户的女子都要出来，跳进河里去游泳……"

"冬天也这么搞？"

"这点不是很清楚。总之没有贵贱老少之分，全都跳进河里。但男人全都不参加，只能远远地看着。从远处看过去，暮色苍茫的波浪上，白色肉体在朦朦胧胧地涌动……"

"很诗性呀，能写首新体诗呢。那是什么地方？"东风君只要听说裸体就会往前凑。

"科尔多瓦啊。那里的小伙子是不能和女人一起游泳的，而且只允许站在远处看不清女人身体的地方。相当遗憾哪，所以就开玩笑地……"

"哎，什么款式的玩笑？"听到开玩笑，迷亭君就兴高采烈。

"他们贿赂了寺院里的敲钟人，将日落敲钟的时间提前了一个钟头。女人都是很糊涂的，钟声一响就纷纷招呼着向河边聚集，穿着背心、短裤扑通扑通地跳进了水里。当她们跳进水里后才发现，和平常不一样，天没有黑下来。"

"秋日的阳光没有猛烈地照耀着吗？"

"往桥上看去，大批男人站在桥上看着她们。她们虽然很害羞却也毫无办法，据说全都闹了个大红脸。"

"这个故事告诉我们——？"

"这个故事告诉我们，人们往往为眼前的习惯所迷惑，而忘记了根本的原理。这一点不加以注意是不行的。"

"原来如此，讲了个很好的道理哪。我也讲个被眼前习俗所迷惑的故事吧。这一段时间读了本杂志，看到一篇关于诈骗师的小说。假设我是那店主，开了家古董书画店，店里并排挂着大师书画、名人手迹之类的东西。这些当然不是赝品，全都是地地道道、不折不扣的真品高等货。高等货自然也全都是高价啦。好奇的顾客过来询价，问这幅元信[1]的画作多少钱，我告诉他，标价六百那就是六百块。那客人是很想要，可手头没有六百块，很遗憾没谈拢。"

"你确定当时就是这么说的吗？"主人问道，他一贯不解风情。迷亭君假装没听见。

"小说嘛，也就是这么一说。我就说：'钱不算什么，你要中意就拿去。'顾客自然觉得这样不行，心里很是踌躇。于

是我提出分期付款，月付可以细水长流，而且顾客就成为贵宾啦，彼此投缘……这样就不用有心理负担了。'每月十块怎么样？不行的话，五块也成。'我很是爽快。然后顾客和我聊了三两句，我就以六百块的价格、月付十块的方式，把狩野元信那幅画卖给了他。"

"简直像是在卖《泰晤士百科全书》啦。"

"'泰晤士'是很靠谱的，这故事里的就不太靠谱啦。然后那店主就慢慢展开了他的骗术。你们说说，每月十块共计六百块，需要几年才能还得清，寒月君？"

"当然是五年了。"

"当然是五年。不过你们觉得五年时间算长还是短呢，独仙君？"

"一念万年，万年一念。说短是短，说不短又不短哪。"

"什么玩意儿，偈语？真是反常识的偈语哪。就算五年中每个月支付十块，也就是说对方要支付六十次才可以。但人会形成一个习惯，这正是它很可怕的地方：同一个动作每个月重复一次直到六十次，第六十一次也会想着要支付十块，第六十二、六十三次同样如此。随着重复的次数增多，到了日子就会非要付十块不可。人类看起来很聪明，但容易迷失于习惯，忘却其根本，这是一个很大的缺陷。利用这个缺陷，店主就可以在无数个月占到这十块钱的便宜。"

"哈哈哈，真的假的？不至于忘性这么大吧？"寒月君笑了起来。

"不，这种事是真的。我读大学时贷的款就这样的，每个月算也不算就还过去，到最后还是对方通知不要再还了才作罢。"主人很认真地说。他把自己的个人耻辱，当作人类一般性耻辱公布了出来。

"你看，现场就有这样的人，可见这推算是切合实际的。所以我刚才讲的《未来记》，笑它是开玩笑的人，都是这种家伙——觉得终身每个月支付十块，哪怕已超过原定的六十次也继续支付是正当的。特别是寒月君、东风君这种缺乏经验的青年诸君，应该好好听听我说的，才不会上当受骗。"

"明白了。分期付款一定只限于六十次。"

"是啊，听上去像是在开玩笑，实际上确实是发人深省哪，寒月君！"独仙君对寒月君说，"打个比方吧。现在苦沙弥君或迷亭君给你忠告说，你不打招呼就结婚这事有欠妥当，应该向那个叫金田的人道歉。你会真心去道歉吗？"

"道歉是不可能的。如果是对方向我道歉，那还可以商量。我可没有去道歉的想法。"

"如果是警察命令你去呢，你怎么办？"

"那就更是对不起了。"

"如果是大臣、贵族的命令，又如何？"

"越来越扯淡了，一概谢绝。"

"你们看看！今天的人类和过去相比已经发生了多么巨

大的变化。过去是凭着上位者的权势，什么事都能办成的时代，而如今却是凭着皇家的权势也不能为所欲为的时代了。凭你是殿下也好，阁下也罢，在今日之世界想要超越底线地凌辱人格，已是办不到的了。极端点说，今日世界上位者权力越大，被压迫者受凌辱的感觉就会越强烈，同样，反抗也更为激烈。所以今日之世界与旧世界完全不同，出现了皇权这无上权威无法普遍施行的新气象。按照人们原有的思想，这些现象简直是不可思议的，如今却已成了真理。世态人情的变迁令人匪夷所思。迷亭君的《未来记》，说它是开玩笑，也算是开玩笑，可要说它是启示录，岂不也是韵味隽永的吗？"

"有了这样的知己，看来非得把《未来记》的续篇讲下去不可。正如独仙君所言，在当今世界上，要是还有人仰仗着上位者的权势，靠着两三百条长矛强行打通关，那就好比坐着轿子想方设法要和汽车赛跑。那真是落后于时代的老顽固——不，老糊涂虫啦！就成为放高利贷的长范先生这样的东西了。只要静默坐看这帮家伙的下场就可以——不过呢，我的《未来记》所要谈的，并不是当下社会上的一些小问题，而是关乎人类整体命运的社会之现象。

"仔仔细细观察当下的文明倾向，从而推算未来的发展趋势，就会得出婚姻是不可能之事的结论。确实令人吃惊，婚姻将不可能存在。论据是这样的——如前所述，当今世界是以个性为中心的世界。在旧时代，家长代表一个家，郡守代表一个郡，领主代表一个国家，代表者之外的人是完全不具备人格的。就算你有，也不被承认。这体制摇身一变，所有人都纷纷提出其个性主张，无论是谁，不必说都明白——你是你，我是我。假定两人在途中相遇且互不相让，彼此都会在心里叫嚷：'你是人，老子也是人！'然后双方擦肩而过。个性化已被强调到如此程度。但所有人的个性得以普遍增强，也意味着每一个人的个性相对地被减弱了。他人已然不易对自身造成伤害，就这点而言，毫无疑问自己的个性是增强了；但也因此，对他人无法下手，从这点看，个人的个性又显然弱于以往。个性增强就欢天喜地，而个性被削弱则谁也不会表示感谢。于是人人都固守着谁也不可动我一丝一毫的原则，同时又抱着侵犯他人半丝半毫的欲念，强行扩充自己被削弱了的个性。

"如此一来，人与人之间的空间就丧失了，各自活得都很憋屈。所有人都尽可能地自我膨胀，直至破裂，这反而造成了生存之痛苦。痛苦之余，人们想出形形色色的方案，开始追求拓展人与人彼此之间的生存空间。这倒和过去一样，人类都是自作自受的。而为解决其痛苦，首先提出的方案，就是亲子分居的制度。在日本，你到山里去看看，每家人都挤在一栋房子里。没有人提倡什么个性，就算有个性也不主张，这样一来问题就解决了。可在文明的社会中，就算在亲子之间，也都在恣意地扩张自我，若不扩张就会带来损失。为确保两者彼此的安全，势必会分居。欧洲文明进步得早，所以比日本更早地实行了这一制度。即便偶尔出现了亲子同居的情况，那儿子向父亲借钱也必须支付利息，和外人租房一样，也要向父母交纳房租。正因为父母承认并尊重了子女的个性，如此良好的社会风尚才得以成立。这种良好的社会风尚，早晚有一天也必定会输入日本。亲离子散，忍耐已久的个性终于得以发展。而且随着个性发展，对个性的尊重之意也将无限制地蔓延，终究会抵达人与人不分离便得不到快乐的地步。

"但在亲子兄弟分离的今日，已没有什么别的人需要分离了，最后分离的就是夫妻关系。按当代人的思考方式，只要住在一起就是夫妻关系了，这是极大的误解。两人想要在一起，就必须充分了解对方的个性，明确是否具备适合在一起的条件。若放在过去，这不是问题。所谓的异体同心，无非是看起来是夫妻二人，实际上只不过是一个人而已。因此才会说什么偕老同穴，死了也要化身为同一个洞里的狐狸精。这真是野蛮的人类。如今这一套是行不通喽，因为丈夫不管怎样都是丈夫，妻子不管怎样也还是妻子啦。作为妻子，她是带着女校里穿男式裙裤所锻造出的坚强个性，梳理着西式的发型嫁进门来的，不可能完全按照丈夫的心意行事。况且若是按照丈夫意愿成长起来的妻子，那就算不得是妻子，而仅仅是一个人偶玩具。越是优秀的妻子，个性就越是鲜明；而个性越是鲜明，则越是和丈夫难以合拍。如果和丈夫无法合拍，那自然就会和丈夫发生冲突。所以，被称为优秀妻子的，必定从早到晚和丈夫冲突不断。这真是够可以的，娶的妻子越是优秀，双方共有烦恼的程度就越是提升，夫妻就像水和油一样存在着鲜明的分界线。以此为落脚点，将双方关系保持在静止的水平线上那就还好，如果水和油双方互动起来，那家庭关系就会像发生了大地震一样，一会儿向上，一会儿向下。有鉴于此，夫妻同居对于双方而言都是损失。这一事实才渐渐地为人所知……"

"这么说来夫妻都得分手啦？真担心啊。"寒月君说。

"要分手的，肯定要分手，天下所有夫妻都要分手。从前是住在一起的才叫作夫妻，从今往后同居的，大家就会认为他们根本没有成为夫妻的资格。"

"照这么说，我这种人会被编入没有资格的那一组喽。"关键时刻寒月君炫耀了下。

"生在明治时代是幸运的。像我这样就因为创作《未来记》，脑子当然就比当前形势领先一两步，所以迄今为止保持着明确的单身生活。有些人说我单身是失恋导致的结果之类，议论纷纷，这些近视眼的目光真是浅薄得可怜。先不管结论如何，还是来谈谈《未来记》吧。其时，天降一哲学家倡导破天荒之真理。其说曰：'人类乃个性之动物，毁灭个性即毁灭全人类.'为阐明生而为人之真义，必须不惜任何代价保持其个性，并使之发扬光大。若为陋习所束缚，负心违愿地走进婚姻殿堂，实乃违反自然规律之野蛮风俗。个性不发达的蒙昧时代姑且不论，在文化开明之今日，仍恬不知耻地沉溺于陋习弊端中，实为谬见。如今时代已达文明之高潮，两种个性没有任何理由以普通关系之外的亲密情感联结在一起。尽管理由显而易见，但没有受过良好教育的青年男女在一时卑劣情感的驱使下，仍贸然举行合卺[jǐn]之礼，违德悖伦之极。吾辈为人道、为文明，为保护这些青年之个性，必须竭尽全力抵抗此野蛮之风俗……"

"先生，这种学说我坚决反对。"东风君此时动用了极为坚定的语调，手掌啪地拍在了膝盖上，"在我看来，这世界上再也没有什么比爱和美更为珍贵的了。我们能够得到慰藉、完整和幸福，完全仰仗此二者的存在，它们也使我们的情操变得优美，品性变得高洁，同情心变得纯粹。所以无论我们生活在什么样的时代里，都不可能忘记爱和美。在现实的世界中，爱即表现为夫妻关系，美即表现为诗歌、音乐等形态。也正因为如此，我认为只要人类还存在于地球的表面，夫妻关系和艺术就绝对不会消亡。"

"不会消亡，很好！按哲学家所言，这些都会彻底消亡的，这没办法。死了这条心吧，还说什么艺术。艺术的下场也将和夫妻关系一样。所谓个性的发展，不就是个性自由的意思吗？所谓个性自由，不就是我是我、他人是他人的意思吗？这不就是艺术不可能存在的理由吗？艺术的繁荣，需要艺术家和艺术观赏者之间的个性达成一致。无论你是多么了不起的新诗诗人，无论你有多么发愤图强，读了你的诗，总要有一个人觉得它有意思，否则除了你这作者之外，不是没有读者了吗？不管你创作了多少首《鸳鸯歌》，也无济于事。所幸你出生于明治时代的今天，全世界的人都爱读你的诗……"

"不，没到这种程度。"

"如果现在还没到这程度，那么到了人文发达的未来，也就是说到了那哲学家出来提倡非婚论时，你的诗就再也没人看啦。当然，并不是因为是你写的才没人看，而是因为每个人都拥有自己独特的个性，对别人创作的诗文之类根本不感兴趣了呢。如今在英国等地，这种趋势已经很明显了。你读读当代英国小说家中个性最为鲜明的作家，读读梅瑞狄斯[1]，读读詹姆斯[2]。他们的作品读者不是少得可怜吗？如果不是一个有个性的读者，读那样的一部作品，就会觉得一点意思也没有。这就没办法了，这就是读者少的

---

1 梅瑞狄斯：乔治·梅瑞狄斯，英国维多利亚时代小说家、诗人。
2 詹姆斯：亨利·詹姆斯，英籍美裔作家，开了西方心理现实主义小说的先河，著有《贵妇人画像》等。

原因。这种倾向日渐发展，到了公认为结婚不道德的时候，艺术也就彻底灭亡了。是这样的吧？你写的东西我看不懂，我写的东西你也看不懂。到了那一天，你我之间，不就是没有艺术或其他狗屁东西可言了？"

"话是这么说。但凭我的直觉，事情不是这样的。"

"你凭直觉认为事情不是这样的，我凭弯觉[1]认为事情就是这样的。"

"也可能是弯觉吧，"这回独仙君插了一嘴，"总而言之，人类个性自由的环境越是宽松，人与人之间的互动就越是憋屈，这点是毋庸置疑的。尼采之所以抬出他的超人哲学，就是因为他这种憋屈感无处排遣，无奈之下才将其以哲学的面目呈现。乍一看，超人哲学似乎说的是尼采的理想，但那并非理想，而是他心中不平之块垒啦。作为十九世纪个性发展的一个缩影，连对隔壁的人都难以信任以致寝食难安，所以尼采这位仁兄才如此粗暴地咆哮。读那部著作时的感觉，与其说是快哉，不如说是悲伤。那声音不是勇猛精进的呼喊，而是满纸怨恨痛愤之音。这也是理所当然的。在古代，只要出现了一个伟大人物，则天下志士悉数汇聚于其旗下，何其快哉！如果尼采真的目睹了如此令人欣慰的事实，那就没必要力透纸背地写进书里去了。所以不论是荷马还是《切

---

1 弯觉：作者在此凭空捏造的词语。

维·切斯》[1]，尽管都写超人的性格，但感觉和尼采完全不同，写得非常明朗愉悦。因为存在愉快之事，将这愉快之事写到纸上，就不会带有苦涩的味道。尼采的时代背景就不是这样了。英雄之辈一个也出不来，出来的也没人将他树立为英雄。过去只有一个孔子，所以孔子影响力的覆盖面就很宽广。如今孔子之辈甚多，说不定这天下到处都是孔子亦未可知。所以尽管你高呼'我就是孔子啊！'，但你的影响力就是发挥不出来。发挥不出来你就会愤愤不平，因此你笔下的超人就只能在书本上驰骋啦。我们热爱自由，也得到了自由，但得到了自由，感受到的却是不自由。这就让人非常困扰。西方文明看上去似乎很优秀，但在其根本上却是不行的。与之相反，东方文明自古以来追求的是精神修炼，这才是文明正确的打开方式啊。你们好好看看，个性发展的结果是全民都患上了神经衰弱。到了无法收拾的时候，我们才会逐渐发现'王者之民荡荡'[2]这句话的价值所在，才会领悟到'无为而治'这句话不可小觑。可到了那时，即便醒悟也已无力改变现实了。就像酒精中毒似的，到了那时才会想到：'哟，不喝酒就好啦！'"

1《切维·切斯》：英国古民谣，讲述的是发生在英国切维厄特丘陵上的一次狩猎活动。

2 典出《论语·泰伯》。

"各位先生所言，大多似为厌世哲学。我这人就有点奇怪，听了你们说的各种，却毫无感觉。这是怎么回事呢？"寒月君说。

"那是因为你娶了媳妇啊。"迷亭君即刻解释道。

"娶了媳妇就觉得女人真好，这错得太离谱啦。念个有趣的东西给你们听，供你们参考吧。都听着噢。"主人突然说道。他举起先前从书房里拿来的那本旧书："这是本老书啦，可从那时代起，女人的坏就写得清清楚楚了。"

"有点吃惊哪，这是啥时候的书？"寒月君问。

"作者是个叫托马斯·纳西的，这是部十六世纪的著作。"

"越说越吓人了。那时就有人骂我媳妇啦？"

"骂了各种女人，你媳妇必定也在其中。你就听下去好了。"

"好的，我听着。这是我的荣幸。"

"书上说，首先应该介绍下自古以来先贤的女性观，行吗？都在听吗？"

"都听着呢，连我这单身的也在听呢！"

"亚里士多德曰：'女子反正都是不正经的。既然要迎娶，那等她长大了再娶还不如趁她小时就娶了。比起大的不正经，小的不正经为患亦小也……'"

"寒月君，你那媳妇是大不正经，还是小不正经？"

"应该归入大不正经那一栏吧。"

"哈哈哈，这本书有点意思。往下念吧。"

"有人问道：'世上最大的奇迹为何？'贤者答曰：'贞洁的女子……'"

"这贤者是谁？"

"名字没写。"

"肯定是个被女人甩了的贤者啦。"

"然后，第欧根尼[1]出来了。有人问：'何时娶妻为佳？'第欧根尼回答曰：'青年尚早，老年则迟。'"

"这位老先生是在酒桶里思考的吧？"

"毕达哥拉斯[2]曰：'天下可畏者三，曰火，曰水，曰女。'"

"古希腊哲学家也意外地讲了点糊涂话哪。叫我说，天下可畏者无。入火而不焚，落水而不溺……"独仙君说到这里一时语塞。

"然后是遇女而不恋吧。"迷亭先生出手救场。

主人继续往下——"苏格拉底说：'驾驭女子是人间最大之难事。'德摩斯梯尼[3]说：'若欲使敌人陷于苦境，上策莫若赠予我方之女子。家庭风波必使其疲于奔命，日以继夜，一蹶不振。'塞涅卡[4]将妇女与无知看成世界的两大灾难。马

---

1 第欧根尼：古希腊犬儒学派哲学家，主张苦修和禁欲主义。
2 毕达哥拉斯：古希腊数学家、哲学家，提出了黄金分割律等著名的数学理论。
3 德摩斯梯尼：古希腊演说家，曾发表《斥腓力》等演讲词。
4 塞涅卡：古罗马哲学家、政治家。

可·奥勒留¹认为：'驾驭女子的难点类似于驾驭船舶。'普罗塔斯²说：'女子钟爱于服饰之精美，乃是为掩盖其禀性之丑陋的计策。'瓦勒里乌斯³曾赠书于友，并告之曰：'天下任何事均无女人那样令人难以忍耐。祈愿皇天垂怜，勿使君坠落至她们之陷阱。'他还说道：'女人是什么？难道她们不是友情的敌人吗？不是无可避免的痛苦吗？不是必然的灾祸吗？不是自然的诱惑吗？不是伪装成蜂蜜的毒药吗？如果说抛弃女人是不道德的话，那还不如说，不抛弃女人才更应该予以谴责……'"

"够了，先生！恭听了这么多咒骂贱内的话，完全难以接受！"

"还有四五页呢，接着听下去怎样？"

"念个大概就可以啦，夫人快要回来了吧。"迷亭开玩笑说道，结果茶水间那边传来夫人招呼用人的声音：

"阿清，阿清！"

"这下可糟了。夫人刚好在家呢，哥们儿。"

"嘿嘿嘿，"主人笑着说，"那又怎样？"

"夫人，夫人！什么时候回来的呀？"

---

1 马可·奥勒留：古罗马皇帝、哲学家，著有《沉思录》。

2 普罗塔斯：古罗马喜剧作家，著有《安菲特里昂》《一坛黄金》等。

3 瓦勒里乌斯：古罗马历史学家。

茶水间那边一片寂静，没人回答。

"夫人，这会儿听见了吗？"

还是没人回答。

"刚才念的不是你老公的想法啦，是十六世纪纳西君的学说，放心好了。"

"听不懂。"夫人远远地给了个简单的回答。寒月君咯咯地笑了起来。

"我也没听懂，太失礼啦。啊哈哈哈……"迷亭君也毫不客气地大笑起来。

房门嘎啦嘎啦地被推开了。来人不打招呼，也不说声抱歉，然后传来了沉重的脚步声，客厅的隔扇门被粗暴地拉开。多多良三平君的那张脸出现在了门口。三平君今日不同以往，一身雪白的衬衫、崭新的外套，这已经异常隆重了。而且他的右手还沉甸甸地垂下，提着四瓶用绳子绑着的啤酒。他把啤酒放在松鱼干边上，也不寒暄，啪嗒坐了下来，膝盖向两侧绷开，一副令人眼前一亮的武者风范。

"先生近来胃病怎么样了？一直拖着，老是闷在家里，这样不行吧？"

"也没变得更糟糕。"

"虽然您是这样说，可脸色不大好呀，先生的脸色黄得厉害。最近去钓钓鱼吧，到品川雇一条小船……上个星期天我去过。"

"钓到什么了吗？"

"什么也没钓到。"

"钓不到那还有什么意思？"

"养浩然之气呀。各位，怎么样，你们去钓过鱼吗？钓鱼可有意思啦，宽广的海面上，驾着小船兜兜转转地溜达。"三平君不容他人插嘴自顾自说着。

"我可想在宽广的海面上，驾着小船兜兜转转地溜达呢。"迷亭君入局了。

"反正是去钓鱼，不钓上些鲸鱼、美人鱼什么的，就没什么意思了。"寒月君说。

"这种东西能钓上来吗？搞文学的缺了点常识啊。"

"我可不是搞文学的。"

"是吗？那你是干啥的？对我这种搞商务的人来说，最重要的就是常识。先生，近来我的常识相当丰富了。在那种地方待着，所谓近朱者赤呀，自然而然就变成了这样。"

"变成了什么样？"

"连抽的烟都变啦。日出牌、敷岛牌，抽那种就没什么面子了。"他说着，摸出一头贴着金箔的埃及烟，吧唧吧唧地抽了起来。

"这么奢侈，钱够吗？"

"钱是没有，不过马上就会有的。一抽上这种烟，威信那可就完全不一样了。"

"比起寒月君磨玻璃球，这样威信来得更轻松。也不用费什么劲，带着也轻便。"迷亭对寒月君说。寒月君还没来得及回答，三平君就接过去说："你就是寒月先生？博士这玩意儿，终究还是没能当上啊。你没当上博士，那我可就要了啊。"

"博士吗？"

"不，是金田家的小姐。我还真有点不好意思呢，可对方一直求着我说：'娶了吧，娶了吧。'娶她这事才最终定了下来，先生。可我心里一直觉得对不住寒月桑，老是担心着这事儿。"

"请务必不要介意。"寒月说。

"你要能娶她，也是件好事吧。"主人暧昧地回答道。

"这可是值得庆贺的大喜事呀。所以说不论养了个什么样的女儿，都是不必担心的。就像我刚才说的，总会被谁娶走。这不，眼下就有一位高格调的绅士要做人家的女婿了。东风君新诗的素材又有了，赶快写！"迷亭君用一贯的语气调侃道。

"你就是东风君？我结婚的时候，不给我写点什么？马上给你印成铅字，让他们在《太阳》上发表。"三平君说。

"好啊，那就写点吧。什么时候要用？"

"什么时候都行啊，从你过去的作品里选一首替代也行。婚礼的时候请你去喝酒，请你喝香槟。香槟喝过吗？香槟的味道相当好……先生，婚礼时打算请个乐队，将东风君的诗作谱成曲演奏起来怎么样？”

“随你的便。”

“先生，您给谱个曲？”

“少扯淡！”

“这几位当中谁会搞点音乐？”

“落选候补女婿寒月君是个小提琴高手。你得好好求他。不过呢，只是香槟恐怕请不动。”

“香槟这种东西，四五块一瓶的肯定不行。我请人喝的都不是便宜货。你能给我谱上一曲吗？”

“行啊，给你谱上一曲。两角一瓶的也行，就算免费也可以给你谱上一曲。”

“免费是不能求人的，礼不可免。要是不喜欢香槟，这个作为报酬行吗？”说着，三平君从上衣内兜里掏出七八张照片，啪啦啪啦地甩在榻榻米上。有的是半身照，有的是全身照，有的是站姿照，有的是坐姿照，有的穿着裙裤，有的穿着和服，有的挽着高岛田式发髻。每一个都是妙龄女子。

“先生，候选人就有这么多。作为报答，寒月君和东风君从中挑一个就是。这个怎么样？”说着，他将一张照片递到寒月君面前。

“相当不错啊，拜托一定要费心张罗。”

"这个也可以吧？"又递过来一张。

"这个也相当可以，拜托一定要费心张罗。"

"哪一个啊？"

"哪一个都很可以。"

"你可真够多情的呀。先生，这个是博士的侄女。"

"是吗？"

"这个性格极好，也年轻，今年才十七……要是娶了她，陪嫁就有上千块……这一位呢，是知事¹的女儿。"三平君自言自语地说。

"把这些都娶了不可以的吗？"

"都娶了？这胃口太大了吧。你是一夫多妻主义者吗？"

"多妻主义倒不是，不过我是个肉食主义者。"

"什么主义都可以。把这些赶紧收起来，行吗？"主人大声呵斥道。

"这么说，一个都不要啦？"三平君说着，小心翼翼地把照片一张张收进衣袋里。

"这啤酒是怎么回事？"

"带来的伴手礼。为了提前祝贺就在拐角的酒铺里买了，来喝一杯吧。"

主人拍了下手叫来女佣，开了瓶塞。主人、迷亭、独仙、

---

1 知事：日本都道府县行政区的行政长官。

寒月、东风五位老兄恭恭敬敬捧起酒杯，祝贺三平君艳福不浅。三平君一副非常愉快的样子，说道："邀请今日在座诸君都来参加我的婚礼。都愿意来吗？都会赏光的吧？"

"我不愿意。"主人立刻回答道。

"为啥呢？这可是我一生中唯有一次的庆典呀，您不来吗？这就有点不通人情啦。"

"并非不通人情，可是我不去。"

"没衣服吗？短褂、裙裤什么的总还有的吧。偶尔出门见见人还是好的，先生，给您介绍些名家。"

"毫无意义，抱歉。"

"那样对治疗胃病有益的。"

"胃病好不好都无所谓。"

"这么顽固的吗？那就不能勉强了。你怎么样，能赏光吗？"

"我吗？那肯定是去了。要是可能的话，我还盼着能当个伴郎呢。香槟九度春之夜……什么？伴郎是铃木藤桑？原来如此，我想也应该是他。这太遗憾了，可也没办法。两个伴郎也太多了吧，那就作为普通的宾客出席吧。"

"你呢，意下如何？"

"我吗？一竿风月闲生计，人钓白蘋红蓼间。"

"这是啥，《唐诗选》吗？"

"我也不知是啥。"

"你也不知道？这很为难啊。寒月君会赏光的吧？到现在为止，你都是关联方哪。"

"肯定会去的。我作的曲子由乐队演奏，要错过了那就太遗憾了。"

"可不是吗。你怎样，东风君？"

"这话问得好。我很想出席，在你们夫妻面前朗诵我的新诗。"

"那可太愉快了。先生，我打出生以来，这么愉快的事情还没发生过。所以，就再来干杯啤酒吧。"他说着将自己买来的啤酒独自一人咕嘟咕嘟喝了下去，整张脸都红了起来。

秋日匆匆，天终于暗了下来。不计其数的烟头尸骸散落在火钵里，火钵里的炭火早已熄灭。就连悠闲的诸君看上去也都有点意兴阑珊。"很晚了，该回去了吧。"独仙君首先站起来。接着诸君纷纷告辞走出了玄关。就像相声散了场似的，客厅里顿时变得冷清孤寂。

主人吃完晚饭后走进了书房。夫人觉得有点冷，将衬衫的衣襟扣上了，她缝补着一件褪了色的旧衣服。孩子们排开枕头睡下，女佣则去洗澡。看上去悠闲的人们，如果敲打他们的内心深处，都会发出悲凉的回声。独仙君似乎已经悟了道，可除了这地面，他两脚依然没有其他的立足之处；迷亭君也许逍遥自在，但这人世间也毕竟不是画中仙境；寒月君放弃了磨他的玻璃球，终于从乡下领来了他的媳妇。这些都是理所当然的。但理所当然之事长久地持续下去，想必也是令人憋屈的吧。再过十年，东风君像现在这样到处胡乱献诗，应该也会顿悟其非的吧。至于三平君，很难判断他将是一个住在山上的人，还是一个住在水里的人；一生中只要请他喝上几杯香槟，就会成为他洋洋自得的回忆，这样也就行啦。铃木藤桑则是个在社会上摸爬滚打的人，只要摸爬滚打，就必定浑身沾泥。可就算浑身沾泥，那也比不出去闯荡的人更有出息。

老夫生而为猫，在人世间已住了两年有余，自以为比老夫见多识广的已不存在了。但居然有个叫卡提·穆尔[1]的素不相识的同类先知，突然间高调地大放厥词，这让老夫略略地吃了一惊。仔仔细细一打听，这只猫一百年前就已经死了，只因其不可抑制的好奇心，才变身为幽灵，据说就是为了惊吓老夫，才千里迢迢从幽冥之地赶到这儿出了个差。据说这只猫在去见它母亲的时候，还叼着一条鱼作为伴手礼。可走到半路上，它终于忍不住，居然把鱼给吃掉了。就是这么个不孝的东西。而且它还自负有不弱于人类的才华，时不时地写首诗让它的主人吃惊。既然一个世纪前就已出现了如此豪杰，像老夫这种碌碌无为的废物，那还真不如快快辞别人间，回到乌有之乡去睡大觉为佳。

主人早晚要死在胃病上，金田这老家伙也会因贪得无厌

---

1 卡提·穆尔：德国作家霍夫曼小说《雄猫穆尔的生活观》里的主角。

而死翘翘。秋叶已凋零殆尽。死亡乃是万物之定数，活着也没有什么大用，也许早点死掉才能叫作聪明。按照几位先生的理论，人类的命运终将归于自杀。如果大意了，我辈猫族说不定也将不得不生活在如此憋屈的世界里。那真是太可怕了！总感觉有些闷闷不乐，还是喝点三平君的啤酒搞得景气一点吧。

迂回到后门。秋风呼呼地从门缝中吹进来，灯不知什么时候熄灭了。应该是个月明之夜吧，阴影投射在窗户上。茶盘上并排放着三只杯子，其中两只还残留着半杯茶色的水。放在玻璃杯里的，即便是热水也觉得冷冰冰的，何况是在寒夜的月影下。静静靠着灭火罐的这淡黄色液体，老夫尚未沾唇已然寒意顿生，毫无饮用的欲望。然而凡事得试！三平之辈喝了那种东西就满脸通红，连呼气都变得燥热起来。猫若是喝了它，应该不至于连一点阳气也感受不到。反正是不知什么时候就会死的一条烂命，不管什么都得趁着还有命干上一把。千万不要等死了之后，才躺在坟墓的阴影里追悔莫及。

老夫下定决心喝点尝尝，使劲将舌头伸进去吧嗒吧嗒舔了几下，不禁大吃一惊。舌尖像被针扎了似的，有刺痛的感觉。人类要发什么样的疯才会想要喝这种臭气熏天的东西？真是搞不明白，猫是怎么也喝不下去的。猫和啤酒怎么也没有缘分吧。这可真是太糟啦，老夫一度将舌头缩了回来。但转念一想，若按人类的口头禅，所谓良药苦口利于病哪！当他们感冒的时候，就会将脸缩成一团，喝那种变态的东西。到底是喝了之后病好的呢，还是病好了之后才喝的药？这是个机会，迄今为止的疑问就让啤酒来解答吧。如果喝下去后连肚子里都发苦，那也就这么回事了。要是像三平那样快活得忘乎所以，那可就赚大发了，完全可以教导一番左邻右舍的猫啦。到底怎样？好吧，我运付之天命吧。老夫再次下了决心伸出了舌头。既然睁着眼难喝，那就闭上眼，又一次吧嗒吧嗒舔了起来。老夫忍耐再忍耐，终于喝完了一杯啤酒。这时奇妙的现象发生了。刚开始的时候舌头是刺痛的，口中像是受到外部压力似的苦哈哈的，可喝着喝着居然渐渐快活了起来。

当第一杯喝完时，根本就感觉不到难受了。没问题，第二杯也轻而易举地干了下去。顺便又像擦盘子似的，把洒落在盘子里的啤酒也全都舔进了肚子里。这之后，为了观察自己的变化，有相当一会儿老夫待着一动不动。渐渐地，身子暖和了起来，眼睛变红了，耳朵也燃烧了起来。很想要放声歌唱：猫呀，猫呀！很想要跳上个舞。主人呀，迷亭呀，独仙呀，你们都去吃屎吧！很想去抓挠金田那个老东西，想要把他老婆的鼻子咬掉。各种欲望翻腾，啥都想干。最后，老夫摇摇摆摆地站了起来，站起来了又想跟跟跄跄往前走。这玩意儿好玩，想要出门走走。出了门想要跟月亮打个招呼：月亮先生，晚上好呀。这可真是相当的愉快。

所谓陶醉，无非说的就是这么回事吧。没有目的地逛，好像是在散步，又好像不是。怀着这样的心情，胡乱移动着难以控制的腿往前走。不知为何犯起了困来。是已经睡着了吗？还是在走路？老夫没法给予明确的判断。想要睁开眼睛，眼皮又重得厉害，再这样下去可就真完蛋了。大海！高山！这些都不算什么。前脚刚颤颤巍巍地迈出去，突然就听到扑通一声。一惊之下——糟了！还没来得及思考究竟怎么糟了，只是觉得这下真是糟了，然后便响起一阵稀里哗啦的声音。

当老夫回过神来，已然漂浮在水面上。难受极了，爪子四处乱挠。可爪子挠到的只有水，乱挠反而向水下沉去。没辙，只好用后足使劲蹬，想要飞扑向上，前爪再挠。这时总算发出了一声嗞啦的声响，爪子上有了些微的感应。终于露出头来，环顾四周，这才发现自己掉进了一只巨大的水缸里。这只水缸直到夏末都长着茂密的水葵[1]。后来不祥的乌鸦飞来吃尽了水葵，又将大水缸作为洗澡戏水的池子使用。乌鸦戏水，水就浅了，水浅了乌鸦就不再飞来。老夫不久前还在想，乌鸦少了很多，快要看不见啦。这下好了，老夫作为乌鸦的替身，在这种地方戏起水来了，真是万万没有想到。

水面距缸沿约有四寸多，老夫全力伸展爪子也够不到缸沿，跳也跳不上去。放弃吧，那就只有沉下去了；挣扎吧，只

---

1 水葵：又名莼菜、马蹄菜等，水生植物。

听到爪子挠缸壁发出的嗞啦声响。挠到缸壁时身子好像稍稍浮起来点儿，爪子一滑又马上咕咚沉下去。沉下去就太受罪了，马上又嗞啦地挠。在这过程中，渐渐就感觉到了疲劳无力。尽管焦急万分，爪子却没那么听使唤了。终于连自己也搞不清楚啦，是因为沉了下去而抓挠那缸壁呢，还是因为抓挠缸壁而沉了下去。

老夫边受着大罪边这样想：落入这样痛苦的境遇，就是因为自己一心想要跳到缸沿上去。如果能跳上去，那自然是万分感激；但跳不上去，这却又是一个显而易见的事实。老夫的脚不到三寸，就算全身都浮到水面上，从浮起的高度算，哪怕前爪充分伸展，也够不着距离约有五寸的缸沿。既然爪子够不着缸沿，那么不管你怎么抓挠、如何焦虑，甚至用上一百年，粉身碎骨也跳不出去。明明知道是跳不出去的，还努力着想要跳出去，这就完全没有道理。勉力而为，是痛苦的根源。自寻烦恼、自找苦吃，无聊，傻子！

"拉倒吧，随它便了。嗞啦嗞啦地抓挠就不必了吧。"于是，老夫的前爪、后爪、头和尾巴全都交给了大自然的力量，放弃了抵抗。

愉悦感随之而来，也说不清这是痛苦还是欢乐。自己是在水里还是在客厅里也难以确切判断。到底在哪儿？到底怎么回事？这些都无所谓了。仅仅是一种舒服的感觉。不，是不是舒服的感觉也已不明了。日月陨落，天地化为齑粉。老夫进入了不可思议的太平之境。老夫死了，死了就得到了这太平世界。太平世界非死亡不可获得。南无阿弥陀佛，南无阿弥陀佛。感谢，感谢！

1867 年（庆应三年） 诞生

2 月 9 日，出生于江户牛込马场下横町（即今东京都新宿区喜久井町），本名夏目金之助。

1868 年（庆应四年 / 明治元年） 1 岁

11 月，成为盐原昌之助的养子。

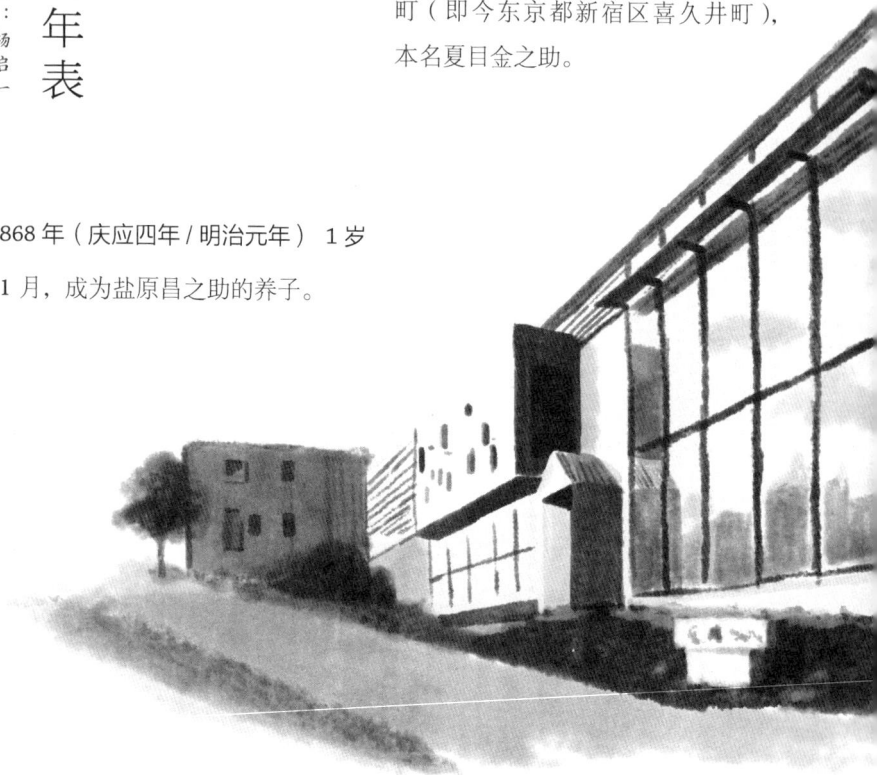

1872 年（明治五年） 5 岁

在户籍册上登记为盐原家的长子。

🐾 夏目漱石诞生纪念碑

1873 年（明治六年） 6 岁

随养父移居浅草诹访町四号。

1874 年（明治七年） 7 岁

12 月，入读户田学校初级小学。

1876 年（明治九年） 9 岁

转入市谷柳町公立市谷学校。

❖ 东京都台东区立藏前小学校，原为浅
草寿町公立户田学校

1877 年（明治十年） 10 岁

12 月，市谷学校初级小学毕业。

❖ 漱石山房纪念馆，原为夏目漱
石生前最后的居住地

1878 年（明治十一年） 11 岁

1 月，大姐佐和去世。

2 月，《正成论》在《回览杂志》上发表。

春季，转入神田猿乐町公立锦华学校。

1879 年（明治十二年） 12 岁

3 月，入读东京府第一中学。

1881 年（明治十四年） 14 岁

1 月，母亲千枝去世。

4 月，转入曲町私立二松学舍，学习汉学。

1882 年（明治十五年） 15 岁

春季，从二松学舍退学。

热爱汉籍和小说，立志专攻文学。

1883 年（明治十六年） 16 岁

秋季，入读成立学舍。

1884 年（明治十七年） 17 岁

住在小石川极乐水新福寺，过着自炊生活。

9 月，进入东京大学预备学校。入学不久患盲肠炎。

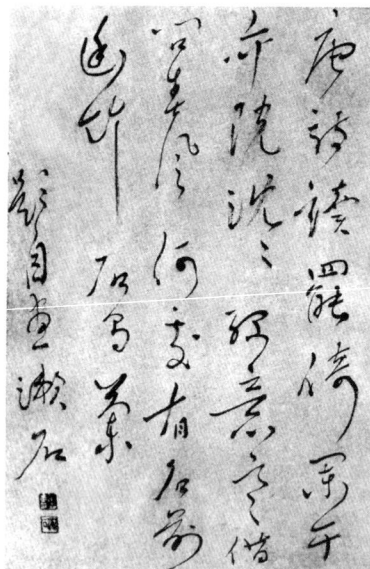

❀ 夏目漱石所写汉诗

❀ 驹场农学校风景版画。驹场农学校原为东京第一高等中学，现为东京大学农学部

1886 年（明治十九年） 19 岁

4 月，东京大学预备学校改称东京第一高等中学。

7 月，因患病不能参加学年考试而留级。自此发奋，直至毕业成绩一直名列前茅。

9 月，兼任江东义塾教师，住在义塾宿舍。

❀ 东京第一高等中学主楼

1888 年（明治二十一年） 21 岁

1 月，恢复夏目姓。

7 月，从东京第一高等中学预科毕业。

9 月，升入东京第一高等中学本科英文专业。

1889 年（明治二十二年） 22 岁

1 月，结识著名俳句诗人正冈子规。

5 月，为正冈子规《七草集》撰写评论，并注明"漱石妄批"。

9 月，写纪行汉诗文集《木屑录》，署名"漱石顽夫"。

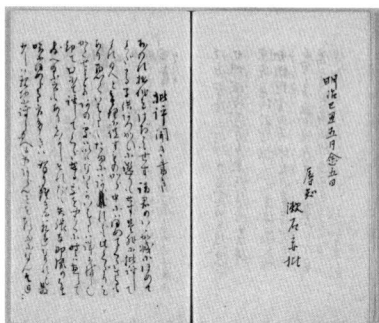

🐾 夏目漱石评注《七草集》，现存于日本东北大学附属图书馆漱石文库

🐾 东京浅草寺入口"雷门"。夏目漱石在东京的生活轨迹主要集中在新宿与浅草

1890 年（明治二十三年） 23 岁

7 月，从东京第一高等中学本科毕业。

9 月，升入帝国大学文学院英文专业。

1891 年（明治二十四年） 24 岁

7 月，因成绩优异，成为英文专业特等生，免交学费。

12 月，将鸭长明的《方丈记》译成英文。

1892 年（明治二十五年） 25 岁

4 月，因征兵关系，移籍于北海道后志国岩内郡。

5 月，担任东京专门学校讲师。

夏天，游京都、冈山、松山等地，结识高滨虚子。

1893 年（明治二十六年） 26 岁

1 月，在文学谈话会上发表《英国诗人对天地山川之观念》的演讲。

7 月，从帝国大学文学院英文专业毕业，入该校大学院。

10 月，担任东京高等师范学校英语教师。

🐾 京都清水寺舞台

1894 年（明治二十七年） 27 岁

2 月，被诊断为初期肺结核，学习弓术。

12 月，前往镰仓归源院参禅。

🐾 镰仓江之岛海岸

1895 年（明治二十八年） 28 岁

4 月，辞去东京高等师范学校职务，决定到松山中学任教。

秋天，受子规影响，热衷于写俳句，逐渐为俳坛所知。

12 月，回东京与贵族院书记长官中根重一长女镜子相亲、订婚。

1896 年（明治二十九年） 29 岁

4 月，离开松山中学，前往熊本，担任第五高等学校教师。

6 月 9 日，和中根镜子结婚。

❀ 夏目漱石，松山中学毕业仪式纪念照，摄于 1896 年

1897 年（明治三十年） 30 岁

6 月 29 日，父亲直克去世。

7 月，偕镜子回东京参加父亲葬礼。因舟车劳顿，镜子流产，前往镰仓别墅休养。

1898 年（明治三十一年） 31 岁

春季，热衷于写作汉诗，请汉学家长尾雨山修改。

夏季，教学生寺田寅彦等人作俳句。

秋天，镜子再次怀孕，妊娠反应极强，一度严重到投河自杀。

夏目漱石开始出现神经衰弱的症状。

1899 年（明治三十二年） 32 岁

5 月，长女笔子诞生。

❀ 夏目镜子，原名中根镜子，1896 年与夏目漱石结婚

1900 年（明治三十三年） 33 岁

5 月，被文部省选派为英国留学生。

9 月 8 日，乘船从横滨出发。

10 月 28 日，抵达伦敦。

11 月，到伦敦大学学院听讲。

年底至次年 1 月，陆续停止课程。

1901 年（明治三十四年） 34 岁

1 月，次女恒子诞生。

5 月，受化学家池田菊苗的鼓励，决心写《文学论》。

久居公寓，潜心研究，忍受留学费用不足和神经衰弱等痛苦。

1902 年（明治三十五年） 35 岁

12 月 5 日，从伦敦乘船启程回国。出发前得到子规去世的讣告。

1903 年（明治三十六年） 36 岁

1 月 23 日，抵达神户，次日坐火车回到东京。

4 月，任第一高等学校讲师、东京帝国大学英文专业讲师。

9 月，在大学开讲"文学论"。

10 月，三女荣子诞生。学画水彩画。

1904 年（明治三十七年） 37 岁

4 月，兼任明治大学讲师。

11 月，写《我是猫》第一章。

❧ 夏目漱石于东京帝国大学教授"英国文学"期间的课程表，现存于日本东北大学附属图书馆漱石文库

❧ 日本俳句杂志《子规》第 100 期封面

1905 年（明治三十八年） 38 岁

1 月，《我是猫》开始在《子规》上连载。

4 月，发表《幻影之盾》。

9 月，在大学开始讲授"十八世纪英国文学"。

10 月，《我是猫》上部出版。

12 月，四女爱子诞生。

这一年，小宫丰隆、寺田寅彦等文学青年陆续来访请教。

《我是猫》下部初版封面，桥口五叶绘制

1906 年（明治三十九年） 39 岁

4 月，发表《少爷》。

8 月，《我是猫》完稿。

9 月，发表《草枕》。岳父中根重一去世。

10 月，"星期四会"开始举行，文学青年齐聚。

11 月，《我是猫》中部出版。

1907 年（明治四十年） 40 岁

1 月，发表《疾风》。

2 月，与朝日新闻社交涉入社事宜。

3 月，决定辞去大学讲师职务，加入朝日新闻社，从此成为专业作家。

5 月，《文学论》出版。发表《入社辞》。

6 月，长子纯一诞生。《我是猫》下部出版。

6 月 23 日，《虞美人草》开始连载。

夏目漱石故居，位于东京都文京区，曾为森鸥外旧居

1908 年（明治四十一年）　41 岁

1 月，《虞美人草》出版。

7 月 25 日，《十夜梦》开始连载。

9 月 1 日，《三四郎》开始连载。《草枕》出版。

12 月，次子伸六诞生。

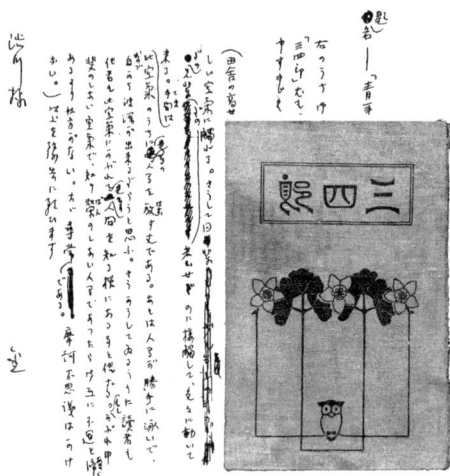

1909 年（明治四十二年）　42 岁

3 月，《文学评论》出版。

5 月，《三四郎》出版。

6 月 27 日，《从此以后》开始连载。

9 月，应中村是公之请到中国东北和朝鲜各地旅行。

11 月 25 日，创设《朝日文艺栏》。

❤ 《三四郎》部分手稿及首版封面，桥口五叶绘制

1910 年（明治四十三年） 43 岁

3 月 1 日，《门》开始连载。

3 月 2 日，五女雏子诞生。

8 月 6 日，前往修善寺温泉疗养，当夜病情恶化。

10 月 11 日，从修善寺回到东京，住院。

10 月 29 日，《联想种种》开始连载。

1911 年（明治四十四年） 44 岁

1 月，《门》出版。

2 月，拒绝接受文部省授予的博士称号。

8 月 11 日，参加大阪朝日新闻社主办的讲演旅行，前往和歌山、大阪等地。

10 月，决定停办《朝日文艺栏》。

11 月 29 日，五女雏子夭折。

✿🐾 漱石山房书斋。夏目漱石存书数目巨大，因此在书案后的榻榻米上放置了堆积如山的图书

1912 年（明治四十五年 / 大正元年） 45 岁

1 月 1 日，《春分之后》开始连载。

9 月，《春分之后》出版。

12 月 6 日，《行人》开始连载。

1914 年（大正三年） 47 岁

1 月，《行人》出版。

4 月 20 日，《心》开始连载。

9 月，《心》出版。

11 月 25 日，在学习院辅仁会作《我
的个人主义》的演讲。

🐾 日本"猫文化"盛行，多地专门设有"猫冢"
　供人凭吊，漱石纪念公园内亦设有猫冢

芥川龙之介，日本知名文学家

1915 年（大正四年） 48 岁

1 月 13 日，《玻璃门内》开始连载。

3 月下旬，到京都旅行。在当地胃溃疡复发，镜子从东京赶去护理。

4 月 16 日，回到东京。《玻璃门内》出版。

6 月 3 日，《道草》开始连载。

10 月，《道草》出版。

冬季，芥川龙之介、久米正雄等陆续拜访，参加"星期四会"。

1916 年（大正五年） 49 岁

4 月，经医生诊断患糖尿病，此后连续治疗三个月。

5 月 26 日，《明暗》开始连载。

11 月 16 日，举行"星期四会"（最后一次）。

11 月 22 日，胃溃疡复发，卧床不起。

12 月 2 日，在医生要求之下谢绝会客。

12 月 9 日，下午 6 时 45 分去世。

12 月 12 日，葬礼在东京青山斋场举行。

12 月 14 日，《明暗》遗稿发表完毕。

12 月 28 日，葬于东京杂司谷墓场。

《明暗》初版扉页

译者 | 金海曙

　　知名编剧、作家、译者。1982 年毕业于厦门大学哲学系，1995 年获大阪外国语大学东亚文化硕士学位。2022 年第 27 届亚洲电视大奖最佳编剧奖得主。

　　著有中短篇小说集《深度焦虑》、长篇历史小说《赵氏孤儿》等。2003 年，话剧剧作《赵氏孤儿》由北京人艺于首都剧场演出；2015 年，话剧剧作《武则天》由天津人艺于人民大会堂演出；2016 年，36 集电视剧作《父亲的身份》由央视一套播出。改编创作的电视剧《风起陇西》获 2022 年第 27 届亚洲电视大奖最佳编剧奖；该剧先后在日本、韩国、越南、菲律宾、俄罗斯等国播出。

　　译著有川端康成创作回忆录《独影自命》及小说《浅草红团》、茅野裕城子短篇小说《蝙蝠》及小林丰绘本《北纬 36 度线》等。

　　2021 年翻译出版的夏目漱石长篇小说《心》入选"作家榜经典名著"，迄今已畅销 10 万册，读者好评如潮；2024 年全新译作《我是猫》上市后再创销量奇观，4 月 22 日登陆王芳直播间首发当天热卖 14000 多册。

作家榜®经典名著
★ ★ ★ ★ ★ ★ ★ ★ ★
读 经 典 名 著 , 认 准 作 家 榜

作家榜是中国知名文化品牌,母公司大星文化总部位于中国上海市。自2006年创立至今,作家榜始终致力于"推广全球经典,促进全民阅读",曾连续13年发布作家富豪榜系列榜单,源源不断将不同领域的写作者推向公众视野,引发海内外媒体对华语文学的空前关注。

旗下图书品牌"作家榜经典名著",精选经典中的经典,由优秀诗人、作家、学者参与翻译,世界各地艺术家、插画师参与插图创作,策划发行了数百部有口皆碑、畅销全网的中外名著,成功助力无数中国家庭爱上阅读。如今,"集齐作家榜经典名著"已成为越来越多阅读爱好者的共同心愿。

作家榜除了让经典名著图书在新一代读者中流行起来,2023年还推出了备受青睐的"作家榜文创"系列产品,通过持续创新让经典名著 IP 融入到人们的日常生活中。

名著就读作家榜
京东官方旗舰店

名著就读作家榜
天猫官方旗舰店

名著就读作家榜
当当官方旗舰店

名著就读作家榜
拼多多旗舰店

策 划 ┃ 作家榜®

出 品 ┃

出 品 人 ┃ 吴怀尧

产品经理 ┃ 彭韵禧　桑云婷

特约校对 ┃ 施继勇

美术编辑 ┃ 李柳燕

封面设计 ┃ 王贝贝

内文插图 ┃ 钦　禄

特约印制 ┃ 吴怀舜

版权所有 ┃ 大星文化

官方电话 ┃ 021-60839180

名著就读作家榜
抖音扫码关注我

作家榜官方微博
经典好书免费送

下载好芳法课堂
跟着王芳学知识

图书在版编目（CIP）数据

我是猫 / （日）夏目漱石著；金海曙译. —— 杭州：
浙江文艺出版社，2024.4（2024.4重印）
（作家榜经典名著）
ISBN 978-7-5339-7532-6

Ⅰ.①我… Ⅱ.①夏… ②金… Ⅲ.①长篇小说—日
本—近代 Ⅳ.①I313.44

中国国家版本馆CIP数据核字(2024)第053334号

责任编辑：陈　园

我是猫

[日]夏目漱石 著　金海曙 译

全案策划
大星（上海）文化传媒有限公司

出版发行
浙江文艺出版社
杭州市体育场路347号　邮编 310006
浙江省新华书店集团有限公司 经销
浙江新华数码印务有限公司 印刷

2024年4月第1版　2024年4月第2次印刷
787毫米×1092毫米　32开本　18.875印张　8插页
印数：15001—30000　字数：385千字
书号：ISBN 978-7-5339-7532-6
定价：59.90元